이 그림은 나폴레옹 당시의 궁정화가가 그린, 생생한 현장감이 담긴 작품이다.

숭배의 대상인 동시에 두려움의 대상이 되는 것, 이것이 통치다.

—나폴레옹

나폴레옹 황제 대관식(1804.12.2) C. 몰트(석판화).

나폴레옹
3

NAPOLÉON
by Max Gallo

이 도서의 국립중앙도서관 출판예정도서목록(CIP)은
서지정보유통지원시스템 홈페이지(http://seoji.nl.go.kr)와
국가자료공동목록시스템(http://www.nl.go.kr/kolisnet)에서 이용하실 수 있습니다.
(CIP제어번호: CIP2003001314)

나폴레옹
NAPOLÉON

아우스터리츠의 태양

막스 갈로 장편소설 | 임헌 옮김

문학동네

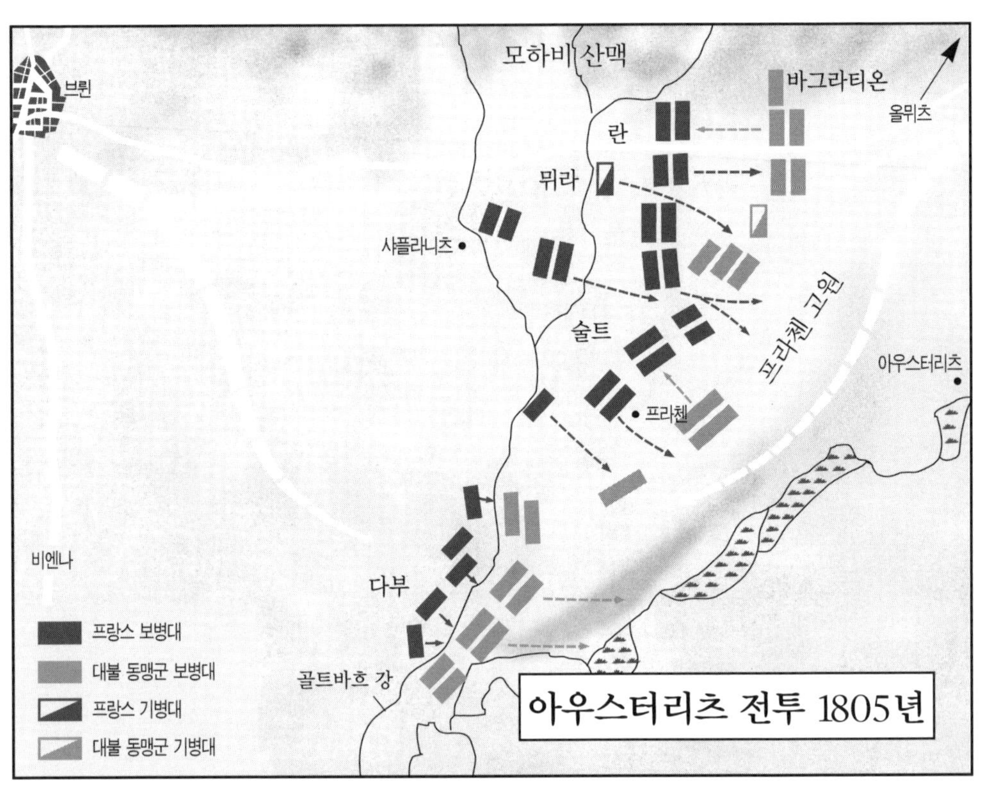
아우스터리츠 전투 1805년
모하비 산맥
브륀
바그라티온
올뮈츠
란
뮈라
사플라니츠
술트
프라첸 고원
아우스터리츠
프라첸
비엔나
다부
골트바흐 강
프랑스 보병대
대불 동맹군 보병대
프랑스 기병대
대불 동맹군 기병대

아우스터리츠 전투시 나폴레옹군 진군로
베를린
엘베 강
오데르 강
라이프치히
아우어슈테트
작 센
예나
프랑크푸르트
프라하
마인 강
올뮈츠
만하임
보헤미아
모라비아
브륀
아우스터리츠
다뉴브 강
라티스본
뷔르템베르크
바이에른
오스트리아
울름
아우크스부르크
바그람
린츠
비엔나
인 강
뮌헨
호엔린덴

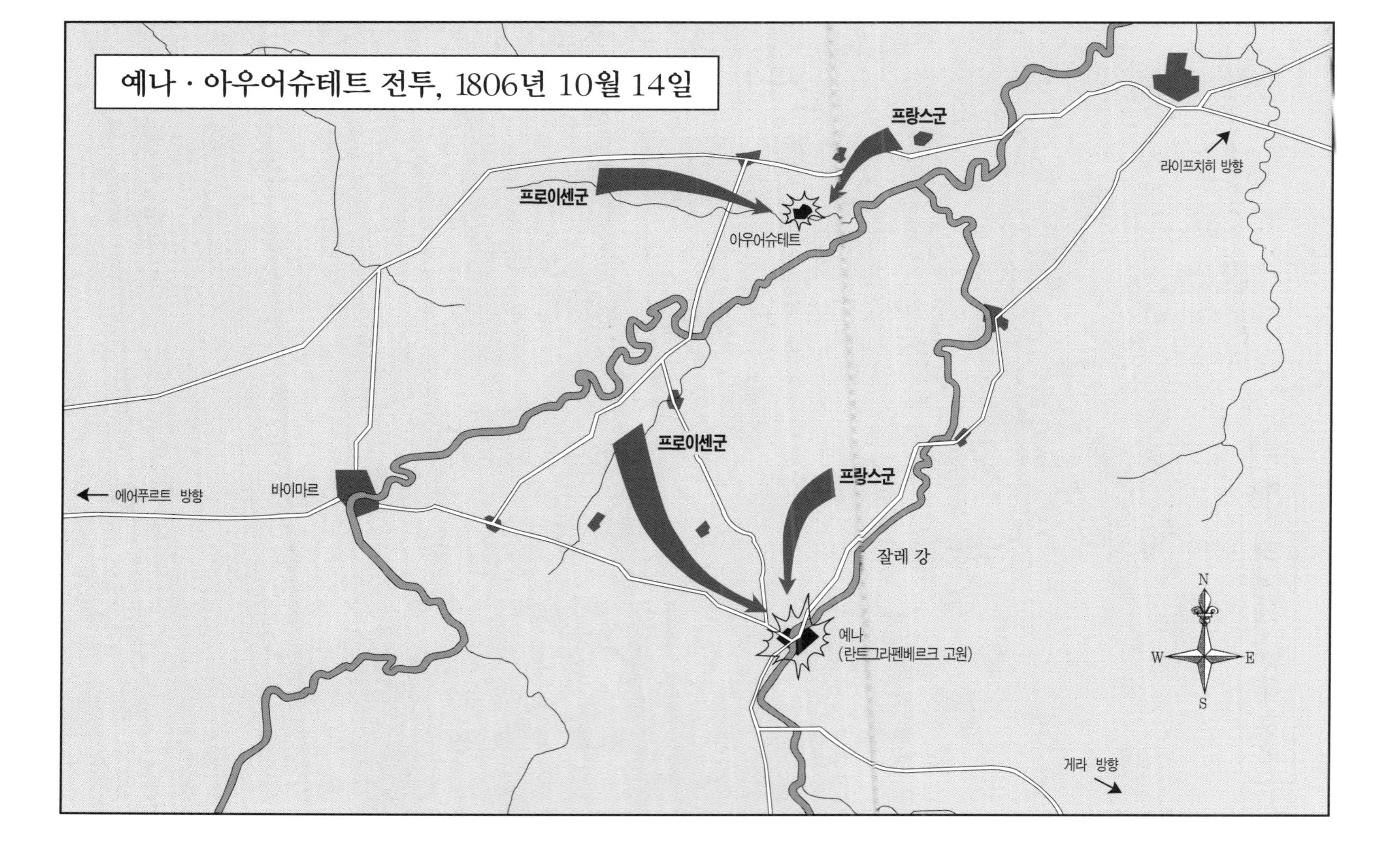
예나 · 아우어슈테트 전투, 1806년 10월 14일
프랑스군
라이프치히 방향
프로이센군
아우어슈테트
프로이센군
프랑스군
에어푸르트 방향
바이마르
잘레 강
예나
(란트그라펜베르크 고원)
N
W
E
S
게라 방향

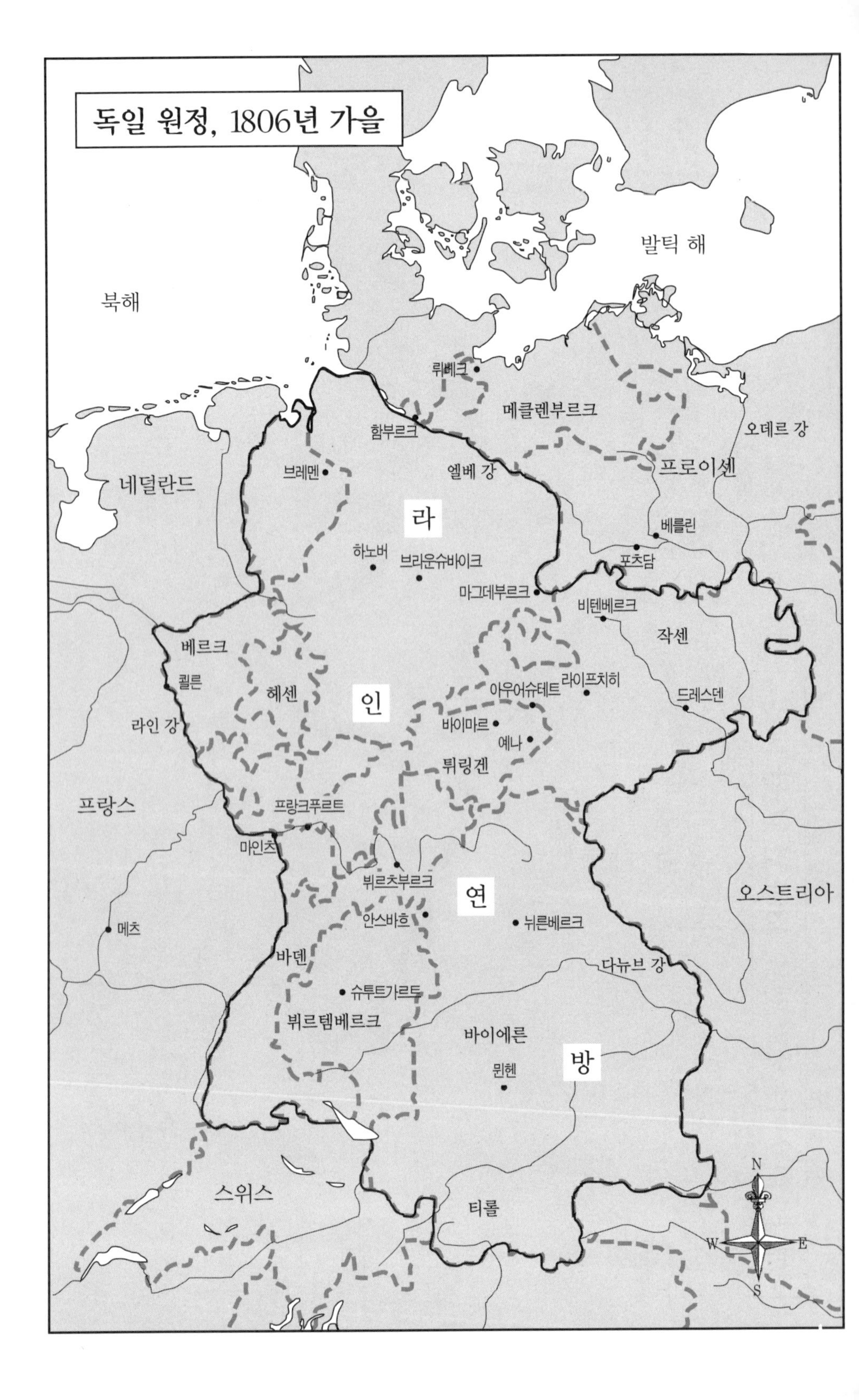

독일 원정, 1806년 가을
발틱 해
북해
뤼베크
메클렌부르크
함부르크
오데르 강
브레멘
엘베 강
프로이센
네덜란드
라
베를린
하노버
브라운슈바이크
포츠담
마그데부르크
비텐베르크
베르크
작센
쾰른
헤센
인
라이프치히
아우어슈테트
드레스덴
라인 강
바이마르
예나
튀링겐
프랑스
프랑크푸르트
마인츠
뷔르츠부르크
연
오스트리아
안스바흐
뉘른베르크
메츠
바덴
다뉴브 강
슈투트가르트
뷔르템베르크
바이에른
방
뮌헨
스위스
티롤
N
W
E
S

프로이센 · 폴란드 원정, 1806년~1807년
발틱 해
니에만 강
틸지트
쾨니히스베르크
아일라우
프리트란트
단치히
포
메
른
알레 강
메클렌부르크 공국
슈테틴
프로이센
토루인
러시아
나레프 강
비스타 강
베를린
푸투스크
바르샤바 대공국
포즈나인
바르샤바
작센
오데르 강
바르타 강
드레스덴
N
W
E
S

내 애인, 그것은 권력이오.
나는 그것을 정복하기 위해 많은 애를 썼소.
이제 누구에게도 빼앗기지 않을 것이오.
만일 내 애인을 탐한다면 그가 누구든 나는 용서치 않을 것이오.
—나폴레옹 보나파르트, 1804년 11월 4일, 뢰드레르에게

나의 지배자는 피도 눈물도 없소.
사물의 본성이라는 것이 바로 나의 지배자요.
—나폴레옹 보나파르트, 1806년 12월 3일, 조제핀에게

차 례

제 1 부

'황제' 라는 말은 무엇인가?
그저 평범한 말이다!

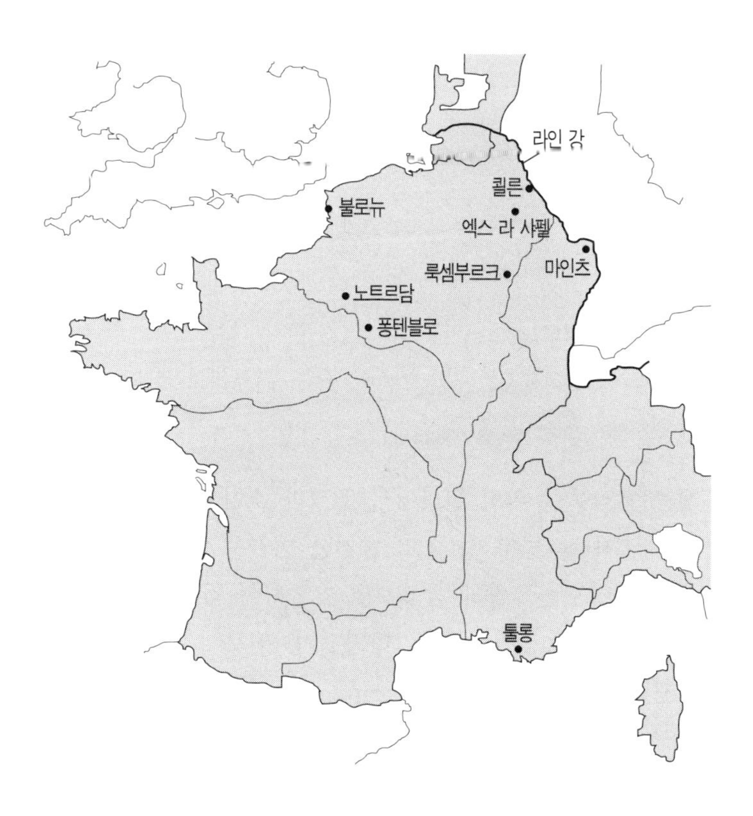

1804년 7월 ~ 1804년 12월

1
시간은 인간의 모든 것을 빨아들이는 구렁텅이 아닌가

나폴레옹은 집무실 위의 밀실에서 조그만 소리에도 귀를 기울였다. 창문을 열자 생 클루 성 숲의 습기를 머금은 밤바람이 상쾌하게 불어왔다. 1804년 7월의 밤공기를 호흡하며 잠시 숨을 고르던 그는 뒤꿈치를 들고 작은 문으로 다가갔다. 집무실과 밀실로 통하는 비밀 계단, 그의 허락 없이는 누구도 이용할 수 없는 계단으로 나가는 문이었다.

그는 초조하게 귀를 기울였다.

문득 화가 치밀었다. 왜 이렇게 몸을 숨겨야 하는가? 그에게 이런 치사한 행동을 강요하는 조제핀이 원망스러웠다. 그의 직위와 인간됨에 어울리지 않게, 누군가에게 구속당하는 자신이 견디기 힘들었다. 모든 권력의 질서를 흔들어놓은 그가, 여러 왕과 교황까지 굴복시킨 그가, 황제 대관식을 위해 교황까지 파리에 오게 하는 그가, 집안에서는 아내의 질투와 벼락을 피하기 위해 몸을 숨기고 한밤중을 이용해 밀실에서 여자를 기다리고 있는 것이다.

견딜 수 없었다!

가족의 간청을 받아들일까?

이 순간처럼, 그런 생각이 불쑥불쑥 일 때가 많았다.

그가 황제로 등극한 이후 형제와 누이들은 끊임없이 그에게 이혼을 부추겨왔다. 입을 다물라고 그가 수없이 명하고, 황족의 직위에 연금을 주어도 소용없었다. 누이 엘리자에게는 무려 70만 프랑의 연금을 주었나! 형제와 누이들은 황제 대관식 이전에 조제핀을 버려야 한다고 누누이 주장을 폈다. 황제에게 후계자도 낳아줄 수 없는 여자가 황후가 된다면 추문이 될 거라는 게 그들의 주장이었다.

상념을 떨쳐버리며 그는 문을 열었다. 계단에는 아무 움직임도 없이 어둠만이 쌓여 있었다. 그는 다시 창문으로 향했다. 창 밖, 저 정원을 가로질러 마리 앙투아네트 뒤샤텔이 오리라. 그녀는 조제핀의 살롱에 잠시 들렀다가 조제핀의 주의가 흐트러지는 틈을 노려 빠져나와야 했다. 늘 감시의 눈초리를 번득이는 조제핀을 속이기는 쉽지 않았다. 그녀의 그런 감시행위가 견디기 힘들었지만, 젊은 여자와 보내는 하룻밤의 즐거움을 어떻게 포기한단 말인가? 이혼을 생각하면 왜 안 된단 말인가?

그가 세운 왕조에 아무리 그럴듯한 치장과 형식을 갖추어봐야 그에게 직계 승계자가 없는 한 왕조는 항시 불안할 것이고 위협받지 않을까. 조제핀은 그에게 아들을 낳아줄 수 없었다.

그는 그 사실을 잘 알고 있었다.

그에겐 다른 여자가 필요했다. 마리 앙투아네트 뒤샤텔, 이제 스무 살이 갓 넘은 앳된 그녀는 결혼한 여자였다. 그녀의 남편은 공포정치하에서 투옥된 경력이 있는, 이름있는 기문의 백작이며 훌륭한 재판장이었지만, 젊은 아내의 욕망을 충족시켜주기에는 너무 늙은 이였다.

—조제핀 역시 나의 기대를 만족시켜주기엔 너무 늙었다.

마리 앙투아네트는 그 나이에 어울리는 열정을 지닌데다가 명석함도 갖추고 있었다. 그녀는 연극배우 조르지나처럼 '천박한 육체'가 아니라 감각과 섬세함을 지닌 매혹적인 여인이었다.

그는 다시 계단의 문을 열어보았다.

—안 되겠어. 샹젤리제에 내가 마음대로 드나들 수 있는 집을 한 채 빌려놓으라고 해야겠어. 여기서처럼, 들킬까봐 두려워할 필요가 없도록 말이야. 이런 식으로 만나다간 뒤샤텔 부인이 어느 때고 하인에게, 혹은 최악의 경우에는 조제핀에게 발각될 수가 있어.

대관식 이전에 조제핀과 단호하게 인연을 끊어버리고 싶은 욕구가 치밀었지만 그는 곧 진정했다.

계단에서 어깨와 치마, 그리고 발걸음 스치는 소리가 들려왔다. 한 걸음을 내딛고 바라보니, 마리 뒤샤텔의 치렁한 금발머리가 눈에 들어왔다. 숨을 헐떡이며 다가온 그녀가 상기된 표정으로 늦은 사유를 설명하려 했다.

"폐하……."

그는 그녀의 소매를 잡아당기며 품에 안았다. 그녀의 말을 들을 겨를이 없었다. 나폴레옹이 '궁정 부인'으로 임명한 그녀는 한시라도 조제핀 곁을 떠나서는 안 되기 때문이었다. 그녀는 오래 지체할 수 없었다.

그는 미소지었다. 적어도, 그에게 그 정도의 여유는 있었다.

그녀의 체취를 맡으며, 그는 자신의 내부에서 솟구쳐오르는 힘과 혈기를 느꼈다.

그는 이제 갓 서른다섯 살이며, 프랑스 황제였다.

황제.

그는 모든 것이 이 빛나는 직위에 어울리기를 원했다. 가문(家紋), 의복, 의전.

국가참사원 위원들을 소집한 그는 캉바세레스를 향해 말했다.

"대법관 보시오."

캉바세레스는 속삭이듯 대답했다.

"예, 폐하."

그는 만사를 세심하게 숙고하고 선택하고자 했다. 그는 참사원 위원 전원에게 발언 기회를 주었다. 제국의 상징으로, 캉바세레스는 '벌(蜂)'을 제안했다. 어떤 위원은 '사자'를 제안했고, 어떤 이는 '수탉'이 좋겠다고 말했다. 포르탈리스는 '코끼리'는 힘의 상징이라고 중얼거렸다.

프랑스 제국의 위대한 국새(國璽)는 '푸른 들판에서 휴식을 취하는 사자'로 결정되어 이미 법령도 작성되었지만, 나폴레옹은 '사자'라는 단어를 지우고 '날개를 편 독수리'로 대체했다. 독수리. 그것은 바로 로마이며, 그의 선조 샤를마뉴 대제였다. 독수리가 로마 군단의 힘을 상징했듯이, 날개를 편 독수리는 공화국 대군의 상징이 되리라.

캉바세레스는 제국의 상징으로 자신이 '벌'을 제안한 이유를 부드러운 목소리로 설명했다. 힐데리히 1세*의 무덤과 초기 프랑스 왕들의 문장(紋章)에서 황금벌이 발견되었고, 루이 12세가 1507년 제노바에 입성할 때 입은 옷에도 수많은 황금벌이 수놓였다는 것이었다. 그렇다면 제국의 상징은 날개를 펼친 독수리여야 하는가,

---

* 프랑크 왕국 전기의 왕조인 메로빙거 왕조의 시조, 436~481.

아니면 벌이어야 하는가?

나폴레옹이 황제의 권한으로, 날개를 편 독수리로 결정을 내렸다. 그는 의식과 행사, 의복, 궁정예법, 이 모든 것을 정함에 한치의 소홀함도 없어야 한다고 강조했다. 그는 그림으로써 왕들의 반열에 오르고, 이전의 왕들을 그의 왕조에 끌어들이고자 했다.

1804년 7월 13일, 그는 '명예직과 상석권(上席權)'에 관한 시행령을 선포하고 대법관 캉바세레스에게 말했다.

"이제 예법과의 전쟁은 이것으로 끝내고 싶소."

그는 사단장이 주지사에 대하여 상석을 차지한다는 것을 명확히 했다. 또한 최고 가문 출신의 젊은이들로 구성된 제국의 명예 근위대를 창설했다. 그는 펜을 직접 들고, 제국 근위대는 9천 명이 넘는 수로 편성하고 그중 2천8백 명은 기병으로 구성하라고 명기했다.

그는 베르티에를 불러 지시했다.

"근위대에 선발되려면, 오 년 이상 복무한 자로서 두 차례 이상 원정에 참여한 경력이 있어야 하네. 신장은 적어도 일 미터 칠십 센티 이상은 되어야 하고."

베르티에는 머리를 조아렸다.

나폴레옹은 베르티에를 바라보면서 꿈꾸는 듯한 목소리로 말했다.

"이봐, 베르티에. 황제란 칭호는 무엇인가? 그저 그런 말일 따름이야! 만일 내가 후대에 내밀 명함이 그것밖에 없다면, 그들은 코웃음칠 걸세."

베르티에의 겁에 질린 듯한 얼굴을 바라보며 황제는 미소지었다.

"그림을 위해서 전시회가 있듯이, 인간에게도 역시 이런 치장의 기회가 필요한 법이겠지."

베르티에는 어떻게 생각할까?

베르티에는 더듬거렸다.

인간들은 단순한 말, 강력하고 명쾌한 생각, 빛나는 의식(儀式)을 필요로 하는 존재들이다.

나폴레옹은 그런 역할을 맡을 작정이었다.

그는 황제였다.

1804년 7월 15일 일요일, 프랑스 혁명 당시, 바스티유 장악을 기념하는 축세가 열리는 이날 정오, 그는 카루젤 광장을 출발했다.

나폴레옹 앞으로는 병사들이 인간 장막을 이루며 행군했다. 조제핀과 귀부인들, 공주들을 태운 네 대의 대형 마차는 장교들의 호위를 받으며 벌써 앵발리드 기념관을 향하고 있었다.

이날 아침, 은빛 별 장식이 수놓인 장밋빛 망사 원피스를 입은 조제핀은 아름답고 품위 있는 모습이었다. 그는 조제핀의 모습을 바라보며 다시금 쾌활하고 행복한 기분을 느꼈다. 그가 원하는 대로만 그녀가 따라준다면, 문제는 간단하게 풀릴 수도 있을 것이다. 조제핀이 황후의 직위와 자태에 어울리는 젊은 아내, 충직하면서도 세심하고, 후계자를 낳아줄 수 있는 여자라면, 하고 그는 바랐다. 처녀로 그를 만나 결혼한 여자라면 더 좋았을 것이다! 하지만 그건 이미 바랄 수 없는 꿈이었고, 조제핀은 결코 그런 여자가 아니었다!

콩스탕과 루스탐이, 근위대 대령 제복을 입는 나폴레옹을 도왔다. 검은 모자를 쓴 나폴레옹은 백마에 올라 행렬의 선두에 섰다. 그 뒤로 근위대 장교들, 민간복 차림을 한 황제 군대의 고위 장교들, 참모들, 그리고 행렬의 맨 뒤에 기마 척탄병들이 따랐다.

앵발리드 기념관에 도착한 그에게, 군대 최고 원수가 열쇠꾸러미를 바쳤다. 그는 사제들의 안내를 받으며, 제단 왼쪽에 그를 위해 세운 옥좌로 걸어갔다.

옥좌 앞에서 그는 잠시 걸음을 멈추고, 모자를 벗으며 거대한 중앙홀과 연단을 바라보았다. 제복을 차려입은 무리들이 직능과 직위에 따라 도열해 있었다. 이쪽에는 에콜 폴리테크니크(국립 대학) 학생들과 상이군인들, 저쪽에는 대사들과 민간복 차림의 고위 장교들이 모여 있었다.

그는 천천히 옥좌에 앉았다. 바야흐로 세계의 질서는 회복되었으며, 그는 그 중심에 앉는 것이다.

교황의 특사인 추기경의 복음서 낭독에 이어, 레지옹 도뇌르 훈위국(勳位局) 총재로 임명된 라세페드*의 연설이 끝나자, 나폴레옹은 모자를 쓰고 일어섰다. 그는 레지옹 도뇌르 훈장 수여식을, 이 성당에서 종교적으로 치르고 싶어했다. 훈장 수여식이 끝난 다음에는 감사미사가 집전될 것이다. 7월 14일 프랑스 대혁명을 기념하는 이번 축제행사 동안, 그는 자신이 추구하는 '용해'가 실현되기를 원했으며, 동시에 제국의 강력한 의지를 표현하고자 했다.

그의 목소리는 거대한 앵발리드 건물을 쩡쩡 울렸다.

"사령관, 장교, 훈장 수훈자, 시민 그리고 병사 여러분! 여러분은 명예를 걸고 제국에 충성을 다할 것을 맹세하였습니다. 그리고 우리 제국의 영토를 온전하게 보전하고 황제를 수호하며, 제국의 법과 그에 합당한 권리를 지킬 것을 서약했습니다. 또한 봉건체제를 복구하려는 모든 음험한 시도에 대해 정의와 이성과 법률이 허락하는 한 최선을 다해 투쟁할 것을 맹세했습니다……."

그는 모두가 이해할 수 있는 시간을 주기 위해 잠시 연설을 멈추었다. 그는 새로운 질서를 지배하는 황제였다. 1789년 7월 14

* 프랑스의 자연과학자이자 작가, 1756~1825.

일을 기해 새롭게 태어난 것을 보존하면서도 예전의 형태를 복구시키기도 했던 것이다.

그는 목소리를 높여 더욱 강력하게 말했다.

"마지막으로 여러분은 전력을 다해 우리 제국의 토대인 자유와 평등의 유지에 협력하기로 맹세하였습니다!"

환호성이 성당 전체를 뒤흔들었다.

그는 자신이 변화되었음을 느꼈다. 고위 장교와 고관들에게 훈장을 수여하는 그의 움직임은 더욱 느긋해 보였다.

그는 명예와 영광을 부여하며 축성하는 존재였다.

그리고 감사미사가 있었다.

축포가 울렸다.

오후 세시, 그는 마차를 타고 튈르리 궁으로 돌아갔다.

마차가 정원을 통과했다. 그것은 황제만의 특권이었다.

다시 생 클루에서 이틀 밤을 보냈다.

마리 뒤샤텔과의 밤이 돌아온 것이다. 앵발리드 행사 동안, 궁정 부인답게 차려입은 마리 뒤샤텔의 모습이 조제핀으로부터 멀지 않은 곳에 있었다. 그날 아침 튈르리 궁을 나서며 조제핀의 아름다움에 놀랐었지만, 그녀를 마리 앙투아네트 뒤샤텔에게 견줄 수야 있겠는가? 시간은 인간의 모든 것을 빨아들이는 구렁텅이 아닌가. 조제핀의 분바른 화사한 뺨과 루주 바른 붉은 입술도 그 젊은 여인 옆에서는 너무 시들어 보였다.

그는 마리 뒤샤텔에 대한 욕망이 솟구침을 느꼈다.

이토록 자신감을 느껴본 적이 없었다. 그는 날개를 펼친 독수리였다. 독수리의 손을 마리 뒤샤텔의 열린 손가락에, 발톱을 그녀의 생동하는 젊은 육체에 얹고 싶었다.

그녀가 들어왔다. 그는 그녀를 껴안고 한껏 차지했다.

누구도 그가 되려는 것을, 그가 하려는 것을 막을 수 없었다.

1804년 7월 19일, 그는 불로뉴에 도착했다.

그가 도시를 둘러보는 동안, 포병대가 9백 발의 환영 축포를 발사했다. 거리마다 세워져 있는 개선문을 지나는 동안 처녀들이 그에게 꽃송이를 던졌다. 항구에는 '영국은 곧 복수의 벼락을 맞으리라' 는 위협적인 문구가 새겨진, 십오 미터 높이의 나무기둥이 세워져 있었다. 나폴레옹은 환호하는 군중에 답례하고 지체없이 보트에 올라 배들이 정박해 있는 곳으로 향했다. 날씨는 화창했다. 그는 보트들에 장비를 갖추라고 명했다.

바람이 세차게 불었지만 파도는 그리 높지 않았다. 그가 보트의 앞부분에 우뚝 서서 갑을 막 지날 때였다. 갑자기 나타난 영국 순양함대가 보트를 향해 발포를 시작했다.

전투가 가져다주는 긴장감, 인간들을 사로잡아 목소리와 태도를 변화시키고 얼굴을 경련시키는 이 순간의 팽팽한 긴장이 그는 좋았다.

무사히 항구로 돌아온 그는 오르드르 절벽의 원형 막사로 들어갔다. 그리고 유리창을 통해 항구와 바다를 오래 응시했다.

그는 푸셰에게 편지를 쓰는 것으로 일을 시작했다. 그는 푸셰에게, 모로를 지지하는 르쿠르브 장군을 파리에서 떠나게 하라고 지시했다. 권력을 획득했다고 해서 도취될 수 없었다. 아직도 첩자와 적들이 도처에서 우글거렸다.

도시 전체가 하나의 거대한 병영으로 변한 불로뉴에 포도주와 돈이 물밀듯 들어오고, 여자들이 설탕 덩어리에 꼬이는 파리 떼처럼 몰려들었다. 병사들은 거의 매일같이 영국 첩자들을 체포했다. 대부분 망명귀족들인 첩자들은 체포 즉시 사형선고를 받고 총살당했다.

— 이것은 전쟁이다. 푸셰는 현실을 직시하라.

나폴레옹은 막사 안을 분주히 오가며 독려했다. 끊임없이 움직여야 한다는 것을 그 이외에는 아무도 이해하지 못하고 있었다. 활시위처럼 늘 팽팽하게 긴장해야 했다. 늘어지거나 지체할 시간이 없었다. 그는 푸셰에게 보내는 두번째 편지를 구술했다.

〈풀턴*이 제안한 글을 읽었소. 그러나 세계의 국면을 바꾸기에는 너무 늦었소.〉

그는 풀턴이 발명했다는 배를 잠시 상상해보았다. 이 미국인은 돛대 없이 증기기관의 힘만으로도 항해할 수 있는 배를 만들었다고 했나.

〈장관이 학사원 각 분야의 멤버들을 선발하여 증기기관을 이용해 항해한다는 그 배의 성능을 검사해보시오. 시간은 일 주일밖에 없소…….〉

그는 지도를 보고, 툴롱을 지휘하는 라투슈 트레빌 부제독에게 편지를 쓰며 밤을 보냈다.

〈나에게 적이 어디 있는지, 넬슨은 무엇을 하고 있는지 알려주시오. 대작전을 어떻게 펼쳐나갈 것인지도 구상하시오…….〉

그는 자신의 결단과 열정, 그리고 에너지를 모든 이들에게 전달하고 싶었다.

〈에타플, 불로뉴, 윔므뢰와 앙블르퇴즈 사이에, 우리는 대포를 장착한 1천8백 척의 보트와 포함들, 그리고 12만 명의 병사와 1만 필의 말들을 운반할 수 있는 수송선을 가지고 있소. 우리는 여섯 시간이면 불영 해협을 제압하고 세계의 주인이 될 수 있을 것이오!〉

이같은 확신감이 그의 몸 속 깊이 파고들었다.

---

* 미국의 발명가이자 공학자, 1765~1815.

폭풍우가 몰아치는 밤, 그는 내내 잠을 이루지 못했다. 그는 절벽과 항구, 해안 포대를 순찰하기 위해 막사를 나섰다. 칠흑 같은 어둠 속에 몸을 숙이고 걸어야 할 만큼 세찬 돌풍이 휘몰아쳤다. 수평선을 가르는 번개가 내리칠 때마다, 바다에서 솟구치는 거대한 파도가 하얀 속살을 드러내곤 했다.

그는 거센 폭풍우를 가르며 앞으로 나아갔다.

모든 것을 이겨내야 했다.

절벽 위까지 그를 만나러 온 브뤼 제독에게 나폴레옹은 함대 사열을 준비하라고 명령했다. 브뤼 제독은 폭풍이 몰려오고 있어 배를 띄울 수 없다고 말했다. 나폴레옹이 말했다.

"내가 내린 명령이오, 제독."

부하들을 무모한 위험에 내몰고 싶지 않다며, 브뤼는 받아들이지 않았다.

명령이 집행되지 않는다면, 어떻게 전쟁을 치를 수 있겠는가?

브뤼는 황제에게 도전한 것이다. 나폴레옹은 채찍을 움켜쥐었다가 바닥에 내동댕이쳤다. 그리고는 해군소장 마공에게 명령했다. 마공은 달려나가 함대 사열을 준비했다.

잠시 후, 무서운 폭풍이 휘몰아쳤다.

순식간에 보트들이 종잇장처럼 해안으로 밀려 바위에 좌초되었다. 몇 척은 대파하고 몇 척은 전복되었다. 병사들은 거센 파도 속으로 휩쓸려들었다.

나폴레옹은 병사들을 구하기 위해 급히 배에 올랐다. 거친 바다와의 투쟁은 새벽이 다 되어서야 겨우 끝났다. 그는 뼛속까지 흠뻑 젖어 막사로 돌아왔다. 잠시 후 술트가 병사 쉰 명이 희생되었다고 보고했다.

—나는 군대와 제국을 지휘한다. 나는 전쟁을 수행중이다. 군

대의 명령 속에서 병사들의 죽음은 피할 수 없는 법.

브뤼 제독의 완강함이 떠올랐다.

—브뤼 제독이 사열을 거부한 것은 옳았다. 그리고 원하는 사열을 강요한 나 역시 옳았다.

나폴레옹은 브뤼 제독에게 레지옹 도뇌르 훈장과 고관 직위를 수여할 생각이었다.

—제독은 나에게 저항했다. 내가 채찍으로 위협했을 때 그는 자신의 칼 손잡이에 손을 대기까지 했다. 나는 그같은 인간이 필요하다.

나폴레옹은 불을 피우게 하고 몸을 말렸다. 폭풍우와 싸우며 밤을 꼬박 새운 탓에 불 앞에서 졸음이 쏟아졌지만, 그는 글을 쓰고 싶은 욕구를 느꼈다.

그의 펜이 종이 위를 달렸다. 손끝의 힘을 제어하지 못해 종이가 찢기고 굵은 잉크 방울이 종이에 마구 번졌다.

〈사랑하는 부인, 당신을 떠난 지 벌써 며칠이 되었소. 나는 계속 말을 타고 움직여야 하지만 건강에는 아무 이상이 없소. 오늘 밤 차가운 바람이 휘몰아쳐, 정박중이던 포함 한 척이 표류해 불로뉴에서 4킬로미터 떨어진 바위에 부딪쳤소. 나는 인명과 재산, 모든 걸 잃었다고 생각했소. 그러나 우리는 모든 걸 구해냈소. 그 광경은 정말 대단한 것이었소. 비상 대포가 발사되고, 포화로 인해 해변은 대낮처럼 환하게 밝혀졌으며, 분노한 바다는 포효하듯 울어댔소. 우리는 밤새도록 병사들을 구하느라 발버둥쳤지만 몇 명은 바다 속으로 사라지고 말았소!

영혼이 영원과 대양, 그리고 밤 사이를 배회하고 있었소.

새벽 다섯시, 모든 게 명확해진 순간, 놀랍게도 모두가 구출되었다는 소식을 전해들었소! 나는 소설과 같은 서사적인 감동을 안고 잠들었소. 피로와 젖은 몸 때문에 잠자는 것 외에는 아무런 생각이 없었소. 잠을 이루지 못했다면, 나는 완전히 홀로 남겨졌다는 생각을 해야 할 상황이었소. 나폴레옹.〉

물론 이날의 사건이 이게 전부는 아니었지만, 편지는 사고를 그대로 전하고 있었다. 그는 이날의 사건을 누군가에게 전하고 싶어 했던 것이다.

며칠 후, 파리에서 영국 신문기사 번역 모음이 황제에게 전달되었다. 영국 신문들은 ‘식인귀 부오나파르테’의 명령에 따랐던 4백 명의 병사와 수병들이 죽었다는 기사를 싣고 있었다.

이것은 무얼 의미하는가? 황제 주위에 첩자와 매수된 떠벌이들이 구름처럼 모여 있다는 말이었다. 거짓말을 퍼뜨리는 한편, 숨어서 그를 칠 기회만 노리는 자들. 그들은 언제든 배반할 수 있는 자들이었다. 영국 총리 피트는, 런던 의회에서 ‘대륙에서 쓰일 용도’라는 명목으로 2백50만 파운드에 달하는 예산을 통과시켰다. 그 돈으로 영국은 수천 명의 첩자들에게 뒷돈을 대주고, 그들의 눈과 정신을 매수하는 것이다.

이제 넬슨의 함대를 쳐야 할 때가 왔다!

어떻게 대적할 것인가?

— 인간들을 내 주위로 단결시켜야 한다.

1804년 8월 16일, 그는 바다에서 멀리 떨어져 있지 않은, 위베르 방앗간과 테를랭크탱 사이에 위치한 계곡에서 군대를 사열했다.

그는 깃대 높이 매달린 새로운 사각 깃발 앞에서 걸음을 멈췄다. 독수리가 그려진 깃발이 펄럭이고 있었다. 깃발 너머 점점이 이어진 흰구름이 언덕의 숲 위로 흘러가더니 찬란하게 빛나는 푸른 하늘을 가렸다.

그는 강한 바람을 이겨내기 위해 다리를 벌리고 굳게 서서 불로뉴 군대에 레지옹 도뇌르 훈장을 수여했다. 그는 우렁찬 목소리로 진급한 군인들의 이름을 한 명씩 호명했다. 마치 중세의 기사 서임식을 연상시켰다. 그는 참모가 들고 있는 중세의 유명한 장군 바야르*의 투구에서 훈장을 꺼내 하나씩 달아주었다.

훈장을 받는 인간들은 기사들처럼 그에게 충성하리라. 명예와 영국의 돈, 충성과 두려움 혹은 이해관계 사이에서 그들은 망설이지 않으리라.

영국을 격파하기 위해 그는 제국의 전역은 물론 전 유럽에서 훈장을 수여할 작정이었다.

그날, 나폴레옹은 샤를마뉴 대제가 지배했던 라인 강 좌안의 도시들을 시찰하기로 결심했다.

* 프랑스의 군인으로서 당대의 가장 능란하고 직업적인 군사지휘관이었음. 1475~1524.

2
모든 감사미사에 참여하는 내가 지옥에 떨어지다니

그는 맞은편에 앉은 멘느발이 건네준 편지를 구겨버리고, 대형 마차의 움직임에 잠시 몸을 내맡겼다. 비서 멘느발은 그와 시선이 마주치자 즉각 시선을 떨구었다.

나폴레옹은 창 밖을 바라보았다. 마차는 폭우가 쏟아지는 계곡의 풍경 속을 굴러가고 있었다.

불로뉴를 떠난 이후 줄곧 비가 내리고 있었다. 생 토메르에서 기병대 예비사단을 사열하는 동안에도 비가 내렸다. 아라스에서 몇 시간 동안 진행된 분열행진중에도 비가 내렸다.

궂은비가 내내 내렸지만 나폴레옹은 자리를 피하지 않았다. 그는 병력을 완벽하게 지휘하는 쥐노 장군을 치하하며 그대로 서 있었다. 로르 쥐노도 만났지만, 그녀와는 그저 몇 마디 주고받았을 뿐이다. 그는 장교와 주지사, 유지들을 맞아야 했다. 그는 황제이며, 피로 따위를 드러내서는 안 되는 우두머리였다. 자신의 의무와 마주해야 하는 그는 자신의 몸 따윈 잊어야 했다. 그는 거의 눈을 붙이지 못한 채 다시 마차에 올라 아라스에서 몽스(벨기에의 베르겐)를 거쳐 브뤼셀로 향하는 길에 접어들었다. 그는 라커성에서 하룻밤을 묵고, 다시 샤를마뉴의 도시이며 조제핀이 기다리고 있는 엑스 라샤펠로 출발할 예정이었다.

그는 편지를 집어들었다가 다시 구겨버렸다. 라투슈 트레빌 제독이 툴롱에서 병사(病死)했다는 소식이었다. 분통이 터졌다. 라투슈는 그가 신임하는 몇 안 되는 제독 가운데 하나였다. 며칠 전 그가 라투슈에게 보냈던 편지 구절들이 생생하게 떠올랐다.

〈넬슨을 시칠리아나 이집트, 혹은 페롤로 유인하시오…… 이 유인작전은 행운이 따라야 하겠지만, 성공한다면 엄청난 결과를 가져올 것이오. 나는 제독이 제안한 이 작전에 기대를 걸고 있소.〉

그러나 라투슈 트레빌은 죽었다.

— 그리고 나도 죽을 수 있다.

그는 눈을 감았다. 이런 생각에 사로잡혀 있고 싶지 않았다. 군인도 병으로 죽을 수 있다. 황제도 마찬가지다. 그는 이런 악몽을 걷어치우려고 애를 썼다. 그러나 제독의 죽음을 알리는 편지가 그의 손에 들려 있었다. 자신의 육체를 과신하는 그는 주치의 코르비자르의 충고조차 들으려 하지 않았다. 의사가 무엇을 할 수 있단 말인가? 그러나, 그도 몸이 예전 같지는 않다는 것을 느꼈다. 위와 복부를 관통하는 통증이 오기도 해서, 식사량을 크게 줄였다. 달걀 프라이와 야채 샐러드, 약간의 파르마산 치즈를 먹는 것으로 만족했고, 여행중에는 가끔 통닭과 수프, 삶은 쇠고기를 먹는 정도였다.

그는 비서에게 마차 안의 벽장을 열어 상베르탱 포도주를 한 병 꺼내라고 손짓했다. 포도주를 한 잔 마시고 싶었다. 멘느발이 포도주 병을 따자, 그는 잔에 물을 따르라고 손짓했다. 포도주를 물에 타서 마시려는 것이다. 편지를 의자에 내던진 그는 잔을 들어 단숨에 들이켰다.

어찌 황제가 자신의 몸에만 관심을 기울일 수 있겠는가?

그는 짧게 끊어지는 목소리로 임시 내무장관직을 맡고 있는 포르탈리스에게 보내는 편지를 구술했다.

〈당신이 오늘, 승계권 문제에 대한 투표 집계를 주관하도록 하시오.〉

잠시 구술을 중단했다. 제국을 위한 이번 국민투표에서 반대표를 던지는 자는 불과 몇천 명 선을 넘지 않으리라. 그러나 압도적인 찬성표를 얻기 위해서는 한순간도 방심할 수 없었다. 그는 다시 구술을 시작했다.

〈민간인 표와 육군, 해군의 표까지 합산해서 나에게 전체적인 결과를 보고하시오. 찬성표가 3백만 이상은 되어야 하오.〉

주지사들이 나서야 했다. 그는 프랑스인들의 황제였다. 압도적인 지지가 필요했다. 어쩌면 찬성표를 던지려는 사람들이, 프랑스에 대항하여 동맹을 맺으려는 영국의 움직임에 압박을 느껴 망설일지도 모른다.

그는 곧 외무장관 탈레랑에게 보내는 편지를 빠르게 구술했다.

〈탈레랑, 오스트리아가 프랑스 제국을 인정한 것에 대해 내가 만족한다는 사실을 비엔나에 알리시오. 따라서 황제 나폴레옹 1세 역시 오스트리아 왕의 세습황제 직위를 인정한다고 말이오. 러시아 차르에게는 유감을 표명하시오.〉

나폴레옹은, 러시아 공사가 여권을 요구해 파리를 떠난 사실을 접하고, 유감을 넘어 분노를 표시한 바 있었다.

그렇다면 러시아는 영국 편에 선다는 말인가?

— 결국 내가 인정받기 위해서는 유럽 전체를 적으로 삼아 전쟁을 벌여야 한다는 말인가?

그는 다시 눈을 감았다.

— 내가 바라는 것은 평화다. 그러나 과연 검(檢)을 내려놓고 다른 방법으로 평화를 얻을 수 있을까?

1804년 9월 3일, 그는 엑스 라샤펠에 도착했다. 날씨는 청명하게 개어 있었다. 도시 전체에 만발한 꽃이 더욱 눈부셨다. 그가 지나는 거리마다 인파가 밀려들었고, 도시의 젊은 여자들이 그에게 꽃다발을 선사했다. 저녁에는 그를 환영하는 무도회가 열렸다. 화려하게 불 밝혀진 연회장 곳곳에 샤를마뉴의 초상화가 걸려 있었다.

황제가 홀에 들어서자 환호성이 터졌다. 고관들이 이내 그를 에워쌌다. 궁정 부인들에 둘러싸여 있는 조제핀의 모습이 눈에 들어왔다. 그러나 아무리 둘러봐도 뒤샤텔 부인은 보이지 않았다. 그녀는 이번 여행에 초대받지 못했던 것이다. 영악한 조제핀이 그녀를 파리에 남겨둔 것이리라. 이같은 일이 그를 화나게 하고 가슴에 상처를 남긴다는 걸 그녀는 모르는가? 그녀는 성실한 남편이라는 굴레에 그를 강제로 가둘 수 있다고 믿는단 말인가? 치밀어 오르는 화를 누르며, 조제핀 쪽으로 다가가는 그의 눈에 한 젊은 여자가 들어왔다. 큰 키에 어깨가 드러난 푸른색 옷을 입은 여자, 그녀는 빨아들일 듯한 시선으로 그를 바라보고 있었다. 순종의 눈빛과 다가오라는 유혹의 기색이 역력했다. 한눈에 그녀의 속마음이 느껴졌다. 그는 조제핀에게 가볍게 목례하고 그 여자에게 다가갔다. 황제가 원하는 사람에게 말을 거는 것을 누가 막을 수 있겠는가!

그녀는 누구인가? 그 젊은 여자는 우아하게 몸을 굽히며 '보데 부인'이라고 인사했다. 나폴레옹은 그녀에게 기다리겠노라고 말했다. 그날 밤 안으로 그는 그녀에게 명령할 것이다. 그는 순식간에 충만해진 마음으로 물러나 독일 고관들에게 다가갔다. 일정을 묻는 그들에게 나폴레옹은 대답했다.

"대성당에 가서 카롤루스 마그누스 황제(샤를마뉴 대제의 별칭)의 영전에 분향하고, 그의 유물 앞에서 명상할 것이오. 나는 샤를마뉴의 검을 보고 싶소. 대제는 그 검을 들고 유럽의 평화를 이루었소. 검 없이 어떤 평화를 이룰 수 있겠소?"

그는 자신을 주목하는 좌중을 둘러보고 말을 이었다.

"파리에서 거행될 나의 대관식이 샤를마뉴의 위대함을 상기시키는 기회가 되길 바라오. 대제가 그랬듯이, 나의 가장 큰 소망 역시 유럽을 평화의 땅으로, 훌륭한 통치가 지배하는 땅으로 만드는 것이오."

그는 샤를마뉴가 자신의 '장엄한 선구자'이기를 원했다.

홀에서 나와 숙소로 돌아온 그는 콩스탕에게 궁정 부인인 보데 부인을 그날 밤 안으로 데려오라고 명했다.

그녀가 거절하지 않으리라는 걸 그는 알고 있었다. 그녀의 눈빛 속에는 불꽃이 들어 있었다. 하긴 이제는 그를 향하는 거의 모든 여자들의 시선에 그런 불꽃이 담겨 있었다. 그것은 선택받고 싶다는 욕망의 불꽃이며, 그가 불러주기만을, 스스로를 바칠 기회가 오기만을 학수고대하는 기다림의 불꽃이었다. 그는 황제였다!

그녀가 왔다. 젊고 아름다운 여자, 호기심이 가득한 눈빛을 가진 유쾌한 여자. 그녀가 지닌 무례할 정도의 대담성은 그들 관계에 생기를 부여했지만, 그는 바로 그 점을 놓치지 않았다. 첫날

밤부터 그는 탐욕스러우리만치 앞날을 치밀하게 계산하는 그녀의 성격을 간파했다. 벌써 그녀는 파리로 돌아간 이후의 자신의 새로운 위치를 생각하는 것이다.

여자는 아무런 요구 없이 순수하게 그를 받아들여야 했다. 그녀는 자신의 매력을 미끼로 이용하고 있었다. 하지만 그녀가 즐거움을 주는 것은 사실이었다. 새벽에 그녀를 보내면서 그는 생 클루나 튈르리에서 다시 만나자고 약속했다.

나폴레옹은 샤를마뉴가 지배했던 도시, 고도(古都)를 돌아보기 위해 나섰다.

대성당으로 들어간 그는 마그누스 황제의 무덤과 유물이 있는 그곳에서 대제의 검을 보고 실망을 금치 못했다. 게다가 왕홀, 토가(고대 로마의 길고 펑퍼짐한 옷), 금옥관자(독수리나 십자가가 얹혀 있는 왕위의 상징) 같은 대부분의 값진 유물은 이 도시에 있지 않고, 뉘른베르크에 있었다. 대제의 유물들에서 돌아서면서 그는 자신의 대관식을 생각했다. 그의 대관식은 카롤링거 왕조* 시대처럼 장엄한 행사가 되어야 하리라.

대성당의 중앙홀로 나아가던 그는 자신의 발걸음 소리가 궁륭 아래서 울리는 것을 들었다. 샤를마뉴 제국을 다시 세우고, 유럽에 그 대제와 같은 족적을 남기는 것보다 더 위대한 구상이 있을까?

— 나는 나에게 '불가능은 없다'는 걸 이미 보여주지 않았는가? 정열적으로, 그리고 집요하게 욕망하면, 무엇이든 할 수 있다는 사실을 스스로 일깨우지 않았는가? 믿기만 하면, 운명의 여신은 세계라는 거대한 장기판의 말들을 유리하게 배치하리라는 걸 보여주지 않았던가?

---

* 750년~887년에 서유럽을 통치한 프랑크 왕조.

크레펠트, 윌리히, 쾰른, 코블렌츠, 마인츠를 순방하면서 그는 그 도시의 요새들을 찾았다. 라인 강변을 따라가는 도로에서 마차를 멈추고는 오랫동안 홀로 서서 그 거대한 강줄기를 응시하기도 했다.

대관식 행사를 어떤 식으로 치러야 할지는 이제 분명해졌다. 대관식은 앵발리드가 아닌 노트르담에서 거행해야 하리라. 건축가 퐁텐*에게 노트르담 사원을 대관식에 걸맞게 보수하라고 명하고, 대성당 주변에 빽빽하게 들어찬 가옥들을 허물어 포도(鋪道)를 확장하라고 지시했다. 시간이 부족하면, 리볼리 가와 카루젤 광장, 그리고 센 강변에 횃불을 밝히고 밤에도 작업하도록 했다. 비만 오면 진흙탕이 되어버리는 길은 안 된다. 로마식으로 탁 트인 도로와 잘 다져진 노면 위로 마차가 통행할 수 있어야 했다. 대관식은 안개달을 기념하여 11월중에 있을 예정이었다. 그는 준비 작업에 박차를 가하라고 지시했다.

다시 마차에 오른 그는 2만 명으로 가득 찬 노트르담 대성당에서의 대관식 장면을 상상했다. 그가 입을 의복과 망토, 칼과 왕관의 제작도 명했다. 나폴레옹은 샤를마뉴의 후계자가 되기를 원했지만, 가장 중요한 것은 그 자신이 제국의 창조자가 되고 전례 없는 혁명의 아들이 되는 것이었다.

샤를마뉴와 그를 연결시키는 끈을 찾아내는 일은 그의 의무였다. 그가 고집스레 교황을 노트르담에 오게 하려는 것도 바로 그런 이유 때문이었다.

그의 거처로 건립된 쾰른의 황제궁에서 그는 군중의 오랜 갈채

---

* 프랑스의 건축가, 1762~1853.

소리를 들었다. 그가 방문한 모든 도시가 그랬듯이 퀼른도 그에게 열광적인 승리의 함성을 보내주었다.

그는 잠시 창문 앞에 머물렀다. 그가 궁전으로 들어왔는데도 광장은 여전히 사람들로 들끓었다. 그러나 저 열광하는 민중을 응시하는 일은 부질없는 짓이리라. 미래, 대관식 행사에 의해 밑그림이 그려질 미래를 준비해야 했다. 1804년 9월 15일, 그는 멘느발을 불러 구술을 시작했다.

〈성스러운 아버지 교황 예하께. 우리 민중은 가톨릭교를 복구함으로써 정신과 풍속을 한층 고양시키는 훌륭한 성과를 거두고 있습니다. 세계사에서 가장 중대한 오늘날의 상황을 직시하며, 저는 예하께서 우리 위대한 민족의 운명에 관심을 가져주시기를 기도드리는 바입니다.〉

그는 다시 창가로 다가갔다. 황제궁 앞에는 여전히 군중이 모여 있었다.

과업을 계속 추진한다면 샤를마뉴의 계보를 잇게 되리라. 이미 그는 세계사에 편입된 인물이 아닌가?

나폴레옹은 구술을 계속했다.

〈예하께서 프랑스 황제의 대관식 행사에 참석하여 지고의 종교적 축성을 베풀어주시기를 간청하는 바입니다. 예하께서 축성을 베풀어주신다면, 그것만으로도 이 행사는 새로운 빛을 얻게 될 것입니다…….〉

그는 참모 카파렐리 장군을 호출했다.

카파렐리 장군의 큰형은 이집트 원정시 생 장 다크르 전장에서 전사했다. 나폴레옹은 그들 형제 장군을 모두 높이 평가하고 있었다. 카파렐리 장군이 교황에게 황제의 친서를 전달하리라. 교황청과의 외교적 관례에 따르면 주교가 사절이 되어야 했지만 나폴레옹은 개의치 않았다. 카파렐리 장군의 작은형은 생 브리외의 주교이기 때문이었다.

나폴레옹은 미소짓다가 갑자기 심각한 표정으로 카파렐리에게 말했다.

"장군, 이십만 명의 군대를 거느린 인물을 대하듯 교황을 대하시오."

이미 여러 번 했던 말이지만 그는 다시 한번 주의를 줬다. 교황은 영혼을 주재하는 힘을 지녔기 때문에 총검으로 무장한 일개 사단보다 훨씬 강력한 힘이 있었다.

나폴레옹은 큰 방을 서성이며 홀로 생각을 정리하려는 듯 중얼거렸다. 방 안에 있는 카파렐리와 멘느발의 존재는 아예 잊은 듯했다.

"다만 지금 고려해야 할 문제는, 교황에게 간청하는 것이 과연 우리 민족에게 유용할 것인가 하는 점이란 말이야."

서성이던 걸음을 잠시 멈추고 고개를 끄덕이며 그는 그렇다고 생각했다. 다시 걸음을 옮기며 그는 말했다.

"그래, 그것은 유럽 국가들을 우리 편으로 끌어들이는 하나의 방법이지."

—내가 교황의 축성을 받으며 대관식을 치른다면, 그들이 나를 비난할 무슨 까탈을 잡을 수 있겠는가?

"권위 있는 모든 세력들을 연속적으로 끌어들임으로써만이 나 자신의 권위를 보장받을 수 있을 터……."

담배를 몇 모금 빨아들이며 허공을 응시하던 그는 카파렐리에게 다가서며 결론맺었다.

"즉, 우리가 공고히 하려는 것은 바로 대혁명의 권위요."

그러나 누가 그의 '시스템'을 이해할까? 안개달 18일부터 가동시킨 이 체제는 제대로 작동될 것인가? 다른 나라들은 황금관과 교황의 축성으로 장식하는 대관식의 의미를 받아들일 것인가? 주변 국가들은 대혁명의 뜻을 잇고자 하는 프랑스 제국을 과연 인정할 것인가?

다시 길을 떠난 그는 독일의 항구도시 마인츠에 도착했다. 피로 때문일까? 그의 얼굴은 초췌해 보였다. 그는 영국이 선전포고 없이 스페인 선박들을 나포했다는 사실을 알고 있었다. 또한 스웨덴의 칼마르에서 루이 16세의 형제들이 또다시 '찬탈자 보나파르트'를 탄핵했다는 사실도 알고 있었다.

— 정교 협약 이후 나는 모든 감사미사에 참여하고, 가는 도시마다 주교의 축복을 받고 있다. 그런 내가 지옥에 떨어지다니! 이런 나를 받아들이지 않고, 왕들이 나에 대항하는 동맹을 맺는다니!

조명이 휘황한 선제후 궁전의 중앙홀에서 그는 경멸에 찬 시선으로 독일 왕족들을 바라보았다. 그들은 그의 의도와 계획에 대해 질문들을 했지만 그는 간단하게 답했다.

"이백 년 전부터 유럽에서는 더이상 할 일이 없소. 위대한 뜻을 펼칠 수 있는 곳은 오직 동방뿐이오."

말을 마치며 그는 얼굴을 찌푸렸다. 마치 자신의 진정한 구상을 감추기 위해 그렇게 말했다는 걸 보여주기라도 하려는 듯이.

하지만 그는 자리를 뜨면서 이집트를 생각했다. 이집트 원정 시절, 알렉산더처럼 인도로 가기 위해 개척을 꿈꾸었던 도로를 떠올렸다. 샤를마뉴 역시 정복자 알렉산더를 생각하지 않았을까?

다음날인 1804년 9월 30일 일요일, 그는 주둔군에 4개 기병연대를 마인츠 성벽 밖에 집합시키라는 명령을 내렸다. 날씨는 벌써 싸늘했다. 비를 머금은 바람이 세차게 불었다. 얼굴을 때리는 바람을 그대로 맞으며, 그는 몇 시간 동안 일개 장군이 되어 명쾌한 목소리로 명령하면서 연대를 훈련시켰다.

생사를 가르는 전장과 다를 바 없는 훈련장. 병사들을 맹훈련시키는 나폴레옹의 행동은 자신을 향해 많은 사람들이 던지던 질문에 대한 대답이기도 했다.

전진, 승리를 위한 전진 이외에 다른 길이 있겠는가.

그는 다시 길을 재촉했다.

프랑켄탈, 카이저슬라우테른, 짐머른, 트리어, 룩셈부르크, 스테네. 이 도시들을 지나면서, 그는 고관들의 영접을 받았다. 그리고 군대를 사열하고 요새들을 살펴보고, 파리로 향하는 여정에 올랐다.

1804년 10월 12일 금요일, 그는 생 클루 성에 도착했다. 오전 열한시가 조금 지난 시각이었다.

3
나는 사내의 가슴을 가지고 있다

생 클루를 떠난 지 두 달 남짓만의 귀환이었다. 회랑들을 지나면서 나폴레옹은 '잠자는 숲속의 미녀'의 성을 지나는 듯한 느낌이었다! 분노가 치밀었다. 참모들은 무얼 했는가? 콩스탕과 루스탐을 다그쳐 제복을 가져오게 한 그는 여행하느라 먼지로 뒤덮인 옷을 벗어버렸다. 집무실에 들어간 황제의 시중을 드느라 성 안이 분주했다. 그는 달걀 프라이 두 개와 파르마산 치즈 한 조각, 샹베르탱 포도주 한 잔으로 간단한 점심식사를 했다.

그는 달걀을 한입에 삼켜버렸다. 게으름뱅이들에게 통치권을 쥐어주는 것이 가당키나 한가? 그는 자신이 통치와 권력의 유일한 동력이라고 느꼈다.

그는 공문을 읽으며 분개했다. 어떻게 이런 일이 있을 수 있는가? 교황 비오 7세가 아직도 그가 보낸 초청장에 답장을 보내지 않고 있었다! 그렇다면 교황은 이달, 1804년 10월 말 전에는 출발하지 못할 것이고, 대관식은 안개달 18일 기념일에 열릴 수 없게 된다는 말이 아닌가! 교황에게 압력을 가해야 했다.

— 시간은 항상 모자라는 법. 시간이 나를 삼키기 전에 내가 시간을 삼켜야 한다. 적이 나에게 달려들기 전에 내가 먼저 움직여야 한다.

그는 푸셰와 첩보원들이 올린 보고서를 빠르게 훑어보았다. 푸셰는 특유의 빈정대는 어투로 함부르크의 영국 공사인 룸볼드에 대해 보고했다. 망명귀족들을 받아들여 왕당파 조직을 관리하고 여러 사람에게 돈을 대는 자가 룸볼드라는 것이었다. 절대로 방치할 수 없는 일이었다! 룸볼드를 납치하여 파리로 이송시키고, 입을 열게 해야 했다. 그는 요원들을 파견할 작정이었다. 요원들은 주저하며 겁을 내지만, 지금은 전시 상태다. 러시아에 대항해서도 뭔가 움직여야 했다. 차르는 영국에 접근하고, 런던은 차르의 고문들과 측근들에게 뒷돈을 대고 있었다. 그렇다면 개입을 망설일 이유가 없지 않은가?

— 즐거웠느냐고?! 푸셰는 내가 한 바퀴 유람이라도 하고 온 줄 아나.

경멸하듯 약간은 우쭐한 태도로 나폴레옹의 말을 가만히 듣기만 하던 푸셰가 말했다.

"룸볼드에 대해 난폭한 조치를 취하는 것은 좋지 않을 듯싶습니다. 자칫 잘못하면 그를 신임하는 프로이센 왕의 반발을 사게 됩니다. 그리고 차르는 그의 궁정과 측근들에 대해 영향력을 행사하려는 우리의 시도를 불쾌하게 여길 것입니다. 따라서 모든 계획이 불가능해질지도 모르고 위험하리라 사료됩니다."

나폴레옹은 펄쩍 뛰었다. 그는 긴 여행에도 불구하고 조금도 피로를 느끼지 않았다. 그런데 앞뒤만 재는 이 인간들, 잠자는 듯 침묵만 지키고 있는 이자들이 무슨 소리를 지껄이고 있는 것인가? 그는 소리쳤다.

"뭐요? 당신 같은 대혁명의 베테랑이 이토록 소심하단 말인가?"

그는 마음을 진정시키기 위해 코담배를 맡으며, 방 안을 서성이며 다시 말했다.

"아! 장관, 불가능이 있다고 단정하는 것은 당신 같은 사람의 몫이야! 바로 당신 몫……."

푸셰에게 다가간 그는 노려보며 말했다. 푸셰는 그의 불타는 시선을 마주하지 못했다.

"당신은 지난 십오 년 동안 이성적으로는 이루어질 수 없는 사건들이 실현되는 것을 보았지 않소?"

그는 손가락으로 푸셰를 가리키며 말을 이었다.

"당신은 루이 16세의 머리가 망나니의 칼 아래 떨어지는 것을 보았고, 오스트리아 황녀 출신의 프랑스 왕비가 신발과 양말을 수선하면서 단두대를 기다리는 것을 보았소. 그러다가 내가 프랑스 황제가 되면서 당신은 장관이 되었소. 그런 사람이 '불가능'이라는 말을 입에 올린단 말이오!"

그는 푸셰를 노려보았다. 그렇지만 그렇다고 당황할 푸셰가 아니었다. 오히려 장관의 대꾸는 무례한 것이었다.

"하긴 폐하께서 우리에게 '불가능'이라는 말은 프랑스어가 아니라고 가르쳐주셨다는 걸 깜빡했습니다."

— 그런가, 그렇다면 이제 나의 명령을 수행하라.

나폴레옹은 편안한 기분이었다. 10월의 부드러운 날씨. 다만 하늘을 뒤덮으며 길다랗게 몰려오는 구름이 밤에 내릴 비를 예고하고 있었다.

밤이 내리고 있었다. 그는 집무실을 떠나 큰 보폭으로 궁정 부인들이 모여 있는 조제핀의 사저로 건너갔다. 그녀의 방에 뒤샤텔 부인이 있었고, 보데 부인은 아예 대담하게 아는 척을 해왔다.

그는 힐끗 조제핀의 시선을 살폈다.

— 그녀는 벌써 알고 있겠지? 그녀는 질투심 많고 의심 많은 여자 특유의 직관을 가지고 있지. 하지만 그녀는 나를 있는 그대로 받아들여야 한다.

그는 보데 부인에게 미소로 답하고 아무 말 없이 집무실로 돌아와 콩스탕에게 말했다.

"오늘밤은 보데 부인이다."

그리고 그는 서류뭉치가 가득한 책상에 앉았다.

그는 포르탈리스가 보고한 투표 결과를 빠르게 읽어나갔다. 개표 결과를 담은 보고서를 한 장 한 장 넘길 때마다 그는 고함을 질렀다. 2,962,458표의 찬성표 가운데, 육군은 고작 120,302표, 해군은 16,224표에 불과했다. 이럴 수가 있단 말인가?!

그는 펜을 들어 개표 결과를 지워버렸다. 그리고 그 옆에다 육군 40만 표 찬성, 해군 5만 표 찬성이라고 쓰고는 총찬성표를 3백40만이라고 고쳐 썼다. 반대 2,567표는 수정하지 않았다. 포르탈리스는, 숫자란 시각적인 중요성을 갖고 있다는 사실을 이해하지 못했단 말인가? 더구나 군대의 찬성표가 13만 표에 지나지 않는다는 걸 영국이 안다면 어찌 되겠는가?! 원로원 의원들, 장관들, 국가참사원 위원들은 나폴레옹 자신 덕분에 자리에 앉은 인물들 아닌가? 그럼에도 불구하고 그들은 왜 권력에 있어서는 우선 겉으로 드러나는 것이 중요하다는 사실을 이해하지 못한단 말인가? 우선 말이 가장 중요하다. 그 다음이 군대다.

—11월 6일, 내가 만든 투표 결과를 원로원은 엄숙하게 발표하리라. 감히 누가 그 결과에 이의를 제기하겠는가? 나는 황제다. 투표는 현실을 인정하기 위해서만 행해졌을 뿐이다. 그 결과는 눈부신 것이어야 한다.

그는 답답한 심정으로 창가로 향했다. 까만 어둠 속에 비가 내리고 있었다.

—진실? 진실이란 무엇인가? 나는 프랑스 황제가 아닌가?

그는 앞으로 닥쳐올 날들을 생각했다.

—가장 먼 마을에서도, 가장 후미진 골짜기에서도 내가 황제가 되었다는 사실을 알아야 하리라. 대관식 행사가, 저녁마다 둘러앉아 한담을 나누는 사람들 사이에 회자되어야 하리라. 옛날 어떤 왕이 랭스 대성당에서 나오면서 환자들을 만지자 병이 모두 나았다는 신화가 떠돌았듯이 말이다.

그는 모든 것을 자신의 눈으로 직접 보고 싶어했다. 행렬의 구성과 그 도정(道程), 노트르담 중앙홀의 좌석 배치, 고관들의 제복 등을 직접 지시했다. 또한 대관식 행사에 참여할 인사와 제국 전역에서 상경할 대표단 명단을 작성했다. 10월 29일, 교황이 참석한다는 답장을 보내왔지만, 그는 행여 교황이 파리에 늦게 도착하지나 않을까 불안해했다.

—교황 역시 결국은 평범한 인간일 뿐. 자신의 이해관계가 얽혀 있는 마당에 어떻게 내 요구를 거절한단 말인가!

나폴레옹은 추기경이자 로마 전권공사이며, 로마에서 파리까지 교황 비오 7세와 동행할 페쉬 삼촌에게 편지를 썼다.

〈교황의 걸음을 재촉하셔야 합니다. 나는 행사를 최대한 늦추어 12월 2일까지 연기하려 합니다. 만일 이때까지 도착하지 못한다면 왕관 수여식은 교황 없이 이루어지고, 교황이 주관하는 대관식은 다시 치러지게 될 것입니다. 5만 명에 이르는 군대와 지역 대표단들을 오래 붙들어놓을 수는 없기 때문입니다.〉

나폴레옹은 오직 자기 자신만 믿고 싶었다. 그럴 수만 있다면 어떤 장애도 넘어설 수 있을 터였다. 하지만 타인들이 있었다. 게으르고 맹목적이며 질투와 증오에 사로잡힌 타인들. 그들과 함께 가지 않을 수 없었다. 탐욕스런 타인들.

때로 그는 그들을 멀리했다. 홀로 말에 올라 박차를 가하면서 세찬 바람 속을 질주했다.

타인들이 말처럼 힘차면서도 유순하다면 인간과 사물의 통치는 간단하리라.

생 클루 성의 숲에서 수행원들을 데리고 말을 몰며 사냥할 때마다 그런 생각이 떠올랐다. 사냥개들이 추격하면 사냥감이 수풀 속에서 튀어나왔다. 그와 사냥감 사이에서 벌어지는 유쾌한 질주. 사냥은 또다른 전쟁이었다. 그는 사냥감을 쫓으며 몇 시간 동안이나마 서류와 대관식을 잊었다. 이런 질주가 가져다주는 기분 좋은 피로는 오히려 건강에 도움을 주었다. 질주는 그의 에너지를 해방시키고 진정시키며 재충전시켜주었다.

성으로 돌아오면 으레 루스탐의 시중을 받아 뜨거운 목욕을 하며 그가 부른 여자를 기다렸다. 보데 부인, 그녀는 들어올 때부터 애교와 아양이 흘러넘쳤다. 한동안 살랑거리던 그녀는 자신의 빚과 채권자 목록을 내밀었다. 그는 선뜻 돈을 건넸다. 경찰 보고서는, 보데 부인이 판돈이 엄청난 노름판을 벌인다고 했다. 그는 보고서를 바라보며 뒤로크에게 투덜거렸다.

"노름꾼들이 그렇게 쉽게 긁어모으는 돈을 왜 내가 비싸게 지불해야 하지?"

어느 날 그는 참모가 가져온 편지를 읽고는 감동했지만, 한편으로는 씁쓸했다. 황제가 만나주지 않자 보데 부인은 자살을 시도했던 것이다. 그는 참모인 라프 장군을 그 여자 집으로 불러 함께 노름판을 벌였다. 유쾌하고 태연하게 판을 주도하는 그녀 앞에서 나폴레옹은 라프를 바라보았다.

— 나를 비웃지 말라. 이 여자의 빚을 몽땅 갚아주되 생 클루와 튈르리 근처에 다시는 얼씬거리지 못하게 하라.

— 왜 내가 그런 사소한 일들에 휘말려야 하는가? 내가 정한 법칙에 따라 검소하게 살면서 정의의 인간이 되기 위해 노력해야 하는 내가, 왜?

그는 뒤샤텔 부인을 맞았다. 그녀는 보데 부인과 너무 달랐고, 너무 아름다웠다. 이해관계에 초연한 그녀에게 그는 수시로 선물을 안겨주었다. 그녀의 남편 뒤샤텔 남작에게도 찬사를 보냈다. 남작은 훌륭한 재판장이자 능력 있는 관리였고, 정중하면서도 맹목적으로 만족하는 남편이었다.

어느 날 밤, 그가 마리 뒤샤텔과 함께 있는데 누군가 비밀 계단의 문을 두드려댔다. 나폴레옹은 벌떡 일어섰다. 조제핀의 목소리였다. 마리는 침대보를 휘감고 얼굴을 가렸다. 조제핀은 부서져라 문을 두드렸다. 마리 뒤샤텔은 급기야 울음을 터뜨리고 말았다.

황제인 그가 이런 소극(笑劇)에 빠지다니!

그는 거칠게 문을 열어젖혔다. 미리 다 알고 왔다는 듯 조제핀은 그와 마리에게 욕설을 퍼부었다. 나폴레옹은 고함을 쳤다. 무슨 권리로 이렇게 난입한단 말인가? 그의 말에 조제핀은 울부짖으며 돌아섰다. 그는 그녀를 쫓아갔다. 그를 이렇게 우스꽝스럽게 만들고 족쇄를 채우려 드는 것을 더이상 참을 수 없었다. 조제핀의 방에 뛰어들어간 그는 이혼하겠다고 소리쳤다. 그녀는 흐느꼈다. 질투의 속박으로 묶어두려 드는 그녀에게 동정도 들지 않았다. 누군가 공격해오면 자신을 방어하는 것은 당연한 일. 그는 아이를 낳아줄 수 있는 여자를 아내로 맞으라고 충고하는 사람들의 말을 받아들이겠다고 그녀에게 경고했다.

밖으로 나왔지만 분노가 가시지 않았다. 조제핀은 오랜 배우자로서, 질투하는 여자라는 자신의 법칙에 그를 복종시킬 수 있다고 생각하는 것인가?

그는 으젠 드 보아르네와 마주쳤다. 조제핀의 아들, 올곧고 용감한 그를 나폴레옹은 좋아했다. 으젠에게 이혼이니 위자료니 하는 말들을 꺼내기가 불편하기만 했다. 으젠이 말했다.

"어머니에게 불행이 닥쳐온 지금 저로서는 아무것도 받아들일 수 없습니다."

나폴레옹은 등을 돌렸다.

이혼은 정당한가?

신경질적으로 코담배를 맡으면서 그는 성큼성큼 자리를 떴다.

그는 끊임없이 그 문제를 생각했다.

오르탕스와 루이의 둘째아들 나폴레옹 루이의 세례식에서도 그는 조제프와 누이들이 조제핀을 멸시하는 말을 들었다.

— 나 자신이 모욕당하는 것도 아닌데 왜 내가 상처받아야 하는가?

보고에 따르면, 조제프는 자신이 나폴레옹의 지명후계자이며, 조제핀은 대관식 행사에 참여하지 않을 것이고 곧 이혼당할 거라고 도처에서 떠들고 다닌다고 했다.

왜 이런 진창 속을 걸어야 하는가?

— 조제프는 대체 무얼 믿는가? 그가 나에 대해 어떤 권리가 있다고 믿는 것일까? 무슨 명목으로? 도대체 형이 무슨 일을 했다

고 그렇게 주장한단 말인가? 원로원에 제출할 투표 결과를 알리는 보고서에서 왜 뢰드레르는 조제프에게 그렇게 중요한 직위를 주는가? 형은 무얼 원하는가? 나를 지배하기를? 나를 대신하기를? 그는 '프랑스 동방 대특사'라는 지위가 미래를 결정할 만큼 권력이 있다고 생각하는가? 그의 진의를 알아야 한다.

1804년 11월 4일, 나폴레옹은 뢰드레르를 생 클루로 호출했다.

열한시, 뢰드레르가 들어왔다. 이 인간은 조제프의 측근으로 알려져 있지만, 나폴레옹은 그를 신뢰하고 있었다. 뢰드레르가 조제프에게 엄청난 자리를 약속한 걸 보면 그가 조제프와 가깝다는 소문은 사실일지도 몰랐다. 나폴레옹은 다그쳤다.

"이게 그 보고서란 말이오? 내게 진실을 말하시오. 이건 나를 위한 것이오, 아니면 나에게 대항하기 위한 것이오?"

뢰드레르는 충성심을 보이며 해명했다. 나폴레옹이 다시 물었다.

"그렇다면 당신이 조제프를 나와 같은 반열에 올리는 이유는 도대체 무엇이오? 내가 없으면 내 형제들은 아무것도 아니오. 그들이 위대하다면 그건 내가 그렇게 만들었기 때문이오."

나폴레옹은 몇 걸음 옮기면서 덧붙였다.

"내 형제들을 내 곁에 앉히고 나와 동렬에 놓는 걸 견딜 수 없소."

그는 숨을 돌리고 나서 생각나는 말들을 내뱉었다.

"나는 정의로운 인간이오. 통치를 시작한 이후 언제나 그랬소. 내가 이혼을 원하지 않았던 것도 정의 때문이오. 나 자신의 이해관계로 보나 시스템의 이해관계로 보나 내가 다시 결혼하는 것이 필요했소. 그렇지만 나는 이렇게 말했소. '내가 더 위대해지고 싶다고 해서 어떻게 착한 아내를 내보낸단 말인가! 만일 내가 감옥에 던져지거나 망명해야 했다면 그녀는 나와 운명을 함께했을 것이다. 그런데 내가 강해졌다고 해서 그녀를 내쫓아버린단 말인가? 아니다. 그건 내 능력을 넘어서는 일이다. 나는 사내의 가슴을 가지고 있다. 나의 본성은 잔인하지 않다. 그녀가 죽으면 그때 재혼할 것이며, 그때 아이를 가져도 늦지 않을 것이다. 나는 그녀를 불행하게 만들고 싶지 않다'고 말이오."

고개를 숙이고 잠시 침묵한 뒤 그가 다시 말했다.

"나는 조제프에게도 정의롭게 대했소."

그는 집무실을 거닐며 말을 이어나갔다.

"나와 조제프는 가난 속에서 태어났소. 너무 평범한 환경이었지. 그러나 나는 나 자신의 행동을 통해 스스로 성장한 반면, 조제프는 태어난 그 자리에서 한치도 걸음을 떼어놓지 못하고 맴돌고만 있소."

그는 창문으로 다가가 성의 뜰을 가리키며 말했다.

"프랑스에서 지배자가 되려면 위대한 가문에서 태어나 어릴 때부터 궁전에서 호위대를 보며 자라든지, 아니면 다른 모든 사람보다 특출한 능력을 지닌 인간이 되어야 하오."

직위를 제안할 때마다 거들먹거리며 거절하는 형 조제프에 대한 자신의 반감이 이토록 컸는지, 나폴레옹은 스스로도 놀라웠다.

"조제프는 왕족이 되기를 거절하는 것인가? 그렇다면 2백만 프랑을 달라고 국가에 요구하는 것은 갈색 연미복에 둥근 모자를 쓰고 거리나 쏘다니려고 그러는 것인가?"

나폴레옹의 목소리는 신랄한 어투로 바뀌었다.

"직위는 시스템의 일부일 뿐이오. 직위는 시스템을 위해 필요한 것이란 말이오."

그는 뢰드레르 쪽으로 되돌아가며 물었다.

"나를 위해, 어느 정도의 재주와 상식을 베풀어줄 수는 없겠소?"

그는 장군들에게 왜 원수라는 직위를 부여했는지 설명했다. 그것은 그 장군들이 공화국의 원칙에 충실했기 때문이다. 그렇다면 그들은 제국도 함께 받아들여야 한다.

"엄청난 직위를 받아들인 그들로서는 제국을 거부하거나 불충한 태도를 보일 수는 없을 거요."

그는 뢰드레르에게서 물러나며 다시 물었다.

"조제프는 무엇을 원하고 있는 거요? 내가 이렇게 반석 위에 서 있는데 나와 권력 투쟁이라도 벌일 작정이란 말인가?"

뢰드레르가 조제프를 변명하려 애썼다. 조제프가 아프다는 것이었다. 나폴레옹은 어깨를 으쓱하며 대꾸했다.

"나는 권력 때문에 아프거나 하지는 않소. 왠지 아시오? 권력은 나를 살찌우기 때문이오. 나는 어느 때보다도 튼튼하오…… 내 애인, 그것은 권력이오. 나는 그것을 정복하기 위해 많은 애를 썼소. 이제 누구에게도 빼앗기지 않을 것이오. 만일 내 애인을 탐한다면 그가 누구든 나는 용서치 않을 것이오."

그리고는 씁쓸한 표정으로 중얼거렸다.

"그런데 조제프가 내 애인을 건드렸단 말이지."

그는 분노를 터뜨렸다.

"원로원이나 국가참사원이 나와 대립한다면 나는 독재자가 될 것이오. 내 가족의 움직임도 나를 독재자로 만들 소지가 다분하오. 내 가족은 나의 아내와 으젠, 오르탕스, 그리고 나를 둘러싼 모든 것을 질투하고 있소. 내 아내는 그들에게 조금도 해를 주지 않는 착한 여자요. 그녀는 황후라는 지위와 보석과 아름다운 옷을 가지는 데 만족할 뿐이오. 그 정도야 그 나이의 여자에겐 당연한 행동 아니오."

그는 자신의 말에 놀란 듯 입을 다물었다.

"내가 그녀를 황후로 만든 건 정의 때문이오. 나는 무엇보다도 정의의 인간이오. 그녀가 나의 위대함에 동참하는 건 너무나 정당하오…… 그렇소. 설령 이십만 명이 희생된다 하더라도, 그녀는 왕관을 쓸 여자요."

그는 스스로의 감정에 취해 어조를 더욱 높였다.

"그들은 늘 그녀를 박해의 표적으로 삼고 있소. 조제프야 나에게 무슨 짓이든 쉽게 벌일 수 있을 거요. 한바탕 하고는, 모르트퐁텐으로 사냥을 떠나거나 즐기러 가면 그만일테니. 그러나 나, 나는 그와 헤어져 전 유럽을 상대로 싸워야 하는 처지란 말이오."

그는 팔을 들어올렸다.

"그리고 나의 죽음에 대해 말이 많다는 것도 알고 있소. 나의 죽음! 그들은 계속 나의 죽음을 떠들어대고 있소! 내가 항상 그런 눈총을 받아야 한다는 건 서글픈 일이오…… 하지만 내가 내일 당장 죽는다면 누구보다 먼저 내 집안이 나서서 조제프를 반대할 것이오."

잠시 진정한 뒤 그는 다시 말했다.

"내게 자식이 있든 없든 나는 이 시스템을 엎어버릴 수 있소. 사정이야 어떻든 나는 모든 것을 밀고 나갈 것이오. 카이사르도, 프리드리히*도 자식이 없었지……."

그는 뢰드레르에게 우정어린 질책을 했다.

"당신은 나를 위해 존재해야 하고, 나를 위해 진군해야 하오……."

그리고는 연미복의 꼬리 부분을 매만졌다.

참모가 들어왔다. 오후 한시. 미사가 있을 것이다. 모두들 황제를 기다리고 있었다.

---

* 프로이센 왕, 1657~1713.

나폴레옹은 미소지으며 말했다.

"이것이 바로 시스템이오."

결국 그는 조제핀이 그와 함께 왕관을 쓰도록 결정했다.

가족 모두가 그녀를 질투했다. 그들의 증오와 멸시가 너무 심해 이제는 그가 상처의 고통을 느끼지도 못할 정도였다. 그녀를 지키는 것은 곧 그 자신을 위한 것이기도 했다. 그렇게 하는 것이 바로 나폴레옹이 스스로를 존중하는 방법이었다.

저녁식사 때, 생 클루의 대식당에서, 그는 누이들과 조제프의 아내가 푸념하는 소리를 들었다. 노트르담에서 대관식이 진행되는 동안 그 여자들이 조제핀의 긴 드레스를 받쳐들어야 했던 것이다.

—그 여자들은 그렇게 해야 한다. 그 여자들은 굴복해야 한다. 황제인 내가 원하기 때문이다.

4
몸을 굽히자, 굴복하자

나폴레옹은 사냥터를 질주하고 있었다. 말의 옆구리에 격렬하게 박차를 가할 때마다 말은 짧게 비명을 질러대면서 앞발을 높이 치켜세웠다. 나폴레옹은 고삐를 당겨 말을 제압하고는 느무르로 향하는 도로에서 멀지 않은 울창한 숲으로 말을 몰았다. 퐁텐블로 성에 묵게 된 이후 그는 그곳에서 거의 매일 사슴을 사냥하곤 했다.

교황의 도착을 기다린 지 사흘이 지났다. 길게 늘어진 나뭇가지들 아래를 지나면서 그는 말의 목에 몸을 바짝 붙였다. 포효하고 싶은 심정이었다.

아침마다 교황의 행차 지점을 알리는 주지사들의 우편물을 읽으며 그는 욕을 퍼부어댔다. 8백 명의 수행원을 거느린 교황은 자기 편한 대로 길을 잡고 속도를 조정하고 있었다. 그 행차가 얼마나 대단한지 대형 마차가 열 대에, 말이 일흔네 필이었다. 나폴레옹은, 교황에게 출발을 재촉하지 않은 페쉬 추기경을 원망했다.

아무튼 그는 마음을 굳혔다. 12월 2일까지만 기다리리라. 파리는 각지에서 올라온 대표단들로 넘치고 있었다. 그의 가족들 사이에도 긴장이 고조되었다. 만날 때마다 말다툼! 지긋지긋했다!

그 때문에 11월 22일, 생 클루를 떠나 퐁텐블로 성으로 거처를 옮겼다.

이슬비가 내리고 있었지만, 그는 안개 속을 뚫고 비방 드농과 함께 공원을 산책했다. 그는 프랑스군 총사령관 전용 거처를, 비방 드농이 교황을 위한 사저로 개조한 방들을 둘러보았다. 드농은 이집트 원정에 동행했던 건축예술가인데, 지금은 루브르 박물관을 책임지고 있었다.

나폴레옹은 '다윗 앞으로 걸어가는 베툴리아의 처녀들'이라는 그림 앞에서 걸음을 멈추었다. 그가 비방 드농에게 몸을 돌리자, 뒤에 서 있던 예술가는 미소지으며 나직이 대답했다.

"종교적 영감을 나타낸 그림입니다, 폐하."

나폴레옹은 고개를 끄덕이며 방에서 나왔다. 이런 기다림은 견딜 수 없었다. 그는 화가 이자베를 불러 대관식 행사의 여러 단계를 일련의 그림으로 표현할 것을 요구했다. 노트르담 안에서는 반복해서 말할 상황이 못 될 것이므로 미리 일러두는 것이었다. 일꾼들은 대성당의 장식 작업을 아직 끝내지 못한 상태였다.

그는 전투에서처럼 상세한 계획을 원했다. 대관식 행사 역시 일종의 전투였다.

— 경찰 보고서에 거론되고 있는 말 많고 비웃는 자들, 그들은 대관식도 전투라는 사실을 이해할까?

11월 25일 아침, 참모가 들어와 교황이 느무르 도로를 타고 다가오고 있다고 보고했다.

드디어.

나폴레옹은, 교황을 마중하되 우연히 마주치는 것처럼 할 것이라고 말했다.

그는 정오에 사냥복 차림으로 성을 빠져나가 말을 달렸다. 날씨는 흐리고 쌀쌀했다. 오벨리스크와 파리 사관학교의 사격연습장에서 잠시 멈추자, 그를 환영하는 축포가 터졌다. 생 테렘 십자로에서 기다리던 수렵장이 그에게 보고서를 제출했다.

사냥중이기 때문에 수렵장의 보고를 받는 것이었다.

황제인 그는 비오 7세에게 복종하는 자세를 보이고 싶지 않았다. 교황과 나폴레옹, 그들은 '신의 양면'이 아닌가. 그가 말에서 내려 교황의 마차 쪽으로 다가가자, 교황이 마차에서 내려섰다.

교황은 한낱 지친 인간일 뿐이었다.

잠시 그를 응시하던 나폴레옹은 인사하고는 황제 마차를 대령케 했다. 그가 왼편에 먼저 탔고, 교황은 오른쪽 좌석에 올랐다.

나폴레옹은, 탈레랑이 성의 계단에 나와 있다가 교황을 영접하는 모습을 바라보았다.

—탈레랑, 나의 장관. 주교로서 대혁명에 가담했다가 지금은 환속한 인물. 그리고 결혼도 했다. 이 시대에, 불가능은 없다.

교황이 파리에 도착하자 그제서야 그의 마음은 진정되었다. 대관식은 예정대로 12월 2일 거행될 예정이었다.

이자베가 노트르담 내부 모형도를 살롱에 펼쳤다. 나무로 만든 작은 인형들이 색깔 입힌 종이옷을 입고 배치되어 있었다. 행사에 초대된 손님들의 형상이었다. 모형도를 살펴보던 나폴레옹은 탁자를 돌면서 그 모형인물 중 몇 명의 위치를 바꾸어놓았다. 이렇게 인간들을 통치할 수 있어야 했다. 그들로 하여금 권위에 복종케 해야 했다. 그가 군대 규율을 좋아하는 것도 바로 그 때문이었다. 인간들은 지휘관의 사고 논리에 따라 규율에 복종하기 마련이었다.

그는 행사의 세부사항들을 하나하나 검토한 뒤, 그날 입을 의복들을 다시 살펴보았다. 그리고 그날 행사의 행렬에서 인물들의 위치 순서와 대성당에서 순간순간 바뀌어야 할 인물들의 위치를 이리저리 배치했다.

화가 다비드에게는 그 역사적인 행사를 화폭에 담는 작업이 맡겨졌다. 그날 행사를 장엄하게 표현해낼, 상상력 넘치는 그림이 필요한 것이다.

나폴레옹은 갑자기 우울한 표정을 지었다. 그는 다비드에게 모후(母后)도 그림에 나타나기를 바란다고 말했다. 그러고는 그는 뒷짐을 지고 걸음을 옮겼다. 고집스러운 레티지아 보나파르트. 그녀는 대관식에 참여하기를 거부하고, 로마로 추방된 뤼시앵을 만나러 가겠다고 했다.

그에게 어머니의 부재는 고통스러웠다. 이것은 인간들, 아무리 가까운 측근일지라도 그들 모두를 자기 쪽으로 끌어들일 수는 없다는 증거였다.

이런 생각이 그의 화를 돋우었다.

11월 26일, 퐁텐블로 성의 대연회실에서 만찬이 열리는 동안 그는 내내 말이 없었다. 맞은편에 앉은 키 작은 교황은, 안색은 창백했지만 눈빛만은 형형하게 살아 있었다. 교황은 결코 눈길을 낮추지 않았다.

만찬이 끝난 후, 교황은 조제핀이 베푸는 연주회에 참석하지 않겠다고 말했다. 뜻밖의 반응이었다. 교황이 연회실을 떠나는 순간, 나폴레옹은 비오 7세와 조제핀이 뭔가 공모의 시선을 던지는 것을 포착했다.

순간 그는 무언가 자신에게서 빠져나가고 있으며, 조제핀과 교황이 연합해 그에게 대항하고 있음을 직감했다.

그는 이런 생각을 물리치려고 애쓰며, 튈르리 궁에서 노트르담에 이르는 행렬 배치 계획을 다시 한번 검토했다.

페쉬 추기경이 고민스런 표정으로 다가와 그에게 말했다. 교황이 나폴레옹과 조제핀의 결합이 종교적인 축복을 받지 못했으며, 교회에서 이루어진 결혼이 아니라는 걸 알고는 그들의 종교적 결혼과 대관식이 함께 이뤄져야 한다고 요구한다는 것이었다. 그렇지 않으면 교황은 12월 2일 대관식 행사에 참여할 수 없다는 것이었다. 그리고 페쉬는 자신이 교황으로부터 그 종교 결혼식을 주재할 권리를 부여받았다고 덧붙였다.

덫이었다. 나폴레옹은 자신이 조제핀의 덫에 걸렸음을 깨달았다.

그는 분노에 휩싸였다. 그가 끝까지 보호하려 했던 여자가 이 정도밖에 되지 않는단 말인가? 형제와 누이들이 공격할 때, 그는 그녀를 지켜주려 얼마나 애썼던가? 주먹이 절로 쥐어졌다. 그는 종교적 결혼을 계속해서 거부해왔다. 그럼으로써 조제핀과의 관계에 가능성의 문을 열어두고자 했다. 세속적 결혼은 글 몇 줄로도 파기할 수 있지만 종교적 결혼은 문제가 달랐다.

콩스탕과 루스탐의 시중을 받으며 옷을 갈아입는 동안, 그는 고함을 내지르고 몸을 뒤틀었다. 조제핀에게 욕을 퍼부어댔다.

그러더니 그가 갑자기 잠잠해졌다.

굴복하는 길 외에 다른 도리가 없지 않은가?

11월 28일 저녁 여섯시 이십오분, 그는 교황과 나란히 마차를 타고 고블랭 성문을 넘어섰다. 엄청난 환영 인파가 몰려들었다.

어떤 이들은 교황이 지날 때 무릎을 꿇었다. 군중들이 보여주는 깊은 신앙심을 나폴레옹은 유심히 관찰했다. 인간들은 그렇다. 그들은 언제든 복종할 준비가 되어 있는 것이다.

앵발리드 광장과 콩코르드 다리를 지난 마차는 튈르리 강변을 따라 달렸다. 사방에 인파가 몰려들고 있었다.

그는 축복을 내리는 손짓으로 환호에 답하는 교황을 힐끗 바라보았다. 교황은 그 자체가 힘인 인간이었다. 나폴레옹은 그 사실을 알고 있었다.

튈르리 궁의 플로르 관 계단의 회랑 아래 마차가 멈추었다. 마차에서 내리며, 나폴레옹은 몸을 굽히기로 결심했다. 페쉬 추기경으로부터 조제핀과의 결혼을 축복받으리라. 그것은 시간이 그에게 요구하는 것이었다.

1804년 11월 30일, 교황이 프랑스의 대표적 인물들을 맞이하는 동안, 나폴레옹은 조제핀의 방으로 향했다. 그녀는 궁정 부인들에 둘러싸여 있었다.

예복들, 금과 은으로 수놓인 흰 사틴 천으로 된 커다란 궁정 망토가 의자 위에 펼쳐져 있었다.

나폴레옹은 차분한 목소리로 그녀에게 말했다. 12월 1일 오후 네시, 튈르리 궁 특별관에서 페쉬 추기경이 집전하는 종교 결혼식이 있을 거라고.

조제핀이 다가와 그를 포옹했지만 그는 몸을 빼냈다.

그는 그녀가 쳐놓은 덫에 걸리지 않을 터였다.

이 종교 결혼식에는 증인이 없다. 훗날, 파기하기에 용이하리라.

미래의 문은 이렇게 살짝 열려 있게 되는 것이다.

그는 가둔다고 해서 갇힐 인간이 아니었다.

5
패배자로서 영광 없이 사는 것, 그것은 매일 죽는 것이나 다름없다

드디어!

1804년 12월 1일 열한시, 나폴레옹은 틸르리 궁의 황제 옥좌에 앉아 있었다. 문이 열리자 원로원 의원들이 앞으로 나와 옥좌에서 몇 미터쯤 떨어진 곳에서 멈춰섰다.

이것이 첫번째 행사. 이로써 그는 여타의 황제들과는 다른 황제가 되는 것이다. 원로원이 그에게 투표 결과를 제출하고, 원로원 의장 프랑수아 드 뇌프샤토*가 장엄하게 선언했다. 이것이 여느 황제와 다른 점이었다.

〈원로원 투표의 결정에 따라 프랑스 황제는 애국심이 가장 강

* 프랑스의 정치가이자 작가, 1750~1828.

하고 열정적인 공화주의자들에게 옥좌의 충직한 보필자가 될 것을 요구할 권리가 있음을 선포하는 바입니다.〉

의장은 긴 연설을 한 후 결론맺었다.

〈폐하, 폐하께서는 공화국이라는 배를 항구로 인도하십니다. 그렇습니다, 폐하. 공화국이라는 배입니다.〉

나폴레옹은 일어섰다.

대관식은 이튿날이었다. 행사의 모든 단계는 교황과의 합의하에 이루어졌다. 나폴레옹은 무릎을 꿇고 교황의 축복을 받을 것이다. 그러나 왕관은 그 자신이 직접 쓰고, 조제핀에게도 그가 왕관을 직접 씌워줄 것이다. 교황은 동의했다.

— 교황이 집전하는 종교적 대관식과 나 자신에 의한 대관식으로써 권력의 모든 상징들이 결합되는 것이다. 12월 1일 오늘처럼, 나에게 대관식을 베풀어주는 것은 투표를 통해 자신들의 의지를 밝힌 바로 민중들이다.

나폴레옹은 입을 열었다.

"원로원과 민중, 그리고 군대의 한결같은 소망에 따라 나는 옥좌에 오르는 바이오. 나의 가슴은 민중의 위대한 운명으로 충만해 있소. 일찍이 나는 전장의 한가운데서 '위대한'이라는 말로 프랑스 민중에 경의를 표한 바 있소."

나폴레옹은 이토록 강한 자신감을 느껴본 적이 없었다. 그는 줄곧 목표를 향해 달려왔고, 마침내 그것을 달성한 것이다.

"유년기 이후 나의 생각은 언제나 민중에게 바쳐졌으며, 감히 말하건대, 지금도 나의 관심은 오직 민중의 행복을 위해 무엇을 어떻게 해야 할 것인가 하는 것뿐이오."

그를 향해 쏠린 모든 얼굴들이 마치 화살의 물결처럼 그를 향해 다가오는 듯했다. 그는 말을 이었다.

"나의 후손들이 이 옥좌를 오래도록 보존할 것이오. 그들은 전장에서 조국 수호를 위해 생명을 바치는 최고의 군인이 될 것이오."

그는 몇 마디 더 하려다가 말을 마쳤다.

'나의 후손들'. 그러나 이 말은 목에 걸려 쉬이 넘어오지 않았던 말이었다. 과연 그가 정복하고 세운 모든 것을 물려줄 후손이 생길까?

12월 1일 오후, 튈르리 궁의 특별관에서 조제핀과의 종교 결혼식을 집전하는 페쉬 추기경의 주례사를 들으면서도, 그는 오직 그 생각에만 몰두했다.

종교 결혼식이 끝난 후, 조제핀이 페쉬에게 소곤대는 말이 들렸다. 조제핀은 축성식을 받았다는 증명서를 받고 싶어했다.

그녀는 두려워하고 있는 것이다. 증인이 한 사람도 없었다는 사실을, 그녀는 알아차린 것이다.

나폴레옹은 그녀의 나약한 모습에 마음이 누그러지는 걸 느꼈다.

—그래, 같이 살자. 같이 사는 거다. 미래의 사건들은 운명의 여신이 결정하리라.

12월 1일 밤, 그는 잠을 이루지 못했다. 저녁 여섯시부터 자정까지 매시간 축포가 울려퍼졌다. 축포 소리 사이로 파리 시가를 행진하는 군악대의 연주 소리가 들려왔다. 그는 창가에 홀로 서서 눈 내리는 어두운 하늘을 오래 바라보았다. 횃불 아래에서 일꾼들이 튈르리 궁전의 뜰과 테라스를 따라가며 모래를 깔고 있는 모습도 바라보았다. 그들의 머리 위로, 타오르는 횃불 위로 눈이 난분분히 내리고 있었다. 얼음장처럼 차가운 날씨였다.

12월 2일 아침, 루스탐과 콩스탕이 그에게 옷을 입혔다. 황금으로 수놓인 주홍색과 흰색의 비로드 예복의 보석들이 반짝였다. 옷을 차려입은 그는 조제핀의 방으로 들어갔다.

그녀는 아름답고 젊어 보였다. 그는 그녀의 그런 모습이 진한 화장 덕분이라는 걸 알고 있었다. 그녀는 가히 치장의 전문가라 할 만했다. 드레스에 하얀 사틴 망토를 입은 그녀는 채 스물다섯 살이 안 되어 보였다.

그들은 화려하게 장식한 말 여덟 필이 끄는 대형 마차로 향했다. 시종들이 마부 자리와 마차 뒤에서 대기하고 있다가 뛰어올랐다. 나폴레옹과 조제핀의 맞은편 자리에 루이와 조제프가 앉았다. 드디어 스물다섯 대의 마차로 구성된 행렬이 움직이기 시작했다.

온몸이 마비될 듯한 혹심한 추위에도 불구하고 세 겹으로 늘어선 병사들 뒤로 군중들이 밀려들고 있었다.

나폴레옹은 거의 말이 없는 구경꾼들의 표정을 살펴보려고 두리번거렸다. 그러나 마차를 호위하는 근위대 고위 장교들에 의해 창문이 가려져 마차가 달리는 내내 병사들의 모습만 보일 뿐이었다.

대성당에 들어선 그가 가장 먼저 느낀 것은 섬뜩할 정도의 냉기였다. 목덜미로 파고드는 싸늘한 공기에 온몸이 얼어붙을 것 같았다. 초대받은 손님들이 중앙 통로와 옥좌 양쪽으로 도열해 있었다. 그는 화가 이자베가 도면 위에 배치해놓았던 작은 인형들을 생각했다.

— 이제 프랑스는 안정되고 위계질서가 잡힌 국가로 변모했다. 나는 그것을 사 년도 채 안 되는 짧은 기간에 건설했다. 주지사에서 학사원 멤버들에 이르기까지, 국가참사원 위원들에서 군대 대표단에 이르기까지 이제 프랑스를 지배하는 것은 질서다. 나는 이 피라미드의 정상에 있다.

그는 왕홀과 법장(法杖)*을 들고 앞으로 나아갔다. 두 왕자, 조제프와 루이가 그의 망토를 받쳐들고, 엘리자와 카롤린이 조제핀

* 사법권을 상징하는, 손을 본뜬 장식이 달린 지팡이. '정의의 손' 혹은 '법의 지팡이'.

의 망토를 받쳐들었다. 계단을 올라가던 그는 뒤에서 잡아당기는 힘에 끌려 멈칫 비틀거렸다. 잠시 비틀거리다 다시 걷는 조제핀의 모습도 보였다.

교황이 다가와 그를 포옹하며 말했다.

"비바트 임페라토르 인 아인테르눔.(황제에게 영원한 축복이 내리기를.)"

나폴레옹은 가볍게 무릎을 굽혔다가 일어섰다. 그리고 미리 정한 바에 따라 자신이 직접 왕관을 썼다. 그리고는 교황이 지켜보는 가운데 조제핀에게 왕비관을 씌워주었다.

— 이 대관식의 주인공은 나, 오직 나뿐이다.

나폴레옹은 형 조제프에게 몸을 숙이며 속삭였다.

"형, 아버지가 지금 우리를 보고 계셨더라면……."

미사가 집전되는 동안 다시 한기가 느껴졌다. 미사가 끝나고 교황이 물러나자, 사제장이 제단에서 복음서를 가져와 나폴레옹 앞에 펼쳐놓았다.

의회 의장단이 그의 앞에 선서문을 갖다놓았다. 그는 자신이 직접 작성한 그 문서를 읽을 것이다. 대성당의 둥근 천장 아래 그 문장들은 대혁명의 선언문처럼 울려퍼지리라.

이것이 그가 욕망했던 것이다. 이것이 현재 그의 모습이었다.

그는 강렬한 목소리로 선언했다.

"나는 공화국의 영토를 완전하게 보전하며, 정교 협약의 법률과 종교의 자유를 존중하고 존중받게 만들 것이며, 권리의 평등과 정치적·시민적 자유, 그리고 국가 재산 매각의 취소 불가성을 존중하고 존중받게 만들 것을 서약하는 바이다."

그는 호흡을 가다듬었다. 왕관을 머리에 쓴 나폴레옹은 제단 앞에 펼쳐진 복음서에 손을 얹고 서약했다. 이로써 대혁명은 신성한 의미를 부여받게 된 것이며, 봉건 재산과 교회 재산을 매입한 사람들은 재산권을 보호받게 된 것이다.

— 이것을 쟁취한 것은 바로 나다.

그는 다시 낭독했다.

"나는 오직 법률에 의거해서만 세금을 징수하고 조세를 부과하며 레지옹 도뇌르 훈장 제도를 유지할 것이며, 오직 프랑스 민중의 이익과 행복과 영광을 위해 통치할 것임을 서약하는 바이다."

이어서 군대의 대표자가 나와 선언했다.

"영광스럽고도 장엄한 황제, 프랑스의 황제 나폴레옹께서 대관식을 받으시고 옥좌에 오르셨습니다."

우레와 같은 박수 소리가 노트르담 성당을 가득 채웠다.

— 그 누구도 내가 건설한 이 프랑스를 무너뜨리지 못하리라.

그는 노트르담 광장으로 나갔다. 잔뜩 찌푸린 잿빛 하늘에서 눈송이가 흩날리기 시작했다. 1804년 12월 2일. 그에게는 너무 짧은 하루, 그 하루가 벌써 어두워지는가 싶었다.

그러나 이제 겨우 오후 세시.

길들은 환하게 밝혀지고, 군중은 열광하고 있었다.

나폴레옹은 미소지으며 조제핀의 손을 잡았다.

그는 그녀와 마주 앉아 저녁식사를 하기로 했다.

그는 그녀가 계속 왕비관을 쓰고 있기를 원했다. 그는 유쾌하게 웃음을 지으며 궁정 부인들에게 다가가 농담을 건넸다.

"부인들, 당신들이 그토록 아름다운 것이 다 내 덕분인 줄 아시오."

그의 시선이 젊은 여인들의 얼굴을 천천히 훑으며 지나갔다.

이날 저녁, 그는 조제핀과 함께 지냈다.

당연했다. 그녀가 입힌 상처들이 기억 속에 그대로 남아 있지만, 그는 조제핀이 자신을 위해 해준 일들을 잊지 않고 있었다.

내일…….

내일이면 어떻게 될지, 누가 아는가?
그는 오직 후손이 필요하다는 생각뿐이었다.

12월 3일과 4일 이틀 동안, 축포 소리가 끊이지 않았다. 콩코르드 광장 위로는 연신 풍선들이 날아올랐다. 저녁나절에는 낮고 검은 밤하늘을 환하게 밝히며 폭죽이 날아올랐다. 민중들은 축제를 벌이고, 황제는 일에 몰두했다. 한편 스페인은 영국에 선전포고를 했고, 스웨덴은 영국과 동맹관계를 맺었다.

축제의 와중에서 그는 전면전이 다가오고 있음을 직감하고 있었다. 그는 빌뇌브 제독을 툴롱 해군사령관으로 임명했다. 과연 빌뇌브가 어이없게 죽어버린 라투슈에 필적할 만한 탁월한 사령관이 될 수 있을까?

12월 5일, 폭우가 쏟아지는 가운데 그는 샹 드 마르스 광장으로 향했다. 군대에 독수리 깃발을 수여하기 위해서였다. 진흙탕과 추위 속에서, 눈과 비를 맞으며 황제 앞에서 분열행진하고 있는 군대는 조만간 탄환이 빗발처럼 쏟아지는 전장으로 진군해야 하리라. 그곳은 어디가 될 것인가? 영국일까, 유럽 대륙일까? 그것은 시간이 알려줄 터. 전장이 어디든, 오래잖아 위험과 맞서야 하리라.

그는 자신의 생도 시절이 고스란히 간직돼 있는 파리 사관학교 구내로 들어갔다. 벌써 이십여 년의 세월이 흘렀다. 그 시절은 그의 적수였던 펠리포의 전성기였다. 펠리포, 그 용맹한 인간은 다른 진영을 선택하여 생 장 다크르의 방어자가 되어, 거기서 최후를 맞았다.

장교들이 황제로부터 날개를 펼친 독수리 문장이 새겨진 깃발을 받아들었다. 이제 그들은 영웅적일 뿐만 아니라 충직한 군인이어야 했다.

그에게 목숨을 바쳐야 했다.

나폴레옹은 튈르리 궁의 집무실에서 장교들을 맞았다. 시종 티아르가 그들을 우렁차게 호명하며 차례로 방으로 들여보냈다. 장군과 제독, 대령들이 황제에게 충성을 서약했다.

그는 사람들과 직접 만나는 걸 좋아했다. 그는 그들 하나하나를 오래 바라보았다. 그는 그들의 무훈, 장점과 단점도 잘 알고 있었다. 각자의 선서가 끝날 때마다 그는 한두 마디씩 말을 건넸다.

통치한다는 것은 그런 것이다. 황제가 친히 말을 건네고 개개의 인간들에게 특별히 배려한다는 느낌을 주는 것이며, 그럼으로써 그들의 특별한 행동을 끌어내는 것이다.

그는 로리스통 장군에게 말했다.

"장군, 세 가지 사항을 항상 명심하게. 첫째, 병력의 단결. 둘째, 민첩한 행동. 셋째, 영광스럽게 목숨을 걸겠다는 단호한 결단이야."

그는 책상에서 일어서며 말했다.

"모든 작전에서 운명의 여신이 나를 돕도록 했던 것은, 바로 이 세 가지 원칙이었네. 이 세 원칙이 군대를 예술로 만드는 것이야."

그는 밖을 바라보다가 덧붙였다.

"죽음은 아무것도 아니야. 그러나 패배자로서 영광 없이 사는 것, 그것은 매일 죽는 것이나 다름없네."

12월 내내 폭설이 내렸고 돌이 쩍쩍 갈라질 정도의 한파가 밀어닥쳤다. 평소 추위를 많이 타는 나폴레옹이었지만, 최근 들어서는 얼음처럼 차가운 바람과 눈보라에도 별로 반응하지 않았다.

제국 전역에서 밀려든 국민병 사열, 각 군의 분열행진, 모든 기구 대표단의 충성 서약, 이런 연이은 행사들이 그로 하여금 냉혹한 겨울을 잊게 했다.

12월 16일 일요일. 그는 파리 시청 발코니에 서 있었다. 시청이 황제를 위해 베푸는 축제에 참석한 것이다.

그는 거대한 폭죽을 발사하며 축제의 시작을 알렸다. 화산이 불꽃들을 토해내듯 폭죽이 솟구치면서 불꽃으로 하늘을 수놓았다. 수많은 불꽃들이 알프스의 생 베르나르 고개를 넘는 보나파르트의 모습을 하늘에 그려내고 있었다.

— 이 축제의 연출가는 바로 나다.

그 동안 극복해온 전장의 위기들이 주마등처럼 스쳐지나갔다. 그러나 이제까지의 수많은 위기는, 그를 기다리고 있는 미래의 도전에 비하면 아무것도 아닐 터.

도전이 다가올수록, 그는 더욱 강해져야 하리라. 그는 그를 믿고 하나가 된 이 민족을 지켜야 할 황제였다.

며칠 뒤, 그는 오페라 극장의 홀로 들어섰다. 원수들이 비용을 갹출해 나폴레옹을 위한 축제를 마련한 자리였다.

그는 원수들을 바라보았다. 이제 그들 중 누군가가 반란을 일으킨다 해도 두려울 것 같지 않았다. 그들은 원수(元帥)들이었다. 그가 황제의 자리에 오르는 걸 받아들인 군인들인 것이다.

언젠가 뢰드레르에게 그가 말했듯이, 그의 '시스템'이 작동하기 시작한 것이다.

그러나 언제일지 모르지만, 그의 생전에 패배의 순간이 닥쳐온다면, 이 인간들은 어떻게 행동할까?

지금이 그런 문제를 생각할 때인가?

백 개의 상들리에가 내뿜는 빛 아래서, 그는 갈채를 받으며 조제핀과 함께 무도회를 열었다.

어제 승리한 그가, 왜 내일은 승리하지 못하겠는가?

황제와 황후는 무도장으로 몰려드는 많은 커플들이 보내는 찬탄의 시선을 받으며 춤을 추었다. 그는 새삼 자신의 젊음을 느꼈다.

그의 나이 이제 서른다섯이었다.

제 2 부

나는 늙은 유럽이 두렵지 않다

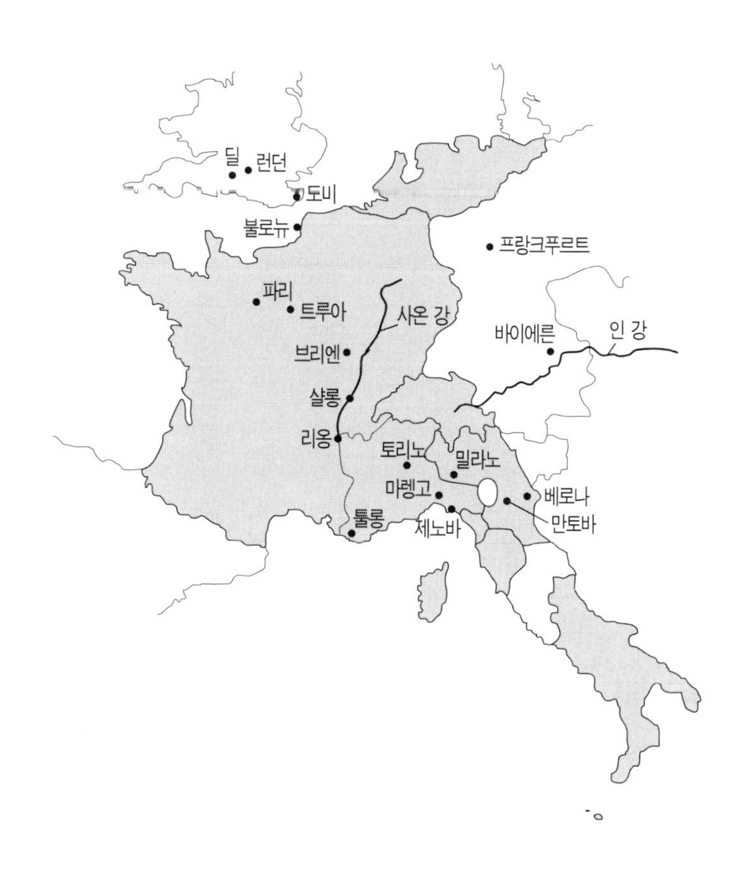

1805년 1월 ~ 1805년 8월

6
인간들을 움직이게 하는 건 명예다

1805년 1월, 영하의 기온이었지만 태양이 밝게 빛나는 정오 무렵. 나폴레옹은 자신의 팔에 기대어 걷고 있는 마리 앙투아네트 뒤샤텔에게 눈길을 던지며, 말메종 공원 가로수 길을 걸었다. 다정하게 붙어선 그들은 벌써 한 시간 넘게 산책을 즐기고 있었다. 뒤샤텔 부인의 두 볼은 발갛게 얼어 있었다. 그녀가 추워한다는 걸 알고 있었지만, 나폴레옹은 돌아가자고 말하지 않았다. 살롱은 조제핀의 초대객들로 넘치고 있었다. 그들은 수다를 떨다가도 공원을 내다보며 짐짓 목소리를 낮췄다. 그들이 너무도 잘 아는 여자를 데리고 산책하는 나폴레옹을 못 본 척하는 것이다. 그들은 모두 그녀가 황제와 어떤 관계인지 잘 알고 있었다.

— 나는 내가 원하는 것을 한다.

아마 조제핀은 투덜대며 한숨 쉬고 있으리라. 하지만 그녀는 원하는 것을 모두 가지지 않았는가? 종교적 결혼, 대관식, 영광. 이제 그녀는 뒤샤텔 부인을 받아들여야 마땅하다.

그는 그녀의 팔을 잡았다. 많이 추운가? 그는 그녀를 애틋하게 바라보며, 집 안이 공원보다 더 춥다고 말했다. 그는 파리에서 약간 떨어진 이곳에서 며칠 머무르며 사냥하고, 마리 뒤샤텔과 함께 나무 아래서 산책하기를 바랐다. 그가 지금 대화하고 싶은 상대는 뒤샤텔 부인이었다.

그녀는 알고 있을까? 그는 아무것도 잊지 않는 사람이라는 것을. 그녀는, 십오 년 전이나 십 년 전 그의 모습을 상상할 수 있을까? 세월의 변화 앞에서 때로 그 자신도 놀라곤 한다는 것을.

십 년 전인 1795년, 가난하고 힘없는 장군이었던 그는 로베스피에르 추종자로 몰려 얼마간 감옥에 갇혀 지내야 했다. 그러나 마리 뒤샤텔이 알 수 있을까? 로베스피에르라는 이름이 무엇을 의미하는지. 공포정치를 알기에는, 그녀는 너무 어렸다.

그는 마리에게 이야기했다. 마리로서는 믿을 수 없는 얘기겠지만, 십여 년 전 그가 마르세유 여인과의 사랑에 얼마나 깊이 빠져 있었는지, 파리에서 실의의 나날을 보내면서 그녀와의 결혼을 얼마나 원했었는지, 그리고 그녀가 지금 베르나도트 원수의 부인이 되어 있다는 것을.

그는 문득 바람결에 스며 있는 세월의 얼굴을 바라본 듯했다.

— 십 년 후인 1815년, 나는 어떻게 되어 있을까?

나폴레옹은 마리의 팔을 잡고 햇빛이 잘 들지 않는 숲속에서 나와 양지바른 가로수길로 다시 들어섰다. 강한 햇빛에 그녀는 제대로 눈을 뜨지 못했다. 그는 이야기했다. 그는 십 년 혹은 이십 년 전에 알았던 사람들을 가끔 만나곤 한다고. 그는 얼마 전 세귀르 원수를 맞아 진심으로 대했다. 세귀르는 이제 노인이 다 되어 있었다. 세귀르는 이십일 년 전, 그러니까 1784년 나폴레옹에게 사관생도 자격증을 발급해준 사람이었다. 계단까지 배웅하는 나폴레옹의 호의에 세귀르는 감동하여 어쩔 줄 몰라했다. 장교 초년 시절을 보냈던 발랑스의 하숙집 여주인 마리 클로드 부와 브리엔 군사학교 은사들도 다시 만났다. 파리 사관학교의 시험관이었던 위대한 라플라스는 물론이고.

— 나는 아무것도 잊지 않는다. 파올리의 손에 목숨을 잃을 처지에 있었던 나를 도왔던 코르시카의 목동들, 툴롱 포위작전에 참여했던 부하들에게도 모두 보답했다. 친구든 경쟁자든, 시간은 불편했던 감정을 모두 지우고 추억만을 남긴다. 마르몽은 원수(元首)가 되었다. 그리고 옥손 연대를 지휘했던 뒤 테이는 메츠 기지의 지휘관이 되었다.

"나는 나를 도왔던 사람들을 결코 잊지 않아."

그는 속삭였다.

"나를 사랑했던 사람들도."

그녀는 아무것도 묻지 않았다.

그러나 그는 벌써부터 마리의 의도를 짐작하고 있었다. 살롱에서 벌어지는 사소한 사건들을 이야기하는 마리 뒤샤텔의 어조에서, 그는 그녀가 은근히 뮈라와 카롤린을 옹호하고 있음을 느끼고 있었다. 그는 마리가 뮈라의 아내 카롤린과 친구라는 사실을 알고 있었다. 그는 뮈라를 제후로 만들고 대제독에 임명할 생각이었다. 그렇게 되면 마리는 만족할까? 그녀는 미소지으며 만족감을 표시했다. 으젠 드 보아르네를 대법관에 임명하고 제후로 만들 생각이었다. 문벌들 사이에 균형을 맞추고, 그럼으로써 서로의 이해관계를 견제하도록 해야 했다. 그리고 그 한가운데에 자신의 권력의 뿌리를 박아야 하리라. 그에게 환상 같은 것은 없었다. 마리 뒤샤텔에 대해서도 그렇다. 사람들은 그가 무언가 주기를 바라고 있었다. 황제의 하사(下賜), 그것은 그의 의무이기도 했다. 그래야 모두가 그에게 충성하리라.

마리 뒤샤텔의 수다를 들으며, 그는 새로 고관으로 임명하려고 마음먹고 있는 여섯 명의 리스트를 머릿속으로 정리하고 있었다. 몇 명의 관리들에게는 화려한 황제관에서 레지옹 도뇌르 대훈장을 수여할 생각이었다. 대략 마흔여덟 명 정도가 '위대한 독수리 훈장' 수훈 대상자들이었다. 그들 모두를 그는 머릿속에 떠올리고 있었다.

그는 말메종 건물로 돌아가며 물었다.

"마리, 인간들을 움직이게 하는 게 무엇인지 알아? 바로 명예야, 명예."

살롱으로 들어서면서 그는 뒤샤텔 부인에게 속삭였다. 다음에는 그녀의 집에서 만나고 싶다고. 그는 그녀를 위해 샹젤리제 거리 골목에 있는 뵈브 가에 작은 집 한 채를 얻었다. 이제 그들은 조제핀이 불쑥 나타나 소동을 피울까봐 걱정할 필요가 없었다.

턱 주위 주름을 가리기 위해 발랐던 분이 지워진 조제핀의 얼굴은 초췌했다. 그녀는 분노와 괴로움으로 떨고 있었다.

그는 미소를 보이며 조제핀을 데리고 나갔다. 어떻게 하면 조제핀에게, 그는 사랑에 빠질 수 없는 사람이라는 걸 이해시킬 수 있을까? 사랑은 그와는 다른 성격의 소유자들에게나 어울리는 것이다. 그가 말했다.

"당신도 잘 알다시피 나를 완전히 사로잡을 수 있는 것은 오직 정치뿐이야."

그래도 기분이 풀리지 않는다는 듯 그녀가 말했다.

"당신은 모두가 보는 앞에서 뒤샤텔 부인과 공원에서 몇 시간을 보냈잖아요?"

그녀는 상처받았던 것이다.

나폴레옹은 애가 타는 듯 말했다.

"당신은 황후요."

그는 그녀가 취조하듯 따지고, 그의 주변에 염탐꾼들을 심어 자신을 감시하고 모욕하는 행위를 견딜 수 없었다. 그것은 그의 적들에게 무기를 내주는 것이나 다름없는, 결코 용납할 수 없는 행위였다.

그는 그녀를 달래듯이 말했다.

"나의 궁전이 여자들의 제국이 되도록 내버려두지 않을 거요. 여자들이 앙리 4세와 루이 14세를 망쳐놓았다는 걸 나는 알고 있소. 나의 직무 수행은 그 왕들보다 훨씬 더 진지하오. 이제는 프랑스 민중들도 날카로운 시선으로 정치를 바라보기 때문에, 군주가 드러내놓고 여자들과 관계를 맺거나 애인에게 직위를 부여하는 행동을 용납하지 않소."

조제핀의 표정이 그제야 조금 밝아졌다. 그녀는 이젠 불평하지 않겠다고 속삭였다.

나폴레옹은 쾌활한 어조로 말했다. 머지 않아 때가 오면, 그녀에게 도움을 청하리라고. '불미스러운 관계를 청산할 때 그녀에게 도움을 부탁하겠다'고 말했다.

조제핀을 안심시켜야 했다. 하긴 이제 그가 다른 여자와 사랑에 빠질 수 없다는 것도 사실 아닌가?

그는 튈르리 궁에 들렀다가 다시 생 클루로 떠났다. 때로는 너무 바빠 그는 자신이 어디에 있는지조차 깜빡 잊곤 했다. 매일 똑같은 행동을 반복하고, 똑같은 업무에 몰두하고, 똑같은 얼굴들을 보아야 했다.

외국을 정탐하는 비밀첩보기관의 책임자 데마레가 올린 보고서를 집어들며, 그는 멘느발을 향해 투덜거렸다.

"매일 이렇게 똑같은 일을 반복하니, 나는 일상에 묻혀 사는 짐승이야."

푸셰의 첩보원들이 제출하는 보고서와 우편물 검열소에서 작성한 보고서가 그의 관심을 끌었다. 통치하기 위해서는 여론의 동향을 민감하게 살펴 누가 음모를 꾸미는지 알아야 했다.

적들은 여전히 무장을 해제하지 않고 있었다.

그는 파리에서 퍼지고 있는 말장난이 수록된 글을 읽었다.

〈나폴레옹은 프랑스 황제가 되었지만
이 미친 제국은 오래 가지 못할 것이다.〉

첩보원들이 카페에서 수집해 갖고 온 풍자시들도 있었다. 그것들이 은밀하게 퍼지고 있다는 보고였다.

〈주지사의 열정은 칭찬할 만하네.
그러나 그가 밤낮으로 모래를 뿌리고 쓸어봐야 소용없네.
궁전이 지나가는 곳은, 어디나 진흙탕일 뿐이니.〉

나폴레옹은 문서를 구겨 바닥에 내던졌다가 다시 집어들었다. 튈르리 궁에서 멀지 않은 카루젤 광장에 나붙었다는 벽보가 눈에 띄었던 것이다.

제국의 배우들이 오늘 공연합니다.
'만인이 반대하는 황제'
첫 공연
부제 '강제적 동의'
가난한 가족을 위한 공연

첩보원들은, 교황 비오 7세도 '땅콩' 이라는 별명으로 불리며 야유의 대상이 되고 있다고 보고했다. 이 별명이 튀어나오면 구경꾼들은 큰 소리로 웃어대고, 카페 주인들은 고래고래 소리를 질러댄다고 했다.

대체 푸셰는 뭘 하고 있는가? 치안장관은 무얼 하는가? 풍문과 야유, 불온전단은 국가를 좀먹는 암세포 아닌가. 교황이 아직 파리에 체류하고 있는데, 어떻게 교황마저 조롱의 대상이 되도록 방치한단 말인가?

나폴레옹은 구술했다.

〈치안장관은 2월에 있을 카니발 축제 동안 가면 쓴 자들을 모두 감시하고, 사제복을 입고 거리를 활보하는 행위를 금지시킬 것. 신문사와 공연장, 인쇄소와 서점을 감시하는 경찰부서를 신설할 것. 특히 영국 신문기사를 다시 게재하지 못하도록 철저히 통제할 것.〉

영국은 우리의 적이 아닌가.

1805년 초, 그는 직관적으로 축제의 시간은 끝났음을 알았다.

그는 집무실 바닥에 나뒹구는 경찰 보고서를 발로 밀쳐버렸다. 이번 공격들은 그를 다시 깨어나게 했다. 꿈에 부풀어 들뜬 적은 없었지만, 1804년 12월 며칠 동안 잠시 방심했던 것은 사실이었다. 적들은 이 틈새를 노리고 공격을 가해온 것이다.

—아직은 마음을 놓아도 좋은 평화 상태가 아니다. 안팎으로 엄격해야 한다.

잠시 불로뉴에 체류하는 동안 한겨울의 매서운 폭풍이 몰아치는 날씨가 계속되었지만, 그는 군대를 사열하고 몇 척의 포함에 올랐다. 그는 브뤼 제독의 보고를 받으며, 제독과의 불화를 떠올리고, 이번에는 자신의 고집을 접었다. 영국 원정은 봄으로 연기될 것이다. 그리고 전쟁을 피하기 위해 노력해야 하리라.

그는 영국 왕 조지 3세에게 보내는 편지를 구술했다.

〈본인은 전쟁을 향한 첫 걸음을 애써 내딛고 싶지는 않소.〉

멘느발이 받아쓰는 책상 끝에 서 있는 베르티에를 그는 눈여겨 보았다.

—베르티에의 놀라는 표정이 흥미롭군. 베르티에는, 영국 왕이 이 제안을 수용할 것으로 내가 믿는다고 생각할까. 제안은 해보는 것이다. 어떻게 해서든, 단 한 번의 기회라도 잡을 수 있다면, 시도해야 한다. 기회가 없더라도, 손해볼 건 없다. 여론은 내가 평화를 원한다는 사실을 알게 될 테니까.

구술은 이어졌다.

〈본인이 전쟁을 조금도 두려워하지 않는다는 사실은 만방에 충분히 증명되었으리라 믿소. 중요한 사실은, 세계는 우리 두 민족이 공존할 수 있을 만큼 충분히 넓다는 것이오.〉

세계라기보다는, 유럽이라고 말하는 게 정확하리라.

그는 지도를 펼치게 하고, 무릎을 꿇고 앉아 대양의 넓은 공간 여기저기에 다양한 색깔의 압핀들을 꽂았다.

여기, 툴롱에는 빌뇌브의 함대. 저쪽, 카디스에는 그라비나 제독이 이끄는 우리의 스페인 동맹군. 그리고 브레스트에는 강톰 함대. 로슈포르에는 미시에시의 함대.

지도를 바라보다 일어난 그는, 코담배를 맡다가 연미복 꼬리를 늘어뜨린 채 뒷짐을 지고 서성이며 말했다.

"이 정도면 충분하겠지……."

그는 해군 제독들에게 보낼 서한들을 구술하면서 이따금 걸음을 멈추고, 눈길을 고정시킨 채 함대들이 자기의 눈앞에 지나가는 장면을 상상하며, 작전을 구상했다. 빌뇌브와 그라비나, 미시에시의 함대들은 영국 함대를 서인도 제도로 유인한 뒤 전속력으로 유럽으로 돌아와야 한다. 만일 이 유인작전이 성공한다면, 대부분의 영국 함대들은 프랑스 함대를 추격하기 위해 서인도 제도로 향할 것이다. 그러는 사이에 브레스트에서 출항한 강톰 함대는 몇 척밖에 남지 않은 영국 전함들을 불영 해협에서 포위하는 것이다.

그는 구술을 계속했다.

〈강톰 제독, 불영 해협을 이틀 동안만 장악할 수 있도록 하시오. 제독의 손안에 프랑스의 운명이 달려 있다는 사실을 잊지 마시오. 당신이 용기를 잃지 않는다면, 성공은 바로 우리의 것이오.〉

작전대로 된다면, 불로뉴의 나폴레옹 대군은 포함과 수송선을 타고 영국에 상륙할 것이다.

빌뇌브는 3월 30일 툴롱을 떠날 것이며, 강톰은 6월 1일 브레스트에서 출항할 것이다.

—그리고 나는 6월 15일 전에 불영 해협을 건널 것이다.

그는 베르티에를 바라보며 말했다.

"이상이 영국 상륙작전에 대한 나의 구상일세."

—내가 기병대나 척탄병을 다루듯 함대를 지휘할 수만 있다면…….

그는 집무실로 들어온 로리스통 장군에게 말했다.

"그런데 우리 제독들은 대담하질 못해. 적의 쾌속선을 전함으로, 상선을 함대로 착각하면 안 되는데."

그는 이를 앙다문 채 중얼거렸다.

"깊이 생각한 후에는 과감한 결단력이 필요한 거야. 일단 출항하면, 함대는 곧바로 목표로 돌진해야 해. 항구에서 머뭇거리거나 되돌아온다면 정말 곤란하지."

그러나 함대의 주인은 그가 아니었다.

바람과 파도가 휘몰아치는 바다는 논리로 제압할 수 없었다.

3월 9일 저녁, 불로뉴에서 발송된 속달 전문을 들고 오는 멘느발의 얼굴에 당혹감이 역력했다. 나폴레옹이 전문을 낚아챘다.

브뤼 제독이 죽었다.

나폴레옹은 거칠게 문을 닫으며 집무실에서 나가버렸다. 문이 삐그덕거렸다.

병과 죽음도 바다처럼 예측할 수 없는가.

나폴레옹은 자신의 능력으로는 어쩌지 못하는 운명에 복종해야 한다는 사실이 견딜 수 없었다.

해군이 저주받기라도 한 것인가? 제독이 두 명이나 죽었다. 그는 불길한 생각을 털어버리기라도 하듯이, 불영 해협을 건너는 데는 이틀, 단 이틀이면 충분하다고 되뇌었다.

그는 집무실 옆 살롱의 작은 마호가니 원탁에 식사를 차리게 하고 홀로 점심을 먹었다. 요즘은 거의 매일 이렇게 혼자 점심을 먹었다. 토마토를 넣은 닭튀김이 차려져 있었지만, 입맛이 없었다. 그는 뒤적거리기만 하다가 식탁을 물리며, 급사장 뒤낭에게 말했다.

"음식을 너무 많이 차려놓지 말게나. 나는 속이 불편해서 과식을 좋아하지 않아."

그리고는 자신의 배를 만져보았다. 살이 찌고 있었다.

뒤낭이 늘 하던 대로 커피를 내오자, 나폴레옹은 단숨에 마셨다. 그는 음식이든 음료든 뭐든지 급하게 먹어치우는 타입이었다.

숨이 막혀버릴 것 같은 기분. 서성이며 호흡을 가다듬으려 애쓰던 그는, 파리 근교의 숲으로 가자고 명했다. 1805년 3월, 아직도 매서운 봄바람이 불고 비가 내리는 자연 속에서, 그는 자신의 육체를 해방시키고 싶었다.

3월 14일 목요일, 그는 랑부이에 숲속을 질주했다. 프랑수아

1세*가 죽은 성도 둘러보았다. 성 안에 있는 열 개의 방에는 가구들이 별로 없었다. 그의 갑작스런 방문에 미처 준비가 되어 있지 않은 성에 들어가 그는 창문을 열고 숲의 향기를 마음껏 들이마셨다. 그는 이곳에서 밤을 보낼 것이다. 수행장교들은 곧 밤을 보낼 준비에 들어갔다.

모두가 분주하게 움직이는 동안, 그는 두 개의 장작이 타오르는 커다란 벽난로 앞에서 몸을 녹였다.

그는 이러한 밤의 고독을 좋아했다. 그는 코담배를 들고 홀로 거닐며 명상에 잠겼다.

사흘 후에는 이탈리아 의원들을 맞아야 했다. 첩보요원들과 이탈리아 공화국 부통령 멜지에 따르면, 롬바르디아 의회가 이탈리아 왕으로 그를 추대할 것을 제안할 예정이라고 했다.

또 하나의 새로운 단계.

그러나 나폴레옹은 그것을 넘어서고 싶지 않았다. 1월 초부터 나폴레옹은 조제프를 만나 그에게 이탈리아 왕위를 제안했다. 조제프는 조건을 내세웠다.

— 조제프는 또 나의 죽음을 생각하는군. 프랑스 왕위 승계권을 확보하자 이거지.

그는 조제프의 조건을 받아들이고 싶은 생각이 없었다.

— 프랑스 황제가 이탈리아 왕이 된다면, 강대국들을 위협할 수 있지 않겠는가?

결국, 조제프로서는 자업자득이었다. 조제프는 이탈리아 왕이 되지 못할 것이다.

씁쓸한 기분이 나폴레옹을 사로잡았다.

얼마 전, 그는 루이와 오르탕스를 맞은 자리에서 그들 부부의

---

* 프랑스의 왕, 1494~1547.

아들을 자신의 양자로 삼아 이탈리아 왕좌에 앉히자고 제안한 적이 있었다.

루이가 자신을 질투하던 장면이 고통스런 추억처럼 떠올랐다.

— 루이는 아이의 아버지는 나라고 주장했다.

그는 그날 루이를 쫓아내버렸다.

— 뤼시앵, 그는 이혼을 원하지 않았다. 왕관보다 치마폭에 싸여 있는 게 더 좋았던 것이다!

나폴레옹은 뒷짐을 지고 창가로 향했다.

— 이게 내 형제들이다!

하늘을 바라보았다.

— 내가 이탈리아 왕이 될 수밖에. 프랑스 황제이자 이탈리아 왕. 운명의 여신도 그것을 원한다. 내가 직접 하지 않는다면, 누구도 나를 위해 해주지 않는다. 나는 새로운 왕조를 꿈꾸었다. 나는 내 형제들이 군주가 되어 내 주위에 모여 있는 걸 보고 싶었다. 그런데 나는 누이 엘리자에게만 피옴비노*의 지배권을 줄 수 있었다. 그런데 나의 후계 문제에 대해서는…….

그는 장작을 장화 뒤축으로 차서 벽난로 속에 거칠게 집어넣었다. 벽난로에서 수많은 불꽃들이 솟아올랐다.

3월 17일, 예정대로 이탈리아 의회 의원들이 나폴레옹을 이탈리아 왕으로 선포했다. 24일, 국가참사원 회의에 참석한 그에게 원로원 의원들이 새로운 왕위에 오른 걸 축하했지만, 그는 무심한 표정으로 듣고만 있었다.

누구도 감히 그에게 말을 걸지 못했지만, 푸셰는 그렇지 않았다. 그들 가운데 얼마나 많은 사람들이 푸셰처럼, 나폴레옹이 수락한

---

* 이탈리아 중부 토스카나 지방에 있는 도시.

이탈리아 왕위가 유럽 대륙에 전쟁을 유발하리라는 걸 생각할 것인가?

— 왕들은 이것을 핑계로 나의 숨통을 조이고, 역사에서 대혁명을 지워버리려 할 것이다!

나폴레옹은 푸셰에게 말했다.

"바다는 없어도 괜찮지만, 땅은 없어서는 안 되오."

장관들과 국가참사원 위원들이 공경하는 표정으로 그를 에워쌌다. 그러나 그들의 눈빛에서는 그가 패배하고 몰락하기를 바라는 속마음이 드러나 있었다.

그들을 바라보며 때로 그는 자문했다. 그들의 이해관계에 어긋나는데도 불구하고 그들은 오직 자신의 몰락을 원하는 것일까 하고.

— 그들은 나의 성공을 견디지 못한다.

그는 생각했다.

— 가발을 뒤집어쓴 이 골통들은 아무것도 모른다. 유럽의 왕들은 적극성도, 강력한 성격도 없다.

나폴레옹은 국가참사원 위원들과 장관들을 하나씩 응시했다. 푸셰를 제외하고는 모두 고개를 숙였다. 그는 말했다.

"나는 늙은 유럽이 두렵지 않소."

7
나도 심장을 가진 인간이다

마차 바퀴가 요란한 소리를 내며 움푹 파인 길을 따라 구르고 있었다. 마차가 덜컹거리는 소리에 묻혀 어디선가 웅성거리는 소리가 들려왔다.

차츰 군중의 함성은 분명해졌다.

"황제 폐하 만세!"

대형 마차가 속도를 늦춰 서행하자 나폴레옹은 창가로 몸을 기울였다. 앞서 가는 군수물자를 실은 마차도 속력을 줄였다. 엄청난 수의 농부들이 도로 양편으로 몰려들어 길을 막아서고 있었다. 그들은 연호했다.

"황제 폐하 만세!"

어린아이들과 여자들도 달려들었다. 그는 손을 흔들어 답례했

나. 1805년 4월 1일 밤, 퐁텐블로에서 하룻밤 묵고 출발한 이후 이처럼 열광적인 인파는 처음이었다. 몇 시간 전 지나온 트루아의 군중들은 이상했다. 그들은 겁먹은 듯 보였다. 그는 트루아의 고관들을 만난 자리에서, 이탈리아 왕관을 받기 위해 밀라노로 가는 길이며, 왕국의 주요 도시들을 방문하고 카스틸리오네와 마렝고 같은 전장들도 둘러볼 생각이라고 말했다. 그리고 이탈리아 왕국을 건립한 건 바로 자신이라고 말했다.

리셉션이 열리던, 천장 낮은 홀에서 누군가 말했다.

"폐하께서 생도 시절을 보냈던 브리엔 군사학교는……."

그는 더이상 듣지 않았다.

퐁텐블로 성을 떠나 마차가 덜컹거리며 시골길에 들어서면서부터, 그는 이번 이탈리아 여행이 그의 영광이 시작되었던 초년기로 되돌아가는 순례가 될 것임을 알고 있었다. 조제핀도 동행하겠다고 고집했다. 그녀 역시 성공이 시작되었던 이탈리아에 대한 추억이 각별하기 때문이었다. 특히 그때는 한 젊은 장교가 그녀를 정열적으로 따라다니던 시절 아닌가.

— 내가 질투하던 시절이었지.

그는 브리엔을 이렇게 가까이 지날 것이라고는 생각하지 못했다. 벌써 이십오 년 전이었다. 그 고독하고 씁쓸했던 브리엔 시절…….

1805년 4월 3일 수요일 오후 두시였다. 그는 콜랭쿠르에게 브리엔을 방문할 것이라고 말했다. 조제핀은 나머지 호위대와 함께 리옹으로 계속 여행할 것이다. 이날 오후, 나폴레옹을 태운 마차는 '황제 폐하 만세!'를 외쳐대는 농민들 사이로 나아가고 있었다.

트루아에서부터 그는 브리엔으로 전령을 먼저 보내 그를 맞이할 준비를 하게 했다.

저 멀리 브리엔 성이 나타났다. 늘 고향섬을 꿈꾸며 말이 없던 아이, 그가 단 한 번 방문했던 성.

황소를 따로 풀어놓은 수레 위에서 한 무리의 여자와 아이들이 머플러를 흔들어대며 그를 환호하는 게 보였다. 그들은 모닥불 주위에 모여 있었다. 잔뜩 흐린 하늘은 낮게 내려앉아 있었고, 날은 추웠다.

그는 낯익은 나무와 울타리들을 금세 알아보았다. 처음 훈련받고 행군하던 시절을 상기시키는 풍경들. 그는 그 시절을 정밀하게 기억하고 있었다.

성의 중앙홀에서 몇몇 사람들이 그에게 다가와 군사학교는 이미 폐허로 변했다고 말했다. 대혁명이 회오리바람처럼 쓸고 지나간 후, 건물들은 약탈당해 이리저리 팔리거나 유기된 채 폐허가 되었다며, 그들은 한숨을 내쉬었다.

그는 창문으로 다가갔다. 브리엔 부인이, 전에 오를레앙 섭정공이 머물렀던 방으로 그를 안내했다.

땅거미가 짙게 깔리고 있었다. 그는 창 밖, 어둠 속을 응시하며 군사학교가 있던 자리를 눈으로 더듬었다.

—내일 새벽, 내 두 발로 직접 그곳을 밟으리라.

그는 말했다.

“혁명의 시대는 끝났다. 이제 프랑스에는 단 하나의 당파가 있을 뿐이다.”

아직 밤이었다.

어린 시절에는 한겨울 깊은 밤중에도 그는 공동 침실에 우두커니 서 있곤 했다. 언제나 추웠던 날들. 그 시절 이후, 그는 유난스레 추위를 탔다.

새벽 미명에 그는 말을 타고 군사학교를 향했다. 브리엔 부인의 조카이며 그의 시종인 루이 드 카니지반을 따르게 하고, 그는 군사학교의 폐허 위를 걸었다.

이쯤이 아마 공동 침실이었으리라. 저쪽 울타리 근처에, 나만의 은신처를 세우고 그곳에서 혼자 책을 읽곤 했지…….

불꽃놀이를 하던 날, 폭죽과 화약 상자가 터지자 놀란 학생들이 은신처로 달려드는 바람에 몇 달 걸려 만든 그곳이 엉망이 되었어…….

다시 말에 올라 폐허가 되어버린 군사학교를 무연히 바라보던 그는 수행원들이 따라오기도 전에 갑자기 바르 쉬르 오브를 향해 홀로 내달렸다.

그는 기억을 따라 무작정 질주했다. 나무가 울창한 외딴집을 지나고, 울타리와 덤불을 뛰어넘었다. 청명한 날씨와 진한 흙 냄새가 그를 사로잡았다. 아련한 기억, 다시 만나는 과거의 순간들이 그를 흔들고 흥분시켰다.

그가 지날 때마다 들에서 일하고 있던 농민들이 일어서곤 했다. 쉴새없이 박차를 가해 벌판을 가로지르고 숲 사이로 스며드는 낯선 기사 앞에서 놀라고 질겁하는 그들의 표정도 그는 놓치지 않았다.

자유로웠다. 자유만이 있었다. 아무것도, 누구도 그를 구속할 수 없었다. 그는 홀로 자신의 길을 선택하고 달렸다.

멀리서 총성이 울렸다. 참모들이 그를 찾고 있는 것이다. 그는 천천히 브리엔 성으로 돌아왔다. 곧이어 콜랭쿠르와 카니지, 그리고 수행장교들이 성으로 달려 들어왔다.

그는 말에서 뛰어내렸다.

그는 브리엔 군사학교를 새로 세우지 않을 것이다. 과거는 미래를 창조하는 데에만 의미가 있을 뿐이다.

4월 5일, 트루아로 길을 되짚어나온 그는 스뮈르와 샬롱, 마콩, 부르그를 향해 행렬을 재촉했다.

마차를 타고 수없이 지나치던 이 풍경들 속을 달려본 지도 벌써 수년 전의 일이 되어 있었다. 군중들이 열광적으로 환호했다. 크뢰조 시의 일꾼들은 그를 환영하며 축포를 발사하기도 했다.

샬롱에서는 한 노부인이 다가와 그에게 인사했다. 그는 그녀를 이내 알아보았다. 라페르 연대 소위 시절, 그녀의 집에 초대받은 적이 있었다. 노부인과의 해후는 감동적이었다. 너무나 늙어버린 그녀의 모습 속에서 그는 흘러간 세월을 보는 듯했다.

그의 운명이 끝에 이르려면 앞으로 몇 년이 남았는가? 그의 마음속에 남아 있는, 아직 손도 못 댄 과업들을 완성하기 위해서는 몇 년이 더 필요할 것인가?

그는 물러서 있는 참모 콜랭쿠르에게 말했다.

"콜랭쿠르, 나도 인간일세. 나에 대해 이런저런 말들이 많지만, 나 역시 하나의 심장을 가진 인간이라구."

그의 앞으로 차례차례 다가와 자신을 소개하는 지역 유지들의 말에는 귀도 기울이지 않고 그는 말을 이었다.

"그러나 그것은 군주의 심장이지. 나는 한 공작부인의 눈물 때문에 감상에 젖고 싶지는 않네. 오직 민중들의 고된 삶에 감동할 뿐이지. 나는 민중들이 행복하기를 바라고 있어. 프랑스인들은 그렇게 될 걸세. 내가 앞으로 십 년만 더 산다면, 프랑스 전체가 편안해질 거야. 자네는 내가 편안함을 좋아하지 않는다고 믿나? 아니야, 아니라구. 나 역시 만족한 얼굴을 보는 게 좋아. 다만 자연적 본능에 따르는 기질을 스스로 억제하고 있을 뿐이야. 본능을 억제하지 않는다면, 필경 넘쳐나고 말 테니까."

그런 생각을 지우고 독백을 끝내고 싶다는 듯이 그는 머리를 흔들었다. 그는 홀로 생각에 잠길 시간이 거의 없었다.

나폴레옹은 마차에 올라, 퐁텐블로를 떠난 이후 수시로 도착하고 있는 전문들을 검토했다. 함대에 관한 소식들이었다. 계획대로 3월 30일 툴롱을 떠난 빌뇌브는 넬슨을 속이고, 카디스를 거쳐 마르티니크 섬에 도착해 그라비나 제독의 스페인 함대와 합류했다.

나폴레옹은 해군장관 드크레 중장에게 썼다.

〈이제 나는 별 걱정이 없소.〉

만일 그가 바다를 호령하는 제독이라면, 그 무엇도 그에게 저항할 수 없을 터였다. 그러나 그는 아직 브레스트에 머물고 있는 강톰 해군중장에게 이렇게 쓰는 것으로 만족할 수밖에 없었다.

〈제독은 쉰 척 이상의 함정을 이끌고 약속 지점으로 나가시오. 세계의 운명이 제독의 손안에 들어 있소.〉

강톰은 이해할까? 제독들은 각기 맡은 역할을 수행할 능력이 있을까?

그는 마차에서 고개를 내밀고 사온 강가로 시선을 던졌다. 조제핀과 합류하기로 한 리옹 근교가 이내 눈에 들어왔다. 조제핀을 만나면 그녀와 함께 교황을 만나기로 한 토리노를 향해 떠날 것이다. 며칠 전, 교황은 밀라노에서 열릴 대관식 행사를 위해 나폴레옹보다 먼저 파리를 떠났다.

그는 네덜란드 함대 사령관 베르위엘 제독에게 보내는 훈시를 구술하고는, 마치 자신에게 말하듯 덧붙였다.

〈영광의 시간이 곧 다가올 것이오. 그것은 앞으로 있을 몇 번의 기회와 몇 번의 사건에 달려 있소.〉

고삐를 쥐고 있는 것은 운명의 여신이었다.

마차의 덜컹거림 속에서 그의 구술은 끊일 줄을 몰랐고, 멘느발은 지칠 줄 모르고 써내려갔다.

〈영국을 전멸시키기 위해서는, 최소한 여섯 시간 동안은 바다의

주인이 되어야 하오.〉

그는 불현듯 구술을 멈추고 창 밖을 내다보았다. 마차는 벨쿠르 광장을 가로지르고 있었다. 아직도 선명하기만 한 삼 년 전 기억이 떠올랐다. 1802년 6월, 리옹 시민들이 그에게 편지를 보내왔다. 그가 이집트에서 귀환한 군대를 사열했던 광장을 '보나파르트 광장'으로 명명할 수 있도록 허락해달라는 내용이었다. 당시 부리엔에게 구술하던 자신의 목소리까지 생생하게 들리는 듯했다.

〈보나파르트 광장이라니, 아직 살아 있는 한 사람의 이름을 갖다붙여서야 되겠는가…….〉

그후 그는 황제가 되었다. 한 왕조의 토대를 세운 황제. 사온 강변에 구름처럼 몰려든 인파가 대주교관으로 입장하는 그를 열렬히 환호했다. 신축중인 교량 공사장이 있는 강변으로 그가 발길을 옮기자, 군중들은 그의 옷깃이라도 잡아보려고 아우성을 치며 달려들었다. 그는 교량 시공을 축하하는 첫 폭죽을 터뜨렸다.

그리고 리옹 서부 지역의 두 도시, 라로슈 쉬르 용을 '나폴레옹 방데'로, 퐁티비를 '나폴레옹 빌'이라 명명하는 걸 허락했다. 리옹에서 그 두 지역은 각각 반혁명운동과 혁명운동의 심장부였다.

리옹 시에서 베푼 연회가 끝난 후 그는 연회장을 가득 메운 지역 유지들을 앞에 두고 연설했다. 그들은 나폴레옹이 신탁이라도 내리는 듯 귀를 기울였다. 그는 심각한 표정을 짓고 있는 얼굴들 너머로 조제핀을 바라보았다. 그녀는 여행에 동참한 궁정 부인들과 책 읽어주는 여자들에 둘러싸여 있었다.

그는 짧게 끊어지는 말투로 빠르게 말했다. 젊은 여자들, 특히 가지니 부인에게 달려가고 싶은 욕망에 사로잡혀 있었던 것이다. 그는 퐁텐블로를 떠날 때부터 그 아름다운 제노바 여자를 주목했다.

기유보 양도 그가 주시할 때마다 수줍은 듯 시선을 떨구곤 했다.

그는 말했다.

"한 국가에는 확고한 원칙이 필요하오. 어릴 때부터, 공화주의자가 될 것인가, 왕정주의자가 될 것인가, 또는 가톨릭 교도가 되어야 하는가, 아니면 무신론자가 될 것인가 하는 문제들을 배우지 못한다면, 국가는 결코 하나의 민족을 형성하지 못할 것이오. 그런 국가는 방황을 거듭하면서 끊임없는 무질서와 혼돈에 빠질 수밖에 없소."

—지금, 확고한 원칙을 구현하는 인물은 나다. 민족이라는 유일한 당파를 대표하는 인물도 바로 나다.

확고한 사상도 윤리적 토대도 없이 적당히 둘러대고 아는 척이나 하는 자들의 입을 막아야 했다.

이제 그는 루소를 읽고, 리옹 아카데미 상을 받기 위해 철학 분야 콩쿠르에 응모하던 예전의 그가 아니었다. 그는 말을 이었다.

"나는 마을의 어린이들이 설익은 학자보다는 수도사의 손에서 크는 것이 더 낫다고 생각하오. 설령 교리문답도 모르는 수도사라고 할지라도 말이오……."

그들은 과장된 몸짓과 환성으로 그의 의견에 동의를 표했지만, 그는 자신을 주시하는 이 인물들을 믿지 않았다. 그는 말했다.

"이데올로기가 국가를 번영시키는 것은 아니오."

그리고는 여자들이 모여 있는 곳으로 향하다가 몸을 돌리며 말했다.

"국가의 대들보는 군사력이오."

—상인과 자본가들은 지금이 전시 상태라는 것을, 모든 것을 한순간에 베어버릴 수 있는 것은 칼, 즉 전쟁이라는 것을 알아야 한다.

그는 자신 앞에 몰려 서 있는 이들을 보며 말했다.

"상인과 자본가에게는 신용이 있어야 하오."

그런데 며칠 전부터 은행가들이 여간해선 돈을 빌려주려 하지 않고 있었다.

— 그들은 병사만 있으면 전쟁에서 승리할 수 있다고 믿는가? 재무장관 마르부아는 금화제조인 우브라르*에게 속았다. 우브라르는 네덜란드에서 런던의 시티 은행과 관계 있는 다른 은행가와 흥정을 벌이고 있는 인물이다. 만일 내가 내버려둔다면, 나의 예산은 결국 베어링 은행에서, 다시 말해 영국 총리 피트가 결정하는 꼴이 되는 것이다.

그는 잠시 돈에 관해 말했다.

"내가 살아 있는 한 결코 지폐 발행은 하지 않을 것이오."

그는 아시냐 지폐를 기억하고 있었다. 그것은 손에서 녹아버리듯 모든 가치를 잃어버린 화폐였다. 어찌 보면 루이 16세와 로베스피에르는 돈 문제 때문에 목이 잘린 양 극단의 인물들이었다.

어두운 이면에 숨어 단두대를 조종한 것은 바로 은행가들이었던 것이다.

"나는 후계자들을 위해 내가 만든 화폐로 재원을 마련하고 경제의 기초를 닦을 수 있는 정책을 수립할 것이오."

그는 청중의 반응은 거들떠보지도 않고 황후와 젊은 여자들, 그리고 그녀들을 둘러싼 장교들이 있는 쪽으로 걸음을 옮겼다.

— 그러나 내가 후손 없이 죽는다면, 누가 나의 후계자가 될 것인가?

그는 여자들 사이에 묻혀 있었다. 가지니 부인과 기유보 양 옆에는 카롤린을 보좌하는 지체 높은 부인들이 모여 있었다.

---

* 프랑스의 금융가, 1770~1846.

—내 누이가 나를 위해 이 젊은 여자들을 고른 모양인데, 내게 뭘 바라는 것일까? 조제핀과 헤어지고, 이 여자들 가운데 하나를 선택해 재혼하기를 바라는가? 아니면 단지 황후에게 모욕을 주고 상처를 입히기 위해서인가? 최고가 되지 못한 앙갚음인가? 카롤린뿐만 아니라, 엘리자나 폴린도 모두 이런 식으로 행동한다. 전쟁과 다를 바 없다. 결국 전쟁은 인간의 본성이다.

무리에서 약간 떨어져 한 젊은 여자, 아니 앳된 소녀라고 하는 게 더 어울릴 여자가 혼자 서 있었다. 파리의 궁정 여인들이나 팔레루아얄 거리의 여인들에게서 보이는 특유의 무례함이 느껴지지 않는 것으로 보아, 리옹 여자임이 분명했다!

황제는 그녀에게 다가가 이름을 물었다. 그녀는 떨면서 더듬거렸다. 프랑수아 에밀리 마리 르루아? 이름이 맘에 든다고, 나폴레옹이 말했다.

그런 이름를 가진 여자는 처음이었다. 그는 그녀를 데리고 나갔다.

전쟁에서나 사랑에서나, 하긴 전쟁이나 사랑은 같은 속성을 가지고 있지 않은가, 그는 정적인 인간이 아니었다. 언제나 돌격 태세를 갖춘 동적인 인간이었다.

—조제핀도 받아들인다. 이제 그녀는, 내가 질투로 일그러진 얼굴을 싫어한다는 걸 안다. 그녀는 황후가 되었으니, 그것으로 충분하지 않은가? 그녀는 내 옆에 나란히 서서 밀라노 대성당으로 들어가리라. 이탈리아 왕권은 순전히 나의 것이지만, 그녀도 영광의 몫을 당당하게 챙긴다.

나폴레옹은 이탈리아 왕관을 머리에 썼다. 라피아자 델 두오모 성당은 그를 환호하는 인파들로 가득했다. 그는 왕관을 만지며 말했다.

"이 왕관을 내게 주신 분은 바로 신이시니, 감히 이것에 손대는 자는 불행이 내릴진저."

그리고는 낮은 소리로 덧붙였다.

"이 말이 신탁이 되기를 바라노라."

며칠 후 그는 제노바와 리구리아 공화국을 프랑스에 합병시키기로 결정하고, 루카 공화국을 공국으로 바꾸어 이미 피옴비노를 통치하고 있는 누이 엘리자에게 맡겼다.

힘과 결정권을 손에 쥐는 순간부터 모든 일은 간단해진다.

—누가 나를 멈추게 할 것인가? 교황? 토리노에서 교황 비오 7세는 고분고분했다. 이탈리아 왕국에 정교 협약에서 정했던 것과 동일한 종교체제를 세우기로 합의하면서, 교황은 한 걸음 물러섰다. 여기서 영국이 나에게 전쟁을 걸어올 구실은 없지 않은가?

그는 콜랭쿠르에게 말했다.

"요새나 육군이 없으면, 어떤 민족이건 제정신을 잃고 흐트러지게 마련이야."

여섯 시간만 확보한다면, 영국은 프랑스의 10만 정예군대가 그들의 심장부로 파고드는 걸 보게 될 것이다.

— 영국이 나에 대항하여 무얼 할 수 있을까?

러시아와의 동맹?

영국 왕과 러시아 차르는 대혁명을 인정하지 않는다는 입장을 공유하면서 프랑스를 1789년 이전의 국경 안으로 밀어넣고, 양국의 마음에 드는 정부를 파리에 세운다는 조약을 맺었다.

— 감히 누가 그런 짓을 할 수 있단 말인가?

그는 탈레랑에게 말했다.

"내가 화도 낼 줄 모른다고 믿는 인간들이 있소. 그들에게 그러다가는 큰코다칠 것이라고 쓰시오."

— 원한다면, 나에게 도전하라!

그는 그 자신을 믿었다.

마렝고와 카스틸리오네. 그는 젊은 날의 영광이 깃든 두 전장을 다시 밟았다. 그리고 과거에 정복했던, 지금은 그가 왕이 되어 군림하는 도시들, 만토바와 베로나에 입성했다. 그리고 볼로냐와 모데나, 피아첸차, 제노바를 차례로 방문했다. 그때마다 환호의 물결이 흘러넘쳤다.

마렝고 전장에서는 3만 명을 훈련시키도록 했고, 보나파르트 광장에서는 밀라노 주둔군이 분열행진을 펼쳤다.

그는 군대의 선두에 서서 거침없이 질주했던 이탈리아의 다리들과 도시들, 이 모든 풍경을 좋아했다. 이탈리아의 봄도 사랑했다. 옛 생각에 도취되어 너무 오랫동안 말을 모는 바람에, 어떤 날은 말 다섯 마리가 탈진해 고꾸라지기도 했다.

때로 괴로운 기억이 되살아났다.

그는 베로나 요새의 성곽으로 올라가 기와지붕들이 붉은 호수처럼 보이는 도시를 굽어보며 말했다.

"첫 원정 때였지. 바로 이 도시에서 내 가엾은 동생 루이는 치명적인 사건을 겪었네. 그도 잘 모르는 한 낯선 여자가 그의 숙소에 불쑥 나타난 거야. 그 여자와 관계한 이후 루이는 기후에 따라 도지는 신경질환에 시달리기 시작했는데, 아직도 그 병 때문에 시달리고 있어."

추억에 가려진 부분들이 이렇게 되살아나고 있었다.

그때 얻은 병이 지병이 되어버린 루이는 형에게 적대적이었다. 루이는 자기 큰아들을 양자로 주지 않겠다고 버티고 있다.

나폴레옹은 신경질적인 몸짓을 하며 콜랭쿠르에게 말했다.

"뤼시앵은 자기 이름과 가문에 어울리는 여자보다는, 결혼하기도 전에 아이를 낳아준 수치스런 여자를 더 좋아하고 있고."

무더운 1805년 6월 하순, 제노바에 체류하고 있는 그는 동생들 생각으로 가슴이 쓰렸다. 제노바 사람들이 그를 카를 5세의 방으로 안내했다. 그는 카를이 사용했던 침대를 내려다보았다.

그는 세계적 위인들에 비견할 만한 위대한 인물이 되었다. 그러나 그의 형제들은 그들이 서로 피를 나누었는지 의심스러울 정도로 엇나가기만 했다. 아들이 없는 황제, 그는 씁쓸하게 말했다.

"뤼시앵이 방황만 하고 있으니 한심스러워. 그는 재능을 타고났는데, 그 유별난 이기심 때문에 창창한 앞날을 망쳤어. 의무와 명예를 거들떠보지도 않아."

제노바 항구가 내려다보이는 궁전으로 돌아온 그는 방에 들어가 창가로 다가갔다.

쾌속선 세 척과 보트 두 척이 돛대를 펼치고 훈련하고 있었다. 그는 한참 동안 그 전함들을 바라보았다.

몇 시간 전, 그는 영국 상륙작전을 수정해야 했다. 빌뇌브는 서인도 제도에서 미시에시의 함대와 만날 수 없었던 것이다. 그에 따라 예정되었던 모든 작전들을 연기해야 했다. 영국 원정도 6월이 아닌 8월 8일에서 18일 사이에 감행될 것이다.

창가에 팔꿈치를 고인 채 그는 시선으로 선박들을 따라가고 있었다. 그 선박들은 제롬이 지휘하고 있었다. 제롬은 미국인 아내를 포기하고 정신을 차리기로 했다. 그나마 다행이었다.

— 제롬은 내 말을 듣는 유일한 형제가 아닐까? 그는 내가 도움을 청할 수 있는, 집안의 유일한 식구 아닐까?

그는 창가를 떠나 뒷짐을 지고 방 안을 거닐었다.

— 내가 아들을 갖지 못한다면, 과연 누구에게 기댈 수 있을 것인가?

으젠 드 보아르네는 믿을 수 있으리라. 나폴레옹은 조제핀의 아들인 그를 이탈리아 부왕(副王)으로 임명했다. 그는 뢰드레르에게 말했다.

"만일 대포가 발사된다면, 으젠은 그게 무엇을 의미하는지 금방 알아차릴 거요. 내가 깊은 수렁을 건너야 할 때, 기꺼이 내게 손을 내밀어줄 사람은 아마 그애밖에 없을 것이오."

용감하고 의젓한 스물세 살의 젊은이. 나폴레옹은 으젠을 신뢰했다. 인간을 통치한다는 어려운 책무에 대해, 그는 틈나는 대로 기꺼이 돕고자 했다. 그는 으젠에게 썼다.

〈으젠 보아라. 우리의 이탈리아 백성은 프랑스 시민보다 더 음흉하다. 누구에게도 완전한 믿음을 주지 말고 가능한 한 말을 아껴라. 너는 아직 경험이 없고, 허심탄회한 토론을 통해 일을 처리하기에는 너의 교양이 채 다듬어지지 않았다. 우선 다른 사람의 말에 귀를 기울여라…… 부왕의 직위를 맡고 있지만, 네 나이 스물셋밖에 안 되었다는 걸 명심하라. 설령 네가 통치하는 민족에게서 못마땅한 점이 눈에 띄면 띌수록 그만큼 더 그들을 존중하는 모습을 보여주어야 한다. 하나의 민중과 또다른 민중 사이에 그리 큰 차이가 없다는 것을 언젠가 알게 될 것이다.〉

민중? 1805년 7월 초, 프랑스로 돌아오는 귀로에서 그는 줄곧 민중을 관찰하고 민중의 소리를 들었다.

리옹 근처의 한 지름길에서 그는 마차를 세웠다. 벌판에 있던 한 무리의 사람들이 그를 친견하고 환호하기 위해 달려왔다.

마차에서 내린 황제는 타라르 산 쪽으로 걷기 시작했다. 호위대와 관료들이 그를 수행하려 했지만 그는 마차에 남으라고 지시했다. 그는 혼자 인파에 섞여 민중과 직접 부대끼고 싶었다.

아무도 그가 황제인지 알아보지 못했다. 그는 천천히 비탈길을 올라가 옆에 있는 한 노파에게 물었다. 여기에서 무얼 하시오? 노파가 대답했다. 여기로 지나간다는 황제를 기다리고 있다우.

그는 잡담을 나누며 노파의 사소한 몸짓 하나하나까지도 놓치지 않고 살폈다.

노파는 궁전에서 멀리 떨어져 사는 민중이었다. 그가 노파에게 말했다.

"전에는 압제자 카페*가, 지금은 또다른 압제자 나폴레옹이 프랑스를 지배하고 있지 않습니까? 그런데 지배자가 바뀌었다고 해서 노인께 좋을 건 하나도 없을 것 같은데요?"

주름살투성이 얼굴에 짐짓 당황하는 표정이 어리는 것을 그는 놓치지 않았다.

"미안한 말이지만 선생, 그래도 그 두 인물 사이에는 큰 차이가 있다우."

노파는 고개를 흔들며 계면쩍은 미소를 지었다. 그리고 입을 오물거리며 말을 이었다.

"카페는 민중이 선택한 왕이지만, 나폴레옹은 우리가 얻은 우리들의 왕이라우."

그녀는 목소리를 높였다.

"카페는 귀족들의 왕이 되었지만, 나폴레옹은 민중의 왕이라우. 바로 우리들의 왕이지요!"

나폴레옹은 힘찬 걸음으로 언덕을 내려왔다. 휘파람까지 불어제꼈다. 그는 코담배를 꺼내 들며 비서 멘느발에게 말했다.

"나는 길거리에 몰려든 이 민중들의 높은 양식을 사랑하네."

그리고는 뛰어오르듯이 마차에 올랐다.

---

* 중세 프랑스의 왕조인 카페 왕조의 시조, 941~996.

8
잃어버린 시간은 다시 돌아오지 않는 법

1805년 7월 말, 한여름의 눅진한 열기 탓일까? 아니면 함대들의 소식이 늦어지기 때문일까? 나폴레옹은 하루에도 수차례씩 언성을 높였다.

그는 뮈라를 호출했다. 뮈라는 대원수 제복에 레지옹 도뇌르 독수리 훈장을 달고 의기양양하게 나타났다. 제12보병대 군단장으로 진급한 뮈라는, 황제가 묻기도 전에 자신이 엘리제 궁에 수집해놓은 그림들에 관해 떠들어댔다!

나폴레옹은 짜증스럽게 그의 말을 잘랐다. 지금 그림 이야기를 할 때인가! 군대 상황은 어떠한가? 훈련은 차질없이 이루어지는가? 보급품은 잘 조달되는가? 뮈라는 더듬거렸다.

답답한 가슴으로 퐁텐블로 성의 공원으로 나간 나폴레옹은 연못을 따라 걸었다.

이따금 천둥치는 소리가 포성처럼 울렸지만, 비는 내리지 않았다. 무더웠다. 먹구름이 낮게 내려앉아 어두운 사위를 그으며 번개가 내리꽂혔다.

— 날카로운 번개의 선이 피부 깊숙이 파고드는 듯하군.

나폴레옹은 초조한 표정으로 다시 들어왔다.

아직도 소식이 없는가? 제독들의 현위치는 어디인가? 강톰은 무얼 하는가? 빌뇌브는 어찌 되었는가? 넬슨 함대의 위치는 파악되었는가?

그는 강톰 제독에게 썼다.

〈위대한 사건들이 일어나고 있으며, 앞으로도 계속 일어날 것이오. 귀관이 지휘하는 병력들을 무용지물로 만들지 마시오…… 신중하면서도 대담하게 행동하시오.〉

빌뇌브 제독에게도 썼다.

〈영국은 6세기 전부터 프랑스를 박해하고 있는 강대국이오. 영국 상륙작전이라는 위대한 목표를 달성하기 위해서는, 우리 모두가 목숨에 집착하지 말고 죽을 각오로 싸워야 할 것이오. 나의 모든 병사들에게도 그런 감정을 고취시키시오.〉

책상에 몸을 숙인 채, 그는 함대들의 배치 상황을 점검했다. 프랑스와 스페인 해군이 74척의 함정을 보유하고 있는 반면, 영국 함대는 54척에 지나지 않았다!

그런데 제독들은 무얼 망설인단 말인가!

사지가 조이고 엉켜드는 듯한 기분! 끈적끈적한 열기가 피부에 들러붙었다.

그는 전령 장교들에게 명했다. 한순간도 지체하지 말라. 브레스트와 비고, 카디스를 향해 달려라. 수십 마리, 수백 마리 말이 고꾸라져도 좋다, 달려라. 전속력으로 달려라.

전령들은 즉각 출발했다.

함대들이 어디 있는지, 무얼 하는지 아무것도 알 수 없는 상황. 이런 상황에서 어떻게 결정을 내린단 말인가?

탈레랑은, 영국이 이번 분쟁에 오스트리아를 끌어들이려 한다고 보고했다. 러시아가 이미 영국을 지지한다고 선언해놓은 상태에 오스트리아까지 가담한다면…….

나폴레옹은 캉바세레스와 재무장관 바르베 마르부아를 맞았다.

그는 창문을 열어놓고 밖을 내다보았다. 바람 한 점 불어오지 않았다. 바다에도 이렇게 바람이 불지 않는다면 함대들은 불로뉴까지 올 수 없을 것이다.

그는 캉바세레스에게 몸을 돌렸다. 대법관은 불안한 표정이었다. 바르베 마르부아는 심각한 표정으로, 재계인사들의 불만이 점점 고조되고 있다고 보고했다.

재계인사들, 그들이 숨통을 조여오고 있었다. 그들은 영국 원정을 무모한 계획이라고 비난하고 나선 것이다.

나폴레옹은 뒷짐을 지고 서성이다가 무거운 목소리로 말했다.

"돈이나 다루는 인간들을 안심시키시오."

그가 그들에 대하여 무엇을 할 수 있는가? 그들 없이 무얼 할 수 있단 말인가?

나폴레옹이 다시 말했다.

"확신만 있다면 아무것도 문제 될 게 없다고 그들을 설득하시오."

—그 인간들은 무얼 상상하는가? 전쟁이 머리만 굴린다고 되는 일인 줄 아는가? 나의 원정보다 더 치밀한 계획 아래 수행되는 일은 아무것도 없다.

그는 말을 이었다.

"지금 내가 하고 있는 구상은 너무 멋진 것이오. 무모하게 민중의 행복과 번영을 모험에 내맡기는 일은 결코 없을 것이오. 나도 직접 내 군대와 함께 상륙작전에 참여할 것이오. 모두가 그 필요성을 느낄 테니 말이오. 하지만……."

그는 손을 내저었다.

"나와 내 군대는 모든 상황을 고려하여 상륙작전을 감행할 것이오."

그는 계속 말했다.

"만일, 만일 오스트리아가 무장해제를 하지 않는다면, 나는 군사 이십만 명을 거느리고 그들을 방문할 것이오. 그렇게 되면 오스트리아는 오랫동안 나의 공격을 기억하게 될 것이오."

그는 캉바세레스에게 몸을 돌리며 말했다.

"대법관은 전쟁이 발발하리라고 믿지 않는 모양이구려. 하긴 제정신을 가진 자라면, 내게 도발해오지 않을 것이오."

그는 미소지었다.

"오늘날 유럽에서 지금 내가 보유한 군대보다 더 훌륭한 군대는 찾아볼 수 없소."

그는 퐁텐블로를 떠나 생 클루 성으로 향했다.

마음을 진정시켜야 했다. 그러나 생 클루에서도 퐁텐블로만큼이나 무거운 열기가 짓눌렀다. 잠을 이룰 수 없었다. 그는 즉각 멘느발을 대령시키라고 루스탐과 콩스탕을 몰아댔다. 그는 그의 문장들이 박차처럼 병사들의 사기를 자극할 것을 기대하며 빌뇌브 제독에게 편지를 썼다.

〈불영 해협으로 진입하시오. 영국은 우리 것이오. 스물네 시간 안으로 밀고 들어가면 모든 게 끝날 것이오.〉

황혼 무렵에야 열기가 좀 수그러들었다. 하지만 연일 계속되는 무더운 밤은 견디기 어려웠다. 그는 밤마다 밖으로 나돌았다. 거의 매일 저녁 오페라 극장을 비롯한 여러 극장을 찾아가고, 때로 생 클루 성으로 배우들을 부르기도 했다. 그러나 '유식한 여자들'* 을 보며 웃음을 터뜨리고 있을 상황이 아니었다.

그는 몇 번이고 자문했다. 불영 해협을 건너 런던 탑에 삼색기를 꽂을 수 있을 것인가?

배우들에게 다가갔다. 그는 연극이라는 장르와 배우들을 좋아했다. 아름답고, 도발적이며, 능숙하고, 정복하기 쉬운 여배우들은 그의 기분 전환을 도왔다.

타고난 이야기꾼인 탈마, 그는 한 여자와 고관 사이에서 벌어지는 가벼운 베갯머리 송사를 위대한 비극이나 희극으로 바꾸어놓는 재능을 지니고 있었다.

무대가 치워지고 탈마만이 남아 있는 저녁, 나폴레옹은 그 배우와 마주 앉아 그의 목소리에 귀 기울이고 대화를 나누었다.

7월 어느 날 저녁, 그는 탈마에게 말했다.

"'폼페이우스의 죽음'에서 자네는 몸짓이 너무 커. 흔히 국가 지도자들은 그렇게 많이 움직이지 않아. 그들은 손짓 하나가 곧 명령이며, 시선 하나가 죽음을 뜻한다는 걸 알고 있지. 그래서 그들은 몸짓과 시선을 신중하게 관리하는 거야…… 카이사르를 연기할 때는 브루투스처럼 말하면 안 돼. 카이사르가 왕들을 혐오한다고 말할 때는 그의 말에 믿음이 가게끔 연기해야 하지만, 질투심 많은 브루투스가 그런 말을 할 때는 그렇지가 않지. 그 차이를 섬세하게 표현해야 하네."

레뮈자 부인이, 나폴레옹이 탈마와 앉아 진지하게 대화하는 모습에 의아한 표정으로 다가오며 말했다.

---

* 프랑스의 희극작가 몰리에르(1622~1673)가 1671년에 쓴 희곡.

"탈마는 한낱 배우일 뿐이에요. 그런데 폐하는 대사나 장군보다도 배우를 더 존중하는 것처럼 보이는군요."

나폴레옹은 레뮈자 부인에게 미소지으며 말했다.

"부인, 알고 있소? 어떤 분야에서든, 재능을 지닌 인간은 진정한 힘이오. 부인도 보았겠지만, 나는 탈마를 볼 때마다 경의의 표시로 모자를 벗는다오."

그리고는 중얼거렸다.

"위대한 재능을 지닌 여자들도 있지."

레뮈자 부인은 슬쩍 몸을 감추었다. 남편에게 충실하기로 마음먹었나는 말인가? 그러나 그에게는 뒤샤텔 부인과 가시니 부인이 있었다. 리옹에서 그가 원할 때마다 찾아와주었던 에밀리 르루아도 있었다. 그는 에밀리를 상당한 재산가인 펠라프라와 결혼시켰으며, 펠라프라를 캉 시의 재정담당관으로 임명할 생각이었다. 그렇게 함으로써 마음의 가책을 덜려는 것이다.

무더운 7월의 밤들은 점차 짧아지고 있었다. 새벽녘이면 그는 책상에 올라와 있는 첩보원들의 보고서를 검토하면서 하루 일과를 시작했다.

첩보원 보고서에 따르면, 카페에 모이는 사람들은, 7월 14일에는 아무런 축제도 열리지 않았는데 8월 15일 성 나폴레옹 축일에는 기념 행사와 무도회가 열린다며 분개한다는 것이었다. 사람들은 그런 사실에 야유와 비난을 퍼붓고, 전쟁의 조짐과 관련된 어수선한 소문들을 주고받으며, 프랑스를 파괴하기 위해 새롭게 결성되려는 동맹을 걱정하고 있었다. 아시냐 지폐의 시대가 다시 올 것이라고 단언하는 이들이 있는가 하면, 소문을 믿고 여기저기 깊숙한 곳에 금을 감춰놓는 인간들도 있었다.

그는 보고서를 바닥에 내던졌다.

그가 전쟁을 원하는가?

게다가 모로 장군은 사면 대가로 약속한 미국 망명길에 오르기는커녕 스페인에 머물러 있다고 첩보원은 보고했다. 모로는 차르를 위해 충성할 것이며, 러시아 군대의 선두에 서서 보나파르트와 대혁명을 끝장낼 것이라고 떠들고 다닌다는 것이었다!

이럴 줄 알았으면, 재판부가 모로에게 사형을 언도하는 게 옳지 않았을까?

—누가 그를 사면했는가? 바로 나다. 모로는 누구를 배반하는가? 바로 나다. 그리고 그의 조국 프랑스다. 그렇다면 응수하지 않을 수 없다.

8월 2일 금요일 새벽 세시. 사위는 아직 어두웠지만 그는 대형 마차를 타고 불로뉴를 향해 떠났다. 그의 군대와 합류하기 위해서였다.

마차가 역참에 정차하자, 그는 채 발판을 펴기도 전에 뛰어내렸다. 그리고는 뒷짐을 쥐고 굳은 표정으로 역참의 뜰을 거닐었다. 인파가 모여들어 환호했지만, 그는 거들떠보지 않았다. 역참 건물과 뜰을 몇 걸음 거닐던 그는 출발을 서두르라고 지시했다. 참모가 달려와 떠날 채비가 되었다고 알려왔다.

마차 안에서 그는 토목장관에게 보내는 명령을 구술했다.

〈파리에서부터 시작하여 남쪽과 동쪽, 토리노와 쾰른 방향으로 분기하는 길에 도로들을 신속하게 개통시키시오.〉

만일 영국 원정을 포기하게 되면, 독일로 진군하여 오스트리아를 격파해야 할 것이다. 러시아 군대도 합류한다면, 그들도 예외없이 격파해버리리라.

그는 이러한 구상에 몰두했다. 화가 치밀어올랐다. 시간이 없었다. 그는 최대한 빨리 달릴 것을 명했다. 말들이 탈진해도 좋다. 최대한 빠른 시간 안에 퐁 드 브리크 성에 도착하도록 하라.

간혹 마을 사이로 난 지름길을 지날 때 '영국으로 통하는 길'이라고 쓰인 개선문이 보였다. 그 문구가 더욱 그의 화를 돋웠다. 8월 3일 토요일 새벽 네시. 마차가 퐁 드 브리크 성의 뜰에 도착했을 때 그의 노기는 절정에 달해 있었다.

뜨거운 목욕물을 준비한 루스탐이 문 앞에서 대기하고 있었지만 나폴레옹은 명령부터 내렸다.

"내일 일요일 아침 열시, 전군을 사열할 것이다."

매일 사열하리라 마음먹고 그는 스스로를 진정시켰다.

8월 4일 일요일 아침 열시부터 저녁 일곱시까지, 땅을 밟을 겨를도 없이 그는 줄곧 말에 올라 있었다. 그리고는 몇 개 사단을 거느리고 알프레치 갑에서 그리네 갑까지 질주했다. 8월 13일까지 하루도 빠짐없이 군대와 전함 사열이 이어졌다.

그는 보트를 타고 군함들이 정박해 있는 지점까지 나아갔다. 그곳에서 다시 지도를 펼쳐들었다. 8만 명이 상륙할 주요 작전지역은 도버에서 13킬로미터 떨어진 영국의 딜이 될 것이다. 런던은 그곳에서 불과 이삼 일 거리에 있었다.

그는 오르드르 전망대에 설치한 막사에서 장교들을 위한 만찬을 베풀었다. 황제는 별로 말하지 않고, 이번 상륙작전과 영국 원정에 관한 장교들의 의견을 들었다. 그들은 런던의 아름다움과 '영국의 창녀들', 망명귀족들이 느끼는 공포와 그들의 도주 등을 화제로 삼고 있었다.

이번 작전으로 유럽 동맹의 물주 역할을 하는 영국을 끝장내리라. 그 소굴로 직접 들어가 영국이라는 여우를 뭉개버리면 평화는 정착될 것이다.

나폴레옹은 말이 없었다. 연회가 끝난 뒤, 그는 멘느발과 몽주, 그리고 육군 행정관이며 1803년 이후 불로뉴 진지를 구축한 다뤼 장군을 차례로 불러 물었다.

"도대체 빌뇌브 제독은 어디 있는가?"

격노한 그는 거듭해서 빌뇌브의 이름을 내질렀다.

그는 막사에서 나와 바닷가 절벽 위를 거닐었다. 하늘은 맑게 개어 있었지만, 거센 바람에 파도 소리가 요란했다. 몇십 미터 아래 바다가 있었다. 단 몇 시간이면 바다를 건널 수 있을 것 같았다.

이런 날 저녁이면 문득, 상륙작전을 무조건 감행하고 싶다는 생각이 들기도 했다. 함대 도착을 기다릴 필요 없이 오직 운명의 여신만을 믿고, 배에 올라 작전 개시 명령을 내리고 싶은 마음이 간절했다.

그러나 전쟁은 충동이나 우연에 맡겨도 좋은 장난이 아니었다. 이 대군을 모험에 내몰 수는 없었다.

만일 작전을 변경할 수밖에 없다면, 이 군대를 이끌고 오스트리아와 러시아를 격파할 작정이었다. 그는 대륙에서의 승리를 자신했다.

그는 유럽 전체의 주인이 될 것이며, 여우 같은 영국은 자신의 소굴에 갇혀 죽을 것이었다.

오랫동안 절벽 부근을 배회한 그는 막사로 돌아와 다뤼 장군에게 말했다.

"정치에서처럼, 전쟁에서도 잃어버린 순간은 다시 돌아오지 않는 법이야."

1805년 8월 13일 새벽.

나폴레옹은 퐁 드 브리크 성에서 독일 지도를 들여다보고 있었다.

멀리서 빠르게 달려오는 말발굽 소리가 들리는가 싶더니 경호대 척탄병과 참모의 목소리가 들려왔다. 빌뇌브 제독의 서신을 가져온 것이다.

그는 장교에게서 그것을 빼앗듯이 받아들었다.

—빌뇌브는 내가 기다리고 있는 불영 해협으로 전속력으로 항해하지 않고, 스페인의 페롤 항으로 피신했다.

나폴레옹은 서신을 바닥에 던져버리며 소리쳤다.

"다뤼를 불러!"

그는 다뤼를 기다리는 동안, 코담배를 맡으며 탈레랑에게 보내는 짧은 서한을 구술했다.

〈내 생각은 정해졌소. 나는 오스트리아를 공격하여 11월 이전에 비엔나에 입성할 것이오. 또한 러시아군이 거기 있다면, 그들도 격파할 것이오. 거기에 없더라도 마음이 내키면…….〉

한동안 그는 말이 없었다. 아직 모든 게 결정된 건 아니었다. 어쩌면 오스트리아는 이번 전쟁에 개입하지 않을지도 모른다. 그리고 여름이 다 가기 전에, 빌뇌브 제독이 두려움을 이겨내고 이곳으로 올지도 모른다.

그는 다시 구술을 시작했다.

〈아마 티롤에는 오스트리아 군대가 일개 연대밖에 없을 것이오. 확실할 게요. 나는 영국과의 전쟁을 조용히 치를 수 있도록 그들이 나를 좀 내버려두었으면 좋겠소.〉

해군장관과 빌뇌브 제독에게 보내는 서신도 구술했다. 아직 가능성이 있다면, 강제로라도 빌뇌브를 움직이게 해야 했다.

그는 지도로 뒤덮인 책상 앞에 쓰러지듯 주저앉았다가 다시 일어나 지도들을 훑어보았다. 코담배를 꺼내든 그는 다뤼에게 구술을 계속하겠다는 신호를 보냈다.

차분하게 가라앉은 목소리, 절도 있는 걸음걸이, 입술에서 또박또박 굴러떨어지는 완벽한 문장들. 장소와 날짜, 그리고 병력 배치를 하나하나 지정하는 그는 마치 독일 땅에서 군대의 진군을 지금 눈앞에 바라보고 있는 듯했다.

나폴레옹은 대군을 마르몽, 베르나도트, 술트, 란, 네, 오주로, 그리고 황제 자신이 지휘하는 7개 군단으로 나누어, 봇물을 터뜨리듯 독일 땅으로 거침없이 진군시킬 것이라고 말했다. 뷔르츠부르크, 프랑크푸르트, 만하임, 슈파이어, 칼스루에, 스트라스부르, 이런 도시들이 7개 군단의 진군 목표가 될 것이었다.

그는 각 군단이 통과해야 할 지점과 지점 간의 거리가 몇 킬로미터에 이르는지 표시했다. 그의 계산에 따르면, 각 군단은 시속 3.9킬로미터로 행군해야 하며, 그에 맞춰 식량과 군수물자를 조달해야 했다.

그는 몇 시간에 걸쳐 구술을 계속했다. 몇 달 전에 이미 설치해 놓았지만, 기대와 불확실의 저변에 깔려 그 동안 작동하지 않던 장치가 8월 13일, 이 결정적인 날을 기해 정확하게 움직이기 시작하는 것 같았다.

군대의 '축을 힘차게 회전시켜' 독일의 심장을 움켜쥐리라.

마침내 그는 구술을 끝냈다. 그는 그제서야 다뤼가 내내 자신의 곁에 있었다는 사실을 의식했다. 정신없이 황제의 구술을 받아 적던 다뤼 옆에는 수십 장의 종이와 노트들이 쌓여 있었다.

모든 작전 계획은 끝났는가?

그렇다. 대영 전쟁이든, 대오스트리아 전쟁이든, 모든 준비는 끝났다. 그러나 아직은 주사위를 던지고 싶지 않았다.

그는 탈레랑에게 썼다.

〈빌뇌브 제독이 불영 해협에 나타나기만 한다면 나는 영국의 주인이 될 것이오. 아직 시간은 있소. 반대로 제독들이 망설이며 준비를 게을리하여 목표를 달성하지 못한다면, 나로서는 함대를 이끌고 해협을 건너기 위해 겨울까지 기다릴 수밖에 없을 것이오. 물론 상륙작전은 모험이오. 상황이 어려운 만큼 최대한 속전속결로 밀어붙일 작정이오. 독일에 20만 병력과 나폴리 왕국에 2만 5천 병력이 있소. 대오스트리아 전쟁을 수행할 경우 비엔나로 진군하면서 나폴리와 베니스에 있는 군대도 합류시킬 것이오. 독일 바이에른 선제후 국가들을 우방으로 만들어놓았기 때문에, 오스트리아는 두려워할 상대가 못 되오. 오스트리아는 이번 겨울 안으로 평화 조약을 체결하려 들 것이 분명하오. 그렇게 되면 나는 전쟁을 벌일 필요 없이 파리로 돌아가 정무를 돌볼 것이오.

나의 계획은 십오 일 만에 승리를 거두는 것이오. 나는 상상을 초월하는 20만 대군을 이끌고 독일의 심장부를 치고 들어갈 것이오.〉

며칠째 비가 내렸지만, 바람도 잠잠하고 바다도 조용하기만 했다. 그는 기다렸다. 1805년 8월 20일 밤, 절벽 위로 올라간 그는 참모들을 불러 지시했다.

"북을 울리고 나팔을 불라. 전군을 항구로 이동시켜 승선시켜라."

몇 분이 지나자 항구 쪽에서 북과 나팔 소리에 섞여 전함에 승선하는 병사들의 함성이 들려왔다. 전군이 행진하는 소리가 뒤를 이으며 항구 전체를 뒤덮었다.

그는 새벽까지 절벽 위에 그대로 서 있었다.

함대 없이 움직일 수 있으리라.

할 수 있으리라.

전쟁에 있어서는, 대담함이 가장 훌륭한 천재적 지략 아닌가.

그러나 지금 여기서, 이런 무조건적인 상륙작전은 대담성인가, 아니면 군 통수권자의 도취적 상상력인가?

최고 결정권자로서 최악의 결점인 도취적 상상력의 표출이라면 그는 패할 것 아닌가?

그는 고개를 푹 숙이고 막사로 돌아왔다. 그는 즉각 새로운 명령을 내렸다. 전 병력을 하선시킬 것.

이제 결정은 내려졌다. 머릿속에서 가상 작전의 끝까지 가본 것이다. 가설을 스스로 검증했다.

8월 22일, 해군장관 드크레가 빌뇌브 제독의 서한을 황제에게 보내왔다.

그는 편지를 움켜쥐고 짓이겨버렸다. 빌뇌브는 여전히 도피처에 머물고 있다는 전갈이었다.

새로운 사실도 아니고 놀랄 것도 없었지만 분노가 폭발했다.

시간이 흐름에 따라 가슴속에서 점점 커지던 응어리가 마침내 터지고 말았다.

"도대체가 강하질 못해! 빌뇌브, 제독이란 자가 함대를 지휘할 결단력도, 도의적인 용기도 없어. 없다구!"

뒷짐을 지고 구부정하게 선 그는 누군가에게 달려들 듯한 기세로 고개를 치켜들고 정면을 응시했다. 그의 두 눈은 분노로 이글거렸다.

"빌뇌브는 스페인 배 두 척과의 접촉으로 몇 명의 병사들이 병에 걸려 군의 사기가 바닥에 떨어지자 잔뜩 겁을 집어먹었던 거야. 거기다가 적의 배 한 척이 그를 염탐하러 다가와 넬슨에 관한 풍문을 퍼뜨리자 빌뇌브는 계획을 바꾼 거지! 얇아빠진 귀에다 강한 결단력도 없이 잔머리만 굴리는 나약한 인간!"

나폴레옹은 코담배를 맡다가 경멸하듯 침을 뱉었다.

"전쟁을 위해 목숨을 걸어본 적도 없고, 전쟁을 어떻게 치러야 하는지도 모르는 얼간이라구!"

모든 게 분명해졌다. 온몸의 신경을 갉아먹는 암세포 같은 기다림의 시간은 끝났다.

다뤼는 군대의 각 책임자들에게 보낼 전령들을 선발하여 즉시 출발시켰다. 나폴레옹은 탈레랑에게 썼다.

〈포대 배치를 바꾸었소. 그들은 내가 20만 군대를 이렇게 빨리 동원하리라고는 생각지 못했을 것이오. 나의 작전은 시작되었소. 이십 일을 벌어야 하오. 그 이십 일, 내가 라인 강으로 향하는 동안 오스트리아가 '인 강'*을 건너는 걸 막아야 하오.〉

그는 서둘러 지도를 보았다. 그는 독일에서 싸워본 경험이 없었다. 이번 기회에 황제 나폴레옹이 장군 보나파르트보다 더 뛰어나다는 것을 보여줄 작정이었다. 이탈리아 군대의 지휘는 마세나에게 맡겼다.

그는 로디와 아르콜레, 마렝고를 생각했다. 그때는 얼마나 젊고 미숙했던 시절이었던가!

그러나 이제 그는 모든 것을 알고 있다. 수많은 전장들을 겪었으며, 수많은 인간들을 지휘했다!

그는 이날의 명령을 구술했다.

〈불로뉴 진지의 용감한 병사들이여! 제군들은 영국으로 가지 않는다! 영국이 황금으로 유혹하자 오스트리아 황제는 프랑스에 선전포고를 했다. 오스트리아 군대는 약속한 선을 넘어 독일의 바이에른 지방**을 점령했다. 병사들이여, 새로운 월계관이 라인 강 너머에서 그대들을 기다리고 있다! 우리가 이미 격파했던 그 적들을 다시는 일어서지 못하게 만들어야 한다. 진군이다!〉

---

* 다뉴브 강 지류로 스위스와 오스트리아, 독일을 가로질러 흐르는 강.
** 독일 남동부에 위치한, 독일에서 가장 큰 주(州).

그는 오르드르 절벽 부근으로 걸어갔다.

날은 맑았다. 선체를 맞대고 항구에 정박중인 수송선들이 물결에 따라 천천히 흔들리고 있었다.

자욱한 먼지가 불로뉴를 넘어 내륙으로 날아가고 있었다.

나폴레옹 군대가 행군하고 있었다.

제 3 부

병사들이여, 나는 그대들에게 만족하노라

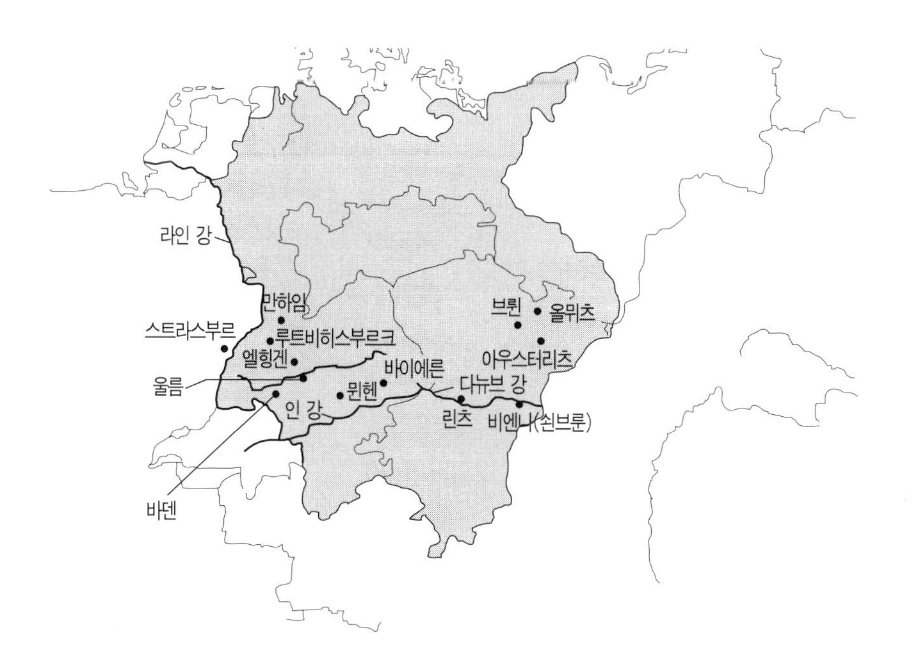

1805년 9월～1805년 12월

9
나에게는 두 가지 인간의 모습이 있다

나폴레옹의 마음은 벌써 독일로 달려가 군대의 선두에 서 있었다. 그러나 우선은 정신을 가다듬고 기분을 전환할 시간이 필요했다. 말메종과 생 클루 성에서 그는 일상의 궤도로 진입하기 위해 노력했다. 조제핀의 살롱에서 잡담을 나누고, 살롱에 모이는 젊은 여자들 중 한 명에게 미소를 던졌다. 그리고 콩스탕에게 한마디 하면, 그 여자는 그날 밤부터 그의 여인이 되었다.

그러나 이러한 쾌락에 정신을 빼앗기지는 않았다. 군대가 진군하고 있었다. 그는 도로 양편을 따라 행군하는 군대를 자신의 머릿속에 그려두고 있었다. 군대는 매일 새벽에 출발하여 하루에 30킬로미터씩 진군한다. 그들은 매시간 오 분 휴식하고, 중간에 한 번 정지한다. 고수(鼓手)들이 행군의 시작과 끝을 알리리라. 그는 자신도 당장 그 행군 대열에 끼어들고 싶었다. 피로에 지치다 못해 비틀거리다 쓰러지는 병사들에게 다시 활력을 불어넣어 줄 수 있는 사람은 오직 나폴레옹 자신뿐이라는 것을 그는 잘 알고 있었다. 이집트와 팔레스타인의 사막에서 그 점을 확인했다. 적에게 기습공격을 가하기 위해서는 군대를 강행군시켜야 했다.

—속도, 그것이 나의 무기다.

벽난로에서 장작들이 탁탁 소리를 내며 타오르고 있었다. 생 클루 숲에서 밀려드는 차가운 습기 탓에 한여름밤에도 불을 지펴야 했다. 그의 어깨에 기대어 앉은 카를로타 가지니가 달콤하게 속삭이고 있었다. 그녀의 목소리는 그를 진정시켰다. 그는 그녀의 말을 유심히 듣고 있지는 않았다. 나폴레옹의 머릿속에서는, 그가 원수들에게 상세하게 지시한 작전이 빠르게 돌아가고 있었다. 8월 13일 구술을 통해 하달된 그의 작전 계획은 다뤼의 주관하에 수행되고 있었다. 오스트리아군 6만 명을 이끌고 이미 바이에른에 진군해 있는 마크 장군 군대는 네와 란, 마르몽의 군대가 격파하리라. 그들 세 장군의 군대는 마크 군대의 오른쪽 측면을 공격할 것이다. 뮈라의 기병대가 정면공격으로 마크의 군대를 유인하는 동안 그들 세 장군의 군대가 마크군의 배후를 자르고 측면을 찌를 것이다.

그러나 승패는 이탈리아와 이집트에서도 그랬듯이 보병들의 두 다리에 달려 있었다. 특히 이번 전쟁은 마렝고나 아부키르 전투보다 더 큰 모험이었다. 만일 패한다면, 나폴레옹이 입을 손실은 실로 엄청날 터였다. 그가 화강암 건물로 표현한 학교 건립은 물론이고 새로운 제도에 이르기까지 그가 세운 모든 것이 한순간에 붕괴될 것이었다. 런던이 바라는 것이 바로 그것이며, 비엔나와 상트페테르부르크가 바라는 것도 그것이었다. 아직은 신중한 입장을 취하고 있는 프로이센 역시 곧 그들의 진영으로 기울 터였다.

—왕과 황제들이 나에게 대항하고 있다.

그는 벽난로에 장작을 하나 던져넣었다. 불꽃들이 솟구쳤다.

—'돈 있는 인간들'은 나를 주시하고 있다. 수표나 어음을 금으로 바꾸기 위해 은행 창구마다 인파가 밀려들고 있다고 경찰 보고서는 전하고 있다. 국고도 텅 비었다.

그는 가지니의 어깨 맨살을 쓸어쥐었다.

—전쟁에서 이긴다는 것, 그것은 가득한 금고를 의미한다.

최소한 이십 일 동안 작전은 비밀에 부쳐져야 했다. 7개 군단이 일곱 줄기의 성난 격류처럼 독일로 밀려들어가는 데 필요한 시간은 대략 이십 일이었다. 그 동안 그는 말메종과 생 클루에 머물면서 국가참사원 회의에 참여하고 뢰드레르를 맞아야 했다. 나폴레옹은 말했다.

"나에게는 두 가지 인간의 모습이 있소. 하나는 머리를 가진 인간이고, 또 하나는 가슴을 가진 인간이오. 하지만 내가 다른 인간들처럼 민감한 가슴을 가지고 있다고는 생각지 마시오. 나는 퍽 선량한 인간이긴 하지만, 일찍이 어려서부터 내 가슴의 현이 울리지 못하도록 하기 위해 애를 써왔소."

뢰드레르가 그의 말을 믿을까?

—나로서는, 사람들이 나를 엄하고 가혹하며 무정한 인간이라고 믿게 해야 한다는 걸 그가 이해할까?

나폴레옹은 해군장관이 보내온 서한을 집어들었다. 빌뇌브, 이 무능한 인간은 여전히 카디스에 처박혀 있었다. 이런 인간은 본보기 삼아서라도 엄벌에 처해야 하리라.

마침내 나폴레옹의 노기가 폭발했다. 몇 주 전부터 내면에 억눌려 있던 모든 긴장이 폭발하듯, 말들이 벼락처럼 쏟아졌다.

"빌뇌브가 저지르고 있는 우둔한 행동을 더이상 참을 수가 없어! 이제 내 기억에 그런 이름은 없어. 천한 인간 같으니라구. 가차없이 추방해야 해. 지략도, 용기도, 욕망도 없는 그런 작자는, 저 하나 살자고 모든 걸 다 망쳐버릴 위인이야!"

그는 매일 독일 지도에 파묻혀 지냈다. 진군하고 있는 군대의 최전방 위치를 핀으로 꽂아 표시해가며 상황을 살폈다. 전령들이 도착한 이후, 그들은 벌써 수십 킬로미터는 더 나아갔을 것이다. 게임은 바로 그곳에서 벌어지리라. 빌뇌브에 대한 노여움은 곧 영국을 격파할 수 있는 호기를 놓치고 말았다는 크나큰 아쉬움으로 이어져 그를 괴롭혔다. 그러나 새로운 게임이 이미 시작되었다. 이 게임에 전력을 바쳐야 하리라.

피로를 느끼며 그는 지도에서 눈을 떼고 잠시 생각에 잠겼다. 그가 꿈꾸어온 위대한 구상의 실현을 막는, 눈에 보이지 않는 장애물들이 일어서며 그의 의식을 건드렸다. 생 장 다크르에서 막혀버린 아시아로 통하는 길. 거기에 한 영국인이 있었다. 이번에도 넬슨이라는 그 영국인이 그의 길을 막았다. 영국 정복, 결국 불가능한 꿈인가…….

독일에서 승리해야 했다. 다른 선택의 여지가 없었다. 내일 원로원으로 하여금 6만 명을 새로 징집하는 포고령을 선포하게 하고, 그는 대군과 합류하기 위해 떠나겠다고 결심했다.

그는 행군중인 각 사단에 이름을 부여할 생각이었다. 역사상 이보다 더 강력하고 위대한 군대가 있었던가? 총병력 18만 6천 명. 그 중에 외국인이 3만 명이었다. 이탈리아, 벨기에, 네덜란드, 스위스, 시리아, 아일랜드 출신의 병사들과 용병들, 그리고 동맹군들로 이루어진 대군.

—이것이 나의 제국의 군대다.

그는 조제핀이 스트라스부르까지 동행해주기를 바랐다. 나폴레옹은 마차 안에서 맞은편에 앉은 그녀를 바라보았다. 1805년 9월 하순, 지칠 줄 모르고 내리는 빗줄기 사이로 평야지대의 풍경들이 지나가고 있었다. 날씨는 습하고 차가웠다. 커다란 숄로 몸을 포근하게 감싸고 있는 조제핀은 도시가 가까워질 때마다 자세를 바로 하고 앉아 분을 바르고 머리를 매만졌다. 라페르테 수 주아르, 바르 르 뒤크, 낭시에서 황후에게 경의를 표하기 위해 밀려드는 고관들에게 그녀는 미소를 지어 보였다.

그가 그녀와 동행하기로 한 것은 뛰어난 판단이었다. 그녀의 존재가 모두를 안심시키고 있었다.

사람들은, 황후가 동행하는 걸 보면 이번 전쟁은 그리 잔인하지도 또 오래 가지도 않으리라고 생각하리라. 인간은 희망과 환상을 필요로 하지 않는가.

9월 26일 목요일 저녁 일곱시. 황제의 마차가 스트라스부르의 사베른 성문에 멈추었다.

그는 조제핀의 손을 잡고, 도열한 호위대를 가로질러 영접나온 시장에게 다가갔다. 시장은 스트라스부르의 주요 인사들을 소개했다. 수많은 인파의 갈채 속에 귀빈 행렬이 이어졌다. 행렬은 삼색기와 꽃장식들로 뒤덮인 거리들을 지나 로앙 궁전으로 향했다.

그가 궁전의 방을 둘러보는 동안 조제핀은 중앙홀에서 도시의 고관들과 환담을 나누었다. 화려하게 장식된 궁전에서 황제 부처를 환대해준 시장에게 우아하게 감사의 말을 전하는 조제핀의 목소리가 들려왔다.

그는 그녀를 그곳에 남겨두기로 했다.

—조제핀은 스트라스부르 사람들을 맡으시게! 그대가 그들에게 찬사를 늘어놓고, 그들이 그대에게 축제를 베푸는 동안 나는 오스트리아군과 싸워 승리를 쟁취하리라.

그는 잠을 이루지 못하고 내내 뒤척였다. 비가 내리는 소리를 들으며 그는 군대를 생각했다. 그들은 빗속에서 야영한 다음 새벽에 다시 행군을 개시해 라인 강을 건너리라.

9월 27일 금요일 새벽 네시. 그는 벌써 일어나 있었다. 루스탐이 뜨거운 목욕물을 준비했다. 이날 여섯시에 켈 다리에서 장군들과 만나기로 되어 있었다.

다섯시, 아직 어두운 시각. 스물두 명의 제국 근위대 소속 기병대와 나팔수, 그리고 그들을 지휘하는 장교들의 호위를 받으며 나폴레옹은 말에 올라 다리 입구로 향했다.

이 순간을 얼마나 기다렸는가? 드디어 병사들 사이에 있게 된 것이다! 비가 퍼붓듯이 내리고 있었다. 고수들은 비 때문에 행군의 리듬을 맞출 수가 없었지만, 행군을 계속하는 병사들은 그를 보고 '황제 폐하 만세!'를 연호했다. 털이 달린 높은 보네 모자를 쓰고 곰가죽 제복을 입은 근위대가 나타났다. 그들은 절도 있는 행군을 잠시 풀고 다리를 건너기 위하여 산개했다. 빗물이 그들의 휘어진 콧수염과 볼수염을 따라 쉼없이 흘러내리고 있었다. 그들의 수염은, 그들이 높은 급료를 받는 엘리트 군대임을 의미하는 상징이었다.

나폴레옹은 말 위에 똑바로 앉아 있었다. 퍼붓는 비에 젖어 모자는 찌그러지고 외투는 무거워졌지만, 그는 스며드는 빗물을 느끼지 못했다.

죽음에 임박한 인간들을 지휘하기 위해서는 그들 곁에 머물며 그와 같은 모습을 보여야 했다. 황제는 몇 시간 동안 꼼짝 않고 다리 위에 붙박인 채 병사들의 행군을 지켜보았다.

모두가 그를 보아야 했다. 병사들 모두가 황제가 거기, 그들과 함께 있다는 사실을 알아야 했다. 그가 원정을 함께할 것임을 알아야 했다.

얼마 후 그는 로앙 궁전으로 돌아와 거울과 양탄자, 그림들을 다시 만났다. 십여 개의 큰 촛불이 타오르는 살롱에서 그는 자신의 동행 요구에 응한 탈레랑과 긴 타프타 원피스를 입은 조제핀과 함께 바덴과 뷔르템베르크의 선제후들을 만났다. 그 선제후들을 끌어들여야 했다. 그는 바덴과 뷔르템베르크를 독일의 바이에른처럼 동맹지역으로 만들어 그가 직접 다스릴 나라를 세울 구상을 했다. 그렇게 되면 오스트리아와 프랑스 사이에 완충국이 서게 될 것이었다.

그는 궁전 예복을 입은 선제후들을 향해 다가갔다. 진흙투성이인 나폴레옹은 거울 속에 비친, 빗물이 뚝뚝 떨어지는 자신의 모습에 자부심을 느꼈다. 그는 황제이자 군인, 전혀 다른 부류의 인간이었다. 그도 '폐하, 전하' 소리를 들으며 고블랭(프랑스 국영 직물공장) 양탄자로 장식된 궁전에서 편안하게 잠잘 수 있었다. 그러나 그는 그런 왕들과는 결코 같지 않으며, 그런 왕들을 지배하지만 그 왕들 중 한 사람은 아니라는 걸 스스로 자부하고 있었다.

제국의 창건자라는 특이한 운명을 지닌 인간, 병사들과 함께 호흡하길 원하는 황제는 매일 라인 강 양편에서 대군을 사열했다. 사열을 마치면 무기고와 성채들을 점검하고, 다시 서둘러 병사들과 합류했다.

9월 30일, 그는 선포했다.

〈병사들이여, 제3차 대불 동맹에 대항한 전쟁이 시작되었다…… 그대들은 조국의 국경을 수호하기 위해 강행군으로 여기까지 달려왔다. 이제 우리는 지켜지지 않는 평화조약은 체결하지 않을 것이다. 우리의 관용이 우리의 정치를 속이는 일은 더이상 없을 것이다. 병사들이여, 여기, 그대들의 황제가 그대들과 함께 있다…….〉

그는 조제핀의 방으로 들어서며 말했다.

"나는 오늘 밤 떠날 것이오. 내가 몇 걸음만 내디디면 오스트리아에 불행이 덮칠 것이오."

10
전쟁은 인간을 삼키는 악마다

1805년 10월 1일, 비가 내렸다. 날씨가 갑자기 추워졌지만 라인 강을 건넜다. 나폴레옹은 외투 자락을 여몄다. 황제의 마차를 호위하는 근위 기병대의 말발굽 소리에 다리가 무너질 듯 울렸다. 누군가가 가슴을 누르는 듯한 통증과 싸늘한 오한에 나폴레옹은 숨쉬기조차 힘들었다. 바로 전날 밤, 출발하기 몇 시간 전에도 그는 고통스러운 경련을 느꼈다. 그는 긴장을 풀고 경련을 가라앉히기 위해 애를 썼다.

어제 저녁, 로앙 궁 그의 방에서, 그는 뒤따라 온 탈레랑과 레뮈자 앞에서 쓰러지고 말았다. 몇 분 동안, 벽이 무너져내려 그를 짓누르고 땅이 꺼지면서 그를 끌어내리는 듯한 환각에 시달렸다. 검은 베일이 눈을 가리는 듯한 어지럼증이었다.

정신을 차려보니 탈레랑과 레뮈자가 콜로뉴 생수로 그의 온몸을 마사지하고 있었다. 그는 거의 벌거벗은 상태였다. 발작의 원인은 누적된 피로였다. 그는 자신의 발작에 대해 절대적 침묵을 두 사람에게 엄중히 지시하고, 그들을 나가도록 했다. 밤새도록 뜨거운 물에 몸을 담갔지만 오한이 가시지 않았다.

마차 안에 가만히 앉아 있어도 아랫니와 윗니가 쉼없이 마주쳤다.

뒷발을 차며 반항하는 드세고 고집스러운 말을 길들이듯이 이 육체를 제압해야 했다.

몸도 말과 같아서 길들이기에 달려 있지 않은가.

루트비히스부르크에 도착한 그는 뷔르템베르크 선제후의 궁전에 들어갔다. 무엇보다 먼저 조제핀을 안심시키기 위해 몇 자 적어야 했다. 그는 탈레랑을 알고 있었다. 조제핀과의 내밀한 교류를 통해 자신의 영향력을 행사하고픈 탈레랑은 분명히 그녀에게 지난밤에 있었던 자신의 발작에 대해 얘기했을 터였다.

〈루트비히스부르크에 도착해 잘 지내고 있소. 당신 역시 잘 지내기 바라오. 나의 충심을 믿어야 하오. 이곳 궁전도 매우 아름답소. 모든 사람들이 친절하고, 선제후의 새 왕비가 매우 아름답소. 그녀는 영국 왕의 딸이라고 하는데, 매우 착해 보이는군.〉

조제핀이 몇 번이고 소리내어 읽고는 궁정 부인들에게 편지를 보여주는 모습을 상상했다.

전쟁은 그런 것이다, 불리한 풍문들이 퍼져나가게 해서는 안 된다.

—나는 회복중이다. 나의 건강은 아무런 문제가 없다.

10월 4일, 오랜만에 날씨가 쾌청했다. 나폴레옹이 탄 대형 마차가 행군중인 병사들로 붐비는 도로를 지나갔다. 병사들은 근위대의 호위를 받으며 지나가는 그를 알아보고 환호를 보냈다.

저물녘, 슈투트가르트의 왕립극장 홀에 들어서자 뷔르템베르크 선제후가 정중하게 그를 영접했다. 막이 오르는 동안 선제후가 그에게 말했다.

"모차르트의 '돈 지오반니'는 매혹적인 작품이 될 것입니다."

관람을 마치고, 기름 램프가 환하게 밝혀져 있는 마차에 오른 그는 루트비히스부르크로 돌아오면서 신임 내무장관 샹파니에게 보내는 서한을 구술했다.

〈전쟁중임에도 이곳 뷔르템베르크에서 아름다운 음악을 들을 수 있었소. 독일 음악은 바로크풍 같더군. 보충병 문제는 잘 진행되고 있소? 1806년의 징집 문제는 어떻게 진행되고 있소?〉

전쟁은 인간을 삼키는 악마다. 그러므로 그 아가리에 새로운 병력을 우겨넣어야만 이길 수 있다.

첫 전투는 다뉴브 강의 오른편 기슭, 베르팅겐에서 벌어졌다. 뮈라 원수와 네 원수의 대립 때문에 프랑스군 1개 사단이 오스트리아군 3만 명에 포위되어 몰살당할 뻔했으나, 다행히 그 순간 뮈라의 기병대가 달려들어 구출해냈다. 이 소식을 뒤늦게 들은 나폴레옹은 혀를 찼다.

—나의 원수들은 용감하지만 때로 옹졸하다! 그들은 서로 질투하고 있다.

그는 전장으로 나갔다. 다시 비가 내리기 시작했다. 차가운 소낙비 아래 병력들이 도열해 있었다. 나폴레옹은 병사들과 함께 비를 맞으며 지휘했다. 그는 대령들이 가장 뛰어난 전투력을 보유하고 있다고 추천한 부대를 선발로 내세웠다.

나폴레옹은 제4연대 소속 용기병 마르카트의 귀를 잡아당겨주며 그의 가슴에 레지옹 도뇌르 훈장을 달아주었다. 마르카트는 며칠 전 자신의 계급장을 부숴버렸던 대위를 위험에서 구출해낸 하사관이었다.

비가 멈추지 않았다. 벌판의 풍경이 거센 빗줄기 아래 사라졌다. 나폴레옹은 말을 타고 호위대와 함께 오베르 팔하임이라는 마을로 향했다. 수행 마차들은 따라오지 않았다. 마을로 들어서자 민가는 약탈당해 폐허가 되었고, 벽이란 벽은 모두 농민들이 감춰둔 황금을 찾는 병사들에 의해 심하게 부숴져 있었다.

나폴레옹은 사제관으로 들어갔다. 참모가 오믈렛과 침대를 준비했다.

그는 벽난로 앞에서 다리를 쭉 펴고 앉아 옷을 말렸다. 계속되는 승전보에 기분이 상쾌했다.

군대는 도나우베르트 지역을 통해 다뉴브 강을 건넜다. 다부와 술트는 아우크스부르크에, 베르나도트와 마르몽은 뮌헨에 입성했다. 마크 장군의 오스트리아군은 엘힝겐과 울름으로 퇴각하여 러시아군과 합류하기를 기다리고 있었다. 그들이 합류하기 전에 신속하게 치는 것이 최선의 전략이었다.

사제관에서 그는 자신을 둘러싸고 있는 장교들과 농담을 주고받았다.

"이곳은 유럽인데도 샹베르탱 포도주를 한 잔도 마실 수가 없어. 이집트의 사막 한가운데서도 항상 마셨는데 말야."

부하들이 맥주 한 잔을 가져왔다. 이 비옥한 땅에서 생산되는 술이 어떻게 이렇게 맛이 없을 수가 있는가?

다음날에는 아우크스부르크에서 멀지 않은 부르가우에서 하룻밤을 묵었다.

승리가 손에 잡힐 듯했다. 그는 승리가 다가올 때마다 그것을 감지할 수 있었다. 그는 선발대와 함께 다뉴브 강을 따라 엘힝겐으로 들어가는 통로까지 전진했다.

10월 14일 새벽, 빗발처럼 쏟아지는 총탄 아래 공병대가 다리를 세우고 있었다. 나폴레옹은 병사들과 함께 선두에 섰다.

수도 없이 포탄 속을 뒹굴었지만, 그는 자신의 곁에서 미소를 머금고 있을 운명의 여신을 생각하며 기꺼이 화염 속에 몸을 던졌다.

드디어 척탄병들이 다뉴브 강을 굽어보는 엘힝겐 수도원을 점령했다. 나폴레옹은 수도원에 들어섰다. 부상자들이 백여 명 단위로 그곳으로 이송되었다. 오스트리아 군인들의 시체는 조각조각 잘려 나간 채 쌓여 있었고, 마크 장군의 군대는 네와 베시에르 병력의 추격에 쫓겨 울름에 갇혔다.

나폴레옹은 울름에 대한 포위 공격을 명령했다.

나폴레옹은 수도원에서 나왔다. 적의 포대가 호위대를 향해 포격을 가해 말들이 사방으로 날뛰었지만, 나폴레옹은 끄떡하지 않고 선두를 지키며 거침없이 내달렸다. 그는 울름을 겨냥하고 있는 포대가 설치된 미헬스베르크 고지를 향해 말을 질주했다.

마크의 항복을 받아내기 위해서는 포위망을 계속 조여야 했다.

저녁 무렵, 엘힝겐에서 그는 조제핀에게 간략하게 썼다.

〈적은 패했고 혼비백산하여 날뛰고 있소. 모든 정황으로 보건대 이번 전쟁은 내가 수행한 가장 신속하고 가장 빛나는 원정이 될 것이오. 나는 흡족하게 잘 지내고 있지만 날씨가 너무 끔찍스럽소. 비가 너무 많이 내려 하루에 두 번씩 옷을 갈아입고 있소. 당신에게 사랑의 키스를 보내오. 나폴레옹.〉

차디찬 비가 모든 것을 쓸어가버릴 기세로 쏟아져내렸다. 마크 장군이 갇힌 울름 시의 요새들이 장대비의 장막 뒤에 가려 보이지 않았다.

나폴레옹의 말은 포대가 배치되어 있는 정상을 향해 힘겹게 올랐다. 그는 말에서 내려 직접 대포를 조준하고 발포 명령을 내렸다. 집요하게 공격해야 했다. 마크로 하여금 엄폐물에서 나오게 만들어 러시아 군대가 도우러 오기 전에 항복을 받아야 했다.

수도원으로 돌아와 장작불이 활활 타오르는 벽난로 앞에 서서도, 비에 젖은 그는 덜덜 떨었다. 장교들이 병사들의 상태를 보고했다.

"비와 주위, 그리고 배고픔이 대군을 와해시키고 있습니다. 쉴 곳과 빵, 포도주가 필요합니다. 군복도 말이 아닙니다. 누더기와 다름없습니다."

나폴레옹은 대수롭지 않다는 표정으로 귀를 기울였다.

지휘한다는 것은 그런 것이다. 초조함을 드러내지 않고, 초조해하는 부하들에게 자신감을 불어넣어주는 것이다.

그는 잘라 말했다.

"마크는 오래 버티지 못해. 몇 시간 후면 항복할 것이다. 이제 비엔나로 들어가기만 하면, 오스트리아 점령은 시간 문제야. 단 며칠이면 러시아군도 격파할 수 있다. 단 며칠이야. 그것으로 제3차 동맹도 끝장이다."

그는 세귀르 장군을 호출하여 마크와의 협상을 지시했다. 그 오스트리아 장군을 위협하여 항복을 받아내야 했다. 이곳에서 대포를 발사하여 그를 포탄으로 뭉개야 했다.

10월 20일, 마침내 오스트리아군은 무기를 내려놓았다.

나폴레옹은 3만 명에 달하는 오스트리아군이 일렬로 늘어서서 차례차례 무기와 깃발을 내려놓으며 지나가는 것을 바라보았다.

마치 고대 전투의 승리 장면을 재현하고 있는 듯했다.

비는 멈추었지만 흠뻑 젖은 그는 온통 진흙투성이였다. 젖은 모자와 회색 외투가 갑옷처럼 무거웠다. 그는 작은 언덕 위에 서서 항복하는 모습을 굽어보았다. 그는 승리의 황제였다. 그의 군대가 황제 주위로 몰려들었다. 그는 이따금 몸을 돌려 자신의 자랑스런 군대를 바라보았다.

항상 그렇듯이 승리는, 짙게 묻어나는 탈진의 흔적과 두려움을 뿌듯한 자부심으로 바꾸어놓았다. 인간들을 변모시키는 것이다. 승리는 병사 모두에게 힘을 주었다. 그들 중 몇 명에게는 황제의 훈장이 수여되리라.

60문의 오스트리아 대포와 포로가 된 스무 명의 오스트리아 장군들도 황제 앞을 지나갔다. 나폴레옹은 외쳤다.

"병사들이여, 이번 성공은 황제에 대한 그대들의 무한한 믿음, 어떤 피로와 곤궁도 견뎌낼 수 있는 그대들의 인내심, 그대들의 대담한 용기 덕분이었다."

그는 포로가 된 오스트리아 장군들과 몇 마디 주고받았다. 그들 중 몇 명은 투르크인들과의 전쟁에서 입은 부상의 흔적을 지니고 있었다.

—이들은 용감하고 노련한 맹장들이다. 나는 이들을 격파했다. 내가 이기지 못할 자가 누구란 말인가?

다시 비가 내리기 시작했다. 그는 그날 저녁 엘힝겐 수도원에서 대군에 발표할 선언문을 구술했다.

〈병사들이여, 우리는 여기서 멈추지 않을 것이다. 그대들 앞에는 제2차 원정이 기다리고 있다. 영국 황금에 매수된 러시아 군대가 다가오고 있다. 우리는 그들에게도 오스트리아군과 똑같은 운명을 안겨줄 것이다…….〉

구술을 중단할 때마다 수도원에 수용된 부상자들의 신음 소리가 들려왔다. 그래도 이번 엘힝겐 전투는 인명 피해가 적은 편이었다. 그러나 내일은? 그는 구술을 계속했다.

〈나의 모든 관심은 가능한 한 피를 적게 흘리고 승리를 얻는 것이다. 나의 병사는 나의 아들이다.〉

그는 명령했다.

"이 문서를 벽보로 제작해 모두가 읽게 하라. 또한 '프랑스 대군 신문'에도 발표하여 병사들의 무훈을 알리고 병사들에게 황제의 뜻을 전하도록 하라."

그는 벽난로의 발치에 앉아 종이를 집어들었다. 그리고는 무릎 위에 올려놓고 벽난로 불꽃에 비추어가며 자신의 손으로 글을 썼다.

〈조제핀. 예전 같지 않게 매우 피곤했소. 일 주일 내내 비를 맞았소. 무엇보다 발이 너무 시려웠소. 나는 목표를 달성했소. 단지 진군했을 뿐인데 오스트리아군은 항복했소. 나의 군대에 만족하오. 나는 1만 5천 명을 잃었을 뿐이오. 그중 절반 이상은 가벼운 부상을 입었을 뿐이고. 찰스 왕자가 비엔나를 지키러 오고 있소. 아마 마세나 장군은 지금쯤 베로나에 입성했을 것이오. 안녕, 조제핀. 무한한 사랑과 함께. 나폴레옹.〉

11
세계의 운명은 하루에 달려 있다

눈이 내리고 있었다. 근위대 기병들은 벌써 안장 위에 곧추앉아 그를 기다리고 있었다. 나폴레옹은 눈 내리는 하늘을 바라보더니 천천히 마차에 올랐다.

오후에 접어들 무렵, 마차는 엘힝겐 수도원 앞에 닿았다. 먹장구름이 덮인 하늘은 이마에 닿을 듯이 낮게 내려와 있었다. 뮌헨과 그 너머 비엔나로 향하는, 울름 외곽의 언덕들 사이로 뚫린 도로를 타고 나폴레옹군이 새까맣게 줄지어 행군했다. 이따금 총성이 들려왔다. 장교들이 약탈자들을 즉결처분하거나 병사들이 돼지나 소를 잡는 것이리라. 병사들은 추위와 배고픔에 시달리고 있었다.

나폴레옹은 뮌헨으로 행군하라고 명령했다. 그의 대형 마차는 무겁게 비틀거리며 눈 속에 빠져 속도를 내지 못했다. 그는 몸을 굽혀 참모에게 더 빨리 진군하라고 명했다. 이번에도 승패는 속도에 달려 있었다.

쿠투조프 장군, 뛰어난 전술가로 이름난 러시아의 명장. 그가 군대를 이끌고 오스트리아군과 연합했다. 그들 러오 동맹군을 기습해야 했다. 무엇보다 적군의 작전 의도대로 끌려들어가서는 위험했다.

나폴레옹은 도로 양편에 길게 늘어서서 행군하는 보병들을 바라보았다. 고개 숙이고 묵묵히 걷고 있는 그들의 어깨 위로 눈이 내려쌓이고 있었다. 승리의 알코올은 피로만을 남긴 채 증발되었다. 그들은 지금 불로뉴에서부터 걷고 있는 것이다. 패배당하지는 않았지만, 그들은 이미 탈진된 상태였다.

—끝장내야 한다. 내가 선택한 조건과 시간이 갖추어졌을 때 적으로 하여금 응전해 오도록 강요해야 한다. 전쟁은 장기놀이이다. 미리 몇 수를 내다보고 함정 속으로 상대방을 끌어들여야 한다.

뮌헨을 향해 달려가고 있는 마차 안에서, 그는 의자 위에 지도를 펼쳤다. 덜컹대는 마차 안, 기름 램프의 희미해지는 불빛 아래에서 그는 함정을 구상하는 일에 몰두했다.

쿠투조프의 러시아군을 염두에 두기에는 아직 시기상조인지도 모른다. 우선은 비엔나부터 점령해야 했다.

—그러나 나는 그 너머까지 내다보아야 한다.

그는 자신을 기다리는 전장이 이탈리아 전장만큼이나 친숙한 조건이기를 바랐다.

그는 캉바세레스에게 보내는 편지를 구술했다.

〈오늘 나는 라인 강 뒤편에 진지를 구축한 러시아군과 대결하기 위해 훈련을 시키고 있소. 보름 안으로 10만 러시아군과 6만 오스트리아군과 대결할 것이오. 오스트리아군은 이탈리아에서 철수한 병력과 왕국의 대기 병력들로 구성되어 있소. 그들을 격파하는 것은 문제가 되지 않겠지만, 아마 얼마간의 대가는 치르게 될 것 같소.〉

마차 창문에 서린 김 사이로 추위에 움츠린 병사들의 실루엣이 보였다. 과연 그들 중 몇 명이 쓰러질 것인가? 그는 눈을 감았다.

— '식인귀', 영국에 매수된 신문들은 나를 그렇게 부른다.

마치 그가 인간들의 죽음을 원하고, 그들의 피로 살을 찌우는 흡혈귀라도 되는 듯이 말이다! 그러나 그는 자신의 환상 때문에 피의 대가를 치르는 인간은 아니었다! 그는 중얼거렸다.

"냉정한 눈으로 전장을 바라보지 못하는 자는 결국 무고한 생명을 수없이 앗아간다."

멘느발은 그의 모습을 바라보며 받아 적어야 할지 말아야 할지 망설였다.

뮌헨에 도착한 그는 시청 광장 북쪽 전체를 차지하는 궁전의 중앙 홀에서 바이에른 왕실의 대접을 받았다.

그를 만나는 외국의 왕들은 언제나 두려움 섞인 호기심으로 그를 대했다. 그는 사냥에 초대받기도 하고 극장에도 갔다. 나폴레옹은 이곳 왕실을 위한 연주회를 열도록 지시했다.

프랑스에서 막 도착한 탈레랑이 그의 옆자리에 앉아 연주회 내내 속삭였다. 탈레랑은, 오스트리아를 격파하는 것보다는 강력한 적국인 영국과 러시아, 프로이센에 대항하는 동맹을 오스트리아와 맺는 게 좋지 않겠느냐고 말했다.

탈레랑은 최근의 프랑스 소식도 전했다. 돈 있는 사람들은 여전히 안절부절못하고 있고, 레카미에 은행과 에르바 은행은 파산 상태였다. 사람들은 전쟁이 언제까지 계속될 것인지, 그 결과는 어떨 것인지 불안해하고 있었다.

나폴레옹은 담담하게 말했다.

"황금 역시 승리자에게 가는 법이오. 전쟁에서 승리한다면 모든 문제가 일시에 해결될 것이오."

탈레랑은 나폴레옹의 말에 동의를 표시하며, 황제의 편지를 받지 못하는 날이면 노심초사한다는 조제핀의 근황도 전했다. 그녀가 완벽한 아름다움으로 스트라스부르를 매혹시켰다고 탈레랑은 표현했다.

그날 밤 자정이 지난 시각, 나폴레옹은 홀로 앉아 조제핀에게 편지를 썼다.

〈당신에 대한 상세한 소식들을 들었소. 나에 대한 당신의 따뜻한 마음을 확인할 수 있었소. 그러나 더욱 강한 마음으로 나를 믿어야 하오. 일 주일 정도는 편지를 쓰지 못할 거라고 말했잖소. 나의 건강은 매우 좋소. 지금은 러시아 군대와 대결하기 위해 진군하고 있소. 유쾌하고 즐거운 나날을 보내시오. 이 달이 가기 전에 만날 수 있을 것이오. 어제 저녁에는 이곳 궁정 부인들을 위해 연주회를 개최했소. 성가대 지휘자는 상당히 능력 있는 사람이더군. 나는 선제후의 꿩 사육장에서 사냥도 했소. 이만하면 내가 그리 피곤한 상태가 아니라는 걸 알겠소? 탈레랑이 도착했소.〉

다음날, 나폴레옹은 다시 궁전을 떠났다. 눈이 내리고 있었다. 뜨거운 목욕과 연주회를 잊고 다시 행군해야 했다.

마차 안에서 병사들을 바라보던 그는 병사들과 함께 눈을 맞으며 행군하리라 마음먹고 마차에서 내렸다. 이렇게 말 위에 올라앉아 행군할 때면, 자신이 추구하는 삶이 방랑과 모험과 고난으로 점철된 길이 아닌가 하는 생각도 들었다. 행군중에 대개는 시설이 그리 좋지 않은 사제관에서 잠을 자곤 했다. 렘바흐에서는 수도원에서 묵었는데, 밤에 기온이 더욱 내려가 그의 방은 얼음창고처럼 추웠다. 방 안이 아니라 눈보라가 몰아치는 벌판에 누워 있는 것 같았다. 그는 자리에서 일어나 추위를 잊기 위해 조제핀에게 편지를 썼다.

〈강행군을 하고 있소. 날씨는 춥고, 대지는 한 길이 넘는 눈 속에 묻혀 있소. 혹독한 날씨요. 다행히 땔감은 넉넉하오. 우리는 여기서도 여전히 숲속에 들어와 있소. 건강은 아주 좋소. 상황 진행은 괜찮은 편이오. 적들은 나보다 더 불안해하고 있을 것이오. 당신의 소식을 듣고 싶군. 아무 걱정 없이 잘 지낸다는 당신의 목소리를 듣고 싶소. 안녕, 내 친구. 그만 잠자리에 들어야겠소.〉

그러나 어떻게 잠을 청할 수 있단 말인가? 그는 사바리 장군이 보내온 보고서를 펼쳐들었다. 보고서를 꼼꼼하게 다시 읽으며, 그는 사바리가 전에 말한 적이 있는 이상한 자를 떠올렸다. 목사의 아들로서 바덴 공국의 시민이라는 그자는 철물장수, 혹은 식료품상에 담배장수를 위장하고 있지만, 오랫동안 오스트리아를 도운 노련한 첩자였다. 슐마이스터라는 그 인간은 며칠 전까지도 울름에서 마크 장군 곁에 붙어 첩자 노릇을 했었다. 이후 그자는 진영을 바꾸어 뮈라와 사바리에게 선물을 내밀며 러시아 군대의 진군에 관한 정보를 가져왔다. 그자의 정보에 따르면 러시아군의 쿠투조프 장군은 프랑스군을 동쪽으로 멀리 유인할 작전을 짜고 있다는 것이다. 슐마이스터는 장교로 행세하면서 오스트리아와 러시아 동맹군의 참모부에 침투했었다고 한다. 사바리는 보고서에 슐마이스터의 짧은 글도 동봉했다. 거기에는 '카를 프리드리히'라는 서명이 있었다.

첩자는 반드시 필요한 존재였다.

나폴레옹은 그 깨알 같은 글씨들을 여러 번 다시 읽으며 곰곰이 생각에 잠겼다. 슐마이스터의 상세한 보고는 나폴레옹의 직관을 확인시켜주었다. 적이 동쪽으로 퇴각하는 것을 차단해야 했다. 쿠투조프가 러시아의 제2군이나 프로이센군의 증원을 받기 전에 잡아야 했다. 네 장군이나 베르나도트가 적을 밀어내고, 잘츠부르크와 인스브루크에 입성하는 것만으로는 충분치 않았다. 란이나 뮈라 장군이 다뉴브 강의 교량들을 점령하고, 포위 공격으로 유럽 제3의 도시라 할 만한 비엔나를 점령하는 것만으로도 충분치 않았다.

—내가 울름에서 했듯이 적을 격파하는 것이 중요하다. 퇴각할 수 있는 기회를 주어서는 곤란하다. 철저하게 파괴시켜야 한다.

린츠 궁전의 커다란 방에서 나폴레옹은 대광장을 내려다보았다. 도시를 지배하던 페스트의 공포와 투르크의 압제에서 해방된 것을 기념해 1723년에 세워진 트리니테(삼위일체) 기념비도 눈에 띄었다.

창문 앞에 서서 그는 콘스탄티노플까지 원정가려 했던 시절을 떠올렸다.

그리고 자신을 이곳, 비엔나 바로 옆에 있는 린츠까지 데려온 운명을 생각했다. 며칠 안으로 그는 오스트리아의 수도 비엔나에 입성할 것이다. 오래 전에 투르크인들은 비엔나를 포위하고 입성을 시도했지만 뜻을 이루지 못했다.

그는 자신이 정복한 도시들, 자신이 수행한 오십여 차례의 전투를 생각했다.

운명의 여신은 그를 어디로 데려갈 것인가?

그는 조제프에게 보내는 편지를 구술했다.

〈오늘 나는 러시아 군대와 대결하기 위해 훈련을 시키고 있소.

아직까지 베르나도트는 그리 만족스럽지 못한 편이오.〉

베르나도트는 조제프의 손아래동서였다. 베르나도트가 그가 생각하듯 그렇게 완벽한 원수가 아니라는 점을 조제프도 알아야 했다.

〈베르나도트 때문에 나는 하루를 허비했소. 세계의 운명은 바로 하루에 달려 있는데 말이오.〉

―그 점을 이해하고 느끼는 사람은 오직 나 하나뿐이라는 사실을 깨닫곤 한다. 다른 인간들, 가장 뛰어나다는 인간들마저도 시간을 지체하면서, 미래가 그들의 손에 달려 있다고 상상한다. 나는 '세계의 운명이 하루에 달려 있다'는 걸 믿는 유일한 인간일 것이다. 그러면서도 나는 그걸 믿지 않는다. 모든 것은 불확실하기 때문이다. 미래도 전쟁과 같다.

〈모든 것은 매순간 변하지. 하루를 결정짓는 건 한 번의 전투야.〉

보름간의 휴전을 제안하기 위해 오스트리아 특사 기울라이 왕자가 찾아왔지만 그는 만나지 않았다.

―도대체 오스트리아인들은 무얼 생각하는가? 그런 위장전술에 내가 속을 줄 아나? 보름! 그것은 쿠투조프의 병력이 자리를 잡고, 원군이 도착하는 데 필요한 시간이리라. '전쟁에서 시간을 잃는 것은 치명적이며, 작전은 그 잃어버린 시간 때문에 실패한다.' 그런데 시간을 달라고?

나폴레옹의 궁전 보좌관 티아르 백작이 들어와 기울라이가 낙담해서 돌아갔다고 말했다.

티아르가 머뭇거리자 나폴레옹이 눈길로 채근했다. 티아르가 말을 이었다.

"기울라이는 후손이 없는 폐하께서 이혼하지 않는 것에 놀라는 눈치였습니다. 그리고 '나폴레옹 황제는 왜 오스트리아 황녀 마리 루이즈와 결혼할 생각을 하지 않느냐'고 물었습니다. 기울라이는 이 결혼 문제를 매듭지을 수 있을 거라고 단언했습니다."

나폴레옹은 벽난로로 다가가 불꽃 위로 손을 내밀었다.

—탈레랑도 원하듯이 그것은 왕정 시절에 있었던 두 대가문 사이의 결합이 되리라. 루이 16세는 마리 앙투아네트와 결혼했다. 나는 나의 운명의 정점, 바로 그 지점에까지 도달한 것인가? 멈추었던 역사를 내가 다시 돌려야 하는 것인가?

그는 티아르에게 몸을 돌리며 말했다.

"그건 있을 수 없는 일이야."

그는 넓은 방을 큰 보폭으로 거닐다가 창문 앞에서 멈춰 섰다. 다시 커다란 눈송이가 떨어지고 있었다. 먹빛 하늘에서 내리는 눈송이를 바라보며 나폴레옹은 말했다.

"황녀들은 항상 프랑스에 치명적인 결과만 남기지 않았나. 오스트리아라는 이름에는 프랑스와 어긋나는 운명이 깃들여 있어. 마리 앙투아네트도 이런 어긋남을 해소하지 못했지."

창가에서 몸을 돌린 그는 다시 벽난로 앞에 서며 말했다.

"그녀에 대한 기억이 아직도 너무 생생해."

1805년 11월 13일 오후가 끝나갈 무렵, 그는 마차를 타고 쇤브룬 성의 공원으로 들어섰다. 마차에서 내린 그는 프랑스식으로 꾸며진 정원의 가로수길을 한동안 홀로 거닐었다.

비엔나가 바로 저 아래, 반 시간 정도면 닿을 수 있는 거리에 있었다. 베르나도트 원수와 클라르크 장군의 병력은 이미 그곳으로 진입했다. 그곳 오스트리아의 수도는 무장해제되었다고 공표되었으므로 프랑스군은 아무런 저항도 받지 않고 입성할 수 있었으리라.

나폴레옹은 눈 덮인 화단 기운데 놓여 있는 서른두 개의 조상(彫像)들을 둘러보았다. 커다란 연못은 꽁꽁 얼어붙었다. 넵투누스(바다의 신)와 해마들, 트리톤(반인반어의 바다의 신)의 조각상들도 얼음을 뒤집어쓰고 있었다.

다시 마차에 오른 그는 오벨리스크 쪽으로 향하다가 로마 시대의 폐허들을 발견했다. 그가 마차에서 내려설 때마다 그의 경호를 맡은 호위대의 수행원 네 명이 몇 걸음 뒤에 버티고 서서 주위를 둘러보았다.

한 작은 문을 빠져나온 그는 언덕 꼭대기에 올라섰다. 모든 풍경이 굽어보이는 그곳에서 그는 멀리 안개에 잠겨 있는 비엔나를 바라보았다.

이탈리아 원정군을 지휘하던 시절, 그는 비엔나까지 전진하겠다는 꿈을 꾸었었다. 그런데 지금, 예기치 않은 운명은 그를 이곳 합스부르크 왕가의 베르사유 궁전이라고 일컬어지는 쇤브룬에 데려온 것이다. 그리고 오스트리아 황제의 측근은 그에게 황녀와의 결혼을 제안했다. 마치 그가 카페 왕조의 왕이라도 되는 듯이 말이다.

누가 상상이나 했겠는가?

하긴 이 결혼이 불가능할 이유는 없지 않은가? 그의 삶은, 도저히 일어날 수 없으리라 여겨졌던 일들이 그대로 현실로 드러나는 사건들의 연속이 아니었던가?

그는 지금 황제가 아닌가?

그는 성의 큰 방으로 들어갔다. 창가에 서니, 제국 근위대가 숙영지를 정하느라 이리저리 움직이고 있는 광경이 내다보였다. 그는 참모에게 몸을 돌리고, 척탄병들은 사열 복장을 갖추라고 명했다. 그리고는 밤이 오자 호위대만 데리고 비엔나로 출발했다.

도시는 조용했다. 그의 눈에 띄는 프랑스 보병들은 패잔병의 모습이었다. 그들은 승리한 군대의 제복을 입고 있었지만, 허리띠에다 술병과 빵, 닭고기를 매달고 다녔다. 나폴레옹군은 수백 킬로미터를 행군해 오면서 추위와 허기에 지쳤고 군기는 해이해졌다. 지금은 전투를 앞둔 마당 아닌가.

쇤브룬으로 돌아온 그는 베시에르 장군을 불러 며칠 후 비엔나에서 제국 근위대를 사열할 것이라 알렸다. 비엔나 사람들의 머릿속에 프랑스 군대가 갖고 있는 힘과 엄정한 군기에 대한 인상을 깊이 새겨놓아야 하리라. 누더기를 걸친 병사들이라는 이미지를 하루빨리 불식시켜야 했다.

그는 방에 틀어박혀 한참 동안 생각에 잠겼다. 루스탐이 분주하게 움직이는 동안 그는 조제핀에게 몇 자 썼다.

〈이틀 전부터 나는 비엔나에 있소. 밤 사이에 도시를 둘러보았소. 내일은 지역 유지들과 대표단을 맞을 것이오. 대다수 나의 병력들은 다뉴브 강 너머에서 러시아군을 추격하고 있소. 안녕, 나의 조제핀. 때가 오면, 당신을 부르겠소. 당신에게 사랑을 보내오.〉

펜이 부러질 정도로 힘을 주어 서명한 탓에 휘갈겨 쓴 '나폴레옹'이라는 글씨가 기다란 흑점처럼 보였다.

나폴레옹은 브륀 주변과 비엔나 북쪽으로 뻗어 있는 지역의 지도를 펼쳐놓고 작전을 구상했다. 그곳은 고원과 호수, 그리고 협곡들이 연이어 어우러져 있는 지형이어서 제한된 공간에서 결정적인 전투를 벌일 만한 곳이었다. 신속한 이동이 관건이었다. 프로이센 군대가 진군해 오고 있었다. 프로이센 왕 프리드리히 빌헬름 3세와 왕비 루이제가, 전장으로 달려온 러시아 차르 알렉산드르 1세를 성대하게 영접했다고 한다. 11월 3일 밤, 왕들은 포츠담으로 향했다고 첩보원은 보고했다. 그들은 횃불을 들고 프리드리히 2세의 지하묘소로 내려가 선왕의 관 위에서 영원한 우정을 맹세했다는 보고였다.

—우스운 일이군. 왕들의 맹세가 무슨 소용이 있단 말인가? 프리드리히 2세는 생전에 러시아와 칠 년 동안이나 전쟁을 벌이지 않았던가! 러시아 군대가 궤멸되고 나면 왕들의 그 '영원한 우정'은 얼마나 지속될 수 있을까?

나폴레옹은 지도를 유심히 바라보다가 고개를 들었다.

—나는 반드시 승리한다.

11월 16일, 나폴레옹은 쇤브룬을 떠났다. 마차에 오르기 전, 그는 조제핀에게 편지를 썼다. 황후는 스트라스부르를 떠나 라인 강을 건너야 했다.

〈당신 곁에서 시중을 들 부인과 장교들에게 줄 만한 선물을 가지고 오시오. 품위 있게 처신하면 모두에게 존경받는 법이오. 사람들에게 은덕을 베풀면서도 정직하고 품위를 지켜야 하오. 상황이 허락하는 대로 당신을 보고 싶소. 나는 전위부대와 합류할 것이오. 끔찍한 날씨요. 눈이 많이 내리고 있소. 나머지 모든 문제는 잘 풀려나가고 있소. 안녕, 나의 좋은 친구여.〉

11월 17일 아침, 그는 츠나임에서 눈을 맞으며 산책했다. 언덕 위에 위치한 그 작은 도시 아래 쪽으로 광활한 풍경이 펼쳐져 있었다.

언덕 아래에서 티아르 백작이 허겁지겁 올라오는 모습이 보였다. 숨을 헐떡이며 나폴레옹 앞에 선 티아르는 포로가 된 오스트리아 장교들이 했다는 말을 더듬거리며 전했다. 빌뇌브 제독이 지휘하는 프랑스 함대가 카디스에서 멀지 않은 트라팔가르에서 영국 함대에 대패했다는 소식이었다. 10월 21일 벌어진 트라팔가르 해전에서 프랑스 함대는 18척 중 13척을 잃었고, 연합군인 스페인 함대는 15척 중 9척이 격침당했다. 영국 전함들은 한 척의 피해도 없었다. 대패였다. 상상할 수도 없는 대패. 프랑스 함대는 무너졌다. 패장 빌뇌브 제독은 살아남아 포로가 되었고, 승장 넬슨 제독은 치열한 해전 중에 자신의 제독 함선 빅토리 호의 갑판에서 전사했다.

나폴레옹은 아무것도 묻지 않았다. 아무 말도 하지 않았다. 10월 21일이면 그가 울름 전투에서 승리를 거둔 다음날이었다. 그날 그는 대군에게 포고문을 발표했었다. 육지에서 나폴레옹이 전례 없는 내용을 서두로 포고문을 발표한 날, 바다에서 빌뇌브가 처참하게 당했단 말인가. 그것도 영국에게? 같은 날, 운명의 여신은 그에게 육지를 장악하는 권력만을 부여하고, 바다의 지배는 거부한 것인가?

그가 예견했듯이, 영국은 땅 위에서만 패배할 것인가.

—나는 이곳에서 승리해야만 한다.

그는 새로운 전투를 위한 준비를 이 패배의 소식 때문에 멈추고 싶지는 않았다. 10월 21일 이후 벌써 하해와 같은 많은 시간이 흘렀다. 트라팔가르 패전은 수많은 날들 속에 묻힌, 이제 과거일 따름이다.

—패전은 잊자. 잊어야 한다.

포어리츠에 도착한 나폴레옹은 수도원에서 하룻밤을 보내고, 다음날 일찍부터 마차와 말을 번갈아 타고 그 지역의 도로들을 답사했다. 그는 라타인 마을에서 멀지 않은 곳에서 벌어지는 기병대 전투를 지켜보기 위해 말에서 내렸다. 그의 내부에서는 긴장과 평화로움이 교차하고 있었다. 그는 야산과 평원, 고원과 계곡들을 응시하면서 병력들이 이리저리 이동하는 장면을 오래 상상했다.

그리고 마을들을 둘러본 나음, 저녁 무렵에는 브륀에서 전 지역을 굽어볼 수 있는 슈필베르크 성채에 올라갔다. 구름이 야산에 걸려 있었지만 남서쪽 지평선은 선명하게 드러나 있었다.

대포 소리가 들려왔다. 러시아군은 퇴각을 중단했다. 그렇다면 쿠투조프가 전투를 받아들이지 않을 수 없게 유인할 차례였다. 그를 저기, 프라첸 고원 쪽으로 끌어들여야 했다.

11월 20일 아침, 지도를 바라보며 밤을 꼬박 새운 나폴레옹은 짤막한 명령을 구술했다.

〈다부 원수는 아우스터리츠로 진군하라.〉

나폴레옹은 프라첸 고원 남쪽 끝에 위치한 그 작은 도시를 손톱 끝으로 표시했다.

다음날 11월 21일 목요일 아침. 그는 이날 새벽이 되기도 전에 일어나 있었다. 전날 일찍 잠자리에 들어 휴식을 취한 덕분에 상쾌한 기분이었다. 그는 백마에 올라 호위대와 참모들을 거느리고 질주했다. 언제나 그렇듯 선두에 홀로 서서 마을을 달려 골트바흐 계곡을 타고 코벨니츠와 보제니츠 마을들을 지나 고원으로 올라갔다. 그는 때때로 말에서 내려 지형을 살폈다.

드높은 고원과 점점이 박혀 있는 호수, 그리고 긴 협곡. 이곳이 바로 그가 찾고 있던 전장이었다.

맘루크인 시종 루스탐이 말고삐를 잡고, 걷고 있는 나폴레옹의 뒤를 따랐다.

나폴레옹은 참모들과 당번 장교들을 향해 몸을 돌리며 말했다.

"이봐 젊은 친구들, 이곳 지형을 잘 연구하게나. 여기가 전장이니까 말일세."

12
영광의 아우스터리츠 대전

1805년 11월 27일 수요일, 나폴레옹은 슈필베르크 성채 정상에서 새벽을 기다리고 있었다. 그의 호위병들은 성곽 아래에서 대기하고 있었다. 그는 어둠과 안개에서 서서히 빠져나오는 새벽 풍경을 홀로 맞고 싶었다. 며칠 전부터 날씨가 변했다. 폭설과 폭우는 멈췄지만, 기온은 훨씬 더 내려갔고 대지는 얼어붙었다. 이렇게 굳고 마른 땅에서는 기병대를 운용하는 게 유리하리라. 아침 안개가 걷히자 맑은 하늘이 드러났다. 태양이 동쪽에서 붉은 빵처럼 솟아올랐다.

그는 이제 곧 전투가 벌어질 이곳 풍경의 구석구석을 이미 상세히 파악해놓았다. 전투는 그의 구상대로 이 광막한 삼각지에서, 사격 연습장에서 실시했던 대규모 훈련처럼 전개되리라.

레장스 카페와 팔레루아얄에서 두었던 장기놀이가 떠올랐다. 지휘권을 잃은 장군이 되어 군 명부에서 이름이 삭제될 위기에 놓여 있던 시절, 그는 실의와 불행을 견디며 장기를 두곤 했었다. 채워지지 못한 야망과 들끓는 울분으로 비참한 시절이었지만 그는 항상 게임에서 이겼다. 별로 중요하지 않아 보이는 졸(卒)을 써서 판을 단번에 뒤집을 때면 타오르는 듯한 환희를 맛보곤 했었다.

그는 전투가 벌어질 지형을 바라보았다.

브륀은 직각삼각형의 정점에 위치해 있었다. 그 정점을 사이에 끼고 있는 두 변은 나무들이 늘어선 도로들로 이루어져 있고, 그 도로들은 직각으로 슈필베르크 성채 발치에서 만났다.

도로 하나는 동쪽 올뮈츠로 향했다. 그는 안개 속으로 사라지는 그 도로를 주시했다. 올뮈츠는 오스트리아와 러시아의 두 황제, 프란츠 1세*와 알렉산드르 1세가 차지하고 있지만, 그 재능 없는 승부사들은 그가 쳐놓은 함정에 걸려들 것이다. 며칠 전부터 그는 기병대에게 적이 보이기만 하면 도망치라고 명령해놓았다. 아우스터리츠를 점령하고 있는 술트의 병력은 이제부터 퇴각을 준비할 것이다. 이 위장전술은, 계속 증원되고 있는 오스트리아와 러시아의 동맹군을 함정으로 끌어들이는 미끼였다.

브륀의 첫번째 도로와 직각을 이루는 두번째 도로에도 나무들이 늘어서 있었다. 나폴레옹은 몸을 돌려 그 두번째 도로를 바라보았다. 그 길의 끝에 비엔나가 있다. 올뮈츠 쪽 도로와 비엔나 쪽 도로 사이, 즉 직각삼각형의 밑변이 프라첸 고원이었다. 그 고원은 골트바흐 강 동쪽에서부터 완만하게 솟아올랐다가 반대편으로는

* 신성로마제국의 마지막 황제였던 프란츠 2세는 나폴레옹이 프랑스 황제로 즉위하자 이에 반발해 1804년 오스트리아를 제국으로 승격시키고 자신을 프란츠 1세로 명명하여 오스트리아 황제가 되었다.

급경사를 이루며 낮아졌다.

장기판에서의 승부는 언제나 간단하다. 적이 무엇을 원하는지를 간파해야 한다. 그리고 적으로 하여금 원하는 것, 꿈꾸는 것이 가능하다고 믿게 해야 한다. 그러다가 진상을 알게 되면, 당황한 적은 혼비백산하게 되는 것이다.

오스트리아와 러시아의 두 황제는 비엔나 방향의 도로를 차단하려 할 것이다. 그들에게 환상을 심어주리라. 프랑스군이 그들의 막강한 병력과 맞서기를 포기하고 퇴각할 것이라는 환상. 이를 위해 나폴레옹은 아우스터리츠 주둔 병력을 끌어내어 퇴각시킬 것이다. 그러면 적의 사단들은 전진하여 프라첸 고원 발치에 포진하고, 프랑스군의 오른쪽 날개를 공격할 것이다. 그들이 공격해 오면 오른쪽 날개의 프랑스군은 작전 지점까지 후퇴했다가 기수를 돌려 저항하리라. 그러는 사이에 프랑스군의 중앙과 왼쪽 날개가 기습을 가해 프라첸 고원을 점령하고, 노출된 적군의 측면을 공략할 것이다.

태양이 떠올랐다. 나폴레옹은 호위대 몇 명만 데리고 올뮈츠 도로를 향했다. 햇빛에 눈이 부셔 도중에 몇 번 멈추어야 했다. 예배당이 솟아 있는 이 언덕, 이곳이 프랑스 대군의 접합점이 될 것이다. 그는 그 언덕으로 올라갔다. 왼쪽 날개의 병력들은 바로 이곳에서 출발하여 삼각형의 밑변, 프라첸 고원으로 가서 싸울 것이다. 측면을 노출한 채 후퇴하는 프랑스군의 오른쪽 날개를 쫓느라 오직 전진하는 데만 몰두하는 러시아 군대를 문을 세차게 닫아걸듯 구석으로 몰아붙일 것이다. 그러면 적군은 이제 곧 쾅하고 닫힐 문 틈에 팔이 낀 줄도 모르는 사람과 같은 형국이 되리라.

그가 이 언덕의 경계를 강화하라는 명령을 내리자 호위병들이 말했다.

"이곳을 보니 '수도승의 묘'가 생각납니다, 폐하. 피라미드 전투에서 점령했던 회교도 수도승의 묘가 솟아 있던 작은 언덕 말입니다."

그는 말 안장에 올라 올뮈츠로 가는 도로를 질주했다. 나지막한 집 한 채가 안개 속에서 희미하게 나타났다. 포조르지츠 역참이었다. 남쪽으로 뻗은 협로는 아우스터리츠로 향하는 길이었다.

모든 준비는 끝났다.

그는 브륀으로 돌아왔다.

오스트리아 장교들이 말 고삐를 잡고 서 있는 모습이 보였다. 황제 프란츠 1세가 보낸 사절단인 슈타디온과 기울라이가 그를 기다리고 있는 것이다. 그들 사절단은 나폴레옹에게 항복을 요구했다. 적들은 모든 병력 증원을 끝내고, 이제 나폴레옹군을 완전히 에워쌌다고 확신하는 것이리라. 나폴레옹은 고개 숙인 채 그들의 말에 귀기울였다. 그는 불안해하고 주저하는 모습을 보이며 협상을 원하는 사람처럼 가장해야 했다. 마치 자신의 군대를 불신하며, 최후통첩을 받아들일 준비가 되어 있지만, 쉽게 굴복하지 않으려는 자존심으로 고민하는 사람처럼 말이다.

프로이센 왕 프리드리히 빌헬름 3세가 보낸 사절인 하우크비츠 역시 진지하게 항복을 요구해왔다. 자신 있다는 표정이었다!

나폴레옹은 여전히 초조한 표정으로 참을성 있게 귀를 기울이다가 그에게 비엔나로 가서 외무장관 탈레랑과 협상해보라고 말했다. 하우크비츠는 흡족하게 받아들였다. 나폴레옹은 그의 눈 속에서 어떤 확신을 읽었다. 며칠만 기다리면 나폴레옹군은 패잔병 무리가 되어 뿔뿔이 흩어질 것이고, 그들은 자신들이 원하는 모든 조건들을 보나파르트에게 명령하게 되리라는 확신.

나폴레옹은 참모를 불렀다. 참모에게 하우크비츠를 기병대가 대치중인 홀라브륀 전장을 통해 비엔나로 데려가라고 명령하면서 그는 은밀하게 말했다.

"우리가 어떤 식으로 전쟁을 수행하는지 이 프로이센인으로 하여금 두 눈으로 직접 보게 하는 것도 좋을 거야."

—오스트리아와 프로이센은 이제 됐고, 이제 러시아인들에게 내가 겁에 질려 부들부들 떨고 있다고 알리는 일만 남았군.

그는 사바리 장군을 불러, 러시아 차르의 요구 사항을 파악하고 협상에 임하는 전권사절로 임명하여 알렉산드르 1세에게 보냈다.

11월 28일 깊은 밤, 나폴레옹은 안개 속을 질주했다. 그는 호위대가 따라잡기 어려울 만큼 빠른 속도로 말을 달리다가 포조르지츠 역참으로 돌아왔다. 나폴레옹 뒤에서 란과 술트가 서로 으르렁대며 다투는 소리가 들렸다. 그는 그들 쪽으로 가서 잠시 바라보기만 했다. 그들의 언쟁에 대해서는 아무것도 알고 싶지 않았다. 이렇게 말다툼이나 해대다니, 대체 그들은 어떤 인간들인가? 싸움은 자신의 전부를 거는 경우에만 가치가 있다. 그 외에는 하찮은 것일 뿐이다.

그는 말을 타고 골짜기와 언덕들을 주파하며 호숫가를 따라갔다. 바로 지금이다. 모든 것을 결정지을 수 있는 졸(卒)을 움직여야 할 때였다. 그는 참모를 불렀다.

"아우스터리츠를 점령하고 있는 제4군단은 지금 즉시 도시를 버리고 비엔나 쪽으로 후퇴한다. 빨리 전하라."

덫의 한쪽 구멍을 열어두는 것이다.

마차에 올라탄 그는 닭다리 하나를 물어뜯으며 물을 탄 샹베르탱 포도주를 한 잔 마셨다. 그리고는 외투를 푹 뒤집어쓰고 잠을 청했다.

새벽에 눈을 뜬 그는 말을 몰아 최선방 진지로 달려갔다가 다시 야영지로 돌아왔다. 야영지는 고원 조금 뒤쪽의 샤플라니츠 마을을 바라보고 세워져 있었다. 그는 불안했다. 과연 그의 작전대로 러시아군은 프라첸 고원에 머물지 않고 나폴레옹군이 철수한 진지들을 점령해가며 계속 진군해 올 것인가? 그는 뒷짐을 진 채 주먹을 꽉 쥐고, 러시아 진영에서 돌아오는 사바리를 급히 맞았다. 사바리는 쿠투조프 장군의 휘하 사단들이 진군하여 아우스터리츠로 들어갔다고 보고했다.

됐다. 내기는 그의 예견대로 시작되었다. 이제 차르 알렉산드르가 그에게 보낸다는 사절 돌고루키 왕자를 맞아 마지막 쐐기만 박아두면 되었다.

나폴레옹은 몸이 가벼워졌다. 자신감에 넘쳤다. 그의 예견과 꼭 맞아떨어지고 있는 이 상황도 그리 놀라운 게 아니라는 생각마저 들었다. 그는 자신을 휘감아오는 자신감을 물리치려 애썼다. 언제든 자신을 제외한 어떤 것도 믿어서는 안 되잖는가. 자신을 제외한 나머지 모든 것은 한순간에 사라질 수 있는 것이다.

불현듯 트라팔가르 해전의 패배가 떠올랐다. 그 자신이 직접 참전한 이 전투가 트라팔가르 해전 참패에서 비롯된 사기 저하를 지워주리라. 그는 말에서 내려 젖은 풀을 밟으며 경사면을 올랐다. 그의 앞에 돌고루키 왕자가 경멸하는 듯한 표정을 짓고 서 있었다.

—나를 손안에 넣었다고 믿는 '무례한 놈'이 왔군.

왕자는 이탈리아와 네덜란드, 그리고 벨기에를 요구했다. 한마디로 항복을 요구하는 것이다.

—한껏 불안감을 드러내고, 비굴함에 가까운 표정으로 그의 말을 들어주자. 이자에게 내가 전쟁을 두려워하고, 나의 군대가 위협 앞에서 후퇴하고 도주하리라는 확신을 주어야 한다. 그런데 이

왕자는 나를 '시베리아로 보내버리고 싶은 러시아 부호'처럼 대하는군. 그래, 마음대로 지껄여라! 두 황제에게 나폴레옹이 네 앞에서 두려움에 떨었다고만 가서 전하라!

나폴레옹은 야영지로 돌아왔다. 근위대 소속 공병들이 문과 덧문 조각을 모아 마을 축제에서 쓰는 것과 같은 식탁과 의자를 만들었다. 나폴레옹은 유쾌한 기분으로 그 의자에 앉아 장교들과 태평스럽게 담소를 나누다가 마차 안으로 들어가 잠을 청했다.

11월 30일, 나폴레옹은 말을 타고 모든 작전도로를 돌아본 뒤 러시아군과 오스트리아군이 계속 전진하는 것을 확인했다. 오후 네시 반, 그는 마차로 들어갔다.

이번 전투를 찬란한 승리로 이끌기 위해서는 모든 병사들에게 어떤 작전이 펼쳐질지 상세하게 설명해주어야 했다.

—나는 프랑스 황제다. 나는 부하들을 나뭇조각 취급해서 무조건 밀어대는 그런 왕들과는 다르다.

그는 대군에게 전할 명령을 구술하기 시작했다.

〈병사들이여, 러시아 군대가 오스트리아 군대의 패배를 설욕하기 위해 그대들 앞에 나타났다. 우리가 확보하고 있는 위치는 완벽 그 자체다. 그들은 우리의 오른쪽으로 돌면서 그들도 모르는 사이에 측면을 드러낼 것이다.〉

그는 중단했다. 그는 각 병사가 앞으로 전개될 작전을 완전하게 숙지하기를 바랐다. 그렇게만 된다면, 나폴레옹 대군은 무적의 군대일 것이다. 그는 다시 구술했다.

〈병사들이여, 황제가 직접 그대들을 지휘한다. 그대들이 평소처럼 용맹스럽게 적군을 무질서와 혼돈 속으로 몰아넣는다면, 나는 전장에서 떨어져 그대들의 용맹스러움을 바라만 볼 것이다. 그러나 만일 승리가 불확실하다면, 그대들은 그대들의 황제가 직접 최전방에 나서는 것을 보게 될 것이다. 민족의 명예와 직결된 프랑스 보병의 명예가 걸린 오늘, 우리는 기필코 승리해야 하기 때문이다.〉

나폴레옹은 마차의 휘장을 걷었다. 밤이 내리고 있었다. 겨울 해는 짧아서 전투를 벌일 시간이 많지 않을 것이다. 새벽부터 밤까지 일 분 일 분이 중요하리라. 그는 마차에 웅크린 채 구술을 계속했다.

〈부상자를 수송한다는 핑계로 진지를 이탈하지 말라. 우리의 적들은 우리 민족에 증오의 칼날을 품고 있는 영국에 매수된 자들이라는 사실을 명심하기 바란다.

이번 승리로 원정은 끝날 것이다…… 우리가 함께 이룩하는 평화는 나의 민족과 나를, 그리고 그대들을 드높이리라.〉

마차에서 뛰어내린 그는 참모들과 함께 야외 탁자에 앉아 이집트 원정에 관해 이야기했다. 차분한 기분이었다. 갑자기 날씨가 돌변해 어둔 하늘에서 우박이 섞인 장대비가 노도처럼 쏟아졌다. 참모들이 마차에 들기를 권했지만, 그는 사나운 우박비를 맞으며 그대로 서 있었다. 이 비는 전투에 어떤 영향을 미칠 것인가?

그러나 궂은 날씨는 적군에게나 아군에게나 모두 마찬가지다.

1805년 12월 1일, 마차 안에서 몇 시간 눈을 붙이고 일어난 그는 한밤중에 호위대 없이 몇몇 연대의 진지를 순찰했다. 비는 그쳤지만 하늘에는 짙은 구름이 드리워져 있었다. 다행히 동쪽 하늘에는 맑은 구름이 보였다. 내일은 날씨가 좋을 것 같았다.

그가 28연대 앞을 지나가는데, 한 병사가 소리쳤다.

"폐하! 내일 폐하께서는 구경만 하셔도 될 것입니다. 약속드릴 수 있습니다."

그는 환희의 전율을 느꼈다. 병사들이 그의 명령을 이해한 것이다. 그는 참모들에게 말했다.

"프랑스 군대에서 가장 심한 벌은 수치다."

페르니 장군의 여단을 방문한 그는 병사들에게 말을 건네며 탄약통을 확인했는가 물었다. 몇 명은 벌써 총검을 달았다고 외쳤고, 어떤 병사는 자신감에 넘쳐 소리쳤다.

"폐하, 폐하께서는 나오실 필요도 없으실 겁니다."

저녁 무렵 스무 명의 호위대를 거느리고 호숫가를 따라 말을 질주하던 나폴레옹 앞에 불쑥 코자크 순찰대가 나타났다. 총을 쏠 수도 없이 가까운 거리였다. 그 러시아군들은 칼을 빼어들고 소리지르며 성난 짐승처럼 호위대를 향해 달려들었다. 참모들이 재빨리 나폴레옹을 엄호하며 대피시켰다. 호위대가 코자크 순찰대와 전투를 벌이는 동안 그는 벌판을 가로질러 몸을 피했다.

그는 말에서 내려 혼자 거닐었다.

—내일.

그는 어둠이 짙어가는 하늘을 바라보았다. 내일이 바로 결전의 날이었다. 진지를 지나 자신의 막사로 향하고 있는데, 갑자기 한 병사가 횃불을 밝혀들고 다가왔다. 전선 앞으로 혼자 지나가는 자가 누구인지 확인하려는 것이었다. 병사는 나폴레옹을 알아보고는 '황제 폐하 만세!'라고 외쳤다. 그 외침 소리에 다른 야영장에서도 함성이 터져나왔다. 그들은 순식간에 짚더미를 구해다 모닥불을 지피며 외쳤다.

"오늘이 폐하의 대관식 기념일입니다."

나폴레옹은 까맣게 잊고 있었다. 바로 일 년 전 이날, 그는 노트르담 대성당에 있었다.

모닥불 가를 떠나 자신의 막사가 있는 본부진지 야영장을 향하다가 뒤를 돌아보니 전 야영장이 불꽃들로 뒤덮여 있었다. 병사들 숫자만큼이나 많은 횃불들 속에서 함성이 터져나왔다.

"황제 폐하 만세!"

누군가가 헐떡이며 그에게 달려왔다. 정찰에서 돌아온 사바리 장군이었다. 온몸이 땀으로 뒤범벅된 사바리는 눈을 빛내며 보고했다. 오스트리아·러시아 동맹군은 여전히 측면을 노출시킨 채 계속 전진중이라는 것이었다. 됐다. 내일 아침, 퇴각했던 오른쪽 날개의 병력과 다부 장군의 군대가 동맹군의 강력한 정면 공격을 맞받아칠 것이다.

그 사이에 베르나도트와 술트, 그리고 근위대로 편성된 중앙 병력이 프라첸 고원 위에 고립되어 있는 동맹군을 격파하고, 프라첸 고원을 점령한 다음, 전진하는 적군의 노출된 측면을 덮칠 것이다. 왼쪽 날개인 란과 뮈라의 군대는 대오가 무너진 러시아군 전 병력을 감싸안듯 포위할 것이다.

사바리의 보고를 들으면서 나폴레옹은 이미 게임은 끝났다고 확신했다. 승리는 이제 그의 손에서 빠져나갈 수 없었다.

그는 차가운 어둠 속에서 빛나는 불꽃들을 한참 동안 응시하며 말했다.

"내 인생에서 가장 멋진 밤이로군. 하지만 저 충직한 병사들 상당수를 잃을 걸 생각하니 가슴이 아프네."

그는 고개를 숙이며 중얼거렸다.

"저들이 진정 내 자식들이야."

콩스탕이 내민 뜨거운 차를 천천히 마시며 그는 사바리와 베르티에, 그리고 루스탐에게도 차를 대접하라고 말했다.

전투 전야에 나누는 전우애. 어쩌면 이 밤이 지상의 마지막 밤이 될지도 모른다는 사실을 모두가 알고 있었다.

나폴레옹은 불과 한 시간 전에도 코자크인들의 칼에 죽을 수도 있었잖은가. 전장의 인간에게 약속할 수 있는 내일은 없다.

내일 제1선에서 물러나 있는다 해도 대포 한 방이 그를 날려버릴 수도 있다. 황제인 그 역시 전쟁이 강요하는 죽음의 위험에 노출되기는 마찬가지였다.

그는 마차에 올랐다. 이제 잠을 청하리라.

1805년 12월 2일 이른 아침, 자리에서 일어난 나폴레옹은 마차의 휘장을 걷고 밖을 내다보았다. 안개가 자욱했다. 그렇다면 비는 오지 않을 것이다. 그는 서둘러 마차에서 나왔다. 호위대는 이미 말을 타고 그를 기다리고 있었다. 그는 곧장 말을 타고 아직 아무런 움직임이 없는 최전방 진지를 순찰했다.

오전 여덟시, 태양이 떠오르면서 안개를 흩뜨렸다. 붉은 태양이 서서히 올라올 무렵, 다부 장군의 병력과 오른쪽 날개가 반격을 시작하고, 술트와 베르나도트 장군 휘하의 중앙 병력들이 적의 측면과 프라첸 고원을 공략하기 시작했다.

그는 적을 정면에서 공격하고 있는 오른쪽 날개로 달려가 예비대의 선두에 서서 망원경으로 병력 이동 상황을 면밀하게 살폈다. 엄청난 수의 러시아군이 눈에 들어왔다. 흰색과 녹색 군복의 러시아 황제 근위대 소속의 수많은 기병들이 갈기갈기 찢겨나가는 처참한 광경이 포착되었다. 그들의 시체가 곳곳에서 수천 구씩 쌓여갔다. 러시아군이 몇 차례 반격을 시도하자 그는 즉각 근위대 기병대에 출격을 명령했다. 몇 분 후, 부상으로 피범벅이 된 라프 장군이 포로 한 명을 데리고 의연한 자세로 황제에게 다가왔다. 러시아 근위대 대령 레핀 왕자였다.

그 순간, 중앙 병력이 프라첸 고원을 점령했다는 전령의 보고가 들어왔다. 그의 작전이 차질없이 수행된 것이다. 이제 오스트리아·러시아 동맹군에게는 자폭하거나 항복하는 길 외에 다른 길은 봉쇄되었다. 단 몇 차례의 공격으로 그들 동맹 대군을 완전히 사면초가의 형세에 빠뜨린 것이다.

망원경으로 전장을 살피던 나폴레옹의 눈에, 러시아 병력들이 포대를 앞세우고 혈로를 뚫기 위해 집중적으로 저항하는 전장이 보였다. 프랑스군의 오른쪽 날개 남쪽에 위치한 얼어붙은 호수에서였다. 나폴레옹은 포대에 명령했다. 그의 명령에 따라 적군을 겨냥하던 포탄이 호수의 빙판에 쏟아졌다. 빙판이 산산조각나면서 호숫물이 솟아올랐다. 물은 별로 깊지 않았다. 익사자는 별로 없겠지만, 러시아군의 대포들이 물에 빠져버렸고 병사들은 투항하거나 추위에 얼어죽었다.

밤이 너무 빨리 다가왔다! 피비린내가 진동하는 전장에 밤이 내리면서 우박 섞인 차디찬 비가 쏟아지기 시작했다. 나폴레옹은 말에 올라 어둠과 찬비에 젖어드는 전장을 둘러보았다.

그는 이 장면을 보아야 했다. 죽은 인간들, 신음하는 부상자들, 포탄에 배가 갈라진 채 서로 뒤엉킨 시커먼 말들…….

수행원들에게 침묵하라고 명했다. 비가 쏟아지는 어둠 속 진창에 쓰러져 있는 부상자들의 신음 소리를 들어야 했다. 그 부상자들을 하나라도 더 찾아내 살려내야 했다.

그는 피와 주검의 전장에서 야영지로 돌아왔다. 하지만 잠을 이룰 수가 없었다.

이튿날 아침 여섯시, 그는 다시 말에 올랐다. 아직 어둠이 끈질기게 버티고 있는 시각. 그는 올뮈츠 방향으로 말을 달렸다. 도로 양쪽에 수많은 시체와 부상자들이 끝도 없이 널려 있었다. 이곳 올뮈츠 전장에서는 란과 뮈라 장군 휘하의 왼쪽 날개 병력이 러시아 장군 바그라티온의 군대를 전멸시켰다.

그는 아우스터리츠로 가는 갈랫길로 들어섰다. 이곳에도 도처에 시체와 말의 주검, 러시아군 대포의 잔해가 나뒹굴고 있었다.

아우스터리츠에 당도한 그는 카우니츠 왕자의 성에 숙소를 정했다.

승리는 그가 예상한 그대로 그에게 왔다. 그러나 그는 아무런 기쁨도 느끼지 못했다. 모든 상황이 그가 상상한 대로 전개되었지만, 칼날 같은 바람이 가슴속을 뚫고 지나가는 것 같은 느낌뿐이었다. 화려하게 장식된 중앙홀의 벽난로 앞에 자리잡은 그는 불을 등지고 앉아 조제핀에게 편지를 썼다.

〈나는 두 황제가 지휘하는 러시아·오스트리아 동맹군을 격파했소. 여드레 동안 야영지에서 추운 밤을 보낸 지금, 솔직히 조금은 피곤한 상태요. 지금 내가 있는 머물고 있는 곳은 카우니츠 왕자의 성이오. 여기서 두세 시간 눈을 붙일까 하오. 러시아 군대는 패한 정도가 아니라 완전히 파괴되었소. 당신에게 키스를 보내오.〉

차츰 따뜻한 열기가 몸 속으로 스며들었다. 전신이 노곤해왔다. 하지만 붉게 충혈된 그의 눈에는 다른 병사들과 함께한 매서운 바람과 추위, 내릴 틈도 없었던 말타기와 전장의 열기가 배어 있었다.

그는 자리에서 일어나 따뜻한 물에 얼굴을 담갔다. 눈의 충혈이 쉽게 가시지 않았다. 루스탐이 내미는 수건을 들고 눈을 간간이 누르며 그는 구술을 시작했다. 이 승리를 이제는 말로써 매듭지어야 했다.

그는 커다란 방 안을 서성거렸다. 그에게 함성을 보냈던 병사들의 모습이 떠올랐다. 지난밤 그들 곁을 그가 지날 때 '폐하께서는 멀리서 지켜보시기만 해도 됩니다!'고 외쳤던 그들. 전투 전야의 횃불들과 '황제 폐하 만세!'를 외쳤던 그들의 함성.

〈병사들이여, 나는 그대들에게 만족하노라. 아우스터리츠의 하루 동안 그대들은 내가 기대한 대로 대담한 용맹을 발휘했다. 그대들은 불멸의 영광으로 그대들의 독수리 훈장을 장식했다. 그대들은 오늘 단 하루에, 러시아 제국 근위대의 군기(軍旗)를 포함한 40개의 깃발, 120문의 대포, 20명의 장군을 포함한 3만 명이 넘는 포로들이라는, 영원히 빛을 발할 전과를 올렸다. 병사들이여, 나의 민중들은 그대들을 기쁘게 맞아줄 것이다. 그대들이 '나는 아우스터리츠 전투에 참전했다'고 말하기만 하면 프랑스 민중은 '여기 용감한 인간이 있다'고 대답하리라.〉

12월 4일 아침, 나폴레옹은 참모부와 호위대를 거느리고 아우스터리츠의 성을 떠났다.

오스트리아와 프랑스의 전초기지 중간에 있는 팔르니 방앗간에 이르자 그는 말에서 내렸다. 척탄병들이 피워놓은 커다란 모닥불로 다가간 그는 손을 내밀어 불을 쬐었다. 그 유명한 합스부르크 왕가의 후손인 황제 프란츠 1세가 휴전을 간청하러 오리라.

나폴레옹은 기꺼이 그 황제를 맞아들일 것이다. 이러한 만남은 나폴레옹 자신에게 놀랄 만한 일이기도 하였지만, 한편으로 그것은 아우스터리츠 승리만큼이나 당연한 것이었다.

오스트리아 황제의 마차가 장교들의 호위를 받으며 도착했다. 나폴레옹은 앞으로 나가 그를 가볍게 포옹한 다음, 몇 걸음 앞서 걸으며 참모부가 있는 곳으로 안내했다. 모두의 시선이 자신을 따르고 있음을 그는 느꼈다.

나폴레옹은 모닥불과 방앗간을 가리키면서 말했다.

"폐하 덕분에 내가 석 달 동안 살아야 했던 궁전의 모습이오."

그가 미소짓자 프란츠 1세가 대답했다.

"그래도 폐하께서는 이곳에 머문 덕에 영광을 얻지 않았습니까. 폐하는 나에게 불평할 권리가 없소."

나폴레옹은 그에게 자신의 주장을 설득하려 애썼다. 오스트리아는 러시아와 갈라서야 했다. 프란츠 1세와 나란히 걸으면서 그는 오스트리아와의 동맹을 원했던 탈레랑과, 황녀 마리 루이즈와의 결혼을 언급했던 오스트리아 사절 기울라이를 생각했다. 승자인 그에게 모든 것은 가능했다. 그는 강제로 그 문을 열었다.

프란츠 1세를 마차까지 배웅하고 작별의 포옹을 나누면서 나폴레옹은 그를 '나의 형제'라 불렀다.

이제 나폴레옹은 두 황제를 격파한 왕조의 설립자가 아닌가?

차르 알렉산드르 역시 휴전에 서명할 것이다. 그리고 프로이센 왕은 참전할 겨를도 없었던 것에 안도하며 기뻐할 것이다.

힘을 장악해 승자가 되면, 만사는 얼마나 간단해지는가.

나폴레옹은 말을 몰아 아우스터리츠로 돌아왔다. 마주치는 병사들마다 '황제 폐하 만세!'를 외쳐댔다. 프랑스군 병사들의 감시를 받으며, 길가와 눈 녹은 벌판에 끝도 없이 널려 있는 시체들을 거두어 마차에 싣고 있는 포로들의 모습이 보였다.

아우스터리츠에서 전사한 프랑스군 병사와 장교들의 자녀들을 양육하고 미래를 보장해주는 일은 이제 황제의 몫이었다. 그는 충혈이 가시지 않는 쓰라린 눈을 감았다.

카우니츠 왕자의 성에서 그는 조제핀에게 썼다.

〈휴전이 체결되었소. 일 주일 이내에 평화가 자리잡힐 것이오. 러시아 군대는 떠나버렸소. 아우스터리츠 전투는 내가 수행한 전투 중 가장 통쾌한 전투였소. 45개의 깃발, 150문이 넘는 대포, 러시아 근위대의 군기들, 20명의 포로 장군들, 3만 명의 포로들, 2만 명이 넘는 적군 사망자들. 한마디로 끔찍한 광경이었소! 차르 알렉산드르 1세는 절망하여 러시아로 도망쳤소. 나는 우리 야영지에서 오스트리아 황제를 맞아 두 시간 동안 대화를 나누었소.

우리는 최대한 빨리 평화 조약을 맺기로 합의했소.

우리 쪽에서도 3천 명이 부상당했고 8천 명이 전사했소.

나는 눈이 좀 쓰라리오. 전염병이지만 그리 심하지 않으니 염려 마시오. 안녕, 나의 친구여. 곧 다시 만나고 싶소. 오늘 저녁은 비엔나에서 잘 것이오. 나폴레옹.〉

1805년 12월 7일이었다.

12월 26일, 나폴레옹은 오스트리아와 프레스부르크 평화 조약을 체결했다.

그해 12월 30일, 법제심의원은 열광적인 분위기에서 회의를 개최했다. 그날 파리에는 폭설이 내렸지만, 단 한 명의 결원도 없이 모두가 회의에 참석했다. 프랑스 법제심의원은 황제를 '나폴레옹 대제'라 부르기로 결의했다. 만장일치였다.

제 4 부
모든 것이 나의 계획대로 되었다

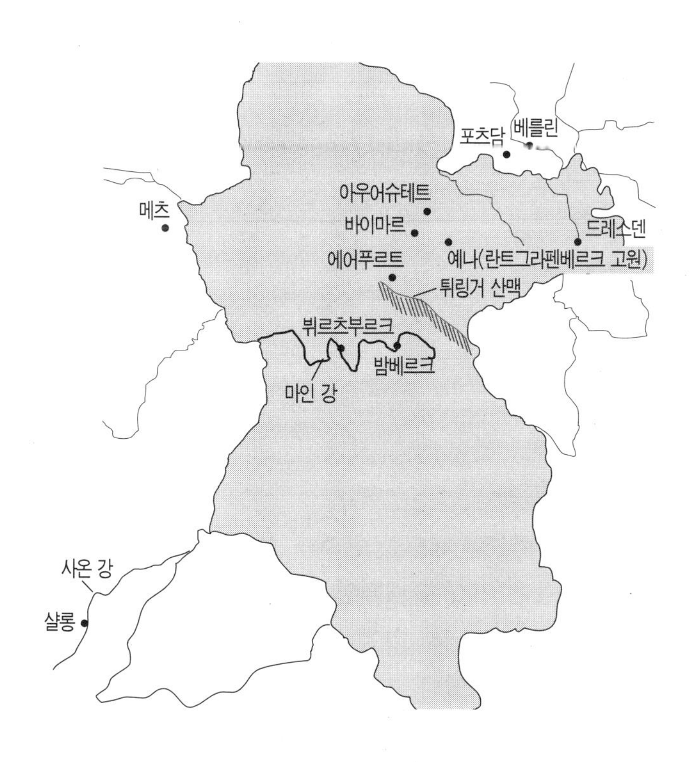

1806년 1월 ~ 1806년 11월 25일

13
나폴레옹 대제

나폴레옹 대제.

1805년 12월 2일 이후, 얼어붙은 호수 위로 떠오른 아우스터리츠의 태양 나폴레옹은 자신이 대제임을 되뇌었다.

1805년 12월 28일 토요일, 비엔나의 쇤브룬 성을 떠난 나폴레옹은 뮌헨으로 향하고 있었다. 그날 밤을 보내기로 한 멜크 수도원을 향해 달리는 마차 안에서 그는 망토로 다리를 덮고 있었지만 잠들지는 않았다.

그는 마차 창을 통해 호위기병들의 모습을 확인하곤 했다. 그들의 모습과 함께 승리의 날에 그가 행한 연설이 구르는 마차바퀴 소리에 실려 귀에 들려오는 듯했다.

〈병사들이여, 나는 그대들에게 만족하노라. 아우스터리츠 전투에서 그대들은 내가 기대했던 대담한 용맹을 충분히 증명했다. 그대들은 불멸의 영광으로 그대들의 독수리 훈장을 장식했다……나의 민중들은 그대들을 기쁘게 맞을 것이다. 그대들이 '나는 아우스터리츠 전투에 참전했다'고 말하기만 하면 사람들은 답할 것이다. '보라! 여기 용감한 자가 있다.'〉

그는 모든 일을 할 수 있을 듯했다. 그는 러시아와 오스트리아 황제가 지휘한 십만 대군을 궤멸시켰다. 아우스터리츠 전투에서 나폴레옹 군대가 승리하자, 프로이센 왕은 싸우기보다는 복종하는 것이 낫다고 판단하여 참화를 피할 수 있었다.

나폴레옹 대제.

그는 쇤브룬 성에서 프레스부르크 조약서를 바치러 온 외무장관 탈레랑을 맞았다. 조약은 오스트리아가 그들의 패배를 공식적으로 인정하고 독일 땅에서 물러나는 내용을 담고 있었다.

"폐하, 정복을 통해 얻으신 모든 것은 폐하의 소유입니다. 하지만 폐하께서는 너그러움을 보이셔야 합니다."

조약서의 조항들을 검토하던 나폴레옹은, 그가 비엔나에 요구한 배상금을 탈레랑이 줄여놓은 사실에 주목했다. 나폴레옹은 조약서를 바닥에 내던지며 말했다.

"탈레랑 경, 경은 프레스부르크에서 나를 불편하게 하는 조약을 맺고 오셨군."

그는 대제였다. 탈레랑은 그 사실을 알아야 했다. 장관은 언제나처럼 짐짓 점잔을 빼고 술책을 부리며 듣기 좋은 말로 넘어가려 했다. 탈레랑이 말했다.

"저는, 폐하께서 유럽에 평화를 가져와 야만인들로부터 문명 세계를 지키실 수 있게 되었다는 사실에 기쁨을 감출 수 없습니다."

나폴레옹은 쇤브룬 성의 목조 장식들과 양탄자들을 비추는 커다란 벽난로 속의 불꽃들을 바라보면서 말없이 듣고 있었다. 탈레랑이 말을 이었다.

"폐하께서는 오스트리아 왕조를 무너뜨리실 수도, 다시 세우실 수도 있습니다. 하지만 일단 한번 무너뜨리면 그 잔해를 모아 다시 하나의 집합체로 만드는 일은 쉬운 일이 아닙니다. 그런데 이런 집합체의 존재는 필요합니다. 그것은 문명 세계의 안녕을 위해 필수적입니다. 그 집합체가 야만인들을 막는 충분한 방패막이가 되기 때문입니다. 필요한 방패이기도 합니다."

나폴레옹은 대답하지 않았다.

달리는 마차 안에서 나폴레옹은 지난 수년 동안 군주로서의 권위나, 개인적인 운명을 지배하는 것, 사람들의 삶과 제국의 존속에 관한 영향력 등에 대해 의식하지 못했음을 깨달았다. 마치 오년 전인 1800년 6월 14일 마렝고 전투 당시, 그가 승리하면 제1통령의 권력을 확고히 하겠지만 패배하면 모든 상황이 위태로웠을 것임을 확신했듯이, 아우스터리츠 전투에서의 승리는 그의 제국에 진정한 축성식이었다. 만일 그 전투에서 나폴레옹 대군이 오스트리아와 러시아 동맹군에 패배했다면 황제의 왕관 따위가 무슨 소용이 있겠는가?

그의 왕관은 여지없이 땅에 떨어졌으리라.

하지만 그는 승리를 쟁취했다. 그는 샤를마뉴와 같은 대제의 반열에 올랐다. 샤를마뉴 대제처럼 그도 원하기만 하면 자신의 뜻대로 유럽을 재편성할 수 있었다.

뮌헨을 향해 달리는 마차 안에서 그는 꿈꾸고 상상했다.

1805년 12월 31일, 나폴레옹은 바이에른 왕국의 수도에 도착했다. 비까지 내리는 을씨년스러운 날씨였다. 마차는 성모상만이 장식물로 서 있는 소박한 왕궁을 따라 달렸다. 한시 사십오분, 마차가 문에 당도하자 근위병들이 황급히 청동문을 열었다. 왕궁으로 들어간 마차는 네 개의 뜰을 느린 속도로 가로지르고 분수대를 우회하여 마침내 층계 앞에서 멈췄다.

대신들이 달려나오고 황후와 궁정 부인들이 층계의 꼭대기에 도열해 있었다.

나폴레옹은 마차에서 내려 주위를 둘러보며 조제핀에게 보낸 마지막 편지를 떠올렸다. 12월 20일 쇤브룬 성에서 보낸 것이었다. 오스트리아가 조약서에 담을 내용을 검토하고 있을 무렵이어서 아무것도 정해진 것이 없을 때, 그는 조제핀에게 짧고 간결하게 몇 줄 적었다.

〈내가 할 일이 무엇인지 모르겠소. 흘러가는 상황에 나를 맡기고 있소. 아무 의욕이 없소. 그들이 내놓을 해결책을 기대하고 있소. 뮌헨에 머무는 동안 즐겁게 지내시오. 아름다운 나라에 체류하면서 좋은 사람들에게 둘러싸여 있다면 즐겁게 지내는 일이 그리 어렵지는 않을 게요. 나는 조금 바쁘오. 며칠 후면 내 입장이 분명해질 거요. 안녕, 나의 연인. 따뜻한 인사를 보내오.〉

상황은 분명해졌다. 조약서가 추인된 것이다. 그는 대제였다. 계단을 오르는 그에게 사람들이 머리를 조아렸다. 나폴레옹을 대하는 그들의 눈에는 찬탄과 비굴함이 섞인 기색이 역력했고, 그들이 어쩌면 난생 처음 느낄지도 모를 공포가 담겨 있었다. 마치 오스트리아·러시아 동맹군에 거둔 눈부신 승리가 나폴레옹이 그 무엇도 저항할 수 없는 신성한 종족임을 증명이라도 하는 듯이.

그는 빠른 걸음으로 대기실과 접견실을 지나 이탈리아와 플랑드르풍(風)의 그림으로 장식된 회랑으로 접어들었다. 어두운 색조의 그림들을 일별하며 그는 곧장 침실로 들어갔다. 조제핀은 금박 입힌 커다란 침대에 기대어 서 있었다.

몇 주 만에 만나는 그녀를 바라보았다. 그녀는 그에게 편지 한 통 보내지 않았다. 바덴, 슈투트가르트, 뮌헨 등지에서 연일 개최된 축연의 들뜬 분위기에 빠져 그녀가 〈진창과 비와 피에 뒤덮여 살아가고 있는 병사들을 잊고 있다〉고, 그는 편지에서 그녀를 꾸짖었었다.

〈……황후여, 편지도 한 장 없구려…… 당신의 고결함으로 당신의 충복들에게 관심을 쏟아주기를.〉

그녀가 거기에 서 있었다. 늙었지만 여전히 매혹적인 모습으로. 충치로 검어진 이가 보이지 않기 위해 입를 다물고 웃음을 지어 보이며, 그녀는 어색한 태도로 그에게 예를 갖추었다. 그녀도 몸을 숙인 것이다.

모두가 그를 인정하고 받아들여야 했다. 그는 결정하고 사람들은 복종했다. 그는 경이에 가까운 일들을 실현할 수 있을 만큼 강렬한 자기 내부의 힘을 느꼈다. 사람들은 이제 그를 샤를마뉴의 뒤를 잇는 네번째 혈통*으로 여기리라. 그와 그의 가족들을 중심으로 제국을 건설해야 했다. 형제와 측근들을 각국의 왕으로 세우는 것이다.

그에게 아들이 있다면…….

하지만 그에게는 아들이 없었다.

1월 6일, 뮌헨 오페라 극장에서 모차르트의 '황제 티투스의 자비'에 나오는 아리아를 한 가수가 열창하고 있었지만, 그는 듣고 있지 않았다. 그는 몰래 조제핀을 바라보고 있었다. 그녀는 그가 그토록 고대하는 자식을 안겨줄 수가 없었다. 제국을 세우기 위해 필요한 아들을. 그런데 혈통으로 맺어진 제국을 세우지 못한다면,

---

* 샤를마뉴 대제의 카롤링거 왕조 이후 프랑스 왕실의 혈통을 이어온 카페, 발루아, 부르봉 왕조를 잇는 '제4의' 왕실 혈통이라는 의미.

그가 지금껏 이뤄놓은 위업은 결실을 맺지 못하고, 그가 사라짐과 동시에 와해되지 않겠는가.

무엇일까? 정상을 막 정복한 뒤에도 늘 새로운 도전이 닥치는 까닭은.

그는 조제핀에게 몸을 기울이며 말했다. 가장 빠른 시일 안에 조제핀의 아들 으젠과 바이에른 왕국의 공주 아우구스타의 결혼을 성사시키겠노라고.

이 결혼은 그가 샤를마뉴처럼 유럽의 이쪽 끝에서 저쪽 끝까지를 쇄신하는 계획의 첫번째 매듭이 될 것이다. 그는 으젠을 프랑스 왕위 계승권이 없는 양자로 입적시킬 계획이었다. 그리고 자신의 형제들을 유럽 각국의 왕으로 세울 작정이었다. 조제프가 나폴리 왕국의 왕이 되지 못할 까닭이 어디에 있는가? 부르봉 왕가는 끝장낼 생각이었다. 나폴리 왕국의 왕과 왕비 자리에 앉아 있는 자들은 영국과 협정을 맺었다. 왕비 마리아 카롤리나는 마리 앙투아네트와 자매 사이가 아닌가? 그녀는 프랑스 대사에게, 나폴리 왕국이 프랑스 제국을 파멸시킬 화염을 일으키는 성냥이 되겠노라고 공언했다지 않은가? 마리아 카롤리나는 함부로 불을 갖고 놀다가는 큰코다치게 된다는 사실을 곧 알게 되리라.

오페라가 끝나기를 기다리지 않고 자리에서 일어선 나폴레옹은 왕궁으로 돌아갔다. 빨리 움직여야 했다. 시간은 늘 부족했다.

그는 으젠 드 보아르네에게 급히 뮌헨으로 오라는 편지를 썼다. 바이에른 왕국의 왕으로부터는 이미 동의를 얻었다. 왕은 딸의 지참금으로 후한 돈을 내놓았다. 아우구스타는 결혼식 다음날 5만 플로린*을 받게 될 것이고, 개인적인 용돈으로 매년 10만 프랑을

* 네덜란드의 화폐 단위.

받는 한편, 남편이 사망하면 50만 프랑에 상당하는 영지를 받기로 약조되었다.

이탈리아의 부왕 으젠은 끝을 말아올린 긴 수염을 하고서 황제 앞에 나타났다. 나폴레옹은 으젠의 귀를 가볍게 잡아당기고 목덜미를 두들겼다. 그리고는 그에게 아우구스타의 마음에 들려면 긴 수염을 잘라야 한다고 말했다. 이것 또한 명령이었다.

그는 캉바세레스에게, 으젠과 아우구스타의 결혼식을 보고 가자면 아무래도 자신의 파리 도착을 며칠 늦춰야겠다고 말하며 흐뭇한 미소를 지었다.

"이 며칠은 내게 오래 남을 게요. 생과 사를 넘나드는 전사로서의 의무를 마친 후, 가장으로서 가족들을 자상하게 돌보고 세세한 일들을 챙기면서 나는 부드러운 평온을 느끼고 있소."

1806년 1월 13일 오후 한시, 왕궁의 회랑에서 나폴레옹은 혼인서약서에 공식적인 서명을 했다. 이튿날 저녁 일곱시, 그는 왕실부속 교회에서 '테 데움(감사의 노래)'과 향연이 어우러진 종교예식을 주재했다. 바이에른 왕의 팔을 붙들고 나오는 황후 조제핀은 눈부셨다. 여전히 아름다웠다. 나폴레옹은 아우구스타를 이끄는 기사 역할을 하며 아우구스타에게 말했다.

"나는 너를 아비처럼 사랑한다. 그러니 너는 나에게 딸로서 보여줄 수 있는 모든 애정을 다하기 바란다."

신혼부부는 다시 이탈리아로 돌아가야 했다. 나폴레옹은 아우구스타에게 조용히 속삭였다.

"여행 도중에는 물론이고 네가 살아갈 새로운 곳에서도 충분한 휴식을 취하면서 잘 지내거라. 네가 탈없이 지내기를 바라는 내 마음을 기억하거라."

축하연이 끝난 뒤 나폴레옹은 집무실에 틀어박혔다.

화려한 축제, 다채로운 빛깔의 연회복과 제복, 눈부신 아름다움과 매력을 뿜어내는 여인들, 그리고 아우구스타의 우아한 자태와, 기뻐하던 으젠의 모습이 사라지고 난 뒤 찾아오는 어둠과 침묵의 시간을 그는 온전히 홀로 맞고 싶었다. 이 결혼으로 유럽을 다스리는 가문과의 첫번째 관계가 성립된 것이다. 바이에른 왕국의 왕 막스 요제프는 비텔스바흐 가문*의 일원으로, 그의 조상들의 피는 모든 왕조에 퍼져 있었다.

—대혁명의 결과로 이루어진 내 왕조의 미래를 어떻게 확고히 할 것인가? 군사적 승리로 강제하고도, 지난 수세기 동안 합법성을 부여한 왕실 안으로 내 왕조를 이끌고 들어가지 못한다면?

하지만 몇몇 인간들은 이러한 계획을 이해하지 못했다.

나폴레옹은 책상에 놓여진 뮈라의 편지를 집어들었다. 편지는 나폴레옹의 누이 카롤린의 필체였다. 뮈라는 아내 카롤린에게 받아쓰게 했으리라.

〈프랑스가 폐하를 왕좌에 옹립했을 때, 조국은 폐하에게서 유럽의 모든 제후들의 머리를 밟고 당당히 올라서는, 민중의 지도자를 발견하게 되리라 믿었습니다. 하지만 오늘날 폐하께서는 우리 민중의 뜻을 거스르면서, 그렇다고 폐하의 의지를 드러내는 것도 아니면서, 지위를 가진 권력자들에게 경의를 표하고 있습니다. 폐하께서는 단지 탄생의 축복이라고 하는, 우리 모두에게 결핍된 것을 위해, 폐하께서 얼마나 많은 대가를 치를 준비가 되어 있는지를 유럽에 보여주려 하고 있을 뿐입니다.〉

—용감한 뮈라와, 야망과 질투에 가득 찬 카롤린은 내 전략에 동의하지 않는다는 말이군. 혁명의 대의에 집착해서인가, 단순한

* 20세기 초까지 바바리아(바이에른)와 라인팔츠를 지배한 독일의 귀족 가문.

걱정 때문인가, 아니면 도전인가? 무슨 상관이겠는가! 나는 대제다.

나폴레옹은 답장을 썼다.

〈뮈라 공, 나는 늘 의연한 모습으로 내 기사들의 선두에 선 그대를 보네. 하지만 지금은 군사적 행동이 문제가 아니야. 정치적 책략의 문제지. 그리고 나는 이 일에 대해 많은 숙고를 했네. 으젠과 아우구스타의 결혼이 그대의 마음에는 들지 않는 모양이네만, 나에게는 좋은 일일세. 나는 그 결혼을 하나의 커다란 성공, 아우스터리츠의 승리에 비견될 만한 성공으로 간주하고 있네.〉

이 결혼은 대제로서 그가 추진한 첫번째 포석일 뿐이었다. 그는 네덜란드, 스위스, 이탈리아를 하나로 묶을 생각을 하고 있었다. 그는 중얼거렸다.

"나의 연방국가들, 아니 진정한 프랑스 제국이 될 거야."

그는 이탈리아 왕국에 프랑스 민법을 발효시키기로 결심했다. 그는 이미 밀라노에서 이탈리아 왕위에 오르지 않았던가? 그리고 으젠은 이탈리아의 부왕이 아닌가?

1806년 1월 19일, 그는 조제프에게 나폴리 왕국의 왕위를 제안했다. 그곳은 이미 프랑스군이 진군하여 점령하고 있었다. 시칠리아로 피신한 부르봉 왕가는 영국 함대의 보호를 받고 있었다.

이제 이탈리아 땅에서는 교황 비오 7세만이 독립적인 군주로 남아 있다. 교황은 나폴레옹에게 편지를 띄워 프랑스 군대가 교황령인 앙코나 지방을 점령한 것은 중대한 오류라고 항의했다. 나폴레옹은 답했다.

〈교황 예하, 나는 스스로 교황청의 수호자로 생각합니다…… 나는 나의 선조들이 그러했듯이 내가 교회의 맏이이자, 그리스와 회교도의 침략에 맞서 교회를 보호하는 검을 쥔 유일한 사람으로

믿고 있습니다.〉

—왜 교황은 그 사실을 이해하지 못하는 걸까?

나폴레옹은 분개했다. 그는 로마에서 그를 대변하고 있는 페쉬 추기경에게 말했다.

“나는 신앙인이지 위선자가 아니오. 교황이 내게 가장 우스꽝스럽고 몰상식한 편지를 보내왔소…….”

분노를 삭이지 못하고 노발대발하면서 나폴레옹은 말을 이었다.

“교황에게 나는 샤를마뉴 대제와 같은 사람이오. 샤를마뉴처럼 프랑스의 왕위와 롬바르디아 지방의 왕위를 하나로 합친 나의 제국은 동방과 국경을 맞대고 있소. 이러한 나의 위업에 맞춰 사람들이 나의 뜻에 따라 처신해주기를 바라고 있소. 누구든 올바로 처신한다면 나는 내 태도를 바꾸지 않을 것이오. 만일 그렇지 않다면, 교황이라 하더라도 로마의 일개 주교로 만들어버릴 것이오…… 사실 로마의 궁정만큼 비이성적인 것도 없소.”

교황 비오 7세는 굴복하는 수밖에 없으리라.

통치하려면 무자비해야 한다. 일말의 동정심이나 주저함도 없어야 했다.

나폴레옹은 파르마와 피아첸차의 총독으로 임명된 쥐노 장군에게 말했다.

“이탈리아에서 평온을 유지하려면 몇 장의 포고문 따위로는 되지 않아. 내가 이탈리아와 전투를 치르는 동안 비나스코에서 했던 대로 하게. 큰 마을 하나를 불태워버리는 거야. 한줌의 반항자 무리쯤은 총살시켜버리고, 아주 활동적인 단체를 만들게나. 그리고 그들로 하여금 강도를 붙잡게 하면서 지역 주민들에게 본보기를 보이도록 하게.”

조제프, 속이 음흉한 조제프. 매사에 주저하는 소심한 조제프가 과연 강고함을 유지할 것인가? 나폴레옹은 나폴리의 새로운 왕 조제프와 함께 떠나는 미오 드 멜리토를 불렀다.

나폴레옹은 퉁명스런 어조로 말했다.

"가서 나의 형에게 말하시오. 내가 그를 나폴리의 왕으로 만들었노라고. 하지만 조금이라도 주저하거나 불분명하게 행동한다면, 그 자리를 통째로 잃게 될 거라고 전하시오. 무슨 일이든 어중간하게 굴거나 나약하게 발뺌하는 짓은 절대로 용서할 수 없소. 나는 우리 가문이 프랑스에서처럼 나폴리에서도 오래 통치하기를 바라오. 나폴리 왕국은 나에게 꼭 필요한 곳이오."

나폴레옹은 황제 대관식 때 조제프가 보여준 망설임과 이탈리아 왕위를 거부하던 일, 질투심을 감추지 못하고 아우의 영광을 마지못해 축하하던 모습들을 떠올렸다.

나폴레옹은 미오 드 멜리토에게 다가가 말했다.

"모든 연약한 감정은 국가의 존립을 위해 버려야 하오…… 나의 아이들은 내 손가락과 펜으로 만들어지는 거요. 혼란 속에서는, 나와 함께 성장한 사람이 아니라면 내 가족이 아니오. 나는 그런 가족들로 왕가를 만들 생각이오. 아니, 왕가라기보다는 부왕들의 가문이라 하는 편이 더 옳겠지."

며칠 뒤 나폴레옹은 나폴리의 왕 조제프로부터 한 통의 편지를 받았다.

〈이번만큼은 폐하께 확실하게 말씀드리고 싶습니다. 폐하께서 하시는 일 모두가 옳다고 생각합니다. 최상을 위해 폐하께서 할 수 있는 모든 일을 하십시오. 그리고 폐하와 국가를 위해 가장 필요한 일에 저를 써주시기를 앙망하나이다.〉

14
통치한다는 것

1806년 1월 17일 금요일, 그는 뮌헨을 떠났다. 밤이 내리고 있었다. 그는 흔들리는 마차 안에서 기름 램프에 비춰가며 긴급 전문을 읽었다. 역참에서 말을 바꾸는 동안에도 그는 마차에서 내리지 않았다. 차갑게 식어버린 닭고기 살을 조금씩 뜯으며 상베르탱 포도주를 마시고는 옅은 잠에 들었다.

그는 자신이 생의 많은 부분을, 질주하는 말 위에서 아니면 흔들리는 마차 안에서 보냈다는 걸 새삼 깨달았다. 마차가 흔들려도 그는 별 불편함을 느끼지 않았다. 오히려 그런 흔들림을 사랑했고, 이따금 이틀을 줄곧 달려야 하는 그 긴 여정을 사랑했다. 이렇게 길 위에서 호흡하는 삶을 통해 그는, 그가 지나가고 있는 국가나 국민들을 자신이 지배하고 있다는 사실을 몸으로 느끼는 것이다.

그가 지배하는 모든 곳에서 사람들이 그를 쳐다보아야 했다.

1월 18일 토요일, 슈투트가르트에 도착했을 때, 그를 영접하고 왕국을 대표하여 예를 올린 사람은 바로 뷔르템베르크 왕이었다.

살롱과 회랑 곳곳에서 모든 사람들이 허리를 구부린 채 호기심과 복종심에 찬 눈으로 그를 바라보고 있었다. 그것으로 충분했다. 나폴레옹은, 다음날 일요일에는 극장에서 공연을 관람하고, 월요일 아침 여덟시에는 슈투트가르트 인근의 숲에서 사냥을 할 테니 준비하라고 명령했다. 그리고 그의 공연 관람과 사냥에 왕이 동반하기를 바란다고 덧붙였다.

그리고는 그를 위해 마련되어 있는 집무실로 들어갔다. 파리에서 발송되어 온 우편물이 그를 기다리고 있었다.

파리, 그곳이 중심이었다. 모든 일은 파리에서 결정되었다. 그가 쟁취한 승리도 바로 그곳 사람들에게 자신이 무적(無敵)임을 알리기 위한 것이었다. 파리 대중들의 마음은 쉽게 변하고, 여론은 항구적으로 정복될 수 있는 것이 아니기 때문이었다.

나폴레옹은 치안장관 푸셰의 전문들을 검토했다.

〈폐하, 아우스터리츠 전투는 옛 귀족계급들을 뒤흔들어놓았습니다. 생 제르맹 가의 구(舊)귀족들은 이제 더이상 음모를 꾸미지 못합니다.〉

구체제의 귀족들은 황제가 돌아오기를 초조하게 기다리고 있으리라. 그들은 황제가 도착하면 튈르리 궁에 나타나 청원할 것이다. 이런저런 자리와 직함, 포상과 특권들을.

나폴레옹은 푸셰의 편지를 접었다.

—그래, 인간들은 이렇다. 누가 승자가 지닌 매혹적인 권력에 저항하겠는가?

월요일 아침, 네카 강을 따라 펼쳐진 숲에서 나폴레옹은 말을 타고 뷔르템베르크 왕이나 다른 사냥꾼들보다 저만치 앞서 달려가고 있었다. 말을 탄 사냥꾼들은 왕의 근위대와 특별히 초대된 귀족들이었다. 아직 차가운 안개와 어둠이 그를 감싸고 있는 숲에서 말은 이따금 앞발을 들며 몸을 세웠다. 그때마다 나폴레옹은 고삐를 당겨쥐고, 박차로 말의 옆구리를 단단히 죄었다. 그는 역사를 길들이듯 그의 말을 다스렸다.

정오에 칼스루에로 떠난 그는 에틀링엔과 라슈타드, 그리고 리히트나우를 거쳐 마침내 라인 강에 도착했다.

나폴레옹은 마차를 세웠다. 마차에서 내린 그는 어둔 강변에 서서 물이 흘러가며 내는 소리를 들었다. 강 건너에서 스트라스부르의 불빛들이 반짝이고 있었다.

밤이면 더욱 밝게 흘러가는 강물. 이 라인 강이 시작되는 곳에서 바다에 닿는 하구에까지 이르는 곡선이 곧 제국의 국경이 될 것이다. 그리고 강의 우안에 있는 국가들이 연합동맹체를 구성해 제국을 보호해야 하리라. 그 첫머리에 군주와 왕자들을 위치시키고, 그는 그들의 보호자로서 경제적 원조를 제공하고 군사력을 지원할 것이다. 그렇게 독일 지도는 새로 작성될 것이며, 유럽의 얼굴도 새롭게 그려지는 것이다. 그것은 대혁명이 가져온 변화를 공고히 하는 동시에 샤를마뉴의 제국이 걸어간 궤적을 뒤좇는 일이기도 했다.

그러려면 비엔나, 베를린, 상트페테르부르크, 런던, 로마 등지의 모든 사람들이 그를 인정해야만 했다.

〈나는 샤를마뉴다. 교회를 수호하는 검이자 그들의 황제다.〉

그가 교황에게 적어보낸 바 있는 선언이었다. 만일 교황 비오

7세가 그 점에 대해 동의하지 않는다면, 〈나는 교황을 샤를마뉴 이전 시대에 교황이 처해 있었던 위치로 되돌릴 것이다.〉

다른 군주들은 복종하게 될 것이다.

나폴레옹은 다시 마차에 올랐다.

1806년 1월 2일 수요일 오후 여섯시, 불 밝혀진 스트라스부르 시내로 황제의 행렬이 들어갔다. 경례하는 병사들 곁에서 군중들이 환호성을 질렀다.

"황제 폐하 만세!"

그는 마차에서 내려 지난해 9월의 마지막 며칠을 묵었던 로앙 궁으로 들어갔다. 그는 큰 회랑에 잠시 멈춰 서서 대형 거울에 비친 자기 모습을 바라보았다.

그는 기억하고 있었다. 1805년 10월 1일 화요일, 엄청난 폭우 속에서 제국 근위대가 켈 다리를 통해 라인 강을 건너 독일로 진군하는 모습을 내내 지켜본 후에 스트라스부르를 떠났던 일을.

이제 석 달이 갓 지났다. 그는 그 사이 유럽의 가장 강대한 두 국가가 세번째로 동맹해 만든 군대를 격파했다. 그는 다시 한번 자신을 바라보았다. 프랑스인들의 황제일 뿐 아니라, 모든 왕 위에 군림하는 황제 나폴레옹이 거울 속에 있었다.

계단을 몇 개 올라가던 그는 회랑에 도열해 있는 부대의 참모들과 원수들을 향해 몸을 돌리고, 금요일에 부대를 사열하겠노라고 말했다. 1월 26일 일요일에 파리에 도착하기 위해 토요일에는 스트라스부르를 떠날 예정이었다. 하루빨리 튈르리 궁의 집무실로 돌아가고 싶었다. 그곳에서 부처별로 분류되어 서류함에 정돈된 서류들을 살필 것이다. 그 서류함의 열쇠는 그가 지니고 있었다. 로앙 궁의 집무실에 들어서자, 멘느발이 기다렸다는 듯이 파리에서 도착한 전문들을 정리해서 그에게 가져왔다. 그가 말했다.
"나는 일하기 위해 태어나고 단련된 모양이야."
그는 비서에게 그 전문들을 읽으라는 신호를 보냈다. 멘느발이 서신들을 개봉하는 동안 그는 벽난로 앞에 가 앉았다.
재무장관 바르베 마르부아가 발송한, 어려운 상황에 처한 국가 재정 상태에 관한 보고서의 내용을 듣던 나폴레옹은 벌컥 화를 내며, 그가 '프랑스의 재산'이라 부르는 공적·사적 회계 수치가 기록된 작은 노트를 주머니에서 꺼냈다. 화를 주체하지 못하고 그가 소리쳤다.
"도대체 어쩌다가 상황이 이렇게 되었단 말인가?"
제국 근위대에 지불할 보름치 봉급이 필요했다. 독일에 주둔하고 있는 나폴레옹 대군 또한 돈이 필요했다. 군대에 지급되어야 하는 돈이 가장 중요했다. 우브라르, 데프레, 반레르베르헤 가문 등 단체협상단들은 무엇을 했는가? 군대에 보급품을 댔어야 하는 그들이 자신의 의무를 저버린 채 그 돈을 모두 은행에 재워놓은 것이 아닌가?
"이 바르베 마르부아라는 인물은 대체 뭘 하는 거야? 사기를 당하는 데에도 한계가 있는 법인데, 멍청하기 이를 데 없군."
초조해진 나폴레옹은 멘느발에게, 월요일부터 파리에서 각료회의를 주재하여 재정 문제를 해결하겠노라는 자신의 의사를 전하라고 말했다. 그리고는 또박또박 끊어지는 어투로 말했다.
"데프레, 반레르베르헤 그리고 우브라르는 그들이 소유한 모든 것을 양도해야만 해. 나는 그들을 뱅센 감옥에 처넣고 말 테다."
그는 멘느발에게 나가라는 신호를 보냈다. 멘느발은 나가기 전에 브장송의 대주교 르 코즈가 황제 앞으로 올린 편지를 읽었다. 추기경은 이렇게 적었다.
〈황제께서는 지금까지 신의 손끝에서 태어난 영웅 가운데 가장

완벽한 인물입니다.〉

나폴레옹은 나가려는 멘느발을 불러 물었다.

"내 명령을 잘 이행했겠지?"

그는 쇤브룬 성에서, 적으로부터 노획한 깃발들을 모두 파리로 가져가 민중들에게 보여준 뒤, 노트르담 성당의 궁륭에 매달라고 명령한 바 있었다. 멘느발은 전문철을 뒤적거려, 보고서 하나를 찾아내 그에게 읽어주었다. 경찰 첩보원들이 보고한 바에 따르면, 군중들은 그 깃발들을 보면서 열광적인 기쁨을 표시했다.

파리 대주교는 깃발들이 '하늘이 프랑스를 보살피고 있으며, 우리의 무적 황제의 눈부신 성공과 그의 승리야말로 신에게 드린 경배였다는 사실을 증명하고 있다'고 선언했다.

멘느발이 전문을 읽는 동안, 루스탐과 콩스탕이 방으로 들어왔다. 그들은 황제에게 목욕 준비가 다 되었다고 알렸다. 황제가 옷 벗는 일을 시종들이 거들었다. 나폴레옹은 그들의 귀를 잡아당기며 장난을 걸었다.

그는 행복했다. 파리가 그를 기다리고 있는 것이다.

1806년 1월 26일 일요일 밤 열시, 황제의 마차는 튈르리 궁에 도착했다. 무장한 근위병들이 도열해 있고, 궁정 대원수 뒤로크가 앞으로 나왔다. 나폴레옹은 계단을 오르면서 일정을 잡을 것을 명령했다. 우선 대법관 캉바세레스와 독대하고, 국가참사원 회의를 주재한 다음, 재무장관을 만나고, 이어 수석 비서관 몰리앵과 단독 면담을 하겠다고 말했다.

집무실에 들어선 그는 콩스탕과 단둘이 남게 되자, 한 여자의 이름을 더 불렀다. 라 플레뉴에 사는 엘레오노르 드뉘엘. 그는 시계를 보며 중얼거렸다.

"벌써 자정이군…… 자, 이제 그녀를 욕조에 들여보내."

그는 열아홉 살 먹은 그 처녀의 몸을 떠올렸다. 검은 머리칼이 길게 늘어져 어깨를 감싸며 허리에까지 흘러내리는 갈색 피부의 여자. 날씬하고 키가 큰 그녀는 활달하면서도 순종적인 성격이었다. 카롤린 뮈라가 그녀를 그에게 소개했을 때 그는 그녀의 그러한 성격에 호감을 느꼈다. 그는 누이 카롤린이 조제핀을 심하게 질투하고 있다는 사실을 알고 있었다. 조제핀을 '늙은 여자'라고 불러 모욕하는 노련함이라든가 그녀가 품고 있는 과도한 야망, 오빠가 이혼하는 모습을 보고야 말겠다고 벼르는 그녀의 고집스런 모습을 떠올리면, 카롤린의 주선으로 엘레오노르를 만난 일이 결코 단순한 우연만은 아니라는 걸 알 수 있었다.

하지만 카롤린 뮈라의 의도가 어떻든 그게 무슨 상관인가! 엘레오노르는 거부할 수 없는, 터질 듯 싱싱한 젊음을 갖고 있었다. 아직 앳되기만 한 그녀를 끌어안으며 자신의 찬란한 승리를 축복하기라도 하려는 듯이, 파리로 돌아온 첫날 밤 그가 원한 것은 바로 그 여자였다.

그는 아직 서른일곱이 채 되지 않은 사내였다.

그는 '검은 복도'에서 들려오는 엘레오노르 드뉘엘의 발걸음 소리를 들었다. 항상 그랬듯이 그녀는 시간을 잘 지켰다.

그가 방으로 들어가자, 그녀가 예를 갖추어 인사를 올리고는 머뭇거리며 말했다.

"폐하……."

그는 그녀의 팔을 거칠게 붙잡고 잡아끌었다.

사랑에 있어서도 그는 전투를 치르는 전사와 같았다. 길게 끄는 지구전보다는 거침없이 달려들어 끝장을 보기를 좋아했다.

엘레오노르는 자신을 완전히 내맡겼다.

나폴레옹은 웃으면서 일어나 그녀의 볼을 어루만지고는 집무실로 돌아갔다.

창 앞의 탁자 위에 한 통의 전문이 놓여 있었다. 그가 옆방에서 엘레오노르와 사랑을 나누는 동안에도 전문은 끊임없이 그의 탁자 위에 올려져야 했다. 치안장관 푸셰의 편지였다. 런던에서 막 도착한 여행객의 말에 따르면, 가장 막강한 적이자 평화를 위한 모든 시도의 걸림돌이었던 적대자 윌리암 피트가 1월 23일 퍼트니에 있는 자신의 자택에서 사망한 것 같다는 소식이었다. 피트는 빚에 몰리고, 기대했던 아우스터리츠 전투 결과가 프랑스의 승리로 돌아가자 낙심했다. 고통스러워하던 그는 죽기 직전 생애 마지막 명령을 내렸다. 자신의 방 벽에 걸려 있는 지도를 가리키며 그는 중얼거렸다.

"이 지도를 치워버리게. 앞으로 한 십 년은 이 지도가 필요없을 거야. 나의 조국이여! 이런 상황에 그대를 버려두고 가게 되다니!"

폭스가 그를 대신해서 내각의 수반이 된 것 같다고 푸셰는 보고했다.

나폴레옹은 집무실을 이리저리 거닐었다. 마치 운명이 그에게 보낸 신호처럼 느껴졌다. 지금 그가 가고 있는 길 위의 장애물을 치움으로써 평화를 정착시키기 위한 끝맺음의 기회를 부여하고자 하는.

나폴레옹은 지도를 보관하고 있는 작은 방을 향했다. 책상 위에 커다란 유럽 지도가 펼쳐져 있었다. 그는 두 손바닥을 펴서 지도 위에 올려놓았다. 그는 영국과의 평화를 원했다. 하지만 그 평화는 대륙을 통제하고, 물품 수입 항구들을 봉쇄하고, 대륙의 각국에 영국산 물품의 금지를 요구함으로써 영국을 압박해야만 가능한 것이었다.

그는 책상 위의 지도에 그려진 정복지의 길을 따라 몸을 움직였다. 제국의 오른쪽 날개를 형성하고 있는 남쪽에 이탈리아가 있다. 나폴리 왕국의 왕은 그의 형 조제프다. 나폴레옹은 누이 엘리자를 여공작으로 삼아 마사와 카라라, 그리고 나중에는 토스카나까지도 영지로 줄 생각이다. 이미 보르게세의 왕자비가 된 폴린 보나파르트에게는 포 강을 끼고 형성된 주요한 요새 과스탈라를 영지로 줄 것이다. 그리고 나폴레옹 자신을 위해 이십여 개의 영지를 마련해두었다가 사신의 충복들에게 봉토(封土)로 나누어줄 참이었다. 탈레랑에게는 베네방의 왕자 자리를, 푸셰에게는 오트랑트의 공작 작위를 내려줄 것이다. 그리고 데지레 클라리의 남편이라는 이유만으로 사람들이 가끔씩 그의 배신에 가까운 유보적 태도를 잊기도 하는 베르나도트 장군, 그에게는 폰테코르보의 왕자 자리를 줄 생각이다.

나폴레옹은 지도 위로 숙이고 있던 몸을 일으켜세우고 손가락으로 이탈리아에서부터 북쪽으로 죽 짚어 올라갔다.

베르티에는 뇌샤텔의 왕자, 뮈라는 베르크와 클레브의 대공이 될 것이다. 바이에른 왕국의 왕과는 그의 딸 아우구스타와 조제핀의 아들 으젠의 결혼으로 이미 동맹관계를 맺었으니, 다른 독일 왕자들을 결집시켜 라인 연방체를 결성하기만 하면 된다. 좀더 위쪽에서 제국의 왼쪽 날개를 이루는 네덜란드는 루이에게 맡길 생각이다. 까다롭고 질투심 많은 루이는 거기에서 자신의 역량을 드러내보일 기회를 갖게 될 것이다. 루이의 아내 오르탕스 드 보아르네는 네덜란드의 왕비가 되는 것이다.

나폴레옹은 지도가 보관된 방을 나왔다. 방금 지도를 보며 상상한 일이 실현되려면 수주일, 아니 수개월이 걸릴지도 모른다. 하지만 그는 이 일이 성사될 것을 확신했다. 당연히 그렇게 되어야 하고, 또한 그것이 사람들의 이익과도 부합되기 때문이었다. 이러한 제국 재편 계획은 이성적인 모델이므로 계획된 단계를 하나하나 밟아나감으로써 국민공회가 발효시킨 것들을 완수하게 되는 것이다. 대혁명이 그 길을 열었고, 그는 그 길을 확장해감으로써 자신의 계획을 가능한 것으로 만들었다. 사회가 계속 뒤바뀌고 있지만, 새로운 유럽을 탄생시키려면 민법을 군주제에 결합시키고 왕조 체제를 유지하는 것으로 충분하리라.

나폴레옹이 할 일, 그가 하고 싶은 일이 바로 그런 것이었다. 그는 창출하는 사람으로서, 이러한 새로운 종족의 첫번째 인간이었다. 샤를마뉴 이후로는 네번째.

이후 며칠 동안 그는 희열에 휩싸여 나날의 리듬을 되찾아갔다. 일곱시부터 일을 했고, 불로뉴 숲이나 마를리 숲 그리고 생 클루나 말메종 성 근처에서 사냥을 했다. 그는 국가참사원 회의를 주재하고, 연회와 외교적 접견 횟수를 늘이면서, 새로 부임한 오스트리아 대사를 맞았다. 서른다섯 살인 신임 대사는 오스트리아 재상 카우니츠의 손자, 메테르니히였다.

메테르니히는 지적이고 섬세하며 개방적인 사람으로, 정확하게는 재상 카우니츠가 맺고 있는 전통적 관계 속에서 프랑스와의 동맹관계에 우호적인 인물로 여겨졌다.

한 회합에서 나폴레옹은 메테르니히의 팔을 붙잡고 질문을 던졌다. 스트라스부르에서 공부한 적이 있어 프랑스어를 완벽하게 구사할 줄 하는 메테르니히는 알사스 지방의 수도에서 대혁명의 과정을 지켜보았다며, 자신은 아직도 그것에 대해 두려움을 느낀다고 말했다. 나폴레옹이 말했다.

"나는 과거와 현재를, 이전 시대의 전례와 우리 시대의 새로운 제도를 결합시키려 하오."

메테르니히가 그 말을 이해했을까? 그래서 평화가 필요한 것이라고 나폴레옹은 설명했다. 평화는 가능하고, 그는 그것을 원했다.

그의 앞에는 해야 할 많은 일들이 놓여 있었다.

나폴레옹은 자신의 지시로 착수된 루브르 궁의 공사 현장을 둘러보았다. 로마 트라야누스 광장을 모델로 해서 방돔 광장에는 원주(圓柱)를, 카루젤 광장에는 개선문을 세우겠다는 계획을 다시 확인시켰다. 이 두 기념물은 나폴레옹 대군을 기리기 위한 것이었다. 그리고 또 하나의 개선문은 샹젤리제 거리의 정점에 세우라고 명했다. 이 두번째 개선문의 초석은 8월 15일, 제국 전체의 경축일인 성 나폴레옹 축일에 놓여질 것이다.

또한 파리의 여기저기에 건축물을 세우고 분수대를 만드는 한편, 센 강에 다리를 놓고, 강안(江岸)을 정비하고, 제국의 칙령을 발간하도록 명하고, 유태인 대표를 불러들여 일부다처제와 같은 그들의 종교적 관습을 근대적 삶에 걸맞게 고치도록 하면서, 그는 지적 육체적 희열을 느꼈다.

그는 자신이 명석한 사람이며, 자신의 명령을 받는 사람들과 비교해도 가장 활동적인 사람이라고 자평했다. 비록 지난 몇 달 동안 살이 조금 쪄서 첫눈에 알아볼 정도로 볼이 통통해지고, 머리카락이 빠져 이마가 넓어지는 바람에 날카롭게 각이 졌던 얼굴이 둥글게 변하긴 했지만, 거듭되는 성공과 계획들, 그리고 그가 내리는 결정과 열광적인 대중의 갈채 앞에서 나날이 새로워지는 원기를 느꼈다.

파리에 당도한 지 이틀이 지난 1806년 1월 29일 수요일, 그는 처음으로 테아트르 프랑세즈를 찾았다. 극장에서는 당시 인기 있던 극작가 라포스의 '망리우스'라는 작품이 상연중이었다. 주인공 탈마가 웅변조의 대사를 열정적으로 읊고 있는 중인데도 관객 전체가 그를 맞으려고 일제히 일어섰다. 관객석에서 박수와 '황제 폐하 만세!'라는 환호가 이어지는 동안 배우는 고개를 숙이고 있어야 했다. 나폴레옹이 오페라 극장에 나타날 때마다 군대를 사열할 때와 같은 열광적인 환호의 물결이 일었다.

경찰 첩보원들은 보고했다. 대중들은 모두 황제를 찬양하고 그의 인간적 면모를 칭송하고 있으며, 프랑스 중앙은행이 일선 창구에서 돈을 풀기 시작하면서 1805년 12월의 금융위기는 잊혀지고 제정 정부에 대한 신임이 다시 높아지고 있다는 것이었다.

사람들은 나폴레옹이 독일 전투에서 5천만 프랑에 상당하는 금과 은, 그리고 환어음을 가져왔다는 것을 알고 있었다. 환어음은 유럽의 주요 금융시장에서 통용되는 것으로 화폐나 다름없었다.

나폴레옹은 단 며칠 사이에 금융계의 안정을 회복시킨 것이다.

그는 재무장관 바르베 마르부아를 맞았다.

나폴레옹의 앞에 선 장관은 풀죽은 모습으로 쩔쩔매며 자신의 머리를 내어놓겠다고 말했다. 나폴레옹은 어깨를 으쓱하고는, 당신의 머리 같은 걸 어디에 쓰겠느냐고 반문하며 말을 이었다.

"나는 장관의 됨됨이를 높이 평가해왔소. 그런데 당신은 내가 미리 주의하라고 일러준 사람들에게 속고 말았소. 사용처를 잘 감시했어야 했는데도 모든 자산을 그들에게 넘겨주고 만 거요. 유감스러운 일이지만, 당신의 재무장관 직위를 박탈할 수밖에 없소."

각의를 마친 뒤, 그는 비서관 몰리앵에게 남으라고 말했다. 그리고는 그를 뚫어지게 쳐다보며 그의 능력을 곰곰이 생각했다.

"자네, 오늘 재무장관 취임 선서를 하게."

구체제 아래에서 농업 담당 서기와 세무행정을 맡은 경험이 있는 몰리앵은 주저하는 기색이었다. 황제는 불만과 놀라움이 뒤섞인 어조로 물었다.

"장관이 되고 싶은 생각이 없나?"

몰리앵은 그날로 취임 선서를 했다.

통치한다는 것은 그런 것이다. 분석하고, 결정하며, 사람들을 선택하여 그들에게 자신의 의지를 관철시키는 것, 또 사람들의 망설임을 없애고, 그들로 하여금 그가 구상한 정치를 실현하는 매우 효과적이고 순종적인 도구가 될 수 있도록 이끄는 일이다.

하지만 그러기 위해서는 휴식도 없이 일해야 한다. 늘 팽팽하게 긴상된 의지를 지니고, 매순간 주의를 게을리하지 않아야 한다. 나폴레옹은 형 조제프에게 말했다.

"문제를 해결하고, 우브라르를 중심으로 한 열두어 명의 사기꾼들로 하여금 갈취한 것들을 토해내게 하는 데 적지 않은 노력이 필요했소. 그 사기꾼들이 바르베 마르부아를 속였는데, 로앙 추기경이 목걸이 사건*에 휘말렸을 때와 비슷하오. 다른 점이 있다면, 이 문제에는 팔천만 프랑이 넘는 돈이 걸려 있다는 점이지. 나는 그들을 재판도 없이 즉결 총살형에 처하려고 결심했었소. 다행히 신의 가호로 돈을 돌려받았고, 그래서 기분이 많이 좋아졌소."

그는 자주 흥분하는 편이어서 서류들을 바닥에 던져버리기도 하고, 이따금 책이 마음에 들지 않을 때는, 그것들을 불 속에 집어던지곤 했다.

누군가가 자기에게 대들거나 자신이 내린 명령이 원하는 만큼 즉각적으로 실행되지 않는 것을 점점 더 견디지 못하는 성품이 되어갔다.

프로이센의 동태를 걱정하며 개입하고 싶어하는 베르티에에게 그가 말했다.

---

* 1785년 라모트 백작부인 일당이 160만 리브르짜리 다이아몬드 목걸이를 사취한 사건. 로앙 추기경은 이 사건에 말려들어 추방되었다.

"반드시 내가 그대에게 내린 명령에 따르게. 각자 경계를 게을리하지 말고, 자신의 자리를 굳게 지키라는 훈령만 정확하게 이행하면 되는 일이야. 내가 해야 할 일은 오직 나만이 알아."

—오직 나만이.

자신만이 유일하게 사태를 꿰뚫어보고 판단한다는 확신이 온통 그를 사로잡았다.

삶의 결정적인 순간에 그는 늘 옳은 결정을 내리지 않았던가? 이런 확신이 깊어갈수록 자신의 견해에 대한 반대나 심지어는 망설임조차도 그는 견디질 못했다. 그 앞에서는 누구나 고개를 숙여야 하는 것이다.

그는 제국헌장의 문안을 보다 명확하게 만들기 위해 펜을 들었다.

〈황제를 공경하고 황제에게 봉사하는 일은 바로 신 그 자체에 대해 공경하고 봉사하는 것과 같다〉고 인쇄하도록 명했다. 따라서 황제를 거역하는 것은 곧 목숨을 잃는 죄에 해당되었다. 사람들은 그에게 〈사랑, 복종, 헌신, 군사적 의무 그리고 제국과 왕위의 보존을 위해 하달된 조세의 의무를 지고 있다.〉

이 문안을 읽으며 몇몇 국가참사원 위원들은 놀라움을 감추지 못했다. 늙은 자코뱅주의자 푸셰의 눈에 야릇한 빛이 떠오르는 걸 그는 놓치지 않았다.

나폴레옹은 태연하게 헌장을 덮었다. 그는 자신의 생각을 숨기는 사람이 아니었다. 자리에서 일어선 그는 회의실을 나가기 전에 냉랭하는 투로 말했다.

"나는 종교에서 말하는 부활의 신비는 알지 못하오. 대신 사회적 질서의 신비는 알고 있소. 종교는 평등의 이념을 천상에 연결시키는 매체요. 여기서 말하는 평등이란 부유한 자가 가난한 자에게 학살당하는 일을 막자는 것이오."

그는 시선을 둘러 반대하는 의견이 있는지 살폈다. 모두들 눈을 내리깔고 있었다. 그가 덧붙였다.

"종교는 일종의 전염병이거나 백신이라고 할 수 있소. 놀라운 신비에 대한 우리의 희원을 충족시키면서, 사기꾼이나 마법사들로부터 우리를 지켜주기 때문이오. 사제들은 칼리오스트로*나, 칸트 같은 철학자들, 그리고 독일의 보든 몽상가들보다 낫소."

그는 몇 걸음 앞으로 나섰다. 마치 명상에 빠져 있기라도 한 것처럼 그는 높은 목소리로 독백하듯 말했다.

"현재까지 세계에는 두 가지 힘만이 존재하고 있소. 군사적 힘과 사제의 힘…… 하지만 교육자 집단이 탄생하면서 시민사회의 질서가 점점 강화될 것이고, 법률가 집단이 나타나면 그 경향은 더욱 심화될 것이오…… 민법은 이미 잘 시행되고 있소. 앞으로는 각자가 어떤 원칙에 따라 처신해야 하는지 알 게 될 것이오. 결과적으로 각자가 자신의 소유관계와 사건들을 처리하게 될 것이오."

—그리고 최고의 심판관은, 바로 나다.

그는 모든 사회를 관리해야 했다. 이따금 그는 자신이 세계의 존재 이유이자, 자신만이 국민과 제국의 존속에 필요한 질서를 부여할 능력이 있는 사람으로 생각했다.

국가참사원 회의를 주재하거나, 접견장과 집무실에서 몇 시간이고 뭔가를 구술하는 동안에도, 1806년 봄의 신선한 대기 속에서 사냥을 할 때도, 그는 끊임없이 그것을 생각했다.

3월 말의 어느 날, 베르사유 숲에서 한참 동안 말을 달리던 그

---

* 프랑스의 유명한 사기꾼, 1743~1795.

는 서둘러 궁으로 돌아와 집무실로 멘느발을 불러들였다. 그리고는 그의 머릿속에 담아두었던 황제 가족들의 지위에 대한 최종 결정을 전했다. 가족은 그가 막 건설하기 시작한 위대한 제국의 요체라고 할 수 있었다. 루이는 네덜란드의 왕이고, 조제프는 나폴리의 왕이다. 이탈리아의 여공작인 누이들과 베르크와 클레브의 대공 뮈라, 또 베르티에, 베르나도트, 탈레랑, 푸셰 등이 그 봉토의 첫머리를 지키고 있었다.

그 피라미드의 정점에 그가 있었다.

'황제는 그의 가문 전체의 아버지' 라고 그는 구술했다. 나폴레옹의 의지는 가문의 모든 부모들도 따라야 할 유일한 법칙이었다. 어떤 결혼도, 어떤 선택도, 그의 동의 없이는 실현될 수 없었다. 그의 밑에 왕이나 왕위를 세습할 왕자들을 위치시키고, 그 다음에 가신(家臣) 출신의 공들과 봉토의 소유자들이 뒤따르는 것이다. 이것이야말로 그의 이성을 만족시키고, 그에게 모든 힘을 부여하는 계급질서였다. 황제는 그의 가족 구성원들에게, 의심스러운 자들과는 거리를 두라고 명할 수도 있었다.

그는 절대적 군주였다.

1806년 4월 1일, 그는 베르티에 원수에게 편지를 썼다. 베르티에는 수년 전부터 비스콘티 후작부인에게 꾸준히 열을 올리고 있었다. 전쟁터에서도 막사 아래에 후작부인의 초상화를 세워둘 단을 마련할 정도였다.

〈원수에게 '르 모니퇴르' 신문을 보내네. 그 지면에서 내가 그대를 위해 한 일, '베르티에는 뇌샤텔의 왕자로 임명되었다' 는 기사를 보게 될 걸세. 하지만 거기에는 한 가지 조건이 있네. 이것은 나의 우정을 건 조건일세. 결혼하게나. 후작부인에 대한 그대의 열정은 너무 오래 지속되어 이제 우스꽝스러운 것이 되었네…… 나는 그대가 결혼하기를 바라는 것일세. 그럴 수 없다면 나는 그대를 다시 보지 않겠네. 그대의 나이 이미 오십, 하지만 그대는 팔십까지는 살 수 있는 사람이니, 앞으로 삼십 년의 세월은 결혼생활의 달콤함이 무엇보다 필요한 시기라고 생각하는 바일세.〉

어떻게 황제의 청을 거스르겠는가? 베르티에는 자신의 의견을 굽혀 비스콘티 후작부인과의 관계를 끊고 마리 엘리자베트 드 바비에르 비르켄펠트와 결혼했다. 신부는 베르티에보다 무려 서른 살이나 연하였다.

나폴레옹은 만족했다. 그는 진정 '가문'의 지도자가 아닌가?

그는 이탈리아의 부왕 으젠에게 편지를 썼다.

〈아들아, 너는 과로하고 있구나. 너무 틀에 박힌 삶을 살고 있기 때문이다. 네게는 임신한 아내가 있다. 나는 네가 아내와 함께 저녁 시간을 보내면서, 사교생활을 누려야 한다고 생각한다. 너는 그렇게 큰 거주지 안에서만 뱅뱅 돌면서 왜 일 주일에 한 번이라도 극장에 갈 생각을 하지 않는 거냐? 네 가정에서 더 많은 즐거움을 누릴 수 있어야 한다…… 나도 너와 같은 삶을 영위하고 있다. 하지만 나의 아내는 나이가 들어 그런지 생을 즐기려는 욕망이 그다지 많지 않은 것 같다. 하지만 나는 네가 놓치고 있는 오락과 휴식 시간을 보다 많이 가지려고 노력하고 있다. 젊은 여인에겐 즐길 시간이 보다 많이 필요한 것이다. 더구나 지금 그녀가 처해 있는 여건을 보건대 더욱 그러할 것이다.〉

나폴레옹은 으젠의 아내 아우구스타에게 보내는 글도 덧붙였다.

〈지금과 같은 상황에서는 더욱 잘 처신해야 한다. 그리고 우리 가문에 딸은 필요없다. 아마 네가 믿을지는 모르겠지만, 내가 아들 낳는 비방을 한 가지 알려주마. 신선한 포도주를 매일 조금씩 마셔보아라.〉

그는 아우구스타 드 바비에르를 떠올리며 즐거워했다. 그녀도 그에게 자주 편지를 띄웠다. 나폴레옹은 으젠에게 〈네 아내는 너만큼이나 사랑스럽다〉고 적어보내기도 했다. 이따금 조제핀의 살롱에서 황후의 조카 스테파니 드 보아르네가 다가오는 것을 볼 때면, 그는 마치 아우구스타와 함께 있는 것 같은 즐거움을 느끼기도 했다.

나이가 들어갈수록 그는 젊은 여인을 탐닉했다. 1806년, 스테파니의 나이 겨우 열일곱이었다. 금발머리에 이목구비가 반듯했으며 매우 명랑하고 깜찍한 처녀였다.

나폴레옹은 그녀를 바라보고 그녀와 농담하는 것을 좋아했다. 조제핀과 카롤린 뮈라가 건네는 눈길에서, 그는 그녀들이 염려하고 질투하고 있다는 사실을 감지했다.

어느 날 저녁, 황후의 살롱에 들어서던 그는 스테파니가 울고 있는 모습을 보았다. 카롤린이 '폐하의 누이인 공주' 앞에서는 앉을 수 없다는 제국의 예의범절을 들어 스테파니에게 서 있으라고 억지 요구를 했던 모양이었다.

나폴레옹은 스테파니의 허리를 덥석 감아안고 자신의 무릎에 앉혔다. 그는 카롤린 뮈라의 성난 눈길을 무시해버리고는 저녁 내내 사랑스런 처녀와 귓속말을 나누었다.

다음날, 모든 것을 할 수 있는 권한을 갖고 있는 그는 그 젊은 처녀를 황제의 양녀로 받아들였다. 그리고 의전장 세귀르 백작에게 일렀다.

"앞으로는 스테파니가 모든 모임이나 축제, 식탁에서 나와 동일한 특권을 누릴 것이며, 우리 부부의 곁에 앉게 될 것이오. 만일 우리 두 부부가 함께하지 못할 경우에는 황후의 오른쪽 자리를 배정하도록 하시오."

자신이 모든 사항을 결정할 수 있다는 것을 이렇게 보여주는 것이었다.

며칠 뒤, 나폴레옹은 스테파니의 남편감을 선택했다. 바덴의 세습왕자 카를. 그는 아우구스타와 약혼했다가 으젠 때문에 밀려난 사내였다.

—이것이 내가 원하는 바이다.

스테파니 역시 그의 의견에 따라야 했다. 파리는 공주의 결혼식을 위해 화려하게 불을 밝혔다. 호화스러운 예식이었다. 나폴레옹은 양녀에게 백오십만 프랑의 돈과 함께 오십만 프랑 상당의 혼수를 마련해주었다. 하지만 결혼 첫날밤, 스테파니는 신랑에게 문을 열어주지 않았다. 그 사실을 전해들은 나폴레옹은, 스테파니에게 파리를 벗어나 칼스루에로 떠나라고 하면서 말했다.

"바덴의 왕에게 상냥하게 대해라. 그는 너의 아비다. 그리고 네 남편을 지극히 사랑하라. 그가 너에게 갖는 애정만큼."

—내 가족 구성원들에게 어떻게 처신할 것인지 일러주는 사람은 바로 나다. 그리고 나는 그들이 내게 복종하기를 원한다.

하지만 매일, 거의 매시간 그는 왕이나 왕자에 책봉된 사람들에게 명령을 내리고, 조언을 주고, 훈계하면서, 그가 왕이나 왕자에 봉한 사람들에게 그들은 단순한 영주일 뿐이며, 황제의 생각을 집행하는 자이자 위대한 제국을 굴리는 톱니바퀴라는 사실을 일깨워줘야 했다.

베르크의 대공작인 인정 많은 뮈라가 그의 자식들의 신분 보장을 요구해왔다. 누구 덕분에 대공이 되었는지를 잊었단 말인가? 누가 제국과 그 연방국가들의 미래를 손안에 쥐고 있는가? 나폴레옹이 뮈라에게 답했다.

"그대 자식들의 신분 보장 건은 정에 치우친 논리에 불과하다.

나를 무안하게 만드는군. 나는 그대를 생각하면서 얼굴이 붉어졌네. 그대는 프랑스인이며, 그대의 자식들 또한 프랑스 사람이 될 걸세. 이 이외의 다른 모든 감정은 불명예스러운 것이야. 내게 더 이상 그 문제를 꺼내지 않기 바라네."

나폴레옹은 말을 중단했다. 직위와 명예, 그리고 부를 받아든 사람들이 드러내는 맹목적이고 무분별한 태도 앞에서 그는 놀라고 분개했다. 그는 이런 자들을 경멸했고 연민을 느꼈다. 만일 그가 패하거나 조금이나마 약해지기라도 하면, 이런 자들 대부분은 그의 곁을 떠날 것이 분명했다. 그렇기 때문에 그들을 강철 같은 손아귀 안에 쥐고 있어야 하는 것이며, 수시로 협박하고, 감시하고, 억눌러야 하는 것이다.

그는 뮈라에게 덧붙였다.

"프랑스 민중들이 그대에게 선사한 선물을 얻고서도, 그대의 자식들에게 그 민중들을 해칠 수 있는 권력을 주려고 생각한다는 것은 그야말로 터무니없는 일이야! 거듭 말하거니와 다시는 그 문제를 거론하지 말게. 너무 어처구니없는 일이야."

나폴레옹 주변 사람들은 뮈라나 그의 아내 카롤린 보나파르트를 닮아갔다. 모두가 탐욕스럽고, 제국의 운명보다는 그들 자신의 운명에 온 신경을 집중하고 있었다.

부를 주체하지 못하면서도 황제의 어머니까지 나서서 연금을 달라고 요구했다. 어머니 레티지아 보나파르트조차도 아들의 죽음을 염두에 두고 있는 것이다. 혹시 아들이 우발적인 죽음을 당할 경우를 대비해 아들 사후의 수입을 확보하기 위해 혈안이 되어 있었다.

어머니의 이런 움직임을 들은 나폴레옹은 어깨를 한 번 으쓱하고는 씁쓸한 표정을 지으며, 어머니의 마음을 흡족하게 하기 위해 동의했다. 어머니 역시 다른 사람들과 마찬가지로, 눈앞에 있는 개인적인 이익을 넘어서서 다른 것을 생각할 여유가 없는 것이다.

네덜란드 왕이 된 루이도 손을 벌려 황제를 괴롭혔다.

어찌되었든 그는 왕이 아닌가? 자신의 국가를 갖고 있지 않은가?

나폴레옹은 답했다.

〈나는 조금도 돈이 없다. 프랑스에 도움을 호소하다니 참으로 간편한 발상이구나. 그러나 지금은 푸념을 늘어놓으며 신세를 질 때가 아니다. 활력을 보여주어야 한다.〉

—내가 왕에 봉한 내 형제들, 왕자에 임명한 사람들, 내가 신뢰를 보내준 장군들에게 그런 활력이 있기는 있는 것인가?

나폴레옹은 매일 보내는 전문을 통해 그들을 이끌어야 했다. 나폴레옹은 말메종, 생 클루, 튈르리에서 하루에도 몇 차례씩 전문을 발송했다. 전문들은 나폴리, 파르마, 뒤셀도르프, 암스테르담 등지로 향했다.

그가 쥐노 장군에게 말했다.

"장군은 엄해짐으로써만 인자할 수 있네. 그렇지 않으면 이 불쌍한 국가와 피에몬테를 잃게 되고 말 거야. 이탈리아에서 평온을 되찾기 위해서는 많은 피를 흘려야 할 걸세."

쥐노는 명령을 집행했다. 그는 폭동을 일으킨 많은 마을을 파괴했다.

나폴레옹은 쥐노에게 썼다.

〈최초로 반항의 무기를 든 메자노 지역이 불태워지는 광경을 기쁘게 지켜보겠다. 이 엄혹한 처분에는 인류애와 관대함이 깃들여 있음을 알아야 한다. 반항을 도모하는 다른 움직임들에 사전에 경고함으로써 희생을 줄일 것이기 때문이다.〉

—그러나 내 주변 사람들은 필요한 힘을 갖추고 통치하려 하기보다는 늘 사랑받으려고만 한다.

나폴레옹은 조제프가 나폴리에서 보낸 보고서를 읽다가 불같이 화를 냈다. 결코 싸움에 임한 적이 없는 이 형을 그는 거의 신뢰하지 않았다. 그는 반복해 말했다.

"커다란 국가를 소유하고 있을 때는 엄한 통치를 통해서만 그 국가를 유지할 수 있다."

그런데 조제프는 나폴리 사람들이 자기를 사랑하고 있다는 상상에 빠져 있었다.

—조제프는 자기가 영원한 왕이라고 믿는군. 황제의 의지와 무력이 있기 때문에 자신이 군주 자리를 유지하고 있다는 사실을 뇌리에서 이미 지운 거야. 도대체 자신을 무엇이라고 생각하는 거야?

나폴레옹은 조제프에게 편지를 썼다.

〈형은 프랑스인이 내게 보내는 열정과 나폴리 사람들이 형에게 보내는 열정을 비교하고 있소. 사람들에게 웃음거리로 보일 일이오. 형이 그들을 위해 아무것도 하지 않았는데, 그들이 어떻게 형에게 사랑을 갖고 있을 거라고 생각하는 거요? 나폴리에서, 형은 사오천의 외국인들과 함께 그들을 정복한 사람일 따름이오.〉

—하지만 조제프가 이런 현실과 대면하려 할까?

나폴레옹은 씁쓸하게 냉소했다…….

—그들은 아무것도 이해하지 못하는 것이다!

〈이걸 염두에 두어야 하오. 앞으로 보름쯤 지나면 폭동이 일어날 거요…… 형이 무엇을 하든, 나폴리 같은 도시에서 형은 여론의 힘을 방패삼아 스스로를 방어할 수는 없을 거요. 질서를 바로잡으시오. 반드시 무장해제를 시켜야 하오.〉

그는 반복해야만 했다.

〈군중의 우두머리들은 사형시켜버려…… 모든 첩자들도, 모든 폭동의 수괴들도, 우리 병사들을 공격하는 부화뇌동자들도 모두 총살해야 하오.〉

—하지만 조제프가 이해할까? 통치 행위라는 것이 엄격함과 함께 많은 제약들이 뒤따르는 하나의 예술이라는 사실을.

나폴레옹은 조제프에게 구체적인 사항들을 하나하나 일러주었다. 예컨대 군주의 음식물은 철저하게 감시하지 않으면 독살당하고 만다는 것에서부터, 왕의 일상은 하나에서 열까지 빈틈없는 주의와 관리가 필요하다고 충고했다.

〈군주의 침실 앞방에서 자는 시종을 제외하곤 밤에는 그 누구도 왕의 처소에 들어오게 해서는 안 되오. 출입문은 안으로 잠겨 있어야 하고, 시종이라도 목소리를 확실하게 확인했을 때만 문을 열어야 하오. 그리고 시종 자신도 그가 머물고 있는 방문을 확실하게 잠그고 난 뒤에만 왕의 방문을 두드리도록 해야 하고…….〉

—조제프에게는 모든 것을 일러주어야 한다. 왕이 신중해야 할 덕목들과 전쟁의 기술까지도. 그런데 그 결과는?

나폴레옹은 1806년 7월 5일에 이렇게 쓸 수밖에 없었다.

〈형의 통치는 그다지 강건하지 못하오. 사람들이 형에게 반감을 가질까봐 두려워하고 있는 거요.〉

며칠 뒤, 나폴리 왕국에 상륙한 영국군들이 레니에 장군을 패퇴시켰다는 소식을 접한 그는 화가 머리끝까지 치솟았다.

〈내가 생각하고 있는 바를 다 적는다면 형은 슬퍼할 거요. 형이 내게 소용있는 사람이 아니라 게으른 왕에 머무르고 만다면, 내게 해로운 사람이 될 수밖에 없소. 왜냐하면 내가 취할 방책들을 다 빼앗기 때문이오…….〉

조제프가 생 클루로 찾아와 알현하고 싶다는 편지를 보내왔을 때 나폴레옹은 짤막하게 내뱉었다.

〈왕이라면 스스로 방어할 수 있어야 하고, 자신의 국가에서 죽을 각오가 되어 있어야 하오. 굳건하게 중심을 잡지 못하고 떠돌아다니는 왕이란 멍청한 인간에 불과 하오.〉

조제프와 루이 그리고 모든 왕자나 원수들이 원하는 것은 평화였다. 하지만 그들은 권력과 부를 누리기 위해서 평화를 원하고 있었다.

나폴레옹은 그것을 알고 있었다. 일찍이 그 또한 같은 욕망을 갖고 있었다.

1806년 2월 어느 날, 그는 접견을 요청해 온 탈레랑을 맞았다. 런던으로부터 막 도착한 전문 한 통을 들고 찾아온 외무장관의 표정이 밝았다. 전문은, 윌리암 피트를 승계한 폭스가 '프랑스 황제'를 암살하려는 계획을 사전에 포착해 그 주모자를 체포했다는 내용이었다. 폭스가 갖고 있는 평화에 대한 의지를 확인할 수 있는 신호가 아닌가? 1802년 아미앵 조약을 맺을 때와 같은 평화적 분위기를 다시 찾을 수 있을 것인가. 그때 1802년 무렵은 위대한 희망의 시간이었다. 나폴레옹은 외무장관에게 말했다.

"내가 고마워하고 있다고 전하시오."

두 국가 사이의 전쟁은 인류 전체를 위해 유용하지 못하다…… 그는 그렇게 생각했다. 하지만 평화를 정착시키려면 서로의 양보가 필수적인데, 지금은 서로가 서로를 무시하고 있는 형국이었다.

5월에 영국이 이탈리아 서쪽 연안 엘바 섬에서 프랑스 북서쪽 항구 브레스트에 이르는 모든 항구를 봉쇄했다는 보고가 들어왔다. 나폴레옹은 분개했다. 영국의 조치에 응수하는 방법은 단 하나, 대륙이 하나로 뭉쳐 있다는 것을 확인시키는 것뿐이었다. 유럽 대륙이 황제의 지배를 받아들여 복종하고 있다는 사실, 나폴리에서 네덜란드에 이르는 국가의 재편을 유럽이 인정하고 있다는 현실을 통해, 바로 나폴레옹이 왕들의 황제라는 걸 보여주어야 했다. 그는 왕들에게 자신의 법률을 명하고, 유럽의 모든 항구들로 하여금 영국 선박에 대해 폐쇄 조치를 취하도록 요구할 수 있는 절대자인 것이다.

하지만 교황은 벌써 이런 조치를 거부하고 있었다. 나폴레옹은 잔뜩 화가 나 목청을 드높였다.

"교황은 내가 내 왕위를 수호할 힘과 용기가 있다는 사실을 곧 알게 될 것이다. 나와 교황이 맺고 있는 관계는 예전 유럽의 황제들과 교황의 전임자들이 맺었던 관계처럼 될 것이다."

다시 갈등이 시작되었다. 영국측 협상대표 야머드 경과 로더데일 경이 파리에 도착했다. 하지만 그들은 프랑스가 요구하는 시칠리아 양도와 항구 봉쇄 해제를 받아들이지 않았다. 그리고 1806년 9월 13일, 폭스가 죽었다. 나폴레옹은 자문했다. 폭스의 죽음은 영국 평화주의자의 끝이 아닌가?

유럽 대륙은 그의 무기였다. 하지만 그의 권위 아래 대륙을 결집시키려는 조치는 그때마다 불안을 야기시키고 그에 대한 반동을 불러왔다.

1806년 8월과 9월, 나폴레옹은 생 클루 성과 랑부이에 성에 머물면서, 베를린과 상트페테르부르크에서 오는 전문을 여느 때보다 초조한 마음으로 기다렸다.

그는 자신의 권위 아래 라인 연방을 결성했을 때부터 프로이센이 그들의 지위를 불안해하고 있음을 알고 있었다. 러시아는 평화헌장에 서명하기를 거부했다. 프로이센과 러시아, 그리고 당연히 영국을 하나로 묶는 4차 대불 동맹의 밑그림이 그려졌다. 하지만 나폴레옹은 이 일을 신중하게 다루고 싶었다. 그는 기병대장 뮈라에게 말했다.

"귀관은 내가 무엇을 하려는지를 모르고 있어. 조용히 있으라. 프로이센과 같은 힘있는 국가와 문제가 생겼을 때는 아무리 신중해도 지나침이 없어. 최대한 신중하게 조치를 강구해야 하는 거야."

그는 전쟁이 아닌 진정한 평화를 원했다. 지금 독일에 주둔해 있는 나폴레옹 대군도 본국으로 돌아오기를 고대하고 있잖은가.

나폴레옹은 탈레랑에게 거듭 말했다.

"나는 프로이센과 잘 지내기를 바라오."

외무장관은 황제의 명에 따라 베를린 주재 프랑스 대사 라포레스트에게 많은 지령을 하달해야 했다. 그러나 대사에게서 오는 전문은 불안한 소식들을 담고 있었다.

나폴레옹은 전문들을 낮은 목소리로 읽었다. 베를린이 무장하고 있었다. 프로이센군은 나폴레옹보다 앞서 지역 국가의 군대를 자기 편으로 끌어들이기 위해 헤센과 작센 지방으로 이동하고 있었다. 프로이센의 왕 프리드리히 빌헬름과 루이제 왕비가 진정 전쟁을 감수하겠다는 것인가? 러시아와 오스트리아도 실패했는데 그들이 승리하기를 바란단 말인가? 아니면 그들 뒤에 무엇이 있단 말인가?

1806년 9월 10일, 나폴레옹은 참모장 베르티에에게 말했다.

"프로이센의 움직임이 갈수록 기이해지고 있어. 따끔한 맛을 보고 싶어 안달이 난 모양이야. 나는 내일 먼저 말들을 보내고, 바로 근위대를 출정시키겠네."

15
불가능은 없다

1806년 9월 11일 목요일, 나폴레옹은 생 클루 성의 집무실 창을 열어두고 밖을 오래 바라보고 있었다.

아침 일곱시가 지난 시각, 다른 때보다 일찍 일어난 나폴레옹은 콜랭쿠르를 기다리고 있었다. 그는 마사(馬事) 책임자이자 참모인 콜랭쿠르에게 안경과 여행가방, 철제침대가 딸린 텐트, 전쟁터에서 야영을 위해 필요한 두터운 양탄자, 그리고 지휘 전차로 사용될 작은 무개(無蓋) 마차를 준비하라고 지시하고, 근위대 소속 기마병 육십여 명을 독일로 출발시키라고 명할 작정이었다.

나폴레옹은 뷔르츠부르크에 사령부를 설치하기로 마음먹었다. 그리고는 독일 남부의 밤베르크로 이동할 예정이다. 밤베르크, 그곳은 프로이센 지방과 작센 지방이 만나는 지점으로 중요한 작전

거점이었다. 만약 러시아군과 프로이센군이 합류한다면, 합류지점은 밤베르크가 될 터였다. 나폴레옹 대군은 그들의 합류를 저지하기 위해 밤베르크로 집결한다. 거기에서부터 북부로 치고 올라가 프로이센 왕 프리드리히 빌헬름의 군대를 격파하고, 패주하는 적군을 추격하며, 베를린으로 진입할 수 있을 것이다.

나폴레옹은 창의 가장자리에 기대어 있었다. 8월 초부터 머물러 온 성. 그는 이곳 성을 둘러싸고 있는 숲이 좋았다. 숲속에서 마음껏 사냥하고 내키는 대로 행동했다. 이따금 심호흡을 하기도 하면서.

이날 아침에는 안개가 숲을 감싸고 있었다. 습기를 머금은 대기가 청량했다. 그는 다가올 겨울을 생각했다. 급하게 마련된 낯선 방에서 자거나, 막사나 마차 속에서 추운 잠을 청하게 되리라.

콜랭쿠르는 두툼한 양탄자와 안에 털을 댄 망토, 샹베르탱 포도주, 식기와 먹을 것들을 싣고 이동할 마차를 염두에 둬야 하리라. 그 마차는 언제 어디서든 가족적인 친근한 환경을 만들어내야 할 것이었다.

황제는 숲을 바라보았다. 그는 환상을 좇아 군대를 과도하게 전쟁터로 끌고 다닌 게 아닐까 생각했다. 그는 병사들 속에서 걷고, 비를 맞고, 말을 타고, 망토 위에서 잠들고, 바람과도 싸워야 했다…… 그는 자신을 사로잡는 생각에 스스로 놀랐다. 창가에서 돌아선 그는 방 한가운데로 몇 걸음을 옮기다가 칸막이벽을 온통 차지하고 있는 거울 앞에 섰다.

그는 거울 속에 비친 자신을 바라보았다. 그는 변했는가? 비만해지면서 찾아온 나태함. 그로 인해 깡마르고 날렵했던 그의 젊음도 가버렸는가? 장군들이나 그의 형제들처럼, 자신 역시 궁궐과 사치와 젊은 여인들을 즐기기 위해 평화를 원하고 있는 것은 아닌가?

거울에서 몸을 돌려 콜랭쿠르를 불렀다. 나폴레옹은 귀족 출신인 이 후작의 능력을 잘 알고 있었다. 그는 자신의 참모인 콜랭쿠르를 사단장으로 임명하고, 왕실 마사 책임자로 중용했다. 콜랭쿠르는 자발적 창의성을 갖춘 인물이었고, 자기의 견해를 주장할 줄도 알았다. 자주적이면서도 유용한 콜랭쿠르의 기지 덕분에 나폴레옹은 그의 말을 들으며 자신의 생각을 가다듬기도 했다.

나폴레옹은 그에게 명령을 내렸다. 적의 첩자들의 눈을 속여야 했다. 그가 말들을 콩피에뉴로 보내는 것이라고 적들이 믿게 해야 했다. 마치 숲으로 사냥을 떠나는 것처럼 위장하라고 나폴레옹은 구체적으로 지시했다.

"프로이센이 도무지 제정신이 아닌 모양이야."

그는 중얼거리면서 다시 몇 걸음을 옮겨놓았다. 어쩌면 전쟁은 아직 불가피한 것이 아닐는지도 모른다. 그는 밤베르크와 베를린을 연결하는 독일 루트의 상황을 정찰하도록 이미 장교들을 파견했다. 모든 도로와 요새들의 현재 상태와 프로이센군의 이동 상황을 속속들이 알고 싶었다. 그러나 그가 전쟁을 준비하고 있다거나 황제가 파리를 떠나려 한다는 생각을 불러일으킬 수 있는 어떤 사소한 기미도 노출되어선 안 된다. 그는 그 점을 콜랭쿠르에게 신신당부했다.

"콜랭쿠르, 세심하게 주의를 기울여야 하네. 난 베를린에 대하여 어떤 계획도 갖고 있지 않아. 알겠지?"

사실인가, 거짓인가? 상황에 따라 달라질 문제였다. 그는 평화를 원했다. 하지만 영국의 부추김을 받은 프로이센과 러시아가 그걸 원하지 않는다면 어떻게 평화를 얻을 것인가? 이 세 국가 가운데 당장 격파해서 동맹관계를 깨뜨릴 수 있는 나라는 프로이센뿐이었다. 그가 서둘러 명령을 내린 것도 그래서였다. 그는 매일 뫼동 숲을 굽어보는 평원에서 대부분 젊은 징집병들로 이루어진

1만 5천 병력의 군대를 점검했다. 오늘 아침은 콜랭쿠르를 이끌고 제국 근위대와 파리 수비대, 그리고 사블롱 평원에 주둔중인 베르사유 수비대를 사열하리라.

그는 빠른 걸음으로 성의 계단을 내려갔다. 대기하고 있던 참모들이 순식간에 그를 에워싸며 따랐다. 근위대 병사들이 '황제 폐하 만세!'를 연호했다. 나폴레옹은 그들 앞으로 천천히 나아갔다. 늘 그렇듯이 몇몇 척탄병의 귀를 잡아당겼고, 몇 마디 연설을 했다. 다시 환호성이 일었다.

나폴레옹은 말에 올라타면서 곁에 있는 콜랭쿠르에게 몸을 기울이며 말했다.

"군사적 열광은 어떤 일을 도모할 때 나에게 유일하게 유익한 것이지. 저들이 죽고자 하지 않으면 아무것도 할 수가 없어. 죽음을 각오하게 하기 위해서는 열광이 필요한 거야."

말에 올라탄 나폴레옹은 힘차게 박차를 가했다.

그는 병력의 앞머리를 스쳐지났다. 해가 솟아오르자 안개가 걷혀가기 시작했다. 거대한 사각편대를 이루고 있는 그의 군대는 병사들의 총검이 햇빛에 반짝이면서 얼룩말 무늬처럼 보이기도 하고, 군복에 달려 있는 갖가지 색깔의 휘장과 장식이 두드러질 때는 거대한 점묘화로 보이기도 했다.

그가 말을 타고 사각편대를 선회하자, 병사들이 그가 다가갈 때마다 환호성을 올렸다. 병사들의 환호성을 들으며 나폴레옹은 자신의 내부에서 의구심이 일어남을 느꼈다. 예전에는 약동하는 힘과 열정으로 충만했던 그의 가슴이 무기력과 타성에 젖어 스러져버린 것인가.

모든 것을 새롭게 다시 시작해야 하리라. 병사들의 행군, 부상자들이 울부짖는 전장, 그리고 승리도 새롭게 시작되리라. 그는 자신의 승리를 의심치 않았다.

계획은 이미 그의 머릿속에 그려져 있었다. 그는 마인츠를 향할 것이다. 그리고 뷔르츠부르크를 통과해 프랑켄발트를 거쳐 밤베르크 평원으로 나아간다. 밤베르크에 집결한 군대는 튀링거 산맥을 넘어 에어푸르트, 바이마르, 라이프치히, 예나로 향할 것이다. 그리고 그곳 예나의 도시들 어디쯤에서 전투가 벌어지는 것이다. 프로이센군들은 패주할 것이고, 그들의 패주로를 따라 프로이센의 수도 베를린을 쟁취하게 되리라.

프로이센의 수도 베를린에 대하여 잘 모르는 나폴레옹은 프로이센의 건국사이사 선생 영웅 프리드리히 대왕을 생각했다. 프리드리히 대왕은 나폴레옹이 찬탄해 마지않는 군대의 창설자였다. 나폴레옹은 포츠담에 있는 상수시 성에 입성하여 프리드리히 대왕의 무덤을 방문하는 자신을 상상했다. 한 해 전인 1805년, 차르 알렉산드르 1세와 프로이센 왕 프리드리히 빌헬름 3세, 그리고 그의 왕비 루이제가 동맹을 맺는 선서를 한 곳이 바로 그 상수시 성이었다.

—나에 대항해서.

그 동맹의 정신적 지주가 루이제 왕비였다. 프랑스 대사의 보고에 따르면, 왕비는 많은 사람들 앞에서 '나폴레옹은 비천한 신분 출신의 괴물에 불과하다' 고 말하고 있다는 것이었다.

나폴레옹은 고삐를 당겨 말을 멈추고 군대를 둘러보았다.

—내게는 십오만의 병사가 있다. 나는 이 병사들을 데리고 비엔나와 베를린, 상트페테르부르크를 항복시킬 수 있다. 물론 전쟁을 통해서.

생 클루로 돌아와 제복을 벗으면서 그는 말했다.

"만일 내가 다시 공격을 해야 한다면, 유럽 대륙은 내가 적을 완전히 섬멸시켰다는 소식을 듣고 나서야 내가 파리를 떠났다는 사실을 알게 될 것이다. 그 동안 신문들은 내가 파리에서 협상과 사냥, 그리고 환락에만 빠져 있다고 씹어주는 것이 좋을 거야."

—그러기만 한다면…….

그는 안정과 사치가 지속적으로 보장되는 삶, 즉 성 안에서의 평화로운 삶을 상상하는 자신을 문득 발견했다. 그는 유럽을 평정하고 새로운 유럽을 건설할 것이다. 그리고 이곳 수도를 천도할 생각이었다. 그의 앞에는 그가 성취해나가야 할 많은 일들이 기다리고 있었다.

9월 12일, 그는 프로이센 왕 프리드리히 빌헬름 3세에게 보내는 서한을 구술했다.

〈나는 이 전쟁을 내전(內戰)이라고 간주하고 있소. 만에 하나 나 자신을 방어하기 위하여 불가피하게 무기를 들게 된다면, 나는 전하의 군대를 향해 나의 무기를 사용하는 것을 가장 커다란 유감으로 여길 것이오.〉

하지만 그가 편지를 구술하고 있는 동안에도, 이미 출정한 프로이센군은 진군을 계속하고 있었다. 9월 18일, 그들은 벌써 드레스덴을 점령했다.

주사위는 던져졌다. 질문을 던지고 있을 때가 아니었다. 나폴레옹은 장시간에 걸쳐 클라르크 장군에게 군대의 이동 계획을 지시했다. 제국 근위대에게는 즉시 독일로 진군하라는 명을 내렸다.

세부사항에 주의해야 했다.

나폴레옹은 으젠에게 편지를 띄웠다.

〈이번 일은 오랫동안 검토에 검토를 거듭했다. 성공하기 위해, 앞으로 수개월 동안 일어날 수 있는 모든 경우의 수를 생각해야만 했다.〉

나폴레옹은 오래 전부터 프로이센과 맞붙기를 원치 않았다. 심지어 피하려고도 했다. 그러나 그의 머릿속에서는 이미 전쟁의 전개 상황이 그려지고 있었다. 이제는 그의 생각이 현실에서 펼쳐지는 일만 남은 것이다.

그는 참모장 베르티에에게 말했다.

"나는 사백 대 이상의 마차는 불필요하다고 생각해. 그 마차들 중 절반은 연장통이나 포병대의 과시용으로 쓰일 텐데 그건 말이 안 되는 일이야. 유용한 숫자의 마차들이 보병부대의 탄약통이나 대포의 포탄통으로 쓰인다면 또 모르지. 그렇게 되면 탄약의 부족분을 메우고 신속한 포탄의 공급으로, 전투 당일 이삼십 문의 대포를 더 확보하는 효과를 가져올 테니까."

그는 지도를 펼쳐두고 술트 원수에게 말했다.

"작센 지방에서 세 가지 루트를 통해 전쟁을 개시한다. 장군은 내 오른쪽에 위치한다. 약 반나절의 간격을 두고 네 원수가 귀관을 뒤따르고…… 베르나도트 원수는 중앙의 선두에 위치한다…… 그의 뒤에는 내 근위대 기병의 대다수를 차지하고 있는 다부 원수의 군대가 위치할 거야…… 아주 좁은 공간에서, 이처럼 결집된 막강한 전력을 통해 우위를 점하게 되는 거지. 이 전투는 전혀 모험이 아니야. 적들의 진지에 배가된 힘을 투입해 사방에서 공격할 의지가 있다는 걸 느낄 수 있을 거야…… 이 드레스덴 평원 주위에 이십만여 병사들이 결집한다! 장관일 거야. 하지만 이 일을 위해서는 약간의 전술과 몇 가지 조치들이 필요해."

이것이 군대가 움직이기 전에 점검할 마지막 계획이었다. 하지만 그는 알고 있었다. 모든 일이 예기치 않은 상황에 따라 달라질 수 있으며, 가장 정밀한 계획조차도 뒤집어질 수 있다는 것을. 무엇보다도 지휘관의 시야 확보와 신속한 결단이 전투를 승리로 이끄는 관건이었다.

그렇기 때문에 그는 군대와 함께 움직이며, 적의 동태를 가까이에서 파악하기 위해 선두에서 달려나가고, 적의 공격을 몸소 받아내기도 해야 하는 것이다.

그것이 그가 파리, 즉 생 클루 성을 떠나야 하는 까닭이었다.

그 동안 억눌러왔던 나태한 감정이 다시 그의 온몸을 파고들었다. 지도를 들여다볼 때에도 고개를 들던 감정이었다. 남쪽에서 시작될 공격을 은폐하기 위해 북쪽에서 감행할 선제 공격 계획을 짤 때에도 그 감정이 엄습했다. 그는 네덜란드 왕 루이에게 편지를 썼다.

〈내 의도는 네가 있는 곳에서 전투를 벌이는 것이 아니다. 나는 네가 가장 먼저 전쟁에 뛰어들어 적을 위협해주기만을 바란다. 베젤 요새와 라인 강은 만일의 경우에 너의 도피처가 될 것이다.〉

그러나 동생 루이는 용기가 없어서 주저할 것이 분명했다. 나폴레옹은 루이를 안심시켜야 했다.

〈나는 모든 적을 박살낼 것이다. 그 결과 네가 다스리는 국가는 융성하고 확고한 평화를 얻게 될 것이다. 확고한 평화라고 말한 까닭은, 이번에 적들이 패퇴하면 앞으로 십 년은 봉기할 힘을 갖지 못하게 될 것이기 때문이다.〉

—아마 이번이 마지막 전쟁이 되리라.

나폴레옹이 성의 회랑을 돌아다니고 있을 때 조제핀이 찾아왔다. 그녀는, 만일 자신이 그토록 두려워하는 전쟁이 발발하고 그가 다시 군대와 합류해야 한다면, 자기도 함께 가겠다고 주장했다. 그녀는 마인츠에 자리를 잡고 그를 기다리겠다는 것이었다. 나폴레옹은 선뜻 동의했다. 전장으로 떠나는 일이 힘겹게 느껴졌다. 그로서는 처음 느끼는 감정이었다.

그는 황제가 파리에 없는 동안 매주 수요일마다 열리는 국가참사원 회의를 주재하게 될 캉바세레스를 불러들였다. 나폴레옹은 손을 치켜들며 말했다.

"국가참사원 위원들은 황제가 어디에 있든지 간에 황제에게 직접 보고를 해야 하오."

그는 전장으로 떠나지만, 전쟁터에서도 파리에 있을 때와 다름없이 프랑스를 통치하고자 했다.

이번에는 얼마 동안이나 자리를 비우게 될 것인가? 그는 혼자 말을 타고 생 클루 숲으로 들어갔다. 적을 일격에 박살낼 전략을 구상하기 위한 고독의 시간이 필요했다. 갈색과 황금빛으로 물들기 시작하는 가을 숲은 그를 넉넉히 감싸안는 듯했다. 그는 숲에 오래 머물렀다가 궁으로 말을 몰았다. 숲에서 돌아오자마자 그는 프랑스 대군의 진군 루트를 구체적으로 알리는 십여 통의 편지를 구술했다.

구술을 마친 나폴레옹은 오주로 장군의 부관을 맞았다. 베를린에서 막 돌아왔다는 마르보 중위였다. 나폴레옹은 마르보 중위를 가까이 오게 하고 이것저것 물었다.

마르보는 베를린의 살롱을 들락거렸다고 했다. 나폴레옹은 자기를 모욕한 왕비 루이제에 대해 궁금했다. 왕비는 어떻든가? 예쁜가? 금발이야? 들리는 말로는, 그녀는 이번 전쟁에 직접 참전하고 싶어한다던데?

그는 마르보 중위의 이야기를 들으며 빙그레 웃었다. 중위의 말에 의하면, 여왕 루이제는 여왕 직속의 용기병대의 선두에서 행진했다는 것이다. 중위가 전해 들었다는 폰 블뤼허 장군의 말로는, 그녀는 자기가 지휘하는 용기병대와 함께 파리에 입성하겠노라고 공언했다고 한다. 나폴레옹은 미소지으며 다시 물었다.

"왕비가 예쁘단 말이지?"

마르보는 그렇다고 답했다. 하지만 한 가지 문제가 있어 그녀의 아름다운 용모를 추하게 한다고 덧붙였다. 한 가지 문제? 갑상선 부종이었다. 그녀는 불룩 솟아나온 갑상선 부종을 가리기 위해 늘 커다란 스카프를 매고 있었다. 그런데 치료하기 위해 너무 많은 의사들이 손을 댄 나머지 부종이 곪아 터지고 말았다. 특히 왕비가 좋아하는 춤을 출 때는 그 상처에서 고약한 냄새가 난다는 것이었다.

나폴레옹은 머리를 수그렸다. 차르 알렉산드르를 매혹시켰다는 왕비 루이제, 이 여인 하나가 문제를 일으킨단 말이지? 나폴레옹이 물었다.

"그리고 프로이센 군대는?"

1792년 파리를 징벌하고자 군대를 지휘했던, 발미 전투에서 패한 브라운슈바이크 원수는 뭘 하는가?

마르보는 주저하더니 간명하게 보고했다. 프로이센의 귀족 친위대가 베를린 거리를 행진하며, 프랑스 개자식들을 처치하는 데는 칼도 필요없고 몽둥이면 충분하다고 소리치고 다닌다는 것이었다. 게다가 그들은 프랑스 대사관을 오르는 계단에 그들의 군도를 갈러 다닌다고 했다. 나폴레옹은 칼의 손잡이를 움켜쥐며 소리쳤다.

"나팔을 울려라! 이 발칙한 놈들을 분쇄하자!"

마르보는 브라운슈바이크 원수가 십오 년 전처럼 다시 프로이센 군을 지휘한다는 소식도 덧붙였다. 브라운슈바이크 원수는 이번에도 깨우치리라. 프랑스군의 칼이 여전히 날카롭다는 사실을. 나폴레옹은 마르보 중위를 내보내며 영광스런 전쟁을 치르라고 축복해주었다.

그는, 예를 갖추고 물러가는 마르보의 등을 바라보며 자신의 장교시절을 떠올렸다. 그는 자신이 여전히 프랑스 대군의 병사라고 느꼈다.

1806년 9월 25일 목요일 오후 네시 삼십분, 나폴레옹은 마차에 올라 생 클루를 떠났다. 조제핀도 황제를 따르는 마차들 하나에 올라탔다. 곧 밤이 내리기 시작했다. 샬롱에서 저녁을 먹고 행렬은 다시 어둠 속으로 출발했다. 다음날 금요일 오후 두시, 메츠에 닿을 때까지 황제의 마차 행렬은 쉬지 않고 달렸다. 메츠에서 다시 생 타보, 자레브룩, 카이저슬라우테른을 거쳐, 마침내 28일 일요일 아침 마인츠에 도착했다. 막 해가 솟아오르는 시각이었다.

그는 지친 몸을 바로 세우고 전문들을 확인했다. 프랑스 대군은 이미 밤베르그 주위에 집결하기 시작했다. 그는 각 부대의 위치와 병사들의 수를 점검했다. 16만 6천에 가까운 병사들을 지휘해야 했다. 그런데 정말 전쟁을 피할 수는 없는가?

모든 준비, 만반의 태세는 갖추어져 있었다. 브라운슈바이크 원수와 호엔로에 왕자*가 지휘하는 프로이센군은 예나 근처에 집결하고 있었다. 아직 전쟁이 터지지는 않았다. 9월 29일, 나폴레옹은 베르티에 원수에게 말했다.

"전쟁은 아직 공식적으로 선언되지 않았네. 그러니 어떤 도발 행위도 없도록 하게."

하지만 기습을 받아서도 안 된다. 그는 말 수천 필을 구입하라는 명령을 내리고, 라이프치히와 드레스덴에 이르는 도로를 샅샅이 정찰하라고 지시했다. 그리고 튀링겐과 작센 지방에 파견한 정찰장교들이 올린 보고서를 면밀하게 검토했다. 전쟁은 바로 거기에 있었다. 프로이센군의 의도는 분명했다. 브라운슈바이크는 마인 계곡을 거쳐 라인 강으로 나올 것이다. 나폴레옹은 베르티에에게 명령을 하달하고 푸셰에게 편지를 썼다.

---

* 프로이센의 왕자, 1746~1818.

〈피곤함이란 내게 아무런 의미가 없소. 만일 내가 돈에 매수된 모사꾼들에 넘어간 멍청한 왕들 때문에 인류가 겪어야 할 모든 악을 물리치지 못한다면, 나는 불가피하게 수행해야 하는 이번 전쟁에서 내 소중한 병사들만 잃게 될지도 모르오. 그렇게 된다면 그야말로 통탄할 일일 것이오.〉

그는 긴장했다. 루이에게 보낼 편지를 썼다.

〈지금 전개되는 사건들은, 우리들에게 대항하는 대동맹의 시작에 불과한지도 모른다. 각각의 상황들이 큰 사건을 낳는 법이다.〉

정면으로 돌파해야 한다. 10월 1일, 하루 종일 그는 최종 결정된 작전 지시를 내렸다. 군대는 계획대로 이곳 마인츠와 밤베르크로 집결을 완수해야 한다.

조제핀이 탈레랑과 함께 그를 향해 다가왔다. 탈레랑도 마인츠에서 그와 합류했던 것이다. 그는 느린 걸음으로 그들에게로 갔다. 그는 그들에게 밤새도록 달려 프랑크푸르트를 거쳐 뷔르츠부르크로 가겠노라고 말했다.

조제핀이 울먹였다. 그때 갑자기 나폴레옹은 자신의 다리가 휘청거리는 걸 느꼈다. 마치 몸이 녹아내리는 것 같았다. 그는 탈레랑과 조제핀에게 몸을 의지했다. 그는 갑작스레 흐르는 눈물을 주체할 수 없었다. 가중된 긴장과 하루 열두 시간 이상 전투 준비에 몰두하느라 누적된 피로가 그를 무너뜨린 것이다.

방으로 옮겨진 뒤에도 근육 경련이 계속되었고 여러 차례 토하기까지 했다. 그의 얼굴은 광채가 사라진 흙빛이었다. 그런 상태가 몇 분간 지속되는 동안 그의 몸은 온통 땀으로 범벅이 되었다. 경련이 일 때마다 그는 이를 앙다물고 요동쳤다.

겨우 평온을 되찾은 그는 주위를 둘러보았다. 그는 아무 말도 하지 않고 사람들을 물러나게 한 다음 천천히 침대에서 일어났다. 그리고 언제 무슨 일이 있었냐는 듯이 빠른 걸음으로 마차로 향했다.

밤 열시, 그는 예고했던 대로 뷔르츠부르크를 향해 떠났다.

그에게서 어떤 일이 벌어졌는가? 마차가 어둠을 뚫고 프랑크푸르트를 향해 달리는 동안 그는 내내 생각했다. 나폴레옹은 프랑크푸르트에 1806년 10월 2일 목요일 새벽 한시에 도착할 예정이었다. 그는 왕세자와 함께 서둘러 저녁식사를 마치고 뷔르츠부르크까지 가는 길을 재촉하기로 했다.

다리를 죽 뻗었다. 육체가 자신의 의지를 배반한다는 사실을 받아들이고 싶지 않았다. 도대체 무슨 신호일까? 코르비자르 의사를 만나야 할까? 하지만 지금은 컨디션이 좋았다. 다시 그의 안에서 용솟음치는 에너지가 그를 안심시켰다. 기분이 좋아진 그는 흥얼거리며 콧노래를 불렀다.

그는 프랑크푸르트에서 즐거운 마음으로 저녁식사를 하고 내내 마차를 달려 10월 2일 밤 열시에 뷔르츠부르크에 도착했다. 쉬지 않고 달려왔는데도 심신이 가뿐했다. 그는 참모들과 농담을 나누며 경쾌한 발걸음으로 대공의 궁전으로 들어갔다. 궁전은 예전 그 도시의 주교가 살던 곳이었다.

그는 넓은 계단 앞에서 걸음을 멈추고, 자기의 주변으로 몰려드는 독일 왕자들을 바라보았다. 그 무리 속에서 뷔르템베르크 왕을 알아본 그는 왕에게 다가가 친근하게 팔을 잡았다.

그는 군중 한가운데에서도 숲에서처럼 혼자서 자유로울 수 있었다. 이제 다른 사람들의 시선은 그를 방해하지 못했다. 누구든 그와 눈길이 마주치면 사람들은 눈을 내리깔았다. 그는 지배자였다. 우글거리는 인간들의 정상에서, 대중들의 운명을 좌우하며 역사에 자신의 이름을 새겨넣는 특별한 부류의 사람들만이 갖는 분위기 속에 자리잡고 있는 것이다.

그는 뷔르템베르크 왕에게 황가(皇家)의 가장으로서, 자신의 동생 제롬과 왕의 딸 카트린 드 뷔르템베르크를 결혼시키기로 결정했다고 말했다. 상원의 결의에 의거하여 제롬을 제국의 상속권을 갖는 프랑스의 왕자로 봉한 것도 그 때문이었다. 제롬은 미국인 아내를 포기하고 이렇게 나폴레옹의 의지에 굴복했다. 왕은 얼마 전에 브라운슈바이크가 보내온 편지를 떠올리고는, 나폴레옹에게 고개를 숙여 동의를 표했다. 브라운슈바이크가 보낸 편지는, 뷔르템베르크가 프랑스가 주도하는 라인 연방에서 탈퇴하지 않으면 슈투트가르트에 프로이센 군대를 파견하겠다는 위협을 담고 있었다. 나폴레옹은 나직한 목소리로 말했다

"나는 당신의 보호자요. 나의 모든 군대가 움직이고 있소. 나는 강하게 대처할 것이며, 이번에 내가 세운 최종 목표에 도달하리라는 확신을 갖고 있소."

이들 왕과 왕자들의 기대 때문에라도 그는 성공해야 했다.

그는 회랑에 들어가 티에폴로*가 그린 천장화와 이탈리아풍의 정물화를 바라보며 찬탄했다. 그는 한 살롱에서, 오스트리아 황제 프란츠 1세의 동생 페르디난트 황태자를 붙잡고 이야기를 나누며, 이제 자신이 유럽 왕조의 중심에 존재하고 있음을 느꼈다. 프랑스와 오스트리아의 동맹관계가 가져올 유익한 점들을 거론하는 황태자의 말에 나폴레옹은 흡족하게 동의를 표했다. 한동안 끊긴 프랑스 왕조의 전통을 그가 되살린 것이다.

자신의 방으로 들어간 그는 비서를 불렀다. 마치 시작하지도 않은 전쟁이 끝나기라도 한 것처럼, 그가 승리하기라도 한 것처럼, 그의 머릿속에서는 이런저런 생각들, 미래에 대한 전망이 들끓었

---

* 이탈리아의 위대한 화가, 1696~1770.

다. 어쨌든 거칠게라도 미래의 일정을 그려놓기 위해서는 현재와 가까운 미래를 넘어 앞으로 달려나가는 일을 멈출 수는 없었다.

그는 비엔나 주재 프랑스 대사 라 로슈푸코에게 보내는 전문을 구술했다.

〈현재의 나의 위치와 힘으로 볼 때 아무도 두려워할 이유가 없소. 그리고 마침내 나의 민중들은 이 모든 노력에 동참할 것이오.〉

연합 세력이 필요하리라. 프로이센은 전혀 신뢰할 만한 구석이 없다. 러시아나 오스트리아는 머물러 관망하고 있다.

〈프랑스는 오스트리아와 연합함으로써 생긴 부를 통해 해군력이 강성해졌소. 그러나 이 힘은 조용히 재워둘 필요가 있소. 마음 깊은 곳으로부터 이런 느낌이 드오.〉

그는 휘하 장군들이 보내오는 보고서를 읽고 잠이 들었다. 그의 머릿속은 이제 질서를 되찾았다.

그는 자리에서 일찍 일어났다. 하늘이 쾌청했다.

—뷔르츠부르크 성당을 방문하자.

그는 보좌관들과 독일 왕자들이 이루는 기마 행렬의 선두에서 말을 몰았다.

갑자기 어떤 충격이 느껴졌다. 그는 말고삐를 당기며 몸을 돌려 뒤를 돌아보았다. 그의 말에 부딪혀 한 여자 농부가 땅바닥에 쓰러져 있었다. 그는 급히 말에서 뛰어내려 여인에게로 달려가며 그녀를 일으켜세우라고 지시했다. 그리고 통역을 불러 이 독일 여인에게 자기가 하는 말을 전하게 했다. 나폴레옹은 그 여인에게 금일봉을 전해주면서 이같은 사고가 일어나 유감이라고 말했다. 다시 말에 오르기 전, 그는 여인에게 연민 어린 따뜻한 몸짓을 해 보였다.

폭력이 없는 세계가 되어야 하리라. 그래야 하리라…… 그는 다시 말에 박차를 가하며 생각했다. 하지만 그런 세계를 꿈꿀 수도 생각할 수도 없지 않을까. 전쟁이란 자연의 본원적 질서에 속하는 일이 아닐까.

대공의 궁전에 돌아오자 조제핀이 보낸 눈물 젖은 편지가 그를 기다리고 있었다. 그는 곧장 조제핀에게 몇 줄의 편지를 적었다.

〈당신이 왜 우는지 이유를 모르겠소. 스스로 불행해하는 것은 옳지 않소. 용기를 갖고 쾌활해지기를 바라오. 그것이 해결책이오. 안녕, 나의 연인. 대공이 내게 그대에 대한 이야기를 해주었소. 나폴레옹.〉

10월 6일 월요일 새벽 세시, 그는 뷔르츠부르크를 떠났다. 어둠이 스러지고 천천히 안개가 걷히자 군대가 통과해 온 숲과 언덕들이 보였다. 오랫동안 지도를 들여다보며 상상해왔던 그 풍경들을 그는 이내 알아보았다. 그가 밤베르크를 지나 전투를 벌이고 싶던 곳이 바로 이런 기복 있는 지형, 즉 평원과 산과 계곡이 어울려 있는 곳이었다.

도시로 들어간 그는 레그니츠 강을 끼고 달리다가 도시를 한눈에 굽어보는 뇌 레지덴츠에 도착했다. 도시는 병사들로 가득했다. 그는 콜랭쿠르가 사령부를 설치한 건물에 들어갔다.

전문들을 찾던 나폴레옹은 욕설을 내뱉었다. 전문들이 제때에 도착하지 않은 것이다. 그는 흥분했다.

"이번과 같은 전쟁에서는 매우 긴밀한 연락을 주고받아야만 좋은 결과를 얻을 수 있는 거야! 긴밀한 통신, 이 점을 첫번째로 유념하게!"

그는 콜랭쿠르에서 브라운슈바이크 군대의 현위치를 물었다.

"그들은 우리가 원하는 지점에서 기다려주지 않아. 머뭇거리다

하루를 허비하는 자들에게는 오직 불행이 있을 뿐이네."

지금은 일 분 일 초가 중요한 시기였다. 그는 베르티에 장군을 맞았다. 베르티에는 9월 26일 자로 파리측에 전달된 프로이센의 최후통첩을 가져왔다. 프로이센 왕 프리드리히 빌헬름 3세는 프랑스군에 10월 8일 이전까지 라인 강 너머로 철군할 것을 요구했다. 나폴레옹은 최후통첩을 구겨 던져버리고 뒷짐을 진 채 성큼성큼 걸었다. 프로이센 왕은 지금 프리드리히 대왕의 옛 영광에 취해 15만 명의 병력을 동원하고 기고만장해 있는 게 아닌가. 나폴레옹은 짜증이 묻어나는 목소리로 말했다.

"이 프로이센 왕이란 작자는 대체 뭐야? 우리를 1792년의 프랑스로 생각하는 거야?"

그는 말을 이었다.

"이 작자는 아직도 자기가 샹파뉴 지방에 있다고 믿는 거야? 그때의 선언문을 다시 읽고 싶다는 거야? 나는 정말 프로이센에 연민을 갖고 있네. 빌헬름에게 동정을 느낀다고. 이자는 아마존 여전사 복장에 용기병대 군복을 걸친 왕비의 희생양일 뿐이야. 그녀가 시킨 대로 매일 스물다섯 통씩의 편지를 사방에 보내 불씨를 자극하고 있다구."

나폴레옹은 비아냥거리듯 말했다.

"이 왕이란 작자는 자신이 받아 적고 있는 그 광시곡이 무엇인지조차 모르고 있어. 참으로 우스꽝스런 일이지! 자기가 무슨 짓을 하고 있는지도 모른다구."

나폴레옹은 베르티에 앞에서 걸음을 멈췄다.

"베르티에, 그들은 우리에게 영광의 약속을 정해왔네. 10월 8일까지라고. 프랑스인은 그런 약속을 어긴 적이 없지. 그런데 전투를 지켜보고 싶어하는 아름다운 왕비가 나온다니 정중하게 맞으러 가세. 잠도 자지 말고 조용히 작센으로 달려가자구."

그리고는 침묵에 잠겨 몇 차례나 방을 서성거렸다. 하고 싶은 말들이 마치 깊은 샘에서 물이 솟아오르듯이 떠올랐다. 그는 비서에게로 몸을 돌려 말문을 열었다. 프랑스 대군에 보내는 포고문이었다.

〈병사들이여, 그대들은 프랑스로 돌아갈 수 있게 되었다. 그날이 불과 몇 걸음 앞으로 다가와 있다. 승리의 축제가 그대들을 기다리고 있다…….〉

그는 구술을 중단했다. 그는 알고 있었다. 병사들이 평화와 무사한 귀가를 원하고 있다는 사실을. 그는 말을 이어나갔다.

〈하지만 전쟁을 부르는 소리가 베를린에서 들려오고 있다.〉

그는 1792년에 있었던 브라운슈바이크의 선언문을 떠올렸다. 프랑스 대군이라면, 교만한 프로이센인들의 파리에 대한 협박과 그들과 결탁한 망명귀족들, 그리고 발미 전투에서의 그들의 패배를 기억해야 하리라. 그 과거를 되살려줄 필요가 있었다.

〈그때 그 무리들이, 십사 년 전 샹파뉴 평원으로 프로이센 군대를 몰고 왔던 그 어지러운 무리들이, 여전히 그들의 나라를 장악하고 있다. 당시 그들의 계획은 정신나간 것이어서 샹파뉴 평원에서 패배의 굴욕과 참혹한 죽음을 맛봐야 했다. 하지만 쓰라리게 경험한 교훈을 다 잊어버린 채 그들은 원한과 질투의 감정에서 한치도 벗어나지 못하고 있다…….〉

병사들에게 말하는 것이었지만 동시에 자신에게 하는 말이기도 했다.

〈그러니 병사들이여, 나가자. 겸양과 중용의 미덕으로는 이토록 깊이 취해 있는 그들을 일깨울 수 없다. 프로이센군이 십사 년 전에 쓰라리게 맛봐야 했던 그 운명을 다시 한번 겪도록 해주자!〉

그는 이 격문을 모든 병사들 앞에서 읽도록 명령했다.

바야흐로 전쟁이 시작된 것이다. 군대의 선두에서는 교전이 벌어졌다. 선두, 그곳이 바로 그가 원하던 곳, 그가 있어야만 하는 곳이었다. 홀연 그의 내부에 있는 모든 것이 용솟음쳤다.

그는 밤베르크를 떠났다. 그는 자신의 눈만을 신뢰했다. 그는 자기 눈으로 잘부르크의 행진을 확인하고, 타우엔치엔 장군이 이끄는 프로이센군을 목격하고, 최초의 교전이 벌어진 슐라이츠 앞 고지에서 야영하고 있는 병사들을 직접 격려하고 싶었다.

그는, 지나는 길에 '황제 폐하 만세!'를 외치는 병사들을 만나면, 말을 멈추어 그들을 치하히고 연설을 했다.

"프로이센인의 행태는 비열하다. 그들은 자신에 대한 확신감을 얻기 위해 작센 지방의 군대를 강제로 프로이센의 두 부대에 병합시켰다. 주체성에 대한 모독, 그리고 자기들보다 연약한 사람들에 대한 이러한 폭거는 모든 유럽인들의 저항을 불러일으킬 뿐이다."

하지만 지금은 비난만 하고 있을 때가 아니었다. 무기를 들어야 할 시간이었다.

멀리서 포격 소리가 들려왔다. 란 원수의 군대가 잘펠트에서, 프로이센의 루트비히 왕자의 지휘를 받는 호엔로에 왕자 군대의 전위를 공격하는 대포 소리였다. 루트비히는 프랑스와 전쟁을 벌여야 한다고 가장 강력하게 주장한 자들의 하나였다.

나폴레옹은 더 멀리, 더 앞으로 나아가고 싶었다. 그는 콜랭쿠르에게 명령을 내려 사령부를 아우나로 옮기도록 했다. 란과 뮈라가 보낸 보고서가 아우나에 도착했다. 그는 선 채로 초조하게 그것들을 읽었다.

란은, 갱데 중사가 프로이센의 루트비히 왕자를 찔러 죽인 경위를 보고했다. 루트비히는 항복을 거부하고 마지막 순간까지 프랑스군을 향해 칼을 휘두르며 저항했다는 것이었다. 나폴레옹은 말했다.

"이번 전쟁을 일으킨 주범에게 하늘이 내린 벌일 따름이다."

그는 몸을 돌려 명령을 하달했다.

"오늘 우리가 해야 할 일은 우리의 앞길을 막아서는 모든 것을 닥치는 대로 공격하는 것이다. 모여드는 적들을 샅샅이 섬멸하라. 움직이는 모든 것을 과감하게 공격하라. 라이프치히 평원을 그대들의 말발굽으로 짓밟으라."

1806년 10월 12일 일요일 새벽 네시. 아직 캄캄한 어둠 속으로 나간 그는 고동치는 희열과 솟구치는 힘을 온몸으로 느끼며 중얼거렸다.

"나는 오판하지 않는다."

두 달 전에 파리에서 계획한 모든 일, '진격하고 또 진격해서, 승리에 승리를 거두는 것'이 눈앞에서 실현되고 있었다.

그는 게라로 가리라고 결심했다. 결정적인 싸움터가 될 그곳 가까이에 있고 싶었다.

게라에 도착하자마자 그는 조제핀에게 편지를 썼다. 벌써 10월 13일 새벽 두시였다.

〈나는 오늘 게라로 왔소. 내가 희망했던 대로 모든 일이 잘 풀리고 있소. 신의 도움으로, 며칠 이내에 멋진 결말을 보게 될 것 같소. 가련한 프로이센 왕을 생각하면 개인적으로는 통탄스럽소. 그는 인간적으로 좋은 사람이기 때문이오. 프로이센 왕비는 지금 왕과 함께 에어푸르트에 있소. 만일 왕비가 전투를 보게 된다면 그녀는 자신의 잔인한 쾌락을 만끽하게 될 것이오. 나는 아주 잘 지내오. 파리를 떠난 이후 살이 좀 쪘소. 말이나 마차를 타고 매일 80에서 1백 킬로미터를 움직이는데도 살이 오른다오. 요즘은 매일 여덟시에 잠자리에 들어 자정에 일어나고 있소. 종종, 당신은

아직 잠들지 않았을 거라는 생각을 하오. 당신의 나폴레옹.〉

그는 참모본부의 비서 클라르크 장군을 불렀다. 다정함의 표시로 그의 귀를 붙잡고 걸어가며 속삭였다.

"나는 드레스덴과 베를린으로 통하는 길을 차단하겠네. 프로이센군은 어떤 기회도 갖지 못할 거야. 프로이센의 장군들은 다 멍청이들이야. 다들 재주가 있을 거라고 여기는 브라운슈바이크가 얼마나 어처구니없는 방식으로 군대를 지휘하고 있는지를 사람들은 모른다고!"

나폴레옹은 친근하게 클라르크를 한 번 툭 친 다음 다시 말을 이었다.

"이봐 클라르크, 한 달 후면 자네는 베를린 총독이 될 거야. 그렇게 되면 사람들은 마치 한 해 동안에 벌어진 일이라도 되는 듯 자네를 두고 이렇게 말하겠지. 두 전쟁을 치르는 사이에 비엔나 총독과 베를린 총독이 되었도다!"

나폴레옹은 클라르크와 헤어지며 말했다

"난 말을 타고 예나로 가겠네."

나폴레옹은 정오가 지날 무렵 예나에 도착했다. 거리는 불타버렸고, 사방에 병사들이 깔려 있었다. '대공의 성' 보리수나무 아래에 황제가 멈춰 서자 보병 경호대가 그를 에워쌌다. 그는 부관들을 불러 도시를 굽어보고 있는 고지를 가리켰다. 그 고지는 도저히 오를 수 없을 것처럼 보였다. 경사면에 포도나무가 빽빽하게 들어차 있고, 그 사이로 좁은 오솔길이 나 있을 뿐인 그곳이 란트그라펜베르크였다. 장교들은, 말을 타고는 그곳 정상에 오를 수가 없다고 설명했다. 그렇다면 정상에 포대를 구축할 수 없다는 얘기였다.

나폴레옹은 가만히 듣고 있었다. 그때 예나를 점령하고 있는 오주로 원수 휘하의 한 장교가 다가와 보고했다. 간밤에 바이마르를 떠난 프로이센군이 두 방향으로 진군하고 있다는 것이었다. 브라운슈바이크가 이끄는 군대는 예나 북쪽인 나우엔부르크를 향해 이동하고 있으며, 호엔로에 왕자의 군대는 예나를 향해 진군하고 있었다.

그렇다면 두 군대는 현재 란트그라펜베르크 너머에 있다. 프로이센군은 이 험준한 산이 보호막이 된다고 생각하고 있는 것이다.

나폴레옹은 초조한 표정으로, 도시를 굽어보는 대공의 성으로 올라갔다. 여러 방을 지나 창가에 다가선 그는 란트그라펜베르크를 바라보았다. 거의 수직에 가까운 급격한 절벽이었다. 도시 곳곳에서는 화재로 인한 연기가 피어올랐고, 저녁 어스름의 안개가 그 연기를 감싸안기 시작했다.

뒤에서 들려오는 웅성거리는 목소리에 나폴레옹은 몸을 돌렸다. 장교들이 흥분한 모습의 사제를 데리고 들어왔다. 사제는 전쟁을 일으켜 도시에 화재를 불러온 프로이센인들을 저주하면서, 란트그라펜베르크 고지 정상에 오를 수 있는 포도밭 사이로 난 길을 일러주겠다고 말했다.

나폴레옹은 사제를 치하하며, 운명이 자신에게 신호를 보내고 있다는 확신이 들었다.

그는 란 원수와 참모들을 이끌고 포도밭으로 올라갔다. 장교들을 안내해 먼저 고지에 오른 근위대 소속 선발 척후병은, 길이 마치 집 지붕처럼 가파를 뿐만 아니라 매우 비좁다고 보고했다. 정상에 오른 나폴레옹은 작은 평지를 발견했다. 돌투성이인 그 평지에 서자, 바이마르 평원이 한눈에 들어왔다. 멀리 바이마르 평원에 자리잡은 프로이센군 진영에서 연기가 피어오르고 있었다.

나폴레옹은 몇 걸음 걸으며 생각했다. 바로 이곳이다. 이 돌투성이 평지에 병력을 결집시키리라. 대포를 포함하여 모든 병력과 무기를 란트그라펜베르크 정상으로 끌어올려야 한다.

날이 어두워지고 있었다. 도시를 향해 성큼성큼 내려가는 그의 걸음걸이에는 확신이 차 있었다. 나폴레옹은 각 부대들에 작업 연장을 지급하라고 지시하고, 서로 한 시간씩 교대해가며 란트그라펜베르크 정상에 이르는 길을 확장하라고 명령했다. 길이 넓혀지는 대로 도시의 광장을 버리고 고지 위의 평지에 집결할 것이다. 란, 술트, 오주로와 르페브르 원수의 보병 근위대가 속속 정상의 돌투성이 평지에 자리잡게 될 것이다.

나폴레옹의 지시는 끝이 없었다. 여기를 파고 저기를 메워라. 보급마차는 물론이고 대포도 이동할 수 있어야 했다. 그는 자기를 둘러싸고 있는 장교들을 바라보았다. 그들은 눈을 내리깔고 지시를 받아들였다.

하달한 명령을 차질없이 이행하도록 참모들을 남겨두고 그는 혼자 도시로 내려갔다. 벌써 깊은 밤이었다. 도시 곳곳에 깔린 프랑스군 보초들이 혼자 걸어가는 나폴레옹을 알아보지 못하고 총을 쏘아댔다. 그러나 그는 자신은 결코 총에 맞지 않는다는 듯이 무심하게 발걸음을 옮겼다. 그는 스스로 불사신이라고 느꼈다. 누군가 자신을 보호하고 있으며 승리를 향해 이끌고 있다고 확신했다.

그는 성에 머물지 않을 생각이었다. 란트그라펜베르크 정상에 야영지를 설치해 병사들 사이에 섞여 잠자기로 했다.

그는 한참 동안 지도를 보다가 뒤늦게 야영지로 돌아왔다. 저녁 만찬에 초대된 장군들이 그를 기다리고 있었다. 땅을 파고 만든 화로에서 작은 불꽃이 타오르고 있었다. 그는 220명씩 편성된 각

중대에 세 개의 불꽃만을 피우라고 명령했다. 그것도 땅을 파고 피워야 했다. 불꽃이 노출되면, 적들은 이 고지가 더이상 그들의 보호막이 되지 못한다는 것을 알아챌 터였다. 나폴레옹도 자신의 명령에 따랐다. 선발대가 거적으로 지붕을 덮어 마련한 오두막 한 가운데에 테이블이 놓여 있었다. 트렁크와 함께 철제침대가 놓여졌고, 기름 등불과 몇 권의 책이 보였다. 또 하나의 테이블에는 지도가 펼쳐져 있었다.

버터를 바른 감자와 차가운 고기 요리에 곁들여진 예나산(産) 포도주를 루스탐이 들고 들어왔다. 저녁을 마치고, 잠든 것처럼 보이는 황제의 곁에서, 피곤에 지친 장군들이 하나씩 잠들기 시작했다.

모두 잠든 한밤중, 그는 자리에서 일어나 밖으로 나왔다. 무겁게 내려앉은 어둠 속에서 몇 개의 불빛만이 가물거리고 있었다. 병사들은 그의 명령대로 불빛을 잘 감춰놓았다. 모든 병력과 화력이 집결해 있는 이 평지는 매우 좁아서 다른 사람을 건드리지 않고는 움직일 수 없었다.

나폴레옹은 천천히 걸어나가 캄캄한 어둠 속에 섰다. 척후병들의 야영지가 바로 옆에 있었다.

그는 이처럼 눈치채지 못하게 병사들 속에 섞여드는 일을 좋아했다. 홀로, 익명의 상태로 다가가, 병사들의 농담과 이런저런 이야기를 듣는 것이다. 갑자기 황제를 알아본 병사들이 화들짝 놀라며 우렁차게 경례를 붙여오는 것도 좋아했다. 병사들이 그를 알아보면 슬며시 자리를 떴다.

나폴레옹을 찾아나선 콜랭쿠르가 그를 발견하고는 숙영지로 돌아가야 한다고 채근했다. 적의 화기 앞에 노출되어 있어 매우 위험하기 때문이었다. 하지만 나폴레옹은 돌아가지 않았다. 그는 모든 것을 두 눈으로 보고 싶은 것이다.

전쟁터에서는 누군가에게 임무를 위임할 수 없다는 것을 그는 알고 있었다.

"지휘관만이 여러 정황의 중요성을 이해하기 때문이야. 지휘관만이 의지와 탁월한 혜안으로 모든 어려움을 극복하고 승리할 수 있는 것이지."

그는 어둠 속으로 걸어나가며 대포가 있는 위치가 어디인지를 생각했다. 병사들은 짐짝처럼 쌓여 잠들어 있는데, 대포를 끄는 마차는 전혀 보이지 않았다. 그는 빠른 걸음으로 여기저기를 둘러보았다. 전혀 예측하지 못했던 상황이었다. 전쟁터에서는 이런 정황이 자주 전투의 승패를 갈라놓는다.

란트그라펜베르크 고지 아래에서, 란 원수 군대의 모든 대포들이 협곡에 끼여 꼼짝도 하지 못하고 있는 걸 발견할 수 있었다. 양쪽 바퀴 굴대가 양 옆의 바위에 끼여 옴짝달싹 못 했다. 그 뒤로 줄줄이 이백여 대의 마차가 길이 막혀 있었다.

화가 머리끝까지 치밀어오른 나폴레옹은 포병부대의 지휘관을 찾았지만 지휘관은 보이지 않았다. 나폴레옹은 직접 앞으로 나가 커다란 등불을 손에 들고 암벽을 비춰보았다. 그리고 차분하고 명확한 목소리로, 병사들에게 암벽을 깨라고 명령했다.

병사들이 바위를 부수기 시작했지만, 그는 자리를 뜨지 않았다. 횃불을 치켜들고 분주하게 오가다 마침내 맨 앞에 있던 마차가 열두 마리의 말에 끌려 움직이면서 대포가 정상으로 올라가는 것을 보고서야 그는 협곡을 떠났다.

다시 숙영지로 돌아왔을 때는 어느 정도 마음이 가라앉아 있었다. 그는 예나에 가서 식량을 구해오라는 명령을 수행하고 돌아오는 병사들과 마주쳤다. 다량의 포도주를 발견한 그들은 '프로이센 왕의 건강을 위하여' 따위의 농을 건네며 잔을 부딪쳤다. 하지만 그들의 목소리는 매우 낮았다. 접근 불가능한 것으로 알려진 이 고지에 프랑스군이 새카맣게 몰려 있으리라고는 상상도 하지 못할 적들이 바로 코앞에 있기 때문이었다.

나폴레옹은 마지막으로 지도를 들여다보고 명령을 하달했다. 프리드리히 빌헬름 왕과 브라운슈바이크 원수가 이끄는 프로이센군은, 다부 장군 휘하의 군대와 베르나도트 휘하의 군대가 아우어슈테트에서 맞아 싸울 것이다. 이곳 예나에서는, 일출과 함께 시작될 공격 신호를 그가 직접 내릴 작정이었다. 자정이 다 되어서야 그는 막사로 들어갔다. 마음이 평온했다. 그는 곧바로 잠이 들었다.

새벽 세시, 그는 막사에서 나와 서 있었다. 땅은 서리에 덮여 하얗고, 두터운 안개가 구릉과 계곡, 그리고 평지를 감싸고 있었다. 여섯시, 해는 여전히 떠오르지 않고 있었다.

그는 아우스터리츠 전투 때보다 더 확신에 차 있었다. 프로이센군은 15만 병력의 대군이었다. 그러나 나폴레옹은 누구보다도, 무엇보다도 자기 자신을 믿고 있었다. 마침내 말에 뛰어올라 대열의 앞으로 나아간 나폴레옹은 '진군하자, 진군하자', '앞으로'라며 구호를 외치고 있는 병사들에게 연설을 했다.

연설을 마치고 박차를 가하려던 나폴레옹은 말고삐를 당기며 멈춰 섰다. 지금 그가 상대해야 할 프로이센 군대를 지휘하는 호엔로에 왕자가 떠오른 것이다.

―그런데 이게 뭐야? 상대는 전쟁이 무엇인지도 모르고 세월이나 축낸 작자 아닌가. 그자는 내가 하고자 하는 일에 대해 제멋대로 판단을 내리려 할 것이다. 제대로 된 전투를 서른 번쯤은 치러본 후에 제 주장을 하든지 말든지 해야 하는 것 아닌가?

나폴레옹은 전장을 향해 전속력으로 질주했다. 그는 아침 여섯

시부터 쏘아대기 시작하는 프로이센군의 포탄 속을 누비며 싸움터 곳곳을 가로질렀다. 하지만 프로이센군의 포탄은 프랑스군의 머리 위를 지나 한참 뒤에 떨어지고 있었다. 호엔로에 왕자는 프랑스군이 란트그라펜베르크 고지에 진을 치고 있다는 것을 전혀 예상하지 못하고 있는 것이었다.

포탄은 여전히 날카로운 휘파람 소리를 내며 나폴레옹의 머리 위를 날아갔다. 아홉시가 되자 사방에서 공격이 시작되었다.

그는 수차례에 걸쳐 적에게 노출되었지만 자신의 목숨에 연연해하지 않았다. 그는 주변에서 쓰러지는 사람들을 보았다. 밀집대형을 이루고 전진해 오던 프로이센군은 마치 걷다가 조각조각 분해되어버리는 자동인형처럼 쓰러져갔다. 이곳저곳에서 부상을 당하고 쓰러지는 프랑스 병사들이 '황제 폐하 만세!'를 외쳤지만 그는 돌아보지도 않았다. 일찍이 그는 전장에서 죽어가는 사람들을 처음 목격한 이후, '냉정한 눈초리로 전쟁터를 바라보지 못하는 자는 사람들을 헛되이 죽게 할 수도 있다'는 사실을 깨달았다.

그의 눈매는 차가웠다.

그는 십여 만의 병사들, 그리고 사방에 죽음의 피를 뿌려대고 있는 7백 문의 대포를 바라보았다. 그는 '역사에 다시 없을 드문 장면' 하나를 즐기고 있는 것이다. 마치 퍼레이드를 벌이는 것처럼, 군악을 울리며 저격병을 앞세우고 종대로 전진하고 있는 군대의 모습이 보였다.

오후 두시, 전투의 운명은 결정되었다. 프로이센군은 이제 바이마르를 향해 움직이는 패잔병 대열에 불과했다.

나폴레옹은 말에 올라탄 채 오후 세시까지 란트그라펜베르크의 작은 평지에 머물러 있었다. 포탄이 참모부의 한가운데에 떨어졌다고 한 참모가 보고했다. 나폴레옹은 란 원수의 메시지를 들고 온 세귀르를 맞으며 말했다.

"승리의 마지막 순간에 죽는다는 것은 무가치한 일이오. 이제 그만 말에서 내릴까."

그는 예나로 들어갔다. 여기저기 프로이센군의 포격을 맞아 일어난 화재로 인해 도시는 환하게 불밝혀져 있었다. 성당 앞을 지나는 그의 귀에 건물 속에 가득 찬 부상자들의 신음 소리가 들려왔다. 부상자들의 수가 너무 많아서 성당 앞뜰과 거리에까지 피를 흘리는 부상자들이 넘쳐나고 있었다.

그는 차가운 눈빛이었다. 그는 커다란 회의실 한구석에 콜랭쿠르가 설치한 철제침대가 놓여 있는 숙소에서 잠깐 눈을 붙였다. 채 몇 분이 지나지 않아 참모들이 달려와 잠을 깨웠다. 프로이센 왕비를 생포할 수 있었는데 그만 놓치고 말았다고 세귀르가 보고했다. 나폴레옹이 일어나며 말했다.

"그 여자가 바로 이 전쟁의 원흉이오."

다부 장군이 아우어슈테트에서 프리드리히 빌헬름 왕과 브라운슈바이크 원수가 이끄는 프로이센군을 전멸시켰으며, 브라운슈바이크는 그 전투에서 중상을 입었다고 한 부관이 보고했다.

아우어슈테트 전투 상황에 관하여 묻던 나폴레옹의 표정이 어두워졌다. 다부 장군을 도왔어야 했던 베르나도트 장군이 돕기는커녕 전투에 참가조차 하지 않았던 것이다. 나폴레옹은 화가 나서 소리쳤다.

"가스코뉴 촌놈 같으니라구. 그놈은 맨날 그 모양 그 타령일 거야."

그는 회의실로 걸어나왔다. 베르나도트를 총살시켜야만 할 것이다. 하지만 그자는 데지레 클라리의 남편, 즉 조제프의 동서였다.

그는 베르나도트에게 보낼 편지를 구술했다.

〈나는 지나간 일을 다시 꺼내 따지는 버릇을 갖고 있지 않소.

지나간 과거는 치유할 방법이 없기 때문이오. 하지만 이번 전투 현장에 장군의 군대가 있지 않았다는 것은 자칫하면 치명적인 사태를 야기할 수도 있었소. 이 모든 사태는 매우 불행한 일이오.〉

인간들의 용렬함이라니. 베르나도트는 다부의 승리를 돕는 일을 썩 내켜하지 않았으리라. 전투에서 승리하면 다부가 아우어슈테트 공작이 될 것이기 때문이었다.

―나는 이 두 인물을 기억할 것이다.

10월 15일 새벽 세시. 나폴레옹은 희미한 등불 아래 상자를 놓고 앉아 조제핀에게 편지를 썼다.

〈프로이센을 물리치고 눈부신 승리를 거두었소. 적은 총 15만 명이었는데 그중 2만을 포로로 잡았고, 100여 문의 대포와 깃발을 빼앗았소. 우리 군대는 프로이센 왕과 가까운 거리에 있었는데도 왕과 왕비를 모두 놓치고 말았소. 이틀 전부터 야영을 하고 있소. 나는 잘 지내고 있소. 안녕, 나의 친구여. 잘 지내고, 항상 날 사랑하기를. 오르탕스가 마인츠에 있소? 만일 있다면 그녀에게 인사를 보내오. 나폴레옹과 꼬마*에게도. 나폴레옹.〉

나폴레옹은 무개 사륜마차를 타고 예나의 거리로 나섰다.

바이마르로 향하는 것이다.

거리에는 온통 군인투성이였고, 보도는 사망자와 부상자들로 뒤덮여 있었다. 그는 베르티에에게 '고통을 이기려는 모든 자들에게 경의를 표해야 한다' 고 말했다.

그는 마차를 정지시키고 길로 내려서서 아군 부상자들에게 다가갔다. 그들은 피투성이의 몸을 겨우 일으켜세우며 숨가쁜 목소

* 나폴레옹의 동생 루이의 첫째아들 나폴레옹 루이 샤를(1802~1807)과 둘째아들 나폴레옹 루이(1804~1831)를 지칭함. 후에 나폴레옹 3세로 불리는 셋째아들은 1808년에 태어남.

리로 '황제 폐하 만세!'를 외쳤다.

그는 그들의 이름과 소속을 물었다. 그들에게 레지옹 도뇌르 훈장을 수여할 것이다.

나폴레옹은 그들과 헤어져 다시 마차에 오르며 중얼거렸다.

"승리 그 자체는 아무것도 아니야. 승리의 혜택을 누리는 일이 중요한 거야."

바이마르에 도착한 그는 공작의 성에 몇 시간 머물렀다.

행복했다. 참모가 프로이센 왕의 사절단이 도착했음을 알렸다. 사절단은 프로이센 왕의 휴전 제의를 간곡히 전달했다. 그들의 말을 듣고 있던 나폴레옹이 말했다.

"지금 내가 무기를 놓는다는 것은 러시아 군대가 도착할 시간을 준다는 것이겠지. 인간들의 악과 희생을 줄이려는 나의 바람이 어떠하든 간에, 그것은 나의 의지와는 정반대 이야기요. 난 그 제안에 응할 수가 없소. 물론 러시아 군대는 조금도 두렵지 않소. 러시아군이 흘러가는 구름에 불과하다는 사실을, 나는 지난번 아우스터리츠 전투에서 보았소. 그대들의 전하는 아마 나보다 더 통탄하게 될 게요……."

러시아인들! 나폴레옹은 결코 자신이 패배하지 않을 것이라고 느꼈다. 그 어느 때보다 강렬한 확신이었다. 그는 자신의 직관으로 그것을 믿었다. 란 원수가 보낸 서한에 따르면, 병사들은 예나와 아우어슈테트 전투의 승리를 알리는 포고문을 들으며, '세계제국의 황제 폐하 만세!'라고 외쳤다고 한다. 그는 보좌관이 읽어주는 란의 편지를 계속 들었다.

〈이 용감한 병사들이 얼마나 폐하를 칭송하는지 말로 표현할 수 없을 정도입니다. 우리 병사들이 폐하에 대하여 갖고 있는 애정은 그들의 연인에게서도 느낄 수 없을 만큼 클 것입니다.〉

그는 황제에게 애정을 쏟는 자신의 병사들을 사랑했다. 그가 쓴 포고문에서도 그 사실을 밝힌 바 있었다.

아우어슈테트 전투의 승장 다부 원수가 찾아왔다. 승리를 치하하는 나폴레옹에게 다부는, 자신의 피는 황제의 것이라고 강조했다.

"어떤 경우에라도 기꺼이 폐하를 위해 제 피를 흘리겠습니다. 폐하께서 저를 인정해주시고 따뜻함을 베풀어주시는 그것으로 저는 족합니다."

그는 이 말을 승리의 트로피처럼 받아들였다. 그를 찬양하고 사랑한다는 것은 온당한 일이 아닌가? 이런 승리를 꿈꾸지 않았던가? 10월 16일 오후 다섯시, 바이마르에서 그는 다시 조제핀에게 편지를 썼다.

〈탈레랑이 당신에게 보고서를 보여줄 것이오. 거기에서 내가 거둔 성공이 어떤 것인지를 알게 될 거요. 모든 일은 내가 계획한 대로 이루어졌소. 그토록 철저하게 패배하고 흩어져버린 군대는 일찍이 없었소.〉

그는 그것을 예고했었다. 그만이 그런 재능을, 천품을 갖고 있었다. 그는 편지를 계속 이어나갔다.

〈나는 잘 지내고 있소. 다만 야영생활과 철야로 인한 피로 때문에 조금 살이 쪘다는 사실은 말해야 할 것 같소. 안녕, 나의 연인이여, 오르탕스에게 안부를 전해주시오. 큰 녀석 나폴레옹에게도. 당신의 나폴레옹.〉

그는 장군들을 보자마자 다그쳤다.

"그들을 계속 추격해야 해. 그들의 옆구리에 칼을 꽂아야 한다구."

할레에 머물고 있던 그는 협상을 위해 비텐베르크로 가서 프로이센 왕의 특사 루케시니를 만났다. 나폴레옹은 베르티에에게 말했다.

"프로이센 왕은 사태를 수습하려고 확고한 결심을 한 것 같군. 그렇다고 해서 베를린에 입성하려는 나를 막을 수는 없을 거야. 내 생각에는 넉넉잡고 사오 일 뒤면 베를린에 입성할 거야."

—이 전쟁을 원한 건 그들이 아니던가! 당연히 대가를 치러야 한다. 이것이 바로 승자의 법칙이다. 그들은 이 법칙을 받아들여야 한다.

나폴레옹은 독일 연방에 1억 5천만 프랑의 세금을 과하고, 할레 대학을 폐쇄시킬 것을 명령하면서 덧붙였다.

"만일 내일 대학생들이 도시에 나타난다면, 그들에게 주입된 나쁜 정신의 폐해를 알려주기 위해 그들을 투옥시키게."

그는 사바리 장군을 불렀다. 사바리는 로스바흐 전투를 기억할까? 1757년 당시 프로이센 왕 프리드리히 2세가 수비즈의 프랑스군을 패퇴시킨 그 혁혁한 전투를?

"장군은 프로이센이 그때의 승리를 기념하기 위해 세운 탑을 찾아내게. 여기서부터 사방 이 킬로미터 안에 있을 거야."

사바리가 밀밭에서 찾아낸 승전탑 발치에서 나폴레옹은 프리드리히 2세의 영광을 칭송하기 위해 새겨둔 글귀를 읽으며 오래 머물렀다.

—여기에 내가 서 있다. 사십구 년이 흐른 지금, 프랑스의 패배와 프리드리히 대왕의 승리의 흔적을 깨끗이 지워버리며.

그는 베르티에에게 지시했다.

"이런저런 형식과 절차, 또 예의가 있긴 하겠지만, 현실적으로 그것들을 무시하고 모든 것을 탈취해야 하네. 특히 전쟁의 방법을 통해서야 더욱 그렇지……."

이것이 승자의 법이었다.

비텐베르크를 떠난 그는 길에서 우박이 섞인 소나기를 만나 사냥꾼 휴게소로 대피했다. 방은 어두웠고, 비바람이 거세게 몰아쳐 몹시 추웠다. 벽난로에 불을 지폈지만 잘 붙질 않아 방 안이 연기로 가득 찼다. 그때 갑자기 여자 목소리가 들려왔다. 한 여인이 장교들에게 둘러싸여 있는 나폴레옹 앞으로 다가왔다. 이집트 여인이었다. 그녀는 이집트 원정군이었던 프랑스 장교의 미망인이라며, 그에게 머리를 숙여 인사했다. 황제는 그녀의 말을 경청하며, 그녀와 그녀의 아이에게 연금을 주겠노라고 약속했다.

나폴레옹은 창문 앞으로 다가갔다. 이집트 원정과 작센 전투 사이에는 아주 짧은 세월의 간격이 있을 뿐이다. 겨우 팔 년! 그럼에도 불구하고 피라미드의 빌치에서 야영생활을 하던 그때가 마치 자신의 다른 생에 속하는 것 같았다! 그 이후로 얼마나 많은 일이 일어났던가. 이 젊은 여인이 그의 기억의 바닥에 잠겨 있던 과거를 되살아나게 했다.

문득 자신의 생으로부터 이방인이 되어버린 듯한 느낌, 생이 자신의 바깥에서 전개되는 것을 보고 있는 듯한 느낌이 들었다. 마치 자신은 그것을 연기한 배우이자 관객인 것처럼.

그는 몸을 돌려 이집트 여인을 바라보았다. 그녀는 나폴레옹을 물끄러미 바라보고 있었다. 거센 비바람이 그치기를 기다리며 그는 오래도록 창 앞에 서 있었다.

불가능이란 없다. 가장 기이해 보이는 일도 현실로 일어날 수 있는 것이다. 그는 여기에 있다. 내일이면 포츠담으로 가서 프리드리히 대왕의 거주지였던 상수시 성에 들 것이다. 나폴레옹은 대왕의 비범한 재능을 찬양했었고 대왕의 영광에 매혹되었었던 중위 시절의 자신을 떠올렸다.

1806년 10월 24일 금요일, 나폴레옹은 상수시 성의 안뜰에 들어갔다. 그는 뒷짐을 지고 천천히 걸으며 프리드리히 2세의 처소로 안내되었다.

바로 이곳이었다.

그는 책들을 살펴보았다. 대부분이 프랑스어로 된 책들이었다. 그는 책의 여백에 적어놓은 것들을 하나하나 살폈다.

대왕도 나폴레옹처럼 책의 여백에 노트를 해두었다.

나폴레옹은 실내를 한 바퀴 둘러보고 테라스로 나가 모래 평원을 바라보았다. 그 평원에서 프로이센군의 창설자는 군대를 사열하곤 했으리라. 나폴레옹은 다시 실내로 들어와 대왕의 칼과 허리띠, 그리고 대왕을 상징하는 견장의 줄을 집어들었다. 그는 대왕의 근위대 깃발을 가리켰다. 로스바흐 전투 때 사용한 깃발들이었다.

"이것들을 모두 파리의 앵발리드 관리자에게 가져다줘야겠군. 그들은 프랑스 대군의 승리의 증거로, 그리고 로스바흐의 참패에 대한 복수의 증거로 이 깃발들을 간직할 거야."

그가 그토록 커다란 만족을 느껴본 적은 일찍이 없었다. 자신이 왕 중 왕, 즉 황제인 동시에 정복자라는 사실을 그 순간만큼 확실하게 느껴본 적이 없었다.

나폴레옹은 지난해인 1805년 11월 차르 알렉산드르가 이곳에 머물며 이용했던 처소에서 묵기로 했다.

그는 공원의 나무들 아래서 야영하는 제국 근위대 병사들의 모습을 창에 서서 바라보았다. 하늘은 투명했다. 그는 오래도록 그 하늘을 바라보며 별이 총총했던 이집트의 밤과 피라미드를 떠올렸다. 어떤 희열이 그의 내부에 가득 차올랐다.

그는 콜랭쿠르를 불러 내일 제국 근위대를 사열하겠다고 말했다. 잠들기 직전 그는 '가장 커다란 위험은 승리하는 바로 그 순간에 존재한다'는 사실을, 승리에 도취하면 이쪽에서 무너뜨린 적이 저쪽에서 튀어나온다는 사실을 잊게 된다는 걸 생각했다. 러시아와 영국, 그리고 오스트리아까지 여전히 살아 있지 않은가.

당장 내일부터 군대를 보강하고, 1807년도 징집 포고령을 준비하는 한편, 에콜 폴리테크니크와 생시르 육군사관학교* 생도들이 일치단결할 수 있도록 지도하는 일에 신경을 써야 하리라. 그리고 으젠과 조제프에게 이탈리아와 나폴리 연대를 이곳 포츠담으로 보내라고 연락을 취하리라. 전쟁은 그토록 많은 사람들을 필요로 한다.

다음날 아침, 그는 근위대를 사열하면서 '이 전쟁이 마지막이 되어야 한다'고 말했다. 하지만 프랑스 대군에 발표하는 포고문에서 그는 이렇게 결론맺었다.

〈병사들이여, 러시아가 우리를 향해 진군한다고 큰소리치고 있다. 우리가 그들을 맞으러 가자. 그들이 오는 길을 단축시켜주자. 그들은 프로이센 한가운데에서 아우스터리츠를 발견하게 될 것이다. 우리가 가는 길과 국경에는 우리의 뒤를 따르기 위해 땀을 뻘뻘 흘리며 달려오는 신병들이 가득할 것이다.〉

그는 이런 포고문을 발표해야 할 의무가 있었다. 러시아군이 시시각각 접근하고 있었다. 전투는 계속되고 있었던 것이다.

10월 26일 일요일 아침, 그는 프리드리히 2세의 무덤이 있는 포츠담의 교회로 향했다. 그는 구리로 테가 둘러진 관 앞에서 걸음을 멈췄다. 뒤로크, 베르티에, 세귀르, 그리고 몇몇 장교들이 그의 뒤에 섰다.

그는 주위 사람들의 존재를 잊었다.

---

* 프랑스의 국립 육군 사관학교. 1800년대 초에 나폴레옹에 의해 퐁텐블로에 세워졌으며, 1808년 베르사유 근처의 생시르레콜로 옮겨졌다.

그는 프리드리히 2세처럼 정복자들의 위대한 계보를 잇는 사람들, 젊은 시절 그가 애독했던 플루타크가 '위대한 인물들', 즉 영웅이라 불렀던 사람들과 교감을 나눴다.

그는 그들 속의 하나이며 금세기의 승리자였다.

무덤 앞에서, 그는 한참 동안 움직이지 않았다.

그날, 다부의 군대가 베를린으로 입성하고 뮈라의 군대가 슈테틴으로 진입하는 동안, 나폴레옹은 하츠펠트 왕자로부터 베를린의 요충지를 넘겨받고 프로이센의 수도 인근에 위치한 샤를로텐부르크 성으로 향했다.

비가 내렸다. 길은 질펀했다. 그는 호위대에서 떨어져 길을 잃고 비바람이 몰아치는 벌판에 홀로 남았다.

그는 성문 앞에서 문을 열려고 애쓰고 있는 세귀르를 발견했다. 그는 소리질렀다.

"장군은 왜 내가 가는 길에 부대를 배치하지 않았소? 왜 장군은 한 명의 호위병도 수행하지 않고 있는 거요?"

마침내 문이 열렸다. 성은 비어 있었다. 나폴레옹은 프로이센 왕비 루이제의 처소를 찾았다. 왕비의 방 거울 앞에 왕비의 편지들이 놓여 있었다.

그는 미소지으며 그것들을 들춰보았다.

그 여인을 정복한 듯한 느낌이었다.

16
영광 속에서 죽기를 꿈꾸라

나폴레옹은 거의 잠을 자지 않았다. 1806년 10월 27일 월요일, 그는 샤를로텐부르크 성의 안뜰에 집합하기 시작하는 근위대 엽기병(獵騎兵)들을 보았다. 이날 프로이센의 수도 베를린으로 입성하는 그의 호위를 맡은 병사들이었다.

그는 사람들이 깜짝 놀랄 만한 군사 행진을 원했다. 그것이 진정한 승리를 의미하기 때문이었다. 그는 프로이센 귀족 친위대 포로들을 가운데 세우고, 그들을 지휘하고 감시할 프랑스 병사들을 양 옆에 세운 채 베를린 시내 한복판을 행진할 계획이었다. 프랑스 대사관 계단에서 칼을 갈았던 그들은 이제 그 오만과 허풍에 대한 대가를 치르게 되리라.

어제 저녁, 그는 프랑스 대군의 재정총감 다뤼에게 베를린에서 발견되는 재화란 재화는 모두 압수하여 대군의 금고를 가득 채우라고 지시했다.

"베를린에서 군대에 필요한 모든 것을 충분히 확보하도록 하게. 내 병사들이 모든 물자를 충분히 보유할 수 있도록 말일세."

나폴레옹은 다뤼를 루이제 왕비의 처소로 데려가서 그 방 화장대 앞에 남겨져 있는 서류들을 보여주었다. 처음 그 편지를 보고 품었던 그의 생각은 착각이었다. 그것은 연애편지가 아니라 전쟁을 도발하겠다는 왕비의 의지를 보여주는 결정적인 문건이었다.

"왕비가 나에게 반기를 들었단 말일세, 다뤼. 우리 모두에게 도전한 거야."

왕비는 편지에서, 나폴레옹을 '노펠'이라고 불렀다. 그녀가 기르는 앵무새는 노펠을 '모펠'이라고 발음했는데, 그 말은 베를린 속어로 '허풍 떠는 쬐그만 발바리'라는 뜻이었다.

나폴레옹은 그 서류더미에서 뒤무리에의 보고서를 찾아내기도 했다. 발미 전투에서 브라운슈바이크를 무찌른 뒤무리에. 그런 그가 프랑스군을 패퇴시키기 위한 술책을 왕비에게 보고하고 있었던 것이다. 나폴레옹은 탄식했다.

"여자들이 정치 문제를 좌지우지하도록 내버려둔 왕이 불쌍할 따름이야!"

월요일, 오늘은 맑은 날이 될 것 같았다.

그는 연대가 새로 편성되는 것을 지켜보았다. 이젠 병사들도 지치도록 걷고, 거친 땅에서 야영하고, 날이 밝으면 목숨을 걸고 전장에 뛰어드는 일에 진저리를 치고 있었다. 용케 죽음을 피하고 살아남은 자들. 이들은 평화를 꿈꾸고 있었다. 그러나 평화란 오직 싸움에서 이겼을 때에만 획득할 수 있다는 것을 이들은 모르는가. 프로이센은 러시아군이 진군해 오기만을 학수고대하고 있다.

프로이센군의 보고서는, 러시아군이 비스타 강을 건너 바르샤바로 입성하고 있다는 구체적인 정보를 담고 있었다. 그렇다면 독립을 원하는 폴란드를 도와주어야 할 것인가? 하지만 원한다는 것은 무엇인가? 나폴레옹은 폴란드인 돔브로프스키에게 그 점에 대해 언급했다. 돔브로프스키는 프랑스가 그의 조국을 새롭게 태어날 수 있도록 도와주기를 바라고 있었다.

"그대의 조국이 한 국가로서 설 만한 자격이 있는지를 보겠네. 우리의 정규군 사만에 해당되는 정도로 훈련이 잘된 사만의 병력을 폴란드에서 우리에게 제공할 수 있다면, 폴란드가 진정으로 독립할 의사가 있는 것으로 알겠네. 그러나 만일 그렇지 않다면……."

폴란드를 돕는다는 것은 판도라의 상자를 여는 것과 같았다. 러시아와의 분쟁이 그치지 않을 것이고, 오스트리아와의 관계도 그렇게 될 것이다. 게다가 그들 뒤에는 영국이 있었다. 진정 평화를 이루자면, 언제나 대불 동맹을 주도하는 악한들의 나라이자 강력한 금융국가인 이 영국이란 나라를 언젠가는 한번 박살을 내야 했다.

프리드리히 빌헬름의 특사 차스트로프 장군이 도착했다는 전갈이 왔다. 프로이센 왕은 휴전과 함께 협상을 청해왔다. 나폴레옹이 물었다.

"러시아군이 프로이센 영토에 들어와 있소?"

차스트로프 장군이 머리를 조아리며 답했다.

"지금 이 시간 러시아군의 선두가 국경을 넘고 있을 것입니다. 폐하께서 확약 한마디만 해주시면, 프로이센 왕은 그들을 돌려보낼 것입니다."

나폴레옹은 차스트로프에게서 등을 돌리며 말했다.

"오, 러시아군이 온다면 나는 그들과 맞서기 위해 출정하겠소. 나는 그들을 초토화하기를 원하오."

나폴레옹은 몇 걸음을 걸어 다시 차스트로프에게 다가가며 덧붙였다.

"하지만 협상은 계속될 수 있을 것이오. 추후 협상은 궁정 대원수 뒤로크가 맡게 될 것이오."

—하지만 우선은 베를린에 입성하리라. 프로이센의 한복판에서 프랑스 대군의 위력을 확인시켜주리라.

오후 세시, 나폴레옹은 운터 덴 린덴을 종횡무진 누볐다. 그는 행렬 한가운데에서 달렸다. 작은 키에 근위대 대령 제복인 초록색 군복에 양 옆을 접어 올린 모자를 쓰고, 척탄병들이 얘기하는 '한 냥짜리 모표'를 달고. 장식이라고는 레지옹 도뇌르 훈장이 전부였다.

그의 뒤를 충복 루스탐이 따르고, 뒤로크, 콜랭쿠르, 클라르크, 르마루아, 무통, 사바리, 라프, 베르티에, 다부, 오주로 원수 등 참모들과 황실 장교들이 조금 떨어져 줄을 이었다. 그리고 부관들이 그 뒤를 이었다. 르페브르와 근위대는 황제의 앞에 위치했고, 병사들 뒤로는 근위대 엽기병들이 따르고 있었다.

나폴레옹은 그가 보고자 하는 모든 것을 보았다. 팡파르와 2만 명의 맘루크 부대, 털 달린 모자를 쓴 엄청난 수의 선발대, 그리고 운터 덴 린덴 쪽에 운집한 군중들. 그는 모자를 벗고 박차를 가해 프리드리히 2세 동상 주위를 달렸다. 그는 승리한 황제였다.

그는 제3군단을 사열했다. 아우어슈테트 공작에 봉해진 다부 원수가 지휘하는 군대였다. 나폴레옹은 오백여 개의 십자훈장을 수여하며 병사들에게 일일이 말을 건네느라 많은 시간을 보냈다. 그리고 많은 장교들을 일 계급씩 특별 진급시켰다. 나폴레옹은 말했다.

"용감하게 전사한 병사들의 최후는 영광스러운 것이다. 우리들 또한 그들처럼 영광 속에서 죽기를 꿈꿔야 한다."

병사들의 환호 속에 다부 원수가 나서며 답했다.

“폐하, 저희는 폐하께서 계신 곳이면 그곳이 어디든 달려갈 폐하의 군단입니다. 로마 군단이 카이사르에게 그러했듯이 저희는 언제나 폐하를 위해 존재할 것입니다.”

그는 다부의 말을 들었다.

자신이 금세기의 카이사르라는 느낌으로.

나폴레옹은 시청에 가서 그곳에 모여 있는 프로이센 유지들에게 격렬한 어조로 연설하면서, 루이제 왕비의 방에서 차르 알렉산드르의 초상화를 보았노라고 말했다. 그때 끼어드는 목소리가 있었다.

“그것은 사실이 아닙니다, 폐하.”

격노한 장교들이 소리가 난 쪽으로 몰려가려 했지만, 나폴레옹은 그들을 제지했다. 그는, 감히 황제의 말을 가로막고 부인한 에르만 사제를 용서했다. 그 인물의 진실과 정직성을 인정한 것이다. 하지만 거처로 정한 궁궐로 돌아온 그는 사바리 장군이 보내온 편지를 읽고는 격분을 참을 수 없었다. 편지는 하츠펠트가 호엔로에 왕자에게 보내는 것이었다. 사바리의 첩보원들이 중간에서 입수한 것이다. 그 편지에는 베를린에 주둔한 프랑스군에 대한 상세한 정보가 부대별로, 심지어 군수품 보급 마차의 숫자까지도 세세하게 담겨 있었다. 하츠펠트는 베를린의 요충지를 그에게 넘긴 프로이센의 왕자였다.

분노한 나폴레옹은 밭은 목소리로 즉각 명령을 하달했다. 하츠펠트를 즉시 군사위원회에 넘겨 배신과 스파이 행위에 대한 재판을 시행하라는 엄명이었다. 그런 자는 총살형을 받아야 마땅하다고 나폴레옹은 덧붙였다. 베르티에와 사바리는 경악하는 표정이었다. 이들은 통치를 하려면 엄하게 다스려야 한다는 것을 아직도 이해하지 못하는가? 1806년 8월 26일에도 프랑스를 비방하는 선동책자를 배포한 뉘른베르크의 한 편집자를 총살시키지 않았는가.

얼마 후 사열을 마치고 북소리와 함께 궁에 돌아온 그는, 한 임신한 부인이 그의 집무실 문 앞에 쓰러져 있는 걸 보았다. 하츠펠트 왕자의 부인이었다. 그녀는 남편의 사면을 청원하며 눈물을 흘렸다. 그 젊은 여인을 물끄러미 바라보던 나폴레옹은 하츠펠트의 편지를 내보이며 읽으라고 말했다. 그녀는 더듬거리며 편지를 읽더니 다시 울음을 터뜨렸다.

황제가 된다는 것은 그런 것이기도 하다. 사면의 권한을 소유하는 것이며, 죽음이 예정된 자에게 생을 돌려주고, 그 감동적인 흥분을 즐기는 것이다. 벽난로 앞에 앉은 나폴레옹은 흐느끼고 있는 왕자비를 물끄러미 건너다보다가 말했다.

"남편의 범죄 증거가 지금 당신 손에 쥐어져 있지 않소? 어디, 그것을 없애버리고 군법의 가혹함을 무력화시켜보시오."

그녀는 즉시 편지를 벽난로의 불 속으로 집어던지고 떨리는 몸으로 황제에게 예를 올렸다. 나폴레옹은 말없이 자리를 떴다.

하츠펠트 왕자는 곧 풀려날 수 있으리라.

나폴레옹은 집무실에 홀로 앉아 조제핀에게 편지를 썼다. 1806년 11월 1일 새벽 두시였다.

〈당신이 울고만 있다는 소식을, 포츠담에 도착한 탈레랑에게서 전해들었소. 당신은 뭘 원하오? 당신에게는 딸과 손자들이 있소. 그리고 좋은 소식들도 있고. 그만하면 만족하고 행복스러워할 요소들이 충분한 것 아니겠소? 여기 날씨는 아주 좋소. 벌판에는 비 한 방울 내리지 않았소. 나는 잘 지내고, 모든 일이 잘 풀리고 있소. 안녕, 나의 연인이여. 꼬마 나폴레옹에게서 편지를 한 장 받았소. 그애가 썼다기보다 오르탕스가 보낸 것이라고 생각하고 있소. 모두에게 인사를 전하오. 나폴레옹.〉

실제로 그는 잘 지냈다. 매일 왕궁 앞에서 벌어지는 퍼레이드에 참석하고, 기병들을 사열하고, 샤를로텐부르크 평원에서 근위대를 훈련시켰다. 나머지 시간에는 왕궁 안에 마련해둔 집무실에서 일했다. 서가와 지도가 그 방에 옮겨져 있었다. 그는 지도를 펼쳐놓고 프로이센의 잔당들을 추격하는 프랑스 대군의 이동 경로를 확인했다. 프랑스군은 쿠스트린, 마그데부르크, 슈테틴, 뤼베크 등을 차례로 함락시켰다. 뤼베크는 자유 도시지만, 프로이센 장군 블뤼허가 그곳에 망명해 있었다. 나폴레옹이 말했다.

"모두 붙잡혀 죽거나 그렇지 않으면 엘베 강과 오데르 강 사이를 떠돌고 있겠군."

뤼베크를 포위했다는 소식에 나폴레옹은 말했다.

"전쟁을 불러들인 장본인들만을 문제삼아야 한다. 모든 것이 상상했던 대로 잘될 거야."

그런데 프리드리히 빌헬름은 뒤로크가 전달한 평화 협상의 조건들을 거부했다. 그는 여전히 러시아군이 도착하기를 기다리고 있는 것이다. 베니히센과 북스호에프덴 장군의 지휘하에 진군해 오는 러시아군은 보병 병력이 10만이 넘는 대군이었다.

전쟁은 끝나지 않은 것이다. 겨울이 다가오고 있었다. 병력이 더 필요했다. 나폴레옹은 베르티에에게 말했다.

"내게 병력을 더 보내도록 하게. 훈련시킬 시간이 일 주일에 불과하다 하더라도 그들이 기본적 무장만 되어 있으면 되네. 다시 말해 바지 입고, 각반 차고, 군모 쓰고, 외투만 입고 있으면 된다는 얘기야. 군복을 제대로 갖추지 않았더라도 할 수 없는 일이겠지. 그대로도 충분할 테니까."

말을 마친 나폴레옹은 지도 위로 몸을 기울이며 모르티에 원수에게 말했다.

"며칠 뒤에 나는 폴란드의 한가운데에 있을 것 같소."

그는 지도에서 몸을 일으켜 뒷짐을 지고 걸으며 덧붙였다.

"추위가 심해질 테지만 브랜디가 병사들의 건강을 지켜줄 수 있을 거요. 슈테틴에서 많은 술을 발견했다는 보고가 있었소. 그걸 모두 확보하시오. 이천만 병 정도. 겨울에는 승리만큼 가치 있는 게 바로 술이오. 그 술을 합법적으로 인수하시오. 인수증을 주면 될 거요."

다시 전투를 치러야 한다는 것을 그는 알고 있었다. 프로이센에게 따끔한 맛을 보여주었듯이 러시아에게도 쓰라린 교훈을 안겨주리라. 11월 7일 뮈라가 의기양양한 편지를 보내왔다. 마그데부르크를 점령한 직후 보낸 편지였다. 베르크 공작으로 봉해진 뮈라는 썼다.

〈폐하, 이번 전투는 대적할 자가 없어서 싱겁게 끝났습니다.〉

하지만 적은 늘 새롭게 나타나는 법. 러시아가 마지막이 될 것인가? 아닐 터였다. 마지막을 장식하기 위해선 대불 동맹의 가장 강력한 주창자인 영국을 패퇴시켜야 했다.

1806년 11월이 다 가도록 나폴레옹은 베를린의 왕궁에서 내내 생각에 잠겨 있었다. 그는 탈레랑이 보내온 서한을 읽었다. 탈레랑은, 유럽의 항구들에 대한 영국의 봉쇄정책으로 말미암아 인간의 권리가 침해당했으므로 그에 대한 보복을 가해야 한다고 했다. 탈레랑은 이어 프로이센에 승리를 거둔 지금, 나폴레옹은 단치히에서 스페인에 이르기까지, 그리고 다시 스페인에서 아드리아 해에 이르기까지, 유럽의 양쪽을 장악하고 있으므로 영국을 칠 적기라고 주장했다.

나폴레옹은 오래 생각했다. 그는 비서를 불러 포고령을 구술했다. 1806년 11월 21일자로 대륙 봉쇄령을 내린 것이다. 내륙을 통제함으로써 해양 세력을 굴복시키려는 생각이었다. 나폴레옹은 영국과의 모든 상거래와 교신을 금지시켰다. 또한 프랑스와 그 동맹국에 거주하는 영국인은 전쟁포로로 간주하는 동시에 그들의 재산을 몰수하며, 영국에서 생산된 모든 물품은 압수한다는 것이 대륙 봉쇄령의 골간이었다. 이런 방식으로 영국을 고립시키는 것은 런던측이 '일차적인 야만 행위'를 저질렀기 때문이었다.

영국으로 하여금 자신들의 상품을 처리할 길이 없어 허덕이게 만들어야 했다. 자국 내에서 실업과 혼란이 가중되는 것을 우려할 단계에 다다르면, 생산물을 팔 수 있는 물꼬를 트기 위해 평화를 갈구하지 않을 수 없게 될 것이다.

나폴레옹은 포고령을 다시 읽었다. 대륙 전체가 단합해야만 봉쇄령이 성공을 거둘 수 있으리라는 것도 알고 있었다. 유럽의 모든 국가가 이 원칙을 지켜줘야만 했다. 그러나 모두에게 이런 정치적 입장을 강제할 방도가 없지 않은가?

—그들이 납득한다면, 이것이 전 유럽의 이익에 부합하는 정책임을 그들이 납득하기만 한다면. 이것은 도발이다. 하지만 이미 여러 번 그렇게 해오지 않았는가? 그것도 성공적으로 말이다.

그는 긴장을 풀고 휴식을 취했다. 그리고 펜을 들었다. 조제핀은 루이제 왕비에 대해 나폴레옹이 했다는 말에 충격을 받았다고 했다. 아마도 조제핀은 프랑스 대군의 일지를 본 모양이었다.

〈당신은 내가 여인들에 대해 나쁘게 말한 것을 두고 화가 나 있구려. 음모를 꾸미는 여인들을 내가 미워하는 것은 사실이오…… 하지만 나는 착하고, 순진하고, 부드러운 여인들은 사랑하오. 그런 여인들은 당신을 닮았기 때문이오.〉

펜을 내려놓았다. 그는 진정 그렇게 생각하는가? 예전에는 조제핀도…… 하지만 그는 그녀가 한때 그를 배반했고 딴 생각을 품고 있었다는 사실을 되도록이면 생각지 않으려 했다. 지금은 그녀가 가장 슬프고, 근심에 차 있으며, 질투하는 여인 아닌가.

11월 22일 밤 열시, 그는 다시 썼다.

〈나의 우정과 당신이 내게 불어넣어주는 영감에 만족하고 행복하기를 바라오. 당신을 여기로 부를 것인지, 아니면 파리로 돌려보낼 것인지는 며칠 안으로 결정할 생각이오. 나의 연인이여, 안녕. 당신이 원한다면 다름슈타트든 프랑크푸르트든 어디로든 가시오. 그러면 기분이 좀 나아질 거요. 오르탕스에게 안부 전해주기를. 나폴레옹.〉

그는 콜랭쿠르를 불러 베를린을 떠나겠다고 말했다. 군대 가까이에 머물 생각이었다. 콜랭쿠르는 말들을 위해 역참을 준비해야 하리라. 나폴레옹은 전문과 파리에서 발간된 신문들을 가져오게 했다. 하지만 그것들을 훑어보던 그는 곧 땅바닥에 던져버리고, 비서를 불러 내무장관 앞으로 보낼 편지를 구술했다.

〈샹파니 경, 오페라 극장에서 누군가 불렀다는 좋지 않은 노래 가사에 대한 소식을 읽었소. 사람들은 프랑스 문학을 타락시키고자 애쓰고 있는 거요? 공연에 적합하지 않은 노래는 오페라 극장에서 일절 부를 수 없도록 하시오. 예전에는 아주 괜찮은 행사도 있었소. 12월 2일*에는 아름다운 노래들을 부르도록 한 것 말이오. 문학은 장관의 관할 사항이니, 당신이 그 문제에 대해 관심을 쏟아야 할 것이라 생각하오. 오페라 극장에서 불려진 그 노래는 너무나 불경스런 것이었소.〉

1806년 11월 25일, 나폴레옹은 베를린을 떠났다. 세시였다. 그는 러시아 차르의 군대에 맞서 싸우기 위해 바르샤바를 향해 진군하는 프랑스 대군과 합류해야 했다.

---

* 1804년 나폴레옹의 황제 대관식이 있었던 날.

제 5 부

진정으로 말하건대,
이번 승리의 영광 속에 환상 따윈 없었다

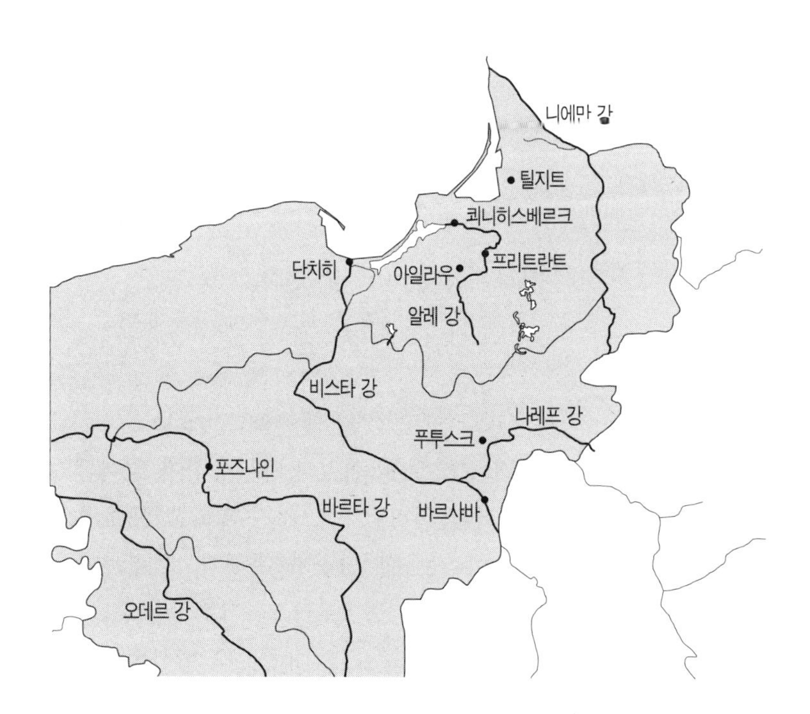

1806년 11월 26일～1807년 7월 27일

17
사물의 본성이 나의 지배자요

줄기차게 내리던 비가 눈으로 바뀌었다. 모든 것이 얼어붙었다.

베를린을 떠난 이후 거센 비바람이 그치지 않았고 도로와 벌판은 온통 진흙탕이었다. 마차는 잘 달리지 못했다. 걸핏하면 바퀴가 진흙탕에 빠지곤 했다.

낮은 지대를 지날 때 마차 창문으로 내다보니 병사들은 머리를 들지 못하고 몸을 잔뜩 웅크린 채 묵묵히 걸음을 옮기고 있었다.

총을 둘러메고 진흙탕에서 발을 빼내려고 장딴지를 두 손으로 붙잡고 있는 병사들도 보였다. 진흙이 그들을 땅 속으로 빨아들이는 것 같았다. 마차가 정지해 있는 동안 나폴레옹은 병사들이 맨발이라는 사실을 알았다. 뻣뻣하게 얼어붙은 병사들의 다리는 끈적거리는 진흙투성이였고, 진흙에 들러붙은 군화는 좀처럼 떨어질 줄 몰랐다.

그는 마차 안에서 대군의 재정총감 다뤼에게 다급한 내용의 편지를 썼다.

〈군화! 군화 문제를 해결하는 데 모든 정성을 쏟게. 당장 군화를 만들 수가 없다면 병사들 스스로 낡은 군화를 수선해 신을 수 있도록 가죽이라도 구해다 주게.〉

날씨는 여전히 추웠다.

베를린을 떠나 하늘과 맞닿은 평야지대를 달리기 시작하면서부터 온기라고는 느껴볼 수조차 없었다. 몸을 따뜻하게 데울 수 없다는 불쾌감이 그를 사로잡았다. 해는 세 시간이나 짧아졌다. 오데르 강 건너로 폴란드 마을들이 보였다. 가옥 몇 채는 지붕이 밀짚으로 뒤덮여 있었다. 나폴레옹은 근위대 엽기병들이 지붕의 밀짚을 뜯어 말에게 먹이고 있는 모습을 보았다.

참모들은 러시아군의 현위치를 파악하지 못하고 있었다. 러시아군은 후퇴했거나 전투를 회피하고 있는 것이라는 확신이 들었다. 러시아군이 포기하고 떠난 바르샤바에, 11월 28일 뮈라의 군대가 기쁨에 찬 군중들의 환성에 싸여 시내 한복판으로 진입했다.

나폴레옹은 뮈라의 보고서를 읽었다. 뮈라는 벌써 폴란드 왕이 될 것을 상상하며, 자신이 그 영웅적인 민중들을 다스리기에 적합한 인물임을 은근히 암시했다.

뮈라의 미몽을 깨주어야 했다. 나폴레옹은 설령 폴란드 민족주의자들에게 직위를 부여해준다 하더라도, 그 조치가 곧 폴란드의 재건을 의미하는 것이라고 기계적으로 생각하게 해서는 안 된다는 점을 뮈라에게 상기시켰다.

나폴레옹은 조국의 독립을 간청하는 폴란드인들을 만나면서, 기회 있을 때마다 그 점을 지적했다.

"당신들의 운명은 당신들의 손에 달려 있소. 내가 한 일의 절반은 당신들을 위한 것이지만, 나머지 반은 나 자신을 위한 것이오."

그러나 폴란드로 깊숙이 들어가면 갈수록 보이는 것은 진흙탕과 푹푹 빠지는 늪지, 간신히 뚫려 있는 형편없는 도로, 가난한 촌락들, 나무로 만들어진 볼품 없는 요새들뿐이었다. 그럴수록 나폴레옹은 주저하지 않을 수 없었다. 폴란드인들을 과연 믿을 수 있는가? 그는 뮈라에게 보낼 편지를 구술했다.

〈나는 사람을 보는 데 있어서도 노련한 사람일세. 나의 위대함은 폴란드인들을 구원하는 데 있는 것이 아니야. 현 상황을 적극적으로 활용해야 할 사람은 바로 그들이야. 첫발을 내딛어야 할 사람은 내가 아니란 말일세.〉

쿠스트린에 도착했다. 나폴레옹은 오데르 강과 바르타 강이 합류하는 지점에 위치한 작은 요새의 한 방에 머물렀다. 콩스탕이 벽난로에 불을 많이 땠지만 추위가 가시지 않았다. 샹베르탱 포도주를 한 잔 가져오게 해 마시고, 손을 쥐락펴락하다가 오른손을 조끼에 찔러넣고 온기를 얻어보려 애쓴 다음에야 몇 시간 동안 잠들 수 있었다. 숙면은 아니었다. 침대에서 일어나자마자 마치 마비되었던 정신과 손가락을 일깨우려는 듯 그는 곧바로 펜을 들어 조제핀에게 편지를 썼다.

〈새벽 두시요. 방금 일어났소. 전쟁터에서 생긴 습관이오.〉

그는 최대한 빨리 바르타 강에 면해 있는 도시, 포즈나인에 당도하고 싶어했다. 포즈나인이라면, 군대와 함께 머물 수 있고 또 그곳에서 어디로 갈 것인지를 결정할 수도 있으리라. 예상할 수 있는 한 가지 진군로는, 비스타 강을 따라 내려가며 단치히에서 쾨니히스베르크로 향하는 길이다. 그 루트를 생각하면, 러시아와 국경 역할을 하는 니에만 강 쪽으로 방향을 잡아 북쪽으로 더 올라가지 말라는 법도 없었다. 또 다른 진군로는, 반대로 비스타 강을 거슬러올라가 바르샤바까지 향하는 것이었다. 그곳에는 뮈라가 다부 원수와 합류하여 자리잡고 있었다.

진군로는 러시아군의 동태에 따라 최종 결정될 것이다.

나폴레옹은 참모들과 지휘관들을 들들 볶았다. 러시아 베니히센 장군의 군대는 어디에 있는가? 러시아군의 위치는 이 끝도 없는 것 같은 나라 안에서 도무지 포착되지 않을 것만 같았다. 그렇다면 그들은 퇴각을 결정한 것인가? 아니면 비스타 강의 지류인 나레프 강을 따라 바르샤바의 북쪽에 집결하여 있는 것인가?

이러한 불확실한 상황 파악에 나폴레옹의 신경은 날카롭게 곤두서 있었다.

뮈라는 자신을 향한 폴란드인들의 열광에 대해 틈날 때마다 알려왔다. 또한 프로이센, 오스트리아, 러시아 세 나라의 분할 통치를 받고 있는 폴란드인들이 그들의 조국 독립을 얼마나 열망하고 있는지도 상기시키곤 했다. 그때마다 나폴레옹은 뮈라에게 무뚝뚝하게 답했다.

〈폴란드인들 스스로 독립을 위한 강한 결의를 보여주어야 하네. 그리고 그들이 추대하고 싶은 왕을 적극적으로 지지하고 나서야 하고 말야. 그때쯤 되면 내가 해야 할 일을 고려해보겠네.〉

뮈라가 속지 말기를. 폴란드 자주화는 매우 심각한 결과를 야기할 수도 있는 일이어서 대중들의 움직임에 따라 쉽사리 결정을 내릴 문제가 아니었다. 독립 폴란드가 새로 탄생한다면 프랑스는 러시아와 오스트리아, 그리고 프로이센, 이 세 나라와 어떻게 평화적 관계를 수립하고 유지해나간단 말인가? 나폴레옹은 강조했다.

〈뮈라, 내 말을 잘 새겨듣게. 나는 소유물 하나 때문에 구걸이나 하려고 여기 온 게 아니야. 지금도 내 가족들에게 줄 왕관은 부족하지 않다구.〉

11월 27일 목요일 밤 열시, 퍼붓는 비 속을 뚫고 포즈나인에 도착했다. 폴란드인들이 프랑스군과 황제를 환영하며 도심에 세운 개선문이 보였다. 그는 감정에 자신을 내맡기고 싶지는 않았다.

모든 것을 얼어붙게 할 듯이 차가운 바람이, 마차 정면에 걸린 램프를 흔들어댔다. 폴란드인들이 곳곳에 '마렝고의 승리자' '아우스터리츠의 승리자'를 환영하는 현수막을 내걸어놓았다.

비가 오는데도 불구하고 군중들이 수도원과 예수회가 운영하는 학교, 그리고 도심의 본당에 소속된 커다란 건물들 앞에서 황제를 기다리고 있었다. 나폴레옹 일행이 머물게 될 건물들이었다. 그는 도시의 명사들과 폴란드 지방귀족들의 인사를 받았다.

그는 그들의 말을 들었다. 그들의 열광적인 환영과 독립을 향한 의지는 향후 그의 정치적 게임에서 중요한 카드가 될 수 있었다. 나폴레옹은 그들의 확신과 애국심에 강한 인상을 받았다. 그는 천장이 둥근 커다란 방 안을 거닐며 그들의 태도를 생각했다. 방엔 조명이 제대로 갖춰져 있지 않았고 난방도 되지 않아 서늘했다. 그는 마침내 폴란드인들에게 말했다.

"한 국가를 건설한다는 것은 그렇게 손쉬운 일이 아니오."

나폴레옹은 팔짱을 끼며 말을 이었다.

"프랑스는 아직까지 폴란드 분할 통치에 참여한 적이 없소. 나는 폴란드의 모든 민중들의 의사를 알고 싶소. 통일된 의견을 한 번 모아보시오."

그는 접견을 끝내고 커다란 방을 떠나며 한마디 말을 남겼다.

"지금이 다시 하나의 국가가 될 수 있는 유일한 기회요."

이튿날부터 며칠 동안 내내 비가 내렸다. 그는 몇몇 참모들과 장군들이 조만간 군대가 진군하면서 부닥칠 위험을 놓고 논의하는 것을 들었다.

병사들은 굶주렸다. 기진한 나머지 자살하는 병사들도 있었다. 이 진창 천지인 나라 어디에 몸을 두어야 할지 알 수 없었다. 농부들의 집이라야 비와 추위만 겨우 막을 수 있을 정도였다. 말들은 진흙탕에 빠졌고, 뭘 먹여야 할지도 알 수 없었다. 싸워보기도 전에 패배한 군대의 모습이었다. 게다가 러시아군이 어디에 있는지조차 모르고 있는 형편 아닌가.

나폴레옹은 갑자기 화를 터뜨리며 베르티에를 향해 소리쳤다.

"귀관은 그래, 고작 센 강에 돌아가서 오줌이나 싸는 일로 만족하겠다는 건가?"

장교들은 눈을 내리깔았다. 나폴레옹은 화가 난 얼굴로 그들 앞을 이리저리 오갔다. 우리가 정말 평화를 원한다면, 프로이센군을 패배시켰듯이 러시아군도 박살내야 한다는 사실을 이들은 이해하지 못한단 말인가?

그는 자신의 방 안에 틀어박혔다.

1806년 12월 2일, 아우스터리츠 승전 일주년 기념일이었다. 시간 속에서 이미 희미해진 그 전투, 안개를 꿰뚫고 들이꽂히던 햇살! 이 영광의 날을 기억해야 한다. 이 영광의 기억이 곧 성공할 수 있다는 증거였다.

나폴레옹은 집무실에서 나와 명령을 내렸다. 대성당에서 아우스터리츠 승리를 기념하는 감사미사를 올릴 것이며, 병사들에게 포고문을 낭독한 뒤 그것을 나눠줄 생각이었다.

그는 포고문을 구술했다.

〈병사들이여! 일 년 전 오늘 바로 이 시간에 그대들은 아우스터리츠의 기념비적인 평원에 있었다. 러시아군은 질겁해서 패주했다…… 오데르 강과 바르타 강, 폴란드의 삭막함, 혹독한 기후 등 그 어떤 것도 그대들을 한순간도 멈추게 하지 못했다. 그대들은 용감하게 나아가 모든 장애를 뛰어넘었다. 우리가 다가가자 모두 줄행랑을 쳤다. 프랑스군의 날개가 비스타 강 위를 날은 것이다.〉

이런 자신의 말들에 그는 도취되었다. 그는 총체적 평화를 얻기 위해서는 아직은 싸워야 한다는 점을 병사들에게 상기시켰다. 우선은 이기는 것이 중요했다.

〈누가 러시아군에게 운명을 거스르려는 희망을 품을 권리를 주었단 말인가? 그들과 우리는 아우스터리츠 전투에서 마주쳤던 바로 그 병사들 아닌가?〉

기분이 훨씬 나아진 그는 포즈나인 지방의 귀족들이 그를 위해 마련한 연회가 벌어진 성으로 갔다. 여인들이 황제를 에워쌌다. 그녀들 중 몇몇이 도발적이고 유혹적인 태도로 다가왔다. 나폴레옹은 그녀들을 뚫어지게 바라보며 하나하나 평가한 뒤, 한 여인을 골라 그녀의 팔을 잡아끌었다. 그녀가 웃었다. 손쉬운 정복. 물론 마음에 어떤 흔적도 남지 않을 것이다.

몇 시간 뒤, 그는 조제핀에게 편지를 썼다.

〈그대를 사랑하고, 그대를 몸으로 원하고 있소.〉

그리고는 덧붙였다.

〈모든 폴란드 여인들이 프랑스풍으로 변했소. 어제 지방 귀족들의 연회에 참석했는데 꽤 예쁘고 부유해 보이는 여자들이 참석했더군. 그녀들은 파리식으로 차려입기는 했지만, 그다지 잘 어울리는 것 같지는 않았소.〉

조제핀이 이전에 편지에서 자신은 노련한 여인이어서 질투를 느끼지 않는다고 밝혔던 것이 떠올라 그가 농담을 했다.

〈그런 말을 한다는 것이 바로 당신이 질투하고 있다는 증거요. 그 사실이 나를 기쁘게 하오. 하지만 나머지 이야기는 당신이 틀

렸소. 나는 별다른 생각을 하고 있지 않소. 폴란드같이 삭막한 곳에선 여자 생각도 안 난다오.〉

끊임없이 솟구쳐오르는 수많은 생각들! 비와 진흙탕, 어디에 있는지조차 알 수 없는 러시아 군대. 그리고 어디서 어떻게 간호할 것인지조차 알 수 없는, 진흙탕 위에서 썩어가고 있는 부상자들. 여인들에 대한 생각 또한 그를 괴롭혔다. 조제핀에게 편지를 써야 했기 때문이다. 그녀에게 또 거짓말을 해야 하는가? 그렇다 해도 그것이 뭐 대수로운 일인가. 외면의 진실 이외의 또 다른 진실이라는 것도 있지 않은가?

그는 또한 매순간 프랑스에서 전개되는 상황에, 강박에 가까운 관심을 쏟았다. 파리로부터 오는 전문을 매일 초조하게 기다렸다. 국가참사원의 회의를 기록하는 서기들이 죽어라 말에 박차를 가하며 포즈나인과 파리 사이, 4백 리유*의 길을 달렸다. 역참에서 말을 갈아타는 몇 분을 제외하고는 휴식도 없이 팔 일 동안을 달려오는 것이다. 나폴레옹은 끊임없이 배달되는 프랑스 신문과 참사원의 보고서를 탐하듯 읽었다. 그리고 거의 단숨에 포고령을 구술해 서명하고, 그 길로 젊은 서기들을 파리로 돌려보냈다.

12월 2일, 포즈나인에서 그는 프랑스 대군의 승리를 기념하기 위해 마들렌에 기념물을 세울 결심을 했다. 이 기념물 안에 대리석과 금으로 장식된 테이블을 놓고, 그 위에 울름과 아우스터리츠 그리고 예나 전투에 참전한 병사들의 이름을 새겨넣을 것이다.

그는 욕망했다.

그러나 포즈나인 수도원의 컴컴한 대회의실에서, 그는 이따금 자신의 의지가 자신에게서 빠져 달아나 어떤 운명 앞에 굴복하는

---

* 1리유는 4킬로미터.

것이 아닌가 하는 의구심을 느꼈다. 그런 생각이 그를 괴롭혔다. 그렇다면 진정 무엇을 할 수 있단 말인가?

조제핀이 편지를 보내왔다. 그가 예상한 대로 그녀는 두 눈으로 직접 그를 보기 위해 합류하고 싶다는 요구를 다시 해왔다. 나폴레옹은 그 요구를 받아들이고 싶지 않았다. 그의 기분을 달래주는 이곳 여인들, 언제 터질지 모를 전투, 비와 추위가 계속되는 기후, 진흙 때문이었다. 그리고 무엇이 어떻게 전개될는지 알 수 없는 불확실함이 아직 엄존하고 있었다. 전투, 도대체 어디에서, 그리고 언제? 나폴레옹은 답장을 썼다.

〈그러니 며칠 더 기다리시오.〉

그리고는 잠시 펜을 놓고 창 밖에 시선을 주었다.

저녁 여섯시. 포즈나인에는 비가 내리고, 밤이 검은 진흙처럼 두텁게 내려앉았다. 그는 다시 펜을 들었다.

〈사람들은 더 위대해질수록, 그리고 자기 생각을 제어해야만 할수록 사건과 정황에 더 민감할 수밖에 없게 되는 거요.〉

조제핀은 이해할까? 초인적인 힘으로 욕망한다 하더라도 항상 게임의 지배자가 될 수는 없다는 사실을?

사람들이 끼어들어 정황을 이끌어나가기도 하지만 장기판은 언제든지 뒤집어질 수 있는 것이었다. 그는 계속 적어나갔다.

〈당신 편지를 보고 당신이나 다른 예쁜 여인들이 현실 세계의 어려움에 대해 아는 게 조금도 없다는 사실을 알게 되었소. 당신이 원한 것은 언제나 당신이 원한 바 그대로 되어왔소. 하지만 나는 결코 그렇지가 않소. 인간들 가운데 가장 심하게 속박당하는 노예가 바로 나라는 사실을 밝혀야 하겠소. 나의 지배자는 피도 눈물도 없소. 사물의 본성이라는 것이 바로 나의 지배자요. 안녕, 나의 연인이여. 나폴레옹.〉

이런 생각이, 바르샤바를 향해 가는 길에서도 내내 그를 떠나지 않았다. 차디찬 비가 내려 길은 진흙으로 뒤덮였다. 길의 흔적은 찾아보기 어려웠고 다리는 끊겨 있었다. 나무기둥을 엮어 가교(假橋)를 만들어 겨우 강을 건넜다.

결코 끝날 것 같지 않은 기나긴 밤.

진흙탕에 자꾸만 처박히는 황제의 마차를 버려야 했다. 가볍기는 하지만 승차감이 좋지 않은 폴란드식 마차로 바꿔탔다. 뒤로크의 마차가 전복되어 대원수는 빗장뼈가 부러지는 중상을 입고 말았다. 한 시골 농부의 집에 뒤로크를 맡겨두고, 들이퍼붓는 듯한 폭우 속을 뚫고 여기저기 파여 있는 웅덩이와 신창을 피하며 길을 재촉했다.

나폴레옹이 말한 사물의 본성, 그것은 바로 이런 것이었다.

군대에서 '불평하는 소리가 나오고 있다'고 베르티에가 어렵게 전했다. 나폴레옹은 심드렁하게 대꾸했다.

"투덜거리는 친구들은 저들끼리 싸우게 내버려두는 거야. 달리 뭘 어쩌겠어?"

바르샤바가 몇 킬로 남지 않은 곳에서부터는 가벼운 폴란드 마차조차 앞으로 나아가지 못했다. 바퀴가 구를 때마다 진흙탕에 빠져들어 매우 더뎠다. 나폴레옹은 마차에서 내렸다. 초조했다. 깊은 밤, 안개 때문에 어둠은 더욱 두껍게 깔려 있었다. 추위는 덜했지만, 땅은 스펀지 같아서 발이 쑥쑥 빠졌다. 단단한 땅을 도무지 밟을 수가 없었다. 밑바닥을 알 수 없는 진흙탕이었다.

나폴레옹은 말을 한 마리 골라 탔다. 말은 앞발을 들고 몸을 세웠다. 역참에서 끌고 온 말이어서 다루기가 어려웠다. 말은, 잔등에 올라탄 그를 떨어뜨릴 듯이 길길이 날뛰었다. 하지만 상관없었다. 한시가 급하게 바르샤바에 가야 했다. 장군들로부터 올라온 보고서를 종합하면, 러시아군은 나레프 강을 따라 바르샤바의 북쪽에 집결해 있음이 분명했다. 나폴레옹은 그곳에서 전투를 벌이고 싶었다. 그것도 빨리. 이 전쟁을 하루속히 끝장내고 싶었다.

19일 금요일, 그는 바르샤바에 도착했다. 안개가 도시와 근교를 뒤덮고 있었다. 그리고 12월 23일 화요일 새벽, 그는 선두 병력과 합류하기 위해 다시 길을 떠났다. 휘파람 소리를 내며 쏟아지는 러시아군의 포탄 사이로 말을 달리고, 한 농가의 지붕으로 올라가 적의 동태를 살폈다. 그리고는 농가의 헛간에서 잠시 눈을 붙였다.

오후 세시, 그는 러시아군 탐색에 나섰다. 한겨울이어서 벌써 밤이 내리기 시작했고, 기병들은 진흙탕에 빠져 움직이지 못했다. 말들이 달릴 수 없는 상태였다. 보병들은 짙은 안개 속에서 피아를 구분하지 못해 아군끼리 서로 찔러 죽이는 일이 빈발했다. 네, 란, 다부 장군의 군대가 소이다우에서 프로이센군 잔당을 격파하고, 골리민과 푸투스크에서 러시아 군대에 승리를 거두었지만, 난감한 상황이 계속되었다.

러시아군을 어떻게 추격할 것인가?

나폴레옹은 푸투스크 주교의 성에 거처를 정하고 근위대와 함께 안개 속을 헤맸다. 그가 전장에 도착했을 때는 전투가 거의 끝났을 때였다.

그는 작고 어두운 방의 벽난로 앞에 앉아 캉바세레스에게 보내는 짧은 편지를 구술했다.

〈전쟁은 끝났다고 판단되오. 적은 우리 사이에 늪지와 삭막한 벌판만을 남겼소. 나는 월동할 수 있는 장소를 물색할 것이오.〉

그는 자리에서 일어나 거닐었다. 전혀 만족스럽지가 않았다. 러시아군은 섬멸되지 않았다. 비와 진흙탕, 짧은 낮과 짙은 안개가 그들을 도와주었다. 그리고 아우어슈테트 전투에서처럼 방관자로 남아 한 걸음도 움직이지 않은 베르나도트 군대도 러시아군을 지원한 셈이었다.

그는 마음을 진정시키기 위해 걸었다. 조제프에게 편지를 쓰리라. 그런데 형은 이 상황을 이해할까?

〈우리는 포도주나 브랜디, 빵도 없이 눈과 진흙 한가운데에서 지내고 있소. 우리는 거의 매일같이 총검과 사방에서 날아오는 탄환 속에서 싸우고 있소. 부상자들은 아무런 보호 장비도 없이 썰매에 실려 50리유나 후송되곤 하지…….〉

누가 이해할 수 있을까?

〈프로이센 왕조를 무너뜨린 이후 우리는 프로이센 잔당들과 러시아군, 카물크 족, 코자크 족, 그리고 로마 제국을 침입했었던 북방 민족들과 싸우고 있소. 우리는 저 야만족들에 대한 혐오감으로 온힘을 다해 전투를 치르고 있지.〉

나폴레옹 자신이 그것을 두 눈으로 보았고, 온몸으로 체험했다.

그는 힘찬 목소리로 구술했다.

〈힘을! 우리에게 힘을!〉

그리고 추신했다.

〈우리는 나약하고 무지한 여론과 맞서 싸우며 민중들에게 이익이 되는 것을 창출해나가는 것이오.〉

1806년 12월 31일 수요일, 나폴레옹은 좀 진정된 기분이었다.

그는 이날 푸투스크 주교 궁에서 가장 커다란 방의 벽난로 앞에 앉아 오페라 작곡가 파에르*와 함께 온 두 여가수의 노래를 들었다. 눈을 감았다. 빗발치는 탄환을 뚫고 배까지 차오르는 물 속을 걸어오면서 고생했기 때문인지 노래가 주는 기쁨도 더 컸다. 그는 마침내 '혐오의 감정'을 씻어버릴 수 있었다.

그날 12월 31일, 그는 편지를 써서 조제핀을 안심시켰다.

---

* 이탈리아 출신의 작곡가, 1771～1839.

〈당신은 이 위대한 폴란드 미인들을 이렇게 생각하면 될 거요. 그녀들이 흔히들 얘기하는 것처럼 그렇게 매력적인 것은 아니라고…… 안녕, 나의 연인이여. 나는 잘 지내오.〉

프랑스에서 온 우편물이 막 도착했다.

나폴레옹은 그중에서 푸셰가 발송한 것을 먼저 집어들었다. 푸셰는 극작가 레누아르*에게 황제를 기리는 비극을 집필해달라고 요청하는 문제를 검토하고 있었다. 나폴레옹은 파리에서 본 레누아르의 연극 '성당기사단원'을 떠올렸다. 나폴레옹은 푸셰에게 답했다.

〈우리 현 시대의 역사에서 이용해야 할 비극의 원동력은, 운명이나 신의 복수가 아니라 '사물의 본성'이오. 사물의 본성은, 실제적인 범죄를 저지르지 않고도 재앙으로 귀결되는 정치학이오. 레누아르는 '성당기사단원'에서 이 정치학을 놓쳤소. 만일 그가 이 원칙을 따랐다면, 배우 필립 르 벨은 더욱 빼어난 연기를 할 수 있었을 것이고, 그랬다면 관객들은 극중 인물을 동정하면서 그가 달리 어쩔 도리가 없었다는 것을 이해할 수 있었을 것이오.〉

전쟁을 계속하는 것말고 달리 무엇을 할 수 있겠는가? 누가 그것을 이해할까?

그는 파리에서 도착한 전문들을 부지런히 읽다가 갑자기 벌떡 일어났다. 푸셰는 아주 간단하게, 아무런 개인적 언급도 없이, 황제와 연관되어 관심을 가질 만한 사안이라며 치안국에 접수된 소식 하나를 알려왔다.

1806년 12월 13일, 빅투아르 가 29번지 별관에서, 루이즈 카트린 엘레오노르 드뉘엘 드 라 플레뉴가 사내아이를 낳았다는 소식

---

* 프랑스의 극작가이자 문헌학자, 1761~1836. 그의 희곡 '성당기사단원'(1805)은 큰 성공을 거두었다.

이었다! 1787년 9월 13일생인 그녀는, 1806년 4월 29일 장 오노레 프랑수아 르벨과 이혼하고 연금으로 생활하면서 카롤린 공주에게 책을 읽어주는 여자였다. 태어난 아이는 샤를이라는 이름에, 레옹 공작이라는 호칭으로 불리는데, 아버지가 누군지는 밝혀지지 않았다는 것이다.

나폴레옹은 뜨거운 열이 전신을 훑고 지나가는 걸 느꼈다.

—오 아들, 나의…….

그러나 믿어지질 않았다. 믿을 수 없는 일이었다.

—나의 아들이라니.

누이 카롤린이 황제의 팔에 갖다 안긴, 산뜻한 모사형에 아양이 넘치는 엘레오노르를 과연 신뢰할 수 있을까?

하지만 그녀가 1806년 봄, 그러니까 그가 파리에 머물고 있을 때, 과연 나폴레옹을 속이고 다른 사내를 만나는 위험까지 감수했을까? 그녀는 그가 구해준 집에 살면서 거의 매일 튈르리 궁에서 만나지 않았는가?

그의 아들일 수밖에 없었다.

그는 알고 있었다. 자신이 아들을 가질 수 있다는 것을.

늙고 가련한 조제핀은 기회 있을 때마다 나폴레옹에게 문제가 있어서 자식을 가질 수 없는 것이라고 말했지만, 그는 그녀가 거짓말하고 있다고 생각했었다.

아들. 그가 제국을 건설하기 시작할 때부터 줄곧 몰두했던 것이 바로 자식이었다.

그는 왕가의 딸과의 결혼을 상상했다.

그리고 조제핀을, 이혼을 생각했다.

나폴레옹은 천천히 창가로 다가갔다. 푸투스크 성 전체가 짙은 안개에 휩싸여 있었다.

이혼, 결혼, 출생. 그것이 바로 사물의 본성 아닌가.

18
어떤 여자와도 같지 않은 유일한 여인

아침에 푸투스크를 떠난 뒤, 나폴레옹은 마차 창문을 지나는 단조로운 평원 풍경에 정신이 팔린 듯 뒤로크에게 몇 마디 말을 던지다가 멈추곤 했다. 1807년 1월 1일 아침이었다.

그는 다시 폭설이 내릴 것 같은 낮은 하늘을 보기 위해 창 밖으로 머리를 내밀었다가 중얼거렸다.

"베니히센, 러시아군……."

부상에서 어느 정도 벗어나 황제의 대열에 합류한 뒤로크는 황제가 던지는 모든 말을 기억해두기 위해 잔뜩 긴장한 표정으로 귀를 기울이고 있었다.

나폴레옹은 갑자기 침묵 속으로 빠져들었다. 추격이 무슨 소용이 있는가? 그는 폴란드라는 나라에 대해 일종의 혐오감을 느꼈다.

이날 아침, 주교의 성을 떠나기에 앞서 그는 평화 협정에 서명하지 않고 있는 프로이센 왕에게 보낼 참모들에게 몇 가지 지침을 남겼다. '폴란드를 알게 된 이래, 황제는 폴란드에 어떤 가치도 두고 있지 않다'는 점을 장교들이 프리드리히 빌헬름에게 분명하게 인식시켜야 했다.

이 아침에 무엇을 위해 희생을 치르겠는가?

베니히센과 계속 싸워야 하고, 행군중인 네와 베르나도트 원수에게 전문을 보내 너무 멀리 나아가는 모험을 하지 말라고 미리 일러주어야 했다.

그러나 그는 이같은 일에서 전혀 열정을 느끼지 못했다. 러시아군을 격파하고 나면 다른 적들이 달려들 것이었다. 도대체 언제까지 싸워야 하는가? 뒤로크에게 뭔가 말을 하려다 멈춰버린 것도 이런 이유에서였다.

어제 저녁부터 온통 그의 신경을 붙들고 있는 단 한 가지 일은, 아들이었다. 자신의 아들.

지난 몇 년 동안 조제핀과 의사 코르비자르가 불임의 원인이 나폴레옹에게 있다고 주장하여 그 자신도 스스로에 대해 의구심을 가졌었다. 조제핀은 한때 나폴레옹을 설득하기도 했다. 아무도 모르게 사내아이를 하나 입양해 조제핀이 진짜 엄마 역할을 하면 된다는 것이었다.

그러나 만일 엘레오노르 드뉘엘이 사내아이를 출산했다는 사실을 조제핀이 안다면, 아니 벌써 그 사실을 알고 있다면, 그녀는 이혼을 피하기 위해 수단과 방법을 가리지 않을 것이다.

하지만 그는 그녀의 핑계와 구실을 받아들이지 않으리라고 결심했다. 그는 아이를 가질 수 있는 능력이 있는 것이다. 그는 이제 확신했다. 아이를 가질 수 있다는 바로 이 사실이 앞으로 일어날 모든 일의 시발점이 될 것이다.

권력의 끝까지 가려는 그를 누가 막을 수 있겠는가? 기어이 거기에 도달하려는 그를?

마차가 속도를 늦추었다. 브로니에에 가까워지고 있었다.

이 작은 도시의 관문에서 말을 바꿔 탈 수 있도록 조치해놓았다고 뒤로크가 설명했다. 마사 책임자 콜랭쿠르는 말을 교체하는 사이에 쉴 수 있는 시간이 몇 분 되지 않을 거라고 덧붙였다. 황제는 마차에서 내릴 필요도 없을 것이다. 브로니에는 이른 저녁에 도착할 예정인, 바르샤바로 가는 길에 있는 마지막 역참이었다.

나폴레옹은 머리를 내밀어 멀리 브로니에의 요새를 바라보았다. 그곳에 가까워지자, 손짓하며 환호하는 군중들의 모습이 보였다.

그는 어떤 즐거움도 느끼지 못했다. 그는 자신이 인정할 수 없게 될지도 모를 현실의 아들과, 언젠가는 태어나 모든 사람들의 축복 속에서 그의 후계자가 될 미래의 아들을 생각하고 있었다. 조제핀에게 돌아갈 상처도 생각했다. 그가 한때 그토록 사랑했던, 그러나 이제는 보내오는 편지마다 한숨과 눈물투성이인 질투심 많은 한 늙은 여인에게 가해질 상처를.

마차가 멈춰 섰다. 말을 교체하는 동안 군중들이 마차를 에워쌌다.

뒤로크가 마차에서 내려 역참으로 가는 길을 텄다. 몇 분 뒤, 나폴레옹은 뒤로크가 한 여인의 손을 잡고 돌아오는 것을 보았다. 굽이치는 금발이 검은 가죽모자 밖으로 흘러내리는 자그마한 여인. 뒤로크는 그녀를 이끌고 마차를 향하고 있었다.

그 여인이 갑자기 군중들 사이로 사라지는가 했더니 어느 틈에 곧 마차 앞에 나타났다. 균형잡힌 얼굴, 차가운 날씨에 발그레하게 상기된 피부, 생기 넘치면서도 순진한 눈을 갖고 있었다. 그녀의 눈과 마주친 순간, 나폴레옹은 즐거움과 활력이 솟구치는 것을 느꼈다. 뒤로크의 목소리가 귓가에 들려왔지만, 나폴레옹은 여인을 쳐다보느라 아무것도 의식하지 못했다.

"폐하를 위해 모든 위험을 무릅쓰고 군중을 헤치고 온 이 여인을 보십시오."

나폴레옹은 마차 밖으로 천천히 상체를 내밀었다. 스무 살이 채 안 되어 보이는 신선하고 새로운 얼굴. 그는 그녀의 얼굴을 만져보고 싶었다.

—그 어떤 여성과도 같지 않은 유일한 여인.

그가 말을 건네려 하자 그녀는 예를 올리던 몸을 일으켜 가까이 다가왔다. 꽉 조여진 망토 아래 그녀의 가냘픈 몸매가 그대로 드러나 보였다.

그녀가 구사하는 프랑스어는 은은하고 정겨웠다.

"어서 오십시오 폐하. 다시 일어서기 위해 폐하를 기다려온 저희 조국에 오신 것을 진심으로 환영합니다."

그녀는 몇 분 동안 말을 계속했지만, 그는 그녀의 말을 듣고 있지 않았다. 그는 탐하듯이 그녀의 눈동자와 뛰고 있는 가슴, 부드럽고 순수한 인상에 눈을 주고 있었다. 그녀는 지금까지 알았던 모든 여인들과 다르다! 그는 확신했다. 그녀는 팔레루아얄에서 만난 그의 첫 여인에서부터 그의 아들을 낳은 간교한 여인 엘레오노르 드뉘엘에 이르기까지, 그가 만난 어떤 여인들과도 달랐다.

—이 폴란드 여인과 같은 여자가 내 아들을 낳아줄 수 있다면.

푸투스크를 떠날 때, 그는 군중들이 그의 마차에 바친 꽃다발 속에서 하나를 집어 그녀에게 건네주었다. 그녀를 다시 만나고 싶었다.

마차가 움직이기 시작했다. 창 밖에 있는 그녀의 모습을 놓치지 않으려는 듯 나폴레옹은 그녀에게 눈길을 고정시켰다. 그러나 그녀의 모습은 이내 군중들 뒤로 사라지고 말았다.

그녀는 누구인가? 나폴레옹은 뒤로크에게 물었다.

그는 그녀의 신분을 파악하지 않은 궁정 대원수를 힐책했다.

나폴레옹은 그녀에 관한 모든 것을 알고 싶었고, 이튿날 바르샤바에서 주선한 만찬 석상에 그녀가 초대되기를 바랐다. 앞으로 있을 모든 만찬에, 모든 연회에 그녀가 참석하길 원했다.

그 여인을 욕망했다. 그는 입을 다물고, 자신의 내부에서 솟아나는 소리에 귀를 기울였다. 단순한 육체적 욕망만은 아니었다. 소유하고 싶은 욕망이었다. 그 동안 숱한 여인에게서 느꼈던, 품에 안고 지배하고 싶은 욕망에 일종의 환희나 열정이라고도 부를 수 있을 어떤 감정이 뒤섞인 기이한 느낌이었다. 그것은 조제핀을 처음 만나 열정적으로 사랑하기 시작한 첫 순간 이후 오랫동안 느껴보지 못한 감정이었다.

하지만 그는 이제 다른 사람이었다. 아직 서른여덟 살이 채 되지 않았지만, 그는 많은 경험을 했다. 이름조차 모르고, 다시 만날 수 있을지도 알 수 없는 여자. 나폴레옹은 그 여인에게서 매력과 젊음, 그리고 순진한 생기를 보았다. 그 이외의 것은 관심 밖이었다.

그리고 그녀는 바라스의 정부가 아니었다.

그는 그녀를 생각하면서 뭔가 새로운 일을 도모하고 싶은 욕구를 느꼈다. 그것은 한동안 그가 푹 빠져 있던 한 연상의 여인, 그의 경력이 시작되도록 도와주었지만 이제는 많은 상처들만 일깨울 뿐인 그 여인이 주도했던 과거로부터 빠져나오고 싶은 욕구였다.

자멕의 왕궁에 도착한 나폴레옹은 르브렝, 피유망이 그린 대형 회화로 장식된 회랑과 대회의실을 걸어가며, '바르샤바에 머무는 동안 모든 폴란드 귀족들을 만나보겠다'고 뒤로크에게 지시했다. 그는 궁정의 삶을 영위하길 원했다. 매주 두 번의 연주회가 있을 것이고 환영회, 만찬, 그밖에 왕궁 앞 작센 광장에서는 매일 군사 퍼레이드가 벌어질 것이다.

나폴레옹은 부셰의 그림 앞에서 잠시 발을 멈추며 말했다.

"나는 그녀에 대해 모든 것을 알고 싶네."

여인의 신상을 알아보러 나간 뒤로크를 기다리는 동안 나폴레옹은 전문을 구술하다가도, 지도를 들여다보고 있다가도 발걸음 소리가 들리면 일을 멈추고 귀를 기울였다. 한참 뒤에 뒤로크가 나타났다.

마리 발레프스카. 그녀의 이름이었다. 남편은 아나스타즈 콜로나 발레프스키. 부유한 귀족이며 로마의 콜로나 집안과 인척관계에 있는 자였다. 뒤로크가 말했다.

"남편이 나이가 많습니다. 아주 많아요."

락친스카에서 태어난 마리의 가족은, 그녀가 재산이 많은 홀아비와 결혼하기를 원했다. 하지만 그 성주는 늙었다. 그것도 아주 많이.

나폴레옹은 경멸과 더불어 초조함을 느꼈다.

"그녀를 초대하게."

그렇게 말하고 그는 오직 북방 민족 군대의 움직임을 예견하는 일에만 신경을 쓰고 있다는 듯이 다시 지도 위로 몸을 기울였다.

그는 발틱 해안에서 가까운 도시들, 즉 아일라우, 프리트란트, 쾨니히스베르크 그리고 틸지트에 핀을 꽂았다. 그 도시들과 강들, 비스타, 파사르주, 니에만 강 사이에서 이 전투의 마지막 장이 펼쳐지리라.

마리, 그녀가 마침내 발라카 궁에 왔다. 궁에는 나폴레옹의 영광을 기리기 위해 폴란드의 모든 귀족이 모여 있었다. 그녀는 길고 하얀 망토를 걸치고 있었다. 그녀에게 다가가면서 나폴레옹은 자신과 그녀에게 집중되는 눈길을 느꼈다. 이미 모두가 다 알고 있는 것이다. 하지만 그게 무슨 대수란 말인가!

그녀 앞에 멈춰 서며 그는 나직한 소리로 말을 건넸다.

"부인, 하얀 피부에 흰 옷은 어울리지 않는군요."

그녀가 두려워하며 주저하고 있음을 느낄 수 있었다. 그녀가 춤추는 모습을 바라보고 싶었지만, 그녀는 연회에 참석하지도 않았고, 말도 한마디 꺼내지 않았다. 그는 그녀가 이처럼 도망치는 걸 견딜 수 없었다.

성급해진 그는 저녁 파티가 채 끝나기도 전에 펜을 들었다. 검은 잉크를 찍어 강건해 보이는 필체로 편지를 썼다.

〈나는 내내 당신만을 보고 있었소. 당신만을 찬양하오. 당신만을 원하오. 답장을 보내어 이런 나의 열정을 진정시켜주시오. 짧아도 좋소. N.〉

그는 기다렸다. 지금까지 어떤 여인이 그를 거부했던가? 나폴레옹을 달뜨게 하여 자신의 가치를 높여보려 했던 여자들은 있었다. 마리, 그녀도 이런 '족속들' 중의 하나일까? 회의가 일었다. 하지만 이내 그런 생각을 했다는 것 자체가 부끄러워졌다. 그는 뒤로크를 불러 답장을 채근했다.

—이보다 더 중대한 일은 없다, 뒤로크.

화가 치밀어올랐다. 마리 발레프스카라는 여자를 더이상 생각하지 않으려고 일상 업무 속에 파묻혔다. 예컨대, 지나치게 북쪽으로 진군해 러시아군에게 옆구리를 노출시킬 위험이 있는 네 원수에게 주의를 주는 일 같은 것이었다. 그는 러시아군을 포위하고 싶었다. 하지만 지금 그가 진정 포위하고 싶은 것은 마리 발레프스카, 그녀였다.

그는 멈췄다가 걷고, 걷다가 다시 멈추기를 반복하며, 습관처럼 킁킁거리며 냄새를 맡았다. 마치 그녀는 그에게 없어서는 안 될 놀라운 자극이기라도 한 것처럼. 그는 그녀를 향한 생각을 멈출 수 없었다. 그녀의 일에 비하면 나머지 일들은 그가 다 꿰뚫어볼 수 있을 것 같았다. 그가 치르는 전쟁도, 전쟁터에서 맞부딪치고 있는 군주들조차도.

그는 바이에른 왕의 딸이며 으젠 드 보아르네의 아내인 아우구스타에게 편지를 썼다.

〈너의 아주머니인 프로이센 왕비의 처신은 아주 잘못된 것이었다. 하지만 그녀는 매우 불행해졌으니 그 일에 대해 더이상 언급할 필요는 없겠지. 어서 아이 소식을 듣고 싶구나. 만일 딸을 낳는다면, 그 아이는 너만큼이나 사랑스럽고 착한 아이가 될 것이다.〉

아이를 낳을 수 있다는 사실을 알고 난 이후, 그의 머리에선 아이에 대한 생각이 떠나지 않았다. 하지만 그가 할 수 있는 일은 아무것도 없었다.

조제핀은…….

줄곧 마인츠에 머물고 있는 그녀는 탄식 속에 나날을 보내며 거의 매일 편지를 보내왔다. 그녀는 나폴레옹을 만날 날만 기다리고 있었다. 하지만 그녀가 그의 마음을 알고나 있을까? 혹시 그녀는 엘레오노르 드뉘엘이 아이를 가졌다는 것을 벌써부터 알고 있었던 것은 아닐까? 그래서 나폴레옹 역시 그 소식을 들었으리라 짐작하고, 그의 곁에 있고 싶어하는 건 아닐까?

—그녀라면 충분히 그럴 수 있으리라.

1807년 1월 3일, 그는 편지를 썼다.

〈당신 편지를 받았소, 나의 연인이여. 당신의 고통이 얼마나 내 마음을 아프게 하는지 모르겠소. 하지만 상황에 잘 적응해야 하오. 마인츠에서 바르샤바까지는 너무 먼 길이고, 베를린으로 오라는 편지를 당신에게 쓸 수 있으려면 상황이 허락해야 하오. 그런데 여기엔 해야 할 일이 너무 많소. 당신이 파리로 돌아가 있으면 좋겠소. 거기서 당신이 해야 할 일이 많아요. 나는 잘 지내고 있소. 여기 날씨는 좋지 않소. 가슴 깊이 당신을 사랑하오. 나폴레옹.〉

사물의 한 면만을 이야기하는 것도 거짓이라 할 수 있을까?

그는 많은 추억을 공유하고 있는 조제핀에게 애정을 가지고 있었다. 하지만 기억들은 오랜 습관으로만 두 사람을 연결하고 있을 뿐이다. 조제핀은 이제 그의 마음속 작은 한구석만을 차지하고 있다. 그녀는 이제 그의 몸과 마음을 점령하고 있지 않을뿐더러 조금은 귀찮은 존재이기까지 했다. 그에게 장애물이 되고 있는 것이다. 그는 지금 아직 그가 가까이 다가갈 수 없는 여인, 마리라는 여인에게 온통 빠져 있다. 1월 4일, 그는 마리에게 편지를 썼다.

〈부인, 내가 당신을 화나게 했소? 나는 그 반대를 희망할 권리가 있다고 생각하오. 내가 틀린 거요? 당신에 대한 나의 호감은 더해만 가는데, 당신은 내게서 멀어지려 하는군요. 당신은 내게서 안식을 빼앗아갔소! 제발, 내게 기쁨과 행복을 되돌려주시오. 당신 앞에 언제든 무릎을 꿇을 준비가 되어 있는 이 불쌍한 사람에게…… 답장을 주는 게 그렇게도 힘드오? 당신은 이제 두 통의 답장을 내게 빚지고 있는 거요. N.〉

답장은 오지 않았다. 그는 초조했고, 이 초조감은 주위 사람들에 대한 짜증으로 나타났다.

아침에 옷 입는 것을 도와주는 콩스탕에게 그는 심술을 부렸다. 방의 한쪽 끝에서 다른 쪽 끝까지 콩스탕은 그를 따라다녀야 했다. 앉았다 일어섰다 안절부절못하며, 어쩌다 콩스탕의 손이 그의 몸에 스치기라도 하면 화를 버럭 내었다.

그는 지난번 발라카 궁전 만찬 때, 그의 참모 두 사람이 마리 발레프스카에게 관심을 보였던 것을 기억해냈다. 그는 베르티에를 시켜 그 두 장교를 바르샤바에서 멀리 떨어진 곳으로 전근시키라고 명했다. 베르트랑은 제롬 보나파르트가 점령한 브레슬라우로 보냈고, 루이 드 페리고르는 파사르주 강변에서 러시아 군대를 추격하는 부대에 배속시켰다.

마리 발레프스카가 자신을 거부하는 것도 견딜 수 없었지만, 다른 남자에게 관심을 갖는 것은 더더욱 받아들일 수 없었다.

그가 베푼 왕궁 만찬에서 마침내 그녀를 다시 만났을 때, 그는 그녀에게 다가가 퉁명스럽게 말했다.

"당신은 그 부드러운 눈빛으로 남의 가슴에 못을 박고 있소. 남에게 상처를 주면서 그것을 즐기는 것은 아주 나쁜 짓이오. 허영심 강하고 잔인한 여자나 하는 짓이지."

왜 그녀는 아무 대답이 없는가?

그녀의 침묵을 견딜 수 없었다. 끝없이 움직이지 않으면, 누구에겐가 편지라도 써야 직성이 풀렸다. 목숨이 걸려 있기라도 한 듯, 그의 모든 의지는 팽팽히 긴장돼 있었다. 그가 도전하고자 하는 각각의 승부에 온힘을 쏟는 것, 이것이 바로 그가 산다고 말하는 것이었다.

그는 한가하게 시간을 보내는 것을 싫어했다. 하고 있는 일이 무엇이든 간에, 그는 완벽하게 몰두했다. 편지를 쓰는 일까지도.

〈누구에게든 견딜 수 없이 힘든 순간이 있소. 지금의 내가 그렇소. 열정에 불타고 있는 가슴을 어떻게 하면 진정시킬 수 있겠소? 지금 당장이라도 당신 발치에 엎드릴 수 있소. 내 가슴은 이제 당신에 대한 열망으로 마비되었고, 터져버릴 듯 끓어오르고 있소.〉

갑자기 그는 감정을 누그러뜨렸다.

〈제발 이 마음을 받아주시오…… 지금 우리 사이를 가로막고 있는 건 당신뿐이오. 내 친구 뒤로크가 당신에게 방도를 일러줄 거요. 제발 내 곁으로 와주오! 당신의 바람을 모두 채워드리겠소.〉

그는 잠시 생각했다. 그녀는 애국심이 강한 여자다. 사람들이 그렇게 말하는 걸 들었다. 그 자신이 누구인지, 얼마나 큰 힘을 가지고 있는지 일깨워주어야 했다. 그는 덧붙였다.

〈이 불쌍한 가슴을 채워줄 때, 당신 조국은 내게도 가장 소중한 나라가 될 것이오. N.〉

바르샤바의 모든 상황이 그녀로 하여금 그의 곁으로 오지 않을 수 없게끔 만들고 있다는 것을 그는 알고 있었다. 이제 수단과 방법은 중요하지 않았다. 그녀는 와야만 했다. 그가 욕망하는 것이다.

1월 중순, 마침내 그는 왕궁에 있는 자신의 침실에서 그녀를 만났다. 그는 열정적으로 그녀를 안았다. 하지만 그녀는 거절하고 도망가려 했다. 그는 분노를 터뜨렸다. 그녀는 자기를 기다리고 있는 일이 어떤 일일지 상상해보지도 않았단 말인가? 그렇다면 무슨 속셈으로 내게 왔단 말인가? 그녀는 대가를 바라고 있단 말인가?

이윽고 그녀는 눈물을 흘리며 그에게 몸을 맡겼다. 이제는 그의 차례였다. 그는 그녀에게 여러 가지 이야기를 들려주며 그녀를 유혹했다. 나폴레옹은 젊은이의 진실성으로 돌아가 있었다. 몇 시간 동안이나마 되찾은 그의 순수함과 자유분방함, 그리고 진실이 그녀의 마음을 움직였다. 그렇게 시간은 흘렀고, 그녀는 몸을 열었다.

새벽이 되자마자 그는 펜을 들었다.

〈마리, 내 사랑스러운 마리! 내 마음은 언제나 당신에게 있소. 지금 내 첫번째 소망은 당신을 다시 만나는 것이오.〉

이 간곡한 어투는 이탈리아 전선에서 조제핀에게 편지를 썼던 이후 몇 년 동안 그에게서 잊혀졌던 것이었다. 그런데 이 단어들이 다시금 선명하고 생생하게 떠올랐다.

〈당신은 다시 올 거요. 그렇지 않소? 당신은 지난번 내게 약속했소. 안 온다면 독수리라도 보내 당신을 채어오도록 할 것이오. 만찬에서 당신을 다시 보고 싶소. 약속해줄 수 있겠지요? 와서 나의 꽃다발을 받아주기 바라오. 이것은 우리를 둘러싼 수많은 사람들의 눈앞에서 우리의 비밀스런 관계를 잇는 신비의 끈이 되어줄 것이오. 이것으로 우리는 수많은 사람들의 눈앞에서도 서로의 마음을 확인할 수 있을 것이오. 가슴에 손을 얹어 내 마음을 바칠 때, 당신은 손을 내밀어 이 꽃다발을 잡아주오! 나에게 사랑을 주오, 내 착한 마리. 당신의 손길이 결코 이 꽃다발에서 멀어지지 않길 바라오. N.〉

그녀가 다시 그를 만나러 왔다. 이제 그녀는 그의 것이었다. 하지만 정신적 사랑만으로는 그의 성에 차지 않았다. 그녀는 그가 선물로 보낸 보석을 한사코 거절하지 않았던가? 그렇다고 그녀에게 빚이 없어진 것은 아니다. 이제는 그녀가 양보해야 할 차례였다. 그가 그녀를 사랑한다는 것을 이미 보여주지 않았던가? 그에게 있어 그녀는 한 번 차지했다가 버리는 그런 여자들 중 하나가 아니라는 것을 보여주지 않았던가?

그는 화를 내며 그녀에게 선물했던 시계를 바닥에 내팽개치고 발로 으깼다. 그는 결코 남에게 거절당하지 않는 사람이었다.

결국 그녀가 굴복했다.

그러나 그는 이것으로 만족하지 않았다. 그는 자신이 차지한 이 젊은 육체에 그의 몸과 마음을 모두 주기를 원했다.

"날 사랑해주오, 마리. 나를 사랑해주오."

그는 그녀가 늘 자신 가까이에 있기를 원했다. 그녀는 그의 모든 것이었다. 그녀가 지닌 착하고 부드러운 마음과 순종하는 몸가짐이 그를 충족시켜주었다. 그는 싫증도 내지 않고 그녀를 바라보았다. 너무나 맑고 아름다웠다. 가끔 그녀에게서 잃어버린 자신의 모습을 발견하기도 했다.

그녀가 곁에 없으면 그는 직접 그녀를 찾아나섰다.

"사랑스런 마리, 여섯시에 가겠소. 당신은 방에 있기만 하면 되오. 다른 건 아무것도 필요치 않소."

그녀는 그곳에 있을 것이고, 그것만으로도 그는 충분했다.

혼란스러웠던 머리가 차차 깨끗이 정돈되기 시작했다. 그는 목표에 도달했다. 이제 다시 날카로운 머리와 침착성으로 전투 계획을 세울 때가 온 것이었다.

네 장군과 베르나도트 장군이 북쪽에서 러시아군과 전투를 개시했지만, 1807년 1월 한 달 동안은 때를 기다릴 작정이었다.

그것을 위해 새로운 정열이 그에게 깃들여야 했다.

다시 지도를 꺼냈다. 머릿속이 한결 가벼워진 느낌이었다. 사리사욕이 없는 마리에 대한 사랑이 젊음을 되찾아준 듯했다.

그는 곧 바르샤바를 떠나 베니히센 군대 포위 작전의 중심이 될 북쪽의 아일라우와 프리트란트로 향할 계획이었다. 이 포위 작전을 위해 먼저 두 도시의 남쪽에 있는 빌렘베르크를 점령할 필요가 있었다.

이 달 내내 그는 하루도 거르지 않고 조제핀에게 답장을 써야 했다. 그녀는 날카로운 직감을 뻗치고 있었고, 너무나 집요했다. 그녀는 바르샤바에서의 그의 행적을 벌써 소문으로 들었을 것이다.

〈왜 그렇게 슬퍼하고 눈물을 흘리는 거요? 좀더 용기를 가질 수는 없소?〉

그녀는 강한 정신력과 기질을 보여주어야 했다.

〈좀더 강해져야 하오. 당신이 매일 울고 있다는 소식을 들었소. '흥!' 이라니, 이 무슨 품위 없는 태도요!…… 나의 기품을 떨어뜨리지 않도록 행동을 조심하시오. 황후라면 좀더 넓은 아량을 가지고 있어야 하오!〉

하지만 그는 그녀에게서 아주 먼 곳에 있었다.

〈잘 있어요. 나의 연인이여.〉

그녀는 결국 파리로 돌아갔지만 여전히 하루하루를 눈물로 보낸다는 소식이었다.

그는 그녀가 괴로움을 공공연하게 드러내는 것을 못마땅하게 생각했다. 그는 바르샤바를 떠나 빌렘베르크로 향하는 마차 안에서 자신이 그녀에게 원하는 바가 무엇인지를 편지에 썼다.

〈나의 연인이여, 당신의 1월 20일자 편지 때문에 너무 괴로웠소. 그 편지는 너무 슬픈 내용뿐이었소. 그것은 조금은 신실하지 못한 데서 오는 고통이오. 당신의 행복이 당신의 자랑이 된다고 했지만, 그것은 고결한 생각이 아니오. 다른 사람의 행복이 곧 나의 자랑이라 해야 할 것이오. 하지만 이 말도 부부에게 적합한 말은 아니오. 내 남편의 행복이 나의 자랑이라 해야 할 거요. 그러나 이 또한 어머니로서는 적합하지 않소. 내 자식의 행복이 나의 자랑이라 해야겠지. 다른 사람들이 그런 것처럼, 당신의 남편과 당신 아이들도 어느 정도 그런 영광을 가질 때에 행복할 수 있는

거요. 그러니 그렇게 '흥!'이라 하면 안 되는 거요.〉

그는 이 대목에서 편지 쓰기를 멈췄다. 그는 쓰던 편지를 다시 읽어보는 것을 좋아하지 않았다. 짧은 사색과 논리적 비약만으로도 생각은 충분히 합리화되곤 한다. 사람들이 자신의 생각이나 행동, 글 따위를 되돌아보려 하지 않는 것도 이 때문 아닌가.

그녀가 결코 이 편지를 좋아하지 않으리라는 걸 알고 있었다. 시간이 둘 사이에 너무 깊은 골을 파놓았다. 이것이 사물의 본성이다.

그는 다시 편지를 썼다.

〈조제핀, 당신은 따뜻한 가슴의 소유자지만 이성적이진 못하오. 당신은 아주 잘 느끼지만, 이성적으로 생각하는 일에는 그다지 뛰어나지 못하오.〉

그녀가 그들 사이에 존재하는 거리감을 느껴야 했다.

〈자, 논쟁은 이제 그만 합시다. 당신이 좀더 명랑해지고 자신의 처지에 좀더 만족하고 수긍했으면 좋겠소. 불평이나 눈물 속에서가 아니라 진심에서 우러나오는 쾌활함과 약간의 행복으로 말이오. 잘 있어요, 친구. 오늘 저녁엔 전방을 둘러보기 위해 떠나야 하오. 나폴레옹.〉

19
나도 전쟁말고 다른 일을 할 줄 아는 사람이다

나폴레옹은 언덕 위에 서서 계곡을 굽어보았다.

좁다란 다리 너머 작은 숲이 호프 마을의 일부를 가리고 있고, 여기저기 잠복한 러시아 병사들의 군복이 눈에 띄었다. 눈으로 덮인 나뭇가지 밑에 숨어 있는 적들을 소탕하기 위해서는 대포를 배치해야 했다. 그곳에 러시아군 수개 대대가 잠복하고 있는 것이 분명했다.

이제 진짜 전투가 시작되는 것인가? 일 주일 전부터 베니히센 군대는 자취를 감추었다. 베니히센은 아일라우와 쾨니히스베르크로 퇴각한 것이다. 나폴레옹이 말했다.

"머지않아 전투가 벌어질 것이다."

하지만 확실하지는 않았다. 이미 알렌슈타인에서는 전투가 시작되었고, 다부 장군은 베르크프리데에서 러시아군을 산발적으로 공격하고 있었다. 그러나 그것은 부분적인 전투에 불과했다. 나폴레옹이 뮈라를 향해 말했다.

"적은 내 손안에서 놀고 있어. 제때에 후퇴하지 않으면 적은 끝장날 거야."

말에 올라타고 있던 나폴레옹은 말의 목덜미 쪽으로 바짝 고개를 숙였다. 그는 러시아군을 현위치에 붙들어둔 채 포위해서 섬멸할 작정이었다. 그런데 베니히센이 그의 전략을 눈치챈 듯했다. 그래서 그는 때맞춰 후퇴한 것이리라. 그가 네나 베르나도트에게 보낸 편지 가운데 하나를 적들이 가로챘을지도 모른다. 네와 베르나도트는, 다부가 오른쪽 날개를 맡고 있는 동안 왼쪽에서 파사르주 강을 타고 공격하는 임무를 맡았다. 나폴레옹이 뮈라에게 명했다.

"기다리지 말고 진격해."

기병대와 경기병, 엽기병들이 앞으로 나아갔다. 그 뒤를 클랭 장군의 군대가 따랐다.

그는 총알이 빗발치는 다리 위에서, 말과 병사들이 우왕좌왕하다 눈 위에 쓰러지고 얼음 위에서 미끄러지는 모습을 무표정하게 바라보았다.

—이 나라에 저주 있으라.

그는 나폴리 왕국에서 점잔을 빼고 있는 형 조제프에게 편지를 썼다.

〈포도주와 기름과 빵, 식탁보, 침대보가 있고, 사교계에다 여자들마저 있는 아름다운 나폴리의 군대와 우리 군대를 비교하는 것은 바보짓이겠지.〉

—여기엔 정말 눈과 얼음 외엔 아무것도 없다.

여드레 전 바르샤바를 떠난 이래 나폴레옹은 늘 병사들과 함께

했다. 그들을 직접 만나 불만의 소리도 들었다. 병사들은 빵을 요구했고, 심지어는 평화까지도 요구했다.

뱃가죽은 꺼져들고 눈썹은 추위에 얼어붙었다.

나폴레옹은 형에게 보내는 편지에서 계속했다.

〈참모장교들과 연대장들 그리고 일반 장교들은 두 달, 심지어는 넉 달 동안 옷을 갈아입지 못하고 있소. 나도 보름 동안 군화를 벗지 않았고. 이렇게 피곤한 가운데 모두들 크고 작은 병을 앓고 있지만, 나만은 전에 없이 건강하고 살도 쪘소.〉

그는 말에서 내렸다. 살아남은 병사들이 다시 모였다. 쓰러진 병사와 말의 시체들이 다리 한켠에 쌓여 있었다.

호프는 전략적으로 중요한 곳이었다. 그는 아일라우와 쾨니히스베르크로 가는 길 쪽을 바라보았다. 베니히센이 병력을 매복시켜 호프에서 저항하며 반격을 시도하는 것은, 그만큼 이곳 호프가 중요한 곳이기 때문이었다. 호프를 무너뜨리면, 베니히센은 더이상 후퇴하지 않고 싸움에 임하게 될 터였다.

나폴레옹은 참모에게 지시를 내려, 도풀 장군의 흉갑기병대*를 즉각 출동시키라고 명령했다.

잠시 후, 몸에 꽉 끼는 철갑옷을 입고 검은색 털장식과 술이 달린 투구를 쓴 병사들이 출동하는 것이 보였다. 그들이 탄 말은 급하게 언덕을 내려갔다. 그들이 돌진하자 다리가 흔들리고 땅이 진동하는 듯했다. 러시아인들의 총격에 십여 명이 쓰러졌지만, 그들은 굴하지 않고 진격을 거듭하여 적의 방어선을 돌파했다.

러시아군은 숲속으로 흩어져 패주했다. 마침내 호프가 무너졌다. 아일라우로 가는 길이 뚫린 것이다. 이제 아일라우에서 또 한

---

* 가슴 부분만 덮는 철갑옷을 입고 말을 탄 군대.

번 결전이 벌어지리라.

홍갑기병대장 도풀 장군이 승전 소식을 전하기 위해 찾아왔다. 커다란 체구를 가진 그를 나폴레옹은 올려다보아야 했다. 나폴레옹은 병사들 앞에서 그를 얼싸안았다. 도풀이 말했다.

"이 영광에 보답하도록 폐하를 위해서 목숨을 바치겠습니다."

나폴레옹은 유심히 그를 바라보았다.

—이자는 내 사람이다. 바로 이런 사람을 거느려야 해. 나에 대한 그의 희생은 위대함과 승리를 위해 그가 나에게 지우는 의무야. 도풀은 나를 위하여 자신의 목숨을 바치고 있다.

도풀은 돌아서서 앞에 도열해 있는 자신의 기병대를 향해 외쳤다.

"병사들이여, 폐하께서는 그대들의 용맹함을 치하하셨다. 나를 포옹하신 것은 그대들 모두를 포옹하신 것이다. 병사들이여, 나, 도풀은 그대들 위대한 홍갑기병들이 자랑스럽기 그지없다. 그대들 엉덩이에 입이라도 맞추고 싶구나."

시체로 뒤덮인 협곡에 만세 소리가 울려퍼졌다.

이것이 바로 오늘날까지도 여전한 인생의 법칙이다.

밤이 내리면서 추위가 더욱 심해졌다. 나폴레옹은 근위병들이 지펴놓은 장작불 주위를 서성거렸다. 아군 수중에 들어온 호프를 이제 막 가로질러 온 참이었다. 길은 시체로 뒤덮여 있고, 막사는 부상자들로 가득 차 있었다.

그는 중얼거렸다.

"전쟁은 하나의 시대착오야. 언젠가 대포나 총검 없이도 승리가 쟁취될 날이 올 거야."

불 옆에서 잠시 눈을 붙이고 일어선 그는, 곧 아일라우로 진격하라고 명했다.

날이 밝았다. 추위는 여전했지만 햇살이 비쳤다.

치글호프 고원을 가로질러 온 그는 주위를 둘러보고, 그곳에 막사를 설치하라고 지시했다. 근위대 숙소는 그의 바로 옆에 자리잡을 것이다.

그는 자리를 잡고 앉아 오주로 원수에게 말했다.

"오늘밤으로 아일라우를 점령해버리자는 의견이 많소. 하지만 난 밤에 싸우는 걸 좋아하지 않을 뿐만 아니라 오른쪽 날개 다부와 왼쪽 날개 네가 도착하기 전에는 진격하고 싶지 않소."

그는 다시 자기 휘하의 참모들을 둘러보았다.

"나는 내일 아침까지 이 고시에서 다부와 네를 기다릴 것이다. 포병대가 보강되면 우리 보병은 보다 유리한 위치를 점하게 될 것이다."

그는 란트그라펜베르크 고원에서 있었던 예나 전투를 떠올렸다.

"네와 다부가 전선에 합류하면, 모두 힘을 합해 적을 향해 진격하도록 하지."

그때 아일라우 쪽에서 총성이 들리더니 마을 사방에서 불길이 번져올랐다.

한 장교가 보고하기 위해 달려왔다. 이미 아일라우를 점령했으리라고 생각한 황제의 보급장교들이 운반 마차에 짐을 싣고 가 마구간에 황제의 숙영지를 마련하고 음식을 만들던 중 러시아군의 공격을 받았다는 것이었다. 술트 원수의 군대가 곧 지원에 나섰고 러시아군이 강력하게 반격해왔다. 전면전이었다. 나폴레옹이 말했다.

"전장으로 가야겠군."

진정한 지휘관이라면 전쟁터에 모습을 드러내어 병사들을 격려할 줄 알아야 했다. 그는 말에 올라 자기의 숙영지를 버리고 아일라우의 전초기지를 향해 달렸다. 근위대가 그를 호위했다. 러시아군이 쏘아대는 포탄이 비 오듯 떨어지기 시작했다. 1807년 2월 7일 밤이었다.

2월 8일 일요일 아침 여덟시, 날씨가 바뀌어 하늘엔 구름이 잔뜩 끼었다. 러시아군은 다시 공격해왔다. 아일라우 묘지에서 전투가 벌어졌다. 갑자기 북풍과 함께 거센 눈보라가 몰아치기 시작했다. 눈보라는 프랑스군의 정면으로 휘몰아쳤다.

나폴레옹은 움직이지 않았다. 그의 가까이에서 병사들이 수백 명씩 쓰러졌다. 포탄이 지축을 뒤흔들며 터질 때마다 부상자들과 시체 위로 죽어가는 말들이 고꾸라졌다. 포 운반 마차와 기병들은 죽은 사람과 함께 산 사람들까지 깔아뭉개며 질주했다.

부하들을 이런 혼돈 속으로 밀어넣어야 했다. 그것이 그의 의무였다. 러시아군의 공격은 집요하고 강력했다. 그는 오주로 휘하 병력들이 그의 눈앞에서 눈보라 속으로 사라져가는 것을 막막한 심정으로 지켜보았다.

갑자기 날씨가 개었다. 나폴레옹은 보급 마차에 올라타고 전장을 내려다보았다. 헤아릴 수조차 없는 시체들이 눈 덮인 벌판을 덮고, 시체에서 흘러나온 피가 흰 눈을 붉게 물들였다. 도처에서 쓰러지는 것은 아군 병력들이었다.

나폴레옹의 발 밑에는 부상당한 오주로가 정신을 잃은 채 쓰러져 있었다. 오주로 군대는 러시아군에 짓밟혀 몇 명의 병사밖에 남지 않았다.

강건한 마음가짐이 필요한 때였다. 절망이 마음을 갉아먹도록 내버려두어서는 안 된다.

뮈라, 뮈라는 어디 있는가? 나폴레옹은 급히 뮈라를 불렀다.

"우리 모두가 저들에게 먹힐 때까지 그저 지켜보고만 있을 셈인가?"

나폴레옹의 호통에 뮈라는 서둘러 기병대를 출동시켰다. 다시 땅이 흔들렸다. 80기 남짓 남은 기병대와 엽기병, 용기병, 흉갑기병대가 일시에 적진을 향해 총을 발사하며 뛰어들었다. 불 같던 러시아의 공격이 주춤했지만, 그리 오래 가진 못했다. 러시아군의 척탄병들이 돌격을 시도하기 시작했다.

대체 네의 병력은 무얼 하느라 오지 않는 것인가?

근위대까지 내어줄 수는 없었다. 참고 기다려야 했다.

나폴레옹은 포탄으로 엉망이 된 묘지의 무덤 앞에 서 있었다. 묘지에는 죽은 병사들과 포격으로 드러난 해골들이 이리저리 뒤섞인 채 흩어져 있었다.

멀리서 러시아의 척탄병들이 돌격하며 내지르는 함성이 들려왔다.

—절대로 물러나지 않겠다.

그를 피신시키기 위해 말을 끌고 온 콜랭쿠르를 나폴레옹은 오연한 시선으로 물리쳤다.

나폴레옹은 도르센 장군을 불러 침착한 목소리로 명령했다. 근위대를 자기의 오십 보 앞으로 이동시키도록 한 것이다. 그리고 러시아군의 공격을 기다렸다.

도르센이 소리쳤다.

"병사들이여, 무기를 들어라! 노련한 근위대는 총검만 가지고도 싸운다!"

나폴레옹은 팔짱을 끼고 서서 러시아의 공격이 주춤해지길 기다렸다.

한 부관이 포연 속을 가로질러 와, 프로이센 레스토크 군대의 한 대대가 다부 원수의 군대를 공격하고 있다고 전했다.

우리가 타격을 받았다는 걸 적이 눈치채게 해선 안 된다. 그가 기다리던 밤이 내리려는지 사위가 어두워져갔다. 그는 조미니에게 돌아섰다. 나폴레옹이 충성스런 부하로 만들어놓은 이 스위스인은 네의 참모부에서 근무하고 있었다. 조용히 상황을 분석하고 벌어질 수 있는 모든 상황을 예측해야 했다. 필요하다면 후퇴까지도…… 나폴레옹이 입을 열었다.

"정말 힘든 하루로군! 다른 군대가 도착하지 않아 한낮의 전투밖에는 계획하지 않았는데. 이 때문에 많은 사람들의 소중한 목숨을 빼앗고 말았어. 네는 오지 않는군. 베르나도트는 저만치 뒤쪽에 있고. 그들이 제대로 된 군대와 군수품을 보유하고 있는데 말이야."

나폴레옹은 주위를 살펴보았다. 어둠 속에서 둔덕을 이룬 시체들이 다시 내리기 시작한 눈에 점점 파묻혀갔다. 그는 목소리를 낮추어 말했다.

"날이 저물어도 적들이 계속 공격해온다면, 우리는 밤 열시에 이곳을 떠난다. 그루쉬가 용기병대의 두 개 사단을 이끌고 후위를 이룰 것이다. 조미니, 그대도 그와 함께 행동하도록 하라. 후방에서 적들을 살핀 후, 신속히 내게 적군의 동태를 보고해주기 바란다. 이 임무는 아주 은밀히 처리하도록."

나폴레옹은 몇 걸음 가다가 다시 돌아서서 조미니에게 말했다.

"오늘밤 여덟시에 내게 와서 마지막 지시를 받도록. 아마 몇 가지 변화가 있을 거야."

그는 계속 기다렸다. 날이 완전히 저물었다. 잠시 사격이 뜸해지자 부상자들이 질러대는 비명 소리가 사방을 메웠다. 어둠 속에서 목숨을 걸고 시체들을 뒤지고 옷을 벗겨가는 도둑들의 그림자가 보였다.

피곤이 밀려들기 시작했다. 그때 갑자기 그의 왼편 멀리서 맹렬한 충격이 불을 뿜었다. 누군가 소리쳤다.

"네다! 네 원수가 왔다!"

나폴레옹은 조금도 기쁘지 않았다. 그러나 피곤은 좀 가시는 것 같았다. 1만 5천 명 가량 되는 병력들이 러시아군을 측면에서 공격하면, 그들은 아마도 후퇴할 수밖에 없으리라.

승리가 보이기 시작하는 때일수록 주의를 게을리해서는 안 된다. 그는 이것을 알고 있었다. 하지만 승리란 대체 무엇인가? 너무 많은 사람들이 죽었다. 슬픔이 몰려왔다. 마리 발레프스카와 조제핀을 생각했다. 편지를 쓰고 싶었다. 이 처참한 순간들 속에서 벗어나고 싶었다. 그러나 그는 다시 머리를 높이 들고 명령을 내렸다.

다음 전개될 상황을 예측해야 했다. 베니히센은 퇴각할까, 아니면 다시 공격해올까?

우선 부상자들을 배려해야 했다. 부상자들을 돕고, 그들 전원을 모으도록 지시해야 한다. 그는 반복해서 명령했다.

"단 한 명의 부상자도 남기지 말도록."

그리고 빵과 브랜디의 배급을 확보해야 했다. 그 무엇도 필요한 만큼 갖추어져 있지 않다는 것을 그는 알고 있었다.

저녁 여덟시, 그는 야영지에 불을 지피라고 명령했다.

다시 길을 떠나면서 돌아보는 아일라우 묘지엔 도처에 시체들이 가득했다. 아일라우에서 2킬로미터 떨어진 작은 농가에 도착한 나폴레옹은 난로 옆에 깔아놓은 매트리스 위에 몸을 뉘었다. 참모들이 옆에 누워 잠드는 것을 확인하고서야 그는 눈을 붙였다.

2월 9일 월요일 아침 아홉시경, 누군가 그를 깨웠을 때 밤새 잠을 이루지 못했다는 느낌이 들었다. 피로가 가시지 않았다. 그의 앞에 엽기병 연대장이 서 있었다. 술트의 부관 생 샤망스였다. 나폴레옹이 물었다.

"무슨 소식이라도 있나?"

그의 목소리는 피로에 잠겨 거의 나오지 않았다.

생 샤망스는 러시아군이 퇴각하기 시작했다고 보고했다.

나폴레옹은 일어나 앉으며 길게 한숨을 내쉬었다. 그는 농장에서 나왔다. 힘겨운 승리를 거둔 것이다.

하늘은 흐리고 날은 어두웠다. 낮은 하늘 아래, 서로 부축하고 총으로 목발을 짚은 채 길 위로 기어나온 부상자들이 머리를 숙이고 터벅터벅 걷고 있는 게 보였다.

나폴레옹은 그들을 오랫동안 바라보았다.

현재의 병력과 이렇게 부상한 병력들을 가지고는 적군을 뒤쫓을 수 없었다.

이번 승리는 이곳 날씨처럼 우울했다.

그는 다시 농가로 돌아왔다.

편지를 쓰자고 마음먹었다. 이 죽음의 세계에서 약간의 부드러움이나마 표현할 필요가 있었다. 마리 발레프스카가 바르샤바에서 비엔나로 떠났다는 소식을 들었다. 그녀가 이곳에 있었으면 하고, 그는 간절히 바랐다. 그녀가 이 죽음의 망령들을 가시게 해줄 생명의 근원처럼 여겨졌다.

〈나의 사랑스런 연인이여, 이 편지를 읽을 때쯤이면 당신은 내가 편지에 쓴 것보다 훨씬 더 많은 사실을 알고 있을 거요. 전투는 이틀이나 계속되었고 우리는 승리했소! 내 마음은 당신과 함께 있소. 모든 것이 내 마음대로만 된다면 당신은 벌써 자유 국가의 시민일 것이오. 당신도 나처럼 서로 떨어져 있는 걸 괴로워하고 있는지? 그러리라 믿소. 바르샤바나 전에 있던 성으로 돌아와주길 간절히 바라오. 당신은 내게서 너무 멀리 있소. 나의 착한 마리, 나를 사랑해주오. 그리고 믿어주오. N.〉

그는 편지를 접고 봉인했다. 그리고 다른 종이를 집어들었다. 조제핀에게도 편지를 써야 했다.

〈나의 친구여, 어제는 큰 전투가 있었소. 승리였소. 하지만 많은 사람들을 잃었소. 적들이 더 많은 생명을 잃었을 거라는 생각도 위로가 되지 않소. 아주 피곤하지만 내가 건강하고, 당신을 사랑한다는 것을 전하기 위해 짧게나마 이렇게 직접 편지를 쓰오. 나폴레옹.〉

이제는 근위병들을 위로해줘야 할 차례였다. 흰 눈 위에 그들의 그림자가 어른거렸다. 야영지에 지핀 불가에서 몸을 녹이고 있는 것이다. 여기저기 부러지고, 사지가 잘리고, 매장된 이 수천의 병사들을 생각하면서, 그는 지금까지 한 번도 느끼지 못했던 절망감에 사로잡혔다.

그는 작전회의를 열어 명령을 전달했다. 빗발치는 총탄 속에 자신이 서 있었던 어제의 아일라우 묘지로 돌아가고 싶었다. 스무 명의 유능한 장성들이 다치고 전사한 이 전쟁터를 차마 떠날 수 없을 것 같았다. 도풀을 생각했다. 도풀은 자기가 말했던 대로 전사했다. 얼마나 많은 사람들이 그와 함께 세상을 버렸을까? 아마도 2만 가까운 아군이 전사하거나 부상당했으리라. 그렇다면 러시아 쪽 사상자는 그 두 배나 세 배는 될 것이었다.

그는 참모들의 호위를 받으며, 눈이 두껍게 쌓인 길 위로 천천히 말을 몰았다. 전장을 둘러싼 소나무 숲이 지평선을 가리고 있었고, 소나무 꼭대기에 검은 구름이 걸려 있었다.

사방이 시신들로 가득했다. 벌거벗겨진 시체들은 죽은 말들과 뒤엉키고, 부상당한 병사들은 피로 얼룩진 눈 위에서 죽어가고 있었다. 그러나 그는 고개를 돌리지 않았다. 자신이 타고 있는 말이 시체를 밟지 않도록 주의하면서, 이 참혹한 광경을 무연히 응시했다. 그때 갑자기 새소리처럼 찢는 듯이 날카로운 신음 소리가 들려오더니, 부상자들이 그가 있는 곳으로 기어와 팔을 뻗으며 살려달라고 애원했다.

죽어가는 그들 중 누군가 소리쳤다.

"황제 폐하 만세!"

그러나 이런 소리도 들렸다.

"평화 만세!"

"빵과 평화를!"

"평화 만세, 프랑스 만세!"

프랑스? 프랑스는 너무 먼 곳에 있잖은가!

그는 오주로 휘하 제14연대 병사들이 학살당해 눈 속에 파묻혀버린 둔덕 위에 다다랐다. 시체들이 겹겹이 쌓여 일렬로 늘어서 있었다. 베시에르 원수가 말했다.

"마치 양들처럼 늘어서 있군요."

순간, 나폴레옹은 재빨리 얼굴을 돌렸다. 눈시울이 붉어졌다. 그는 이를 악물고 말했다.

"아니야, 이들은 사자들이야!"

43연대 병사들이 검은 상장을 다는 것을 보며 그는 허리를 폈다. 그리고는 소리쳤다.

"나는 우리의 깃발이 조기로 게양되는 것을 결코 보지 않겠다! 나의 친구들과 동지들은 영광스런 전장에서 죽었다. 모두 그들을 부러워해야 한다. 슬퍼하고 있을 수만은 없다. 눈물은 여자들이나 흘리는 것. 이제 우리는 그들을 위해 복수할 것이다."

그는 숙소로 돌아와 난로 옆에 자리를 잡고 테이블로 쓰는 상자에 몸을 기댔다. 콜랭쿠르가, 아일라우를 언제 떠날 것이며, 황제의 다음 숙소는 어디에 정해야 할 것인지를 물어왔다.

그로서도 알 수 없었다. 대답하고 싶지도 않았다. 그토록 많은 피를 삼켜버린 이곳을 떠날 수가 없었다.

그는 작성한 전장 보고서를 병사들 앞에서 낭독했다.

"제군들! 적군이 우리 전위부대를 공격했을 때, 우리들은 겨울 야영지에서 휴식을 취하려 하고 있었다. 전장에 머물러 있던 우리의 용감한 병사들은 전사에 남을 위대한 싸움에서 영광스럽게 죽었다. 이것이야말로 진정한 병사의 죽음이다. 우리는 그들의 가족에게 항구적인 보호와 배려를 아끼지 않을 것이다."

잠시 머뭇거리다가 그는 고개를 떨구었다. 그러나 곧 다시 말을 이었다.

"우리는 비스타 강 근처의 숙소로 돌아갈 것이다."

그러나 이것은 일시적 휴식일 뿐, 전쟁은 아직 끝나지 않았다. 그가 말했다.

"우리는 영원한 프랑스의 병사들이며, 위대한 프랑스군의 전사들이다."

그의 입에서 나오는 말 한마디 한마디가 그의 가슴을 비수처럼 파고들었다. 1만에 가까운 병사들의 시체와 4천여 마리 말의 시체가 뒤덮인 들판을 생각했다. 그는 말했다.

"이 광경은 각국의 군주들에게 전쟁의 끔찍함을 일깨워 기필코 평화를 사랑하도록 할 것이다."

그는 프랑스 대군의 58번째 보고서 끝부분에 참회하듯 이렇게 썼다.

"자식을 잃은 아비에겐 어떤 승리의 기쁨도 없다. 진정으로 말하건대, 이번 승리의 영광 속에 달콤한 환상 따위는 없었다."

나폴레옹은 여전히 아일라우에 남기를 원했다. 러시아군이 완전히 퇴각했는지를 확인해보기 위해서라는 이유로. 이미 그들을 추격할 수도 없고, 또 대군을 파사르주 강 쪽으로 후퇴시키기로 이미 결정했으면서도, 그는 그곳에 좀더 남고 싶어했다.

날씨가 변하여, 전투가 끝난 이튿날부터는 눈이 녹기 시작했다. 시체들이 썩으면서 악취가 진동했다. 몸이 썩어들어가 죽는 부상자들도 있었다.

그는 외과 군의관과 의무용품 조달자들을 만났다. 그는 그들에게 물었다. 부상자들은 어떻게 되는가? 대답을 듣고 난 나폴레옹은 화가 났다. 그는 이미 여러 번 의무대를 강화하고자 했었다. 하지만 아무것도 이루어진 것이 없었다. 근위대만이 가설병원에다 라레 같은 외과 군의관을 확보하고 있을 뿐이었다.

다른 부대는 군의관도 의무용품도 부족했다. 나폴레옹은 화를 냈다.

"대체 이걸 어떻게 조직이라 할 수 있단 말인가? 야만인들의 집단이지……."

그는 다시 명령을 내리고, 집무실로 돌아와 조제핀에게 편지를 썼다.

〈나의 연인이여! 나는 아직 아일라우에 있소. 이 많은 희생자들과 부상자들 앞에서 나는 처참할 따름이오.〉

이 오랜 친구에게는 모든 것을 고백할 수 있었다. 하지만 그것은 독백과 같은 탄식일 뿐이었다.

〈나는 아주 잘 지내고 있소. 내가 원하는 것을 이루었고, 적군의 계획을 무산시켰고, 그들을 몰아냈소. 당신의 걱정이 크리라는 생각이 나를 괴롭힐 뿐이오. 어쨌든 마음을 편히 가지고 즐겁게 지내기 바라오. 당신의 나폴레옹.〉

2월 17일, 마침내 그는 파사르주로 철수할 것을 명했다. 고집스런 겨울과 이제 막 깨어나는 봄 사이에서 망설이고 있는 듯한 이 들판에 작은 숙영지를 만들도록 지시했다.

"이상한 계절도 다 있군."

그가 콜랭쿠르에게 투덜거렸다.

불과 스물네 시간 사이에도 물이 얼었다 녹았다 하기를 반복했다. 습기와 진흙탕이 생겨났다. 목마름과 배고픔에 허덕이는 부상자들이 늘어선 길 위에까지 눈이 녹아 불어난 강물이 넘쳐 올라왔다.

그는 오스트로드에 숙소를 정했다.

3월 2일, 그는 조제핀에게 썼다.

〈아직 많은 시간을 이 기분 나쁜 마을에서 보내야 하오. 여기는 전혀 대도시 같질 않소. 매번 말하지만 나는 전에 없이 건강하고, 또한 잘 지내고 있소. 아마 당신이 나를 보면 살이 많이 쪘다고 할 것이오. 행복하고 즐거운 나날이 되길 바라오. 그것이 나의 바람이오. 안녕, 사랑하는 나의 연인이여, 내 마음으로부터의 포옹을 보내오. 당신의 나폴레옹.〉

그는 콩스탕이 들고 있는 거울 속에 비친 자기 모습을 바라보았다. 얼굴이 둥글게 변해 있었다. 배를 만져보았다. 아일라우에 머물렀던 한 주 동안 위에 심한 통증이 있었지만, 지금은 고통이 사라졌다.

오스트로드의 낡은 성 오르덴슐로스 안의 작은 방. 연기가 잘 안 빠지는 벽난로 옆에 앉아 조제핀에게 편지를 쓰며 그는 되풀이했다.

〈나는 아주 잘 지내고 있소. 건강도 아주 좋소.〉

건물 안은 습기로 가득했다. 건물을 둘러싼 전나무숲은 새 봄을 아랑곳하지 않고 우울한 분위기를 자아내고 있었다.

마리 발레프스카를 만나고 싶었다. 그녀에게 비엔나에서 돌아오라고 종용했다. 그녀가 올 때쯤이면, 그는 아마도 이곳 오스트로드가 아닌 핑켄슈타인 성에 있을 것이다. 콜랭쿠르가 한 번 방문한 적이 있는 곳, 그는 이곳 오스트로드에서 서쪽으로 조금 더 가야 하는 그곳 핑켄슈타인 성으로 거처를 옮길 예정이었다.

지금은 안락함을 찾을 때가 아니라는 것을 그도 알고 있었다.

다만 날씨가 따뜻해졌는데도 여전히 음산하기만 한 이곳 풍경을 벗어나고 싶을 뿐이었다. 이곳은 하루 종일 안개가 끼는 날도 많았다.

몸무게가 늘어 움직이는 일마저 거북해지기 시작한 자신의 몸도 잊고 싶었다.

그는 유럽 전체와, 심지어는 파리에서조차 사람들이 아일라우 전투는 그의 패배였고, 베니히센 장군의 승리였다고 떠들어대고 있다는 사실을 잊을 수 없었다.

분개한 그는 자기가 '두 눈으로 직접 확인한' 전장의 이야기를 베를린과 파리에서 동시에 출판하게 했다. 이 책에서 그는 사상자 수를 약간 고쳐 기록했다. '1천5백 명의 사상자와 4천3백 명의 부상자들' 이라고 썼던 것이다. 숫자를 받아 적던 베르트랑 장군이 고개를 갸웃거리자 나폴레옹은 그를 바라보며 냉소적인 목소리로 말했다.

"이것이 바로 역사를 기록하는 방법이야."

그는 베르트랑에게 '아일라우 전투에 대한 보고서' 를 다시 읽어보도록 지시하고는 자리를 떴다. 자기가 승리했다고 거짓말하는 베니히센에게 어떻게 맞서야 하는가? 여론의 쟁취밖에 없지 않은가? 인간의 두뇌 또한 하나의 전장인 것이다.

그러나 그는 현실을 알고 있었다. 비록 아일라우에서 러시아군에 승리하긴 했지만 완전히 격퇴시키지는 못했다. 평화를 거부하는 프로이센 왕과 러시아 황제, 그리고 영국에 평화를 강제하기 위해서는 이번 봄 동안은 전쟁을 계속해야 하리라.

결정적이 될, 반드시 그래야만 하는 다음번 전투를 준비해야 했다.

그러기 위해선 무엇보다 병력이 필요했다. 그는 베르티에에게 전쟁터를 떠도는 수천의 낙오자들과 도둑들, 도망병들을 복귀시키라고 명령했다.

"그들로 하여금 자신의 비겁함을 부끄러워하도록 만들어야 한다."

그 다음엔 군수 물자가 필요했다. 그는 반복해서 말했다.

"우리의 식량이 보장될 때 우리의 위치는 굳건해질 것이다. 나에게 빵이 있다면, 러시아군을 무찌르는 일은 어린애 장난에 불과하다."

그는 명령을 집행하는 데에 어려움이 많다고 호소하는, 프랑스 대군 재정총감 다뤼를 불렀다.

그자들이 대체 누구란 말인가? 나폴레옹은 그들이 못마땅했다. 그들의 정신을 흔들어깨워 다시 장악해야 했다.

"나는 아주 오래 전부터 전쟁을 수행해왔네, 다뤼. 이의를 제기하지 말고 즉시 명령을 수행하게. 설령 내가 말하는 바가 누구의 뜻과도 합치하지 않는다 할지라도 그것은 엄연한 나의 의지야. 즉각 실행에 옮기게."

사람들은 아일라우 전투 이후 나폴레옹의 마음이 약해졌다고들 말했다. 어떤 사람은 그가 거의 자포자기 상태에 빠져 있다고도 했다.

그는 약해진 몸과 마음을 추스르기 위해 말을 타고 오스트로드 평원을 질주하곤 했다.

많은 피를 흘렸던 이 우울한 승리로 인해 그는 정신적으로 충격을 받았다. 그러나 여기서 물러선다면, 이 많은 희생의 의미는 어떻게 되겠는가! 마음가짐을 가다듬어야 한다!

그는 오르덴슐로스 성으로 돌아왔다. 파리에서 보낸 전보가 막 도착해 있었다. 비밀경찰의 보고서부터 뜯어보았다. 보고서는, 사람들이 평화를 주장하고 있으며 살롱에서는 전쟁을 비난하고 있다고 쓰여 있었다. 황후의 살롱에서까지 이런 비판이 거침없이 쏟아져 나오고 있었다. 그는 격노하여 조제핀에게 편지를 썼다.

〈나의 연인이여! 마인츠에 있는 당신의 살롱에서 고약한 이야기들이 다시 나오고 있다고 들었소. 말들을 함부로 하지 못하도록 당신이 막아야 하오. 만약 그러지 못한다면 나는 당신을 책망할 수밖에 없소. 사람들이 당신을 위로한답시고 하는 감언이설은 오히려 당신을 괴롭게 만들 뿐이오. 좀더 결단력 있는 모습을 보이길 바라오. 그리고 모든 사람들이 자기 자리를 지키도록 해주기를 부탁하오…… 나의 연인이여! 당신이 내게 인정받을 수 있는 유일한 방법은 이것이오. 높은 자리에 있는 사람들에게는 그들 나름의 불편한 점들이 있소. 황후가 일반인들과 똑같이 행동할 수는 없는 것이오. 당신에게 나의 우정을 보내오. 내 건강은 매우 좋소. 그리고 모든 일들이 잘 되어가고 있소. 나폴레옹.〉

—우정.

그는 이 말로 그녀에게 상처를 주었다. 그도 알고 있었다. 그녀는 그를 이해해주기는커녕 편지에 죽고 싶다는 말만 되풀이하고 있었다. 그러니 어떻게 그런 말을 쓰지 않을 수 있겠는가?

〈당신에겐 죽을 이유가 없소. 당신은 행복하게 지내고 있고, 그러니 슬퍼할 이유도 없소. 이번 여름에 나를 찾아오겠다는 계획은 취소하기 바라오. 그건 불가능하오. 당신이 나의 숙소와 전쟁터를 돌아보는 일을 나는 허락지 않을 것이오. 당신만큼이나 나도 당신을 보고 싶소. 그리고 평화롭게 살고 싶은 것은 나도 마찬가지요. 나도 전쟁말고 다른 것을 할 줄 아는 사람이오. 하지만 무엇보다도 나에게는 의무가 중요하오. 나는 내 모든 평안함과 유희와 행복을 운명에 바쳤소. 잘 지내기 바라오. 내 연인이여. 나폴레옹.〉

—고삐를 놓고 있는 것은, 말이 도망가도록 놓아주는 것과 마찬가지다.

그는 전보를 한 통 받아보고는 바닥에 내팽개쳤다.

"쥐노는 왜 편지를 쓸 때마다 이런 부고장 같은 기분 나쁜 종이에다 쓰는 거야! 이건 왕에 대한 예의가 아니야. 윗사람에게는 이런 초상집 분위기가 나는 기분 나쁜 종이에 편지를 써서는 안 된다는 걸 일깨워줘야겠어."

—그들은 내가 누군지 잊고 있는가? 기강이 말이 아니게 해이해져 있는 거야! 스탈 부인은 파리에서 멀리 떨어져 있어야 하는데 오히려 더 가까이 와 있잖아!

"이 여자는 끊임없이 무슨 음모를 꾸미고 있어…… 정말 페스트 같은 존재야…… 헌병대를 시켜 언젠가는 그녀를 제거해버리고 말겠어. 그리고 방자맹 콩스탕도 잘 감시하도록."

—그들은 도대체 무슨 생각들을 하고 있는 것일까? 그들이 하는 짓거리들을 내가 그냥 내버려둘 것 같은가?

오르덴슐로스 성에는 벽난로가 있는 방이 거의 없어서, 유일하게 벽난로가 있는 방이 그의 침실이 되었다. 이 방에서 그는 프로이센 왕의 전령인 클라이스트 연대장을 맞았다. 나폴레옹은 그의 말을 들으면서 줄곧 그를 관찰했다. 이자는 프로이센과 러시아를 위해 시간을 버는 일만을 원할 뿐이었다.

나폴레옹은 클라이스트를 마주보았다. 나폴레옹은, 자신은 평화를 원하고 있으며 이를 위해서는 영국과도 평화조약을 체결할 용의가 있다고 클라이스트에게 말했다.

"이 참혹한 전쟁의 원흉이 되고 있다는 점에서 나 자신조차 두려워지오."

클라이스트는 기쁨의 표정을 감추지 못했다.

—이자는 내가 이쯤에서 포기할 거라고 생각하는군.

나폴레옹은 일어서서 클라이스트 연대장에게 등을 돌렸다.

하지만 열강들이 평화를 원하지 않는다면…… 그는 말을 이었다.

"난, 전쟁을 한 십 년 동안 계속할 생각이오. 내 나이 이제 겨우 서른일곱이오. 나는 전쟁과 무기 속에서 청춘을 다 보냈소."

—이것이 나의 운명이다.

20
생명이란 무엇인가

나폴레옹은 뒷짐을 지고 대저택의 수많은 방들을 가로질렀다. 저택은 전나무숲으로 빽빽한 넓은 공원 한가운데 위치해 있었다. 전나무숲 뒤쪽으로는, 그가 막 지나온 핑켄슈타인의 작은 마을들이 보였다. 오스트로드 성에서 마리엔베르드 길을 통하여 이곳으로 오는 길에 그 마을을 지났었다.

나폴레옹은 저택이 마음에 들었다. 우선 가구가 많지 않았고, 전투 장면이 그려진 그림들과 몇 개의 양탄자로 꾸며진 실내장식은 프로이센풍의 검소한 취향을 느끼게 했다.

이 저택이 프리드리히 2세의 스승인 핑켄슈타인 백작에 의해 지어졌으며, 현재는 프로이센 왕립협회 교수로 있는 코나 백작 소유라는 사실도 마음에 들었다.

그는 뒤로크에게, 전투가 다시 시작될 때까지 이곳을 사령부로 삼을 생각이라고 말했다.

또한 모든 사람들이 깍듯이 예의를 차려 황제의 위엄을 드높이게 하라고 명했다.

나폴레옹은 자신이 집무실로 선택한 구석방의 창문 앞으로 다가갔다.

그는 축소 개편한 사령부와 보병근위대 전 병력을 자신의 곁에 두기를 원했다. 보병근위대는 성을 둘러싸고 있는 공원에 막사를 짓고 그곳에 주둔하게 될 것이다. 그는 엄격한 규율을 강조했다. 베니히센의 군대는 아직 궤멸되지 않은 상태여서 앞으로 그들과의 전투는 필연적이었다. 전투가 개시되기 전까지의 소강 상태를, 그는 전 병력을 집결시켜 주력군대에 힘을 집중시키는 데 활용하고자 했다. 그는 공원 안에 있는 이 저택의 안마당에서 매일 사열식을 거행하고, 인근 들판에서 훈련을 실시하라고 명했다. 이제 보급품을 지급하고, 독일에서 수천 마리의 말을 사오고, 아일라우 전투에서 괴멸된 기병연대를 재건하여 사열하리라. 그는 이 모든 것을 직접 보기를 원했다.

나폴레옹은 페르시 부대의 외과의를 불러들여 면담했다. 차후 부상병들이 길바닥에 쓰러져 있거나 비틀거리며 힘겹게 군대 행렬을 따르는 모습을 용서치 않겠노라고, 뒤로크과 참모들에게 대책 마련을 지시했다. 아일라우 전투에서 그는 부상병 수송을 위해 자신의 마차를 내주었었다. 의무대에 어떤 방책을 마련해주어야만 했다.

갖가지 생각이 꼬리를 물며 떠올랐고, 그는 여러 일들을 서둘러 처리해나갔다.

이곳 핑켄슈타인 성에서는 마음이 편했다. 조만간 마리 발레프스카를 데려와 함께 지내리라. 이 우울한 달이 지나면, 추위와 피로 얼룩진 이 겨울이 지나면, 마음의 안정을 되찾고 앞날을 준비할 수 있으리라. 그는 다시 전투를 구상할 것이고, 그 전투에서 러시아와 프로이센을 굴복시켜 평화 조약에 서명하게 할 작정이었다. 그들이 굴복하고 나면, 영국은 과연 무엇을 할 수 있을까? 속수무책이 된다면, 영국은 봉쇄령에 숨이 막혀 무릎을 꿇을 것인가?

아일라우 전투 이후 처음으로 나폴레옹은 쾌활함을 되찾았다. 그는 정원으로 내려와, 핑켄슈타인에 막 도착한 뮈라와 함께 오랫동안 들판을 산책했다. 뮈라는 제복 차림에 모자와 깃털 장식이 달린 모피조끼를 입고 늘 그렇듯이 으스대며 걸었다. 나폴레옹은 뮈라를 치하하며 그의 말을 경청했다. 합당한 일이었다. 뮈라는 영웅적인 지휘관이었으며 앞으로도 그럴 인물이었다. 그가 기병대를 지휘하며 전투 준비를 하도록 조치를 취했다.

1807년 4월 초. 날씨가 좋았다. 건물 정면에 있는 숲속에서는 정예병사 2개 연대, 엽기병 2개 연대 그리고 소총수 1개 연대가 들어갈 주둔 막사를 짓느라 목수들의 망치 소리가 요란했지만 새들의 노래 소리도 간간이 들려왔다.

그는 사냥 계획을 세우고 폐부 깊숙이 공기를 들이마셨다. 핑켄슈타인을, 훗날 그가 건설할 제국의 머리와 심장에 해당하는 중심 도시로 삼으리라 마음먹었다.

그는 다시 성으로 돌아왔다.

섬세하게 다듬어진 나무정문 여기저기에 보초들이 서 있었다. 그는 뒤로크에게 말했다. 마리 발레프스카가 머물 거처를 최대한 빠른 시간 안에 찾아서…… 그가 말을 맺을 겨를도 없었다. 뒤로크는 급하게 인사하고 물러났다.

나폴레옹은 집무실에 앉아 조제핀에게 보낼 편지를 썼다. 1807년

4월 2일 목요일이었다.

〈사령부를 핑켄슈타인으로 옮겼소. 이곳은 건초가 풍부해 기병대가 주둔하기에 좋은 곳이오. 지금 나는 매우 아름다운 성에 머물고 있소. 모든 방에 벽난로가 있소. 가끔 밤중에 혼자 일어났을 때도 아주 쾌적하오. 어둠 속에 가만히 앉아 불을 바라보는 것도 꽤 기분 좋은 일이오. 내 건강은 매우 좋소. 아직 춥긴 하지만 날씨도 좋은 편이오.〉

그는 새벽에 일어났다. 안개 사이로 보초병들이 공원에 피워놓은 장작 불꽃이 보였다. 그는 콩스탕과 루스탐을 재촉하며 옷을 입었다. 파리에서 도착한 전보들, 구술해야 할 포고령과 법령들, 그리고 프로이센군 잔당들을 이끌고 단치히에서 최후의 저항을 벌이고 있는 칼크로이트 장군을 공격중인 르페브르 장군에게 보내야 할 명령서 등을 처리해야 했다. 일이 산적해 있었다.

러시아군과의 전투도 구상해야 했다. 베니히센이 군대를 이끌고 전진하는 실수를 범할 때 노출되는 측면을 공격해야 했다. 그때 필요한 자유로운 진지를 확보하기 위해서는 단치히 점령이 가장 시급한 과제였다.

이것이 그의 작전 계획이었다. 나폴레옹은 지도를 다시 보았다. 그는 네 장군의 군대를 전선 앞쪽에 배치시킬 생각이었다. 베니히센 군대를 유인하기 위해 네를 후퇴시키는 것이다. 적들이 앞으로 나오면 그들의 측면을 칠 것이다. 아우스터리츠 전투에서 러시아군을 괴멸시켰을 때처럼 그들을 무찌를 수 있으리라. 차르 알렉산드르 1세에게, 협상을 맺는 길만이 살아남는 것임을 납득시킬 수 있을 만큼 빛나는 승리여야 했다. 그는 차르와 동맹을 맺고 유럽을 두 개의 세력권으로 재편할 생각이었다. 그렇게 되면 영국을 굴복시킬 수 있지 않겠는가?

나폴레옹은 소리 높여 탈레랑에게 보내는 편지를 구술했다. 방금 영국에서 포틀랜드 백작을 수반으로 한 새 내각이 구성되었다는 소식을 들었다. 포틀랜드 백작은 캐닝과 캐슬레이, 호크스베리 등을 그의 주위로 불러들였다. 이들은 모두 전(前) 총리 피트측 사람들이고 극단적 전쟁론자들이었다. 아무도 이들을 협상 테이블에 앉힐 수 있다고는 생각지 않을 것이다. 그들을 굴복시켜야 했다. 그러기 위해서는 러시아를 격파하여 영국이 말을 듣도록 해야 했다.

하지만 누가 이런 생각을 알아줄까? 파리에서는 벌써 평화 운운하는 자들이 생겨나고, 황후의 살롱에서까지 이런 소리가 새어나오고 있었다.

나폴레옹은 화가 나 소리쳤다.

"한심한 분열주의자들 같으니라고!"

그는 치안장관 푸셰에게 편지를 썼다. 그에게는 이런 행위를 감시하고 막을 책임이 있지 않은가?

〈여론에 대해 좀더 확고한 지침을 내려야 하오. 평화 운운하는 소리가 끝없이 들리고 있는데, 이런 소리들은 오히려 평화에 방해가 될 뿐이라는 사실을 주지시키도록 하시오.〉

그는 신문을 구겨 난로 속에 던져버렸다. 글쟁이라는 자들이 진실을 오도하고 왜곡하여 함부로 지껄여대는 바람에 군사 정보가 적들에게 새어나가고 있었다. 정말 한심한 일이 아닐 수 없었다!

그는 마음을 가라앉히고 구술을 계속했다.

〈정당 정신은 사라지고 아무 능력도 재주도 없는 부랑아들만 남아, 진정 존경받아야 할 사람들에 대해 함부로 험담을 늘어놓고 있소.〉

하지만 그 이외의 누가 지금 이 상황을 명확히 분석할 것인가?

약삭빠르고 음흉한 베네방 왕자 탈레랑마저도 중재사 역할을 사처하는 오스트리아의 태도에 환상을 품고 있지 않은가?

나폴레옹은 참모 콜랭쿠르를 향해 돌아섰다. 그리고는 줄기차게 질문을 퍼부어 기어이 '이제 평화는 멀어졌습니다, 폐하'라는 대답을 이끌어냈다. 옆에 있던 클라르크 장군도 머리를 끄덕이며 동의를 표했다.

—모두들 평화를 원하고 있단 말이지! 그걸 원하지 않는 사람이 어디 있겠는가? 그들은 런던이나 비엔나에서도 평화를 원한다고 믿고 있는 건가? 그네들이 감정에 따라 국사를 결정한다고 믿는 거야?

나폴레옹은 소리쳤다.

"사랑이라. 난 그것이 정치적으로 무얼 뜻하는지 너무도 잘 알고 있다!"

나폴레옹 자신도 총체적인 평화를, 다시 말해 유럽의회를 원하고 있다는 사실을 사람들에게 어떻게 이해시킬까?

그는 탈레랑을 핑켄슈타인으로 불러 매일 정오에 공원에서 벌이는 사열식에 함께 참석했다. 나폴레옹은 친근하고 허물없이 그를 대했다. 그는 탈레랑에게 말했다.

"협상에 임할 때는 늘 신중해야 하오. 천천히 상황을 살피며 진행해야 하는 것이오."

그는 좀처럼 의중을 드러내지 않는 탈레랑을 오랫동안 관찰했다. 짙게 화장하고 미소를 머금은 탈레랑의 얼굴에서 그의 의중을 읽어보려 했다. 탈레랑은 폴란드의 바르샤바나 핑켄슈타인에 있는 것보다 파리 앙주 거리에 있는 호텔에서 흥청거리며 즐기는 것을 더 좋아하리라.

—탈레랑이나 콜랭쿠르 같은 자들은 밖으로 떠돌며 야영하는 걸 싫어한단 말야. 이들은 내가 자신들을 좋아한다고 믿고 있을

까? 이들은 나를 전쟁광으로 알고 있을까? 아니면 콜랭쿠르가 뒤에서 소곤대는 것처럼 폴란드인 애호가 정도로 여기는 걸까?

4월 초순 어느 날, 마리 발레프스카가 프랑스 대군에 소속되어 있는 폴란드인 창기병 부대장인 오빠 테오도르 락친스키와 함께 핑켄슈타인에 도착했다. 그날 이후, 나폴레옹은 주위 사람들이 굳이 예의를 차려 인사하거나, 또는 아무 말도 하지 않는 모습에서 그들이 무언가 저어하고 있다는 걸 간파했다. 그들은 나폴레옹의 '폴란드인 부인'이 조국을 재건하기 위해 전쟁을 부추기고 있다고 수군거렸다.

이런 험담을! 어떻게 그를 한낱 여자의 말에 따라 중요 사안을 결정하는 인간으로 볼 수 있단 말인가!

그는 마리와 함께 평화롭고 달콤한 나날을 보냈다. 그녀는 덧창을 꼭 닫아놓고 좀처럼 방에서 나오지 않았으며 사열식에도 참여하지 않았다. 하지만 그녀는 젊음의 에너지를 솟아나게 하는 샘처럼 그에게 활기를 주었다. 밤에 그가 편지 쓰거나 메모하고 있는 동안, 그녀는 그의 곁에 조용히 앉아 있곤 했다.

나폴레옹은 그녀에게 자신이 작성한 문장을 읽어주기도 했다. 하지만 이 문장들은 연구기관의 창립 약관이나, 레지옹 도뇌르 훈장을 받은 연금생활자의 딸들을 위한 생활지침, 아니면 콜레주 드 프랑스*의 역사학 강좌 개설, 또는 파리의 4대 극장인 코메디 프랑세즈, 오데옹, 오페라, 오페라 코미크를 분리시키는 법령 따위여서 그녀에게는 먼 나라의 일처럼만 여겨지는 것들이었다.

나폴레옹은 그녀를 가만히 바라보았다. 그녀를 파리로 데려가고 싶었다. 그녀는 프랑스를 알게 될 것이다. 그는 황제이고 모든 것

* 파리에 있는 국립 성인교육기관 및 연구소.

을 결정할 수 있었다.

그의 시선을 느낀 그녀는 고개를 들어 한동안 그를 마주보다가 시선을 떨구었다. 그녀는 수줍음을 많이 타는 부드러운 여자였다. 그에게 평화를 주는 여자!

다른 여자들은 그렇지 않았다. 조제핀은 물론이고 그의 여동생들, 심지어는 어머니에게까지 그는 항상 충고하고 달래고 때로는 빈정대야 했다. 그녀들은 항상 그를 졸졸 쫓아다니고 귀찮게 했다. 그러니 언제나 그들에게 싫은 소리를 할 수밖에 없었다.

그는 어머니에게도 편지를 써야 했다.

〈파리에 계시는 동안은 매주 일요일마다 황후와 함께 가족 식사를 하십시오. 우린 이제 정치가의 가족입니다. 제가 없는 동안은 황후가 주인 역할을 하도록 배려해주십시오.〉

어머니에게는 황후의 역성을 들어주어야 했고, 조제핀에게는 그녀가 황후라는 것과 그녀에게는 조심해야 할 의무가 있다는 것을 수시로 일깨워주어야 했다.

〈내가 만찬을 같이 했던 사람 이외에는 저녁식사에 초대하지 마시오. 당신이 초대하는 사람들도 친한 친구들 범위를 넘지 않게 하시오. 말메종에서 당신 주변에 낯선 사람이나 다른 나라 대사들이 드나들게 해서는 안 되오. 당신이 이를 어긴다면, 나는 몹시 화를 낼 것이오. 내가 알지도 못하는 자들에게 농락당하는 일이 없도록 하시오. 다시 말해 내가 당신 곁에 있으면 다가오지 않을 그런 사람들을 경계하란 말이오.〉

그는 그녀들에게 언제나 세심한 주의를 기울여야 했고 모든 것을 감시해야 했다.

—마리만이 내게 평화를 주는 유일한 사람이다.

조제핀은 마리를 질투하고 있을까? 조제핀은 편지에서 다만 이렇게 빈정거릴 따름이었다.

〈여기 있는 당신 아내는 지금 애태우며 슬퍼하고 있어요. 당신이 그렇게 방탕한 사람이 되었다니…….〉

그녀가 더이상 어떻게 할 수 있겠는가?

—그녀의 운명을 정하는 것은 나다. 내가 모든 것을 결정한다.

단치히 전선에서 교착 상태에 빠져 있는 르페브르 원수를 위해 결정을 내려야 했다. 르페브르는 혈기 있고 용감한 지휘관이었다. 하지만 그가 요새에 돌파구를 만들 수 있도록 라리부아지에르, 샤스루 로바 같은 장군들을 지원해주어야 했다.

그는 편지를 보내 르페브르를 격려했다.

〈우리가 영혼 깊숙이 남자다울 수 있는 때는 바로 무언가를 정복하려 노력할 때요.〉

그리고 충고했다.

〈당신 주위에서 비판이나 해대는 소인배들을 쫓아내야 한다는 걸 명심하시오.〉

나폴레옹은 생 장 다크르의 공격을 기억했다. 대가 없이 피만 흘린 그 무모했던 공격작전. 아일라우의 묘지도 생생하게 떠올랐다.

〈때를 위하여 병사들의 용기를 아껴두도록 하시오. 그리고 인내를 가지고 참고 기다리기 바라오. 며칠간의 지연으로 몇천 명의 생명을 아낄 수 있다면, 그만큼 가치 있는 일이 어디 있겠소?〉

생명!

그는 생명에 대해 끝없이 생각했다. 마리와 단둘이 있을 때, 정원을 산책할 때, 혹은 숲속에서 말을 달릴 때, 페르시아 대사 미르자 리자 칸을 영접하는 성대한 열병식을 할 때도 그는 생명을 생각했나. 병사들, 새로 맞춘 옷을 입은 기병들, 앞발을 높이 치켜든 그들의 준마들이 장군들과 페르시아 대사 그리고 나폴레옹의 앞을 당당하게 분열행진했다.

이 생명들은 아직 살아 숨쉬고 있었다. 그리고 1만 8천 기병들은 말발굽으로 지축을 뒤흔들며 씩씩하게 그의 앞을 지나 엘빙 평원을 가로지르고 있었다.

하지만 지금 1807년 봄, 다가오는 며칠간의 결전에서 이들 중 몇이나 되는 목숨들이 살아남을까? 이미 러시아와 프로이센은 4월 26일 바르텐슈타인에 모여 동맹을 강화했다. 그것은 그들의 무기를 얼마나 강력하게 할 것인가?

다행스럽게도 단치히가 함락되었다. 군수 창고가 있는 바이쉘문트 요새도 점령했다. 적들이 군수 창고에 쌓아둔 포도주와 수천 자루의 영국제 소총도 노획했다.

나폴레옹은 단치히 함락 소식을 듣고, 즉시 여섯 마리 말이 끄는 마차를 준비하게 했다. 단치히로 가서 르페브르 장군을 축하해 줄 생각이었다.

그는 단치히로 가는 길목에 있는 올리바 수도원에서 르페브르와 마주쳤다.

이것은 축하하며 호의를 베풀어줄 수 있는, 삶에 있어서 행복한 순간 중 하나였다. 황제는 반갑게 말했다.

"어서 오시오, 공작. 어서 이리 와 내 옆에 앉으시오. 공작, 단치히산 코코아 한잔 하겠소?"

나폴레옹은 어리둥절해하는 르페브르를 보며 웃었다. 르페브르는 자신이 공작으로 임명되었다는 사실을, 이렇게 황제에게 처음 듣고 있는 것이다. 프랑스 근위대 하사관 출신이며, 푸아소니에르 거리 세탁부의 남편인 그가 공작이 되는 것이다. 그는 코코아 대신 수천, 수만 리브르의 연금을 받게 될 것이었다.

근처에 있던 사람들이 놀라는 표정으로 수군댔다.

—실컷들 떠들어라! 프랑스 근위대 하사관 출신이 공작이 되었다고. 그리고 세탁부 출신 그의 아내가 공작부인이 되었다고! 이것이 바로 새로운 귀족이다. 공적에 따라 그렇게 되는 것이다. 다른 자들, 구체제의 귀족들은 줄이나 서야 할 것이다!

나폴레옹은 동생 루이에게 보내는 편지에 썼다.

〈나도 많은 망명귀족들을 곁에 두고 있다. 하지만 한 번도 그들에게 높은 지위를 허락해본 적은 없다.〉

하지만 동생 루이는 해야 할 일과 하지 말아야 할 일을 구분할 줄 모르는 위인이었다.

루이는 사람들이 자기를 좋아하길 바랐고, 네덜란드의 아첨꾼들에 둘러싸여 선한 군주로 대접받기만을 바랐다.

나폴레옹은 썼다.

〈왕들이 추구하는 사랑이란 남성적인 사랑이어야 한다. 경외심과 좋은 평판이 함께 따라야 하는 것이다. 만약 사람들이 왕을 보고 마음 착한 사람이라고 평한다면, 그의 통치는 실패한 통치다!〉

그리고 루이에게 단호하게 못을 박았다.

〈너희 나라에서 바보짓을 하는 것은 좋다. 하지만 내 나라에서 어리석은 짓을 하는 것은 용서치 않을 것이다.〉

루이가 프랑스 시민들에게 훈장을 남발하고 있다는 것이다!

—내 동생이 이렇게까지 눈이 멀 수가 있나?

러시아의 베니히센 군대가 움직이기 시작했다. 나폴레옹은 핑켄슈타인 전선에서도 동생에게 설교를 계속해야 했다. 다행스럽게도…… 베니히센 군대가 덫에 걸려들어주었다! 그는 술트 장군에게 말했다.

"적들이 내 동생 쪽으로 가지는 말아주었으면 좋겠군. 그러면 그쪽에까지 지원을 해주어야 할 테니 말야. 내 계획은 6월 10일을 기해 행동을 개시하는 것일세. 나는 이 대결을 위해 이미 모든 무기를 준비해놓았어."

짧은 기간에, 그는 프랑스 학사원에 있는 달랑베르의 흉상에 관한 문제를 비롯해서 1808년 징집 대상자들을 앞당겨 소집하는 문제에 이르기까지, 밤낮을 가리지 않고 프랑스 제국에서 일어나는 모든 일들을 처리해놓아야 했다. 시시각각 전투가 임박해오고 있었다.

이 전쟁의 목적은 매우 중요했다. 일단 러시아에 승리를 거둔 뒤 그들과 동맹을 맺어 전 유럽에 평화를 정착시키려는 계획과 긴밀한 관련이 있기 때문이었다.

나폴레옹은 주위 사람들 중 누군가 멍청한 일을 저질러 문제를 일으킬 때마다 참을성을 잃고 화를 냈다. 그 뒷수습 역시 고스란히 그의 몫이었다.

이번에도 루이가 문제였다. 그는 끊임없이 아내 오르탕스 드 보아르네와 불화를 빚고 있었다.

그는 다시 그에게 충고해야 했다.

〈젊은 아내를 병사 다루듯 해서는 안 된다. 그녀가 춤추고 싶을 때 춤추도록 내버려둬라. 원하는 대로 하게 해라. 그녀는 한창 그럴 나이가 아니냐? 내 아내는 마흔이 넘었지만, 그녀에게 무도회에 나가라고 나는 전장에서도 편지를 쓴다. 네 아내는 이제 스물인데, 유모처럼 집에 처박혀 아이 목욕이나 시키길 바라는 거냐?〉

그는 몸을 굽혀, 곁에 있는 마리 발레프스카를 바라보았다. 그녀는 마치 '아름다운 장미 꽃망울' 같았다. 그는 중얼거렸다.

"평안과 행복이 깃들이기를."

이러한 부드러움. 이것이야말로 그가 찾던 것이다. 그런데 루이는! 나폴레옹은 다시 펜을 들었다.

〈너희 내외가 내가 파리에 있었을 때의 모습 그대로 다정한 사이였으면 좋겠다. 네가 아내의 다리를 베고 누워 있던 그런 모습 말이다. 그때 나는 네 아내에게 '내 잘못이 아니다'고 말하고 웃곤 했었지.〉

그는 자신의 이름을 딴 동생 부부의 큰아들 나폴레옹 샤를에게 각별한 애정을 보였다. 그가 만약 아들을 가지지 못한다면, 이 아이를 후계자로 삼을 것이기 때문이었다. 그러나 그는 아이를 가지길 원했고, 또 가질 것이라 믿고 있었다.

그는 말메종에서 그 아이가 처음 걸음마를 시작하던 때를 회상했다. 5월 12일, 그는 오랫동안 아팠던 나폴레옹 샤를의 병이 나았다는 소식을 듣고 크게 기뻐했다. 그는 조제핀에게 편지를 썼다.

〈아픈 아이의 어머니가 겪는 마음의 고통이 어떠하리라는 것을 이해할 것 같소. 하지만 홍역은 모든 사람이 쉽게 걸리는 병이오. 그 아이에게 면역체가 생겼기를 바라오. 그 아이가 천연두에서는 벗어날 수 있기를.〉

정오의 사열식이 끝나면 그는 정원을 산책하곤 했다.

인생이란…… 그는 아들을 원했다. 그것은 그의 존재의 요구이자 정치적 의지의 요구이기도 했다.

산책에서 돌아와 그는 꽤 오랫동안 마리 발레프스카를 바라보았다. 이 여자라면 자신의 아들의 엄마가 될 만했다. 하지만 그러기 위해서는 그녀가 황제의 지위와 어느 정도 걸맞아야 할 것이다.

이것이야말로 그가 진정으로 원하는 것이고 추구해야 하는 일이었다. 전쟁이 계획대로만 끝나준다면, 어쩌면 그는 러시아 공주와도 결혼할 수 있을 것이다. 불가능할 것도 없지 않은가?

그는 꿈꾸었다.

5월 14일, 뜻밖의 편지가 날아왔다. 나폴레옹 샤를이 위막성 후두염으로 죽었다는 내용이었다.

나폴레옹은 털썩 주저앉았다. 그의 주위에서 많은 사람들이 죽어갔다. 그런데 이 아이까지? 그 어린 생명의 죽음은 너무나 부당했다.

도대체 생명이란 무엇인가? 그는 오르탕스에게 편지를 썼다.

〈인생에는 너무나 많은 암초들이 널려 있다. 아마도 인생이란 불행의 근원인지도 모른다. 하지만 죽음이 그 모든 불행 중 가장 큰 불행은 아니다.〉

그러나 그에게도 괴로움은 가슴 깊이 파고들었다.

조제핀에게도 편지를 썼다.

〈이 불쌍한 어린 나폴레옹의 죽음으로, 당신이 얼마나 상심하고 있을지 짐작하오. 당신도 나의 괴로움을 이해할 거요. 당신이 고통 속에서도 슬픔을 절제하고 현명하게 이겨낼 수 있도록 당신 곁에 있고 싶소. 당신은 여태까지 한 번도 아이를 잃어보지 않았으니 다행이오. 그러나 이건 가련한 우리 인간들에게 짐 지워진 고통과 재앙의 하나일 뿐이오. 당신이 이성적으로 잘 처신하고 건강하길 바라오. 나에게 더 큰 고통의 짐을 지우지 않으리라 믿소. 잘 있어요, 내 연인. 나폴레옹.〉

인간의 비참함이란…….

그는 말을 타고 숲을 달리며 중얼거렸다.

"불쌍한 아기 나폴레옹…… 이럴 때 우리가 무얼 할 수 있단 말인가?"

그는 '이건 그의 운명일 뿐인 것을' 이라고 편지에다 썼다가는 이내 구겨버리고, 내무장관 앞으로 편지를 썼다.

〈위막성 후두염이라는 병이 이십 년 전부터 발생하기 시작했는데, 그 병으로 북유럽에서는 많은 아이들이 죽어갔소. 나는 당신에게 일만 이천 프랑의 상금을 맡겨, 이 병에 대해 훌륭한 연구 업적을 남긴 학자나 그 병의 치료법을 찾아낸 의사에게 주도록 하고 싶소.〉

달리 무슨 방법이 있겠는가? 운명의 잔인함을 슬퍼만 한다고 해서 무슨 소용이 있겠는가? 그러나 오르탕스도, 루이도, 조제핀도 이성적이지 못했다. 그들에게 지나치게 슬퍼하여 건강을 해치지 말고 기분전환도 하도록 하라는 자신의 뜻을 전했다.

그들은 인생이 무엇인지, 운명이 무엇인지 아직도 모른단 말인가?

살아남은 사람들은? 그들은 어떻게 해야 하나? 그들은 끊임없이 죽은 이의 부재를 슬퍼해야만 하는가?

며칠 후 그는 조제핀에게 편지를 썼다.

〈오르탕스는 이성적이지 못하오. 그녀는 자기 아이들만을 사랑하기 때문에 다른 사람들에게 사랑받을 자격이 없소. 진정하시오! 치료약이 없는 고통에는 위로가 될 만한 걸 찾아야 하는 법이오.〉

그는 한 번도 자신이 세운 일일 계획을 수정한 적이 없었다. 매일 정오에는 반드시 군대 사열에 참가했고, 왕국을 통치하기 위해 필요한 사항들을 사람들에게 지시했다. 그리고 지도를 보고 연구하는 일도 빼놓지 않았다.

6월 5일, 베니히센 군대가 네 장군의 군대를 공격했다는 사실을 듣고 그는 몸을 부르르 떨었다. 드디어 올 것이 왔다! 그는 네가 보낸 부관들에게 물었다.

"전면공격인가, 아니면 국지전인가?"

미끼의 효과가 있었다. 드디어 베니히센이 진격해온 것이다.

나폴레옹은 네에게 후퇴를 명했다. 베니히센은 함정에 빠질 것이다. 이제 측면에서 그를 공격하기만 하면 된다. 이번엔 그도 살아남지 못하리라.

1807년 6월 6일 토요일 저녁 여덟시, 나폴레옹은 마차에 올랐다. 핑켄슈타인을 떠나 잘펠트로 향하는 것이다.

그는 진군하는 근위대의 한가운데를 지났다. 뮈라가 마부처럼 고삐를 잡고 있었다.

21
단 두 가지 힘이 세상을 지배한다

잘펠트의 그의 숙소는 나지막한 집이었다. 그 숙소의 한 작은 방. 나폴레옹은 램프 불빛 아래 여러 장의 지도를 펼치게 한 후 무릎을 꿇고 앉았다. 그를 둘러싼 원수들과 참모들은 침묵하고 있었다. 얼마간 지도를 바라보던 그가 다시 몸을 일으키며 말했다.

"적의 의도부터 알아내야 한다. 오늘 보병 예비 병력과 기병 예비 병력을 모룽겐에 집결시킨다. 적을 발견하는 대로 전면전에 돌입할 것이다."

나폴레옹은 거처로 쓰일 다락방으로 들어갔다. 진군중인 군대의 소식을 가져오는 전령들의 말발굽 소리가 들려왔다. 그는 눈을 감았다. 승리하리라. 아일라우 공동묘지에 누워 있는 전우들을 위해서라도. 또한 자신이 시도한 것은 언제나 성취해낸다는 걸 보여주기 위해서라도 그래야 했다.

승리야말로 평화를 얻는 유일한 방법이었다. 그는 자신감으로 팽배해 있었고, 머리와 온몸 전체가 목표를 향해 긴장돼 있었다. 승리해야 했다. 걱정거리는 단 한 가지였다. 베니히센의 탈출 여부였다. 그는 과연 제때에 빠져나올 수 없을 만큼 깊숙이 덫에 걸려들었을까? 이것말고는 그 어떤 것도 문제가 되지 않았다. 그는 다가올 전투와 관련되지 않은 것은 모두 잊었다.

새벽 일찍 잠자리에서 깨어났다. 날씨마저 그의 승리를 예견하듯 한층 화창했다. 구트슈타트에서 하일스베르크로, 그리고 아일라우까지 가는 길은 모두 호밀밭이나 귀리밭, 아니면 밀밭을 가로지르고 있었고, 농가들은 살진 거위떼가 뒤뚱거리는 정원에 둘러싸여 있었다. 지난 겨울의 그 진흙탕은 다 어디로 갔는가? 그 서글픈 대지의 아픔들은 다 무엇이 되었는가?

그러나 슬픔의 시간은 끝났다. 날씨는 온화했고 사방에 풀내음이 가득했다. 바싹 마른 길 위에 포병대의 마차 바퀴가 들썩였고, 흰 먼지들이 자욱하게 일어났다가 다시 가라앉곤 했다.

나폴레옹은 호위대를 추월하여 앞으로 나갔다. 이따금 그는, 마사 책임자 콜랭쿠르와 근위대 엽기병들조차 따라오기 힘들 정도로 질주하곤 했다. 그는 농가들을 굽어보는 언덕에 말을 세우고 안장 위에 등을 곧추세우고 앉았다. 뒤따라온 참모들이 그를 에워쌌다. 지도를 풀밭 위에 펴게 한 다음 그는 말에서 내렸다. 그는 지형의 고도를 파악하기 위해 거의 땅바닥에 엎드리다시피 했다.

그는 손가락으로 알레 강의 줄기를 따라가며 강의 흐름을 파악했다. 그 강의 만곡부 중 한 곳이 왼편으로 프리트란트의 작은 마을과 인접해 있었다.

참모들은 베니히센 군대가 여러 척의 배를 이어 알레 강 위에 세 개의 부교(浮橋)를 만들었다는 정보를 입수했다. 러시아 군대는 그 다리를 통해 강의 우안에서 좌안으로 이동할 것이다.

나폴레옹은 뒷짐을 진 채 언덕 위를 성큼성큼 거닐었다.

과연 지금이 기회일까? 아니다, 성급한 공격은 금물이다. 베니히센으로 하여금 강의 좌안 안쪽으로 더 깊숙이 들어가도록 내버려둬야 한다. 강의 좌안을 무사통과하게끔 하는 것이다. 그들 앞에는 극소수의 프랑스 병력이 남아 있을 뿐이며, 나폴레옹군의 주력은 북쪽, 즉 쾨니히스베르크를 향해 진군중이라고 믿게 해야 한다. 그렇게 되면 베니히센은, 프리트란트로 들어간 란과 네의 군대에 측면공격을 가해 혼란에 빠뜨릴 수 있다고 생각할 것이다. 베니히센이 그렇게 완전히 강의 좌안에 진입했을 때 부교를 박살내야 한다. 그러면 그들은 완벽하게 덫에 걸리는 것이다. 그들에게 교수형과 익사, 아니면 후퇴 중 하나를 선택하도록 할 것이다.

이윽고 나폴레옹은 채찍 끝으로 지도 위의 한 지점을 가리켰다. 프리트란트였다.

6월 10일 수요일, 하일스베르크에서 전투가 벌어졌다. 전의에 불타는 나폴레옹은 전투의 모든 세부 사항을 보고하도록 명령했다. 뮈라가 돌격했지만, 그의 기병들은 사방에서 날아오는 총탄에 쓰러졌다. 뮈라가 타고 있던 말도 총에 맞아 죽었다. 뮈라는 장화 한 짝까지 잃어가면서 또다시 돌격했다.

하지만 아직은, 아직은 때가 아니다.

나폴레옹은 전투 지역으로 말을 달렸다. 러시아군은 거의 승리를 거머쥐었음에도 불구하고 돌연 후퇴하기 시작했다. 나폴레옹은 전장을 둘러보며 부상병 운반차 주위에 널린 시체와 잘려나간 팔다리들을 보았다.

부상자들을 구조하라고 지시한 후 그는 다시 말에 올랐다. 여기저기를 오가느라 잠자는 시간이라야 고작 몇십 분씩이 전부였지만, 그는 전혀 피로를 느끼지 못했다. 화살은 일단 활시위를 떠나면 순전히 사수의 힘과 기술에 의해 과녁을 찾아가는 것 아닌가?

그는 그런 화살 같았다.

6월 14일 일요일, 나폴레옹은 이미 주사위가 던져졌다는 것을 알았다. 계획했던 대로 베니히센 군대는 강의 좌안으로 밀집해 왔고, 란의 병력은 네의 병력과 마찬가지로 프리트란트를 점령하고 있는 러시아군들을 유인하며 질서 있게 후퇴했다.

나폴레옹은 이제 자신을 방해할 수 있는 것은 아무것도 없으리라 확신했다. 베니히센은 미끼를 덥석 문 것이다.

나폴레옹은 말에 올라타 첫번째 격전지로 내달려, 금세 우디노의 병사들 사이에 이르렀다.

나폴레옹이 우디노에게 물었다.

"그래, 알레 강이 어디인가?"

우디노 장군은 팔을 뻗어 50여 미터 넓이쯤 되는 강과 그 주변의 험한 강가를 가리켰다.

"저기입니다. 적군이 바로 저 강 너머에 있습니다."

"그렇군. 그들은 이제 모두 물귀신이 되고 말 걸세."

포탄이 황제의 주변에까지 떨어졌다. 부상자가 속출했다. 나폴레옹은 아랑곳하지 않고 태연하게 팔짱을 꼈다. 우디노가 다가와 황제가 이렇게 위험에 노출된다면, 병사들이 전의를 상실하고 전투를 포기할 수도 있다고 말했다.

나폴레옹은 다시 말에 올랐다. 바그라티온 장군 휘하의 러시아군과 마주 보고 있는 포스테넨이라는 작은 마을에 야영지를 세우게 했다. 그는 산탄총을 쏘게 하고, 언덕 위를 한가히 오가며 승마용 채찍으로 높게 자란 풀들을 후려쳤다.

그러고 보니 오늘이 6월 14일 아닌가. 길조였다.

그는 베르티에 쪽으로 몸을 돌렸다.

"6월 14일, 마렝고 전투일은 승리의 날이지. 프리트란트는, 내가 기념하는 예나와 마렝고 그리고 아우스터리츠만큼이나 가치 있는 전장이 될 걸세."

그의 걸음에 힘이 붙었다. 이런 것이 바로 운명의 계시이리라. 그는 그 누구도 꺾을 수 없는, 환희의 강력한 힘이 충만해옴을 온몸으로 느꼈다. 란 원수의 메시지를 가져온 마르보 대위에게 그는 넌지시 물었다.

"자네는 기억력이 좋은 편인가? 그렇다면 6월 14일, 오늘이 대체 무슨 기념일인지 알겠나?"

마르보가 대답하자, 나폴레옹은 말했다.

"그렇다. 바로 마렝고 전투 기념일이다. 오스트리아군을 쳐부수었던 것처럼 나는 곧 러시아군을 궤멸시킬 것이다."

병사들은 '황제 폐하 만세'를 연호했다. 말에 올라탄 나폴레옹은 병사들에게 힘찬 목소리로 외쳤다.

"오늘은 축복의 날, 바로 마렝고 전승일이다!"

한나절의 시간이 흘렀다. 날씨는 더운 편이었다. 나폴레옹은 여전히 전면공격 명령을 내리지 않고 있었다. 아직 전장에 도착하지 않은 군대들도 있었다.

그는 망원경을 들여다보았다. 러시아군이 계속해서 강의 좌안으로 이동하고 있다고 참모들이 보고했다. 숫적으로 우세한 러시아군을 공격하기 위해서는 프랑스군이 집결하는 내일까지 기다려야 할 것이라고 참모들은 수차례에 걸쳐 건의했다.

나폴레옹은 망원경에서 눈을 뗐다. 마침내 때가 왔다. 그는 말했다.

"아니다. 같은 실수를 두 번씩이나 할 수는 없어."

이제 모든 것은 명료해졌다. 그의 생각은 곧 그의 명령과 행동으로 나타나게 되리라. 그는 네에게 다가가 그의 팔을 잡았다.

"이게 바로 목표일세."

나폴레옹은 러시아 군대와 그 너머 프리트란트의 마을들을 가리켰다.

"한눈팔지 말고 진군하라. 어떤 희생을 치르더라도 이 두터운 밀집대형 안으로 침투해야 해. 그리고 내처 프리트란트로 들어가라. 일단 다리들을 점령한 다음에는 귀관의 좌와 우, 혹은 뒤에서 일어날 수 있는 일에 대해 일체 걱정하지 말게. 우리 프랑스 대군과 나 자신이 바로 그쪽을 주시하고 있을 것일세."

네는 즉시 돌진했다. 나폴레옹은 그를 눈으로 뒤쫓으며 중얼거렸다.

"저 사람은 한 마리 사자 같군."

1807년 6월 14일 일요일 오후 다섯시 삼십분. 태양은 아직 높이 떠 있었다. 마침내 나폴레옹은 총공격 명령을 내렸다. 그의 명령에 따라 발사 준비를 끝낸, 포스테넨 포대의 20문의 대포들이 일제히 불을 뿜기 시작했다. '황제 폐하 만세! 전진! 프리트란트로!' 라는 외침 소리가 포성에 이어 터져나왔다.

전투는 그의 생각대로 전개되었다.

그는 세나르몽 장군에게 파괴해야 할 다리들을 지시했다. 그렇게 덫은 닫히는 것이다. 패주하는 러시아 병사들이 강을 건너려고 애쓰다가 곳곳에서 익사하는 모습이 그의 망원경에 잡혔다.

밤 열시 삼십분경 드디어 다섯 시간의 포격과 총격이 멈추었다. 그는 프리트란트의 집들이 전사자들과 부상자들, 그리고 러시아군 대포 운반차의 잔해를 비추며 어둠 속에서 불타오르는 모습을 바라보았다. 그러나 부상자들이 내지르는 고통의 아우성은 나폴레옹이 지나갈 때마다 병사들이 외치는 '황제 폐하 만세!' 소리에 파묻혀버렸다.

6월 15일 월요일 새벽. 나폴레옹은 전선을 돌아보았다. 병사들은 죽은 듯이 잠들어 있었다.

그는 자신에게 예를 갖추기 위해서 곤히 잠든 병사들을 깨우지는 말라고 일렀다. 순시를 계속하던 그는 포격에 갈가리 찢겨진 러시아군의 시체더미에까지 이르렀다. 겹겹이 쌓인 시체는 그들이 마지막까지 유지하려 했던 대열을 그대로 보여주고 있었고, 내장을 드러내고 누워 있는 말들은 대포의 사격 위치를 묵묵히 알려주는 듯했다.

그는 근위대에 둘러싸여 벨라우 방향, 알레 강 골짜기 좌측으로 난 길을 천천히 거슬러 올라갔다. 시신들이 천천히 강물에 떠내려가고 있었다.

비가 내리기 시작했다. 페터스발데 마을의 한 헛간에 자리잡은 나폴레옹은 조세핀에게 편지를 쓰기 시작했다.

〈나의 연인이여. 당신에게 한마디만 쓰오. 지금은 편지 쓰는 일마저 힘겹소. 야영을 한 지도 벌써 여러 날이 지났소. 그 동안 나의 병사들은 마렝고 전승 기념식을 당당하게 거행했소. 프리트란트의 전투 역시 마렝고 못지않게 길이 빛날 것이며, 나의 백성들 또한 영광스러워할 것이오.〉

이쯤에서 편지를 중단할 수도 있었다. 하지만 조세핀이 그녀의 주변 인물들에게 전투에 대해 상세하게 설명해줄 수 있도록 배려해야 했다. 나폴레옹은 편지를 이어나갔다.

〈모든 러시아 군대가 꼼짝 못 하게 되었소. 그들은 80문의 대포를 빼앗겼으며, 삼만 명의 병사가 포로로 잡히거나 목숨을 잃었소. 전사자 및 부상자, 포로를 포함해 모두 시른다섯 명의 러시아 장군이 희생되었소. 러시아군은 완전 붕괴되어버린 것이오. 오늘의 전투는 마렝고, 아우스터리츠, 예나에 비해 손색없는 훌륭한 전투로 남을 것이오. 군대의 소식지가 나머지 상황을 전해줄 거요. 우리 쪽 손실은 대단치 않소. 나는 적들을 성공적으로 다루었소. 걱정하지 말고 기뻐하시오. 잘 있어요, 친구. 나는 이제 말에 오르오. 나폴레옹.〉

〈추신 : 이 편지가 군대 소식지보다 먼저 도착한다면, 승전보를 대신하게 되겠구려. 축포를 쏠 수도 있겠지. 포고문은 캉바세레스가 만들면 될 것이고.〉

그는 다리를 뻗고 잠시 눈을 감았다.

마침내 승리한 것이다. 하지만 무력만으로 무엇을 지속시킬 수 있을까? 무력은 조직을 정비해나가는 데 있어서는 아무 쓸모가 없는 것.

—단 두 가지 힘이 세상을 지배하고 있다. 무력과 정신력이다. 그러나 장기적으로 볼 때 정신력이 항상 무력의 우위에 있다.

그는 막 무력을 휘두른 참이었고, 무력을 통해 적을 섬멸할 수 있었다. 하지만 이제는 조직을 가다듬기 위해 정신력이 필요한 단계였다. 차르 알렉산드르와 협상을 하고 그와 더불어 평화 조약을 맺어야 했다.

그는 그렇게 몇 분을 더 머물러 있었다. 평온했다. 그는 다시 펜을 잡고 마리에게 편지를 쓰기 시작했다.

〈당신은 나에게 항상 새로운 느낌이자 영원한 깨달음이오. 나는 당신을 공정하게 평가해왔고, 또한 지금까지의 당신 삶을 고스란히 알고 있소. 당신을 모든 사람들로부터 구별짓게 하는, 당신에게만 있는 독립성과 순종, 지혜, 그리고 경쾌함의 독특한 화합이 바로 당신의 삶으로부터 우러나온다는 것을 나는 알고 있소.〉

나폴레옹은 행복했다.

6월 16일 화요일. 그는 프레글 강을 따라 틸지트 쪽으로 달렸다. 보병을 위해 부교를 세우라고 명령한 다음, 그는 기병대의 선두에 섰다. 다리를 안장 위에 얹고 말을 탄 채 강물 속으로 들어간 나폴레옹은 여기저기 말을 몰며 수심을 살폈다. 기병들이 말을 타고 도강할 만한 지점을 찾기 위해서였다.

이따금 그러듯이 그는 거침없이 말을 몰았다. 혼자라는 느낌, 황제에 대한 의전과 철두철미한 신변 보호로부터 벗어나 한 인간으로서 만끽할 수 있는 자유의 느낌을 좋아했다. 그렇게 호위대를 당혹스럽게 하며 몇십 분을 질주하던 그는 마침내 언덕 막바지에 이르러 말을 세우고, 마치 금세 소나기라도 퍼부을 듯 음울해진 전원 풍경을 내려다보았다. 헐떡거리며 뒤쫓아와 걱정스러운 표정을 짓는 장교들과 마사 책임자 콜랭쿠르를 돌아보며 그는 웃었다.

누군가 뮈라와 술트가 진입한 쾨니히스베르크의 함락 소식을 보고했다. 모든 것이 그가 예견한 대로 진행되고 있었다. 그는 조제핀에게 이 소식을 전했다.

〈기뻐하오, 조제핀. 8만 명의 인구가 거주하는 쾨니히스베르크가 오늘 내 수중에 들어왔소. 거기서 나는 대포와 많은 상점, 그리고 영국에서 온 6만 정의 총기까지 압류했소. 잘 있으시오, 나의 연인이여. 나는 건강하오. 비에 젖고 잠자리가 싸늘해 약간의 감기 기운이 있지만 말이오. 늘 즐겁고 밝게 지내시오. 당신의 나폴레옹.〉

승리의 전투 이후 며칠 동안 나폴레옹의 정신은 긴장을 풀고 여유를 되찾았다. 그의 사고의 범위는 정복할 땅이나 몰아대야 할 병사들에 국한되지 않고 추억이라든가 사랑하는 사람들에게까지 확장되었다.

조제핀과 마리에게 보낼 편지를 마무리지은 그는 곧이어 오르탕스에게도 편지를 보내기 위해 펜을 들었다. 그는 이 전투의 승리에 많은 의미를 부여하고 싶어했다. 자기 자신에게도 편지를 쓰고 싶었는지도 모른다. 이것은 그가 절실히 원했던 승리였기 때문이고 또한 사랑했던 나폴레옹 샤를의 죽음에도 불구하고 자신의 생명력이 위축되지 않고 여전히 힘이 있으며, 전투 결과는 마렝고와 아우스터리츠 때보다 오히려 더 성공적이었으며 앞으로 갈 길이 아직도 많이 남아 있다는 것을, 그 자신에게 증명해야 할 필요가 있었기 때문인지도 몰랐다.

〈너의 고충을 나는 절감한다. 하지만 좀더 용기를 갖기 바란다. 어차피 인생이란 고통을 수반하는 것이다. 성실한 사람은 항상 남이 아니라 자기 자신의 주인이 되기 위해 싸운다. 나폴레옹 루이나 네 친구들에 대한 부당한 대접은 그리 보기 좋은 일 같지는 않다. 너의 엄마와 나는 우리가 네 마음속에 많은 부분을 차지하고 있으리라 생각했다. 하지만 지금의 너를 보니 그 생각이 틀렸던 것 같구나. 6월 14일에 아주 크나큰 승리를 거두었다는 것을 너에게 알리고 싶다. 나는 건강히 잘 있다. 진심으로 너를 사랑한다.〉

고통으로 숨막혀하는 젊은 어미, 자신의 괴로움 이외엔 아무것도 들으려 하지 않는 한 어미에게 이런 승전보가 과연 무슨 의미가 있을 것인가? 그는 그녀의 비통함을 이해했지만 고통에의 굴종과 스스로에 대한 나약한 태도를 받아들일 수는 없었다. 사별의 아픔을 견디며 각기 제 갈 길을 가는 많은 사람들에 대한 무관심도 납득할 수 없었다.

6월 19일 금요일. 그는 틸지트에 들어가 마을을 가로질렀다. 길은 넓고 곧바랐으며 돌로 포장되어 있었다. 말굽이 포도에 부딪히는 소리가 경쾌했다. 그는 니에만 강 기슭에 다가섰다. 교량 하나가 아직도 화염에 휩싸여 있었다. 강의 건너편 우안에는 말을 타고 있는 코자크 기병들이 보였다. 상당히 넓은 강이었다.

나폴레옹은 이탈리아 전장을 회상했다. 빗발치는 총탄을 뚫고 건넜던 로디 다리, 아르콜레 다리…… 그러나 그는 지금 여기, 러시아라는 또다른 대제국의 입구임을 알리며 빠르게 흘러가는 푸른 물가에 서 있다.

틸지트로 돌아가는 길에, 적장 베니히센의 강력한 요청으로 휴전 협상을 위해 러시아 로바노프 왕자가 도착했다는 사실을 보고 받았다. 나폴레옹은 그 정도의 소식으로는 만족할 수 없었다. 그는 힘의 중심에 자리잡고 있었다.

"허세를 부리던 러시아인들은 처참한 대가를 받았다. 그들은 패배를 인정했다. 그들은 참혹한 최후를 맞았으며, 나의 독수리(나폴레옹 군대의 군기)는 니에만 강 위에 날아올랐다. 아군의 손실이라는 것은 실로 미미한 것일 뿐이다."

그가 원했던 것은 휴전이 아니었다. 평화였다.

그의 병사들이 그에게 바랐던 것도 평화였다. 탈레랑, 콜랭쿠르 그리고 그밖의 모든 대원수들이 원했던 것도 그렇다. 근위병들에게 물어보아도 대답은 마찬가지였을 것이다. 그들 모두 벌써 일 년이 넘도록 프랑스를 떠나 있었던 것이다.

그는 대원수 뒤로크를 베니히센에게 보내 로바노프 왕자를 초대했다. 왕자는 곧 도착했다. 나폴레옹은 탁자 앞에 앉은 왕자의 얼굴을 오래도록 쳐다본 뒤 엄숙한 표정으로 잔을 들었다. 그리고

'알렉산드르 황제의 안위를 위하여' 건배하고 술잔을 비웠다. 그는 로바노프의 팔을 잡고 지도가 있는 쪽으로 이끌었다. 나폴레옹의 손가락이 비스타 강줄기를 따라갔다.

"이게 바로 우리 두 제국 사이의 경계요. 한쪽은 당신의 군주가, 또다른 한쪽은 내가 다스리오."

6월 21일 일요일, 휴전이 성립되었다.

나폴레옹은 조제핀에게 편지를 띄웠다.

〈모든 일을 완벽하게 마무리지었소. 당신도 행복하길 바라오.〉

흡족하기 그지없었다.

마침내 도래한 평화. 이 차르와의 협정은 1792년 이래 처음으로 영국이 프랑스의 강대함을 현실로 인정하게 할 사건인 것이다.

6월 22일 월요일, 그는 휴전이 선포되었음을 알리는 축포 발사 명령을 내렸다. 그 순간까지도 비는 그칠 줄을 몰랐다. 하지만 병사들은 소나기를 아랑곳하지 않고 서로 얼싸안았다. 만족스러웠다. 그는 원정을 훌륭하게 완수한 대군에 대한 포고문을 받아쓰도록 했다.

〈병사들이여, 6월 5일 우리는 숙소 안에서 러시아 군대의 침입을 받았다. 불행하게도 적들은 우리의 휴식이 사자의 휴식이었다는 것을 너무 뒤늦게 깨달았다. 지금 그들은 그때 우리들에게 소란을 피웠던 사실을 뼈저리게 후회하고 있을 것이다. 비스타 강기슭에서 니에만 강에 이르기까지 우리는 독수리처럼 날렵했다. 아우스터리츠에서 대관 기념식을 거행한 것처럼 올해의 마렝고 승전 기념식은 그대들이 훌륭히 거행한 것이다…….〉

이제는 평화에 대해 말할 차례였다.

〈프랑스인들이여, 그대들은 그대들 자신과 황제의 위신에 걸맞게 행동했다. 그대들은 영광스러운 평화를 획득했을 뿐 아니라 그

지속까지 성취한 것이다. 그대들은 월계수에 둘러싸여 귀국하게 될 것이다.〉

그것은 모든 병사들과 마찬가지로, 그도 원하던 바였다.

피맺힌 팔뚝들 사이로 총들이 곧게 세워져 있었고, 털모자를 걸어놓은 대포 아래 빗속을 서성이는 병사들의 그림자가 보였다.

〈이제 모든 것이 끝났다. 우리 조국이 교활한 영국의 영향에서 벗어나 평온해지기를. 이제 황제는 성의를 다해 그대들에 대한 감사의 마음과 그대들을 향한 무한한 애정을 증명해 보일 것이다.〉

무혈의 전투에서도 승리해야 했다.

로바노프 왕자를 다시 만난 그는 거품이 넘쳐 흐르는 샴페인 잔을 높이 쳐들고, 알렉산드르 황제를 위해, 엘리자베스 황후의 안위를 위해 재차 건배했다. 너무나 감동한 나머지 눈물이 그렁그렁해지는 로바노프 왕자를 보며 그는 뒤로크에게 말했다.

"저것 좀 보게나, 뒤로크. 러시아인들이 그들의 군주를 얼마나 사랑하는지 보라구!"

22
두 독수리의 만남

1807년 6월 25일, 나폴레옹은 니에만 강 기슭으로 말을 몰았다. 오후 한시 무렵, 태양의 열기는 절정에 올라 있었다.

나무숲 뒤쪽으로, 공병대가 밤을 새워 만든 뗏목이 니에만 강 한가운데 정박되어 있는 것이 보였다. 뗏목은 강 양안에서 끌어온 닻줄로 지탱되어 있었다. 출입구와 일종의 살롱이 갖춰진 두 개의 하얀 막사가 꽃다발로 풍성하게 장식되어 있는 것도 눈에 들어왔다. 그가 바라던 그대로였다. 그와 알렉산드르 황제의 만남의 장소가 될 가장 큰 막사 위에는 'N' 자가 큼직하게 그려져 있었고, 강 우안에 있는 막사에는 같은 크기의 'A' 자가 새겨져 있었다.

그는 강 우안에 집결해 있는 러시아 군대에서 눈길을 돌려 강 좌안에 도열해 있는 프랑스 대군를 바라보았다. '황제 폐하 만세'

를 연호하는 소리가 하늘을 쩌렁쩌렁 울리며 한데 뒤섞여 도무지 알아들을 수 없을 정도였다. 제어할 수 없는 기쁨으로 달아올라 하늘을 찌를 듯하던 높은 함성들이 단 하나의 파열음이 되어 양쪽 강변 사이를 뒤흔들고 있었다.

즐거운 기분으로 그는 뒤를 돌아보았다. 그가 회담 배석자로 지명한 다섯 사람, 뮈라, 베르티에, 베시에르, 뒤로크 대원수와 마사 책임자 콜랭쿠르가 서 있었다. 그들은 황제와 함께 뗏목으로 가기 위해 대기하고 있는 것이다. 하지만 그는 오랫동안 동방과 아시아에 이르는 유럽의 가교 역할을 해왔던 대제국의 상속자 차르를 홀로 만나고 싶은 마음이었다. 자신의 제국을 오로지 자신의 힘만으로 일으켜세운 나폴레옹, 기존의 왕조에 반기를 들고 새로운 왕조를 열어 민중들을 그러모은 고대의 정복자들 이외에는 누구와도 비견할 수 없는 바로 그가, 유구한 전통과 권위를 가진 로마노프 왕가의 계승자와 드디어 대면하게 된 것이다!

—이것은 두 독수리의 만남이다. 승리로 다져진 십 년의 세월을 보낸 후, 니에만 강 위에 늠름하게 솟아오른 나의 독수리와 로마노프 독수리와의 만남.

그는 이처럼 마음 들뜨는 기쁨과 생동하는 활력을 예전에는 경험해보지 못했다. 그가 모자를 벗어들고 만세 소리에 답례하자 환호성은 더욱 커졌다. 병사들의 뜨거운 열정이 그의 가슴속에서도 타오르고 있었다.

로바노프 왕자가 알렉산드르 1세의 결심을 전해 왔을 때 그는 이미 자신의 목표 지점에 도달했다고 느꼈다. 이제 누가 감히 그가 구축한 견고한 성벽에 무모하게 도전해올 것인가?

알렉산드르 1세는 그의 영토 안에 프랑스 망명귀족들을 받아들였었다. 그들 중에는 열여덟번째 루이임을 자처하는 루이 16세의 형제도 있었다. 세습황제인 그가 나폴레옹 황제에게 이렇게 전해왔다.

〈프랑스와 러시아의 연합은 오래된 나의 숙원이었소. 그것만이 세계의 행복과 평온을 보장하는 길임을 나는 믿어 의심치 않소. 이제 완전히 새로운 체제가 기존의 것을 대체해야 하오. 중재자 없이 직접 만나 기탄 없는 대화를 나눈다면, 나는 폐하와 더욱 쉽게 합의에 이를 수 있을 것이라 믿소. 수일 내에 우리는 결론을 맺을 수 있을 것이오. 지속적인 평화라는 결론 말이오…….〉

나폴레옹은 그를 뗏목까지 실어나를 큰 보트를 향해 걸어갔다.

산들바람이 일었다. 그 바람을 타고 박사(薄紗) 같은 구름이 흘러들어 강렬한 햇빛을 가리자 대기는 한결 부드러워졌다. 뗏목 위의 장막들은 바람에 쓸려 펄럭이기도 하고 풍선처럼 부풀어오르기도 했다.

그는 이 순간을 결코 잊지 못하리라. 과거로부터 찾아온 황제 알렉산드르와 지금에 이르기 위해 대군과 함께 그토록 많은 강을 건너야 했던 당대의 황제, 프랑스인들의 황제 나폴레옹 1세의 만남. 많은 사람들의 머릿속에서도 두 황제의 만남은 오래도록 기억되리라.

황제 대관식 때조차도 느끼지 못했던 충족감이었다.

이 하늘과 니에만 강, 이 뗏목, 서로 마주하고 있는 군대들, 그리고 그와 대면하기 위해 강의 좌안으로 건너오고 있는 러시아의 황제, 이 모든 것이 '그의' 대성당이요, '그의' 작품이요, 서른여덟 그의 생의 결실이었다.

그의 몫으로 마련된 운명이 흐뭇하고 자랑스러웠다.

나폴레옹은 대원수들과 마사 책임자를 대동하고 큰 보트 위에 올랐다. 흰색 상의를 입은 병사들이 니에만 강의 푸른 물결을 헤치며 힘차게 노를 젓기 시작했다.

뗏목에 먼저 도착한 그는 배를 타고 다가오는 차르를 맞이하기 위해 혼자서 성큼성큼 앞으로 걸어나갔다. 그보다 열두 살 아래이며, 친부(親父) 파벨 1세 피살 사건*에 연루되어 있는 그를 눈여겨보며 나폴레옹은 한쪽 손을 내밀었다.

알렉산드르. 훤칠한 키에 낯빛이 붉은 그는 분칠한 밤색 머리카락을 흰색과 검은색 깃털이 꽂힌 커다란 모자 아래로 길게 늘어뜨리고 있었다. 그는 황제 근위대인 프레오브라옌스키 연대의 붉은 휘장을 녹색 제복 위에 두르고 있었다. 오른쪽 어깨 위에는 황금 견장이 반짝거리고, 긴 칼을 허리에 찬 그는 흰 바지에 목 짧은 장화를 신고 있었다. 성 안드레아 훈장의 창백한 푸른 선이 가슴께를 가로지르고 있었다.

—나에게는 레지옹 도뇌르 훈장의 붉은 줄이 있지.

차르는 맑은 눈빛에 사람 좋아 보이는 혈색 좋은 얼굴을 하고 있었다.

나폴레옹은 차르와 포옹했다. 그들은 대형 막사를 향해 나란히 걸었다. 알렉산드르가 먼저 입을 열었다.

"나는 폐하 못지않게 영국인들을 증오하오."

그는 듣기 좋은 목소리로 완벽한 불어를 구사했다.

막사 입구에 막 다다랐을 즈음 차르는 다시 말을 이었다.

"폐하께서 그들에 반대하여 시행하시려는 모든 일에 있어서 나는 폐하의 조력자가 될 것이오."

나폴레옹이 장막을 걷어올리며 말했다.

---

* 예카테리나 여제의 뒤를 이어 러시아 황제에 오른 파벨 1세(1796~1801 재위)는 폭군적이고 변덕스러운 정책으로 귀족들의 신임을 잃어 1801년 암살당했다.

"그렇다면 우리 사이에 더이상의 문제는 없소. 평화는 이루어진 것이오."

나폴레옹은 기쁨에 도취되어 가벼운 흥분마저 느꼈다. 그의 정신은 전에 없이 활력에 차 있었다. 그는 자신보다 나이 어린 알렉산드르를 설득하고 회유해 우방으로 삼기를 원했다. 차르의 군대를 굴복시킨 나폴레옹이었지만, 그는 모욕을 주기보다 동맹을 원했다. 차르와 함께 두 개의 얼굴을 가진 유럽을 새로이 건설해나가고 싶었던 것이다.

—비스타 강까지는 차르의 영토, 이 강의 서쪽은 나의 영토다.

나폴레옹에게는 달리 선택의 여지가 없었다. 그렇다면 프로이센은?

나폴레옹은 알렉산드르에게 말했다.

"만인을 우롱하는 그 따위 비천한 왕이 다스리는 비천한 나라는 존속시킬 가치가 없소. 그 나라가 가지고 있는 것은 모두 폐하께 진 빚이 아니겠소."

오스트리아? 그 나라에 대해서는 언급조차 하기 싫었다. 그는 알렉산드르와의 회담을 위해 틸지트의 숙소를 떠나 니에만 강으로 향할 무렵, 앙드레오시로부터 온 급보를 이미 전해받은 상태였다. 비엔나 주재 프랑스 대사가 보낸 그 편지에는 오스트리아인들이 얼마나 나폴레옹군의 패배를 원해왔는지, 그리고 그 패배를 위해 얼마나 많은 공을 들여왔는지, 프리트란트 전투의 개가에 비엔나 궁정이 얼마나 낙심하고 있는지 등이 상세하게 적혀 있었다.

투르크가 남아 있었지만, 투르크는 궁중 혁명으로 인해 나폴레옹의 확고한 협력자였던 셀림 3세* 술탄 정권이 전복된 상태였다.

나폴레옹은 낮고 굵은 음성으로 말을 이었다.

---

* 오스만 제국의 술탄, 1761~1808.

"투르크 제국은 더이상 존재할 수 없다는 신의 계시가 내게 있었소."

—그 제국의 잔해를 나누어 가집시다.

그는 동방에 관한 이야기로 화제를 바꾸며 알렉산드르의 반응을 살폈다.

—이 사람은 신실해 보이지만 아직 젊다. 나에게 압도당하고 있다. 그와의 동맹을 원하기는 하지만, 그렇다고 저자에게 '세계의 대제국 콘스탄티노플'을 양보할 수는 없지.

한 시간 반이 넘는 시간이 흘렀다. 그들은 다음날인 6월 26일 금요일, 이 뗏목 위에서 다시 만나기로 했다.

프로이센 왕 프리드리히 빌헬름이 참석해야 하지 않겠느냐는 차르의 말에 나폴레옹은 분노가 치밀었다.

나폴레옹은 일침을 가했다.

"종종 다른 이를 내 침실에 불러들이긴 하지만, 나는 한꺼번에 두 명을 상대해본 적은 없었소."

그는 곧 침착을 되찾고, 다음번 회담을 틸지트 시에서 갖자고 제의했다. 알렉산드르가 그곳에 머물 수 있도록 그는 그 도시의 절반을 러시아인들에게 양보할 생각이었다. 그는 다시 말을 이었다.

"우리에겐 더 많은 대화가 필요할 것이오."

그리고 다시 한마디 덧붙였다.

"나는 당신의 비서가, 또 당신은 나의 비서가 되어주는 거요."

나폴레옹은 알레산드르의 팔을 잡고, 그의 보트 쪽으로 발길을 돌렸다. 그 장면을 지켜보고 있던 병사들의 만세 소리가 강의 양안을 따라 높아지고 있었다.

그날 밤 마련된 숙소는 틸지트에서 그가 점거한 큰 집이었다. 그는 밤새 뒤척이며 깊은 잠을 이룰 수가 없었다.

근위대 병사들이 지펴놓은 불이 방을 환하게 밝히고 있었다. 그는 저 먼 밤하늘 속으로 퍼져나가는 노래 소리에 귀를 기울였다. 진군하는 정예군들이 종종 부르던 노래의 후렴구였다. 누군가 선창하면 많은 목소리들이 뒤를 이어 흥겹게 어우러졌다.

뗏목 위에서
나는 이 세상의 두 주인을 봤다네
나는 가장 멋진 광경을 봤다네
나는 평화를 봤다네, 전쟁을 봤다네
그리고 전 유럽의 운명을
뗏목 위에서…….

졸음이 말끔하게 가셨다. 생애 최고 절정의 순간을 거머쥔 그가 왜 굳이 망각과 침묵 속으로 빠져들겠는가?

그는 루스탐을 깨워 비서를 호출하라고 명했다. 그리고 푸셰에게 보낼 편지를 구술했다.

〈간접적으로나 직접적으로나 러시아에 대한 쓸데없는 망언이 회자되지 않도록 하시오. 모든 상황을 검토해볼 때, 우리의 시스템은 러시아와 안정적인 관계를 유지하게 될 것이오.〉

그는 갑자기 비서를 내보내고는, 습관대로 뒷짐을 진 채 방 안 여기저기를 서성였다.

바로 얼마 전까지만 해도 프로이센과 손을 잡고 프랑스에 대항하여 끝까지 싸우겠다고 맹약했던 저 로마노프 가의 알렉산드르를 과연 믿을 수 있을까? 왕조의 후계자들이 흔히 그래왔던 것처럼 차르 역시 이중적인 인물이 아닐까?

—과연 믿을 수 있을까? 나를 도와 영국에 대항하겠다는 그의 언약을? 그것은 분명 나에게는 득이다. 하지만 그에게도 득일까?

하지만 그에게 내기를 거는 수밖에 없었다.

나폴레옹은 펜을 들었다. 마음껏 자신의 느낌을 적고 싶었다.

〈나의 친구여, 니에만 강의 한복판, 매우 아름다운 막사가 세워진 뗏목 위에서 알렉산드르 황제를 만났소. 사람들이 말하는 것보다 훨씬 재치 있고, 훌륭하고 잘생긴 젊은 황제였소. 그와의 만남은 아주 만족스러웠소. 내일 틸지트에서 그와 함께 묵을 거요. 잘 있어요, 나의 연인이여. 늘 건강하고 밝게 지내기를 바라오. 나는 아주 건강하오. 나폴레옹.〉

다음날인 6월 26일 열두시 삼십분, 뗏목 위에서 알렉산드르를 영접하면서, 그는 자신이 이미 알렉산드르에게 친근감을 갖고 있음을 느낄 수 있었다. 그는 이 유구한 전통의 상속자에게 끌리고 있었고, 그의 호의 앞에서 경계의 끈을 풀지 않을 수 없었다.

하지만 그는 상트페테르부르크 사람들에게 자신이 '왕권 찬탈자' 이고 '코르시카의 식인귀' 일 뿐이라는 사실을 알고 있었다.

—이제 나는 러시아 황제와 손을 잡았다. 내일 틸지트에서 다른 지역으로의 이동을 위해 우리가 정한 암호는 '알렉산드르, 러시아, 위대함' 이고, 알렉산드르가 정한 그 다음날 암호는 '나폴레옹, 프랑스, 용맹' 이다.

또한 상트페테르부르크 사교계에서 망명귀족들이 얼마나 환대받고 있는지, 부르봉 왕가를 위해 목숨을 바친 앙갱 공작에 대해 사람들이 얼마나 애통해하는지 나폴레옹은 알고 있었다.

—그에게서 느껴지는 친밀감은 날이 갈수록 점점 더 두터워지고 있다. 그와 함께 하는 군대의 사열, 장시간의 대화, 숲을 가로지르는 질주.

그리고 '자코뱅파 부오나파르테'의 머리 위에 러시아인들이 어떤 저주를 퍼붓고 있는지도 나폴레옹은 알고 있었다.

—나는 그를 경탄하게 했고 회유했으며 또 그를 감동하게 만들고 있다.

나폴레옹이 뒤로크에게 말했다.

"저 사람, 마치 소설에나 나오는 인물 같군. 사려 깊은 파리 신사처럼 굴고 있단 말일세."

—하지만 내가 그보다 우월하다. 나는 제국의 상속자가 아니라 창시자다.

그들이 말을 타고 틸지트를 둘러싼 들판과 숲을 달릴 때, 나폴레옹은 차르를 앞질러 가서 그를 기다렸다.

나폴레옹은 유쾌했다. 뗏목 위에서의 두번째 회담 이후로는 프로이센 왕 프리드리히 빌헬름 3세가 종종 그들과 동행하기는 했지만, 그에게서는 기사다운 당당함을 찾아볼 수 없는데다가 패배자의 침울한 낯빛까지 엿보였다. 나폴레옹은 그의 옷차림을 비웃으며 그에 대한 경멸을 노골적으로 드러내었다.

"그 많은 단추들을 끼우느라 국정을 돌볼 시간도 없겠소이다?"

그의 주빈인 알렉산드르가 함께 식사하기를 원해 프로이센 왕을 초대한 것이었지만, 프리드리히 빌헬름에 대한 예우를 소홀히 할 수는 없었다.

그는 푸셰에게 편지를 썼다.

〈러시아의 황제와 프로이센 왕은 틸지트 시에 머무르며, 매일같이 나의 처소에서 저녁을 먹고 있소. 이런 성가신 일 때문에라도 나는 전쟁을 신속히 매듭짓고 싶소. 그것이 나의 국민에게 행복을 가져다줄 것임을 나는 굳게 믿고 있소.〉

하지만 그는 매일 저녁 만찬 이후, 알렉산드르와 함께 주최하는 모든 사교 모임에 프리드리히 빌헬름을 참석시키지 않았다.

나폴레옹은 유럽과 동방을 언급하면서, 어떻게 두 제국이 확장될 것인지를 지도상으로 제시했다.

그는 동맹관계의 두 제국이 세계의 대부분을 지배할 수 있다고 주장했다. 알렉산드르가 과연 납득할 것인가?

나폴레옹은 지치지 않고 계속해서 설득했다. 심지어 프리드리히 빌헬름이 함께한 저녁식사 자리에서도 이러한 대화는 그를 즐겁게 했다. 이미 그는 자신이 왕들의 황제라고 느끼고 있었다.

그는 조제핀에게 편지를 썼다.

〈언젠가도 한 번 얘기했겠지만, 러시아 황제는 자상하게도 당신의 건강에 관심을 보이고 있소. 프로이센 왕과 마찬가지로 그도 나의 처소에서 매일 저녁식사를 한다오.〉

나폴레옹은 자부심을 느끼고 있었다.

그는 자신의 정예부대를 보여주고, 제국 근위대와 '철갑조끼'로 무장한 흉갑기병대를 분열행진하게 했다. 이따금 알렉산드르 쪽으로 눈길을 던져, 감탄하면서도 내심 경계하는 그의 기색을 감지했다. 그들 황제 앞에서 행진하는 사단들은 마치 위협적으로 진군하는, 움직이는 성벽 같았다.

차르 알렉산드르가 나폴레옹과의 동맹을 받아들인다는 것은 라인 연방과 더불어 네덜란드 왕 루이와 나폴리 왕 조제프의 왕권을 인정한다는 것이며, 제롬이 베스트팔렌 왕좌에 오르는 걸 인정한다는 것이었다. 요컨대 나폴레옹이 서방의 황제라는 것을 인정하는 것이었다. 대신 그 대가를 치러야 하는 것은 프로이센이었다. 러시아는 이오니아의 섬들과 카타로를 양보하기만 하면 되고, 나폴레옹은 그에 대한 대가로 핀란드와 스웨덴을 넘겨주면 그만이었다. 만일 영국인들이 이같은 합의에 대해 이의를 제기해온다면,

러시아가 즉각 영국에 대해 선전포고를 하게 되어 있었다.

프로이센 문제에 있어 나폴레옹은 거침없는 태도를 취했다. 프로이센에 대한 처벌은 당연했다. 프로이센은 그 영토와 국민의 절반을 잃어야 마땅했다.

그러나 알렉산드르는 프로이센의 입장을 옹호하면서 루이제 왕비가 겪어야 할 절망에 대해 감동적으로 하소연했다. 나폴레옹은 틸지트 근처의 들판에서 성대한 연회를 벌이고 있는 두 황실의 근위대를 손끝으로 가리켰다. 모두들 마음껏 먹고 마시고 있었다.

—프로이센이 뭐가 그리 중요하단 말인가?

루이제 왕비를 어찌 대할 거냐고, 알렉산드르가 안타까운 듯 물었다. 그녀는 틸지트에 와 있으며, 황제를 만나보고 싶어한다는 것이었다.

—결국 그 여자가 왔군. 그래, 그녀 역시 자신의 왕국을 위한 선처를 간청하려고 온 거야!

전쟁을 꿈꾸던 그녀는 프로이센 장교들을 선동하여 베를린 주재 프랑스 대사관 계단에 칼을 갈게 했었다. 아름답기로 소문난 그녀는 프리드리히 2세의 묘지에서, 얼간이 남편 프리드리히 빌헬름 3세, 그리고 알렉산드르와 함께 대불 동맹 서약을 맺은 여자였다.

차르는 루이제 왕비와 프리드리히 빌헬름, 이 둘을 모두 저버리게 되리라.

나폴레옹은 그녀를 만나기 위해 프리드리히 빌헬름 3세의 유형지였던 틸지트의 한 제분업자 집으로 찾아갔다.

은실로 수놓은 하얀 크레이프 비단옷에 진주로 장식된 왕관을 쓰고 있는 그녀는, 듣던 대로 아름다웠다. 입고 있는 드레스만큼이나 하얀 그녀의 얼굴에 기품이 서려 있었다.

하지만 그녀를 바라보는 나폴레옹의 얼굴에는 냉소가 가시지 않았다. 그녀는 프로이센의 불행에 대해 언급하면서, 베스트팔렌으로 넘어가게 예정되어 있는 마그데부르크 시를 프로이센에 되돌려달라고 요구했다.

나폴레옹은 그녀의 옷차림을 칭찬하며 물었다.

"그 옷이 이탈리아 비단인 크레이프요?"

루이제 왕비는 항의했다.

"한 국가의 운명이 걸린 엄숙한 순간에 기껏 옷감 얘기나 나누자는 것입니까?"

나폴레옹은 그녀의 협상 기교와 단호한 의지에 탄복했다. 그는 그녀를 저녁만찬에 초대하기까지 했고, 유쾌한 어소로 콜랭쿠르에게 말했다.

"마치 비극에 나오는 뒤슈누아 양을 보는 것 같더군."

하지만 그는 아무것도 양보하고 싶지 않았다.

그는 조제핀에게 편지를 썼다.

〈프로이센의 아름다운 왕비가 오늘 저녁만찬을 위해 나의 처소로 올 예정이오.〉

그는 펜을 놓고 잠시 생각에 빠져들었다.

—그러니까, 굳은 의지와 매혹적인 자태로 유럽 전역에 칭송이 자자한 여군주가 내게로 와서 굴복하는 거로군.

이내 모든 사념을 털어버린 그는 쓰다 만 편지를 계속해서 써내려갔다.

〈프로이센 왕비는 정말 매혹적이오. 나를 유혹하지 못해 그녀는 안달이 났소. 하지만 질투하지는 마시오. 나는 밀랍을 칠한 돛이라서 모든 것이 흘러내리기만 한다오. 게다가 그녀의 유혹을 받아들이기엔 치러야 할 대가가 너무 크오.〉

그러나 나폴레옹은 루이제 왕비가 자신을 유혹하고 구슬리는 데 성공할 것이라 믿게끔 내버려두었다.

그녀는 붉은색과 황금색이 섞인 화려한 옷에, 머리에 터번을 두르고 만찬에 참석했다. 그녀는 나폴레옹과 알렉산드르 사이에 앉았다.

베를린의 그 모든 귀족들 앞에서, 그녀가 나폴레옹을 '괴물', '혁명의 아들'이라 부르며 비아냥거렸던 것을 그녀는 기억하고 있을까? 그를 추한 난쟁이로 묘사했던 것은? 그리고 자신의 앵무새를 훈련시켜 그를 모욕했던 것은?

나폴레옹은 기억하고 있었다. 그가 말했다.

"프로이센 왕비가 왜 터번을 쓰고 있소? 그런 복장으로는 투르크와 전쟁중인 러시아 황제의 환심을 살 수 없을 텐데?"

그를 바라보는 그녀의 눈초리에 경멸이 가득했다. 그는 그녀의 그런 시선, 그녀의 목소리가 마음에 들지 않았다.

그녀는 나폴레옹의 맘루크인 시종을 쳐다보며 응수했다.

"글쎄요, 그보다는 루스탐의 환심을 사기 위해서라고 해두지요."

그녀의 가슴속에 도사린 원한이 느껴졌다. 그는 마그데부르크 시를 넘겨달라고 요구한 그녀의 청을 거절하고, 베스트팔렌 왕 제롬에게 귀속시키기로 했던 것이다. 그를 유혹하기 위해 그녀가 이렇게까지 말했는데도 말이다.

"우리 세기의 가장 역사적인 인물을 이렇게 가까이에서 알현하는 영광을 입고, 그분이 제 가슴속에 자리하고 있었다는 사실을 마음껏 전할 수 있는 기쁨을, 어찌 그분께 전해드리지 않을 수 있겠습니까?"

그녀가 무엇을 상상하고 있었을까? 자신의 고혹적인 교태에 넘어가 나폴레옹이 개인적인 감정과 국사를 혼동하게 될 것이라고? 그는 프로이센 왕 프리드리히 빌헬름이 아니었다.

그는 그녀에게 대답했다.

"마담, 나로서는 그저 불평할 수밖에요. 어쩌겠소. 이게 다 사나운 내 별자리 탓인 것을."

나폴레옹은 뒤라를 자리에 불렀다. 뒤라는 차르와 왕비에게 예법에 어긋남이 없는 정중함으로 알현 인사를 했다. 왕비는 좌중의 시선을 받으며, '과거의 역사'를 화제로 삼아 이야기했다. 그러자 뒤라가 '현재는 과거로부터 오는 것이지요'라고 말하며, 황제에게 무례했던 그녀의 예전 행동에 대해 넌지시 암시했다. 왕비는 뒤라의 말에, '지금까지 살아 있는 것 자체가 이미 내게는 너무도 가혹한 일이에요'라며 나지막하게 한탄했다.

나폴레옹은 잠자코 지켜보고만 있었다. 그녀는 끝까지 품위를 잃지 않고 있었다. 빼어난 화술로 대화의 주도권을 거머쥐고, 자신의 이해가 가장 크게 걸려 있는 마그데부르크 문제를 끊임없이 제기했다.

아름다운 프로이센 왕비가 모든 열의를 다 바치고 있지만, 그는 한치도 양보할 생각이 없었다!

그녀에게 장미 한 송이를 선사하는 그에게, '마그데부르크와 함께가 아니라면 사양하겠다'며 손을 빼던 그녀의 모습을 조제핀에게 알리고 싶었다. 자리에서 일어선 그녀에게, 어떻게 해도 비극의 한 장면은 중단시킬 수 없을뿐더러 모두가 앉아 있는 자리에서는 오히려 희극이 될 수도 있으니, 그만 진정하고 자리에 앉아달라고 설득하던 자신의 모습을 조제핀에게 이야기하고 싶었다. 그는 편지를 썼다.

〈나의 연인이여. 프로이센 왕비와 저녁만찬을 함께 했소. 그녀는 여전히, 그녀의 부군을 위해 몇 가지를 양보해달라고 간청했지만 나는 정중히 거절할 수밖에 없었소. 나의 정책을 지켜야만 했기 때문이오. 그녀는 매우 사랑스러웠소. 편지로 전할 수 없는 자세하고 긴 이야기는 두고두고 나누도록 합시다. 당신이 이 편지를 읽을 때쯤이면, 러시아와 프로이센 사이의 평화 협정도 성사되어 제롬은 3백만 인구를 가진 베스트팔렌의 왕으로 인정받은 후일 거요. 이 소식들은 오직 당신만을 위한 것이오. 잘 있어요, 당신을 사랑하오. 스스로 만족하면서 즐겁게 지내길 바라오. 나폴레옹.〉

마침내 차르와 고별해야 할 시간이 다가왔다. 두 사람의 서명으로 협정은 이루어졌고, 프로이센은 영토 분할이라는 치욕을 겪어야 했다. 러시아는 온전하게 지켜졌다. 두 제국은 영국에 대항해 투쟁할 것을 확약했다.

나폴레옹은 캉바세레스에게 편지를 썼다.

〈러시아 황제와 나 사이에 아주 긴밀한 유대가 성립되었소. 나는 지금부터 우리의 시스템이 상호 협력하에 원활히 지속되기를 바라오. 평화를 알리기 위해 60발의 축포가 필요하다면 당신 재량껏 처리하도록 하시오.〉

그는 니에만 강 우안으로 차르가 타고 갈 작은 배가 있는 곳까지 알렉산드르와 동행했다. 헤어질 시간이었다. 나폴레옹은 이 순간이 좀더 지체되기를 바랐다. 그는 알고 있었다. 다른 사람들과 마찬가지로 차르 역시 일단 멀어지고 나면 자신의 영향력으로부터 벗어나리라는 것을. 그리고 상트페테르부르크에서 암약하고 있을 영국 첩자들의 음모에도 주의를 기울여야 했다.

그는 스스로에게 확신을 불어넣기라도 하듯 알렉산드르에게 말했다.

"모든 전후 상황을 파악해볼 때, 영국이 11월 이전에 화해의 움직임을 보이지 않는다 해도, 폐하의 후속 조치들을 알게 된다면 분명히 화해를 청해올 것이오. 그때 가면 영국은 유럽 전 대륙을 완전 봉쇄하기 위해 준비된 것들을 어쩔 수 없이 보게 될 것이오."

알렉산드르를 신뢰할 수 있을 것인가?

나폴레옹은 알렉산드르와 함께 차르 근위대를 사열했다. 나폴레옹이 물었다.

"이 전쟁에서 가장 큰 공훈을 세운 가장 용맹한 러시아 병사에게, 내가 레지옹 도뇌르 훈장을 수여해도 되겠소?"

알렉산드르가 그의 뜻을 받아들여 한 정예병사를 추천했다. 나폴레옹은 병사의 가슴에 레지옹 도뇌르 훈장을 친히 달아주었다.

"병사 라자레프, 그대는 그대의 황제와 나, 우리 두 사람이 친구가 된 이날을 영원히 기억하게 될 걸세."

나폴레옹은 알렉산드르를 힘껏 끌어안았다.

—그 누구를 믿을 수 있을 것인가?

그의 측근들 사이에서는 벌써부터 염려의 목소리들이 오갔다. 그들은 알렉산드르의 신뢰성에 의문을 표했다.

고심하던 그는 사바리 장군을 불렀다. 그는 사바리를 뚫어지게 바라보았다. 사바리는 그가 가장 믿을 수 있는 충신이었다. 앙갱 공작을 체포하여 처형할 때, 사바리는 자신의 충성심을 보여준 바 있었다.

"나는 러시아 황제를 신뢰하네. 우리는 이곳에서 이십 일을 함께 지내며 변치 않을 우정을 나누었네. 우리 두 제국 사이의 완전한 화합을 가로막는 장애는 그 어떤 것도 존재하지 않네."

그는 사바리에게 다가가 그의 귀를 다정하게 잡아당겼다.

"임지에 가서 열심히 일해야 하네."

사바리는 상트페테르부르크에 주재하는 나폴레옹의 대사가 될 것이다. 앙갱 공작을 죽음으로 몰아넣은 책임자라고 비난을 퍼붓던 그곳 사교계는 이제 그 당사자를 기꺼이 받아들여야 하리라. 나폴레옹은 말을 이었다.

"이제 막 평화 협정을 체결했네. 그런데 벌써부터 여기저기서 나의 잘못이라 운위하며 내가 곧 배신당할 거라고 수군대고 있어. 전쟁은 치를 만큼 치렀네. 세상에도 휴식이 필요하다구."

그는 방 안을 이리저리 오가며 말을 이어나갔다.

"상트페테르부르크에서는 전쟁에 관한 언급을 절대 삼가게. 그들의 그 어떤 관습에도 불평을 늘어놓지 말고, 그들의 우스꽝스런 풍습을 보게 되더라도 지적하려 들지 말게. 모든 민족에게는 각기 고유의 전통 문화가 있는 법이야. 프랑스인들의 관습을 기준으로 그들 고유 문화를 평가하는 것은 외교적으로 크나큰 실책을 범하는 일일세."

그는 사바리를 문까지 배웅하며 말했다.

"우리 모두의 평화가 상트페테르부르크에 있다는 것을 부디 잊지 말게. 세상의 모든 문제가 바로 그곳에 있네."

7월 9일 밤 열시, 나폴레옹은 틸지트를 떠났다. 그는 제국의 심장 파리로 돌아가는 길을 서둘렀다. 열 달이나 황궁을 비웠던 것이다.

여기서 하루, 저기서 몇 시간 머무르는 식으로, 쾨니히스베르크와 포즈나인을 지나 내처 달렸다. 승리자로서 당연한 권리를 요구하는 그 앞에서, 주저하거나 반발하는 사람들을 보며 그는 점점 마음이 다급해졌다. 급기야 그는 쾨니히스베르크 숙영지에서 클라르크 장군에게 소리를 질렀다.

"베를린 주민들에게 전해. 천만 프랑의 세금을 내지 않으면, 프랑스군이 영원히 그들 곁에 주둔하게 될 거라고."

그들은 그가 바로 승리자이며 왕들의 황제임을 모른단 말인가?

포르투갈인들도 그 사실을 모른단 말인가? 그는 드레스덴으로 가는 길목에서 탈레랑에게 공문을 띄웠다.

〈9월 1일 이전까지, 포르투갈인들로 하여금 그 나라의 모든 항구를 봉쇄해 영국인들이 상륙하지 못하게 하시오. 만일 명령을 수행하지 않는다면, 즉각 포르투갈에 선전포고를 하고 영국 화물들은 모두 몰수할 것이오.〉

그는 그들의 어리석은 저항을 더이상 참아낼 수도 없었고, 그러고 싶지도 않았다. 프로이센은 무릎을 꿇었고, 대제국 러시아는 그와 동맹을 맺지 않았는가? 그런데도 포르투갈이나 스페인은 자기네들이 걸어오는 수작에 그가 순순히 응해줄 거라고 생각하는가? 아니면 교황 때문에라도 어쩔 수 없을 거라고? 으젠 드 보아르네가 보낸 전보에 따르면, 교황은 나폴레옹을 공개적으로 비난할 것을 고려하고 있다는 것이다!

—교황은 나를 무골호인인 루이 16세쯤으로 착각하고 있나? 나는 언제나 로마 궁정을 지배하는 샤를마뉴이리라.

7월 17일 금요일, 나폴레옹은 드레스덴에 도착했다.

아름다운 도시였다. 곳곳에 장식이 잘 되어 있었고, 거리에는 환하게 불이 밝혀져 있었다. 배웅 나온 작센 왕이 그에게 머리를 조아리며, 그를 환영하기 위해 마련한 연회에 참석해줄 것을 정중하게 청했다.

성장(盛裝)한 여인들이 황제를 환대하며 예를 올렸다.

나폴레옹은 그 도시에서 며칠을 머무르며, 폴란드 사절단을 맞아 그들에게 작센 왕을 소개했다. 나폴레옹은 프로이센에게서 빼앗은 폴란드 지역에 바르샤바 대공국을 세우고, 작센 왕을 새 공국의 군주로 임명할 생각이었다. 하지만 그곳에 프랑스 군대가 주둔할 것이므로 진정한 주인은 프랑스 황제일 터였다. 그것이 폴란드 애국지사들이 원하던 '독립된' 폴란드가 아니라는 건 그도 인정했다. 그러나 바르샤바 대공국이 독립 폴란드의 싹이 될지도 모른나. 그리고 차르가 대공국의 건국을 어쩔 수 없이 받아들였다 하더라도, 알렉산드르에게는 몹시 난감한 사안이리라는 것도 알고 있었다.

그는 마리 발레프스카에 대한 상념에 젖어들었다.

그는 조제핀에게 편지를 썼다.

〈어제 오후 다섯시에 드레스덴에 도착했소. 백여 시간 동안 한 번도 말에서 내리지 않고 줄곧 달려야 했던 긴 여정이었지만, 난 아주 건강하오. 지금 이곳은 작센 왕궁이오. 무척 마음에 드는 곳이오. 나는 이제 당신과 가까운 거리에 있소. 지금까지 달려온 거리의 반 정도만 더 달리면 당신을 만날 수 있을 테니 말이오. 미리 말해두지만, 질투에 사로잡힌 사람처럼 조급해져서 어느 아름다운 밤을 틈타 생 클루로 달려갈지도 모르오. 잘 있어요. 당신을 다시 만날 수 있다고 생각하니 너무 기쁘오. 당신을 위해서. 나폴레옹.〉

말을 바꿔 타느라 역참에 들르는 시간만 제외하고는 계속 달리고 싶었다. 라이프치히, 바이마르와 프랑크푸르트를 가로질렀다.

바르 르 뒤크에서 그는 한 사람을 만났다. 마치 다른 세상에서 넘어온 사람 같은 뒷모습을 보이며 앞에서 허청허청 걷고 있는 사람. 그렇다, 일찍이 그의 천분을 알아보고 그를 '폐하'라 불렀던 드 롱조, 브리엔 군사학교 동창생이었다.

정확히 이십오 년 전의 일이었다. 나폴레옹은 그를 잊지 않고 있었다.

나폴레옹은 바쁜 여정의 잠시 동안 드 롱조와 이야기를 나누고, 그가 연금을 받을 수 있도록 하라고 지시한 뒤, 곧바로 에페르네를 향해 다시 출발했다.

1807년 7월 27일 월요일 아침 일곱시, 마침내 그는 생 클루에 도착했다.

제6부

운명은 완성되어야 한다

1807년 7월 28일 ~ 1807년 12월

23
내가 원한다

"내가 원하는 일이야."

나폴레옹은 완강하게 반항하는 누이 카롤린을 노려보며 소리쳤다. 그녀는 부인하지 않았다. 나폴레옹이 호통을 치자 그녀는 잠자코 있었다. 오페라 극장과 튈르리 정원, 파리의 살롱들, 그리고 거리 곳곳에서 공공연히 벌여왔던 파리 치안군 사령관 쥐노와의 연애 행각을 그녀가 어떻게 부인할 수 있겠는가? 그 동안 그녀의 남편 뮈라는 하일스베르크와 프리트란트에서 기병대의 선두에 서서 돌진하고 있었다. 그리고 지금, 뮈라는 쥐노와의 결투를 원하고 있다.

어처구니없는 일이었다. 그런 한심한 작태가 벌어지도록 묵과하지 않으리라.

나폴레옹은 몇 걸음 옮기다 자신의 검(劍)을 거머쥐었다. 칼자루에 박혀 있는 거대한 레장의 다이아몬드가 손바닥에서 느껴졌다. 황제의 검에 다이아몬드를 박아넣도록 한 것은 그였다. 파리에 도착한 바로 그날, 그는 카롤린과 쥐노의 관계를 알게 되었다. 그 관계는 당장 중단되어야 했다. 그는 되풀이해서 말했다.

"내가 원한다."

어제 7월 28일 화요일 오전 여덟시, 생 클루 성에서 귀국 후 가진 첫번째 접견식이 있은 후, 그는 이 두 마디를 입에 달고 있었다. 황제가 원하는 일에 사람들이 그의 명령을 놓고 왈가왈부하는 것은 더이상 문제가 될 수 없었다.

그는 이미 법제심의원의 폐지를 마음속으로 결정해놓은 상태였다. 법안을 앞에 놓고 수다나 떨어대는 입만 살아 있는 작자들의 모임을 무엇에다 쓴단 말인가?

그는 대대적인 정부 개편을 단행하기로 결정했다. 이를 기회로 탈레랑을 몰아내고 싶었다. 틸지트에서 유심히 관찰한 바에 따르면, 탈레랑은 황제의 명령을 이행하는 외무장관이 아니라 왕자였다. 그는 자신의 주위에 아무나 접근하지 못하게 하고 냉소가 담긴 시선으로 거들먹거렸다. 그러나 더 심각한 문제는 바로 그의 물욕이었다. 장관은 돈에 팔리고 싶어 자신을 물건처럼 내놓은 사람 같았다. 나폴레옹은 캉바세레스에게 장관의 교체를 통보하며 말했다.

"탁월한 능력을 지닌 사람이긴 하오. 하지만 대가를 지불하지 않고서는 그와는 아무것도 할 수 없소. 그의 탐욕을 비난하는 바이에른과 뷔르템베르크 왕들의 목소리가 너무 커서 내가 그의 지갑을 빼어야 할 지경이오."

매년 49만 5천 프랑의 고액 연금이 지급되는 부(副)선제후 직을 주어 그를 퇴임시키리라. 샹파니가 그 자리를 대신할 것이며, 베르티에는 프랑스 대군 부사령관, 클라르크는 참모장이 되는 것이다.

—내가 원한다.

장관들을 장악해야 했다. 그들은 집행자일 뿐이다. 탈레랑을 본보기로 모든 이들이 절대 복종해야 한다는 사실을 깨우치도록 할 작정이었다. 황제가 자리를 비운 열 달 동안 그들은 못된 습성을 키워놓았다. 심지어는 황제의 전사 통지서를 기다리고 있었던 자들도 있었다! 그러고도 남았으리라는 걸 확신할 수 있었다.

카롤린을 쳐다보면서 그는, 누이가 가슴속에 품고 있을 야심을 속속들이 들여다보고 있었다. 카롤린은 베르크 공국의 대공비로는 만족할 수 없었던 것이다. 그녀가 용장 쥐노의 마음을 빼앗은 것은, 나폴레옹이 사라진다는 가정하에 연인의 힘을 빌려 남편 뮈라를 제국의 우두머리로 만들기 위해서였으리라.

생 제르맹 근교의 사교계에서는 또다른 음모들이 엮어지고 있었다. 구귀족들이 벌이는 책략이었다. 나폴레옹은 캉바세레스에게 말했다.

"아직도 저들은 공작이니 후작이니 남작이니 하며 거들먹거리고 있고, 자신들의 무기와 하인들을 되찾아갔소. 만약 새로운 제도를 통해 과거의 폐단을 개혁하지 않았다면, 저들은 벌써 오래 전에 재기를 시도해 세상을 뒤흔들었을 거요."

그는 캉바세레스의 팔을 잡고 성의 회랑으로 데려가며 말했다.

"나는 나의 제국에 걸맞는 새로운 귀족을 만들고 싶소. 이 새로운 시스템을 작동시키는 것만이 구귀족들을 뿌리째 뽑아버릴 수 있는 유일한 방법이오."

1807년 7월 29일 수요일, 그는 생 클루 성의 큰 거실에 홀로 있었다. 생 클루 성 안은 한여름의 열기로 달아오르고 있었다. 태양이 작열하는 계절이었다. 나폴레옹은 성 안을 천천히 걸었다. 그가 좋아하는 이 성에서 그는 예전의 습관들을 되찾았고, 늘 그랬던 것처럼 인접한 숲에서 풍겨오는 나무들 냄새를 깊이 들이마셨다.

그는 회랑을 장식하고 있는 거울에 자신의 모습을 비춰보았다. 프랑스에서 멀리 떨어진 들판에서 지낸 십여 개월 동안 몸이 불었다. 부쩍 줄어든 머리숱과 둥그레진 얼굴이 로마 황제와 닮아 보였다.

그는 코담배를 한 줌 집어들었다.

저녁 무렵 그는 마차를 타고 파리 시내로 나갔다. 극장에서는 그의 개선을 축하하기 위해 '트라야누스의 귀환'을 상연하고 있었다. 아부성 행사라는 것은 그도 알고 있었다. 군중들은 환호하고 있었고, 거리는 휘황찬란한 등불로 환히 밝혀졌다.

파리의 거리들을 배회하고 싶었다. 달리던 마차가 팔레루아얄에 도착하자 그는 마차에서 내렸다. 예전에 여인들의 향기에 도취되어 걷던 그 길을 그는 다시 걸었다. 사람들이 그를 알아보고 '황제 폐하 만세'를 외쳤다. 그는 불현듯 깊은 생각에 빠져들었다.

조제핀이 아무리 거짓 눈물을 흘려대도 그는 그녀와 잠자리를 같이 하고 싶지 않았다. 이미 몇 년 전부터 그들의 공동침실은 버려져 있었다.

파리에 돌아온 지 이틀째 되던 어젯밤부터 그는 엘레오노르 드뉘엘에게 갔다. 그녀는 언제 봐도 매혹적이고 요염했지만, 일종의 오만함과 불쾌할 정도의 자만심도 느껴졌다.

그녀는 요람 위에 드리워진 비단 휘장을 걷어올렸다. 그는 레옹 공작이라고 이름지어진 자그마한 사내아이를 들여다보았다. 여섯 달이 조금 지난 아기는 곤히 잠들어 있었다.

어떤 감정이 불쑥 파고들었다. 그의 아들이었다. 의심할 여지가 없었다. 눈에 보이는 그대로였고, 느낌으로도 알 수 있었다. 그는 잠든 아이의 둥그스름한 머리를 조심스레 쓰다듬었다.

나폴레옹 샤를이 떠올랐다. 지금 눈앞에 있는 아이가 자신을 빼닮았다는 생각을 하면서, 그는 생 클루 성의 테라스에서 루이와 오르탕스의 아들을 데리고 놀며 느꼈던 기쁨을 떠올렸다. 그때와 지금의 느낌은 서로 비슷했다.

그는 나폴레옹 샤를을 보며 종종 이렇게 말하곤 했었다.

"이 아이를 보고 있으면 마치 나를 보는 것 같아…… 이 아이는 내 후계자가 될 자격이 있고, 나를 능가할 수도 있을 거야."

—그런데 죽음이 나폴레옹 샤를을 앗아갔다. 운명의 신이 자신의 법칙을 강제한 것이다. 레옹 공작을 나의 후계자로 삼지는 않을 것이다. 하지만 나에게 아들이 없다면, 황궁을 위해 내가 쌓아온 저 모든 돌들은 무슨 소용이란 말인가?

—누이 카롤린마저도 나의 죽음에 대비하고 있다.

불빛이 번쩍거리는 거리와 환호성, 굽신거리며 아첨하는 자들, 그리고 그의 집권 이래 93프랑으로 가장 높이 치솟은 국채 시세, 황제가 서거한다면 이 모든 것은 어떻게 될 것인가?

도처에서 쏟아져나오는 찬사와 경의의 한복판에서, 그는 고독을 느꼈다. 8월 15일, 성(聖) 나폴레옹의 서른여덟번째 생일을 축하하기 위해 파리의 밤거리를 수놓은 현란한 조명에도, 고관들의 찬사에도 그는 도취되지 않았다.

이 한여름 밤, 나폴레옹은 뒤로크만을 데리고 파리 거리로 스며들었다. 8월 15일, 이 축제일에 튈르리 정원으로 밀려드는 군중들과 뒤섞이고 싶었다. 바로 곁에 있는 나폴레옹을 아무도 알아보지 못한 채, 사람들은 그의 이름을 열렬히 연호하고 있었다. 그의 승리에 박수 갈채를 보내는 순박한 민중들을 그는 지켜보았다.

그들을 보며 그는 마음을 놓았다. 부선제후라는 탈레랑의 새로운 직책에 대해 푸셰가 언급했다는 말을 뒤로크가 전해주었다. 치안장관은 탈레랑을 비아냥거렸다.

"그의 직함에 부(副)라는 딱지가 붙은 것이 흠이기는 하지만, 연금 액수에는 그것이 표기되지 않으니 그가 얼마나 다행스러워 할까."

나폴레옹은 웃음을 터뜨렸다.

그러나 세상에는 푸셰나 탈레랑 같은 인간들만 있는 것이 아니었다. 황제를 아끼는 그의 민중들도 있었다!

그는 다음날 입법원에서 발표할 연설문을 머릿속으로 생각했다.

〈내가 성취한 모든 것들은 나 자신의 영광보다 더 값진 나의 민중의 행복을 위한 것이었소…… 프랑스인들이여, 최근에 그대들이 내게 보여준 충성심은, 그 동안 내가 그대들에 대해 갖고 있던 경의보다 큰 것이었소. 나는 그대들의 황제임을 더없이 자랑스럽게 여기는 바이오.〉

그는 이 나라와 이 국민을 사랑했다. 가슴 저릿한 이 감동을 그는 누구에게든 털어놓아야 했다. 그는 튈르리 궁의 집무실로 돌아와, 홀로 앉아 편지를 쓰기 시작했다.

〈나의 부드럽고 사랑스러운 마리, 누구보다 조국의 소중함을 잘 알고 있는 당신은 거의 일 년 만에 프랑스로 돌아온 나의 기쁨을 이해할 수 있을 것이오. 당신이 여기 함께 있다면, 그 기쁨은 완전했을 것이오. 하지만 언제나 당신은 나의 마음속에 깃들여 있소. 오늘 성모승천일(8월 15일)은 당신의 축일이며 또 나의 생일이기도 하오. 그 때문에 바로 이날 우리 두 영혼이 결합해야 하는 것인지도 모르오. 내가 이렇게 나의 바람들을 담아 편지를 쓰듯 분명 당신도 나에게 편지를 쓰고 있을 것이오. 이런 귀중한 교감을 나누는 이들은 우리가 처음일 거요. 그러니 수많은 사람들이 앞으로 오래도록 우리의 뒤를 잇도록 기원합시다. 잘 지내요, 나의 사랑스런 여인. 당신은 곧 나를 만나러 올 수 있을 것이오. 막중한 책무에서 놓여나 자유롭게 당신을 부를 수 있는 때가 곧 올 거요. 나의 영원한 사랑을 믿어주오. N.〉

하지만 그는 '막중한 책무'가 결코 중단되지 않으리라는 걸 잘 알고 있었다. 어느 날 그가 마리 발레프스카를 다시 보고 싶어한다면, 그것은 황제의 자리에서 보내는 날들 중에 몇몇 순간들을 도둑질하는 것이 되리라는 것도. 때로 그는 핑켄슈타인 성에서 그녀와 보낸 평화롭고 친밀했던 순간들을 결코 되돌릴 수 없는 것이라고도 생각했다.

이곳 파리에서는 접견의 연속이었다. 유럽 각지에서 날아드는 급보들이 쌓여갔다. 루브르에 시작된 공사를 시찰하고, 아우스터리츠 교(橋) 공사 현장도 둘러봐야 했으며, 군대도 사열해야 했다. 또한 뷔르템베르크 왕에게 편지를 써서, 그의 딸 카트린과 베스트팔렌 왕 제롬 보나파르트와의 결혼식이 8월 22일에 거행된다는 사실을 확인시켜주어야 했다.

경계 태세를 끊임없이 점검하는 일도 막중했다.

오스트리아가 새로운 군대를 육성하고 있다는 보고를 받은 그는 신임 외무장관 샹파니를 불러 지시했다.

"메테르니히에게 우호적이면서도 신중을 기한 편지를 은밀히 보냈으면 하오."

하지만 내용은 분명해야 했다.

〈어떤 혼미한 바람이 일었기에, 비엔나 궁정의 판단력이 그렇게 흐려진 것이오? 당신네는 모든 국민들을 군인으로 만들고, 또 당신네 나라 왕자들은 방황하는 기사처럼 들판을 뛰어다니고 있소…… 이 사태가 일촉즉발의 위기로 돌변하지 않게 할 수 있는 유일한 방법은 무엇이오?〉

샹파니가 출발한 후 그는 깊은 상념에 젖어들었다.

그는 유럽의 한쪽 끝에서부터 다른쪽 끝까지 내달리며 전쟁의 문들을 닫아걸어야 한다는 강박관념에 빠져 있었다. 그 문들은 덜컹거리고 있었고, 애써 하나를 닫아놓으면, 저 멀리서 또다른 문이 열렸다. 이해관계가 뒤얽힌 곳에는 반드시 충돌이 잠재해 있었다.

오스트리아는 진작부터 무장하고 있었다. 영국은 덴마크 해군이 그들과 합류하도록 끌어들이기 위해 코펜하겐 앞에 영국 함대를 집결시켰다. 프로이센은 그들이 지불해야 할 조세의 납부를 거부하고 있었고, 포르투갈은 영국 물품들에 대한 봉쇄령을 이행하지 않고 있었다.

대륙 봉쇄가 완벽하고 일사분란하게 이루어지지 않는다면, 무슨 수로 영국의 숨통을 조일 것인가?

그는 쥐노 장군을 대령하게 했다. 툴롱 포위공격의 첫 전투 때부터 그에게 충성했던 전우를 앞에 두고 그는 이리저리 서성거렸다. 그는 쥐노에게 바욘에서 곧 창설될 2만 명 규모의 군대에 대해 천천히 설명했다. 포르투갈이 봉쇄령 이행을 거부할 경우, 그 대군대는 스페인을 관통하여 리스본으로 진군할 것이다. 그곳을 점령하고 포르투갈인들이 영국과 교역하지 못하도록 강제할 것이다.

나폴레옹은 쥐노를 그 군대의 총사령관으로 임명한다고 말했다.

쥐노는 충격받은 듯 더듬거리며 뭔가 말하려 했다. 나폴레옹은 서성이던 걸음을, 쥐노 앞에서 멈춰 섰다. 쥐노가 말했다.

"저를 추방하려 하시는군요. 만약 제가 범죄라도 저질렀다면, 여기에 어떤 형벌을 더 내리셨겠습니까?"

나폴레옹은 그에게 한 걸음 더 가까이 갔다. 그는 희망이 보이지 않던 실의의 시절에도 곁을 떠나지 않고 부관으로서, 친구로서, 지지자로서 늘 함께 해주었던 쥐노의 어깨를 다정하게 두드렸다.

"자네가 무슨 죄를 저지른 건 아니야. 실수를 했을 뿐이지."

쥐노는 카롤린 뮈라와의 내연관계를 정리하기 위해서라도 당분간 파리를 떠나 있어야 했다.

고개를 떨군 쥐노와 나란히 걸으며 나폴레옹이 말했다.

"자네는 절대적인 권한을 가지게 될 걸세. 자, 원수 지휘봉이 저기 있네."

그 대부대는 황제의 법령을 강요하기 위해 리스본으로 향할 것이다. 왕들은 패배한 뒤에야 제정신을 차리는 족속들이었다.

영국은 굴복하지 않고 있었다. 그렇다면 다른 길은 없다. 응징하는 수밖에!

1807년 8월 말, 숨통을 조이는 열기 속에서 뷔르템베르크의 카트린 공주와 베스트팔렌 왕 제롬의 결혼을 위한 종교의식이 끝나갈 무렵, 나폴레옹은 덴마크 해안에 영국군이 상륙했고 코펜하겐을 폭격하기 위해 포격 준비를 하고 있다는 보고를 받았다.

"나는 이 끔찍한 도발행위에 억제할 수 없는 분개심을 느낀다."

포르투갈 해안에 부는 바람처럼, 유럽의 한 끝을 강타하고 거침없이 불어대는 이것은 바로 전쟁의 바람이었다.

정면으로 맞서야 했다. 그는 '북구의 절대 군주' 차르와 맺은 동맹에 기대를 걸었다. 알렉산드르를 추켜세우며, 두 제국이 이미 한 가족이 되어 있음을 보여주어야 했다.

그는 알렉산드르 1세에게 편지를 썼다.

〈카트린과 제롬의 결합은, 우리에게 큰 의미가 있는 폐하의 일족과 내 친형제 사이에 맺어진 결합이니만큼 더없이 만족스러울 따름이오. 이번 기회를 빌려 폐하께 우리 사이에 성립된 신뢰와 우정에 대해 내가 얼마나 만족하고 있는지 알려드리고, 이를 공고히 하기 위해 노력을 아끼지 않겠다는 나의 충정을 알리는 바이오.〉

하지만 정치에 있어서 신뢰와 우정이 어떤 가치를 지닐 것인가? 그리고 또 얼마나 지속될 수 있을 것인가?

24
승리하리라, 꿈꾸리라

나폴레옹은 퐁텐블로 성의 회랑을 느긋하게 거닐었다. 그는 10월의 저물녘을 그리 좋아하지 않았다. 벌써 졸음이 엄습해오는 것을 느꼈다. 낮 동안의 강도 높은 업무와 그후에 종종 나서는 사냥, 그리고 성을 둘러싼 숲에서 벌이는 몇 시간의 격렬한 질주에 녹초가 되면서도 그는 알 수 없는 무료함에 시달렸다.

황후가 불러모은 궁정 부인들이 연회장 입구에 몰려 서서 그가 다가오는 모습을 바라보고 있었다. 그가 하룻밤을 보내기 위해 그녀들 중 하나를 지목한다면 누가 거절하겠는가? 어제 저녁, 그는 자신을 '매정하게 거절할 여인'은 단 한 명도 없을 것이라며 조제핀을 자극했다. 김 빠진 듯 아무런 재미도 없고, 그렇다고 유익하지도 않은 대화에 진저리가 나서 조금이나마 색다른 맛을 넣고 싶

있던 것이다.

어머니 옆에 앉아 있던 오르탕스가 대답했다.

"폐하께서는 그렇지 않은 여인에게는 말을 걸어본 적이 없으셨나 보네요."

그 말에 잠시 재미를 느끼기도 했지만, 바위처럼 짓눌러오는 권태로움을 떨쳐버릴 수는 없었다. 코메디 프랑세즈의 배우들이 일주일에 두 번 와서 공연하는 궁정 극장에서도 그는 졸음을 참을 수가 없었다. '르 시드' 나 '신나' 같은 작품은 완전히 외우는 그였지만, 마르몽텔*의 작품에 그레트리**가 곡을 붙인 '집의 친구'가 공연되는 동안에는 줄곧 하품만 해댔다. 이런 여흥이나 즐기며 살 작정이었다면, 지금까지 그가 겪어왔던 일들, 코앞에 무수히 쏟아지던 포탄들이나, 패전의 수모와 분노를 참지 못해 입술을 깨물던 루이제 왕비와의 회담 같은 것은 아예 체험하지 말았어야 했으리라.

그는 자신의 집무실이 좋았다. 유럽 각지에서 날아드는 급보들을 검토하여 답신을 보내고, 정치적 향후를 예측하고 상상하는 일이 좋았다. 전 유럽을 상대로 하는 게임. 머릿속으로 묘수를 궁리하고 상상하는 일이야말로 그의 모든 감각을 깨어나게 하는 유일한 즐거움이었다.

그날 오후, 사륜 마차 안에 앉아 있는 여인들과 무리지어 서 있는 손님들 앞에서 그는 사냥을 했다. 그러던 중 어느 순간 숲속의 한 공터에 홀로 있게 되었다. 그 순간 자신이 어디에 있는지조차 분간할 수 없는 상태에 빠졌다. 여기가 폴란드의 숲인가, 독일의 숲인가? 아니면 퐁텐블로 숲?

---

* 프랑스와 유럽 전역에 명성을 떨친 프랑스의 극작가이자 소설가, 1723~1799.

** 프랑스의 작곡가, 1741~1813.

그는 잠시 동안 그렇게 홀로 남아 전장의 기억들을 떠올리고, 곧 들이닥칠 전란을 예상하는 데 골몰해 있었다.

닷새 동안 코펜하겐에 폭격을 퍼부어 마침내 덴마크의 항복을 받아내고, 함대를 빼앗은 해적 같은 영국인들을 어떻게 응징할 것인가?

—빌어먹을 영국놈들 같으니라구! 목을 조르고 말겠어.

그날 아침, 그는 대륙 봉쇄를 강화하는 법령을 구술했다. 네덜란드에서 포르투갈까지, 발틱 해에서부터 아드리아 해에 이르기까지 효과적으로 봉쇄해야 했다.

네덜란드 항구에서 영국인들이 교역을 할 수 없게끔 루이에게도 서한을 보냈다.

〈자신의 왕국 안에서도 사람들을 복종시키지 못하는 자는 결코 왕이 아니다.〉

탈레랑처럼 수완이 뛰어나지는 않지만, 물욕에 있어서는 탈레랑보다 초연한 샹파니에게도 사태의 심각성을 설명했다.

"우리는 지금 포르투갈과 전쟁 상황에 돌입해 있소."

또 다시 전쟁인가?

그의 말이 앞발로 빈 터의 땅을 굴렀다. 수많은 병사들의 피로 물들 포르투갈과 스페인의 숲들, 그가 불철주야 내달릴 그 땅들을 상상하며 그는 잠시 절망감을 느꼈다.

그렇다고 영국인들이 제멋대로 굴도록 내버려둘 수는 없지 않는가? 네덜란드와 포르투갈은 각기 자국의 항구를 봉쇄하고, 아드리아 해는 프랑스의 호수가 되어야 했다. 우방 러시아는 대륙과 해양 세력 사이의 숙명적인 대결에서 한 축을 담당하게 해야 했다.

한 무리의 사냥개들이 요란하게 짖어대는 소리에 무겁게 가라앉았던 숲의 적막이 깨어졌다. 그는 혼잣말을 되풀이했다.

"이젠 영국에 대해 가차없이 행동할 것이다. 저들이 바다의 군주라면, 내가 대륙의 지배자가 되어야 할 순간이 온 것이다. 러시아와 협정을 맺은 마당에 무엇이 두렵겠는가. 운명은 결정되었다."

쫓던 사슴을 놓쳐버린 사냥개들이 혀를 길게 빼물고 헐떡거리며 공터로 돌아왔다.

나폴레옹은 화가 치밀어올랐다.

—밥값도 못 하는 것들 같으니라고! 몰이꾼들은 대체 뭘 하고 있었던 거야!

사냥터의 한 별장으로 그는 홀로 발길을 돌렸다.

푹신한 가구들이 들어차 있는 그 집에서 바랄 부인이 그를 기다리고 있었다.

잠시 기분전환을 위해 여자가 필요했다. 그녀는 몸집이 컸다. 그가 웃자 그녀는 당혹해했다. 철갑조끼만 걸치면 흉갑기병처럼 보일 만큼 거구의 여인이지만, 황제의 요구를 물리치지는 못하리라. 하지만 그런 생각을 그녀에게 말할 수 있을까?

그날 저녁, 바랄 부인은 황후의 살롱 입구에 다른 여인들과 함께 서 있었다. 그녀가 수행하는 폴린의 바로 옆이었다.

누이 폴린이 보내는 공모의 눈길을 그는 외면했다. 그의 누이들인 카롤린과 폴린뿐만 아니라 푸셰나 탈레랑까지도 그를 위해 많은 여인들을 대기시켜놓고 있었다. 심지어 조제핀조차도 단지 하룻밤만을 즐기기 위한 것이라면 그의 외도를 묵인했다.

—조제핀이 두려워하는 것은 오직 한 가지겠지. 내가 그녀를 버리거나 이혼하는 것. 그녀는 오르탕스의 아들 나폴레옹 샤를이

죽고 내 아들 레옹이 태어난 이후, 부쩍 그런 강박관념에 사로잡혀 있다.

조제핀은 여인들을 하나씩 골라 황제의 침실에 은밀히 밀어넣기도 했다.

—내가 왕조와 제국의 미래에 대해 고심하고 있다는 걸 그녀도 아는 것이다.

조제핀이 고르는 여자들은 황후를 대신할 수 없는 여인들이었다.

그녀는 자신의 시녀 가운데 하나인 제노바 출신의 미녀 카를로타 가자니를 궁전의 한 방에 정착시켰다. 그 제노바 여인에게서 두려워해야 할 점에 대해 그녀는 정작 걱정하지 않았다. 조제핀은 결코 정절이라는 신앙을 가져본 적이 없었다!

그녀는 육체적 쾌락만을 추구하는 만남에서 권태로움이 얼마나 빨리 나타나는지 모르지 않았고, 또 나폴레옹이 그런 무료함과 공허함을 견디지 못한다는 것도 알고 있었다.

황후의 살롱을 그는 흐뭇하게 거닐었다. 부선제후의 화려한 제복을 입고 있는 탈레랑이 보였다. 이 베네방 왕자의 얼굴은, 붉은색 비로드 의상과 대조를 이루어 더욱 창백해 보였다. 어깨에서 손목에 이르는 소매에는 금실로 수가 놓여 있었고, 목은 레이스 스카프로 가려져 있었다.

나폴레옹은 그의 팔을 잡고 살롱의 한구석으로 데려갔다.

"아주 특별한 연회요. 퐁텐블로 성에 많은 사람들을 초청했소……."

그는 몸을 돌려, 자신이 직접 이룩한 왕가를 손으로 가리켰다. 베스트팔렌 왕 제롬과 독일의 왕자들, 네덜란드와 나폴리의 왕비들, 그리고 원수들과 장관들이 늘어서 있었다. 그가 말했다.

"모두가 마음껏 즐겼으면 좋겠소. 갖가지 여흥들을 준비해놓았소."

궁정 대원수 뒤로크와 함께 예법을 정하고, 사냥할 때 여인들이 입을 의상과 만찬 시중을 들 여인들까지 정해놓았다. 나폴레옹이 말했다.

"당신도 잘 알겠지만, 나는 치장에 일가견이 있는 사람이오."

누구네 집에서 저녁식사를 하고 누구네 집에서 모임을 가질 것인지, 그는 저녁 일정을 미리 정했다. 그는 각국의 왕자와 고위직 장교들을 위해 서른다섯 개의 방을 직접 배정하고, 마흔여섯 개의 특실까지 마련해두었다. 나머지 6백여 개의 방은 비서와 하인들에게 주었다. 그는 연극 공연과 사냥 대회가 정기적으로 열릴 수 있도록 방침을 정했다.

나폴레옹은 탈레랑을 향해 상체를 비스듬히 기울이며 반복해서 말했다.

"갖가지 여흥을 준비해놓았고……."

그는 둘러서 있는 사람들을 둘러보다가 의아한 표정으로 말했다.

"……그런데 저들의 얼굴이 왜 저렇게 하나같이 침울하고 피곤해 보이는 거요?"

탈레랑은 거북한 표정으로 고개를 숙이며 낮은 목소리로 말했다.

"폐하, 여흥이라는 게 북소리를 따라가지는 않습니다……."

나폴레옹은 고개를 들고 그를 바라보았다.

―북소리를 따라가지 않다니? 그가 하던 말을 끝내도록 미소를 지어야겠지.

"폐하, 이곳은 마치 군대 같습니다. 폐하께서는 마치 '자! 신사숙녀 여러분, 앞으로 전진!' 이렇게 명령을 내리고 계신 것처럼 보입니다."

나폴레옹은 호탕하게 웃으며 살롱을 한 바퀴 돌아보고는 자리를 떴다.

다음날 아침, 그는 탈레랑을 불러들였다.

10월의 흐릿한 아침 햇살로 가득 찬 집무실에 서서 그는 탈레랑이 들어오는 모습을 지켜보았다. 그때까지도 퐁텐블로 숲 너머와 정원 연못 위에는 자욱한 안개가 드리워져 있었다.

여느 때처럼 탈레랑은 무뚝뚝한 얼굴에 냉소를 머금고 있었다. 이제 더이상 외무장관은 아니었지만 사려 깊은 이 인물은 여전히 나폴레옹의 좋은 조언자였다.

나폴레옹은 방 안을 거닐며 여러 번 코담배를 맡았다.

"우리는 대륙을 완전 봉쇄해 영국을 고립시켜야만 평화를 얻을 수 있을 것이오."

탈레랑은 거의 알아볼 수 없을 정도의 고갯짓으로 동의를 표했다.

나폴레옹은 말을 이었다.

"포르투갈은 십육 년 전부터 영국에 좌지우지되는 수치스러운 행태를 보여왔소."

그는 목소리를 높이며 열정적으로 말했다.

"그들에게 리스본 항은 고갈되지 않는 금맥이었소. 그들은 거기서 온갖 종류의 원조를 끊임없이 제공받아왔소…… 하지만 이제는 리스본 항과 아울러 포르토를 봉쇄할 시기요."

탈레랑은 더이상 아무런 움직임도 보이지 않았다.

—능란한 인간.

나폴레옹은 그에게 다가갔다.

"쥐노에게 피레네 산맥을 넘어 스페인을 관통하라는 명령을 내렸소. 스페인 왕에게는 이미 서신을 보내, 나의 군대가 최대한 빠른 시일 내에 리스본에 도착해야 한다는 나의 강력한 바람을 알렸소."

이윽고 탈레랑이 조심스레 말문을 열었다.

"스페인 국왕 카를로스 4세는 부르봉 가의 후손입니다. 그의 아들 페르난도 왕자는 바로 루이 14세의 증손자가 되지요. 그런데 왕비 마리아 루이사에게는 마누엘 데 고도이라는 정부(情夫)가 있다는 점에 유의하셔야 합니다. 평화공(平和公)이라 불리는 자인데, 그자가 꼭두각시 같은 국왕을 대신하는 실질적인 통치자입니다."

탈레랑은 뜻모를 미소를 지으며 되풀이해서 말했다.

"카를로스 4세는 부르봉 가의 후손입니다. 그가 루이 16세의 성품을 가지고 있다고들 하더군요."

부르봉 가의 후손들! 나폴레옹 역시 그 점을 염두에 두고 있었다. 하지만 완곡한 표현으로 사람을 자극할 줄 아는 능글맞은 탈레랑이 그의 의표를 찌른 것이다.

탈레랑이 집무실에서 나가고 난 후 나폴레옹은 여러 차례 외쳤다.

"부르봉 가의 후손들!"

1792년 6월 20일과 8월 10일, 그가 보았던 루이 16세, 과감히 맞서 싸우지 못하던 그 바보 같은 인간을 떠올렸다.

—부르봉 왕가, 쇠락한 왕조!

나폴레옹은 스페인의 왕위 상속자인 페르난도가 보나파르트 가 공주와의 결혼을 구걸하기 위해 보내온 편지들을 집어들었다. 루이 14세의 증손자가 계집아이처럼 훌쩍거리며, 스페인 왕비인 제 어미의 정부 고도이가 자신을 제거하려 한다는 호소의 편지도 있었다.

—부르봉 왕가!

페르난도의 아버지 카를로스 4세가 보낸 편지도 도착해 있었다. 그는 마치 더러운 것을 만지기라도 하는 것처럼 내키지 않는 몸짓으로 편지를 집어 다시 읽었다.

〈내 왕관의 추정 상속인인 내 맏아들이 왕위를 찬탈하려는 무서운 음모를 꾸미고 있습니다. 그는 제 어미의 목숨까지 노리고 있습니다. 이렇게 끔찍한 암살 기도는 가장 엄격한 법으로 처벌하여 본보기로 삼아야 할 것입니다…… 폐하께서 지혜와 조언으로 도와주시기를 바라는 마음에 한시라도 빨리 이 사실을 알리고 싶었습니다.〉

나폴레옹은 편지를 던져버렸다.

—부르봉 가의 후손들!

아들은 제 어미의 정부를 고발하고, 아비는 아내의 정부를 감싸고 돌면서 제 아들이 어미를 죽이려 한다고 비난하고 있었다. 아비는 아들의 체포를 명했다.

—부르봉 왕가, 스러져가는 가문.

—나는 부르봉 가의 몰락으로부터 태어났다. 그들은 끊임없이 나를 죽이려 했고, 나는 앙갱 공작을 처형시켰다. 나폴리 왕국에서도 부르봉 가의 후손들을 모조리 축출했다. 자신이 루이 18세라 주장하며 나를 매수하려 했던 부르봉 가의 후손 또한 차르로 하여금 러시아 밖으로 추방시키도록 했다. 이제 스페인의 부르봉 가까지 왕위를 내놓는다면, 나는 샤를마뉴 제국에 버금가는 대제국을 완성하게 되리라.

하지만 그것은 그의 상상이며 예견일 뿐이었다. 아직 때가 오지 않았다. 지금으로서는 포르투갈 문제를 해결하는 일이 급선무였다.

안락의자에 몸을 파묻고 그는 냉정을 되찾았다. 꿈은 포도주와 같아서 권태로운 일상에 뜨거운 열정을 불어넣는다.

그는 리스본을 향해 진군하고 있는 쥐노에게 보낼 편지를 구술했다.

〈영국을 앞지르기 위해서는 단 한순간도 지체할 시간이 없다. 나는 내 군대들이 12월 1일 안으로 리스본에 진주하기를 바란다.〉

그것이 오늘 성취해야 할 몫이었다. 하지만 어떻게 미래를 향한 꿈들을 접어둘 수 있겠는가?

나폴레옹은 비서를 향해 돌아서며 마지막 문장을 구술했다.

〈스페인인들의 권력에 어떤 여지도 남겨주어서는 안 된다는 사실은 굳이 말하지 않아도 잘 알 것이다.〉

하지만 스페인은 아직 우방이었다. 나폴레옹은 샹파니에게 마드리드와 파리 사이에 포르투갈의 분할 점령 문제를 조절하기 위한 비밀 협정을 맺으라고 명령내린 바 있었다.

나폴레옹은 반복해서 말했다.

〈어떤 여지도 남겨두어서는 안 된다. 내 손아귀 안에 있어야 할 나라에서는, 특히 그렇다.〉

그는 각국의 대사들을 접견하기 위해 퐁텐블로 성의 큰 회랑으로 들어섰다.

그는 오스트리아를 대표해 참석한 메테르니히 앞에 무심히 멈춰서서 심드렁한 목소리로 몇 마디를 주고받았다.

살롱 안에서도 전략적으로 행동해야 했다.

그는 포르투갈 대사에게 다가가 기습 공격을 퍼붓듯 격한 어투로 내뱉었다.

"만약 포르투갈이 내 뜻을 거역한다면, 두 달쯤 후에는 브라간

사 가문*은 유럽의 그 어느 나라도 통치할 수 없게 될 것이오."

그리고 모든 대사들을 향해 전면 사격을 가하듯 큰 소리로 말했다.

"나는 영국 첩자가 유럽 대륙에 발을 들여놓는 것을 절대로 묵과하지 않을 것이오…… 삼십만 러시아군이 내 휘하에 있소. 이 강력한 동맹국과 함께라면 나는 못 할 일이 없소."

마치 그는 생포한 적군 장교들을 심문하는 장군처럼 대사들 앞을 걸어갔다.

"영국인들은 바다에서 더이상 중립국들을 존중하지 않겠다고 선언했소."

단호한 그의 음성이 이어졌다.

"나는 저들이 대륙에 발디디는 걸 용납치 않을 것이오."

자리를 떠나기 전에, 그는 한마디를 던졌다.

"팔십만이 넘는 정예부대가 나의 명령만을 기다리고 있소."

—승리하리라.

그는 꿈꿀 것이었다.

* 1640년에서 1910년까지 포르투갈을 통치한 왕가.

25
후세에 각인될 만한 노력의 흔적들을 남겨라

나폴레옹은 푸셰에게 앉으라고 손짓했지만, 치안장관은 그대로 서 있었다. 나폴레옹은 그를 살펴보았다. 그의 손에는 서류 봉투 하나가 들려 있었다.

오트랑트 공작에 봉해진 치안장관 푸셰, 그는 평소보다 더 경직된 얼굴을 하고 있었다. 입가와 두 뺨에 깊이 파인 주름들, 너무 얇아 마치 사라져가는 듯한 입술, 툭 불거진 광대뼈가 유난스레 강조되어 보였다. 나폴레옹은 그런 푸셰의 얼굴을 바라보며 돌조각 같은 얼굴이란 생각이 들었다.

—푸셰가 원하는 게 무엇일까? 시시한 이유로 접견을 청하거나 그저 환심을 사기 위해 파리에서 달려올 인간이 아닌데.

궁금증을 참지 못한 나폴레옹이 먼저 입을 뗐다.

"오트랑트 공작……."

푸셰는 고개를 숙이고 있었다. 그는 포르투갈 원정 문제나 복잡해지는 스페인 왕가 문제에 대해 말하고 싶은 것이리라.

스페인 왕 카를로스 4세의 새로운 편지가 도착해 있었다. 자신의 잘못을 시인한 스페인 왕자 페르난도가 수모를 겪고 있다는 내용이었다.

"파락호 같으니라고!"

나폴레옹은 쥐노의 군대를 지원하기 위해 뒤퐁 장군 휘하 병력 2만 5천 명으로 새로운 군대를 편성해 스페인에 급파했다. 그 군대들은 소나기와 찬바람을 맞으며 이베리아 산악지대의 거친 산록을 힘겹게 오르고 있을 것이다.

왕 시역자였던 오트랑트 공작 푸셰는 부르봉 왕가 사람들을 어떻게 생각하는가?

푸셰는 눈을 감고 있는 것처럼 보일 정도로 눈을 내리깐 채 침묵을 지키고 서 있었다.

그의 침묵에 화가 난 나폴레옹은 푸셰에게 등을 돌리며 말했다.

"탈레랑은 몇만 명 정도의 병사로도 스페인에서 부르봉 왕가를 충분히 몰아낼 수 있다고 장담했소."

등뒤에서 푸셰의 목소리가 들렸다.

"반도인들의 전력을 과소평가하지 마십시오, 폐하."

나폴레옹은 몸을 돌려 다시 푸셰를 응시했다. 그의 얼굴에는 언제나 아무런 표정이 담겨 있지 않았다. 푸셰는 눈을 반쯤 내리깐 채 하던 말을 계속했다.

"스페인은 만만히 볼 상대가 아닙니다. 그들은 냉정한 독일인들과는 다릅니다. 그들은 자신들의 풍습과 정부, 그리고 오랜 관례에 애착을 가지고 있습니다. 거듭 말씀드리지만, 조공을 바쳐온 우방 국가를 또다른 방데 지방(반혁명 반란이 일어났던 프랑스의 지방)으로 만들지 않으시려면 신중을 기하셔야 할 줄 압니다."

나폴레옹은 살롱을 큰 걸음으로 걷기 시작하며 말했다.

"오트랑트 공작…… 지금 무슨 소리를 하고 있는 거요? 스페인에 대한 가장 합리적인 대응은 그 정부를 경멸하는 것뿐이오. 당신이 걱정하는 그 너절한 패거리들은 아직도 사제들과 수도사들의 영향력 아래 있는, 대포 한 방이면 모두 흩어져버릴 것들에 불과하오. 호전적인 나라 프로이센도 봤잖소……."

서성이던 걸음을 푸셰 앞에 멈춰 서며 그가 말을 이었다.

"프리드리히 대왕의 유산도 우리 군대 앞에서는 마치 오래된 곤봉처럼 소멸해버렸소. 내가 원하기만 하면, 스페인이 의심할 여지없이 내 손안으로 굴러떨어지는 걸 당신은 보게 될 것이오. 프랑스인들이 환호하는 모습도."

푸셰는 여전히 냉정한 표정으로 서 있었다.

나폴레옹은 창문 쪽으로 걸음을 옮겼다. 숲속의 키 큰 나무들이 바람에 흔들리고 있었다. 꼭대기에 매달린 나뭇잎들은 가을의 붉은빛으로 물들어가고 있었다. 숲을 응시하던 나폴레옹은 몸을 돌려 푸셰가 있는 쪽으로 천천히 걸어왔다. 그는 아직 어떤 결정도 내리지 않았다. 다만 시종 투르농에게 마드리드로 가서 카를로스 4세에게 자신의 답장을 전하고, 아울러 그 나라의 상황과 군대, 그리고 그들이 점거하고 있는 기지들에 대한 정보를 캐는 한편 그 나라의 여론도 조사하라고 지시했을 뿐이었다.

오트랑트 공작은 만족한 것인가?

푸셰는 천천히 팔을 들어올려 쥐고 있던 서류 봉투를 보여주었다. 진정서였다. 그는 황제에게 그것을 읽어주고 싶다고 말했다. 그것이 그의 알현 목적이었다고.

"읽어주겠다고?"

나폴레옹은 자리에 앉아 읽으라는 신호를 보냈다.

푸셰가 금속성의 날카로운 목소리로 낭독하기 시작했다.

푸셰는 한 번도 얼굴을 들지 않고 읽어나갔다. 제국의 번영을 위해서는 황제의 결혼을 파기하고, 더 잘 어울리고 더 다정한, 그리고 신의 뜻에 따라 등극한 황제에게 후계자를 안겨줄 수 있는 여인과 가능한 빠른 시일 내에 새로이 결합하여야 한다는 내용이었다.

푸셰는 다시 입을 다물고 진정서를 봉투에 넣었다.

뭐라고 답할 것인가?

할 말이 없었다. 푸셰의 생각은 항상 예리했다. 그는 황제의 심중을 간파하고, 황제가 결정을 내릴 것을 재촉하고 있는 것이다.

—내 머릿속에서 이혼은 이미 결정된 문제다. 푸셰의 말대로 이것은 정치적인 요구이다. 하지만 당장 이런 식으로 관계를 끊는다면, 조제핀은 모욕감을 이기지 못하고 만신창이가 될 것이다. 내가 힘겹게 운명의 계단을 오르는 걸 지켜봐준 그녀와 어떻게 헤어진단 말인가? 이혼으로 인하여 내 행운의 별이 추락할지도 모르는 일 아닌가? 그렇다면 이 얼마나 두려운 일인가?

나폴레옹은 자리에서 일어나 거닐기 시작했다.

—그녀가 이혼에 동의하지 않는다면, 또 이 시점에서 그녀 스스로 각오해야 하는 이 혼란 속에서 보호받지 못할 것이라면…….

그는 창가에서 걸음을 멈추고 숲속에 이는 바람을 바라보았다.

—아예 그녀가 스스로 물러나겠다고 해준다면 얼마나 좋을까. 그녀의 이해심이 운명을 무장해제시켜 나를 그녀의 원한으로부터 지켜주기를.

나폴레옹은 말없이 푸셰를 내보냈다.

혼자 있고 싶었다.

이혼에 대해 그는 끊임없이 생각했다. 손자 나폴레옹 샤를이 죽은 이후, 실의에서 빠져나오지 못하는 조제핀을 볼 때마다 그는 이혼을 생각했다.

그녀 주변에 있는 카롤린과 폴린, 그리고 모후 역시 결국 오고야 말 이혼의 순간을 노리는 사나운 맹수들이었다. 사람들은 벌써 조제핀에게서 등을 돌리고 있었다. 사람들은 카롤린 뮈라가 엘리제 궁에서 여는 살롱을 선호했고, 그곳에서 푸셰와 탈레랑은 음모를 꾸몄다. 그들은 하나같이 나폴레옹과 조제핀의 이혼을 원하고 있었다. 하지만 나폴레옹은 푸셰가 이렇게까지 나오리라고는 상상하지 못했다.

경찰 첩보원들의 보고에 따르면, 조제핀과의 이혼에 대한 이런 저런 소문을 파리에 퍼뜨리는 자는 바로 푸셰였다. 이미 살롱에서는 이혼을 기정사실화하고 있었다. 마음에 어떤 결정도 내리지 못한 채 조제핀이 주최하는 만찬 모임에 참석한 나폴레옹은 내내 그녀를 관찰했다. 그녀는 절망적 분위기를 감추지 않고 드러내면서 그의 심금을 울리고 있었다. 그녀는 이따금씩 그에게 물에 빠진 자가 보낼 법한 시선을 던졌다.

그는 고개를 돌리고 살롱을 빠져나와 혼자 틀어박혔다.

무엇을 할 수 있을까? 레옹 공작을 입양할 것인가? 그는 엘레오노르 드뉘엘의 아이를 몇 차례 만났었다. 기운차고 활발한 아이를 들어올려 가슴에 안자 핏줄에 이끌리는 감정이 북받쳤다. 그러나 엘레오노르의 아니꼬운 수다는 곧 그를 짜증나게 했다. 아이는 진정 원했지만, 그녀가 아이의 어머니라는 사실은 받아들이고 싶지도 않고, 또 그럴 수도 없었다. 그는 황제였다. 그러므로 그에게는 그의 왕조에 걸맞는 아들과 어머니가 필요했다. 무엇을 할 것인가? 자신이 다시 결혼하는 대신, 그의 형제들을 보다 훌륭한 가문과 맺어주는 쪽을 택해야 할 것인가?

그는 이러한 상황에 반발하고 싶었다. 그는 말을 타고 숲속을 질주하며 온몸으로 바람을 끌어안았다. 그를 사로잡는 이 강박관념을 쓸어버리기 위해 사냥감을 추적하는 데 몰두했다.

한바탕의 질주와 사냥의 냄새를 안고 성에 돌아왔을 때, 두 눈에 눈물이 그렁그렁하고 안색이 파리해진 조제핀이 그를 기다리고 있었다. 푸셰가 미사에서 돌아온 그녀에게 조용히 말했던 것이었다. 푸셰는 수천 번 말머리를 돌리다가 마지막에는 '가장 숭고하면서도 가장 피할 수 없는 희생'을 완수하라고 말했다. 그가 사용한 단어는 그것이 전부였다. 조제핀은 그것이 황제의 명령이냐고 물었다. 나폴레옹은 진정 그녀를 버리고 싶은 것일까?

그는 오랫동안 그녀를 쳐다보았다. 그녀가 그에게 어떤 존재였는지를 떠올렸다. 그는 그녀에게 다가가 그녀를 가슴에 안았다. 그는 중얼거렸다.

"그것은 전적으로 푸셰의 생각일 뿐이야."

조제핀은 그를 꼭 끌어안으면서 말했다.

"그럼 푸셰를 쫓아버리세요."

그녀에게서 떨어져 뒤로 물러서며, 그는 그녀를 쳐다보지도 않고 말했다.

"푸셰는 정치적인 이유 때문에 그렇게 행동했던 거요."

그가 푸셰를 내쫓지 않겠다며 '정치적 이유'라고 말하는 것이, 결국 그의 생각을 은연중 드러내는 것임을 조제핀은 알아차릴까? 하지만 그는 아직은 이혼을 원하지 않았고, 또 그럴 수도 없었다.

그는 조제핀에게 다시 다가가 그녀를 안심시켰다.

언젠가 올 그 순간은 그가 홀로 선택하리라. 혼자 결정하리라.

1807년 11월 5일 목요일, 조제핀과 함께 밤을 보낸 그는 집무실로 돌아와 편지를 썼다. 너무 급하게 휘갈겨쓰느라 종이 위에 여기저기 잉크 자국이 얼룩졌다.

〈푸셰, 보름 전부터 당신 입에서 나온 무분별한 말들이 내 귀에 들어오고 있소. 이제 그만둘 때요. 직접적으로든 간접적으로든, 당신과 관련 없는 일에는 어떤 식으로든 끼어들지 마시오. 이것이 나의 의지요. 나폴레옹.〉

그는 머릿속에서 이혼이라는 서랍을 닫아버렸다. 당분간. 그 문제에 그토록 많은 시간을 바쳤다는 사실이 놀랍기까지 했다. 그렇다고 푸셰를 원망하지는 않았다. 미래, 바로 미래를 준비하는 것이다.

1807년 11월 6일 금요일, 그는 가뿐한 기분으로 일어났다. 그는 완수해야 할 중대한 일들을 한 번도 미루지 않았다. 그는 내무장관 크레테에게 질문을 던졌다. 대공사들의 진척 상황은? 걸인들을 사라지게 하기 위해 어떤 대책을 세웠소? 나폴레옹은 말했다.

"나의 통치에 있어, 나는 제국의 영토를 잘 가꾸었다는 걸 자랑거리로 삼고 싶소."

그는 계획들을 살펴본 뒤 말했다.

"60채에서 100채쯤 되는 가옥을 건설해 그곳에 걸인들을 수용하는 계획을 수립하시오. 어서 작업에 들어가시오. 힘을 내시오! 이 모든 것들을 빠르게 진행시키시오. 절대로 책상 위에 쌓인 서류에 파묻혀 졸지 마시오!"

장관은 이해할까? 그는 그에게 한마디 던졌다.

"후세의 기억에 각인될 만한 노력의 흔적들을 남기지 않으려면, 이 땅을 밟고 지나가서는 안 되오."

그는 콩스탕을 불렀다.

그는 그날 종일토록, 차르에게서 선물로 받은 성 안드레아 훈장*

* 러시아의 기사 훈장. 1698년에 표트르 대제에 의해 제정되었다가 1917년에 폐지되었음.

의 큰 장식줄을 달고 있었다. 사람들은 이런 사소한 일에 민감하게 반응하는 법이다. 이날 그는 새로 부임한 러시아 대사 톨스토이 백작을 접견하기로 되어 있었다.

나폴레옹은 톨스토이 백작을 맞이하기 위해 퐁텐블로 성의 큰 회랑으로 향했다. 백작에게 미소를 보내고 그의 환심을 사야 했다. 러시아와의 동맹은 절실하게 필요한 것이었다. 하지만 창백한 얼굴의 대사는 그의 마음에 썩 들지 않았다. 백작은 자신의 숙소로 주어진, 세루티 가의 가구가 딸린 특별 저택에 대해 감사를 표하지도 않았다. 그것은 뮈라에게서 사들인 집이었다. 백작은 나폴레옹의 질문에 대해 단음절로 대답하며 구체적 언급은 이리저리 피했다.

—차르는 도대체 내게 어떤 인간을 보낸 거야? 프랑스 군대를 프로이센에서 철수시키라는 얘기만 하고 있군.

나폴레옹은 말했다.

"당신들은 또 프로이센인들에게 골탕먹을 것이오, 대사. 프로이센에서 철수하라는 거요? 못 할 것도 없지."

나폴레옹은 톨스토이의 팔을 잡았다. 백작의 몸이 긴장으로 굳어지는 것이 느껴졌다. 나폴레옹은 덧붙였다.

"하지만 군대라는 것은 담배 한 움큼을 집어드는 것처럼 쉽게 옮길 수 있는 것이 아니오."

대사는 웃지 않았다. 성 안드레아 훈장의 줄도 알아보지 못하는 것 같았다. 나폴레옹은 그와 거리를 두고 섰다.

—이자는 내가 관심을 표하는 것마다 일일이 걱정하는 것 같군. 틸지트에서 나와 알렉산드르 사이에 무슨 일이 있었는지 알기나 하는 거야? 하지만 나는 러시아와의 동맹이 필요하다. 현실은 항상 현실의 법칙을 강제하기 마련.

그는 하루 종일 톨스토이에게 호의를 베풀고 크고 작은 배려를 아끼지 않았다.

다음날, 그는 마사 책임자 콜랭쿠르를 불렀다.

"좋은 가문 출신에 체격과 인상이 좋은 사람, 특히 여인들에게 상냥하고 사교성이 좋은 사람이 필요하네. 손쉽게 상트페테르부르크 궁정 안으로 파고들 만한 사람 말야. 사바리는 상트페테르부르크에 계속 머물겠다고 하지만, 그는 그곳에 어울리질 않아. 알렉산드르는 자네에게 호의를 가지고 있네……."

그는 콜랭쿠르가 러시아 대사직을 원치 않는다는 사실을 알고 있었다. 콜랭쿠르에게 다가가며 그가 말했다.

"안색이 나쁘군, 콜랭쿠르."

그는 콜랭쿠르의 귀를 잡아당겼다.

"평화가 정착되느냐의 여부는 상트페테르부르크에서 어떻게 하느냐에 달려 있네. 자네가 가줘야겠어."

—콜랭쿠르가 대사직을 싫어하든 좋아하든 그게 뭐가 중요하단 말인가?

그는 다시 한번 콜랭쿠르의 귀를 살짝 잡아당겼다.

"자네가 파리를 떠나지 못하는 이유가 아름다운 카니지 부인 때문이라는 건 알고 있네. 결혼을 원한다면, 서로 멀리 떨어져 있는 게 좋아. 그래야 일이 잘 풀리는 법일세."

바로 이렇게 하는 것이다. 이렇게 하면 사람들은 더이상 문제삼지 않고 복종한다. 그제서야 귀를 기울이는 것이다.

나폴레옹은 뒷짐을 지고 걸으며 말했다.

"톨스토이라는 자는 생 제르맹 주변의 구귀족들이 갖고 있는 생각과 틸지트 협정 이전, 즉 상트페테르부르크의 옛 궁정에 팽배해 있던 선입견들을 한 몸에 지니고 있는 인물이야. 프랑스의 야심만을 보는 사람이지. 그리고 내심 러시아 정치체제의 변화, 특히 영국에 대한 태도 변화에 불만을 가지고 있어."

그는 어깨를 으쓱했다.

"아주 점잖은 사람이겠지만, 그의 바보 같은 언행은 마르코프*를 그리워하게 만드는군. 마르코프는 그래도 우리가 함께 하는 사업에 정통했고, 허물없이 이야기를 나눌 수 있었지. 그런데 이번 대사는 모든 일에서 꽁무니를 빼는군."

톨스토이 백작의 고의적인 침묵과 편견에는 어떤 의도가 도사리고 있는 것일까?

나폴레옹은 베스트팔렌 왕으로 앉힌 농생 제롬에게 편지를 썼다.

〈국민들은 자유로운 사고를 원한다. 그들은 평등을 원해. 내가 유럽을 이끌어온 지 벌써 수년이 지났다. 그 동안 나는 특권계층의 불평은 일반 여론과 정반대라는 사실을 확신할 수 있었다.〉

그는 구술을 중단하고 집무실을 나갔다.

방금 구술한 문장이 그를 떨리게 했다. 그는 진정 그것을 확신하는가? 그가 권력에 도달한 이후, 그는 구귀족 특권층과 화해하려고 하지 않았던가? 오래된 지배자 가문들과 동맹하여 한 왕조를 이루기를 원하지 않았던가?

그는 집무실로 다시 들어가 제롬에게 보내려던 편지를 치워버렸다. 그는 머뭇거렸다. 자기 자신이 갈갈이 분열되는 것 같았다.

그러한 자신이 참을 수가 없었다.

그는 퐁텐블로 성을 떠나 이탈리아를 방문하겠다고 불쑥 말했다. 1805년 봄 이후 벌써 이 년째 이탈리아 왕관을 갖고 있으면서도 그 왕국을 방문하지 않았던 것이다. 이제 때가 되었다.

---

* 옛 파리 주재 러시아 대사. 1803년 말에 나폴레옹의 불만으로 본국에 소환됨.

조제핀이 동행하고 싶어했지만, 그는 아무런 대답도 하지 않았다. 그녀에게서 멀리 달아나기 위해, 수심이 가득한 그녀의 얼굴을 더이상 보지 않기 위해 떠나는 길이었다. 그는 초조한 목소리로 뒤로크에게 말했다.

"소화가 안 된다고 그때마다 우는 여자를 상상해봐. 내가 다른 여자와 결혼하길 바라는 자들에 의해 자신이 중독되었다고 믿고, 그래서 소화가 안 되고, 그래서 우는 여자 말야. 정말 구제불능이야."

이탈리아에서는 어쩌면 결론을 내릴 수 있으리라.

불현듯 바이에른에 있는 아우구스타의 여동생 샤를로테가 떠올랐다. 아우구스타와 으젠 드 보아르네를 결혼시킨 사람은 바로 나폴레옹 자신이었다. 그런 그가 만약 샤를로테와 결혼한다면? 그는 바이에른 왕 부처에게 딸과 함께 베로나로 와달라는 편지를 흥분된 목소리로 구술했다. 그래, 그녀를 한번 만나보는 것이다!

11월 15일, 밀라노로 떠나기 하루 전, 그는 다시 한번 의구심에 사로잡혔다. 그는 제롬에게 편지를 썼다. 〈입헌군주가 되라〉고.

제롬은 입헌군주가 아니었다. 나폴레옹은 옛것과 새것을 혼합하는 방식을 선택했다. 편견의 낡은 누더기 속에다 자유주의적인 사고를 입는 방식. 그가 중요하게 여기는 것은 바로 그것이었다.

그가 유력한 가문들과 손잡고 계획을 짜는 까닭이 거기에 있었다. 바로 그 때문에 베로나에서 바이에른 왕과 왕비를 만나려는 것이다. 하지만 제롬이 오해해서는 안 된다.

〈의회의 다수를 귀족계급으로 구성하라.〉

그는 미소지으며 덧붙였다.

〈모든 실제적인 일에 있어 제3신분을 다수파로 유지시키는 이 관습적인 호의를 누구도 알아차리지 못하게 하면서 말이다.〉

자신이 과거에 이끌리는 것이 아님을 그 스스로도 확신하지만, 속임수를 써야 했다. 그가 왕들의 황제라 하더라도 말이다.

26
운명은 완성되어야 한다

나폴레옹은 콧노래를 불렀다. 1807년 11월 16일 월요일, 마차는 막 퐁텐블로 성의 정원을 떠났다. 그는 벌써 기분이 좋아지는 걸 느꼈다. 전투를 앞두고 그가 병사들 앞을 지나갈 때면 병사들이 자주 부르곤 했던 노래 가사가 생각났다.

나폴레옹은 황제라네
그건 용감하기 때문이라네
그는 용맹의 맏아들이고
프랑스의 기둥이며
희망이라네.

그는 웃으며 마차에 동승한 비서의 귀를 잡아당겼다.

늘 울먹이기만 하는 조제핀의 존재가 주는 부담감을 떨쳐버리자 한층 젊어진 자신을 느낄 수 있었다.

그녀는 그를 만나기 전에 이미 아이들을 가졌지만, 그에게는 아들을 낳아줄 수 없었다. 이것이 그의 잘못인가? 그가 대를 이을 아들을 원하는 것이 정당하지 않단 말인가? 이것은 그의 왕조와 그의 정치적 전략이 요구하는 일이었다.

이 문제부터 해결하리라. 머릿속에서는 이미 해결이 되었다. 바이에른의 공주인 샤를로테와 결혼할 것인가, 아니면 러시아 대공녀와 할 것인가?

그는 웃으면서 노래의 후렴을 흥얼거렸다.

그는 프랑스를 찬란하게 만들 거라네
그건 용감하기 때문이라네.

새로운 청춘을 향해 나아가는 느낌이었다.

그는 차창 쪽으로 몸을 기울였다. 부르보네를 거쳐 리옹, 샹베리, 밀라노로 이어지는 이 길은 언제 보아도 좋았다. 그의 운명이 결정된 로디, 아르콜레, 마렝고가 자리잡고 있는 나라 이탈리아로 통하는 길이기 때문이었다. 그곳에서 그는 자신이 무엇이 될 수 있는지를 증명했다. 그곳 캄포 포르미오에서, 그는 유럽 지도를 새로 그리기 시작했었다. 자신의 영광스러운 청춘을 만나러 가는 길인 것이다. 이미 왕이 되었고, 황제가 되어! 그는 그가 왕좌에 앉힌, 자신의 가신들인 각국의 군주들을 불러 모을 예정이었다.

그는 노래를 흥얼거렸다.

그는 프랑스인을 행복하게 한

우리의 새로운 샤를마뉴라네.

혼자 있게 된 것이 행복했다. 서른여덟 살의 젊은 황제. 그에게는 모든 것이 약속되어 있었고, 모든 것이 허용되었다.

11월 22일 일요일, 테 데움(감사미사)에 참석하기 위해 그가 밀라노의 성당으로 들어서자, 성당 안에 가득 찬 신자들이 환호하며 그를 맞이했다.

그날 밤 라스칼라 극장에서는 그에게 보내는 박수 갈채와 연호가 끊이지 않았다.

그는 여인들을 바라보았다. 하지만 남자들은 감히 그를 똑바로 쳐다보지 못했다. 그는 장관들을 한 곳에 모았고, 부왕(副王) 으젠 드 보아르네에게 명령했으며, 그가 짝지어준 으젠의 부인 아우구스타가 몸져누운 침대 머리맡에도 들렀다.

나폴레옹은 밀라노의 거리를 천천히 걸었다. 그는 박수 소리를 좋아했고, 사람들의 경의에 찬 인사를 좋아했다. 그는 파리에 있을 때보다 더 큰 행복을 이곳에서 느꼈다. 그를 간혹 구속하는 관계들로부터 벗어나 있기 때문이었다. 이곳은 프랑스가 아니었다. 여기서 그는 왕이며 황제였다. 프랑스에 있는 탈레랑, 푸셰, 조제핀, 그리고 그의 누이들은 기억했다. 과거에는 그가 단지 보나파르트일 뿐이었음을, 또한 자신들이 지금의 그의 영광에 이바지했음을. 조제핀은 그 과거에 속했다. 하지만 그는 미래를 살기 원했다.

나폴레옹은 그녀에게 급히 몇 줄 적었다.

〈나의 연인이여, 이틀 전에 도착했소. 당신을 데리고 오지 않은 것을 다행으로 여기고 있소. 만일 당신이 나와 함께 몽스니 고개를 지났다면 몹시 고통스러웠을 거요. 거기서 폭풍을 만나 꼬박 스물네 시간을 묶여 있었소. 으젠은 잘 지내오. 그 아이는 나를 아주 흡족케 해주고 있소. 아우구스타 공주는 병이 났다오. 그녀를 보러 몬자에 갔었는데, 그녀는 유산을 했지만 점점 좋아지고 있었소. 잘 있어요, 내 연인. 나폴레옹.〉

포 골짜기에 비가 내렸다. 하지만 상관없었다. 그는 이 언덕, 강의 흐름을 따라 줄지어 서 있는 포플러나무들, 그리고 브레시아, 페스키에라, 베로나의 도시들을 한눈에 알아보았다.

도로변은 군중들로 붐볐다. 루카의 공주 엘리사, 나폴리의 왕 조제프, 바이에른 왕 부처를 대동하고, 그가 방문한 베로나 극장 앞길에서는 군중들이 떠나지 않았다.

바이에른 왕의 딸 샤를로테는 한 번 쳐다보는 것으로 충분했다. 언니 아우구스타와 달리 그녀는 못생겼던 것이다. 왜 아우구스타와 결혼하지 않았던가!

11월 28일 토요일 밤. 그는 숙소인 파도바 근처 스트라 성의 방안에서 파리로부터 도착한 급보를 받았다. 완곡한 논조이긴 하지만, 아직도 신문들이 조제핀의 이혼을 언급하고 있다는 것이었다.

화가 치밀어올랐다. 나폴레옹은 즉각 정무차관 마레*에게 보내는 편지를 구술했다.

〈황후를 괴롭게 할 것이 틀림없고, 어떤 시각으로 보아도 무례하기만 한 주제에 대해 사람들이 아직도 계속 이야기한다는 걸 신문을 통해 알게 되었소.〉

그가 사랑했었고 때가 되면 떠날 여자를 사람들이 학대하도록 내버려둘 수는 없었다.

나폴레옹은 화가 나서 잠을 이룰 수가 없었다.

---

* 프랑스의 정치가, 1763~1839.

명령을 내리는 그의 목소리는 유리그릇이 깨지는 듯 날카롭기만 했다.

작은 항구 푸지나에 도착했을 때까지도 분이 풀리지 않아 그곳 사람들의 환호성조차 짜증스럽게 느껴졌다. 나폴레옹은 머리를 숙이고 뒷짐을 진 채 베니스로 가는 쾌속 범선에 올랐다.

날씨가 좋았다. 깃발을 가볍게 나부끼게 하는 산들바람이 아드리아 해의 소함대에 둘러싸여 전진하는 범선의 돛을 부풀어오르게 했다.

곧이어 눈앞에 대운하가 나타났다. 산조르지오 대성당과 세관도 보였다. 여러 척의 보트와 꽃 장식을 한 곤돌라가 범선을 향해 다가왔고, 그가 피아제타에 상륙하자 환호성과 팡파르가 일제히 울려퍼졌다.

1807년 11월 29일 일요일 오후 다섯시였다.

기쁨의 연속이었다. 운하 위에 위치한 발비 궁전에 여장을 푼 나폴레옹은 궁전의 발코니에 서서 군사 행진을 참관했다. 옛 제노바 및 베네치아 공화국으로 면면히 이어져온, 세상에서 가장 오래된 공화국 가운데 하나인 이곳 통치자들의 후계자가 바로 그 자신인 것이다. 이탈리아 원정 전투에서 함께 싸웠던 장군들의 호위를 받으며, 그가 라페니체 극장에 도착하자 각국의 왕과 왕비들이 그를 둘러쌌다.

운하와 석호(潟湖)는 물론 궁궐에서 도서관에 이르기까지, 그는 모든 것을 보기를 원했다. 교회를 둘러본 그는 묘지가 교회 안에 있으면 도시를 감염시킬 위험이 있으므로 도시에서 멀리 떨어진 섬에 묘지를 세우라고 명령했다.

그는 산마르코 광장을 성큼성큼 걸었다. 극장의 장식이 마음에 들었다. 그는 그 장식이 잘 보이도록 불을 밝히라고 지시했다.

밤이 내렸다. 그는 발비 궁전의 창가에 서서, 라페니체 극장에서 눈여겨보았던 베네치아풍의 긴 머리를 한 백작부인을 기다렸다.

그날 밤, 그는 그녀를 소유했다. 세상을 소유했다. 어떤 것도 그에게 저항할 수 없으리라는 느낌이 들었다.

베니스를 떠나는 날 아침, 그는 밀라노에서 채택한 대륙 봉쇄령을 강화하는 법령에 서명했다. 영국은 중립국 선박들에게 반드시 영국을 경유해 유럽으로 들어가야 한다고 강제하고 있었다. 나폴레옹은, 앞으로 영국 법에 따르는 자들은 영국인처럼 취급될 것이며, 그들의 무역 화물은 법에 의해 정당한 노획물로 압수 처리될 것이라고 결정했다.

지배하기를 원한다면, 자신의 법을 강제해야 했다.

그는, 군대를 이끌고 막 리스본에 입성한 쥐노에게 편지를 썼다.

〈이봐, 쥐노. 자네는 마치 정복이라고는 해본 적이 없는 사람처럼 처신하고 있네. 자네는 지금 자네 앞에 있는 모든 민중들이 적들이고, 포르투갈은 용맹하다는 헛된 환상으로 스스로를 합리화하고 있는 거야.〉

사람들을 그의 의지에 복종시켜야 했다.

12월 13일 일요일, 만토바에 도착한 그는 요새 안에 있는 커다란 원탁 앞에 앉아 쥐노에게 했던 말을 반복했다.

그는 탁자 위에 스페인 지도를 펴게 한 뒤 지형을 면밀히 살폈다. 그리고 만약 그가 스페인을 굴복시켜 그 무능한 부르봉 가를 갈아치우기로 결심할 경우, 자신의 군대들이 통과할 루트에 색색의 핀들을 꽂아나갔다.

문이 열리면서 누군가 들어오는 기척이 나고 이어 문이 닫히는 소리가 들렸다. 나폴레옹은 고개를 들지 않으려 애썼다. 그는 알고 있었다. 알렉상드린 주베르통과 헤어지라는 그의 당부를 거부하고 있는, 반항아 뤼시앵이 로마에서 막 도착하여 방에 들어선 것이다.

사람들을 그의 의지에 복종시켜야 했다.

제롬이 그랬던 것처럼, 뤼시앵은 이혼하고 황실에 들어와야 했다. 그것이 황가에 이익이 되기 때문이고, 그래야만 뤼시앵의 딸 샤를로테가 스페인 황태자 페르난도에게 시집갈 수 있기 때문이었다.

나폴레옹은 결국 자리에서 일어났다. 감정이 북받쳐올랐다. 이게 얼마 만인가? 안개달 18일에 적들의 비수로부터 나폴레옹을 구해낸 이후, 줄곧 형에게 반항하고 있는 동생 뤼시앵을 보지 못한 지 몇 년이 흘렀던 것이다. 황제는 동생을 힘껏 끌어안았다.

"그래, 너였구나. 내 그럴 줄 알았지. 잘 지내고 있는 것 같은데. 그때는 너무 말랐었는데, 지금은 훤한 미남자가 되었구나."

나폴레옹은 담배를 한 움큼 집으며 말했다.

"나도 잘 지낸다. 살이 너무 쪄서 탈이야. 앞으로 더 찔 것 같아 걱정이다."

나폴레옹은 뤼시앵이 자기 아내와 자기 자랑거리, 자신의 종교와 의무에 대하여 늘어놓는 이야기들을 거의 귀담아듣지 않았다.

"그럼 정치는?"

나폴레옹은 부르짖듯이 물었다.

"정치 말이다. 네게는 정치가 하찮은 것으로 보이냐? 너는 항상 네 아내에 대해서 이야기하지만…… 나는 그녀를 결코 인정한 적이 없고 앞으로도 마찬가지다. 그렇게 반대했는데도 나의 집안에 들어온 여자야. 너는 그 여자 때문에 나를 속이기까지 했다. 네가 안개달 18일에 큰 힘이 되어주었다는 건 잘 알고 있다. 하지만……."

그는 잠시 말을 멈추고, 몇 걸음을 걷다가 말을 이었다.

"내가 원하는 건 하나다. 무조건적인 이혼이야."

그는 뤼시앵을 오랫동안 쳐다보았다. 하지만 뤼시앵은 시선을 피하지 않고 대답했다.

"폐하, 별거든 이혼이든 결혼 무효 선언이든, 아내와 헤어지는 것과 관련된 모든 것들은 저 자신이나 아이들에게는 명예롭지 못한 일입니다. 저는 그런 일은 절대 하지 않을 것입니다. 정말입니다……."

나폴레옹은 한숨을 내쉬며 방 안을 거닐었다.

"잘 들어라, 뤼시앵. 내가 하는 말을 새겨들어. 우리, 화는 내지 말자."

그는 뤼시앵에게 다가서며 말했다.

"나는 화난 것을 매번 드러내기엔 너무 강한 사람이야. 하지만…… 미리 말해두건대, 만약 네가 나와 뜻을 같이하지 않는다면, 우리 둘이 같이 살기엔 이 유럽은 너무 작은 공간이 될 것이다."

벽난로에서 타오르던 장작 더미가 큰 소리를 내면서 무너졌다.

나폴레옹은 코담배를 들이마셨다. 이 동생은 그에게 반항하고 화를 돋우지만 동시에 그를 매혹했다. 그는 말했다.

"나는 비극을 원하지 않는다. 알아듣겠느냐?"

자제해야 했다. 이야기를 계속 해야 하리라. 소화가 안 될 때마다 눈물을 흘리는 여자 조제핀에 대해, 황제가 그녀와의 이혼을 결심했다는 것에 대해. 뒤로크에게는 벌써 이야기했지만, 뤼시앵도 알아야 했다. 나폴레옹은 말을 이어나갔다.

"나는 너희들이 이야기하는 것처럼 그렇게 무기력한 남편이 아니다. 나는 그녀를 사랑해. 하지만 사랑은 정치적 전략에 따른 부수적인 것에 불과하다. 내가 나의 정부(情婦)에게 왕관을 씌워주고 싶어도 정치적 전략에 따라 결혼은 공주와 해야 하는 거야. 나는 네가 네 아내에 대해서도 이런 생각을 갖기를 원하는 거야."

뤼시앵이 응수했다.

"폐하. 만약 제 아내가 단지 저의 정부에 불과하다면, 저도 폐하처럼 생각하겠습니다."

"알겠다. 잘 알겠어. 너는 구제불능이구나."

그는 뤼시앵의 어깨 위에 팔을 올려놓았다.

"그건 그렇고, 오늘부터 사흘 동안 나와 함께 여기서 지내거라. 내 침실 옆에 네 침대를 마련하게 하겠다."

뤼시앵은 고개를 저었다. 아이 하나가 아프다는 이유였다.

"그럼, 떠나거라. 그렇게 원한다면. 그리고 약속은 지켜야 한다."

밤이 깊어갔다.

동생과의 논쟁은 하룻밤의 야간 전투를 치른 것보다 더 그를 지치게 했다.

—뤼시앵, 이 고집불통 같으니라구. 내 형제여서 그럴까? 도무지 굴복하질 않는군. 항상 완강하게 저항하는 기질, 그것이 우리 가문의 내력이란 말인가?

그는 누군가에게 이것에 대해 설명하고 싶었다. 자기가 나폴리 왕으로 삼았지만, 자신을 그렇게도 자주 실망시켰던 형 조제프에게 편지를 썼다.

〈형, 만토바에서 뤼시앵을 봤소. 몇 시간 동안 그 아이와 이런 저런 이야기를 나누었는데, 그의 말과 생각은 나와는 너무 달라서 그가 원하는 것이 무엇인지 알아내기가 어려웠소. 뤼시앵은 자기 딸을 할머니가 계신 파리로 보내야 한다고 생각하는 것 같았소.

나는 아직도 어리기만 한 뤼시앵*의 재능이 나와 조국을 위해 발휘될 수 있도록 내가 할 수 있는 모든 방법들을 다 동원했소. 이 시스템에 반대하여 그가 댈 수 있는 핑계거리는 전혀 없었소. 그의 아이들의 안전한 미래를 보장하는 대책에 이르기까지 나는 모든 것을 준비해놓았소. 일단 주베르통 부인과 이혼하는 절차만 밟는다면, 그가 새 부인이 될 공주와 사는 대신, 전처 주베르통 부인과 함께 살기를 원한다고 해도 나는 막지 않을 생각이오. 나의 관심사는 단지 정치적 전략이기 때문이오. 동생의 기호나 열정을 거스르고 싶지는 않소. 나의 제안은 이렇소. 뤼시앵이 자기 딸을 파리로 보낼 결심을 해서 내게 알려주고, 그 딸아이를 전적으로 나에게 맡기는 거요. 허비할 시간이 없소. 사안은 절박하고, 운명은 완성되어야 하오.〉

1807년 12월 24일 목요일 아침 여섯시. 그는 밀라노를 떠나 파리로 향했다.

---

* 그는 1775년 생, 그러니 서른두 살이다.

제7부

내 정치 마차는 달리기 시작하면 거침없이 나아가야 해.
바퀴 아래 짓눌리는 자들만 불행할 따름이지

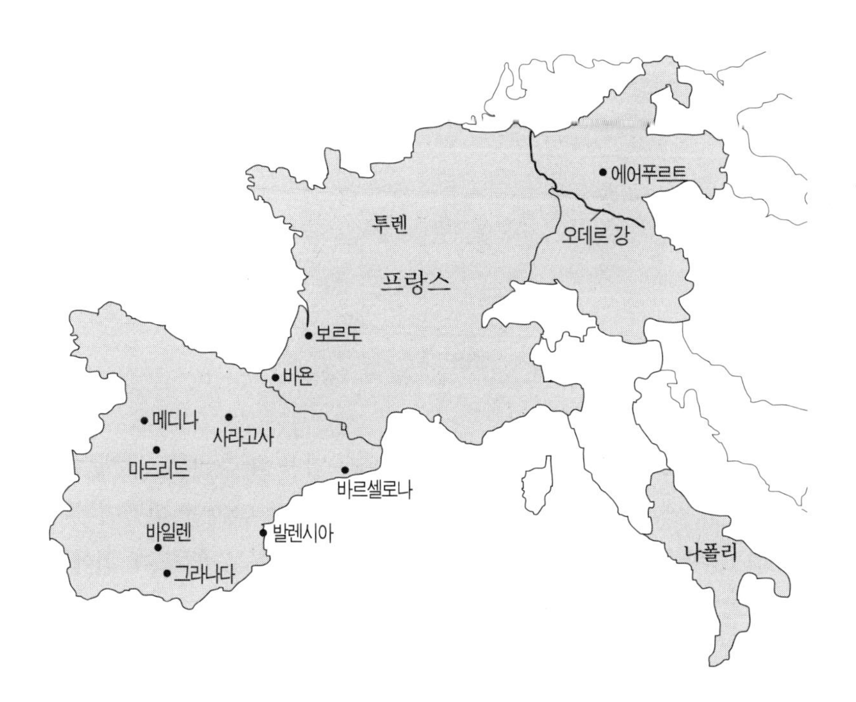

1808년 1월 1일~1808년 10월 14일

27
세상은 여자와 같다

마침내 파리에 도착했다. 비와 우박과 거친 바람 때문에 마차까지 격렬하게 요동쳐, 영원히 끝나지 않을 것만 같았던 여행이었다. 토리노 땅을 벗어난 이후에는, 역참에 들러 말을 바꿀 때 외에는 멈추지 않고 달렸다.

마리가 오빠와 함께 바르샤바를 떠나 파리에 도착해 있다는 사실을 그는 알고 있었다. 그녀가 기다리고 있었다. 뒤로크는 빅투아르 가 48번지에 한 저택을 구해 그녀를 묵게 했다.

마차에서 뛰어내린 나폴레옹은 성급한 걸음걸이로 튈르리 궁의 정원을 가로질렀다. 1808년 1월 1일, 매서운 추위가 몰아치는 겨울밤이었지만, 황제를 영접하기 위해 불을 환하게 밝혀놓고 장관들과 고관들이 긴 층계에 도열해 있었다. 나폴레옹은 그들을 거들떠보지도 않고, 탈레랑을 잡아끌고 집무실에서 가까운 살롱으로 급히 발길을 옮겼다.

마리가 기다리고 있었지만, 그는 정책을 결정해야 했다. 그를 지배해온 단 하나의 절대 군주는 정치였다. 정치적 문제가 선결되지 않는 한 마리를 만날 수 없었다.

밀라노에서 파리로 달려오는 일 주일의 여행 기간 동안, 그는 수많은 공문을 구술했고 생각을 거듭했다.

그는 새로 조직된 군대에 스페인으로 진군하라는 명령을 내렸다. 스페인 왕국을 제국에 복속시킬 수 있는 기회가 올 때 놓치지 않도록 만반의 준비가 되어 있어야 했다.

그는 탈레랑을 향해 돌아서며 중얼거렸다.

"수도사와 사제의 나라에도 이제 혁명이 필요하오."

그는 미오리스 장군에게 명령을 내려 로마를 점령하고, 영국과 교황령* 사이의 유대를 묵과하고 있는 비오 7세를 응징해야 할 것이라고 덧붙였다.

마리가 파리에 있었지만, 그에게는 탈레랑과 마무리해야 할 국정이 남아 있었다.

나폴레옹은 이 베네방 왕자가 늘어놓기 시작한 의례적이고 긴 인사말을 중단시켰다. 핑계거리는 필요없다. 탈레랑은 스페인 문제를 어떻게 생각하는가? 황제는 말했다.

"만일 전쟁이 발발한다면, 스페인은 모든 것을 잃게 될 것이오. 그후 스페인의 운명은 정치적 협상을 통해 결정될 일이고."

탈레랑은 동의의 뜻으로 정중히 고개를 조아리며 말했다.

"스페인의 왕관은 루이 14세 이후 프랑스를 지배해왔던 가문의

* 756~1870년에 교황이 주권을 행사한 이탈리아 중부 지역.

소유물이었습니다. 다시 말씀드리자면, 프랑스 왕의 크나큰 자산 중 하나였지요."

탈레랑은 목소리를 높였다.

"폐하께서는 황제 소유의 재산에 대한 권리를 분명히 하셔야 합니다. 한치의 양보도 허락해서는 안 되며, 또 그럴 수도 없는 사안입니다."

나폴레옹은 오랫동안 탈레랑을 주시했다. 탈레랑이 자기 의견을 이처럼 명료하게 주장하는 일은 좀처럼 보기 힘든 일이었다.

"알았소. 앞으로 투르크와 인도 또한 내 것으로 해야 할 거요. 러시아와 우리 프랑스가 함께……."

동방을 향한 꿈은 오래 전부터 그의 가슴을 지배해오고 있었다! 알렉산드르 1세의 협력만 구할 수 있다면, 지금이 그 오랜 꿈을 실현시킬 수 있는 가장 좋은 시기이리라.

탈레랑은 그 문제에 관한 한 신중했다.

"제 소견으로는 콘스탄티노플과 다르다넬스 지역*을 러시아에 양도한다면, 그들과의 흥정에 별 무리가 없을 것이라 사료됩니다만."

탈레랑은 장시간 동안 권력의 이해관계에 대해 논했다. 영국은 결사적으로 전쟁에 임하기로 결정했고, 오스트리아는 영국과 연대할 여지가 있으며, 프로이센은 벌써 깨어나고 있다고 탈레랑은 말했다. 러시아는 핀란드와 다뉴브 지방을 정복하기를 원하고 있으며, 프랑스의 지지를 이용해 콘스탄티노플에 도달하는 한편, 부동항을 확보하기 위해 혈안이 되어 있었다. 러시아의 야심은 크고도 지속적이었다.

나폴레옹은 탈레랑의 말에 귀기울였다. 파리로 돌아와 세계의

---

* 터키 북서부의 좁은 해협.

냉혹한 질서의 한가운데로 빠져든 그 순간부터, 그는 탈레랑과의 긴 대화를 필요로 했다. 벌써 다섯 시간이 흘러갔다. 긴 시간이 흘렀음을 뒤늦게 깨달은 나폴레옹은 무거운 고갯짓으로 탈레랑을 물러가게 했다.

이제 결정은 그의 몫이었다.

밤이 으슥해지고 있었다.

그는 비밀 계단을 통해 마리 발레프스카를 자신의 방으로 데려오도록 콩스탕에게 지시했다. 나폴레옹의 부름이 없이는 황후도 찾아오지 못하는 곳이었다.

이혼에 대한 이야기가 떠돌자 조제핀은 숨어 지냈다. 차라리 자신이 잊혀지는 게 낫다고 생각할 만큼 그녀는 이혼을 두려워했다. 마치 자신이 조심스럽게만 군다면, 매순간 자신을 짓누르는 이혼 문제를 피할 수 있으리라고 생각하는 듯했다.

마리를 기다리는 동안 그는 몸이 뜨거워짐을 느꼈다. 벌써 여러 달, 그는 '천사'를 만나보지 못했다. 그녀에 비하면, 하룻밤 사랑을 즐기던 뭇 여인들은 아무런 의미도 없는 존재들이었다.

—그 여인들을 가슴에 품으며 나는 그녀들로부터, 그리고 그녀들을 정복하려는 나의 욕망으로부터 자유로워질 수 있었지만, 마리는…….

그녀는 달랐다. 콩스탕이 방문을 열더니 이내 사라졌다. 그리고 바로 문 앞에 수줍은 듯 상기된 얼굴로 머뭇거리고 있는 그의 '천사'의 모습이 보였다. 그의 손에 느껴지는 그녀의 얼굴은 차가웠다.

헤어질 때의 모습 그대로였다. 그녀는 너무 젊고 아무런 욕심이 없었다. 그는 그런 그녀를 사랑했다. 그녀는 그의 최상의 사치였으며, 신이 내린 은총이었다.

—나의 폴란드인 아내.
그녀는 그가 베풀거나 약속하는 것 때문이 아니라 있는 그대로의 나폴레옹을 사랑하는 여인이었다.

다음날, 그는 아침 일찍 궁정 대원수 뒤로크를 대령토록 했다. 그는 뒤로크에게, 마리 발레프스카가 파리에 머무는 동안 어떤 불편함도 느끼지 않도록 성의를 다해 보살피고 받들어야 한다고 당부했다. 또한 매일 아침 그녀를 방문해 불편한 점이 없는지 점검하고, 그녀가 의사 코르비자르로부터 정기적인 건강 진단을 받을 수 있게 하라고 지시했다.
흡족한 미소를 머금던 그는 업무를 위해 다시 책상 앞으로 다가섰다.
—이제 모든 조치를 취했으니 어디 일을 시작해볼까.
첫번째 급보를 검토하던 그는 마치 공모라도 꾀한 듯한 표정으로 뒤로크를 쳐다보며 오랫동안 미소지었다.
마치 자서전에 한 장(章)의 행복한 시절을 새로 보태고 있는 듯한 만족감이 들었다. 그는 뿌듯했다. 자신에게 그렇게 관대하기만 한 운명이 새삼 고맙게 느껴지기까지 했다.
운명이 던져주는 선물을 거침없이 거머쥐고, 또 스스로의 힘으로 자기 자신을 지속시켜온 그에게, 파리에 있는 마리의 존재는 모든 것이 가능하다는 하나의 증거였다. 늘 그랬듯이 주도면밀하게 계획하고, 장애 요소들을 예견하고, 그것들을 비켜가야 했다.
전쟁과 사랑은 다를 바가 없었다. 계기를 만들어주는 것은 운명이지만, 모든 것은 의지와 전략에 달려 있는 문제였다.

1808년 1월, 나폴레옹은 삶이 제시하는 모든 기회를 장악했다는 기쁨과 하루하루 쉬지 않고 전진을 거듭한 끝에 마침내 정상이 가까워지고 있다는 기대감이 어우러져 있는 쾌감을 느꼈다.

하지만 콩스탕과 루스탐이 옷시중을 드는 아침이면, 문득 어찌해야 좋을지 모를 혼란스러움을 체험하곤 했다. 스스로도 부정할 수 없는 비만 때문이었다. 불룩 튀어나온 배와 피둥피둥해진 얼굴. 그의 몸의 윤곽이 뚜렷하게 달라져갔다.

그는 어느새 허리에 꽉 조이는 퀼로트를 신경질적으로 내동댕이쳤다. 다른 옷들을 꺼내오도록 콩스탕을 몰아댔다. 다른 옷들을 걸쳐보았지만 그는 여전히 침울했다.

황제의 육신이 황제의 의지를 거스르는가?

몇 차례 격렬한 위통을 겪은 이후, 그의 뇌리에서 선친에 대한 기억은 좀처럼 떨어져나가지 않고 집요하게 따라붙었다. 선친 샤를 보나파르트가 위암으로 고통스러워하던 모습과 그가 읽었던 해부 보고서가 그의 머릿속에 떠올랐다.

잠시 탈진한 모습으로 앉아 있던 그는 다시 몸을 일으켜 말에 안장을 얹으라고 지시했다. 강추위가 닥쳤지만 사냥을 나가고 싶었다. 육체를 다시 복종시키기 위해, 자신의 내부에는 늘 넘치는 생기와 에너지가 있다는 사실을 스스로에게 증명하기 위해서였다.

말에 박차를 가했다. 얼굴을 파고들며 근심을 흩날려버리는 이 바람이 좋았다. 그는 숲과 언덕을 질주했다. 튈르리와 생 클루 그리고 말메종과 퐁텐블로, 뱅센 숲, 랭시 숲, 베르사유와 생 제르맹 숲의 오솔길들을 마음껏 누비며, 그는 사냥을 즐기곤 했다.

톨스토이 백작을 사냥에 끌어들이기도 했다. 백작을 추월하면서, 그리고 추위에 떨며 지쳐 있는 백작을 공터에서 다시 만나면서 그는 기쁨을 느꼈다. 사냥터에서 나폴레옹은 자신의 감정을 꾸밈없이 드러냈다.

"피곤하오, 백작?"

톨스토이는 프랑스에 대한 편견과 불신으로 가득 찬 사람이었다. 하지만 그를 설득해서 회유해야만 했다.

사냥에서 돌아오는 길에 그는 대사에게 튈르리 궁으로 함께 가자고 청했다.

그는 냉담한 그 사내를 바라보았다. 경찰 첩보원들은, 대사가 생 제르맹 교외에 있는 여러 살롱을 꾸준하게 출입하고 있으며, 스탈 부인의 친구이자 참을 수 없는 여자 레카미에 부인*에게 푹 빠져 있다고 보고했다. 그런 톨스토이를 나폴레옹은 참아내야 했다.

나폴레옹은 톨스토이에게 자리를 권하고, 한참 동안 그의 앞을 서성였다. 이윽고 그가 말문을 열었다.

"상상해보시오, 대사. 러시아와 프랑스, 그리고 아마도 오스트리아까지 포함할 오십만 대군이 콘스탄티노플을 거쳐 아시아로 향하는 거요. 우리 대륙의 군대는 영국을 떨게 하고, 영국이 우리 앞에 무릎을 꿇게 한 다음, 유프라테스 강에 이를 수 있을 것이오. 그 누구도 대륙의 군대가 인도에 당도하는 걸 막을 수 없을 것이오."

그는 톨스토이 백작 앞에 멈추어 섰다. 러시아 대사의 양어깨를 잡아 흔들고 싶었다. 대사의 회의적인 시선을 참을 수가 없었다.

"일찍이 알렉산더 대왕과 티무르 대제**가 실패했다는 사실이, 이 원정의 반대 이유가 될 수는 없소."

나폴레옹은 강하게 발을 구르며 잘라 말했다.

---

* 스탈 부인의 친구로 살롱을 열어 나폴레옹의 반대파를 끌어모았음, 1777~1849.

** 이슬람 신앙을 지닌 투르크인 정복자, 1336~1405.

"왜냐하면 나는 그들보다 더 잘해낼 테니 말이오."

—이 작자는 내 말을 듣고 있기나 하는 것인가?

나폴레옹은 두 손으로 모자를 벗어 거칠게 바닥에 내던졌다. 그리고는 대사의 앞을 왔다갔다하다가 갑자기 멈춰 서기를 반복하면서 말을 이었다. 그의 목소리는 집요하고도 노기에 차 있었다.

"들어보시오, 톨스토이 백작. 지금 당신 앞에 있는 사람은 프랑스 황제가 아닌, 한 군대의 장군으로서 다른 군대의 장군에게 이야기하는 것이란 말이오."

그는 말을 중단하고, 허리를 굽히고 톨스토이의 얼굴을 바라보았다.

"틸지트에서 체결한 것들 중 내가 한치라도 어기는 사항이 생긴다면, 그리고 몰다비아*와 왈라키아**에서 러시아군이 철수하는데 내가 프로이센과 바르샤바 공국에서 철군하지 않는다면 나는 이 세상에서 가장 못난 인간일 거요."

그는 다시 몸을 일으켜세웠다.

"어떻게 나를 의심할 수 있단 말이오? 나는 내가 체결한 협정이 뭔지도 모를 만큼 미친 사람도 아니고 어린아이도 아니오. 그리고 나는 내가 한 약속은 무슨 일이 있어도 항상 지켜왔소!"

잠시 후, 나폴레옹은 궁정 대원수와 함께 멀어져가는 톨스토이의 뒷모습을 바라보고 있었다.

그는 자신의 모자를 걷어차 살롱의 한쪽 끝으로 날려버렸다.

—톨스토이는 내가 한 이야기는 왜곡할지 모르지만, 그는 나의 분노와 내가 바닥에 내팽개친 저 모자에 대해서는 있는 그대로 전

---

* 1349년 유럽 중부 프루트 강 유역에 세워진 공국.

** 14세기 초에 세워진 루마니아 최초의 공국.

달할 것이다.

표정이나 몸짓, 또는 과장된 노여움을 통해 어떤 단어를 강조해야 하는 순간들이 있다. 상대방으로부터 양보를 유도해내기 위해, 혹은 그들이 사안들을 잊지 않고 기억하게 하기 위해, 상대방에게 겁을 주고 놀라게 해야 했다. 그리고 흔히 여자들이 그런 것처럼 상대를 유혹하는 능력 또한 겸비해야 했다. 나폴레옹은 멘느발을 불렀다.

그는 집무실로 들어선 비서가 바닥에 내팽개쳐진 황제의 모자를 예사롭지 않은 눈길로 바라보는 걸 알아챘다. 마치 폭풍에 위협이라도 당한 듯이 머리를 어깨 사이로 움찔거리는 것도 놓치지 않았다.

농부에서 왕에 이르기까지, 황제를 섬기는 모든 민중들에게 감히 그들이 예측할 수 없는 위협을 가하고, 그들이 전혀 기대할 수 없는 배려를 베풂으로써 황제는 그들 위에 불가사의한 존재로 군림해야 한다. 보상할 때는 그들이 상상하는 이상으로 해주고, 처벌할 때는 가혹해야 한다. 숭배의 대상인 동시에 두려움의 대상인 황제, 그는 그런 강력한 황제이기를 원했다. 이것이 바로 통치다.

이 통치는 모든 이들에게 적용되어야 했다. 그러나 그것은 매순간 쉬지 않는 의지를 요구한다. 지배하는 자에게 있어 명령을 유보하고 양보하는 일이란 얼마나 쉬운 일인가? 그럼으로써 '선한' 인간이 되는 것, 목표를 포기하고 무위 속에 안주하는 것은 또 얼마나 쉬운 일일 것인가.

그는 자신이 러시아 대사에게 강조했던 말을 다시 한번 확인하는 동시에, 유프라테스와 인도 원정, 즉 동방 세력을 이용해 영국을 위협해야 한다는 것을 상기시키기 위해 알렉산드르 1세에게 편지를 쓰고 싶었다. 그는 구술했다.

〈폐하와 나는 평화를 원하고 있소. 우리의 광활한 제국이 행복과 활기에 넘치기를 바라 마지않는 것이오…… 그러나 세상의 적들은 그것을 원하지 않는 것 같소. 우리가 원하는 바는 아니지만, 우리는 보다 강력해져야 하오. 운명에 저항하지 않고, 운명이 이끄는 대로 순응하는 것이 최상의 지혜이자 정도라고 생각하오. 그때가 되면, 현 정국을 위대한 역사에 비추어 통찰하지 않고, 옛날 책에 나오는 야사쯤으로 치부하고 있는 저 졸렬한 무리들은 무릎을 꿇을 것이오…… 러시아 백성들은 이 정국이 가져올 영광과 부귀에 만족하게 될 것이오. 틸지트에서 우리가 만든 작품이 이제 세계의 운명을 결정하게 되는 것이오…… 우리에게 미미하게나마 존재했던 소심함이, 그 동안 보다 완벽한 최상의 선택 대신 눈에 보이는 현재에 연연케 만들었던 것이오. 하지만 이제 영국마저도 그것을 원하지 않고 있소. 바야흐로 거대한 변혁의 시대가 도래했음을 부정하지 말아야 할 것이오.〉

그는 거대한 변혁을 욕망했고, 예감했으며, 마침내 불러일으켰다. 그는 그 변혁을 체계화하고, 그 변혁의 흐름에 행보를 맞추고 있었다.

멘느발이 책상 위에 급보를 가져다놓았다. 미오리스 장군이 지휘하는 군대가 벌써 로마에 진주해 있었다. 비오 7세는 굴복하게 될 것이고, 하늘 높은 줄 모르고 치솟던 로마 궁정의 모든 불손함도 그와 함께 끝장나리라.

일단 시작한 행동은 그 끝까지 가야 했다. 나폴레옹은 이탈리아 부왕 으젠에게 보낼 편지를 구술했다.

〈아주 미미한 반기라도 무력으로 진압하여 엄격한 본보기를 삼아야 한다.〉

나폴레옹은 담배를 한 움큼 집어들고 지도가 보관되어 있는 방으로 들어가, 스페인 지도가 펼쳐져 있는 책상 위로 몸을 숙였다.

스페인, 이제 그곳에서 게임이 진행될 것이다.

반도 여기저기에 흩어져 전진하고 있는 모든 군대들은 단 한 사람의 명령자에 의해 일사분란하게 통제되어야 했다.

—뮈라가 해내지 못하리라는 법도 없지?

지도에서 눈을 떼고 다시 집무실로 돌아가면서 그는 중얼거렸다.

“뮈라는 영웅이 분명한데, 멍청할 때가 있단 말야.”

—카롤린이 잔뜩 바람을 넣어 우쭐해진 베르크 대공은 자신이 스페인 왕으로 내정되어 있다고 상상하겠지. 그의 용기와 야심과 환상은 나에게 유용하리라. 다만 지나치게 혈기왕성한 말을 탈 때 고삐를 당기듯이 그를 적절하게 통제해야 한다. 일단 마드리드에 입성하게 한 연후에 그때 다시 생각하도록 하자!

그는 베르크 대공에 봉한 뮈라에게 지시를 내렸다.

〈성급함은 금물일세. 다가올 일들에 대해 조언을 받도록.〉

그래도 뮈라는 주의해야 할 인물이었다. 대공이 ‘어리석은 짓’을 하지 못하도록 나폴레옹은 재삼 경계시켜야 했다.

〈귀관이 상대하고 있는 자들은 단순하기 때문에 더더욱 위험한 자들이라는 사실을 잊지 말게. 그 나라 민중들에게는 물불을 가리지 않는 과격한 기질과, 정략에 의해 다쳐보지 않은 자들에게서만 찾아볼 수 있는 광적인 정열이 있어. 스페인의 주인은 귀족과 성직자야. 그들은 기득권을 유지하기 위해 대규모 봉기를 일으킬 걸세. 만일 그렇게 된다면 전쟁이 장기화할 수도 있네. 그렇다고 내가 정복자로서 그들 앞에 나타난다면, 스페인 내에서 나를 지지하는 세력들도 등을 돌리고 말 것이야.〉

나폴레옹은 구술을 중단했다. 충분히 일어날 수 있는 일을 막 예견한 참이었다. 그러나 그는 또한 사건이 손가락 사이로 빠져나가는 것을 느꼈다. 다시 움켜쥘 수 없다는 예감이 들었다.

급보들이 연달아 쌓였다.

스페인 아란후에스에서 발생한 소요에 뒤이어 왕비의 정부 고도이가 투옥되었다. 카를로스 4세는 왕위에서 물러났다. 그의 아들인 아스투리아스 왕자 페르난도가 백성들의 열화와 같은 환호를 받으며 스페인 왕으로 선포되었다.

—하소연을 늘어놓으며 구걸이나 하던 그따위 작자가 한 왕국의 군주라니. 그 작자는 군주로서 필요한 어떠한 자질도 갖고 있질 않아.

나폴레옹은 뮈라에게 보낼 편지를 구술했다.

〈스페인 사람들이 우리에게 맞서 왕가의 인물들 중 하나를 영웅으로 만들어내는 일을 막을 수는 없을 것일세. 나는 지금 상황에서 군이 그 집안의 인물들에게 무력을 행사하는 것도 원치 않는 바이네. 그들에게 나를 증오의 대상으로 만들며 그들의 분노에 불을 붙이는 일은 결코 현명한 처사가 아닐세.〉

하지만 그 누가 질풍 속에서 널름거리는 화염을 잠재울 수 있겠는가?

아스투리아스 왕자는 스페인 왕 페르난도 7세가 되었다. 운집한 민중들이 열광하는 가운데 그는 마드리드의 중심부로 들어섰으며, 뮈라의 군대가 새로운 왕을 뒤따랐다. 그때, 바로 그곳에서, 훗날 전쟁을 치르게 될 두 주인공이 서로 얼굴을 마주한 것이다.

—나는 증오를 원치 않는다. 하지만 앞으로 벌어질 일들을 상상할 수는 있다.

이제 기다리기만 하면 된다. 상황은 진행되도록 놔두고, 하루하루 열정을 품고 살아가면 되는 것이다.

자신의 방에 들어선 그는 콩스탕이 조심스레 침대 위에 놓아둔,

두건 달린 무도회 의상을 보았다. 검은 가면이 두건 옆에 놓여 있었다. 카롤린의 집에서 가면무도회가 열리기로 되어 있었다. 그는 콩스탕을 불렀다. 시종이 옷시중을 드는 동안, 그는 거울 앞에 서서 그 검은 가면을 썼다.

사람들이 그를 알아볼 것인가?

그는 가장무도회 복장을 한 사람들 속에 끼어드는 것이 좋았다.

1808년 겨울, 폴린, 오르탕스나 카롤린 뮈라 같은 젊은 여인들은 경쟁적으로 축제를 열어 서로의 상상력과 야심을 겨뤘다. 하지만 만일 그녀들이, 카롤린이 주최했던 한 저녁 연회에서 기유보 양이 반라(半裸)로 소개되었던 것처럼, 그의 품에 여인들을 안겨줌으로써 그를 농락할 수 있다고 생각한다면 커다란 착각이었다.

나폴레옹은 뒤로크에게 중얼거렸다.

"베르크 대공비는 남편의 머리를 스페인 왕관으로 장식하고 싶어하지."

가면을 쓴 나폴레옹은 역시 가장무도회용 가면을 쓴 뒤로크의 팔에 기대어 걸었다.

그는 목소리를 바꾸어 뭇 여인들과 대화를 나눴다. 그녀들을 놀라게 하고 외설스러운 추파를 던져 화를 돋우기도 했다. 가면으로 얼굴을 가린 그는 여인들이 걱정하고 있음을 꿰뚫어보며 즐거워했다. 그녀들은 이 가면 무리 가운데 황제가 끼어 있다는 사실을 잘 알고 있었다. 이 사람이 황제일까? 아니면 저 사람일까?

"폐하."

한 여인이 갑자기 그를 불렀다.

나폴레옹은 이런 자리에서 사람들이 자신을 알아보는 걸 무척이나 싫어했다. 그는 뒤로크와 함께 튈르리로 돌아오면서 욕설을 퍼부었다.

그는 그 무도회를 즐기고 있었던 것이다. 콩스탕은 즉시 다른 의상을 제안했고, 그는 그것을 입었다. 그리고 다시 군중 속에 끼어들었다. 하지만 사람들은 물러섰다. 그의 걸음걸이나 몸의 윤곽, 뒷짐 지는 버릇 같은 것으로 황제를 알아보았으리라. 그래도 그는 무도회장을 떠나지 않았다. 여인들이 아름다웠던 것이다.

하루 스물네 시간을 상징하는 스물네 명의 여인들이 카드리유춤*을 추었다. 비슷한 색깔을 띤 옷은 일출과 일몰을 의미했다. 여인들을 따라 춤추고 박수를 치던 그는 갑자기 피로가 몰려옴을 느꼈다. 강렬한 조명에 눈이 부셨다. 황제가 아닌 이름 없는 자로 더 머물고 싶었지만, 장내의 모든 눈길이 자신을 주시하고 있음을 알아차렸다. 그는 황제였다. 가면과 두건 달린 의상 밑에서조차 황제일 수밖에 없었다.

그는 무도회장을 떠났다.

오직 한 사람만이 그의 고충을 이해해주리라.

그는 빅투아르 가 48번지, 마리 발레프스카의 집으로 향했다.

그는 마리와 함께 무도회에 참석하기를 바랐지만, 그녀는 무도회 같은 건 원하지 않았다. 마리는 은밀하고 얌전하게 지내는 걸 좋아했다. 나폴레옹은 그런 그녀가 만족스러웠다. 그녀는 황제의 업무에는 아무런 흥미가 없다는 듯 정치 문제에 대해서는 일절 묻지 않았다. 마리는 흥분하지 않았으며 성가시게 굴지도 않았다. 단 하나의 예외가 있다면, 그것은 조국 폴란드에 대한 관심뿐이었다. 그녀는 새로 태어나는 폴란드를 보고 싶어했다.

그러나 명확한 대답을 들려줄 수 없는 나폴레옹은 입을 굳게 다물 수밖에 없었다. 사랑하는 여자를 마주하고 있는 한 사내로서는 무척이나 마음 상하는 일이었지만, 그에게는 러시아와의 동맹이

* 18세기 말에서 19세기에 걸쳐 유행한 춤.

필요했다. 폴란드인들에게 만족을 주기 위해 그 동맹을 깨뜨릴 수는 없다는 걸 그녀는 이해할까? 그는 이렇게 얘기하는 것으로 만족해야 했다.

"여름이 끝나기 전에 큰 일들은 대충 정리가 될 거요."

그는 일어섰다. 사랑의 감미로운 매혹은 이미 깨져버렸다. 정치, 즉 세상에 대한 열정이 그를 다시 사로잡았다. 그는 튈르리로 돌아왔다.

1808년 3월 27일 새벽, 튈르리 궁은 을씨년스러웠다. 시종들이 이리저리 뛰어다니고, 멘느발이 깨어나 머리를 조아려 인사하는 동안, 나폴레옹의 커다란 발걸음 소리가 회랑 안을 가득 채웠다.

나폴레옹은 네덜란드 왕 루이에게 보내는 편지를 구술했다. 뮈라가 마드리드에 입성했으며, 카를로스 4세가 퇴위하고 아스투리아스 왕자가 페르난도 7세가 되었다는 사실을 알리기 위해서였다.

활달한 걸음으로 방 안을 오가며 나폴레옹은 큰 소리로 말했다.

〈아우야. 네덜란드의 기후는 네게 잘 맞지 않을 것이다. 네덜란드가 잿더미에서 다시 일어나는 일도 쉽지 않을 것이다. 세상의 거친 소용돌이 속에 휘말려 있는 한, 평화가 이루어지건 그렇지 못하건 그것을 영원히 지속시킬 방법은 없다. 이런 상황에서 나는 스페인 왕관을 놓고 너를 생각하고 있다. 너는 풍요로운 국가의 군주가 될 것이다…… 내 계획에 대한 너의 생각을 확실하게 답해주기 바란다. 너는 이 일이 아직도 계획 단계에 머무르고 있는 것이라 생각하겠지…… 확실하게 대답해다오. 내가 만약 너를 스페인 왕으로 임명한다면 받아들이겠느냐? 그리고 내가 너를 믿고 맡겨도 되겠느냐? 단 두 마디로 대답해다오. '저는 모월 모일 폐하의 편지를 받았습니다. 제 대답은 '예' 입니다.' 그렇게만 한다면, 나는 너를 믿어 의심치 않을 것이다. 내 뜻에 네가 따를 것으로 믿겠다. 만약 '받아들이지 않겠습니다'라고 대답한다면, 네가 내 제안을 받아들이지 않겠다는 의미가 되겠지…… 그렇게 생각한다면 아무도 믿지 말고, 이 편지의 목적에 대해서 그 누구에게든 발설하지 말아라. 어떤 일이 확실히 이루어지기 전에는 그 일에 대해 언급하지 말아야 하기 때문이다.〉

결국 그는 해결했다.

어깨를 짓누르던 무거운 짐을 하나 내려놓은 것 같았다. 상황의 리듬에 몸을 내맡기기로 했다. 이젠 그가 해야 할 일들을 상황이 결정하리라.

그는 파리를 떠나 스페인 국경 근처 바욘으로 향할 생각이었다. 어떤 상황이든 스스로 직면해야만, 직접 다가가 만져보고 껴안아야만 정확히 파악할 수 있기 때문이었다.

세상은 그에게 여자와 같았다. 소유할 때에만 그것을 알고 이해할 수 있는 것이다.

나폴레옹은 쾌활한 음성으로 멘느발에게 한마디를 던졌다.

"우리는 비극의 제5막에 이르렀네. 이제 곧 결말을 보게 될 거야."

28
오직 행동만이 구원하리라

그는 초조하고 화가 치솟았다.

1808년 4월 3일 일요일 새벽 네시 삼십분, 그는 오를레앙 주교의 저택 정원에 있었다. 그는 노발대발하며 말들이 마차에 묶이기를 기다렸다. 정원 한가운데 서 있는 외무장관 샹파니를 무시한 채 벽과 벽 사이를 급히 오가다가 이슬비에 젖어 미끈거리는 포석에 발부리를 채였다. 그가 원한 대로 진행되는 일이 단 하나도 없었다.

생 클루 성을 떠난 어제 정오부터 보르도와 바욘, 그리고 스페인을 향해 가는 그의 발길을 운명이 방해하는 것만 같았다. 책장과 식기, 식료품과 포도주 그리고 병참 보급 하사관들과 시종들을 싣고 오를레앙에 있는 첫번째 역참에서 황제의 마차와 합류하기로 되어 있는 수행 마차들이 준비조차 되지 않았다. 어젯밤 아홉 시, 오를레앙에 도착했을 때 수행 마차들이 대기하기는커녕 한 대도 보이질 않았다. 모든 출발 준비를 마치고 마차에 말을 다 맸는데, 합류하기로 한 수행 마차들은 지금 어디에 있단 말인가?

대뜸 마차에 올라탄 나폴레옹은 출발 신호를 보냈다. 샹파니는 자신을 버려두고 떠나는 황제의 마차를 따라잡기 위해 정신없이 뛰어야 했다.

각종 서신들과 급보들이 황제의 옆에 쌓여 있었다.

나폴레옹은 그것들을 집어들고 샹파니의 얼굴 앞에다 휘둘렀다.

—루이가 스페인 왕좌를 거절했다! 외무장관은 네덜란드 왕인 나의 동생이 스페인 왕좌를 거절했음을 알고 있었을 것이다. 아무것도 아니었던 자를 왕좌에 앉혀놓았더니, 내게 지금 무슨 소리를 지껄이고 있는 거야? 루이는 자신이 '한 지방의 통치자가 아니라 일국의 왕이며, 왕에게는 하늘로의 승진을 제외한 어떠한 승진도 있을 수 없으므로, 모든 왕들은 하늘 아래 동등하다'는 해괴한 주장을 피력하고 있지 않은가?

나폴레옹은 그 편지를 집어던졌다. 권력을 맛본 자는 변하기 마련이었다. 루이는 이성을 잃은 것이다.

—그래? 나와 동등하다고?

그는 마차 좌석에 깊숙이 몸을 파묻었다.

고대의 영웅들을 제외한다면, 어디에서 그에게 걸맞는 사람을 찾을 수 있을 것인가? 한 사람이라도 좋으니, 그의 계획을 이해하고 명민하게 처신할 사람을 구할 수는 없단 말인가?

날이 밝아오는 투렌 지방의 평화로운 들판. 시냇가에 줄지어 늘어선 수목들이 안개에 잠겨 있었다. 광활한 토지는 아직 황량하기만 했다.

나폴레옹은 세상에서 혼자임을 느꼈다. 대화 상대도 없었다. 차르 알렉산드르 1세만이 그와 대화할 수 있는 유일한 군주이자 사람일지도 몰랐다. 다른 사람들은 어떠한가? 탈레랑과 푸셰 같은 노련한 신하들? 그들은 믿을 수가 없었다. 그들은 각자의 임무를 수행하는 수하일 뿐이었다.

탈레랑은 돈에 따라 움직이고, 푸셰는 그 나름의 야심이 있었다. 푸셰는 아직도 나폴레옹의 이혼에 대한 잡음을 끊임없이 유포시키고 있었다.

—말귀를 알아듣게끔 수도 없이 설명했다. 이혼에 대한 모든 주장들은 무례한 일일 뿐만 아니라 앞날을 위해서도 유익하지 못하고 깔끔치 못한 일이기도 하다. 이제는 그 문제에 대해 이러쿵 저러쿵 하는 것을 그만둘 때도 되었다. 그가 만들어낸 잡음에 뒤이어 발생하는 소요를 보고 내가 얼마나 진노했던가.

하지만 푸셰는 굽히지 않았다.

—누구를 의지할 수 있을까? 혈육들? 루이는 나와 동등함을 선언하며 스페인 왕위를 거부하고 있고, 베스트팔렌 왕좌에 지나치게 집착하고 있는 제롬 역시 마드리드로 가지 않으려 할 것이다. 하긴 가톨릭 교도의 소굴에 개신교 신자 부인과 들어가서 그가 무엇을 할 수 있겠는가? 뤼시앵은 구제불능의 반항아인데다가, 프랑스 군대가 로마로 진군할 때 그는 교황의 편에 있었다! 그는 자기가 로마의 왕자라도 된 듯 착각하고 있다. 그렇다면 조제프의 나폴리 왕국과 스페인을 맞바꾸는 안(案)만이 남았다. 그 안대로 된다면, 최소한 자기가 원하는 것이 무엇인지는 알고 있는 저 '영웅과 간녀 부부'인 뮈라 내외에게 나폴리를 넘겨줄 수 있다.

호기로운 뮈라의 모습이 떠올라 그는 잠시 쓴웃음을 지었다. 뮈라는 맹세했었다.

"절대로 저의 충성심을 의심하지 말아주십시오. 그것은 제게 생명보다도 훨씬 더 가치 있는 것입니다."

—들을 만한 말이긴 하지만 도취하진 않는다. 나는 혼자다. 나와 동등한 사람은 없다. 동맹군도 있을 수 없을 것이다. 나의 정치를 이해하는 사람은 아무도 없다!

나폴레옹은 몸을 일으켰다. 날이 밝았다. 벌써 푸와티에에 도착한 마차는 역참에 들어서고 있었다. 그는 마차에서 내렸다.

마차 한 대가 호위병들과 함께 그를 기다리고 있었다. 호화롭게 차려입은 세 사람이 앞으로 나와 고개를 조아렸다. 나폴레옹은 그들을 무시했다. 이건 또 무슨 간계인가?

샹파니가 그들은 스페인 고관들이라고 귀띔해주었다. 메디나셀리 공작, 프리아스 공작, 그리고 페르난 누녜스 백작. 그들은 아스투리아스 왕자가 페르난도 7세라는 이름으로 스페인 왕에 즉위했음을 황제에게 보고하기 위해 대기중이라는 것이었다.

그러나 나폴레옹은 그들을 무심히 지나쳐버렸다. 아스투리아스 왕자가 스페인 왕이라고! 나폴레옹은 스페인의 세 고관을 접견하지 않았다. 이미 늦었다. 나폴레옹은 이미 결정을 내렸다. 스페인 왕위에는 보나파르트 가문의 사람이 오르게 될 것이다.

나폴레옹은 페르난도가 직접 바욘으로 와서 접견을 요청하도록 하라고 지시하고, 출발을 명했다. 허리를 굽히는 세 사람 쪽으로 눈길 한 번 주지 않은 채 그는 곧바로 마차에 올랐다.

마차가 움직이기 시작하자 그는 샹파니에게 말했다.

"부르봉 가문이 스페인을 통치하는 건 나의 가문과 제국의 이익에 위배되는 일이야. 사제들의 나라를 정복하기란 쉬운 일이지. 만약 팔만의 군사가 필요한 일이었다면, 나는 그들을 굳이 치려하지 않았을 걸세. 일만 이천 명도 많지 않나 싶어. 결국 이건 어린애 장난에 불과하다구."

태양이 중천에 솟아오를 무렵 마차는 앙굴렘을 가로질렀다.

"나는 그 누구에게도 해를 끼치고 싶지 않네. 하지만 내 거대한 정치 마차는 일단 달리기 시작하면 거침없이 나아가야 해. 바퀴 아래 짓눌리는 자들은 불행할 따름이지."

그는 바르베지외에 위치한 '불 루즈'(붉은 공)라는 이름의 낡고 허름한 호텔에 들었다. 궁륭형 천장이 있는 커다란 살롱에서 그는 샹파니와 비서를 테이블 가까이 앉도록 했다. 그는 구운 닭고기와 투렌산 포도주 한 잔으로 간단한 점심식사를 마쳤다. 그리고는 다리를 죽 펴고 오른손을 조끼 안에 밀어넣은 채 편지를 구술했다.

마치 전장의 야영지에 와 있는 것 같았다. 이것이 바로 그가 선호하는 숙소가 아니던가?

그는 생 클루 성으로 돌아가기 전 파리에서의 마지막 밤을 마리 발레프스카의 집에서 보냈다. 잔잔한 항구에 정박한 배처럼 평화로운 밤이었다. 하지만 새로운 대륙을 발견하기를 원한다면, 더 먼 바다를 향하여 닻을 올려야만 하는 것이다. 그는 열정과 미련이 뒤섞인 감정을 안고 마리 발레프스카를 떠나왔었다. 생 클루 성에서 석 달여를 지낸 뒤에야 거리에 부는 바람을 느낄 수 있었고, 다시 찾은 들판에서의 삶의 기쁨도 맛볼 수 있었다. 새롭게 다가오는 풍경과 새로운 얼굴들, 이 모든 것이 그의 삶에 활기와 변화와 즉흥성을 불어넣어주었다. 그는 결코 앉아 있기만 하는 군주가 아니었다. 하지만 이런 기질이 레카미에 부인의 살롱이나 심지어는 황후의 살롱에서까지 쑥덕거려지는 것처럼, 그리고 탈레랑이 넌지시 비춘 것처럼 그가 전쟁광임을 의미하는 것은 아니었다.

그는 샹파니 쪽으로 비스듬히 몸을 숙이며 말했다.

"평화, 나는 프랑스 제국의 힘과 위엄에 걸맞는 방식을 통해 얻어지는 평화를 원하오. 국가의 명예를 위해서라면, 허용될 수 있는 모든 희생을 치르더라도 그렇게 얻는 평화를 원한단 말이오."

그는 자리에서 일어나면서 말했다.

"날이 갈수록 평화의 필요성을 절감하오. 대륙의 왕자들도 나와 같은 생각일 거요. 내가 영국에 대해 광적인 편견이나 씻을 수 없는 증오를 갖고 있는 것은 아니오."

방 안을 서성이던 나폴레옹은 호흡기에 가벼운 발작을 일으켰다. 잠시 숨을 고른 후 그는 말을 이었다.

"영국은 나에 대항하는 노선을 채택했소. 나는 영국과 결판을 내기 위해 대륙의 단결을 선택했지. 영국이 부유하고 번영하고 있기는 하지만, 우리 프랑스와 동맹국들도 그들만큼 상하오. 그들이 어떻게 나오든 그리 큰 일은 아니오."

그의 왕조가 스페인을 통치해야 하고, 프랑스 군대가 포르투갈에 주둔해야 하는 이유가 그것이었다.

다시 자리에 앉은 그는 주먹으로 테이블을 내리치며 말했다.

"영국과의 평화, 그것만이 내 칼을 칼집에 도로 넣게 할 수 있소. 그것만이 전 유럽에 평화를 가져올 거요."

나폴레옹은 뇌샤텔 왕자에 봉한 프랑스군 사령부 참모장 베르티에와, 베르크 대공이자 스페인 원정군 사령관 뮈라에게 보낼 편지를 구술했다. 뒷짐 지고 다시 방 안을 이리저리 오가는 그의 목소리는 단호했다.

〈귀관들은 나의 명령에 따라 수행한 대도시에서의 전투들을 기억할 것일세. 절대로 샛길 쪽으로 들어가서는 안 되네. 길 머리에 있는 집들을 점령하고, 포열을 잘 배치하도록. 휘하 병사들을 거느리는 장군들은 서로 멀찍이 떼어놓고, 병력은 각각 오백 명 단위로 대열을 이루어 행군토록 하게. 소규모로 어울려 다니는 병사들이 있어서는 안 되네. 반란을 일으키거나, 우리 병사들과 우편물을 소홀히 대하는 마을은 본보기로 강력하게 응징하도록. 그리고 마드리드에 어떤 심상치 않은 움직임이 보인다면, 즉각 대포한 방으로 제거하여 엄격한 전례를 만들도록 하고…….〉

문 쪽으로 다가가며 그는 마지막 문장을 내뱉었다.

〈적기라고 판단될 때, 나는 폭탄처럼 마드리드에 도착할 것이네.〉

4월 4일 월요일 저녁, 그는 보르도에 도착했다.

도시는 황량하기 그지없었다. 시청사 앞에 다다랐을 때, 근위대 지휘 장교가 허겁지겁 달려와 아침부터 황제를 기다렸노라고 말했다. 병력들은 이미 병영으로 돌아가 있었다.

나폴레옹은 그 장교를 거들떠보지도 않았다. 영접나온 시장이 예를 올렸지만, 그는 고개도 돌리지 않고 방부터 안내하라고 말했다. 그는 앞장서서 걸으며, 장교에게 내뱉듯이 말했다.

"내일, 광장에서 근위대와 기병대의 사열을 받겠다. 그리고 부두도 돌아보겠다."

만약 그가 원하는 만큼 모든 일이 신속히 수행될 수 있었다면, 그는 벌써 이 세계 전체를 체계화했을 것이라는 확신을 갖고 있었다. 하지만 세상에는 다른 통치자들과 시장들과 병사들, 그리고 적들도 엄연히 존재하고 있었다. 그들이 효율적으로 움직이도록 만들거나 복종하도록 하기 위해서는, 개별적으로 그들을 만나 앞으로 나아갈 수 있도록 독려하든가 아니면 굴복시켜야 했다.

그는 제국의 심장이었다. 자신이 획득하고 건설한 모든 것을 하나로 결속시키는 살아 있는 법칙, 철두철미한 원칙이 바로 그였다. 그렇기 때문에 그는 아들을 원하는 것이다. 그 아들을 곁에 두고, 때가 되면 잡음 없이 자연스럽게 왕위 계승이 이어지도록 하기 위해.

그러나 아들은 곧 이혼을 의미했다. 조제핀을 내치는 것을 뜻했다.

나폴레옹이 시청사 앞 광장에서 108연대 병사들을 사열하고 있을 때, 광장 한쪽에 마차가 한 대 와서 섰다. 나폴레옹은 그 마차에서 조제핀이 내리는 걸 보았다. 군사 훈련은 충성스럽고 실전 경험이 풍부한 군대를 필요로 하는 황제의 중요한 일과였다. 그것이 훈련이라 할지라도 황제는 군대의 선봉에 서야 했다. 오와 열을 갖춘 병사들의 일사불란한 움직임, 기계처럼 완벽하게 움직이는 그들의 절도 있는 동작과 행진을 그는 좋아했다. 명령을 내리는 것을 즐겼으며, 말 위에 올라 팽팽한 긴장이 온몸을 휩싸안는 걸 흡족해했다. 그에게 삶이란 항상 그런 것이었다.

마차에서 내린 조제핀은 움직이지 않았다. 하얀 옷을 입고 얼굴을 베일로 가리고 서 있는 그녀의 우아한 실루엣에 그는 가슴이 뭉클해짐을 느꼈다. 젊은 시절의 감정이 되살아나는 듯했다.

나폴레옹은 그녀에게 다가가 정중하게 격식을 갖춰 그녀를 맞았다. 그녀는 미소지으며 허리를 굽혔다. 그들은 서로 오랜 공범들 아닌가.

햇살은 따사로웠고, 지롱드 강줄기를 따라 부드러운 바닷바람이 불어왔다. 4월 12일 화요일, 나폴레옹은 조제핀과 함께 샤포 루즈 강변에서 곡식 저장소에 이르는 강줄기를 따라 산책했다.

그는 조제핀의 손을 부드럽게 잡았다. 봄 기운이 부드러움을 부추기고 있었다. 정치적 요구와 운명의 힘만 아니라면, 모든 일들은 얼마나 단순할 것인가. 문득 그런 생각이 들었다.

그는 조제핀의 얼굴을 들여다보았다. 헤어짐의 순간, 그 필연적 결별의 순간이 다가온다면 그녀를 보호해주리라. 하지만 그 순간은 아직 오지 않았으므로, 예사로운 태도로 그녀를 보살피며 하루하루의 즐거움을 제공해주면 될 것이었다.

그녀도 그 게임에 임할 마음의 준비가 되어 있을까. 그녀는 신뢰의 말들을 속삭이며 서로 친밀했던 순간들을 넌지시 환기시켰다. 봄바람 탓일까 그의 가슴에 한줄기 강물이 흘렀다.

그는 이내 그녀와 헤어져 바욘으로 향했다. 바욘에 도착하자마자 그는 편지를 썼다.

〈친구여. 4월 1일부터 계산하여 당신의 여행이 끝날 때까지 매달 당신에게 2만 프랑을 보내라고 지시했소. 나는 아주 끔찍하게 지내오. 한 시간 후에 나는 옷을 갈아입기 위해 0.5리유(2킬로미터) 떨어져 있는 작은 요새로 가야 하오. 돈 카를로스 왕자와 오륙 명의 스페인 고관들이 나와 함께 있소. 아스투리아스 왕자는 여기서 20리유(80킬로미터) 가량 떨어진 곳까지 와 있소. 카를로스 왕과 왕비도 이곳으로 곧 도착할 것이오. 이 사람들을 다 어디에 묵게 해야 할지 나도 모르겠소. 우리는 아직도 낡은 호텔에 머물고 있소. 나의 군대는 스페인에서 잘 지내고 있소. 잠시 당신의 상냥함에 대해 생각해보았소. 당신과의 추억들을 떠올릴 때는 웃음이 터져나오기도 했소. 당신네 여인들은 기억력이 좋으니 무슨 얘기인지 알 것이오. 나는 건강하고, 좋은 친구로서 당신을 사랑하오. 당신이 보르도에서 많은 사람들을 사귀었으면 좋겠소. 나는 근심이 많아 친구를 사귀는 일이 여의치 않으니 말이오. 나폴레옹.〉

마라크 성으로 가기 위해 도시를 벗어나고 있을 즈음 바욘에서는 종소리가 울려퍼졌다. 말을 타고 넓은 공원을 답사한 그는, 공원을 둘러싼 성벽의 맨 끝에서 비둘기집으로 쓰이는 망루를 살펴보았다. 망루 아래에서 몇백 미터 나아가면 니브 강이 흐르고 있었다. 그는 그곳에 머물기로 결정했다. 저택은 넓었다. 멀지 않은 곳에 다른 성들이 있어 참모와 수행 고관들을 모두 수용할 수 있었다. 그는 고관들이 자기 주변에 운집해 있기를 원했다. 공원은 병사들을 훈련시키기에 부족함이 없었다.

나폴레옹은 이곳에서 스페인의 부르봉 가문 사람들을 접견할 생각이었다.

4월 20일 수요일, 아스투리아스 왕자이며 자신이 스페인 왕이라고 믿는 페르난도가 찾아왔다.

나폴레옹은 말없이 그를 바라보았다. 그와 함께 층계를 오르면서 나폴레옹은 만찬에 초대하겠다며 말을 건넸다. 아스투리아스 왕자는 둥근 얼굴에 둥근 눈을 갖고 있었는데, 그의 육체에서 발산되는 전체적인 느낌은 무기력함이었다.

나폴레옹은 탈레랑에게 편지를 썼다.

〈프로이센 왕은, 이 아스투리아스 왕자에 비하면 영웅이오. 왕자는 아직까지 나에게 말 한마디 하지 못했소. 왕자는 만사에 무관심한 반면, 무척이나 물질적인 사람이오. 하루에 네 끼씩이나 찾아 먹으면서 아무 생각도 없다니 말이오…….〉

잠시 뒤에 카를로스 4세와 왕비 마리아 루이사, 그리고 왕비의 정부 마누엘 데 고도이가 도착했다.

이것이 바로 부르봉 가가 배출한 왕조란 말인가?

나폴레옹은 탈레랑에게 보내는 편지를 이어나갔다.

〈카를로스 왕은 선량한 사람이오. 솔직하고 인심 좋은 노인 같은 인상이오. 왕비는 친절하지만 생김새가 좀 이상하오. 탈레랑 당신이 봤다면 할 말이 참 많았을 텐데…… 이 만남은 여러 면에서 상상을 초월하고 있소…… '평화공'이라는 고도이는 마치 황소 같았소…… 그는 생사의 기로에 놓여 있던 지난 한 달여 동안 끊임없이 생명을 위협당하며 유례를 찾아보기 힘든 야비한 대우를 받았다는 거요. 그 동안 옷도 갈아입지 못했고, 턱수염이 7푸스*나 자랐다 하오…….〉

* 19센티미터, 1푸스는 27밀리미터.

그는 이 부르봉 가의 후손들에게 경멸과 혐오감이 뒤섞인 연민을 느꼈다.

—통치할 자격이 없는 작자들. 이 작자들을 왕좌에서 끌어내리는 것이 정도(正道)다. 그리고 그것은 나의 왕조와 유럽, 그리고 스페인에 이익을 가져다줄 것이다. 그렇다면 이제 적은 분명하다. 스스로 왕이라고 고집하는 페르난도 7세다.

나폴레옹은 탈레랑에게 페르난도에 대해 설명했다.

〈아스투리아스 왕자는 아주 멍청하면서도 악독한 구석이 있소. 프랑스의 큰 적이오. 나는 그의 우편물에서 프랑스인들에 대한 증오와 원한을 발견했소. 그는 수차에 걸쳐 '저주받을 프랑스인들'이라고 적었소. 고작 스물네 해의 경험을 가지고는, 사람 다루는 일로 세월을 보낸 이 황제를 제압할 수 없다는 건 당신이 잘 알 거요. 만일 내가 그자를 스페인 왕으로 인정하는 일이 생긴다면, 그것은 기나긴 전쟁에 지쳐 내가 쓰러진 다음의 일일 거요.〉

나폴레옹은 그들이 큰 소리로 싸우는 모습을 지켜보았다. 아비는 아들이 왕관을 훔쳐갔다고 비난했고, 아들은 오만하게 대답했다. 어미는 흥분하여 아들을 모욕하고, 제 정부를 옹호했다. 그녀의 정부는 피곤한지 아무 말이 없었다.

—추하고 무력한 작자들. 카를로스 4세는 어린애처럼 울고, 페르난도는 게걸스럽기까지 하다. 그들은 내가 자기들을 선택해주기를 기다리고 있다. 그러나 나는 이미 그들이 상상하지도 못하는 사람을 스페인 국왕으로 내정해두었다. 계획은 오래 전에 수립되었다. 나는 내 뜻을 실천할 것이며, 그들로 하여금 순순히 수용하도록 할 것이다. 비명 소리가 있을 것이고, 눈물도 있을 테지. 하지만 이자들은 이제 더이상 아무것도 아니다.

5월 2일, 그는 뮈라에게 보낼 편지를 구술했다. 베르크 대공 뮈라에게도 언질을 주어야 했다.

〈카를로스 왕과 왕비에 만족하네. 그들에게 콩피에뉴를 주기로 했네. 이제 내가 뜻한 바대로 나폴리 왕이 마드리드에서 통치하게 될 걸세. 자네에게는 나폴리 아니면 포르투갈 왕국을 주겠네. 자네 뜻은 어떤지 당장 답신을 보내도록 하게. 이 모든 일이 단 하루에 이루어져야 하기 때문이네.〉

조제핀은 행복한 마음으로 나폴레옹이 있는 바욘에 도착했다. 4월 20일, 오르탕스가 샤를 루이 나폴레옹*을 낳은 직후였다.

나폴레옹은 조제핀의 손을 잡아끌었다. 그녀가 더욱 아름다워졌음을 느꼈다. 둘은 니브 강변으로 내려갔다. 찌는 듯 무더운 날씨였다. 그는 장난스레 그녀를 강가로 밀었다. 그들은 강가에서 서로에게 물을 끼얹으며 물장구를 쳤다. 그리고 작은 배를 잡아 타고 카롤린 뮈라가 막 정착한 로가 성을 향해 노를 저어갔다.

그녀는 스페인이 아닌 아름다운 나폴리 왕국에 머무를 것이다. 그는 조제프에게는 이렇게 썼었다.

〈스페인은 나폴리 왕국과는 다르오…… 마드리드에서라면 프랑스에 있는 것과 마찬가지요. 그러나 나폴리는 세상의 끝에 있소. 그러니 이 편지를 받는 대로 믿을 만한 자에게 섭정권을 맡겨놓고 토리노와 몽스니, 리옹을 거쳐 조속히 바욘으로 오기 바라오.〉

—조제프는 장남이다. 다른 형제들이 거부했던 스페인 왕관을 거머쥘 권리가 있다. 그는 거부하지 못하리라. 다른 선택의 여지가 없다. 만약 저 부르봉 가의 후손들이 이 사실을 안다면!

---

* 미래의 나폴레옹 3세. 이 아이는 루이 보나파르트의 아들이 아니고 네덜란드 제독 베르위엘의 아들로 추정됨.

마라크 성에 돌아온 나폴레옹은 현관에 서서 공원을 바라보고 있었다. 부르봉 가의 가족들이 조제핀을 향해 다가오는 것이 보였다. 그녀는 우아함 그 자체였다. 나폴레옹은 그녀의 손을 잡고 테이블로 인도했다. 이제 만찬 분위기는 그녀가 이끌 것이다.

대원수 뒤로크가 마라크 성 안에다 작은 정원을 만들어놓았다. 나폴레옹은 조제핀을 수행하는 젊은 여인들 속에서 한 처녀를 알아보았다. 기유보 양. 그녀의 이름이 떠올랐다. 카롤린인지 오르탕스인지가 파리에서 개최했던 한 가면무도회장에서 그녀를 눈여겨본 일이 있었다. 그녀를 마라크 성에서 다시 만나다니! 그는 기유보를 오랫동안 주시했다. 그녀는 황제의 시선을 피하지 않았다. 그녀의 모든 행동거지에서 그의 뜻을 받아들이겠다는 의사를 읽을 수 있었다. 나폴레옹은 몸이 달아오르는 것을 느끼며 슬쩍 조제핀의 눈치를 살폈다. 조제핀도 그와 기유보를 줄곧 지켜보고 있었다. 조제핀은 동의한다는 듯한 미소를 지었다. 오랜 공범자의 미소. 그녀는 나폴레옹의 외도를 두려워하지 않았으며, 심지어 그가 외도에 빠지기를 원할 때도 있었다. 이런 일은 육체의 사건일 뿐이었다. 나폴레옹의 정략과 마음은 다른 곳에 있었다. 정략은 이혼에, 마음은 마리 발레프스카에게 있는 것이다.

—하지만 마리는 지금 파리에 있다. 오늘밤은 운명이 제공하는 것을 받아들여야 하리라.

밤이 내리기를 기다려 성의 꼭대기 층에서 기유보 양을 만날 것이다.

나폴레옹은 조제핀과 카를로스 4세의 맞은편에 앉았다. 그의 오른쪽에는 마리아 루이사 왕비가 자리잡았다. 그들 부부에게서는 이제 가련함이 느껴졌다. 테이블 끝에 자리잡은 페르난도, 그의 통통한 얼굴 윤곽에 탐욕스러움이 가득 담겨 있는 듯했다.

나폴레옹은 페르난도에 대해 이렇게 언급했다.

"사람들이 어떤 말을 하든 그는 대응하지 않았다. 꾸짖거나 칭찬을 해도 얼굴빛 하나 변하지 않았다. 그를 직접 본 사람이라면 그의 성격을 단 한마디, 음흉함이라고 표현할 것이다."

—그런데 아직도 스페인 왕관의 소유권이 자기들에게 있다고 믿고 있는 저 어리석은 자들에게서 언제쯤 포기 서약을 받아낼 것인가?

그는 망설였다. 이 저녁은 복잡한 정치 문제를 잊고 기유보와 함께 할 밤을 생각하기로 했다. 하지만 조만간 경멸스런 이 가문의 환상을 단 몇 줄의 문장으로 짓밟아버릴 어떤 계기와 명분이 필요하리라.

1808년 5월 5일, 그는 아직 침묵하고 있었다.

목요일, 그는 마라크 성의 공원에서 산책했다.

빛나는 오후의 절정이었고 날씨는 부드러웠다.

마리아 루이사 왕비는 시끄러운 소리가 날 정도로 숨을 몰아쉬면서 날카로운 목소리로 자기 아들이자 역적인 페르난도에 대해 불평을 늘어놓았다. 이 뚱뚱하고 못생긴데다가 천하기까지 한 왕비가 그에게 팔짱을 끼려 했다. 나폴레옹은 왕비의 팔을 거부하지 못하고 팔을 내주었다. 그녀는 폭도들이 '그녀의' 평화공인 고도이에게 가한 고통을 한탄했다. 그녀는 나폴레옹에게 모든 것을 맡긴다며, 짐짓 그의 팔을 끌어안은 채 신세타령을 멈추지 않았다. 나폴레옹의 다른 쪽에 서 있던 카를로스 4세는 자기 부인의 말에 동의했다. 두 사람은 마치 애걸복걸하는 신하 같았다.

나폴레옹은 뒤로크와 페르난도 옆에 서 있는 조제핀을 돌아보았다. 그는 그녀에게 새삼 감사의 마음을 느꼈다. 그녀는 항상 나폴레옹의 뒤에서 그를 영리하게 받쳐주었다. 이곳 마라크에서도 마찬가지였다. 필요가 있을 때는, 그녀는 이 스페인 통치자들의 이야기에 귀기울여주었다. 조제핀은 통치자가 갖추어야 할 우아함을 타고난 여자였다.

한 장교가 부관을 앞세우고 성에서 달려나왔다. 온통 먼지로 더럽혀진 군복에 큼직한 가죽 서류가방을 지니고 있는 것으로 보아 뮈라의 전령 장교가 틀림없었다.

나폴레옹은 마리아 루이사와 카를로스 4세를 대동하고 장교에게 다가갔다.

뮈라의 부관 마르보 대위였다. 나폴레옹이 물었다.

"대위, 마드리드에 무슨 일이라도 생긴 건가?"

급보를 내보이면서도 미동조차 하지 않는 대위의 태도가 그를 당혹스럽게 했다.

"대체 무슨 일이야?"

나폴레옹이 재차 물었으나, 전령은 여전히 묵묵부답이었다.

급보를 받아든 나폴레옹은 마르보 대위를 데리고 부르봉 가의 사람들에게서 멀리 떨어진 곳으로 걸어갔다. 그들과 어느 정도 거리가 생기자 대위가 입을 열었다. 성벽을 따라 늘어선 나무 아래를 걸으며, 나폴레옹은 뮈라의 급보를 읽고 대위의 설명을 들었다.

5월 1일 마드리드에 있는 푸에르타 델 솔*에 군중들이 모여들었다. 그날은 어렵게나마 일단 해산시킬 수 있었다. 하지만 이튿날인 월요일 아침, 카를로스 4세의 막내아들 돈 프란시스코가 수도를 떠났다는 소식을 접한 폭도들이 폭발했다. 마드리드에 고립되어 있던 프랑스 병사들은 참변을 당했다. 외곽에서 몰려든 수천 명의 폭도가 수도를 방위하던 근위대와 용기병대를 공격했다. 푸에르타 델 솔에서는 스페인 병사들이 폭도들과 합류하여 프랑스

* 마드리드에 있는 광장.

인들을 향해 산탄총을 쏘았다. 폭동은 3일 화요일까지 이어졌다.

나폴레옹은 마르보 대위의 말을 중단시키고, 전투의 세부 사항보다는 그 결과가 중요한 것이라고 말했다.

그는 뮈라의 마지막 편지를 읽었다. 맘루크 부대가 근위대와 함께 적에게 돌격했다는 내용이었다.

"수천 명에 달하는 스페인 사람들이 죽었습니다. 그들은 필사적이었습니다."

마르보는 말했다. 그들은 그들의 왕가가 프랑스에 인도되었다는 사실을 받아들이지 않았다. 폭도들의 분노는 격렬했다. 심지어 여인과 아이들조차도 프랑스군을 공격하고 있었다.

"폐하, 그들은 우리를 증오합니다. 우리의 승리 이후에도 마찬가지일 것입니다."

나폴레옹은 그의 말문을 막았다.

"거 무슨 답답한 소리인가……."

그는 공원의 한가운데에서 자신을 기다리고 있는 스페인 통치자들을 향해 몸을 돌리면서 콧방귀를 뀌었다.

"대위, 걱정할 것 없네. 스페인 민중들은 유사 이래 가장 허약하고 가장 썩어빠진 행정 때문에 몰락한 조국이 치욕과 무질서 속에서 빠져나오는 걸 보게 되면, 반드시 이성을 되찾을 걸세. 그때 그들은 두 손을 치켜들고 이 황제를 칭송할 걸세."

나폴레옹은 자신만만한 표정으로 마르보의 어깨를 툭 치고는 가볍게 그의 귀를 잡아당겼다. 이것은 스페인 부르봉 가를 쓸어버리기 위해 나폴레옹이 애타게 기다리고 있던 기회, 바로 그것이었다.

갑자기 그는 위엄이 서린 목소리로 페르난도를 불러 모든 소식을 들려주었다. 마드리드에서 폭동이 일어나 양국 모두 엄청난 피를 흘렸다. 뮈라가 이 폭동을 엄격하게 진압했는데, 그것은 매우 정당한 것이었다. 그리고 폭동은 5월 2일과 3일 사이에 완전하게 평정되었다는 이야기였다.

나폴레옹은, 카를로스 4세가 황급하게 아들에게 달려가 '야비한 놈 같으니!' 라고 소리치며 폭동의 책임을 아들에게 돌리는 모습을 바라보았다. 학살의 원인은, 페르난도 7세의 반란과 왕위 찬탈 때문이라는 것이었다. 마리아 루이사 왕비는 아들에게 달려들어 주먹질을 해대며 외쳤다.

"그 피가 네 머리 위로 다시 떨어질 거야!"

나폴레옹은 아귀다툼을 벌이는 스페인 통치자들에게 등을 돌려 멀찌감치 걸어나갔다. 조제핀, 뒤로크, 그리고 여러 귀부인과 그들의 수행장교들은, 스페인 왕과 왕비가 하얗게 질린 채 아무 대꾸도 하지 못하는 그들의 아들을 마음껏 모욕할 수 있도록 내버려두고 있었다.

이제 이들이 땅에 떨어뜨린 스페인 왕관을 집어들기만 하면 되는 것이다.

나폴레옹은 페르난도를 불렀다. 그는 경멸하는 사람을 대하듯 상대방을 거들떠보지도 않고 내뱉었다.

"지금부터 자정까지, 당신 입으로 당신 아버지를 스페인의 합법적인 왕으로 인정하지 않는다면, 그리고 그 사실을 마드리드에 바로 알리지 않는다면, 나는 당신을 반역자로 취급할 것이오."

그 다음 수순은, 카를로스 4세로 하여금 왕위를 포기하게 하면 될 터였다. 뒤로크가 협정에 관한 모든 준비를 완료해놓았다. 나폴레옹은 이 부르봉 가의 후손들에게 돈을 지불할 작정이었다. 마치 부리던 하인을 내보내면서 전별금을 쥐어주듯이.

나폴레옹은 아직 협정서의 내용을 읽지 않았다. 그는 검게 그을린 대들보가 늘어선 마라크 성의 살롱을 서성이며 뒤로크가 낭독하는 협정서 문안을 들었다.

〈콩피에뉴 성과 그 성에 딸린 숲을 카를로스 4세에게 평생 동안 줄 것이며, 샹보르 성은 영구히 그 후손에게 상속케 할 것이다. 또한 프랑스 재무성은 카를로스 4세에게 매년 7백5십만 프랑의 세비(歲費)를 지불할 것이다.〉

이제부터 스페인 국왕과 왕비는 퐁텐블로 성에 머물 것이며, 페르난도는 탈레랑의 발랑세 성에 머물게 될 것이다.

나폴레옹은 홀로 공원을 거닐었다. 그가 니브 강변으로 향한 작은 오솔길을 산책할 때는 밤이 깊어가고 있었다. 그는 성 전체가 깊이 잠들기를 기다렸다. 성 꼭대기에 있는 작은 방으로 기유보를 만나러 가기 위해서였다. 그 방은 너무 더워서 항상 창문을 열어두어야 했다.

그는 들판의 풀내음과 웅성거리는 듯한 이 바람 소리를 좋아했다. 튈르리 궁에서는 갇힌 것 같아 늘 숨이 막혔었다. 그에게는 끝간 데 없이 펼쳐져 있는 지평선과 시원한 바람이 필요했다.

이윽고 그는 몸을 돌려 천천히 성을 향해 걸었다.

나폴리의 부르봉 가를 쫓아냈던 것처럼 스페인 부르봉 가를 축출한 것이다. 이 왕조는 이제 몰락했다. 이 왕조는 권리를 지켜낼 줄을 몰랐던 것이다. 한 개인이나 왕조, 하나의 민족도 마찬가지다. 힘이 부족하면 패배는 당연한 것이다.

스페인 사람들은 황제의 의지를 받아들일 것인가, 아니면 그들의 통치자를 위하여 다시 봉기할 것인가?

그들을 설득해야 했다.

나폴레옹의 걸음이 빨라졌다. 성 안으로 들어서면서 그는 멘느발을 불렀다. 기유보 양은 좀더 기다려야 하리라.

들판에서 나는 풀벌레 소리와 먼 곳의 강물 흐르는 소리가 집무실까지 들려왔다. 나폴레옹은 스페인으로 보낼 성명서를 구술했다.

〈스페인 민중들이여. 오랜 고통 끝에 그대들의 조국은 멸망하고 있다. 나는 그대들의 상처를 외면하지 않을 것이며, 그대들의 쾌유를 위해 노력을 아끼지 않을 것이다. 그대들의 군주는 스페인 왕위에 관한 모든 권리를 나에게 양도하였다. 나의 임무는 바로 그대들의 낡은 전제국가에 젊음의 활기를 불러일으키는 것이리라.

나는 모든 제도를 개선할 것이며, 그대들이 나를 지원해주기만 한다면 어떤 충돌이나 격변도 거치지 않고 그대들이 개혁의 열매들을 마음껏 즐기도록 성의를 다할 것이다.

성스럽고 정당한 군주의 권한과 그대들의 자유와 이익을 조화시키는 새로운 헌법을 그대들에게 약속하면서, 그대들의 영광스러운 왕관을 나 아닌 다른 사람의 머리 위에 씌우도록 할 것이다.

나는 그대들의 후손이 나에 대한 기억을 간직하며, 나폴레옹은 우리 조국의 쇄신자였노라고 길이 칭송하게 되기를 바란다.〉

나폴레옹은 이미 여정에 올랐을 조제프를 떠올렸다. 그가 과연 민중들의 인정을 받으며 스페인의 전권을 거머쥘 만큼 강한 통제력을 가질 수 있을 것인가?

"해야 할 일 중 가장 큰 덩어리는 끝낸 셈이군."

그는 이렇게 중얼거리고는 탈레랑에게 보낼 서신을 구술했다.

〈큰 고비는 넘겼다고 보오. 약간의 소요는 있을 수 있겠지만, 최근 마드리드에서 얻은 교훈을 잊지 않았다면, 부르고스*는 신속한 결정을 내릴 것이오…….〉

누구도 스페인 민중들에게 혁명을 부추겨서는 안 되었다.

〈아스투리아스 왕자가 서툰 짓을 하지 못하게 하는 것이 지금 우리에게 가장 이로운 처방이오. 그러므로 나는 그가 뭔가 즐길

---

* 스페인 북부 카스티야레온 지방 부르고스 주의 주도(州都).

만한 일에 계속 정신이 팔려 있기를 바라오…….〉

페르난도는 풍류에는 일가견이 있는 탈레랑의 성에 머물게 될 터였다.

〈나는 그를 정치의 주변부로, 즉 환락과 감시가 공존하는 당신의 집으로 보낼 결심을 한 것이오.〉

나폴레옹은 창문으로 다가가 정원의 전경을 내려다보았다. 희뿌연 달빛이 성 전체를 휩싸안고 있었다.

멘느발 쪽으로 다시 돌아선 그는 짓궂게 말했다.

"만약 아스투리아스 왕자가 어여쁜 여인에게 넋을 빼앗긴다 해도 언짢아할 일은 아닐 거요. 완전히 넋이 빠지기만 한다면 말이오."

그리고 빠른 걸음으로 방을 가로질러 기유보 양이 기다리는 방을 향해 계단을 올랐다.

아침 일찍 그는 마라크 성의 정원을 산책했다. 가볍게 낀 안개가 푸른 하늘을 어렴풋이 가리고 있었지만, 안개 사이로 햇빛은 눈부시게 비치고 있었다.

조제핀과 함께 보트를 타고 아두르 강을 따라 내려간 그는 바욘 항에 막 입항한 쾌속 범선으로 갈아타고 생 장 드 뤼즈까지 내처 항해했다. 선체가 긴 선박들이 대양의 어두운 빛깔 위에 새하얀 선을 그으며 항해하고 있었다.

배에서 내린 나폴레옹은 조제핀을 모래사장으로 이끌었다.

가끔 강렬한 햇살 때문에 낮 시간이 괴롭기는 했지만, 이 1808년의 5월 말과 6월 초의 날씨는 평온한 여름을 예고하고 있었다.

5월의 마지막 날, 나폴레옹은 뮈라가 아프다는 소식을 전해 들었다. 뮈라의 황달을 알리는 급보뭉치 속에는, 이곳저곳에서 프랑스 군대가 공격받고 있다는 소식도 포함되어 있었다.

〈산적 같은 놈들입니다. 그들은 우리가 산개해서 행군할 때만

공격해옵니다.〉

나폴레옹은 화가 치밀었다. 그는 명령을 거듭했다. 대열을 지어 행군해야 하며, 주민들을 무장해제시키고 마을들을 향해 대포를 쏘아 본보기를 확실하게 보여주어야 했다.

그는 뮈라에게 보내는 서신에서 급보들을 더욱 신속히 전달하도록 하라고 명령했다.

〈정확한 정보를 신속히 전달하는 것, 이것보다 더 중요한 일은 없네. 의사들의 진찰 결과를 보니 다소 안심이 되지만, 안타까움을 금할 수가 없네. 쾌유를 비네.〉

바욘을 떠난 뒤부터 몰아치기 시작한 폭풍우를 헤치고 마침내 마라크 성에 되돌아온 그를 기다리고 있는 첫번째 급보는 발렌시아에서 338명의 프랑스 병사들이 학살되었다는 소식이었다. 칼보라는 이름의 교회참사회원이 이끈 폭도들이 프랑스 주둔군을 급습했다는 것이었다.

급보를 읽다가 그는 생각에 잠겼다.

수도사와 사제들의 사주를 받은 광신도들의 봉기이리라. 확산되는 폭동의 배후에는 교황과 로마 추기경들이 있을 수도 있지 않은가? 사라고사, 바르셀로나, 말라가, 카디스, 바다호스, 그라나다 등의 도시에서 폭동을 알리는 급보들이 연이어 날아왔다. 믿을 만한 소식통에 의하면, 오비에도에서 주민들의 봉기를 선동한 한 교회참사회원은 나폴레옹을 '적(敵)그리스도'라 불렀고, 프랑스 병사들에 대해서는 '악마들의 앞잡이'나 '볼테르의 군대'라 부른다고 했다.

화재는 초기에 진압해야 하리라.

나폴레옹은 참모장 클라르크에게 명령서를 하달했다. 전쟁이 임박해 있다는 풍문이 나돌지 않게끔, 민심을 어수선하게 하지 않으면서 신중하게 예비 병력을 스페인으로 파견하도록 해야 했다.

〈파리를 시끄럽게 하지 않으려면, 여느 때처럼 걸어서 진군해야 하오. 그러나 파리를 벗어난 뒤에는 전속력으로 달리시오.〉

한시라도 빨리 조제프가 마드리드에서 일할 수 있는 준비를 갖춰야 했다.

나폴레옹은 바욘을 벗어난 국경지역에서 조제프를 맞았다. 교황이 스페인의 모든 주교들에게 '프리메이슨 단원이고 이단에다 루터교 신자인 저속한 왕을 절대 인정하지 말라'고 명했다고 믿고 있는 조제프는 걱정이 태산 같았다. 원래 소심한 면이 있기도 했지만, 들려오는 풍문이 워낙 흉흉한 것이어서 조제프는 잔뜩 겁에 질려 있었다.

나폴레옹은 형의 팔을 잡고 만찬이 준비되어 있는 마라크 성으로 향했다. 나폴레옹은 입법회의에 모인 스페인 의원들이 조제프를 군주로 인정했으니 안심하라고 말했다.

"너무 걱정 마시오. 어떤 것도 부족함이 없을 거요. 그곳에 가서 즐겁게 지내면 되는 일이오. 형은 건강만 유념하면 되는 것이오!"

나름대로 스페인에 대한 정보를 갖고 있던 조제프는 머뭇거렸다.

"황제 폐하께 진실을 말하는 신하가 한 명도 없었나 봅니다."

낮은 목소리로 중얼거리던 조제프는 자기 생각을 감히 고백하지 못하겠다는 듯 힘없이 고개를 떨구었다. 그리고 기어들어가는 목소리로 덧붙였다.

"회의에 참석한 소수의 의원을 제외하고는, 나를 군주로 받들 스페인 백성은 전무하다고 알고 있는데……."

—군주의 생각이 이 따위인가? 조제프는 아무런 노력 없이도 왕이 될 수 있다고 생각하는가? 싸울 필요가 없다고 믿는 거야?

"형의 왕국을 평정하는 일은 그리 대단한 일이 아니오."

나폴레옹은 자신의 호언에 사뭇 고개를 돌리는 조제프를 말없이 노려보았다.

—이런 자가 진정 스페인에 필요한 왕이란 말인가? 왜 나 혼자 제국의 모든 일을 감당해야 한단 말인가? 내가 그렇게 혼자라는 말인가?

"필립 5세와 앙리 4세는 자신들의 힘으로 왕국을 정복해야만 했었소."

조제프를 안심시켜야 했다.

"자신감을 가지시오. 그리고 의심하지 마시오. 사태는 형이 생각하는 것보다 훨씬 빨리 진정 국면으로 접어들게 될 것이오."

하지만 상황은 심상치 않았다. 병석에 누워 있던 뮈라가 결국 마드리드를 떠나 후송되는 지경에 이르렀고, 사라고사 지방 전체가 프랑스군의 화력에 맞서 격렬하게 저항하고 있었다. 그런 와중에 영국군들이 스페인에 상륙했다. 마드리드로 진군하는 스페인 군대는 전열을 재정비하고 있었다. 폭동의 불길은 날이 갈수록 스페인 전역으로 번져나가고 있었다.

조제프와 헤어져 마라크 성에 돌아온 나폴레옹은 즉각 성의 정원에서 군대를 편성했다. 그는 망설였다. 나폴레옹은 기병대의 선봉에서 근위대들을 이끌고 마드리드로 진군하고 싶은 전의에 휩싸여 있었지만, 조제프는 국경지역에 도착한 이후 포로로 붙잡힐까봐 겁이 나서 될 수 있는 대로 멀리 도망갈 생각만 하고 있었던 것이다. 조제프는 죽임을 당할까봐 겁이 나, 나폴레옹에게 편지를 보내어 사정하고 있었다.

—형의 서신에 배어 있는 공포는 왕에게 어울리지 않을 뿐만 아니라 내 형제에게는 더더욱 어울리지 않는 것이다.

나폴레옹은 즉각 답신을 보냈다.

〈별로 마음에 들지 않는 서신이었소. 죽음은 아무것도 아니오. 영광스럽게 사는 것이 문제지. 형은 이미 그렇게 살고 있고, 앞으로도 그럴 거라고 믿겠소. 나는 스페인에서 내 능력의 끝이 아니라 지브롤터 해협에 있는 '헤라클라스의 기둥'*을 보게 될 거요. 모든 일이 결말을 맺어가고 있으니 부디 침착하시오.〉

베시에르 원수가 리오 세코의 메디나 전투에서 혁혁한 전과를 올리지 않았는가? 뒤퐁 장군의 군대도 스페인 폭도들에 대항하여 바일렌에서 열렬히 전투에 임하고 있잖은가. 그들은 모든 반역자들을 진압하고 곧 승전가를 부르리라.

나폴레옹은 마라크 성의 정원을 가로질러 진군하고 있는 군대를 바라보았다.

자신이 스페인으로 달려간다면 모든 분란을 해결할 수 있음을 그는 확신하고 있었다. 하지만 장기판 위의 모든 말들을 고려해야 했다. 경찰 첩보원들은, 파리에서도 일부 불순 세력이 음모를 꾸미고 있다고 보고했다. 황제를 비난하는 자들은 몇몇 공화주의자에 지나지 않겠지만, 치안장관 푸셰를 어떻게 믿을 수 있겠는가?

나폴레옹은 제국의 모든 곳에 자기가 있어야 한다고 생각했다. 그는 마드리드에 있어야 하며 파리에도 있어야 했다. 그리고 다시 전열을 가다듬기 시작한 오스트리아를 견제하기 위해 독일에도 가 있어야 했다. 오스트리아는 어떤 목적을 가지고 있을까?

—내가 스페인에 전력하고 있다고 생각하고, 그들은 전쟁을 준비하는 것인가? 불 보듯 뻔한 일이다!

그는 베르티에에게 편지를 띄웠다.

〈오스트리아가 무장하는 한 우리도 무장을 해야 하네. 프랑스

---

* 지중해와 대서양을 연결하는 지브롤터 해협을 사이에 두고 서 있는 두 개의 산을 지칭함. 전략적 · 경제적으로 매우 중요한 지역임.

대군의 전력을 강화하게. 그들과의 전쟁을 피할 수 있는 유일한 방법은, 우리가 도전에 응할 수 있는 만반의 준비를 갖추고 있음을 확실하게 보여주는 것뿐이야.〉

얼마나 되었다고, 또 전쟁인가!

7월 20일, 나폴레옹은 마라크 성을 떠났다. 폭염이 기승을 부렸다. 오슈, 툴루즈, 몽토방, 아장으로 향하는 길 위로 칼날 같은 햇살이 쏟아져내렸다. 이른 새벽부터 들판을 태워버릴 듯이 내리쬐는 폭양을 피해, 나폴레옹은 밤을 이용해 말을 달렸다.

나폴레옹은 파리로 되돌아가기로 결심했다. 북쪽 국경을 좀더 견고히 하는 전략을 선택했다. 현 단계에서 봉기가 진압되지 않는다 하더라도 스페인 문제는 차후에 충분히 해결할 수 있으리라. 그는 그러길 바랐다.

숙영지에 도착할 때마다 그는 애타게 전장의 소식을 기다렸다.

8월 2일 보르도, 그는 급보를 건네주는 부관의 기미가 심상치 않음을 직감했다. 한눈에 급보를 훑어보았다. 바일렌 전장의 뒤퐁 장군이 카스타노스 장군이 이끄는 스페인 폭도들 앞에 항복했다. 깃발과 무기를 압수당한 2만 명의 병사들이 본국으로 귀환하겠다고 합의한 것이다!

나폴레옹은 급보를 내던지고 부르짖었다.

"이런 멍청이! 바보 같은 자식! 뒤퐁, 이 겁쟁이 같으니라고! 피난 보따리를 챙기기 위해 스페인을 잃어버리다니!"

그는 급보를 발로 짓이겼다.

"이렇게 제국의 군복을 더럽힐 수가 있단 말인가!"

그는 지도를 찾았다. 그리고 뒤퐁이 보내온 일련의 급보들을 모두 가져오도록 했다. 참모장 클라르크에게 편지를 썼다. 그는 신경질적으로 휘갈겼다.

〈지금 전하는 서류들은 그 누구에게도 노출시켜서는 안 되네. 이 서류들을 지도와 대조해가며 읽도록 하게. 창세 이후로 이처럼 무력하고 어리석으며 멍청한 일이 없었다는 걸 분명히 알게 될 걸세. 그자는 내가 상상조차 할 수 없는 바보 같은 짓을 저질렀어.〉

끓어오르는 노여움을 좀체 삭일 수가 없었다. 그는 혼자였다. 그의 첫번째 적은 바로 아랫사람들의 무능력과 경거망동, 그리고 어리석음이었다.

8월 5일 금요일, 나폴레옹은 참모들과 파리에서 달려온 몇몇 장군과 함께 로슈포르 성에 틀어박혔다. 그는 독일에 주둔해 있는 전력의 절반을 스페인 쪽으로 이동시키고, 그 지휘권을 네 원수에게 맡겼다.

참모와 장군들이 물러가고 나폴레옹 혼자 남았다.

스페인에서의 항복은, 그가 유럽 대륙을 호령하며 싸워온 이래 최초의 굴욕이었다.

처음이었다.

이를 악물었다.

그는 위장을 물어뜯는 듯한 통증을 견디고 있었다. 적들이 자신의 주위를 둘러싸고 호시탐탐 기회를 노리고 있다는 걸 그는 잘 알고 있었다. 2만 병력의 프랑스 군대가 패배했다는 사실은 잠잠했던 유럽 전역을 회오리바람처럼 휩쓸리라.

그는 전령을 출발시키라고 명령했다. 바일렌에서의 항복이 알렉산드르 1세에게 알려지기 전에 전령이 상트페테르부르크에 도착해야 했다.

약하게 보여서는 안 된다. 적들의 반응을 앞질러 행동해야 했다. 항복이 아니라 계획된 철군인 것으로 보여야 했다. 접견을 요청해오는 프로이센 왕을 만날 필요도 있었다. 프랑스는 그 무엇도 두려워하지 않는다는 사실을 확인시켜야 했다. 아니, 그 어느 때보다 더 결단력 있고 강력해져 있음을 인정하게 해야 했다.

나폴레옹은 프랑스 서쪽 지역에 있는 도시들인 라로셸과 니오르, 그리고 퐁트네를 거쳐 파리로 돌아왔다.

8월 8일 월요일, 그는 '나폴레옹 방데' 지방으로 들어갔다. 그는 기억했다. 1804년 5월 25일, 그 도시의 건설을 결심했던 날을. 그때는 그날을 '혁명력 7년 초원달'이라고 부르던 때였다. 그는 라로슈 쉬르 용이라는 지명을 없애버리고, 자신이 방데를 평정했음을 보여주고 싶었던 것이다.

그는 자그마한 마을의 골목길을 배회했다. 이것이 나의 도시란 말인가? 흙으로 만든 집과 짚벽돌로 만든 이 병사(兵舍) 따위가?

분노가 그를 덮쳤다.

그는 거친 동작으로 칼을 빼 흙벽 깊숙이 찔러넣었다.

이것이 미래를 위해 건설한다는 것인가?

그는 침울했다. 모든 것이 이 토담처럼 무너져버릴지도 몰랐다. 그의 영광, 그의 왕조, 그리고 그의 제국조차도.

하지만 그것이 포기의 원인이 될 수 있을까? 그는 건축 책임자를 즉각 파면시키고 다시 이런저런 명령들을 하달했다.

오직 행동만이 구원을 가져다줄 수 있으리라.

머리를 숙이고서는 그 어떤 것도 얻을 수 없음을, 그는 아주 어린 나이 때부터 체득하지 않았던가.

모든 사람들이 그와 같은 경험을 가지고 있었다면 그는 이렇게 고독하지 않았으리라. 그와 같은 체험을 가진 사람들이 몇이라도 더 있었다면 매순간 싸우라고 하거나, 아니면 저항하라고 부추겨야 할 필요를 덜 느꼈으리라.

생 클루로 향하는 마차 안에서 그는 조제프에게 편지를 썼다.

〈형은 형의 천성과 습관의 극복을 요구하는 사건들과 싸우고 있는 것이오. 뒤퐁은 제국의 깃발을 형편없는 것으로 만들고 말았소. 나는 제국의 명예를 회복하기 위해 파리에 머물게 될 것이오. 내가 지금 이 순간 형과 함께, 그리고 군사들과 함께 있을 수 없다는 것을 생각하면 견딜 수 없을 만큼 고통스럽소. 형은 지금 활기에 차 있고, 잘 지내고 있으며, 군인의 책무를 잘 수행하고 있다고 내게 말해주시오. 지금이야말로 형이 그것을 배울 수 있는 절호의 기회요.〉

지금으로서는 스페인에서 내놓을 다른 카드가 없었다.

조제프에게 내기를 걸어야 했다.

하지만 이 판을 이기기 위해서는 그 자신이 판에 끼어들어야 할 것이었다. 프랑스 대군의 선봉에 직접 서서 마드리드에 입성해야 하리라. 그것이 필요했다. 그래야만 했다.

1808년 8월 14일 일요일 오후 세시 삼십분, 생 클루에 도착하면서 그는 자신이 이곳에 아주 잠시만 머물게 되리라는 걸 알고 있었다.

그는 큰 걸음으로 성큼성큼 궁성의 정원을 가로질렀다.

그는 뒤로크에게, 저녁에 황제를 기리기 위한 성대한 축제가 튈르리에서 열릴 예정이라고 알렸다. 그 다음날이 바로 성 나폴레옹 축일이었던 것이다.

그는 이제 곧 서른아홉 살이 되는 것이다. 나폴레옹은 뒤로크에게 말했다.

"춤이나 추러 가자구."

29
스스로가 전체인 단 한 사람

1808년 8월 14일 일요일 저녁 여덟시가 좀 지난 시각. 튈르리 궁의 대연회실로 들어간 나폴레옹은, 머리를 조아리며 뒤로 물러나는 고관들 한가운데로 걸어가면서 자신에게 쏟아지는 날카로운 시선들을 느꼈다.

탈레랑과 오스트리아 대사 메테르니히가 눈에 들어왔다. 베네방 왕자 탈레랑이 그에게 다가왔다. 경찰 보고서에 의하면, 탈레랑은 '창백한 인간'으로 불린다고 했다. 얼굴에 두껍게 바른 분 냄새 때문에 숨이 막힐 지경이었다. 탈레랑의 입가에는 비웃는 듯한 미소가 희미하게 번져 있었다. 탈레랑은 알고 있었던 것이다. 그리고 여기 모여 있는 모든 사람들이 알고 있었다. 뒤퐁 장군이 항복했다는 것, 웰링턴 장군의 영국군과 맞서 싸우는 쥐노 장군마저

신트라(포르투갈의 도시)에서 같은 상황에 처해 있다는 것, 스페인 군대가 마드리드에 입성했고, 나폴레옹이 스페인 왕으로 봉한 조제프는 도망중이라는 것, 그래서 에브로 강 이남 지역에는 단 한 명의 프랑스 병사도 없다는 것을.

—이자들은 내 표정에서 패배의 쓰라린 흔적을 읽고 싶겠지. 이들은 자문하고 있으리라. 황제는 무슨 생각을 할까, 하고. 권력이 약화되어 흔들리고 있다고 의심하지 않을까, 하고. 그러면서 기회를 엿보고 있겠지. 내가 동요하는 모습을 보이면, 이들은 나를 버리고 배반할 준비를 하리라. 내가 무슨 결정을 내릴까, 생각하고 있겠지. 나는 이들 앞을 지나간다. 수군대고들 있군.

그들은 나폴레옹의 동정을 샅샅이 전해 들었다. 마라크 성 정원에 있을 때나, 아두르 강변이나 니브 강변, 바욘이나 생 장 드 뤼즈 해변가에 있을 때나, 조제핀은 즐겁고 평안해 보였다고 그들은 들었다. 나폴레옹이 이혼을 포기한 것일까? 그들은 궁금해하고 있었다.

푸셰는 시선을 똑바로 한 채 황제를 쳐다보고 있었다. 푸셰는 자신이 추진한 이혼 계획이 취소된 것인지 아닌지 알고 싶은 것이리라. 취소되었다면 조제핀에게 용서를 구하고, 감히 그녀에게 이혼을 제안하려 했던 일을 무마시킬 생각이리라.

나폴레옹은 푸셰의 첩보원들이 벌써부터 빅투아르 가 48번지를 감시하고 있다는 걸 알고 있었다. 그들은 그날 밤 황제가 마리 발레프스카의 집을 찾았으며, 새벽 무렵이 되어서야 그곳에서 나와 생 클루로 돌아갔다는 사실을 푸셰에게 보고할 것이다.

—이들은 나를 주시하고 있다. 좋다, 그렇다면 나는 승리한 다음날과도 같이 결단력 있고 자신감 넘치는 모습을 보여주겠다.

나폴레옹은 살롱의 한가운데에 멈춰 섰다. 사람들이 그를 둘러쌌다. 그는 웃으며 농담을 건네다가 강한 목소리로 말했다.

"평화는 모든 사람의 염원이오. 하지만 영국은 반대하고 있소. 저들은 세계 공동의 적이오. 영국은 상당수의 병력을 스페인에 상륙시켰소. 나는 스페인을 굴복시키기 위해 1군과 2군, 그리고 나폴레옹군을 소집했소."

그는 다부 원수의 팔을 잡고 몇 걸음 앞으로 나가 뒤따라오는 고관들이 알아들을 수 있도록 큰 목소리로 말했다.

"뒤퐁은 우리 군의 명예를 실추시켰소. 그는 무능과 소심함을 모두 드러냈소. 언젠가 여러분들이 이 사건이 어떤 것이었는가를 깨닫게 된다면, 머리카락이 쭈뼛 설 것이오."

그는 주위를 둘러보았다. 고관들은 눈을 내리깔았다.

"나는 그것을 바로잡을 것이오. 저들이 우리의 옷을 더럽혔다면, 바로 저들이 그것을 빨아야 할 것이오."

결코 주저하는 모습을 보여서는 안 된다. 걱정하고 있다거나 약해졌다고 실토해서도 안 된다. 그런 것들은 자신의 내부에서 모조리 몰아내야 했다.

그는 마리 발레프스카의 집으로 향했다. 그녀는 두 팔을 벌렸다. 한 여인의 무조건적인 사랑이 여기에 있었다. 그녀가 그에게 쏟는 젊음과 부드러움은 승리와도 같은 것이었다. 생의 에너지이며 활력이었다.

8월 15일 월요일 오후, 그는 생 클루에서 외교사절단을 맞았다. 그 대사들 역시 아주 사소한 손짓 하나까지도 놓치지 않고 나폴레옹을 염탐하려 들었다. 이런 자리일수록 강하고 확신에 찬 모습을 보이는 것이 최대 관건이었다.

메테르니히에게 다가간 나폴레옹은, 다른 외교관들로부터 좀 떨어진 통로 쪽으로 그를 데려갔다. 그들 쪽으로 다가오는 탈레랑을 고갯짓으로 돌려보내고, 그는 메테르니히에게 미소지으며 낮은 목소리로 말했다.

"저 창백한 인간 말이오, 나는 뭔가를 하고자 할 때, 저 인간은 이용하지 않소. 어떤 일을 그만두고자 할 때에만 저 베네방 왕자와 상의하오. 마치 내가 그걸 원하는 것처럼 꾸미면서 말이오."

갑자기 나폴레옹은 웃음을 거두고 굳어진 얼굴로 이야기를 꺼냈다. 무거운 목소리였다.

"그러니까, 결국 오스트리아는 우리와 전쟁을 하겠다는 거요, 아니면 단지 우리에게 겁을 주려는 거요?"

메테르니히는 놀라는 표정을 지으며, 비엔나측의 호전적 의도를 부인했다. 나폴레옹은 다시 물었다.

"그게 아니라면, 무슨 연유로 그렇게 많은 수의 국민을 징병했단 말이오? 사십만에 달하는 귀국의 국민병들이 부대에 배속되어 훈련을 받고 있소. 광장들엔 군수품들이 쌓여 있고. 내가 볼 때, 귀국이 전쟁을 준비하고 있다는 확실한 증거는 말을 사들이고 있다는 사실이오. 귀국은 현재 포를 끌 수 있는 일만 오천 필의 말을 보유하고 있소."

그는 목소리의 톤을 유지하기 위해 마음을 가다듬었다. 오스트리아의 그런 조치들을 전혀 걱정하지 않고 있다는 모습을 보여주어야 했다.

"나를 두렵게 하고 싶소? 성공하지 못할 것이오. 상황이 당신들에게 유리하다고 생각하시오? 잘못 생각한 것이오."

그는 계속 침착한 태도로 거닐었다. 자신을 지켜보는 다른 대사들의 시선을 느끼며 그가 말을 이었다.

"나의 정치는 정당한 것이므로 어느 것도 감출 게 없소. 독일에 주둔하고 있는 내 군대에서 십만 명을 차출하여 스페인으로 보내겠소. 그리고 나서 당신들의 태도에 맞춰 우리도 움직일 것이오.

만일 귀국이 무장한다면, 우리도 무장할 것이오. 필요하다면 이십만 병력을 동원하겠소. 대륙 안에서 귀국을 도와줄 국가는 어디에도 없을 것이오."

그는 메테르니히를 다시 다른 대사들 쪽으로 천천히 데려갔다.

"내가 얼마나 침착한 사람인지 당신은 잘 알 것이오."

그리고는 그의 팔을 잡았다.

"부르봉 왕가는 나의 개인적인 적이오. 그들과 나, 우리는 유럽의 왕관을 동시에 차지할 수 없는 관계요."

이것이 스페인 문제를 유발시킨 뿌리 깊은 이유였다.

"단순한 야심의 문제가 아니란 말이오."

나폴레옹은 다른 대사들에게 인사하고 살롱을 나왔다.

공격을 앞둔 것과 같은 기다림의 나날이었다. 그러나 그는 초조해하지 않았다. 그는 사람들이 하는 말들과 몸짓 하나까지도 놓치지 않고 분석하고 예측했다.

우선 독일 북부 지역의 평화를 공고히 해야 했다. 메테르니히는 설득되었다. 비엔나는 무기를 내려놓을 것이다. 알렉산드르와의 동맹관계는 어떤 일이 있어도 유지해야 했다. 그를 만나야 했다.

—그와 대화를 나눌 수 있다면, 그를 설득할 수 있으리라.

약속 날짜와 장소는 1808년 9월 말, 에어푸르트로 정해졌다. 이 회담을 통해 몇 달간의 평화를 확보할 것이고, 그 기간은 스페인에서 승리를 거두는 시간이 되리라. 그리고 그때 가서 필요하다면 독일로 되돌아가, 프로이센을 박살냈듯이 오스트리아를 결정적으로 눌러버릴 것이었다.

그것은 장기판 위의 게임이었다.

그는 집무실을 거닐고, 생 제르맹 숲이나 그로부아 숲, 그리고 베르티에의 영지에서 사냥하고, 베르사유나 사블롱 평원에서 군대를 사열했다.

그는 자신의 머릿속에 있는 장기판으로 매순간 미래를 내다보았다. 제롬에게는 머지않아 독일에서 벌어질지도 모를 일들에 대한 준비를 시켰다. 베스트팔렌 왕으로서 제롬은 대비하고 있어야 했다. 나폴레옹은 제롬에게 편지를 띄웠다.

〈지금부터 4월까지 벌어질 일은 예측할 수 없다.〉

그리고 프로이센 왕 프리드리히 빌헬름 3세의 장관인 슈타인의 편지를 그에게 보냈다. 경찰이 입수한 그 편지는, 러시아 군대에서 복무중인 프로이센인 비트겐슈타인에게 보내는 것이었다. 편지에서 프로이센 장관은 독일 전역에서 내대적인 봉기가 일어날 것이라고 전하고 있었다. 프랑스인들은 공격당할 것이고, 부득이한 경우에는 전 국토가 쑥대밭이 될 것이며, 온 국민이 무장하는데도 그 봉기에 가담하지 않는 왕자나 귀족들은 모두 비참한 처지로 전락할 것이라고 적고 있었다.

—슈타인 장관은 내가 기다릴 거라고 생각하는가? 일단 스페인을 정복하면, 독일로 돌아가야 하리라. 나는 내 장기판의 퀸(Queen)인 '대군'을 독일에 둘 것이다.

그는 지도들이 있는 방으로 들어갔다. 스페인 지도에는 에브로강을 향해 진군하고 있는 스페인 세 개 부대의 이동 경로를 표시한 압핀들이 꽂혀 있었다. 그들이 계속 진군하도록 내버려두어야 했다.

눈을 감았다. 반격을 위한 작전도가 머릿속에 그려졌다.

하지만 병력이 필요했다. 1810년도 대상자들을 미리 징병하고, 1806년부터 1809년 사이에 면제받았던 자들에게도 무기를 들려야 했다.

—원성이 자자하다고? 결혼한 남자들은 병역 의무에서 면제시

키기 때문에 여자 사냥이 벌어지고 있다고? 나에게는 병사가 필요하다. 제국 헌병들은 탈영병들을 추적하리라. 독일에서 스페인으로 가는 군대들이 프랑스를 지날 때, 모든 병사들에게 3프랑씩 지급케 하리라.

나폴레옹은 마레에게 말했다.

"병사들이 지나는 도시에서 부를 노래들을 파리에서도 부르도록 하라. 그 노래들은 군대가 이미 얻은 영광, 그리고 앞으로 거둘 영광을 기릴 것이다……."

그는 아주 잘 훈련되고 효율적인 군대를 유지해야 했다.

"모든 여론이 전쟁에 집중되도록 하라."

신뢰를 주고, 병사들의 영웅심을 고취시켜야 했다. 그리고 그들에게 말해야 했다. 그는 구술했다.

〈병사들이여, 다뉴브 강과 비스타 강에서 승리를 거둔 그대들에게…… 나는 오늘 쉴 시간도 주지 않고 조국 프랑스를 지나가게 하고 있다. 병사들이여, 내겐 그대들이 필요하다. 추악한 표범이 스페인과 포르투갈 영토를 더럽히고 있다. 우리 승리의 독수리들이 헤라클레스의 기둥이 있는 곳까지 날게 하자. 병사들이여, 그대들은 이미 당대의 군대들이 얻은 명성을 능가했다. 하지만 라인 강과 유프라테스 강, 일리리아와 타호 강에서 지금과 같은 전투를 승리로 이끌었던 로마 군대의 영광에도 필적한 만한 것이겠는가?〉

그들이 들을 것인가?

나폴레옹은 참모장 클라르크에게 말했다.

"스페인에서 일어나는 모든 사태는 실로 통탄할 만한 것이야. 프랑스인들에게 신뢰를 줄 수 있을 만한 업적은 아무것도 이루지 못했어. 그곳에서 군대를 지휘한 것은 전쟁을 치렀던 장군들이 아니라, 자리나 차지하고 앉아 있는 감독관들 같았다구!"

그는 집무실 탁자 위에 하나의 전문만 남겨놓고 모조리 손등으로 쓸어버렸다.

클라르크는 스페인의 교리문답이 가르치는 것이 과연 무엇인지 알고 있는가? 나폴레옹은 종이를 흔들더니 분노가 뒤섞인 단호한 목소리로 그것을 읽었다.

나폴레옹은 어디서 났는가?
지옥에서 그리고 원죄에서
그의 주요한 직무는 무엇인가?
속이고, 훔치고, 학살하며 억압하는 일
프랑스인을 죽이는 일은 원죄인가?
만일 우리가 그로써 모욕과 약탈로부터
기만으로부터 조국을 구할 수 있다면
그것은 오히려 조국의 부름에 답하는 일.

나폴레옹은 그 교리문답식 선동문을 바닥에 내던졌다. 바로 교황과 주교들이 한 짓거리다!

그는 교회가 권력에 대항하는 무기가 되는 것을 원치 않았다. 그가 교육의 중심을 교회가 아니라 제국의 대학에 두려고 하는 까닭도 바로 이같은 광신으로부터 프랑스를 보호하기 위해서였다.

그는 걸음을 멈추고 클라르크를 내보냈다.

매일 똑같은 싸움이었다. 부르봉 가문에, 그리고 맹목적인 집착에 맞서는 일.

사람들은 있는 그대로의 그의 모습을 받아들이지 않고 있었다. 그가 상징하는 것을 받아들이려 하지 않았다. 그렇다면 정면으로 맞서야 했다. 선택의 여지가 없었다.

9월 21일 수요일, 그는 파리를 시찰했다.

그는 카퓌신 거리에서 마차를 세우고 공사 현장을 둘러본 다음, 사블롱 평원에서 네덜란드 군대 1개 사단을 사열했다. 그는 자신의 군대가 행진하는 것을 지켜보는 일에는 결코 싫증을 내지 않았다.

어느새 어둠이 내려 있었다.

그는 마리를 찾아갔다.

내일 에어푸르트를 향해 길을 떠날 것이라고, 그곳에서 다시 스페인으로 가리라고, 그녀에게 말했다. 발레프스카는 아무 말이 없었지만, 그녀가 걱정하고 있다는 걸 그는 쉽게 짐작할 수 있었다. 그녀는 그가 왜 그렇게 군대의 선두에 서야 하는지 이해하지 못했다. 그는 왜 끊임없이 싸워야 하는가?

나폴레옹은 자신에게 말하듯 중얼거렸다.

"전쟁이 무엇인지 알려면, 많은 전쟁을 치러야 해."

그는 일어나 강한 목소리로 덧붙였다.

"전쟁에서, 사람들이란 아무 쓸모가 없어. 오직 한 사람이 전체를 대신하는 거야."

전체가 되는 단 한 사람.

그가 바로 그런 사람이었다.

30
여기 사람이 있다

1808년 11월 22일 목요일 새벽 다섯시, 사위는 아직 어두웠다. 나폴레옹은 마차에 올랐다. 고개를 돌렸을 때, 조제핀이 그녀를 수행하는 여인들과 함께 회랑에서 나오는 것을 얼핏 본 것 같다는 느낌이 들었다.

그는 제국 근위대의 기병 호위대를 지휘하는 대령에게 곧바로 출발 신호를 보냈다. 마차가 덜컹거리며 샬롱으로 가는 길로 접어들었다.

그는 비로소 자유로움을 느꼈다. 조제핀은 그와 함께 가겠다고 며칠 동안을 졸라댔다. 그가 허락하지 않자 그녀는 집요하게 그를 괴롭히기 시작했다. 저녁마다 코메디 프랑세즈에 가서 연극을 보자고 했고, 축제나 만찬이 있는 자리에 빠지려 하지 않았다. 그녀는 자신은 황후이고, 그러므로 왕들의 모임에 참석하고 러시아 황제와 얼굴을 마주할 권리가 있지 않느냐고 주장했다.

그는 아무런 대꾸도 하지 않았다. 어쨌거나 조제핀과 동행할 수는 없었다.

혼자였다. 아직 결혼하지 않은 젊은이가 된 기분이었다. 그는 덜컹대는 마차에 몸을 내맡겼다. 나폴레옹은 회담장에 모이는 군주들, 아니 그보다 먼저 알렉산드르 1세에게, 왕조의 미래를 공고히 하기 위해 자신에게 걸맞는 새 배우자를 찾고 있다는 사실을 암시할 생각이었다. 그가 생각하는 결혼이 바로 그의 정치의 정점이 될 것이며, 동맹관계를 더욱 강화하는 방법이 될 것이었다. 러시아의 대공녀는 왜 안 되겠는가? 알렉산드르 1세에게는 결혼하지 않은 젊은 누이가 둘이나 있지 않은가?

로렌 지방의 평원 위에 넓게 드리워진 회색 안개 위로 해가 떠오를 무렵 그는 꿈을 꾸고 있었다. 마차는 수시로 속도를 늦추어야 했다. 그는 초조한 몸짓으로 마차 바깥으로 몸을 내밀었다. 길은 수많은 짐마차들과 안장을 얹은 말들이 끄는 대형 마차들, 사륜 마차들, 그리고 제국 군대의 제복을 입은 기병들로 가득 차 있었다.

그는 수많은 마차들 중 하나에 타고 있는 부르구앵 양을 본 것 같았다. 뾰족한 턱에 구불구불한 머릿결, 장난기 어린 눈빛. 샤프탈의 정부이면서도 그에게 몸을 허락하려 했던 그 젊은 여배우를 떠올리며 그는 미소지었다. 밤늦게까지 일하다가 못 볼 꼴을 보고, 장관직까지 내던진 불쌍한 샤프탈!

나폴레옹은 마차의 맞은편 구석에 앉아 있던 멘느발에게 에어푸르트 공연에 참가할 배우들의 명단을 불러보라고 했다.

멘느발의 말을 들으며 그는 중얼거렸다.

"서른두 명이라……."

한 사람당 소요될 여행경비 1천 에퀴를 생각지 않을 수 없었다. 게다가 주연 배우들에게는 수천 프랑을 상금으로 주어질 것까지 고려하면 제법 많은 비용이 들었다.

"나는 이런 화려한 대우로 독일을 놀라게 할 것이다."

그는 노래부르듯, '신나'의 후렴구를 읊조렸다.

왕관을 얻기 위해 저지른 모든 국가적 범죄를
하늘은 우리에게 왕관을 줄 때 용서한다네
과거는 정당한 것이 되고 미래는 허용된다네
거기에 도달할 수 있는 자에게는 죄가 있을 수 없네
무엇을 하였든, 무엇을 하든 그는 처벌받지 않는다네.

그는 그 구절를 반복했다.

"기막힌 구절이야! 특히 한 가지 생각에 항상 집착하며 앙갱 공작의 죽음에 대해서 여전히 떠들고 있는 독일인들을 위해서는 아주 탁월한 구절이지. 이번 기회에 그들의 정신의 폭을 넓혀놓아야 해."

길은 다시 말끔하게 비워졌다. 하늘은 맑았지만 건조하고 차가운 날씨였다. 마을 풍경이 푸른 지평선 위로 선명하게 드러났다.

"그러니까 첫날에는 '신나'를 공연해야 하는 거야. 이 작품은 감상적인 사고에 빠져 있는 자들에게 효과가 있을 거야. 독일에는 그런 자들만 가득하거든."

그는 눈을 감았다.

이것이 바로 그가 벌여야 할 치열한 한판 게임이었다. 명령자인 동시에 승리자가 되어야 했다. 그는 작센과 뷔르템베르크, 그리고 바이에른의 왕들을 초대해놓았다. 독일과 폴란드의 왕자들과 대공들, 공작들 및 외교관들, 그리고 원수들인 우디노, 다부, 란, 베르티에, 모르티에, 쉬세, 로리스통, 사바리, 술트도 초청했다. 샹파니는 물론이고, 탈레랑도 황제 시종장 자격으로 참석할 것이다.

—그들 하나하나를 성공의 으뜸패로 이용해야 한다. 코메디 프랑세즈의 배우들까지도. 차르 알렉산드르를 에워싸고 유혹하면서 오스트리아에 압력을 가하게끔 유도해야 한다. 내가 스페인과 끝장을 보기 전에는, 오스트리아가 전쟁에 끼어들어서는 안 된다.

이것이 바로 이 게임의 요체였다.

그는 중얼거렸다.

"우리는 지금 에어푸르트로 간다. 나는 스페인에서 내가 하고 싶은 것을 마음껏 하다가 자유롭게 돌아올 수 있기를 바라는 거야. 오스트리아가 우리를 두려워하여 자제하고 있을 거라는 확신이 필요해."

—이것이 내게 알렉산드르 1세가 필요한 이유다.

나폴레옹은 서둘러 에어푸르트에 도착하고자 했다. 탈레랑이 먼저 에어푸르트에 도착해서 자리를 잡기로 되어 있었다. 나폴레옹은 스스로에게 물었다. 알렉산드르와 맺을 협정의 문안 작성을 베네방 왕자 탈레랑에게 맡긴 것이 타당한 판단이었는가? 이 협정은 지난번 틸지트에서 맺은 동맹을 강화하고, 만일 오스트리아가 프랑스를 위협하면 러시아가 자동적으로 개입한다는 점을 강조하기 위한 것이었다.

저녁 여덟시, 샬롱에 도착했다. 그는 멘느발과 함께 틀어박혀서 탈레랑이 준비한 협정서 초안을 검토했다. 베네방 왕자는 협정서에서 오스트리아 관련 항목을 빠뜨리고 있었다! 그것이 가장 중요한 항목이었는데 말이다.

어떤 예감이 스쳐갔다.

—창백한 인간, 쉽게 매수되는 인물, 탈레랑. 그는 자기 의향을 반영하려 할 것이며, 비엔나측에 조심스럽게 행동해 자신의 미래를 다져놓으려 할 것이다. 그 역시 나의 몰락을 생각할 것이고, 후계자를 세우지 못하고 내가 죽을 것에 대비할 것이기 때문이다. 그래서 내게는 아들이 필요하다.

그는 우디노 원수에게 보낼 전문을 구술했다. 우디노는 알렉산드르 황제 앞에서 펼쳐질 분열행진을 위해 가장 화려한 최정예 기병대를 에어푸르트에 집결시키는 임무를 맡고 있었다.

〈협상을 시작하기 전에, 나의 강력한 힘을 보여주는 장엄한 군사 퍼레이드를 보고, 알렉산드르 황제가 그 광경에 흠뻑 빠져 정신을 못 차리게 만들어야 하오. 협상의 주도권을 잡는 데 그보다 더 쉬운 일은 없소.〉

그는 메츠, 카이저슬라우테른, 마인츠, 카젤을 거쳐 프랑크푸르트에 잠시 멈췄다. 새벽 네시, 다시 길을 떠나면서 그는 몇 시간 눈을 붙였다. 도중에 군대 사열을 위해 멈춰 섰다. 사람들에게 황제의 얼굴을 보여주어야 했다. 통치한다는 것은 그런 것이다. 9월 26일 월요일, 프랑크푸르트를 지나면서부터 그는 하루 내내 마차에서 나오지 않고 밤새도록 마차를 달렸다.

아침 아홉시, 드디어 그는 베르티에 장군을 대동하고, 라인 연방 영토 안에 있는 프랑스 영지, 에어푸르트에 입성했다.

마차는 게라 강을 따라 달렸다. 호위 기병대가 마차를 둘러싸고 있었다. 주지사 관저로 쓰이는, 마인츠 선제후 대리관 궁전 주변에는 벌써부터 군중들이 몰려 있었다. 황제의 거처가 될 곳이었다. 그는 바로 옆 히르슈가르덴 광장에 도열해 있는 군대를 바라보았다.

그는 원수들의 인사를 말없이 받고, 즉각 캉바세레스에게 보내는 편지를 구술했다. 시간을 허비하고 싶지 않았다. 그는 작센 왕을 만났다. 정작 그가 만나야 할 알렉산드르에게 영향력을 끼칠 수 있는, 이 회합의 참석자들 하나하나를 장악해야 했다.

오후 두시, 그는 말에 올랐다. 그를 에워싼 장군들의 말들이 땅을 박차며 두 앞발을 높이 치켜들었다. 차르를 만나기 위해 황제의 행렬이 바이마르 방향 도로로 나아가는 동안, 호위 기병대는 후위를 지키며 따라오고 있었다.

모든 첫 순간은, 전투 개시의 순간만큼 결정적인 시간이 될 것이다.

뮌헨홀첸에 이르러, 나폴레옹은 말을 세우고 알렉산드르 1세의 마차가 다가오는 것을 지켜보았다. 이윽고 알렉산드르가 마차에서 내렸다. 나폴레옹은 말에서 뛰어내리며 차르를 반갑게 포옹했다. 잠시 인사를 나눈 그들은 말머리를 나란히 하고 에어푸르트를 향해 달렸다. 두 나라의 참모부들이 한데 뒤섞여 그들을 따랐다. 땅을 박차는 말발굽들이 피워올리는 희고 가벼운 먼지들이 맑은 대기 속에 자욱했다.

모든 교회의 종들이 울리고, 축포가 발사되었다. 색색의 제복을 입은 병사들이 받들어총 자세를 하고 있었다.

베네방 왕자 탈레랑과 단둘이 궁에 있게 되자 나폴레옹이 말했다.

"차르는 내가 원하는 것들을 모두 들어줄 것 같소."

콩스탕과 루스탐이 의식 예복을 받쳐들고 왔지만, 그는 무시한 채 계속 서성였다. 나폴레옹이 말을 이었다.

"만일 차르가 공에게 말을 걸어오면, 차르에 대한 나의 신뢰가

굳건하니 모든 일은 그와 나 둘 사이에서 이루어지는 것이 나을 것으로 내가 믿고 있노라고 답하시오. 조인서 서명은 실무를 맡은 장관들이 그 다음에 하면 된다고."

그는 침착하게 생각하며 말했다.

"공이 언급해야 할 것들 중, 지금 이 상황을 고착시킬 수 있는 말들은 모두 내게 유리하게 작용할 것이라는 사실을 명심하시오. 다른 왕들이 뭐라 하든 상관없소. 그들은 나를 두려워하고 있을 테니까."

게임은 지속되어야 했다. 오스트리아 황제와 프로이센 왕은 에어푸르트에 오지 않을 것이 분명했다. 이번 대담이 화려한 축제 분위기 속에서 길어질 경우, 그들은 자신들에게 닥칠 최악의 상황을 생각하게 될 것이다.

알렉산드르가 콜랭쿠르와 함께 도착했다. 나폴레옹은 차르에게 두 팔을 벌려 반기며, 탈레랑을 소개했다.

차르가 나폴레옹에게 말했다.

"이 시종장과는 오랜 친구요. 이렇게 만나게 되어 기쁘오. 시종장도 함께 여행할 수 있으면 좋겠소."

나폴레옹은 탈레랑과 상트페테르부르크 주재 대사 콜랭쿠르를 차례로 쳐다보았다. 콜랭쿠르는 차르와 함께 에어푸르트에 왔다. 탈레랑과 콜랭쿠르, 이 두 사람은 차르와 가까워 보였다. 그렇다면 이들은 공모자란 말인가? 이들은 차르에게 지나치게 굽신거리고 있잖은가. 나폴레옹은 신경이 곤두섰다. 자신을 괴롭히는 이 의혹을 떨쳐내고 싶었다. 무엇보다 알렉산드르 1세를 설복시켜야 하는 것이다.

다음날인 1808년 9월 28일 수요일, 나폴레옹은 주지사 공관에서 오스트리아 황제 프란츠 1세의 친서를 가져올 빈센트 남작을 기다렸다. 살롱의 분위기는 숨이 막힐 정도였다. 원수들이 탁자 주위에 몰려들었다. 차르는 자신의 장교들에 둘러싸여 있었다. 나폴레옹은 차르가 오스트리아 원수 카를 대공과 독일어로 대화를 나누는 것을 들었다.

탈레랑은 무표정한 얼굴로 탁자 반대편에서 몇 걸음 떨어져 있었다. 어슴푸레한 빛 속에서 나폴레옹은 콜랭쿠르를 알아보았다. 그 둘은 결코 마음에 들지 않았다.

그날 아침, 알렉산드르와 대화하면서 그는 차르가 몸을 사리고 있다는 인상을 받았다. 차르는 오스트리아에 대항하는 동맹을 의제로 삼는 것을 꺼렸다. 만일 그렇게 된다면, 오스트리아는 프랑스를 공격할 것이다. 그는 알렉산드르의 거처에서 예기치 않았던 결정적인 징후를 포착했다. 과장되게 꾸민 예의와 우호적인 태도 뒤에 숨겨진 차르의 망설임과 냉랭함을 말이다!

이것은 아직 첫 만남에 지나지 않았다. 그러나 차르가 호응해오지 않는 것은 놀라운 일이었다.

—그는 우리의 동맹관계를 발전시키고 싶어하지 않는 것 같다. 마치 나의 책략과 목적을 다 알고 있다는 듯이.

나폴레옹은 왼손을 조끼 사이로 찔러넣었다. 빈센트 남작이 도착했다. 그는 왼손을 조끼춤에 그대로 둔 채 오른손을 내밀어 빈센트가 건네는 오스트리아 황제의 서한을 받았다. 그는 편지를 읽은 다음, 다음날 개인적으로 남작을 접견하겠노라고 말했다. 그리고는 물러나와 틀어박혔다.

비엔나로부터 도착한 전문에 따르면, 오스트리아는 여전히 무장을 강화하고 있고, 뮈라를 나폴리 왕으로, 또 조제프를 스페인 왕으로 인정하지 않고 있었다.

오스트리아는 무엇을 원하는가? 만일 알렉산드르가 비엔나에 압력을 넣으려 하지 않는다면, 전쟁으로 치달을 것이다. 그런 일이 불가피하다 해도, 그건 스페인 문제가 해결된 이후라야 했다. 가능한 한 늦게 촉발되도록 해야 하는 것이다.

그는 빈센트 남작을 접견했다. 나폴레옹은 오스트리아 황제 사절로 하여금 자신의 분노와 단호한 입장을 느끼게 하고 싶었다.

"내가 오스트리아를 항상 내 갈 길을 가로막는 존재로 생각해야겠소? 나는 귀국과 지성적인 차원에서 좋은 관계를 맺고 싶었소……."

그는 주지사 관저의 살롱을 둘러보았다. 빈센트 남작에게는 눈길을 주지 않았다.

"귀국이 주장하는 바가 도대체 뭐요? 프레스부르크 조약으로 귀국의 운명은 이미 돌이킬 수 없는 것이 되었소. 귀국이 원하는 것이 전쟁이오?"

나폴레옹은 앞에 있는 빈센트를 뚫어져라 쳐다보며 다가갔다.

"나는 전쟁을 준비할 것이오. 당신들은 그 전쟁을 처절하게 치러야 할 것이오. 나는 전쟁을 원하지도, 또 두려워하지도 않소. 내가 동원할 수 있는 수단들은 엄청나며, 알렉산드르 황제는 현재 내 동맹자이자 앞으로도 그러할 것이오."

확실한가?

그는 매일 차르를 만나 아침에는 협상을 진행하고, 오후에는 함께 사냥을 나갔다. 사냥은 예전에 전투를 벌였던 예나의 전장까지 이어졌다. 사냥감을 포위한 뒤 그들은 총을 쏘았다. 새며 산돼지, 사슴 따위가 피투성이가 되어 군주들 앞에 던져졌다.

나폴레옹은 사냥터에서 물러나 군주들을 접견할 막사로 들어갔다.

그는 아무리 사냥이라고 해도, 인간들 사이에 분쟁이 있었던 곳에서 벌어지는 살육은 마음에 들지 않았다. 사냥터는 잔인하고 무용한 푸줏간이나 다를 바 없었다.

전투에 대한 이야기를 나누면서 불쾌한 기분이 가셨다. 나폴레옹의 말을 주의깊게 듣고 있던 알렉산드르가 찬탄을 표시했다. 나폴레옹은 차르의 표정을 놓치지 않았다.

—내가 그를 손안에 넣은 것인가?

연극을 관람하면서 차르는 열광했다. 볼테르의 '오이디프스' 가운데 한 장면에서, 탈마가 '위대한 인물과 맺은 우정은 신들의 은총이다' 라고 선언할 때, 알렉산드르는 몸을 기울이며 보란 듯이 나폴레옹의 손을 꽉 잡았다. 나폴레옹은 그의 손을 맞잡으며 생각했다.

—이자를 믿어야 하는가? 내가 이 동맹관계를 굳게 신뢰하고 있고, 알렉산드르가 오스트리아에 대항하여 내 편을 드는 협약에 서명할 것을 확신하는 것처럼 행동해야 한다.

궁으로 돌아온 나폴레옹은 집무를 시작하며 콜랭쿠르를 맞아들였다.

대사는 평소처럼 진중한 태도였다. 나폴레옹이 물었다.

"대사는 내 계획이 무엇이라고 생각하나?"

콜랭쿠르가 한참 머뭇거리다가 대답했다.

"폐하, 통치는 폐하 혼자서 하시는 것입니다."

나폴레옹이 어깨를 으쓱했다.

"하지만 프랑스는 큰 나라 아닌가? 내가 무엇을 바랄 수 있겠나? 나는 스페인 문제와 영국과의 전쟁 때문에 만사가 지긋지긋해."

나폴레옹은 자리에서 일어나 콜랭쿠르 주위를 거닐며 그를 예의주시했다.

"스페인. 거기서는 짜증나고 불쾌하기까지 한 상황들이 무슨 경쟁이라도 하듯이 터지고 있네. 하지만 그게 러시아인들에게 무슨 상관이겠나?"

그는 다시 한번 어깨를 으쓱한 뒤 말을 이었다.

"그들은 폴란드를 분할 통치하는 문제에서는 그렇게 까다롭지 않았네. 스페인은 러시아와는 아무 상관없는 내 소관 사항일 뿐이야. 이것이 그들에게 필요한 관점일세. 그들은 지금 뭔가에 홀려 있는 거야."

그는 계속 거닐었다.

"모든 정치적인 문제는, 민중의 이익과 공공의 평화, 국가 간에 필요한 균형 등에 따라 이루어지고 처리되는 법이네 …… 마드리드 궁정에서 벌어지고 있는 음모가 그 나라를 불행으로 몰고 간 상황에서 나는 내가 해야 할 일을 한 걸세."

그는 친근함의 표시로 콜랭쿠르를 툭 쳤다.

"나는, 약함, 어리석음, 비열함 그리고 스페인 왕자들의 기만을 낳은 모든 정황들을 고려할 수는 없었네. 하지만 스스로 해결책을 갖고 있다면, 무슨 문제가 되겠나? 자신이 뭘 원하는지 알기만 한다면!"

알렉산드르는 그런 점을 이해할 수 있을까?

차르는 이해해야 했다. 나폴레옹은 앞으로 열릴 회합에서 그런 점들을 설득시키리라. 당장 내일부터.

나폴레옹은 활기찬 표정으로 알렉산드르에게 이야기했다. 가끔 그는 말을 하다 말고, 매혹적으로 웃고 있는 차르를 바라보았다. 차르는 나폴레옹의 말을 인정하는 것처럼 보였다. 그런데 느닷없이 차르는 자신을 매혹시킨, 재주가 뛰어난 여배우 부르구앵에 대해 언급하면서 물었다. 그녀는 상냥하오?

나폴레옹은 미소지었다. 연장자인 자신이 경험이 풍부하다는 것을 느꼈다. 나폴레옹이 대답했나.

"폐하께서 유혹을 이겨낼 수 있기를 바라오."

나폴레옹은 마치 군대 동료를 대하듯, 상대방의 사정을 잘 알고 말하는 것처럼 들리게 하려고 애썼다. 상대가 장교이든 왕이든, 인간은 같은 옷감으로 재단된 존재들이다. 그는 부르구앵이 수다쟁이라고 덧붙였다.

"닷새 후면, 파리 전체가 폐하의 머리끝부터 발끝까지 모조리 알게 될 것이오."

알렉산드르는 웃으며 몸을 기울였다. 그리고는 공모자의 눈길을 보내더니 방을 나갔다.

나폴레옹은 확신하고 있었다. 틸지트에서 맺어놓은 알렉산드르와의 친밀한 관계를 계속해서 더욱 촘촘하게 짜나가고 다시 꿰매놓아야 했다. 그가 알렉산드르로부터 확신을 얻기 위해서는 둘 사이의 관계가 오스트리아에 대항하는 보장책으로까지 확대되어야 한다는 점을 이해시켜야 하리라.

저녁나절, 코메디 프랑세즈에서 '페드르'가 공연되는 동안 그는 차르를 세심하게 배려하는 모습을 보였다. 귀빈석에는 프로이센의 루이제 왕비와 자매지간인 작센 힐트부르크하우젠 공작부인을 초대해놓았다. 알렉산드르가 프로이센에 집착하므로 나폴레옹으로서는 프로이센인들을 다독여둘 필요가 있었다. 차르는 사람들이 자신을 어떻게 배려하는가에 대해 민감한 사람이었다.

연주회와 만찬 석상에서뿐만 아니라 매일 열리는 상견례와 연회에서 나폴레옹은 더 한층 그를 배려했다.

차르의 환심을 사야 했다. 나폴레옹은 자신이 알렉산드르에게 끌리고 있음을 느꼈다. 유럽의 군주들 중에서 그가 경멸감을 느끼지 않는 군주는 알렉산드르 한 사람뿐이었다. 차르와는 환상도 위선도 없는, 신뢰와 우호의 관계를 유지하고 싶었다.

그날 밤 극장에서 돌아온 그는 잠을 이루지 못했다.

한밤중에 그는 갑자기 숨이 차고, 가슴에 강한 통증을 느꼈다. 땀에 흠뻑 젖은 몸으로 눈을 떴다. 그는 자리에서 일어나 방 안 가득 일렁이는 어둠을 바라보았다. 알렉산드르의 측근들에 의해 자행된 차르 파벨 1세의 암살 사건이 떠올랐다. 알렉산드르, 그는 존속 살해를 저지른 아들이었다.

그는 몸을 웅크렸다. 콩스탕과 루스탐이 방에 들어서는 게 보였다. 그들은 땀에 흠뻑 젖은 황제의 몸을 닦아주었다. 나폴레옹은 일어나 조제핀에게 편지를 썼다.

〈나의 연인이여, 당신에게 거의 편지를 쓰지 못했소. 무척 바빴소. 하루 종일 회담을 하느라 감기를 다스릴 시간조차 없었소. 그렇지만 모든 게 잘 돌아가고 있소.〉

잠시 망설이던 그는 단숨에 써내려갔다.

〈나는 알렉산드르에게 만족하오. 그는 내 사람이 되어야 하오. 그가 여인이었다면, 나는 그를 연인으로 삼았을지도 모르겠소. 곧 그대에게 갈 것이오. 살도 좀 오르고 활기도 되찾았으리라 생각하오. 잘 지내요. 안녕, 나의 연인이여. 나폴레옹.〉

바이마르에서 열린 연회에서 나폴레옹은 기품 있게 춤을 추는 알렉산드르를 바라보았다.

나폴레옹은 뒷짐을 지고 연회장을 한 바퀴 돌았다. 군주들이 허리를 굽혀 예를 표했다. 키 작은 작가 괴테가 눈에 들어왔다. 어느 날 아침, 괴테는 나폴레옹의 아침 인견에 참석하기 위해 에어푸르트로 왔다. 나폴레옹은 그에게 다가가 말했다.

"괴테 선생, 이렇게 만나게 되어 아주 기쁘오."

그는 주위를 둘러보았다. 연회실에는 알렉산드르를 제외하면 온통 인형들이나 꼭두각시들뿐이었다. 갖가지 제복과 장식 속에 멍청함을 감추고 있는 작자들. 그는 괴테를 바라보았다.

—여기, 사람이 있군.

"괴테 선생, 당신이야말로 위대한 사람이오. 나는 당신이 독일에서 제일가는 비극 시인이라는 것을 알고 있소."

괴테 가까이에는 극작가 빌란트*가 있었다.

"빌란트 씨, 우리는 당신을 독일의 볼테르라고 부른다오."

나폴레옹은 말을 마치고 몸을 돌려 여전히 춤추고 있는 알렉산드르를 바라보고는 다시 말을 이었다.

"그런데 왜 당신들은 소설을 역사 속에, 역사를 소설 속에 옮기는 애매한 장르에서 글을 쓰는 거요? 당신들처럼 뛰어난 분들이라면, 분명하고 독자적인 장르에 자리를 잡아야 하는 것 아니오? 이것저것 뒤섞이게 되면 이내 혼란으로 이끌리는 법이오……."

빌란트가 말했다.

"인간들의 사고란 때로는 그들의 행동보다 더 가치가 있습니다. 좋은 소설들은 때로 인류보다 더 고귀한 것이지요."

나폴레옹은 머리를 저었다.

"허구 속에서 항상 미덕을 표현하려는 사람들에게 어떤 일이 일어나는지 아시오? 미덕을 고단한 짐에 불과한 것이라고 믿게 하는 거요. 역사는 자주 역사가들 자신에 의해 비방당해왔소……."

그는 잠깐 말을 멈췄다가 다시 말을 이었다.

"타키투스**는 위대한 인물이지만, 그보다는 인류의 부당한 비방자라는 것을 아시오? 나는 타키투스에게서 아무것도 배우지 못했

---

* 독일의 시인이자 문필가, 1733~1813.

** 로마의 웅변가, 역사가.

소. 가장 단순한 행동일 뿐인데도, 그는 그 속에서 범죄의 동기를 찾아낸단 말이오. 내가 틀렸소, 빌란트 씨?"

그는 연회장을 가리키며 말했다.

"내가 당신들에게 방해가 되었소이다. 타키투스에 대해 말하려고 모인 게 아닌데 말이오. 보시오, 알렉산드르 황제가 얼마나 춤을 잘 추는지."

나폴레옹은 빌란트가 자신을 '작가로서 말하는 황제'라고 칭하는 말을 들었다. 빌란트가 말했다.

"저는 폐하께서 이런 칭호를 멸시하지 않으시리라 생각합니다."

나폴레옹은 기억을 떠올렸다. 어느덧 아주 먼 과거의 얘기가 되고 말았지만, 발랑스의 한 작은 방에서 기거하던 시절, 그는 때로 장 자크 루소와 같은 작가가 되기를 꿈꾸었다. 빌란트와 괴테는 그의 앞에서, 언젠가 이성에 의해 다스려질 인간들의 정념에 대해 말하고 있었다.

나폴레옹은 발걸음을 떼어놓으며 단언하듯 말했다.

"이성, 그것이 바로 우리의 철학자들이 말하는 것이오. 어디에서도 보지는 못했지만, 나는 이성의 힘을 추구하오."

불현듯 싫증이 났다. 분으로 칠갑한 군중들 가운데 혼자 있다는 이물감이 들었다. 그는 문득 자신이 알렉산드르에게 속고 있다는 심증을 굳혔다. 차르를 나폴레옹 자신의 입장으로 끌어들이는 데 성공하리라 과신하면서, 결국 착각하고 있었다는 사실을 깨달은 것이다.

—황제가 탈레랑이나 콜랭쿠르 같은 측근들에게서도 지지를 받지 못하고 있다는 것을 누가 알기나 하겠는가? 그 두 인간은 그들 나름대로 게임을 벌이고 있다. 능란한 탈레랑은 돈의 노예이고, 콜랭쿠르는 평화를 갈구하고 있다. 내가 승자가 되지 못하도

록 나의 전략을 까발리기 위해 만반의 준비를 하고 있는 자들 아닌가?

피로가 온몸을 덮쳐와 몸이 한없이 가라앉는 느낌이었지만, 그는 밤새도록 깨어 있었다. 숨쉬기조차 힘들었다. 복통까지 몰려왔다. 배가 터질듯 부풀어오르는 느낌이었다. 그는 정신을 가다듬기 위해 조제핀에게 몇 줄의 편지를 썼다.

〈그대의 편지, 잘 받았소. 그대가 잘 지내고 있다니 기쁘기 그지없소. 난 바이마르의 연회에 참석했소. 난 그렇지 못한데, 알렉산드르 황제는 춤을 잘 추더군. 나이 마흔은 속일 수 없는 모양이오. 내 건강은 좋소. 사실 약간의 통증들이 있기는 하지만. 안녕, 나의 연인이여. 그대를 생각하오. 곧 만날 수 있기를 바라오. 나폴레옹.〉

다음날 아침, 그는 차르의 의도를 확실하게 알아봐야겠다고 결심했다.

매일 회담이 열리는 살롱에 들어설 때마다 흥분해서 떠드는 차르의 말에 나폴레옹은 매번 호응해주곤 했지만, 이날은 못 들은 체했다. 차르는 바이마르의 연회와 러시아 황후의 동생이자 바덴 지방의 왕세자인 카를의 부인, 스테파니 드 보아르네 공주의 우아함과 눈에 띄는 자태에 대해 열정적으로 이야기했다. 차르가 말했다.

"스테파니 드 보아르네는 나의 처남댁이오."

가만히 듣고 있던 나폴레옹은 건조한 목소리로 오스트리아와 그들의 전쟁 위협에 대해 말을 꺼냈다.

"오스트리아는 프랑스에 압력을 가하고 있소. 폐하의 외교적 개입만이 평화를 유지시킬 수 있는 유일한 방법이오. 폐하께서는 이 문제에 개입할 결심이 서 있소?"

알렉산드르는 그의 말을 못 들은 체했다.

그의 견해를 알아야만 했다.

나폴레옹은 자신의 모자를 집어던졌다. 차르의 정확한 답을 들어야겠다고 외치며 모자를 짓밟았다. 알렉산드르는 자리에서 일어나 문 쪽으로 향하며 말했다.

"폐하께서 난폭한 사람이라면, 난 아주 고집이 센 사람이오. 나와 있을 때 화를 내면 아무것도 얻지 못할 거요. 대화를 하고 의견을 모아야 하오. 그럴 수 없다면 난 떠나겠소."

나폴레옹은 다시 웃으면서 그의 팔을 잡았다. 차르를 살롱의 한가운데로 이끌고 간 그는 차르와 함께 앉으며 대화를 풀어나갔다.

"스테파니 드 보아르네는 재치 있는 여인이지요."

그는 이제 간파한 것이다.

알렉산드르는 오스트리아에 대항해 프랑스 편에 서는 동맹에 결코 서명하지 않으리라는 걸.

드디어 서로의 입장이 분명해졌다.

헛되이 간청하느라 며칠을 허비했다. 하지만 속지는 않았다. 그가 예견했던 대로, 탈레랑은 비엔나에 매수되어 알렉산드르로 하여금 끝까지 버티도록 부추긴 것인가? 이 배신의 증거를 과연 손에 넣을 수 있을까?

하지만 사람이든 사물이든 모두 그렇다. 모든 것에는 이면이 있는 것이다. 그러한 점들을 정면으로 직시하며 목표를 바꾸어야 했다. 비엔나가 일으키려는 전쟁, 그 피할 수 없는 전쟁을 가능한 한 유예시켜야 했다.

어쨌거나 다시 이곳, 독일에서 전쟁을 치러야 하리라.

그는 비통한 심정으로 풍경을 둘러보았다. 끝내 평화를 이뤄내지 못했다. 지금 여기, 에어푸르트에서 지내는 삶으로부터 자신이 떨어져나가는 듯한 느낌이었다. 그는 이미 이곳을 떠나 다른 곳, 스페인에 가 있었다. 에어푸르트를 떠나 스페인으로 갈 것이다. 그곳을 내달릴 것이다. 그리고 그 이후에 오스트리아 군대와 맞서 싸워야 하리라.

그는 별로 내키지 않는 저녁식사 자리에 참석했다.

오른편에는 차르, 그리고 베스트팔렌 왕과 뷔르템베르크 왕이, 왼편에는 바이마르 공작부인과 바이에른 왕, 작센 왕이 자리잡았다. 나폴레옹은 독일 헌법의 기원에 대해 이야기했다. 사람들은 그의 박식함에 놀라고 있었다. 그는 주변에 모인 군주들을 휘둘러보았다.

그는 군대 시절을 떠올렸다. 수년 동안 빼곡하게 주석을 달며 읽고 연구에 골몰하던 그 시간들을. 군주들을 하나하나 뚫어지게 쳐다보았다.

"내가 포병대위였을 때……."

이렇게 운을 떼며 그는 다시 이야기를 시작했다.

"내가 포병대위가 되는 영예를 차지했을 때……."

자신감과 자부심에서 우러나온 행동에 대해 그는 후회하지 않았다. 그는 그런 사람이었다. 그는 황제였다. 알렉산드르와의 관계에 전술을 바꿀 필요가 있었다. 그는 이렇게 해서 전쟁터로 나가는 것이다. 적을 쳐부술 수 없다고? 날개를 꺾어놓으면 된다. 그가 물러설 것이라고 상상하지 말라. 오히려 그는 독일이나 오데르강 유역에서 차지하고 있는 어떤 전략적 요충지도 양보하지 않을 것이었다. 그곳들은 장차 전쟁에서 매우 유용한 가치를 발휘하리라. 차르 알렉산드르는 막을 생각을 않고 있고, 비엔나에서는 강력히 원하고 있는 그 전쟁에서 절대적으로 필요하리라.

탈레랑이 접견을 요청했다. 나폴레옹은 그의 말을 경청했다. 베네방 왕자는 나폴레옹에게 자제와 타협을 종용했다.

나폴레옹은 그를 뚫어져라 바라보다가 무심하게 말했다.

"탈레랑, 당신은 부유하오. 내가 전쟁을 위해 돈이 필요할 때면, 바로 당신에게 도움을 청하겠소. 자, 양심에 손을 얹고 말해보시오. 나를 통해 얼마나 벌어들였소?"

탈레랑이 괴로워하지도, 뭔가를 털어놓지도 않으리라는 걸 나폴레옹은 잘 알고 있었다. 나폴레옹은 좀전에 던진 질문에 대답을 기다리지도 않고 말을 이었다.

"나는 알렉산드르 황제와 아무것도 이루어내지 못했소. 나는 그가 여러 측면에서 생각할 수 있도록 이끌었소. 하지만 그는 생가이 짧았고, 결국 나는 한 발자국의 진전도 보지 못했소."

콜랭쿠르가 살롱으로 들어왔다. 나폴레옹은 그를 향해 몸을 돌렸다.

"자네의 황제 알렉산드르는 암노새처럼 고집이 세더군. 듣기 싫다고 아예 못 들은 척하더군. 이 끔찍스런 스페인 문제 때문에 나는 많은 대가를 치르게 될 거야!"

탈레랑이 말했다.

"알렉산드르 황제는 폐하께 완전히 매혹되었습니다."

나폴레옹이 냉소적으로 응수했다.

"그에게서 그런 모습을 보았다면, 당신은 속은 거요. 그가 그토록 나를 좋아했다면, 어째서 새로운 동맹의 조인서에 서명하지 않았겠소?"

오데르 강 유역의 요충지들에 대한 이야기를 다시 꺼내며 아마도 그곳에서 철수해야 할 것이라고 주장하는 탈레랑의 말을 그는 중단시켰다.

"당신이 나에게 권하는 것은 쇠락의 시스템이오!"

나폴레옹은 소리를 질렀다.

"내가 만일 그렇게 한다면, 온 유럽이 나를 어린아이 취급 할 거요."

그는 탈레랑과 콜랭쿠르를 무시하고 신경질적으로 코를 킁킁거리며 살롱의 한가운데로 걸어갔다. 모든 상황을 이용해야 한다는 것을 그는 이미 배웠다. 함부로 굴복해서는 안 된다는 것도. 영지를 양도하기 위해 에어푸르트에 머물고 있지는 않으리라.

나폴레옹은 탈레랑에게 다가가며 말했다.

"나와 함께 올바로 걷는 사람이 아무도 없는 이유를 당신은 아시오? 그것은 후계자인 아들을 갖지 못한 채 내가 늙어 죽을 때까지 프랑스 전체를 내 머리에 이고 있어야 하기 때문이오. 이것이 바로 당신이 여기에서 본 모든 사건의 진정한 비밀이오. 사람들은 나를 두려워하고, 될 수 있는 한 다들 빠져나가려고 하오. 이것이 모든 사람들에게 내재되어 있는 나쁜 측면이지. 그리고……."

그는 한마디 한마디를 자르는 듯한 어조로 말을 이었다.

"……그리고 언젠가는 그런 면을 치유해야 할 것이오. 계속 알렉산드르 황제를 지켜보시오. 아마도 내가 그를 좀 놀라게 한 것 같소. 하지만 나는 우리가 좋은 결말을 맺고 헤어지기를 바라오……."

그는 탈레랑과 함께 나가려는 콜랭쿠르를 불러 세웠다.

자신의 새 결혼에 대해 차르가 어떻게 생각하고 있는지 알아보아야 했다. 왕조 창건을 위한 아들을 얻기 위해 제기된 새로운 결혼에 대한 차르의 생각을.

콜랭쿠르는 깜짝 놀라는 모습을 보이며 거북스러워했다.

나폴레옹이 말했다.

"그것은 알렉산드르가 진정 나의 친구인지, 그리고 프랑스의 행복에 대해 진정어린 관심을 갖고 있는지를 확인하기 위한 거야.

내 행복을 위해서가 아닐세. 나는 절대로 행복해질 수 없을 걸세. 나는 조제핀을 사랑하기 때문이야. 차르의 생각을 들으면, 내게는 희생의 의미를 지니게 될 조치에 대해 군주들이 어떠한 의견을 갖고 있는지 알 수 있게 된단 말이야. 나의 가족, 탈레랑과 푸셰, 그리고 모든 고위직 인간들은 프랑스의 이름으로 내게 그런 희생을 요구하고 있어. 사실, 민중들로부터 신망도 얻지 못하는데다가 능력도 없는 내 형제들보다는 한 사내아이가 더 많은 안정을 가져올 거야…… 자네는 혹시 으젠이 황통을 잇기를 원하나? 아니지, 양자는 새로운 왕조를 창건하기에는 적합치 않아. 나는 그를 위해 다른 계획들을 갖고 있네."

에어푸르트에는, 나폴레옹이 뿌려놓은 이혼에 대한 생각만 남게 되리라. 만약 이혼할 경우에 대비해 차르에게는 미리 생각할 여유를 주고, 유럽 군주들에게는 놀라지 않도록 하기 위해 흘려놓는 것이다. 사람들이 이 문제에 관해 알렉산드르에게 묻도록 하고, 나폴레옹은 여전히 차르를 전적으로 신뢰하고 있다고 믿게 할 생각이었다.

10월 12일 수요일, 나폴레옹은 틸지트에서 맺은 동맹과 달라진 게 거의 없는 협정서에 서명했다. 손끝으로 간단히.

나폴레옹은 베르티에에게 중얼거렸다.

"나는 암울한 미래를 보지 않으려고 눈을 감고 서명했네."

그러나 그는 그 미래를 이미 보아버린 사람이었다.

그는 알렉산드르에게 영국 왕 조지 3세 앞으로 편지를 보내자고 제안했다. 그는 문안을 선택했다.

〈평화는 대륙의 국민과 대영 제국 국민 모두의 이익이 걸린 문제요.〉

'유럽의 평화'를 위해 '피비린내 나는 오랜 전쟁'에 종지부를 찍어야 했다.

물론 영국은 그 문안을 거부할 것이다.

1808년 10월 14일 금요일.

나폴레옹은 바이마르로 향하는 길에서 알렉산드르와 함께 말을 달렸다. 그는 자신의 주변에서 선회하고 있는 참모들을 바라보았다. 군대들이 그에게 경의를 표했다. 그는 멀리서 울려퍼지는 에어푸르트 교회의 종소리를 들었다. 축포가 발사되었다.

18일 전, 알렉산드르 1세를 맞이했던 바로 그 자리에 말을 세웠다. 환상과 희망이 모두 땅에 떨어져 뒹굴고 있었다.

차르의 마차는 호위대와 함께 대기하고 있었다.

그는 알렉산드르를 포옹했다. 그는 알렉산드르의 어깨를 잠시 끌어안고 있었다. 그리고는 차르가 마차에 오르는 모습을 지켜보았다.

몸이 무겁게 가라앉았지만, 그는 천천히 말에 올라 에어푸르트로 가는 길로 다시 접어들었다.

대기는 정적에 휩싸여 있었다. 종소리도, 축포 소리도 그친 뒤였다. 뚜벅뚜벅 걷는 말발굽 소리만, 고집스레 내리는 부슬비에 젖은 땅을 구르며 무겁게 울려퍼지고 있었다.

나폴레옹은 홀로 앞서 나갔다. 참모들이 뒤를 따르고 있었다.

그는 고개를 떨군 채 타고 있는 말에 몸을 내맡겼다.

질끈 눈을 감았다.

머릿속에 그려지는 미래를 보지 않기 위해.

제4권 『왕들의 황제』로 이어집니다

나폴레옹 연보

1804. 9.	프랑스와 러시아 간 국교 단절
12. 2	파리의 노트르담 대성당에서 황제 대관식
1805 3.	이탈리아 왕에 즉위
4.	다시 정권을 잡은 영국의 주전파(主戰派) 피트에 의해 영국과 러시아 간에 상트페테르부르크 협정 체결
5. 26	밀라노 대성당에서 이탈리아 왕 대관식
6.	제노바 합병
8.	제3차 대불 동맹 체결
9.	영국 침공을 단념한 나폴레옹은 대오스트리아 · 러시아전을 위해 라인 강을 건넘
10. 18	울름 전투에서 오스트리아군에 승리
10. 21	트라팔가르 해전. 프랑스 · 스페인 연합 함대가 영국의 넬슨 함대에 의해 괴멸당함. 넬슨 전사
11.	나폴레옹군, 뮌헨과 린츠에 이어 비엔나에 입성
12. 2	아우스터리츠 전투. 직접 진두 지휘를 한 나폴레옹, 10만 병력의 러시아 · 오스트리아 동맹군 격파
12. 15	프로이센과 쇤브룬 조약 체결
12. 26	오스트리아와 프레스부르크 조약 체결
1806. 1. 1	혁명력 폐지, 그레고리력 재사용
1.	영국 총리 피트 사망. 제3차 대불 동맹 해체
3.	형 조제프, 나폴리 왕에 즉위
5. 10	'프랑스 대학' 설치령 제정
6. 5	동생 루이, 네덜란드 왕에 즉위
7. 12	라인 연방 결성
8. 6	프란츠 2세, 제위 포기. 신성로마제국 붕괴
10. 1	왕비 루이제를 중심으로 한 프로이센의 주전파는 러시

아와 동맹, 프랑스군의 라인 강 연안에서의 철수를 요구하는 최후통첩을 보냄

1806. 10. 14 예나 전투, 아우어슈테트 전투에서 프로이센군 격파

10. 27 베를린 입성

11. 21 '베를린 칙령' 발표, 대륙 봉쇄 개시

11. 25 러시아군 추격을 위해 베를린 출발

12. 13 카롤린 뮈라의 '책 읽어주는 여자'인 엘레오노르 드뉘엘과 나폴레옹 사이에서 아들 레옹 공작 탄생

12. 19 바르샤바 입성

1807. 2. 8 아일라우 전투, 2만여의 병력을 잃고 사실상 패전

6. 프리트란트 전투. 러시아・프로이센군 격퇴, 틸지트 점령. 4개월에 걸친 폴란드 원정 전쟁 종료

7. 7 틸지트 평화 조약 체결

7. 22 바르샤바 대공국 설립

8. 베스트팔렌 왕국 건설, 막내동생 제롬을 왕으로 삼음

11. 23 제1차 밀라노 칙령 발표

12. 17 제2차 밀라노 칙령 발표

1808. 2. 로마 합병

3. 스페인의 마드리드에서 반프랑스 폭동 발생(아란후에스 반란). 반도 전쟁(스페인 전쟁) 개시

5. '5월의 학살'. 나폴레옹 수하의 뮈라의 대탄압

7. 10 형 조제프, 스페인 왕에 즉위. 뮈라는 조제프의 뒤를 이어 나폴리 왕이 됨

7. 23 바일렌 전투에서 패함. 뒤퐁 장군 항복

8. 30 신트라 전투, 포르투갈에 상륙한 영국군에게 쥐노군 항복

9. 27 에어푸르트 회의. 나폴레옹, 알렉산드르 1세, 독일 제후들의 회견, 10월까지 호화로운 향연을 펼침.

10. 2 나폴레옹, 괴테와 만남

10. 12 에어푸르트 조약 조인

■ 용어 해설

나폴리 왕국 중세부터 1860년까지 이탈리아 반도 남부에 있던 왕국. 나폴레옹이 이탈리아를 지배하게 된 후 잠시 공화국으로 재편되었다가(1799), 1806년 다시 왕국으로 바뀌어 나폴레옹의 형 조제프의 통치를 받았다. 1808년부터는 나폴레옹의 처남 뮈라의 지배를 받았다.

대륙 봉쇄 체제 나폴레옹이 영국과의 통상을 금지한 봉쇄 체제. 이를 위해 중립국이나 프랑스 동맹국들이 영국과 무역을 해서는 안 된다는 내용의 베를린 칙령(1806. 11. 21)과 영국에 기항한 선박은 모두 그 화물과 함께 몰수한다는 내용의 제1차 밀라노 칙령(1807. 11. 23), 중립국 선박일지라도 일단 영국의 요구에 굴복하면 국적을 상실하고 영국의 소유가 된 것으로 간주한다는 내용의 제2차 밀라노 칙령(1807. 12. 17)을 포고했다.

라인 연방 오스트리아와 프로이센을 제외한 모든 독일 국가들이 나폴레옹의 후원을 받으며 결성한 연방(1806~1813). 나폴레옹은 오스트리아와 프로이센을 견제할 목적으로 이 연방을 구성했으며, 이로써 프랑스는 독일을 통합, 지배할 수 있었다.

루카 공화국 나폴레옹이 제2차 이탈리아 정복에 성공하고 오스트리아군을 몰아낸 뒤 1801년 이탈리아 중북부 지역인 루카와 그 주변 지역에 세운 공화국. 1805년 6월 나폴레옹의 누이 엘리자의 공국이 됨으로써 새로운 프랑스 제국에 복속되었다.

바르샤바 공국 나폴레옹이 세운 폴란드 독립 국가(1807~1815). 나폴레옹이 프로이센을 패배시키는 과정에서 폴란드가 협조한 대가로 틸지트 조약(1807. 7)에 따라 건설되었다. 그러나 1813년 2월 러시아에 의해 점령돼 세 부분으로 분할되었다.

반도 전쟁(스페인 전쟁) 1808년부터 수년간 이베리아 반도에서 프랑스군과 이에 맞선 영국·스페인·포르투갈 동맹군 사이에 벌어진 전쟁. 1808년 5월 나폴레옹은 스페인의 왕 카를로스 4세와 그의 아들 페르난도를 폐위시키고 형 조제프를 왕으로 봉했는데, 이에 맞선 마드리드 시민들의 봉기로 본격적으로 시작되었다. 그후 이베리아 반도 전역에서 수차례 지역적인 전투를 거듭하다 1813년 6월 비토리아 전투에서 영국의 웰링턴 장군에 의해 프랑스군이 패배함으로써 사실상 종결되었다. 결과적으로 이 전쟁은 나폴레옹의 몰락을 부채질하는 계기가 되었다.

베스트팔렌 독일 북서부에 있는 유서 깊은 지역으로 1807년 나폴레옹은 이곳의 대부분을 베르크 대공 뮈라에게 하사했다. 베르크 대공은 나폴레옹의 동생 제롬을 위해 베스트팔렌 왕국을 건설했으며, 나폴레옹은 제롬을 베스트팔렌의 왕으로 책봉했다.

신트라 포르투갈 리스보아 주의 세 개 교구와 자치구역. 이곳에서 1808년 8월 영국과 포르투갈이 반도 전쟁 동안 패배한 프랑스군들의 귀향을 허용하는 대신 리스본에서의 프랑스군의 철수를 요구한 회담이 열렸다.

아란후에스 반란 1808년 3월 17일 스페인의 마드리드 주 아란후에스 시에서 일어난 반프랑스 폭동. 페르난도파(派)에 의해 조직된 이 반란으로 당시의 실권자 고도이는 해임, 국왕 카를로스 4세는 폐위되었으며, 그의 아들 페르난도가 왕위를 넘겨받았다. 이는 스페인 전쟁(1808~1814)의 계기가 되었다.

아우스터리츠 전투 제3차 동맹 전쟁의 첫번째 전투(1805. 12. 2). 나폴레옹이 가장 큰 승리를 거둔 전투의 하나로서 쿠투조프 장군 지휘하의 러시아·오스트리아 동맹군을 물리쳤다. 이 전투의 패배로 오스트리아는 프랑스와 프레스부르크 조약을 맺을 수밖에 없었고, 프로이센은 대불 동맹에 가담하기를 한동안 망설였다.

아일라우 전투 나폴레옹 전쟁 중 제3차 대불 동맹 때 프랑스와 러시아 사이에 벌어진 전투(1807. 2. 7~8). 아일라우(지금의 러시아 바그라티오노프스크) 근처에서 벌어졌으며 나폴레옹이 처음으로 고전한 전투이다. 러시아군이 기습적인 겨울 공세를 벌인 직후 베니히센이 이끄는 러시아·프로이센 동맹군이 나폴레옹군과 맞섰다.

에어푸르트 조약 독일 중부 튀링겐 주의 도시 에어푸르트의 의회 의사당에서 1808년 10월 나폴레옹과 러시아의 알렉산드르 1세가 바이에른·작센·베스트팔렌·뷔르템베르크 등의 여러 왕들과 함께 맺은 조약. 이 조약으로 프랑스는 러시아와의 동맹관계를 재확인했다.

에콜 폴리테크니크 프랑스의 종합기술학교. 1794년에 세워졌으며, 1795년에 지금의 명칭으로 바뀌었고, 1802년에 국립포병학교를 병합했다. 처음에는 내무부의 감독을 받았으나 1804년 나폴레옹이 군사학교로 전환시켰다.

예나-아우어슈테트 전투 나폴레옹 전쟁 당시 작센 지방의 예나와 아우어슈테트에서 프랑스와 프로이센 사이에 벌어진 전투(1806. 10. 14). 이 전투에서 나폴레옹은 프리드리히 2세 시대의 프로이센 구식 군대를 격파했다. 그 결과 1807년 7월 틸지트 조약에 따라 프로이센의 영토는 절반으로 줄어들었다.

울름 전투 나폴레옹이 약 21만 대군을 이끌고 오스트리아 카를 마크 남작 휘하 7만 2천 명의 오스트리아군과 싸워 이긴 전투(1805. 9. 25~1805. 10. 20). 독일 중남부 울름에서 벌어진 이 전투에서 프랑스군의 피해는 매우 적었다.

제3차 대불 동맹 1805년 8월 9일 영국 총리 피트의 주도로 체결된 영국·러시아·스웨덴·오스트리아 간의 동맹. 트라팔가르 해전 후에 나폴리 여왕 마리아 카롤리나도 동맹에 참가했다. 1805년 울름과 아우스터리츠 전투 이후 붕괴되었다.

트라팔가르 해전 나폴레옹 전쟁중에 영국군과 프랑스·스페인 연합국 사이에 벌어진 해전(1805. 10. 21)으로 영국이 승리했다. 스페인의 트라팔가르 곶 서쪽에서 빌뇌브가 이끄는 33척의 함대와 넬슨 제독의 영국 함대 27척 사이에 벌어진 이 해전에서 빌뇌브는 생포되었고, 넬슨은 한 저격병의 총에 맞아 전사했다. 트라팔가르 해전의 참패로 영국을 침공하려던 나폴레옹의 계획은 완전히 좌절되었다.

틸지트 조약 나폴레옹이 프로이센의 틸지트에서 러시아, 프로이센과 맺은 조약

(1807. 7). 나폴레옹이 예나 전투에서 프로이센을, 프리트란트에서 러시아를 패배시킨 뒤 각기 체결했다. 그 결과 프로이센의 옛 영토에 바르샤바 대공국이 건설되었고, 북부 독일에는 베스트팔렌 왕국이 세워졌다. 이로써 나폴레옹은 서유럽과 중부 유럽에 대한 지배권을 확립했다.

프레스부르크 조약 나폴레옹이 울름과 아우스터리츠에서 승리한 후 프레스부르크(지금의 슬로바키아 브라티슬라바)에서 오스트리아와 맺은 협정(1805. 12. 26). 오스트리아는 캄포 포르미오 조약에서 얻은 베니스 영토의 전부를 나폴레옹의 이탈리아 왕국에 양도했고, 티롤 등 몇몇 소규모 영토를 바이에른에 양보했으며, 그밖에 합스부르크 왕가의 서부 영토를 뷔르템베르크와 바덴에 양보했다.

프리트란트 전투 나폴레옹이 아일라우의 패전(1807. 2)을 설욕한 전투(1807. 6. 14). 프리트란트(지금의 러시아 프라브딘스크)에서 약 8만 명 규모의 나폴레옹 대군이 베니히센 장군 휘하의 러시아군 약 5만 8천 명과 대치했다. 이 전투에서 러시아군은 약 1만 9천 명, 프랑스군은 약 9천 명이 병력 손실을 입었다. 나폴레옹은 전투가 끝난 후 러시아의 알렉산드르 1세와 틸지트 조약을 체결했다.

■ 주요 인물

그라비나(1756~1806) 스페인의 제독. 함대 사령관으로서 1802년 산토도밍고 원정 때 프랑스 편에 서서 싸웠다. 1805년 파리 주재 스페인 대사였던 그는 서인도 제도에서 프랑스의 빌뇌브 제독과 합류하였고, 페롤과 트라팔가르에서 스페인·프랑스 연합 함대를 빌뇌브와 함께 지휘하였다.

다뤼(1767~1829) 프랑스의 군사행정가. 탁월한 행정능력을 보여 승진을 거듭해 육군부 사무국장(1800), 제국 참사원 위원(1805), 나폴레옹군 총행정관(1806)을 거쳐 육군장관이 되었다. 그는 나폴레옹에게 크게 신뢰받아 1807년에는 프로이센과 오스트리아 정복지의 행정을 맡게 되었다.

뒤퐁(1765~1838) 프랑스의 장군. 발미, 마렝고, 울름, 프리트란트 전투에서 공훈을 쌓았다. 반도 전쟁중 바일렌 전투(1808. 7)에서 항복한 뒤 파면되었다.

라프(1772~1821) 프랑스의 장군. 제1통령 나폴레옹의 참모였던 그는 이집트 원정과 마렝고 전투에 참전한 후, 1802년에 스위스에 특사로 파견되었고, 1807년부터 1809년까지는 단치히의 통치자였다. 러시아 원정과 단치히 공략 당시에 두각을 나타내었다. 라인 강 주둔군 지휘관으로, 백일천하 시기에 스트라스부르 방어 임무를 맡았다.

로리스통(1768~1828) 프랑스의 원수. 1800년 나폴레옹의 이집트 원정 당시 그의 참모였고, 이후 여러 차례에 걸쳐 외교적 업무를 수행하기도 했다. 1809년 바그람 전투에 참전하였으며, 1811년과 1812년 러시아 주재 대사였던 그는 1813년에 라이프치히에서 포로가 되기도 했다.

르쿠르브(1759~1815) 프랑스의 장군. 플뢰뤼스 전투에서 혁혁한 위업을 쌓았다. 1801년 모로의 소송 후에 나폴레옹의 미움을 샀으나, 1814년 루이 18세는 다시 그를 불러들였다. 그러나 백일천하 시기에는 나폴레옹 진영에 가담하였다.

마레(1763~1839) 프랑스의 정치가. 나폴레옹의 안개달 18일 쿠데타에 참여한 뒤 통령정부의 사무총장이 되었다. 1811년 잠시 외무장관을 지냈고 백일천하 때는 정무차관이었다.

마리아 카롤리나(1752~1814) 오스트리아의 여제 마리아 테레지아의 딸이자 프랑스 왕비 마리 앙투아네트의 언니이다. 1768년 나폴리의 페르난도 4세와 결혼하여 나폴리 왕비가 되었다. 나폴리의 실제 권력을 잡고 있었으며, 영국을 가까이하고 프랑스를 멀리하는 정책을 폈다.

마크(1752~1828) 오스트리아의 장군. 1805년 10월 20일 울름에서 나폴레옹 군대에 포위당해 항복하였다.

메테르니히(1773~1859) 오스트리아의 정치가. 1806년부터 프랑스 주재 오스트리아 대사로 일했다. 1808년 스페인 봉기의 여파를 과대평가하여 보고함으로써 오스트리아가 프랑스와 전쟁을 일으키게 했다. 바그람 전투(1809. 7) 후의 평화 협상에서 유리한 조건을 얻어내려 했지만 나폴레옹에게 거절당했다.

베니히센(1745~1826) 러시아의 장군. 1807년 2월 아일라우 전투에서 나폴레옹군을 고전케 했으나 프리트란트 전투(1807. 6)에서는 프랑스에 패했다. 모스크바 전투(1812. 9)에도 참가했으며, 1813년 10월 나폴레옹의 결정적인 몰락을 가져온 라이프치히 전투를 승리로 이끄는 데 공을 세웠다.

브뤼(1759~1805) 프랑스의 제독. 대혁명 초기에 해군 대위였던 그는 1793년에 파면되었다가 1795년에 다시 복직되었다. 1798년 해군장관이었던 그는 나폴레옹으로부터 불로뉴 진지에 주둔한 해군 지휘권을 위임받았다.

샤를마뉴 대제 프랑크 왕국의 왕(재위기간 768~814). 스페인의 아스투리아스 왕국과 이탈리아 남부 및 브리튼 제도를 제외한 서유럽의 모든 지역을 사실상 하나의 초강대국으로 통일했다. 그가 건설한 '제국'은 로마 제국 멸망 이후 갈기갈기 찢어졌던 서유럽 사람들의 마음속에 공통된 지적·종교적·정치적 유산을 재구성하는 데 결정적인 공헌을 했다. 그는 '유럽의 아버지 왕'이라 불렸으며, 사실 중세의 수백 년 동안 유럽 역사에 그와 비슷한 발자취를 남긴 사람은 아무도 없었다.

웰링턴(1769~1852) 아서 웰즐리. 나폴레옹 전쟁 때 활약한 영국군 총사령관. 후에 영국의 총리가 되었다. 웰링턴 공작 1세 아서 웰즐리는 반도 전쟁중 프랑스의 쥐노 군대를 무찔러 신트라 협정(1808)을 맺었으며, 1815년에는 워털루에서 나폴레옹을 무찔러 그에게 최후의 패배를 안겨주었다.

카를로스 4세(1748~1819) 스페인의 왕(재위기간 1788~1808). 지도자로서의 자질이 부족해 왕비 마리아 루이사와, 그의 심복이자 마리아 루이사의 정부(情夫)인 마누엘 데 고도이에게 정부를 위임했다. 1807년 나폴레옹이 북부 스페인을 점령하자 아들 페르난도의 지지자들에 의해 강제로 퇴위당했다.

쿠투조프(1745~1813) 뛰어난 전술가로 이름난 러시아의 군사령관. 1805년 12월 아우스터리츠 전투에서 참패를 당해 사령관직을 박탈당했다. 그후 1812년 러시아군 총사령관으로 임명되어 나폴레옹의 러시아 침공을 격퇴했다.

클라르크(1765~1818) 프랑스의 장군, 정치가. 나폴레옹이 황제가 된 후 그의 비서관이 되었고, 나폴레옹과 함께 여러 원정 전투에 참여했다. 1807년에서 1814년까지 참모장을 지냈으며, 공로를 인정받아 '펠트르 공작' 칭호를 수여받았다.

페르난도(1784~1833) 스페인의 왕(재위기간 1808~1833). 당시의 실권자 고도이가 프랑스의 스페인 침입을 막아내지 못하자 아버지 카를로스 4세로부터 왕위를 물려받았다. 그러나 프랑스군이 마드리드까지 점령하자 그는 왕위를 나폴레옹에게 바쳤다. 나폴레옹은 그 왕위를 자신의 형 조제프에게 준 뒤 전쟁 동안 페르난도를 프랑스에 붙잡아두었다.

프란츠 2세(1768~1835) 신성로마제국의 마지막 황제(1792~1806 재위)이자 오스트리아의 황제(1804~1835 재위), 헝가리의 왕(1792~1830 재위), 보헤미아의 왕(1792~1836 재위)을 역임했다. 1804년 나폴레옹이 프랑스 황제로 즉위하자 이에 대항하기 위해 오스트리아를 제국으로 승격시키고 자신을 프란츠 1세로 명명하여 오스트리아 제국의 초대 황제가 되었다. 그는 1805년 세번째로 프랑스에 대항해 싸웠으나 패배했으며, 이후 나폴레옹은 신성로마제국을 해체했다. 그는 나폴레옹을 경멸했음에도 불구하고 자신의 딸 마리 루이즈와 나폴레옹의 결혼(1810)을 거절할 수 없었다. 그러나 프란츠는 1813~1814년 프랑스와 많은 전쟁을 몸소 수행하여 결국 프랑스 제국을 멸망시켰다.

프리드리히 대왕(1712~1786) 프로이센의 왕(재위기간 1740~1786). 프리드리히 2세. 오스트리아와 주변 강국에 맞선 외교 전략과 전쟁을 통해 프로이센의 영토를 확장하고 프로이센을 유럽 최강의 군사대국으로 만든 특출한 군사전략가였다. 그는 신성로마제국의 해체와 독일 통일을 이루는 데 주도적 역할을 하는 등 나폴레옹과 함께 역사적으로 위대한 지도자의 한 사람으로 꼽힌다.

프리드리히 빌헬름 3세(1770~1840) 프로이센의 왕(재위기간 1797~1840). 프리드리히 빌헬름 2세의 아들로 심한 열등감에 사로잡힌 인물이었으나, 1793년 결혼한 아내 메클렌부르크슈트렐리츠의 마리 루이제의 영향을 받아 평범한 자신의 능력을 뛰어넘는 행동을 했다. 그는 1806~1807년 나폴레옹 전쟁에서 참패하여 엘베 강 서쪽을 모두 잃었다. 해방전쟁(1813~1815) 내내 국민들의 열의와는 동떨어져 있었으며 항상 러시아 황제 알렉산드르 1세를 받들며 오스트리아의 정치가 메테르니히의 견해에 동조했다.

옮긴이 **임헌**

서울대학교 불어교육과와 동대학원 불문과를 졸업했다. 프랑스 투르의 프랑수아 라블레 대학교에서 발자크 연구로 문학박사 학위를 받았다. 현재 인하대학교 프랑스언어문화학과 교수로 재직중이다. 「청년기 발자크, 혹은 근대적 작가의 탄생」「트랜스문화론의 변주(I–III)」 등 다수의 논문을 발표했고, 『크림슨 리버』『똥오줌의 역사』『EXIT』『금성의 약속』『모세』『클레오 파트라』『발자크』 등을 우리말로 옮겼다.

문학동네 세계문학

나폴레옹 제3권 아우스터리츠의 태양

1판 1쇄 | 1998년 9월 10일
1판 13쇄 | 2022년 5월 30일

지 은 이 | 막스 갈로
옮 긴 이 | 임헌
펴 낸 이 | 김소영
펴 낸 곳 | (주)문학동네
출판등록 | 1993년 10월 22일 제2003-000045호

주 소 | 10881 경기도 파주시 회동길 210
전자우편 | editor@munhak.com
전화번호 | 031) 955-8888
팩 스 | 031) 955-8855

ISBN 978-89-8281-136-4 04860
978-89-8281-131-9 (세트)

www.munhak.com

> 승부는 언제나 간단하다. 적이 무엇을 원하는지를 간파해야 한다.
> 그리고 적으로 하여금 원하는 것, 꿈꾸는 것이 가능하다고 믿게 하는 것이다.
> ―나폴레옹

아우스터리츠 전투(1805.12.2) 카를 베르네 그림.

이 그림은 나폴레옹 당시의 종군화가들이 그린, 생생한 현장감이 담긴 작품이다.